우 리 가 정 말 알 아 야 할 서 양 고 전

그리스 비극

에우리피데스 편

우리가 정말 알아야 할 서양 고전
그리스 비극 -에우리피데스 편

초판 발행 | 1969년 10월 29일
2판 1쇄 발행 | 1994년 8월 31일
3판 1쇄 발행 | 2006년 11월 10일
3판 7쇄 발행 | 2020년 11월 10일

지은이 | 에우리피데스
옮긴이 | 곽복록 · 김갑순 · 김정옥 · 여석기
펴낸이 | 조미현

펴낸곳 | (주)현암사
등록일 | 1951년 12월 24일 · 10-126
주소 | 04029 서울 마포구 동교로12안길 35
전화번호 | 365-5051 · 팩스 | 313-2729
전자우편 | editor@hyeonamsa.com
홈페이지 | www.hyeonamsa.com

ISBN 978-89-323-1409-9 04890
ISBN 978-89-323-1417-4 (세트)

GREEK TRAGEDY
EURIPIDES

우 리 가 정 말 알 아 야 할 서 양 고 전

여석기 외 옮김

그리스 비극

에우리피데스 편

ᕼ 현암사

개정판에 부쳐

그리스 문화는 서구 문화의 고향이자 토양이었다. 그 전성기에 꽃을 피운 비극悲劇은 신이 부여한 운명에 순응하면서도, 때로는 과감히 저항하다 파멸해 가는 인간의 모습을 완성된 형식미와 시적 운율로 담아내고 있다. 고전적 인간관의 전형을 보여 주는 그리스 비극은 2,500년의 시간을 지나오면서 셰익스피어의 비극, 유진 오닐의 희곡, 프로이트의 정신분석학 등 예술과 학문 여러 분야에 크나큰 영향을 끼쳐 왔다.

그리스 희극은 아테네 민주 정치가 융성하던 페리클레스 시대와 이에 이어진 펠로폰네소스 전쟁의 소용돌이 속에서 전성기를 이루었다. 민주 정치 아래에서 언론 자유의 보장은 희극의 본질적 요소인 해학과 풍자, 심지어는 통치자에 대한 신랄한 인신공격까지도 허용되는 넓은 터전을 마련해 주었다. 그리스 전국을 초토화시킨 40년에 걸친 내전 기간 중에도 희극 경연이 번성할 수 있었던 것은 반전 사상의 고취와 평화에 대한 민중의 염원을 반영하였기 때문이다.

이 책은 1969년에 처음 선보인 국내 유일의 그리스 희곡집이다. 그러기에 약 37년이 지난 오늘날까지도 대학이나 연극계에

준히 사랑받는 것이다. 이번 3판에서는 중학생, 고등학생도 쉽게 읽을 수 있도록 편집하였다. 본문에서 연극적인 요소를 넣었으며, 누구나 이 책을 대본 삼아 직접 공연할 수 있도록 우리말 어법에 맞게 대사를 여러 번 다듬었다. 한 편의 공연을 보는 듯 쉽고 재미있다.

연극 사상 최초의 본격적인 극작가인 아이스킬로스, 그리스 비극을 완성한 소포클레스, 그리스 3대 비극 작가 중 가장 근대적이라고 평가받는 에우리피데스, 그리스 최고의 희극 작가인 아리스토파네스, 희극의 완성자이자 후세의 희곡에 큰 영향을 끼친 메난드로스의 작품을 통해서 그리스 희곡의 드넓은 세계를 경험할 수 있으며, 문학과 연극 전반에 관한 이해의 기초를 마련할 수 있다. 오늘에 다시 그리스 희곡을 음미해 보는 이유다.

2006년 편집부

한국인의 필독서 '그리스 희곡'

처음에 세 권의 희랍 희곡집을 낸다고 했을 때 주위에서는 그 기획 자체가 무리라고 했다. 1969년, 경제적으로 어려운 때였으니 누가 한가하게 2,500년 전에 씌어진 희랍극을 읽겠는가 하는 근심 때문이었다. 더구나 그때는 우리나라에 희랍 연극은커녕 희랍어를 전공하는 사람이 거의 없었다. 원전原典 번역이란 원어를 그대로 우리말로 옮기는 것으로, 단순히 어학만 안다고 할 수 있는 일이 아니다.

당시 현암사 편집부의 양문길, 정철진 두 분이 이 희곡집을 기획·편집했고, 작품을 선정하고 번역할 분들을 찾고 부탁하는 일은 전공자인 내가 맡아 했다. 번역을 끝내고 해설문을 쓰느라 무더운 여름날 고생도 좀 했던 것이 생각난다.

희랍 희곡에 관심이 많은 사람의 수도 제한되어 있었고 당시 출판 풍토상 선뜻 응해 줄 사람도 찾기 힘들었으나, 한국에도 서양 연극의 뿌리인 희랍극의 번역본이 꼭 있어야 한다는 사명감 하나로 바쁜 중에도 번역에 응해 주신 분들께 감사할 따름이다.

번역자들의 어학 배경이 다르다 보니 부득이 각자 능한 외국어를 활용하였고, 영어와 불어 번역본을 우리말로 옮기는 수밖에 없었다. 시로 된 희랍극의 맛을 될 수 있는 대로 살려야 한다는 뜻에서 시적 표현에 애쓴 분도 있었고, 공연을 의식해 산문체로 옮긴 분도 있었다.

그간 이 책이 독자들에게 얼마나 읽혔는지 모르겠지만 한 가지 확실한 것은 우리나라에서 유일한 희랍 희곡집이며, 대학이나 연극계에서 희랍극이 읽히고 토론되고 공연되는 데 크게 기여한 것에 대해 번역가의 한 사람으로서 자부심을 느낀다.

이번 2판에서는 세로 조판이던 것을 가로 조판으로 바꾸었고, 문장도 현행 한글맞춤법통일안에 맞게 다듬었다. 초판이 나왔을 때는 인명이나 지명 등 고유명사의 한글 표기가 번역자들의 어학 배경에 따라 차이가 많았다. 어떤 작품에는 ‘Jason’을 영어식으로 ‘제이슨’이라고 했는가 하면 어떤 작품에는 동일 인물을 ‘이아손’으로 표기하기도 하였다. 개정판에서는 이러한 문제점을 보완하고자 외래어 표기법과 현재의 언어 현실에 따라 이런 고유명사의 발음을 알맞게 수정 보완하였다. 힘든 작업이지만 발음 하나하나에 무척 신경을 썼다.

좋은 번역은 의미를 정확히 전달하는 데 있다고 하지만, 독자들에게 좀더 친절하려면 역시 해설이나 주 또는 용어 해설까지 붙여 주어야 한다. 특히 우리와는 시간 공간적으로 생소하게 느껴지는 희랍·로마의 작품을 번역하는 데 있어서는 더욱 절실하다. 아직도 만족할 수는 없지만 해설, 주, 용어 해설 등을 가능한 한 많이 싣고자 애쓴 것도 이번 개정판의 특징이다.

요즈음 우리 연극계 공연 작품의 내용과 형식이 매우 다양해졌다. 질 면에서는 아직 문제가 많지만 우리 연극 사상 그 형식이 최근처럼 복잡하고 다양한 적은 일찍이 없었다. 이러한 사정 때문인지 관객은 연극의 본질보다 어떤 형식의 극이 공연되는지 더 관심을 갖는다. 시대와 환경이 변함에 따라 연극 형식도 변하는 것은 당연하다. 그러나 연극의 뿌리는 결코 잊어서도 안 되고, 잊혀지지도 않는 것이다.

희랍극은 인간과 신, 자연과 사회, 질서, 윤리들 간의 관계를 심오하게 파고들며, 고양될 수 있는 인간성에 대한 가능성이 문학, 연기, 노래, 춤 등을 통해 총체적으로 표현된 인류 역사상 가장 오랜 예술이다. 우리가 최근 연극 공연에서 볼 수 있는 다양한 내용과 형식도 실은 희랍극에 내재되어 있던 것이다. 이러한 점을 고려할 때, 최근 희랍극에 대한 논의가 활발해졌으며 공연 횟수도 늘어 가고 있음은 다행스러운 일이다.

희랍극은 우리와 시간 공간적으로 멀리 떨어져 있는 남의 것이 아니라 인종, 민족, 국가, 세월의 흐름을 초월한 인류 모두의 문화유산으로 여겨져야 한다. 우리 전통극이 한국이라는 한 지역의 산물이 아니라 전 세계 사람이 공감할 수 있는 연극으로 인정되는 것처럼 말이다.

위대한 인류 문화의 유산인 희랍극에 대해 연구를 활발히 하고, 연극 분야뿐 아니라 예술 전 분야에 끼친 희랍극의 영향을 깊이 음미하고 재조명할 때 우리의 예술 문화도 더욱 풍성해질 것이다.

1994년 6월

이근삼(극작가·서강대 신문방송학과 교수)

책머리에

신문학 이후, 우리나라에서는 많은 서구의 문학 작품이 번역 소개되어 왔고, 덜 정돈된 상태로 남겨진 우리의 전통과 충돌하면서 모방과 혼란의 소용돌이를 거쳐 왔다.

서구 문학을 수용하는 태도, 전통 속에서의 올바른 승화, 새로운 창조적 형상화 등 외국 문학을 소화하는 데는 뛰어넘어야 할 여러 어려운 문제가 따르며 무엇보다 민족 문학에서 세계 문학으로의 지향을 모색하는 데는 더욱 큰 난관을 뚫고 나가지 않으면 안 된다.

우리는 호메로스를 읽었고, 초서를 알고 있으며, 단테와 밀턴과 괴테를 알고 있다. 셰익스피어의 풍요함과 톨스토이의 거봉巨峰과 도스토예프스키의 준열함을 우리는 느낄 수 있다. 카뮈를 알고 조이스와 프루스트와 포크너를 알고 있고, 그리고 더욱 많은 현대의 작가를 알고 있다.

그런데도 줄기찬 전통으로 이어지는 이 수많은 문학 작품 속에서 너무도 뛰어난 저 그리스(희랍)의 문학 작품을 지나쳐 버릴 수 있을 것인가.

서구 문학은 그리스의 호메로스한테서 비롯되었고, 아테네의 전성기에 등장한 3대 비극 작가와 희극 작가는 이를 더욱 극적으로 승화시켜, 서구 문학의 출발에 눈부신 서광을 비췄던 것이다.

그리스 인들은 현실에 충실하였고 자유를 사랑하였다. 그들은 인간을 존중하고 인간 중심으로 살았다. 기원전에 이미 그들은 민주주의가 무엇인가를 알고, 그것을 실천하였으며, 오늘날 20세기 후반에 이르기까지 매우 발전한 세계적인 사상의 근원을 이루었던 것이다.

밝고 의지에 찬 그리스 인들의 생활 감정을 그들의 극작품을 통하여 이해하고, 그것이 서구의 전통 속에서 역사의 발전과 함께 어떻게 변모해 왔는가를 탐구하는 것은 바로 세계 문학을 해석하는 근본 문제일 것이다. 그리고 그것은 예술·종교·철학·역사·사상에 이르기까지 광범하게 해당될 것이다.

세계를 이해하는 데, 그리고 나아가서는 세계의 시원始源을 꿰뚫어 보는 데, 그리스의 극작품들이 큰 도움이 될 것을 굳게 믿는다.

1968년 10월 5일

조의설(한희협회 회장)

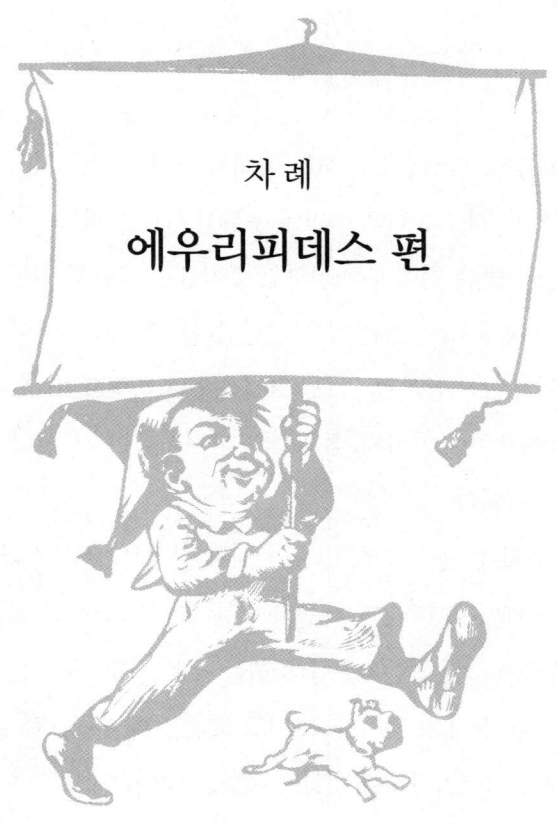

차 례

에우리피데스 편

개정판에 부쳐 · 4
한국인의 필독서 '그리스 희곡' · 6
책머리에 · 10

메디아 — 여석기 옮김 · 15

트로이의 여인들 — 김정옥 옮김 · 81

안드로마케 — 김갑순 옮김 · 135

엘렉트라 — 여석기 옮김 · 189

아울리스의 이피게네이아 — 김정옥 옮김 · 267

타우리케의 이피게네이아 — 곽복록 옮김 · 343

히폴리토스 — 곽복록 옮김 · 417

바코스의 여신도들 — 김갑순 옮김 · 479

작가와 작품 해설 · 555

등장 인명 · 신명 · 지명 · 용어 해설 · 579

아이스킬로스 편

결박당한 프로메테우스 /
『오레스테이아』 삼부작
아가멤논 / 제주를 바치는 여인들 / 자비로운 여신들

소포클레스 편

오이디푸스 왕 / 콜로노스의 오이디푸스 / 안티고네 / 엘렉트라

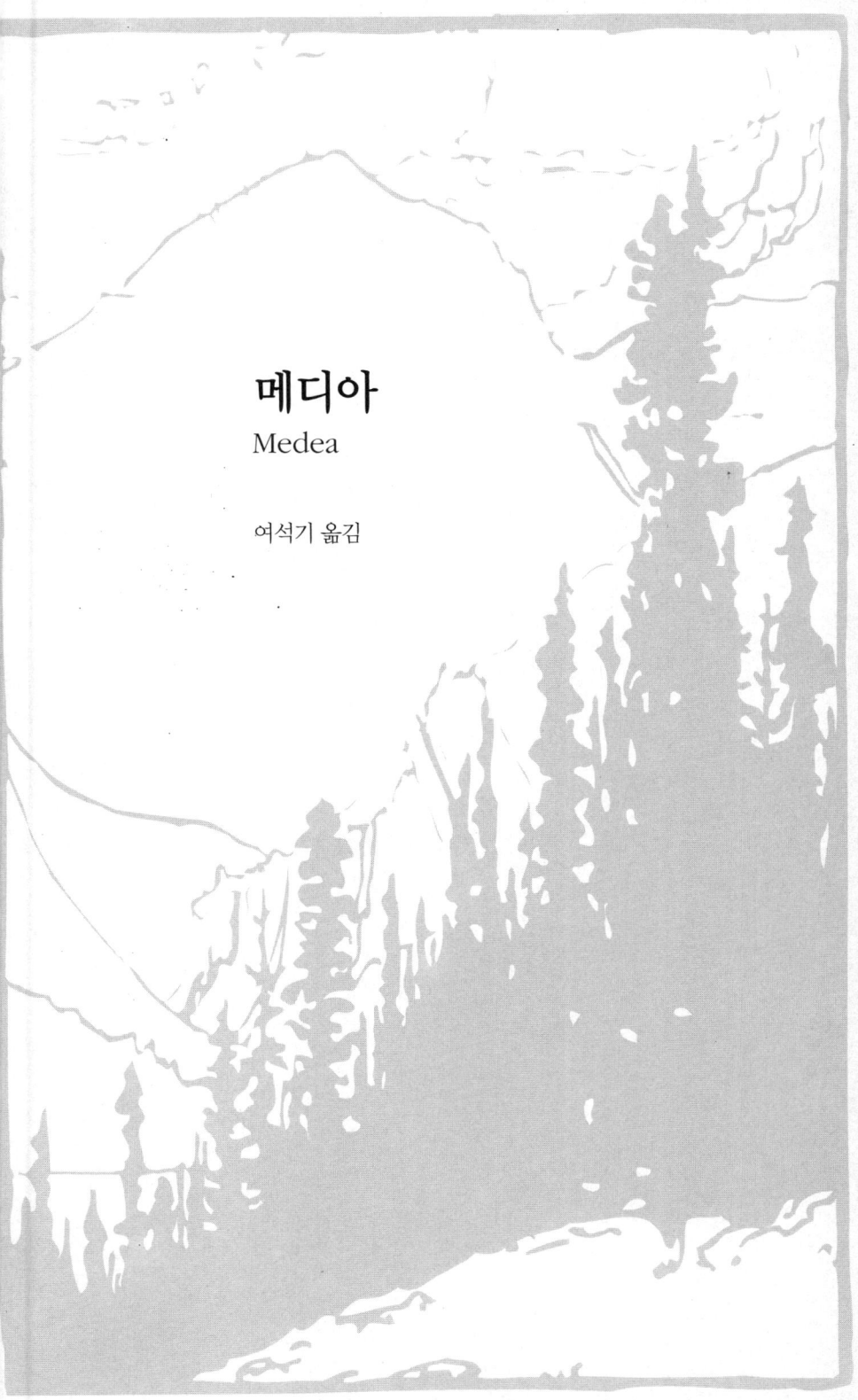

메디아
Medea

여석기 옮김

등장인물

메디아	콜키스의 왕녀
이아손	메디아의 남편
두 아이	메디아와 이아손의
크레온	코린토스의 왕
아이게우스	아테네의 왕
유모	메디아의
교사	두 아이의
사자	
코로스	코린토스의 여자들로 구성된

장소

코린토스에 있는 메디아의 집 앞

(메디아의 유모, 집 안에서 등장)

유모 차라리 저 아르고 선船이 푸르디푸른 '부딪치는 바위'[1]" 사
이를 미끄러져 들어가 콜키스 땅에 이르지 않았으면 좋았을 것
을. 아니 차라리 펠리온[2]의 동산에서 아름드리 전나무를 잘라,
펠리아스 왕을 위해 황금양모피를 찾으러 가는 무사들에게 노를
만들어 주지 않았으면 좋았을 것을. 그러지만 않았던들 우리 메
디아 아씨께서는 이아손 서방님이 애타게 그리워 뱃길도 멀리
이올코스 땅을 찾아갔을 리 없었을 것이요, 펠리아스 왕의 따님
들을 꾀어 그 아버지 왕을 살해케 하여, 그곳을 도망쳐 이 코린토
스 땅에서 낭군과 아기들과 같이 사시게 되는 일도 없었을 것을.
비록 귀양살이 온 땅이기는 하지만 아씨께서는 이곳 사람들의
호감을 사고, 서방님 이아손과도 모든 일에 힘과 마음을 합해 오
셨던 것. 내외 사이가 금 가지 않게 화목을 이룬다면 세상에 그보
다 더한 복이 어디 있으랴만은, 그러나 옛 금실은 어디로 갔는지
지금은 벌어진 사이, 서로 미움만이 가득할 뿐이로구려. 서방님
께서는 우리 아씨와 아기들을 버리시고, 새장가를 드셨지. 이 고

18

을의 왕이신 크레온의 따님을 배필로 맞아들여서 말이오. 그러니 가엾은 것은 메디아 아씨, 혼인 때 서로 맺은 맹세는 어찌 되고 백년가약을 지키겠노라고 오른손을 굳게 잡아 약속한 그 일은 어찌 되었느냐고 소리 높이 외치면서 이 어인 이아손의 대접, 부부간 사랑의 보답이 이럴 수 있는지 제신께서도 굽어 살피십사 부르짖으시고 있는 형편. 식음을 전폐하여 몸져누우시고, 종일토록 눈물에 젖어 계시는 게 일. 서방님께 버림받고 많은 날을 하루같이 이렇게 지내시니 어찌 딱한 일이 아니오. 한시도 얼굴을 드는 일이 없이 눈 한 번 까딱하시지 않고 곁에서 누가 위로의 말씀을 올려도 마치 목석이라고 할까, 바다의 물결처럼 대답도 없다오. 그러시다가 이따금씩 그 백설 같은 고개를 돌리시고는, 아, 아버님이여, 고향이여, 내 집이여 하시며, 몰래 흐느낌에 잠기시는 게 일. 그 소중한 것들을 버리고 따라온 사내에게서 지금 갖은 욕을 보실 줄이야. 아, 가엾어라. 쓰라림을 받고서 비로소 버리고 온 땅의 소중함을 아시게 되나니. 이제는 아기들까지도 보기 싫으신 듯 등을 돌리시니, 그 모진 심정 혹시나 끔찍한 일이라도 저지르지나 않으실까 가슴이 두근거리는구나. 원래가 지금 같은 대접을 받고서는 그냥 참고 넘기는 성미가 못 되시는 분. 행여나 침소로 몰래 들어가 날카로운 비수로 가슴팍을 찌를까 걱정이요, 아니면 왕과 새장가 든 이아손 서방님을 칼질하여 당신은 더 혹독한 변을 당하시지 않을까 몹시 염려되는구나. 보통 분과는 달라, 그분을 원수로 돌려 일이 잘 수습되기는 좀체 쉽지 않지. 아니, 저기 아기들이 오는군. 놀이를 끝마치고 돌아오는가, 어머님의 불행은 아랑곳없다는 저 모양. 하기야 그럴 수밖에 없지. 어린 마음에 어찌 슬픔 같은 것을 알 수 있을라고.

(오른편에서 메디아의 두 아이의 교사 노릇을 하는 노예 등장. 뒤따라서 아이들 등장)

교사 우리 아씨에게 예부터 시중들어 온 할머니, 웬일로 그렇게 혼자서 문간에 서 계시오? 듣는 상대도 없이 혼자 웬 넋두리를 하고 계신가요? 아씨를 혼자 두고 이렇게 나와 있다니.

유모 이아손 서방님의 아기를 보살펴 드리는 늙은 할아버지, 충실한 하인에게는 주인 아씨에게 불행이 닥쳐오면 그게 바로 자기의 슬픔이 아니오. 마음이 어찌 괴롭지 않겠소. 그래서 나도 어떻게나 가슴이 쓰린지 여기 바깥에 나와 하늘과 땅을 보고 아씨의 슬픔이라도 이야기할까 해서 나온 것이오.

교사 가엾기도 해라. 아씨께서는 여태 슬픔을 거두시지 못하셨는가요?

유모 거두시다니, 이제 시작이오. 아직 반도 이르지 못하셨는데 그러오.

교사 어리석기도 하시지……. 이건 아씨에게 실례되는 말씀이지만, 더한 불행이 곧 닥쳐오는 것도 어찌 모르고 계실까.

유모 아니, 그건 무슨 말씀이오? 자, 주저 말고 이야기해 보시오.

교사 아니, 아무것도 아니오. 방금 한 말은 듣지 않은 것으로 해 주시오.

유모 제발, 왜 이러시오. 같은 하인의 처지, 내게 감추실 것이야 없지 않소. 내 들은 이야기를 남에게는 발설하지 않을 터이니.

교사 나도 어쩌다 엿들은 이야기올시다만 저 페이레네의 성스런 우물[3]가에 가면 늙은이들이 장기를 두고 있는 곳이 있소. 거기서 귀에 담은 이야기인데 이 고을 왕이신 크레온께서 아기들과 그 어머니를 이 코린토스 땅에서 추방하기로 했다는 소문이구려. 하지만 그게 진짜 소문인지 아닌지는 알 수 없는 일, 사실이 아니면 좋으련만.

유모 아기들까지 그런 변을. 아니 이아손 서방님께서 그것을 가만두실 리가 있을까? 비록 어머니는 좋아하지 않는다 하더라도.

교사 아무리 묵은 인연인들 새것에는 당하지 못하는 법이오. 이아손 서방님으로 말할 것 같으면 이 댁에 대해서는 이제 정이고 뭐고 없어졌지.

유모 정말 흉보로구려. 이 슬픔이 가시지도 않았는데 설상가상 새로운 슬픔이 겹치다니.

교사 아무튼 이건 알리면 못써. 혼자만 아는 것으로 해 두시고, 지금 아씨에게는 절대 알려서는 안 될 일이니까.

유모 아기들 들으셨어? 세상에 이런 아버지가 또 어디 있겠어요. 그런 고약한 인간, 차라리 죽어나 버렸으면. 아니, 내가 무슨 말을, 아직도 우리 서방님인데. 하지만 어쩌면 이렇게도 매정한 분일까. 귀여운 아기들을 두고.

교사 그게 이상할 것이 뭐가 있어. 지금 알았단 말씀인가? 사람이란 너 나 할 것 없이 곁에 있는 인간보다 자기를 위하는데, 이치에 닿건 닿지 않건 억지를 쓰는 건 말이야. 이아손 서방님도 새 장가를 들었으니 이 아기들을 버린 것이야.

유모 자, 착한 아기들, 안으로 들어가요. 그게 좋은 일이야. 그리고 댁은 이 아기들을 될 수 있는 대로 혼자 있게 해 둬요. 지금 잔뜩 흥분해 계시는 어머님 곁에 가까이 가지 않게 말이오. 그러지 않아도 아씨께서는 무서운 눈으로 아기들을 노려보고 계셔. 마치 무슨 일이라도 저지르실 듯이 말이에요. 이 노여움이 좀체 가시지 않을 테니까. 누군가에게 벼락이 떨어질 때까지는 말이오. 제발 벼락이 떨어져도 원수에게나 떨어지지 이쪽에는 떨어지지 않아야지.

(이때, 안에서 메디아의 읊는 목소리)

메디아 아아, 이 가련한 신세, 이 슬픔을 어찌할까.

　아아, 차라리 죽었으면, 죽었으면 좋으련만.

유모 저것 보세요. 내가 뭐라 말했죠? 어머님께서는 노여움에 가슴이 불타고 있어요. 자, 빨리 안으로 들어가서 어머님 눈을 피하도록 하세요. 그리고 절대 가까이 가면 못써요. 저 꺾이기 싫은 마음의 사납고 지독한 성미를 조심하세요. 자, 들어가요, 빨리 안으로. 터져 오르는 성미와 더불어 일어나는 저 애탄의 먹구름이 얼마 가지 않아 번개를 번쩍이게 할 것은 틀림없는 일. 한 번도 남에게 꺾여 보신 적이 없는 자존심에 원통한 일을 당하셨으니. 아, 무슨 짓을 하실는지.

22

(교사, 아이들을 데리고 집 안으로 퇴장)

메디아 (안에서 읊음) 아아, 내가 받은 이 괴로움, 울어도 울어도 시원치 않구나. 너희들 저주받을 아가, 이 저주받을 어미의 아가들아. 너희들도 네 아비와 같이 없어져 버려라. 이 집이 깡그리 망해 버려라!

유모 (읊음) 아, 가엾은 일인지고, 나쁘고 고약한 사람은 아버지. 이 아기들에게 무슨 죄가 있단 말인가. 왜 그 아기들을 미워하시오. 행여나 아기들에게 무슨 변고나 생길까 봐 걱정이구려. 높으신 분은 성미가 급하셔. 당신 마음대로만 하셨지 곁에서 시키는 일이 없으니까 언제고 마음 내키시는 대로 성미가 변하는 게 탈이란 말이구려. 남과 사이좋게 의좋게 살아가는 것이 얼마나 나은 일인가. 그저 얌전하게 큰 소리 없이 살며 늙어 가는 것이 좋고말고. 모든 일에 과하지 않고 욕심을 내지 않아야 말로도 좋고, 행실에도 보람이 있을 것이오. 높으면 이득이 없는 법이지. 그럴수록 하느님의 진노가 미칠 때 높은 분에게는 더한 화를 내리시는 것이 아닌가.

(코린토스의 여인들로 구성된 코로스 오른쪽에서 등장)

코로스 들었나이다, 들었나이다, 탄식의 소리를.

　　애달픈 콜키스 여신의 소리를.

　　말씀해 주세요, 할머니.

　　아직도 그 슬픔을 거두지 못하고 있습니까?

　　두 겹 대문 안 깊숙이 들려오는 그 소리를 들었나이다.

이 댁의 슬픈 사연, 딱하기도 하여라.

말씀해 주세요 할머니, 무슨 일이 생겼는가를.

유모 (안에서) 이젠 집도 절도 없습니다. 끝장이 난 것이오. 이 댁의 서방님은 왕가와 인연을 맺어 정신이 없고, 아씨께서는 홀로 방안에서 눈물로 지새우는 나날. 걱정해 주는 사람들의 무슨 말도 받아들이시지 않소이다.

메디아 (안에서) 아아, 차라리 하늘의 벼락이 이 머리를 쳐서 갈라 놓아 주었으면. 이제 산들 무슨 보람이 있으랴. 차라리 죽어 위안이나 얻었으면……. 이 지긋지긋한 삶을 끝내 버리면 시원하겠지.

코로스 하느님이여, 대지여, 저 하늘이여. 저 외침 소리, 애틋한 아씨의 탄식을 듣나이까? 가련한 아가씨. 그 끔찍스런 죽음의 잠자리를 왜 그리워하나이까.

죽음은 기약을 맺지 않아도 찾아오는 법, 바라질랑 마십시오. 서방님께서 다른 계집을 찾아 마음을 돌렸다 하더라도 흔히 있는 일, 너무 상심 마십시오.

제우스는 당신 편, 임이 등졌다 하여 상심일랑 하지 마십시오.

메디아 (안에서) 정의의 신 테미스, 그리고 아르테미스님이여, 이 몸이 당하는 이 고초, 굳은 맹세를 맺었는데도 저 몹쓸 남편에게 당하는 이 고초를 보살펴사이다. 죄 없는 저에게 이런 몹쓸 짓을 하다니 제발 남편이고, 그 신부고 그 궁궐이 깡그리 망하게 해주사이다. 아아, 아버님, 나의 고국, 무참하게도 동생까지 죽이고 떠나온 이 몸, 어찌 얼굴을 들고 대하리까.

유모 정의의 신 테미스, 맹세의 여신들, 그리고 제우스 대신에게 기도드리는 저 애원을, 여러분 들었습니까? 우리 아씨의 노여움을 가시게 해드리자면 결코 조그만 일로 되는 것이 아닙니다.

코로스 우리들 앞에 나타나시면 좋겠어. 그리고 우리가 드리는 말씀을 귀담아 들어 주시면 좋겠어요. 노여운 마음을 가라앉히고 제발 진정해 주셨으면 좋겠어요. 진심으로 도와 드리고 싶은 이 마음을 받으시길 바래요. 할머니, 안에 들어가서 아씨를 바깥쪽으로 모셔 오세요. 가서 잘 말씀드리는 거예요. 무슨 변고라도 저지르기 전에 빨리. 저 성미에 잘못하다가는 큰일이라도 날 것 같으니 말이에요.

유모 해보겠소. 하지만 아씨의 성미, 제 힘으로 모셔 올 수 있을는지 모르겠소. 아무튼 여러분 간청대로 해보아야죠. 무슨 심부름이라도 가지고 아랫것이 가까이 가기라도 할라치면 마치 새끼를 안고 있는 암사자처럼 무서운 얼굴을 짓고는 노려보시는 거예요.

잔치와 연회, 즐거운 자리를 위해 인생의 즐거움, 만수무강하라고 노래를 지은 옛 시인들도 앞을 보는 눈을 못 가진 어리석은 사람들이 아니었던가. 가문을 멸하는 죽음과 비운. 그 근원을 이루는 애틋한 슬픔을, 가락 소리도 구슬프게 노래로 옮겨 가시게 할 줄 안 사람이 있었던가.

하지만 노랫소리에 괴로움을 씻을 수 있다면 얼마나 좋을까.

즐거운 잔칫상에 노랫소리란 소용없는 것. 맛있는 음식이 가득히 있다면 그것이 저절로 즐거움이 되는 법이다.

(유모, 집 안으로 퇴장)

코로스 슬픔에 못 이겨 외치는 저 소리, 맹세를 짓밟고 아내를 저버린 부정한 낭군에게 토하는 저 날카로운 비통의 외침.

짓밟힌 아내는 하느님에게 호소하여 제우스 대신의, 그리고 맹세의 신의 정의를 바랍니다. 바다 건너 그리스의 기슭에 어두운 밤, 파도를 헤치고 망망대해의 입구, 저 헬레스폰토스로 아씨를 모셔 온 분이 바로 이 신이 아니었던가.

(메디아, 하인을 거느리고 집 안으로 등장)

메디아 코린토스의 부인네여, 여러분의 꾸중을 듣지 않으려고 이렇게 집 안에서 나왔습니다. 사람들 가운데에는 혼자 있을 때 거만한 사람이 있는가 하면, 남과 있을 때 거만한 사람도 있다는 것을 알고 있습니다. 그리고 나같이 남과 떨어져서 지내고 있기 때문에 하찮은 소문을 듣는 이도 있습니다. 사람을 속속들이 잘 알지 못하고서, 또 조금도 마음을 상하기라도 하지 않으면서, 첫눈으로 남을 싫어하는 그런 사람의 눈에서는 올바른 판단을 찾을 수 없는 법입니다. 특히 다른 고장에서 온 사람을 잘 알아서 해야 합니다. 자기 고을 사람이라도 거만하고 버릇이 없이 이웃 사람의 기분을 해치는 인간은 좋지 않습니다.

그러나 내 경우는 꿈에도 생각지 않았는데, 이런 일이 생겨나 가슴이 멜 지경, 이제 끝장이 난 것입니다. 사는 모든 재미를 잃고 이제는 그저 죽고 싶을 뿐입니다. 한 사람을 두고 목숨같이 생각한 것이 내게는 전부였습니다. 그런데 그 사람, 바로 내 남편이 세상에 둘도 없는 고약한 사람이 되어 버린 것입니다. 이 세상에 삶을 얻어 생각이라도 가다듬을 줄 아는 모든 것 가운데 가장 불쌍한 존재가 바로 우리 여자들입니다. 우선 돈을 보아 남편을 사야만 하고, 그뿐인가, 몸을 바쳐 주인으로 섬겨야만 합니다. 그렇게 해서라도 가져야지, 안 가지게 되면 더 곤란하게 되니까요. 그래서 좋은 사람을 잡느냐, 나쁜 인간을 택하게 되느냐에 따라 중대한 결과를 가져옵니다. 여자로서 피해 달아나기는 쉽지 않은 일이요, 그렇다고 남편을 거절하기도 가능한 일이 아닙니다. 새로운 관습, 알지 못했던 생활 속에 뛰어 들어가, 여자가 미리 가정에서 배워 보지 못한 일을, 어떻게 해야 자리를 같이하는 남편을 잘 다루는 것인지를 정말 예언자의 힘이라도 있으면 모르되 어찌 알 수 있겠습니까? 이 모든 것을 잘 겪어 나가, 남편과도 궁합이 잘 맞아 싫은 기색을 보이지 않고 살아간다면, 정말 부러운 생활이라고 할 수 있겠죠. 그러나 그렇게 되지 못할 때는 차라리 죽어 버리는 게 좋습니다. 남자란 안사람에게 싫증이 나면 바깥으로 나가서 같은 나이 또래의 친구와 어울려 그것을 풀수도 있습니다. 그러나 우리 여자들은 언제나 자기 혼자만을 보고 있지 않으면 안 됩니다. 남자들은 말하죠. 여자들이야 편안하게 집이나 지키고 있으면 되지만 우리 남자들은 싸움터에 나가야만 하지 않느냐고, 얼마나 잘못된 생각입니까. 한 번 아이를 배기보다 차라리 세 번이라도 전쟁터에 나가는 것이 낫습니다.

하지만 여러분과 나는 경우가 매우 다르군요. 여러분은 여기가 고향이고, 선조 대대의 집이 여기 있고, 근심 걱정 없는 살림살이, 친구분들도 많지 않습니까. 그러나 나는 고향에서 쫓겨나 피난살이의 신세, 남편에게까지 버림받은 몸입니다. 나는 파도치는 슬픔 속에 피신할 수 있는 부모 형제도 친척도 없는 인간입니다. 그러니 여러분께 꼭 한 가지 소청이 있습니다. 그것은 내가 남편에게, 아니 남편뿐만 아니라 장가든 그 여인과 장인에게 보복의 벌을 줄 수 있는 무슨 방책을 찾아냈을 때, 제발 입을 다물고만 계셔 달라는 것입니다. 여자란 본시 다른 일에는 겁쟁이고, 싸움에 소용도 없고, 칼날이 번쩍이는 것만 보아도 겁을 먹지만 일단 애정의 문제로 버림을 받았을 땐, 잔인하고 혹독하기가 그보다 더할 수 없기 때문입니다.

코로스장 말씀대로 지키겠습니다. 메디아, 남편이 저지른 일에 대해 벌을 주겠다는 당신의 말씀은 당연합니다. 그렇게 불행을 슬퍼하시는 심정 조금도 의외로 생각하지 않아요.

아니 저것은! 성주 크레온 왕께서 이리로 오시는군요. 무슨 새로운 계획이라도 말씀하실 작정이신가.

(크레온, 신하를 거느리고 오른쪽에서 등장)

크레온 너, 메디아. 그렇게 성난 얼굴을 하고 남편에게 화를 내고 있구나. 그대에게 이 나라 바깥으로 추방을 명한다. 네 두 아이를 같이 데리고 나가야 해. 한시도 지체 말고 거행하라. 이것은 내 엄명이니 그리 알 것이고, 네가 나가는 것을 내가 지켜보겠다. 네가 이 나라에서 추방당해 나가는 것을 보기 전에는 집으로 돌아가지 않겠다.

메디아 아아, 이제는 끝장이 났구나. 나는 완전히 파멸했어. 이 증오의 폭풍이 세차게 불어오는 바다에서 어디 피신할 항구도 쉽사리 찾을 수 없구나.

하지만 이 모진 학대를 무릅쓰고 한 가지 물어봐야겠어요. 크레온 왕이여, 저를 추방하시는 이유가 대체 무엇이옵니까?

크레온 그대가 두렵다면 새삼스레 감출 필요도 없지. 내 딸에게 돌이킬 수 없는 재앙을 끼칠까, 그것이 두렵다. 이 두려움을 일으키게 하는 일이 어디 한두 가지겠느냐. 그대는 천성이 영리하고 고약한 술법에 능해. 그런 그대가 이제 지아비의 사랑을 잃고 마음 사나워져 있지 않느냐. 듣자니 그대는 내 딸과 사위, 나까지도 그냥 두지 않겠노라고 위협을 하고 있다면서. 그러니 우선 너부터 조심해야겠다. 괜스레 지금 동정의 마음이라도 일으켜 뒤에 후회하느니보다 차라리 그대의 원한을 지금 사 두는 게 낫지 않겠느냐?

메디아 어디 이것이 처음 당하는 일이옵니까. 영리하다는 세상 소문 때문에 모진 변을 당한 것은 전에도 한두 번이 아니었습니다. 분별 있는 사람이라면 자기 아이들을 너무 똑똑하게 키워서는 안 되겠군요. 영리하다 해서 아무 이득도 없거니와 남에게 시기와 적대나 받게 되고 말 터이니까요. 사리를 모르는 바보 천치들 앞에서 새로운 지식이라도 꺼냈다가는 이쪽이 한술 더 떠서 쓸모없는 바보라는 욕을 얻어 먹게 될 것이요, 유식하다고 이름 난 분보다 더 낫다고 생각이 되면 남의 미움을 사게 될 것입니다. 이렇게 되는 경과를 저 자신도 어느 만큼 알게 됐죠. 괜스레 영리하다는 말을 들어 어떤 사람에게는 시기를, 다른 사람들에게는 반대를 받았습니다. 저의 그 영리하다는 게 뭐가 그리 대단한지 말이에요.

아무튼 왕께서도 제가 무슨 해를 끼칠까 봐 그게 두려우신 거죠? 걱정하실 것 없습니다. 상대방은 일국의 왕, 감히 그 권위를 해치다니, 그런 무엄한 계집은 아니올시다. 하지만 왕께서는 제게 어떤 해를 끼치셨죠? 따님을 당신이 좋아하시는 분에게 주셨을 뿐이죠. 아아, 생각할수록 제 남편이 미워집니다. 하지만 왕께서는 어리석게 일을 하신 것은 아니라고 생각합니다. 그리고 그 일이 잘 되어간다 해서 시기하지도 않습니다. 이 경사가 잘 되어 나가기를 빌기도 하겠습니다. 다만 한 가지, 제발 저를 이곳에 살게 해주세요. 제가 아무리 섭섭한 일을 당했다 하더라도 절대 언성을 높이지 않겠습니다. 그저 높으신 분의 분부만 따르겠나이다.

크레온 그대가 하는 말은 과연 어질다. 하나 내 심중은 그대가 무슨 흉계를 저지를 것만 같아 매우 두렵구나. 그러니만치 더욱 그대를 믿을 생각이 없어졌어. 여자나 남자나 할 것 없이 잠잠히 입밖에 내지 않는 영리한 인간보다는 곧잘 벌컥하는 성미의 인간이 더 다루기 쉬운 법이다. 그러니 안 돼. 그대는 곧 떠나야 한다. 더 이상 입을 벌릴 것 없어. 이 일은 이제 확정된 것이니 그대가 나를 적대시하면서 이 나라에 머물겠다니 무슨 수를 써도 안 된다.

메디아 제발 비나이다. 이렇게 무릎을 꿇고, 이번에 신부가 되신 따님을 위해서라도.

크레온 입만 닳을 뿐이다. 절대 들어줄 수 없어.

메디아 이대로 저를 쫓아내시고 이 몸의 소청은 아랑곳도 없사옵니까?

크레온 없어. 그대보다도 내 가족이 더 소중하니 어쩌랴.

메디아 아아, 내 고향이여. 이제 와서 고향 생각이 가슴에 사무치는구나.

크레온 나도 그 생각은 마찬가지다. 내 자식 생각을 빼놓으면.

메디아 아아, 사랑에 몸을 태우다니 사람에게 이 어인 화근인고.

크레온 그건 그렇지 않아. 그때그때 운수에 따라 다른 것이다.

메디아 제우스 대신이여, 화근이 되는 그 사람을 절대 잊지 말아 주사이다.

크레온 자, 더 이상 소용없다. 내게 너를 몰아내는 수고를 끼치지 말아 달라.

메디아 수고는 제가 하고 있습니다. 더 이상 할래야 할 수 없는 정도로 말이에요.

크레온 그럼 도리 없다. 너는 내 부하 손에 밀려 나가야겠구나.

메디아 아니, 그것만은 제발. 그저 한 말씀만 들어 주세요.

크레온 이봐라. 네가 정말 소란을 피울 작정이냐?

메디아 이곳을 떠나가겠습니다. 그것을 어찌해 달라는 말씀은 아닙니다.

크레온 그렇다면 왜 이렇게 마구 내 손에 매달려 성화냐?

메디아 그저 하루, 오늘 하루만 여기 있게 해주십사 하는 것입니다. 그 여유가 있어야만, 이곳을 떠나 어디 가서 살 것인지, 아이들 앞길을 어떻게 꾸려 나갈 것인지 생각을 할 수 있습니다. 아이 아버지가 거기에 대해서는 아무런 방도도 생각해 놓은 것이 없으니까요. 제발 저 어린것들을 불쌍히 여겨 주세요. 당신께서도 자식을 길러 보신 몸, 어린것들을 보살펴 주심이 인정의 도리가 아니겠습니까. 저 하나야 추방의 신세가 된들 조금도 아랑곳없습니다만, 그저 걱정은 불행하게 된 이 어린것들의 처지.

크레온 내 천성이 원래 남을 누르고 가는 데가 없어. 그러니 인정사정 다 봐줘 피해를 입은 일도 한두 번이 아니었다. 지금 이번 일도 내가 또 잘못을 저지르는구나 하는 것을 알면서도 어디 그대 소청을 들어주마.

그러나 똑똑히 들어 두어라. 내일 아침 햇빛이 이 나라 안에서 너와 네 아이들을 비추는 일이 있기만 하면 그때는 사형이다. 이 말은 결코 허튼 소리가 아니다. 자아 그럼, 네가 머무르겠다면 좋다. 오늘 하루 동안만은, 설마 그동안에야 내가 두려워하는 일을 저지르지는 못하겠지.

(크레온, 신하와 더불어 퇴장)

코로스 (읊음)

아아, 불쌍하게도 얼마나 가엾은가. 어디로 가시는가?

누구를 의지해서?

화를 면하여 보살펴 줄 어느 땅, 어느 집을 찾아가실 것인가.

망망한 절망의 대해 위에, 메디아여,

하느님은 그대를 던져 버리셨구나.

메디아 일이 모두가 좋지 않게만 되어 가는구려. 그렇지 않다고
는 말할 수 없겠죠. 그러나 두고 보아야 할 것이 아니에요? 새로
결혼한 두 내외에게도 앞으로 닥쳐올 시련이 있을 것이고, 그 집
안 분들에게도 고난이 찾아올 것이에요. 그렇게 쉽지는 않을 것
입니다. 내가 무슨 뜻하는 바 있어, 가슴에 품은 것 없이 저 사람
에게 아첨을 떨 것같이 생각이 되오? 말을 걸거나 달라붙어 사정
을 할 것 같으냐 말이에요? 어림도 없지. 세상에 바보 천치 같으
니라니. 나를 당장에 추방해 버렸으면 내 계획이 모두 수포로 돌
아갈 것을 오늘 하루의 여유를 주었거든. 이 하루 동안에 내 원수
셋, 아비와 딸과 내 남편을 모조리 시체로 만들 작정으로 있는데
말이야. 어떻게 죽이면 속이 시원할까. 죽이는 방법이 하도 많아
서 어느 것을 택해야 하는지 정말 갈피를 잡지 못하겠군. 신방을
꾸며 놓은 데다 불을 질러 버릴까, 아니면 자리를 펴 놓은 대궐
안에 몰래 숨어 들어가 날카로운 비수로 그 가슴팍을 콱 찔러 버
릴까. 하지만 꼭 한 가지 곤란한 일이 있어. 만약 집 안에 잠입하
여 일을 꾸미는데 붙잡히기라도 한다면 나는 죽음을 당할 것이

33

요, 놈들의 좋은 웃음거리밖에는 되지 않을 것이란 말이야. 그러니 차라리 우리가 가장 능사로 여기는 지름길을 택해서 독약으로 해치우는 것이 상책이지. 그럼 그렇게 하기로 하고.

모두들 죽어 없어졌다고 하자. 어느 고을에서 나를 맞이해 주지? 어느 친구가 있어 내게 피난처를 주지? 누가 안전한 집과 신변의 보호를 해주지? 아무도 없어. 그렇다면 조금 더 기다려 봐야겠어. 그래서 틀림없는 방패가 나를 위해 나타날 때, 그때 가서 내 계략으로 감쪽같이 이 살인을 해치워 버리는 거다. 그러나 만약 내 운명이 아무런 도움도 받지 못하는 처지에 빠진다면 어차피 버릴 목숨, 이 손에 칼을 쥐고 죽어 버리겠어. 있는 힘을 다해서 일을 해치워 버려야지.

내가 누구보다도 숭앙崇仰하고 돕는 분으로 받들고 있는 분이요, 우리 집 향로 깊이 안치해 놓은 헤카테 신[4]에 걸고 맹세하지만, 어느 놈이라도 나를 해치고 무사할 수는 절대로 없다는 것을 알아야 해. 이 혼인을 쓰리고 아픈 것으로 만들어 놓고 말 테니까. 새로 장가들어 나를 이곳에서 쫓아내다니 기필코 뼈아프게 해줄 테니까. 자, 메디아, 일을 짜고 꾸미는 데 있는 지혜랑 빠짐없이 모조리 짜내는 거야. 그 끔찍한 짓을 서슴지 않고 해내는 거야. 용단을 시험할 때가 온 것이야. 당한 일이 뭔지 생각해 보려무나. 이까짓 코린토스 사람에게 이아손이 장가드는 것으로 조롱의 상대가 되어서는 안 돼. 얼마나 훌륭한 아버님의 딸이며, 할아버지는 바로 태양신 헬리오스가 아니냐 말이야. 어디 솜씨

가 모자라는가. 게다가 여자로 태어난 몸이 아닌가. 좋은 행실을
하라면 어찌할 바를 모르는 터수에 나쁜 일을 꾸밀 때는 세상에
둘도 없는 솜씨라는, 바로 여자로 태어난 몸이 아닌가.

코로스 (노래)

성스런 강물도 흐름을 바꾸어라.

온 세상 도리도 거꾸로 돌아라.

속임수는 사나이의 마음속

그 맹세 어찌 믿어지리요.

이제부터는 이야기가 바뀌어

여자에게 제 이름을.

악한 이름은 이미 그들의 것이 아니게 되리라.

옛 시인의 노랫소리도 그치리.

탓하노니 여자는 무정하노라고.

노래의 임금 아폴론께서

현금弦琴의 거룩하신 힘을

우리에게 내려 주셨던들

사나이에게 지지 않을

곡을 켰을 것을

우리들 이야기, 그 숱한 사연들

오랜 세월을 흘러왔구나.

그대 오신 길, 머나먼 고향 떠나

불타는 가슴 안고
부딪치는 바위 사이[5]
망망대해를 건너왔노니.
이제 낯선 땅, 지아비의 버림받아
독수공방 시름을 앓고
가엾어라, 쫓겨가는 몸.

백년가약 굳은 맹세는
어디메 사라지고
이 넓은 그리스 천지에
염치심 어디메 있나.
가엾어라 그대에게는
의지할 곳, 고향 땅 집도 없어
지아비 곁에는 다른 여인
그대 대신에 앉아 계시네.

(이아손 등장)

이아손 고집통이 성미를 다루기란 힘에 겹다고 안 것이 어디 한 두 번일까만은 또 그 성미로구나. 위에 계시는 어른의 뜻을 받들어 순순히 따르기만 하면, 그 고장에 살 수 있고 집도 지켜 나갈 수 있을 것을, 그 허튼 소리 마구 지껄이기 때문에 쫓겨나는 신세가 되어 버렸구나. 나야 아무 상관없어. 사람마다 이아손을 몹쓸 놈이라고 아무리 이야기해도 좋다. 하지만 성주님에 대한 그 말투, 추방으로 죄를 면하였으니 더할 나위 없는 다행이라고 해야 해. 성주님께는 그 노여움을 거두시도록 언제나 간청했고, 그대도 여기 남아 있기를 원해 왔어. 그런데도 그 어리석은 짓, 아직도 성주님 이야기를 마구 하고 다니니 추방당할 수밖에는 없지 않게 되었단 말이오. 그럼에도 나는 그대를 생각하여 그냥 버려둘 수가 없어 이렇게 찾아온 것이오. 아이까지 데리고 추방당하는 몸, 행여나 돈이 궁하지 않을까, 곤궁에 빠지지나 않을까 하여 약간의 마련을 해 온 것이오. 귀양가는 몸에는 오만 가지 곤란이 으레 따르는 법. 비록 그대가 나를 미워한다 해도 내 어찌 그대를 악의로 대할 수 있겠소.

메디아 아아, 두고두고 비겁한 인간. 그래요, 당신은 비겁자. 그 사내답지 못한 주제, 내 입에 담을 수 있는 제일 더러운 말로 부르겠어. 능청맞게도 내 앞에 나타났으니 말이에요. 자기 사람을 모진 꼴로 만들어 놓고서도 바로 멀쩡하게 대면을 하라니 그건 자신도 용기도 아무것도 아니야. 그건 인간의 마음을 좀먹는 병 가운데서도 가장 흉악한 저 몰염치라는 거예요. 하지만 잘 왔어. 어디 당신을 실컷 욕해 주면 이 가슴이라도 시원해질 것이고, 내 말을 듣고 있으면 당신 마음도 유쾌하지는 못할 거예요.

그럼 내 자초지종부터 이야기해야겠어. 당신 목숨을 구해 준 것은 누구죠? 그 아르고 선에 같이 탄 선원이라면 누구든지 다 알고 있는 거예요. 불을 뿜는 황소를 잡아 멍에를 메우고 죽음의 밭에 씨앗을 뿌리도록 당신에게 시켰을 때[6] 당신 목숨을 구해 준 것이 바로 나 아니고 누구였죠? 그뿐이에요? 그 황금양모피를 둘러싸고, 그것을 지키노라 몇 겹이고 똬리를 틀고 밤잠도 안 자는 큰 뱀을 죽여 당신께 구원의 빛을 던져 준 것도 나였어요.

그 뒤에 아버지고, 고향의 집이고 다 버리고 펠리온의 기슭, 이올코스 땅으로 당신을 따라간 것도 나였고, 앞뒤 생각은커녕 그저 돕고만 싶을세라, 자기 딸들 손에 죽는다[7]는, 세상에도 끔찍한 죽음으로 펠리아스 왕을 해치워 당신의 근심 걱정을 덜어 드린 것도 바로 나였어요. 이렇게 끔찍이 위해 온 나를, 세상에 지독하기도 하지, 당신은 헌신짝 버리듯이 저버리고 새장가를 들었어요. 자식만 없었더라도 다시 장가들겠다는 구실이 설는지 몰라. 그런데 자식까지 있는 주제에 말이에요. 그때의 백년 굳은 맹세는 어디로 갔죠? 그때 그 맹세에 걸었던 하느님은 자리를 물러나고 새로운 법이라도 섰다고 생각하시나요? 설마하니 내게 한 그때 그 맹세를 깨 버렸다는 것까지 모르실 리는 없을 테니까요. 아아, 이 오른손, 그리고 이 무릎, 간청하노라 몇 번이고 잡아 주셨지. 그 모진 사나이에게 이렇게도 참혹한 꼴을 당하다니. 그 숱한 희망들도 이제는 물거품이 되어 버렸어. 흥, 나를 언제고 변함없이 대해 주겠다고? 그걸 내가 믿을 것 같아요? 하지만 그 말을 믿어 보겠어. 그리고 묻겠어요. 당신의 그 비열함을 더 드러나게 말이에요. 나는 어디로 가는 거죠? 아버지께로? 당신을 따라올 때 고향 땅까지 배반했는데, 아버지께로? 아니면 펠리아스 왕의 그 불쌍한 딸들한테? 저희 아버지를 죽인 나를 근사하게 맞이해 주겠군요. 그래요, 나는 당신에게 잘해 드린다고 내 고향 땅에서 헤칠 아무 이유도 없는 사람들의 원한을 산 거예요. 그 덕택에 당신 쪽에서는 나를 그 숱한 그리스 여인들 가운데 아주 행복한 여자로 만들어 주셨구려. 얼마나 훌륭한 남편인가……, 맹세를 깨는 데 말이에요. 내가 불쌍하게도 이 땅에서 쫓겨나 귀양길을 나선다는데 도와줄 사람 하나 없이 자식들만 데리고 외로운 처지, 자기를 살려 준 계집과 자식들이 거지꼴을 하고 다니면 새서방님에게는 그야말로 훌륭한 꼴이 되겠군요. 아아, 제우스 신이여, 당신께서는 진짜 황금과 가짜 황금을 가려내는 확실한 방법을 인간들에게 가르쳐 주시면서 왜 선악을 가릴 수 있는 표시는 사람의 몸에다 그려 놓지 않으셨나이까?

코로스장 사이좋은 사람들끼리 다툼이 시작되면 괴상한 미움이 생겨 고치기 어려워집니다.

이아손 어디 나로서도 한마디 없어서는 안 될 것 같군그래. 키를 잘 잡는 뱃사공처럼 돛을 잔뜩 말아 올려, 그대의 그 시끄러운 구설의 폭풍을 슬그머니 피해야 할 판이군. 그대는 나를 위해 주었다, 내게 잘해 주었다 하고 덮어씌우는데, 내가 알기에는 이 목숨을 보존해 주신 분은 사람이건 신들이건 오직 아프로디테 신뿐이오. 하지만 이 이야기, 사랑의 피치 못할 힘으로 해서 내 목숨이 안전했다는 자초지종은 여기 늘어놓을 필요가 없어. 자세한 이야기까지 들어 보고 싶지 않단 말이오. 아무튼 그대가 나를 도와준 것으로 보자면 그건 전력을 다해 주었지. 그러나 내 목숨을 구해 주었다는 데 대해서는 내게 준 것보다 내게서 얻은 것이 더 많다는 것을 알아야 할걸. 그 이유는 첫째, 그대는 야만인들 사이에 살지 않고 그리스 땅에 살게 되어, 우리의 풍습을 배워 무지막지한 힘으로써가 아니라 법에 의해서 사는 길을 알게 됐지. 그리고 그리스 사람들이 모두 그대가 영리하다는 것을 알고 그만큼 이름도 높아졌어. 만약 저 변두리에 그냥 살고 있었다면, 그대 이름이라도 전해졌을 것인가. 나 같으면 집안에 금은보석을 쌓아 놓거나 오르페우스보다 더 아름답게 노래 부르는 솜씨가 있다 해도 그보다 차라리 세상에 뛰어난 사람으로 알려지는 편을 택하겠어. 내 원정 때 이야기에 대한 대답은 그만 하기로 하지. 대체 말다툼에 불을 붙인 것은 그대니까. 다음에 성주 따님과의 혼사에 대해 나를 공박했는데 그걸 이야기해 주지. 첫째, 이번 일은 생각이 있어서 한 것. 둘째로 어리석게 일을 처리한 것이 아니고, 끝으로 그대와 아이들을 위하여 한 짓이오. 제발 가만있어. 내가 이올코스 땅에서 이리로 옮아왔을 때 엎친 데 덮친 격의 고생이 이루 말할 수 없었던 게 아닌가. 그때 유랑의 몸으로서 성주의 따님과 결혼하게 되었으니 이보다 더한 행운이 어디서 굴러 들어온단 말인가. 그대는 이 점에 화를 내는 모양인데. 내가 그대에게 무슨 싫증이 나서 새로운 색시를 찾아야겠다고 생각한 것은 아니고, 또 아이들의 수를 늘려야겠다는 생각이 든 것도 아니란 말이오. 자식은 지금으로도 충분해. 그것으로 만족이야. 그러나 말이오……, 이것이 첫째 이유인데……, 우리가 궁해서는 못써. 잘살아 보잔 말이오. 친구들끼리라도 가난하면 보고도 모른 체하는 세상이 아닌가. 그리고 자식들을 내 지위에 알맞게 키워 보자는 거요. 그대에게서 낳은 아이들의 동기를 더 많이 만들어 같이 의지해 가지고, 모두 잘살아 보자는 거요. 그대는 이 이상 더 아이들이 필요 없을 것이고, 나로서는 지금 아이들이 앞으로 생길 아이들에게서 도움을 얻는다면 잘된 일이오. 이게 잘못된 생각일까? 새로 여자가 생겼다 해서 화를 내지만 않아도 이게 잘못이라고는 하지 않을걸. 하지만 계집이란 어리석기 한량이 없지. 그저 밤에 이루어지는 내외 사이만 좋다면 만사가 다 잘된 것으로 생각하고, 반대로 거기 조금이라도 잘못되는 일이 생기면 아무리 덕이 되고 이로운 것도 원수 대접을 하고 만단 말이오. 아닌 게 아니라 이 세상에 여자 같은 것은 없어지고 아이들은 별도로 만들 수만 있다면 얼마나 좋겠는가. 그렇게 되면 세상에 나쁜 일이 없어지게 될걸.

코로스장 이아손 서방님, 그 말씀 구변이 좋으셔서 아주 훌륭하십니다. 그러나 다른 사람들 생각은 몰라도 제가 보기에는, 부인을 버리신 일은 잘한 것은 아닌데요.

메디아 나는 다른 사람들과 생각을 달리하는 게 한두 가지가 아니에요. 악인인 주제에 입만 그럴싸하게 놀리는 인간이 제일 큰 벌을 받아야 할 것이니까요. 자기의 구변만 믿고 무슨 나쁜 짓이라도 감쪽같이 감추려고 드는 인간은 무엇이든 서슴없이 하려 드는 거죠. 하지만, 그런 인간은 진짜 영리한 사람이 아니거든요. 당신 경우같이 말이에요. 그렇게 똑똑한 체, 구변 좋은 체할 필요가 없는 거예요. 한마디만 하면 나가 떨어질 테니까요. 당신이 비겁자가 아니었다면 왜 내게 감추고서 몰래 혼인을 했죠? 미리 한마디 상의도 없이 말이에요.

이아손 뭐? 내가 미리 이야기를 한다고? 그랬으면 내 계획을 곧잘 진행시켜 주었겠군그래. 방금도 그 억센 성미를 가누지 못하는 그대가 말이야.

메디아 그게 아니에요. 사실은 당신이 나이 먹은 체면에 이국 땅 여자와 결혼하는 것이 어쭙잖다고 생각했기 때문이에요.

이아손 이건 잘 알아 두란 말이야. 내가 지금의 이 왕가와의 인연을 맺은 것은 색시에게 끌려서가 아니오. 앞서도 말했지만 그대를 살리고 아이들을 위해서 왕가의 피를 이은 동기간을 낳아 확실한 보호를 받아 보겠다고 생각한 것뿐이오.

메디아 나는 싫어요. 아무리 복된 살림살이라도 괴로움을 당하는 것은 싫어. 이 가슴이 아리고 쓰린데 그까짓 잘살면 뭘 해요.

이아손 싫다고 마다하지 말고, 그 마음을 바꿔야 해. 왜 좀더 똑똑하지 못할까. 내게 좋은 일은 고통스럽다고 생각지 말아야 하고, 자기가 다행스러운데 왜 불행하다고 생각하느냐 말이오.

메디아 무슨 모욕이라도 주세요. 당신은 어차피 돌아갈 곳이 있지 않아요? 나만이 도와주는 사람 없이 이곳을 떠나 귀양길을 가는 거예요.

이아손 자기가 사서 한 일, 남에게 뒤집어씌울 것은 아니야.

메디아 어떻게 내가 사서 했단 말이죠. 내가 당신을 배반했나요?

이아손 성주님 가족을 욕하고 저주한 것은 그대가 아니오?

메디아 저주라고? 어디 보세요. 정말 이제부터 당신 집안에 내가 저주가 되어 줄 터이니.

이아손 이 이야기를 더 계속하고 싶지 않아. 그것보다도 귀양 길을 떠나는 그대나 아이들을 위해 내가 도울 수 있는 얼마간의 금전이라도 소용된다면 이야기해 주오. 내 아낌없이 줄 것이고, 또 내 아는 사람들에게 편지라도 써 주지. 잘 도와줄 것이오. 이렇게까지 권해도 싫다면 어리석은 노릇. 그 화를 거두어야 그대에게 도움이 되는 거요.

메디아 나는 당신 친구라는 사람들의 은혜도 입기 싫고 당신에게서 하나도 받고 싶지 않아요. 그러니 부질없는 짓이에요. 악인에게서 선물을 받다니 무슨 소용이 있을까.

이아손 그렇다면 도리 없어. 아무튼 하늘의 제신께서도 보아 주사이다. 내가 이렇듯 백방으로 그대와 아이들을 도와주려고 하는데도 그대는 자기에게 이로운 것까지 싫다고 거절하니, 호의를 베풀어도 고집을 세워 마다하니 어디 보라지, 단단히 혼이 날테니까.

메디아 나가세요. 새신부가 보고 싶어 이렇게 바깥에서 빈둥거린 시간만도 죄스럽게 생각이 될걸. 새장가를 작작 즐기세요. 하지만 어디 보세요……. 하느님도 도움이 되실 테지……. 그 혼인도 두고두고 후회거리가 되도록 만들 테니.

(이아손 퇴장)

코로스 (노래) 사랑의 불꽃 지나칠 때에
찾아오는 값이 무엇이며
따라올 명예가 무엇 있으리.
그러나 키프리스 신께서
은근히 찾아올 때
이 세상 무슨 힘이 이보다 인자하리오.
여신님이여, 사랑의 불꽃 독이 되어
그대 황금의 화살 따라
제발 이 몸에 꽂히는 일 없기를.

내 가슴이여, 슬기로워라.
그것은 바로 하느님의 더할 나위 없는 선물.
어긋난 사랑에 가슴 태우는
노여움과 말다툼 쉴 사이 없어
키프리스 여신이여
제게는 그런 일 없게 해주소서.
마음 편안히 앞뒤를 가려
아내의 길 고이 인도해 주소서.
고향이여, 내 집이여
바랄 것 없는 나날의 생활에
괴롭디 괴로워 가엾은 나날,

넘기 힘든 그러한 고통일랑

제발 제게는 없게 해주시오.

그럴 바에야 세상 볕 가리고

죽음의 길로, 저승의 길로

고향 땅 떠나 외로운 나그네

그보다 더한 설움 이 세상 어디 있으리.

들은 이야기, 전해 온 사연이 아니라

이 눈으로 본 눈앞의 사실

가없는 괴로움에 시달리는 그대

어느 고을 어느 친구가 있어

가엾다 하리요, 애틋해하리까.

가슴을 터놓은 정성을 보여

받은 은혜 보답 못하는

무정한 인간아 사라지고저

평생 내 친구 안 되고저.

(메디아의 옛 친지 아테네의 왕, 아이게우스 등장)

아이게우스 메디아여, 안녕하오. 친한 사이에는 이것이 더할 나 위 없는 인사의 말.

메디아 당신께서도 안녕하시온지, 판디온 왕의 아드님 아이게우 스님. 한데 어찌하여 이곳을 찾으시게 되었는지?

아이게우스 아폴론의 그 옛 신명神命의 자리를 방금 떠나오는 길에…….

메디아 그 델포이의 신전에는 왜?

아이게우스 어떻게 하면 자식을 얻을 수 있을까, 가르침을 받으러 갔다 오는 길이오.

메디아 그러시나이까. 그렇다면 여태껏 슬하에 아무도 없이 지내오셨던가요?

아이게우스 그렇소이다. 무슨 숙명의 탓인지 여지껏 아무도.

메디아 부인께서는 있으신지, 아니면 여태껏 아무도?

아이게우스 있고말고요. 백 년을 맹세한 아내가 있소.

메디아 아, 그럼 아폴론의 신명은? 아기들에 대해.

아이게우스 너무나 슬기로운 말씀이라 보통 인간으로서는 도무지 이해하기 힘들어서…….

메디아 제게 말씀해 주실 수 있을까요. 그 하느님의 말씀을.

아이게우스 아무렴, 그러잖아도 영리한 분의 지혜가 필요하던 침이었소.

메디아 그 말씀의 사연은? 좋으시다면 말씀을.

아이게우스 '가죽 술주머니의 뾰족한 끝을 너무 벌려서는 안 되노라.'

메디아 안 되다니 무엇을 할 때까지, 아니면 어느 곳에 갈 때까지?

아이게우스 내 고향 집에 돌아갈 때까지는.

메디아 그러면 이 땅에 들르신 이유는 무엇이오니까?

아이게우스 피테우스라는 트로이젠의 왕이 있소.

메디아 펠로프스의 아드님으로, 들리는 바로는 도덕군자라고들 하더군요.

아이게우스 그분께 이 신명의 뜻을 알아볼까 하고요.

메디아 좋은 분이죠. 이런 문제에 대해서는 유식하고 경험도 많으시고.

아이게우스 게다가 내게는 가장 흉금을 털어놓고 지낼 수 있는 사이죠.

메디아 만사형통, 일이 잘되시기를 바랍옵니다.

아이게우스 한데 그대의 침울한 안색, 초췌한 모습, 어찌된 일이오?

메디아 아이게우스님. 제 남편인 자가 세상에 어디 이럴 수가 있겠습니까.

아이게우스 아니 그건 또 왜? 무엇 때문에 생긴 슬픔인지 똑똑히 이야기해 주오.

메디아 저는 아무 죄도 없사온데 남편은 제게 혹독한 짓을⋯⋯.

아이게우스 무슨 짓을 하였다는 것이오. 좀더 똑똑하게 말씀해 주오.

메디아 다른 계집을 아내로 삼아 저와 바꿔 버렸나이다.

아이게우스 어쩌면 그런 파렴치한 짓을 감히 할 수 있을까.

메디아 사실이 그러하옵니다. 옛정은 온데간데없이 저는 버림받은 몸이 되었나이다.

아이게우스 계집에 빠져 버렸는가? 아니면 옛정에 싫증이 난 것일까?

메디아 빠지고말고가 아니옵니다. 천하에 괘씸한 인간 같으니.

아이게우스 그럼 버리시구려. 그렇게 고약한 인간이 되었다면.

메디아 아주 열렬하게 바랐답니다. 영주님과의 결연을.

아이게우스 그 장인이란 사람이 누군지? 끝까지 이야기를 해주오.

메디아 크레온, 바로 이곳 코린투스를 다스리는 성주님이옵니다.

아이게우스 알겠소, 메디아. 그대의 원통함은 무리가 아니군.

메디아 저는 망했나이다. 그뿐이오니까, 거기다 이곳에서 추방당할 몸이옵니다.

아이게우스 추방? 누가? 새로운 고생 이야기가 나오는군.

메디아 크레온께서 이 몸을 코린토스로부터 냉큼 나가라는 엄명이옵니다.

아이게우스 이아손도 좋다고 했는가? 이건 너무 하군그래.

메디아 아아, 아이게우스님. 제게 소청이 있사옵니다. 이렇게 무릎을 붙들고 간청하오니, 이 가련한 신세를 불쌍히 여기시고 옛 정을 생각하시와 기약 없는 추방의 길을 모면하게 제발 당신의 나라로, 당신의 댁으로 저를 데려다 주사이다. 그렇게 자비를 베풀어 주시면 자손을 얻으시겠다는 소망도 틀림없이 하느님 뜻으로 이루어질 것이요, 여생에 근심 걱정이 없으시게 될 것입니다. 당신께서도 이번의 이 기회, 얼마나 운이 좋으신지 모르실 것입니다. 제가 꼭 해드리겠나이다. 자손을 낳게 되시도록 효험을 볼 수 있는 신약神藥을 제가 알고 있나이다.

아이게우스 그 소청 기꺼이 받아들이기로 하겠소. 이유야 한두 가지가 아니지. 첫째는 하늘의 제신들을 위해서요, 다음으로는 그대가 약속한 대로 자손을 얻게 되기 때문. 이 일에 대해서는 지금 어찌할 바를 모르고 있는 처지이니. 그러나 한 가지 내 입장이 있어. 그대가 내 땅에까지 오게 될 때에는 무슨 거리낄 일이 있을까, 기꺼이 그대를 맞아들이겠어. 그러나 미리 알아 두어야 할 것이 있으니 이 나라에서 그대를 데려간다는 데 대해서는 동의할 수 없는 입장이오. 그대 쪽에서 내 집까지 온다면 후환 없이 머물게 해주겠소. 어느 누구에게도 그대를 넘겨주는 일은 않겠지만 이곳을 떠나는 일, 그것은 그대 혼자서 해야겠소. 나와 가까운 처지에 있는 어느 사람이건 뒤에 말을 듣고 싶지는 않으니까.

메디아 잘 알겠나이다. 저로서는 다만 당신의 약속의 말씀만 들으면 더 이상 바랄 것이 없사옵니다.

아이게우스 나를 믿지 못한단 말씀인가? 무슨 곤란한 점이라도 있단 말씀인가?

메디아 아니오, 믿습니다. 그러나 펠리아스 가문에게나 크레온님에게나 저는 적의 입장이 아니오니까. 당신께서 한 말씀 약속만 있으시다면, 비록 이들이 저를 이곳에서 끌어내려 하더라도 저를 버리시는 일이 없을 것이옵니다. 그러나 말로만 주고받을 뿐 하느님께 대한 맹세가 따르지 못한다면, 저편의 요청을 물리치지 못하시고 굳세게 대하시지 못할까 염려되옵니다. 연약한 저에 비해 상대방은 금전이나 지체가 저로서는 도저히 따를 수 없는 분들이 아니오니까.

아이게우스 앞을 몇 수 더 내다본 흥정이로군. 좋아, 그게 원이라면 내 거절할 사람이 아니오. 어차피 내게도 그대의 적에게 내세울 수 있는 명분을 가지게 되니까, 안전하고 그대의 입장도 훨씬 튼튼하게 되겠지. 그러면 맹세할 신의 이름을 들어 보시오.

메디아 대지의 신, 저의 아버지의 아버지이신 헬리오스 태양신, 그리고 모든 신을 한데 묶어서…….

아이게우스 어떻게 하며 어떻게 하지 말라는 건지? 그것을 말해 보오.

메디아 당신의 나라에서 저를 추방하는 일을 일절 않는다. 비록 저의 원수가 와서 저를 요구하더라도 당신 생전에는 자진하여 저를 넘겨주는 일을 않는다고 맹세하세요.

아이게우스 대지의 신, 성스러운 헬리오스 태양신, 그리고 하늘의 제신에 걸어 맹세하노니 그대가 말한 바를 지키겠노라.

메디아 좋습니다. 허나 만약 이 맹세를 지키시지 않을 경우의 각오는?

아이게우스 하늘의 맹세를 지키지 않은 자에게 오는 벌은 무엇이든 달게 받을 작정이오.

메디아 그럼 가 보세요. 안녕히. 제 소망은 다 이뤘습니다. 지금 해야 할 일, 제 목적을 이루는 대로 곧 그곳으로 찾아갈 것입니다.

(아이게우스 퇴장)

코로스 (읊음) 길의 인도자 헤르메스 신께서 아이게우스, 그대를 무사히 가게 해주소서. 그리고 소원 성취하시기를 간절히 비나이다. 저희 보기에 당신은 아주 훌륭하신 분이에요.

메디아 제우스 대신, 그 따님이신 정의의 여신 디케, 헬리오스 태양신이여, 이제야 왔습니다. 저의 원수들에게 원한을 갚을 때가. 여러분, 이제야 왔습니다. 이미 그 첫걸음은 디뎌 놓았습니다. 원수에게 벌을 줄 확신이 섰습니다. 이분 아이게우스는 나에게 마치 구원의 손길. 한참 낙담하던 차에 내 계획이 순조로이 되었구나. 팔라스 아테나 여신의 도시, 그 성벽 안으로 가거들랑 이분을 목숨의 줄로 삼아야지. 자, 이제야 여러분께 내 계획의 전부를 털어놓겠어요. 허튼 소리가 아니니 귀담아 들어 주세요.

내 하인을 시켜 이아손을 찾아 한 번만 더 내게 와 달라고 부탁하겠어. 여기 오면 이야기는 아주 부드럽게 이렇게 말하겠어요. '당신의 뜻은 잘 알겠어요. 나를 버리고 왕가와 혼인을 맺은 것도 좋아요. 우리의 도움도 되고 아주 멋진 생각이오.' 라고. 그리고 부탁하겠어. 그러나 아이들만은 여기 남아 있게 해줄 수 없겠느냐고. 나를 미워하는 이 나라, 내 자식이 갖은 욕을 보게 할 어느 어미가 있으리요만, 이건 계략을 써서 왕의 따님을 죽이기 위해서 하는 일. 그 방법은 선물을 들고 아이들을 그쪽으로 보내며 비단 옷에 황금의 관을 씌워 보내되, 추방만은 면하게 해주십사 청을 드리게 하는 것이에요. 그 선물을 받아 몸에 붙이기만 하면 따님이고 그분의 손이 닿는 인간들이고 간에 모조리 괴로움에 못 이겨 죽게 되지요. 그러한 독을 보내는 선물에다 발라 놓을 거예요.

하지만 그 이상 이야기는 하지 말아야겠어. 그 다음으로 내가 해야 할 일, 생각만 해도 한숨이 앞지르니. 그 다음 것이란, 내 자식을 이 손으로 죽이는 것이니까. 내 자식들, 누가 탈 없이 보호해 줄 것인가. 이아손의 집을 온통 파멸의 구렁텅이에 몰아넣고 난 다음에는 친자식을 죽인 어미의 죄를 피해 이 땅을 떠나는 거예요. 그 끔찍한 짓을 한 나는 피하는 거예요. 원수에게 조롱을 당하는 것만은 견딜 수 없으니까.

그렇지, 해치우고야 말걸. 이 목숨 부지해 본들 무슨 덕이 있으랴. 나라도 집도 이 괴로움을 피해서 달아날 아무런 피신처도 없으니. 저 그리스 사내의 감언을 믿고 고향의 집을 버렸을 때 이미 나는 실수를 한 몸이었다. 그 사내도 하느님 도움으로 죗값을 단단히 치르게 될 것이지만 나에게 낳게 한 자식들의 무사한 모습은 두 번 다시 보지 못할 것이요, 그렇다고 새색시에게서 아이를 얻는 것도 안 될 터이니 말이다. 왜냐고? 그 새색시는 내가 준 독약으로 천하에 무참한 죽임을 당할 테니까. 나를 연약한 계집, 성미도 없고 집 안에나 틀어박혀 있는 순한 여자라고 생각해서는 어림도 없지. 그와 반대로 원수에게는 용서 없고 나를 위해 주는 사람은 도와주는 인간이에요. 이런 사람이야말로 세상이 제일 알아주지 않겠어요?

코로스장 기왕 신의 그 계획을 우리에게도 알려 준 이상 당신을 위해서나 사람의 올바른 도리를 위해서나 그런 짓을 하지 마시라고 권하고 싶어요.

메디아 이 밖에는 길이 없어요. 그렇게 말씀하는 뜻은 충분히 알 수 있으나 여러분은 나같이 모진 변을 겪지 않아서 모를 거예요.

코로스장 하지만 제 자식, 제 혈육을 어떻게 자기 손으로…….

메디아 그렇게 하는 것이 남편을 괴롭히는 제일 좋은 길이니까.

코로스장 당신 또한 같은 처지. 이 세상에서 제일 비참한 여자가 될 것입니다.

메디아 도리 없죠. 그 밖에 다른 길이 어디 있어야지. (유모를 향해서) 자, 가서 이아손 서방님을 모시고 와. 너를 믿어 제일 소중한 심부름만 시키는 것이니까 이 이야길랑 한마디도 입 밖에 내서는 안 돼. 옛 주인을 생각하고 또 같은 여자의 처지를 봐서 이 마음속의 결심을 알리는 일이 없도록 해줘.

코로스 (노래) 예로부터 에렉테우스의 후손은 훌륭한 하느님의 자손.

　아테네 그 신성한 땅

　침략당할 줄 모르는 땅에 살아,

　저 명성 높은 지혜의 신이 그들에게 양식을 주어

　맑디 맑은 대기 속

　발걸음도 가볍게 움직이더라.

　그리고 뮤즈 여신, 그 아홉 개 기둥이

　황금 머리칼의 하르모니아를

　낳았던 곳도 바로 이곳이라네.

　케피소스의 청류淸流

아프로디테 여신께서 이 물을 뜨고
훈풍에 나부끼며
지나던 곳 여기
장미꽃 향기로운 화관을 쓰고
지혜의 신 도움 받아
모든 솜씨에 인간을 도와준
에로스를 보내신 곳 여기.

이 깨끗한 흐름이 어찌 그대를 맞이할까.
자식을 죽이려는 그대, 부정을 타는 그대를
이 나라 이 고장이 어찌 발견하리까?
생각해 보오, 제 손으로 어찌 제 자식을
제 손으로 어찌 그 피를
백 번 부탁, 천 번 간청
어찌 자식을 죽일 수 있으리오.

세상에 끔찍한 그 행동
어찌 그대는 그 마음, 그 솜씨를
어찌 용기를 낼 것인가?
아이를 앞에 두고 그 눈물 어이하여
죽일 마음 나오리까.
아이들 무릎 꿇고 살려 달라 간청할 때

어찌 붉은 핏속에 손을 적시리까.

(이아손 등장)

이아손 그대 소청대로 여기 왔다. 아무리 이 나라를 미워하더라도 좋아. 적어도 귀까지 틀어막은 내가 아니니. 자아, 말해 보오. 무슨 새로운 이야기, 내게 원하는 바가 있는가?

메디아 당신, 저를 용서해 주시겠어요? 아까는 너무 말이 지나쳤어요. 전번에는 그렇게도 좋아했던 사이, 제가 한때 흥분으로 성미를 부렸기로서니 참아 주시겠죠. 그동안 저 혼자 여러 가지로 생각해 보았어요. 그리고 제 자신을 나무랐죠. '이 어리석은 인간아. 왜 그렇게 성미를 부리고 내 몸을 위해 깊이 생각해 주시는 분들에게 대들고, 영주님이나 남편을 원수 취급했느냔 말이다. 내게 얼마나 좋은 일이기에. 남편이 영주님 사위가 되어 아이를 낳으면 자식들에게 동기들이 생기는데 말이다. 내가 정말 어떻게 되었던가 보지. 하느님께서 잘 보살펴 주시는데 화를 내다니 될 말인가. 내게 자식이 없는가. 남의 나라에 귀양살이 온 몸이 외롭기 짝이 없다는 것을 왜 모르지.' 라고. 이렇게 생각이 미치니까 제가 한 짓이 얼마나 철부지였으며, 화를 낸 것이 매우 어리석었다는 것을 알았죠. 이제는 당신의 말씀에 따르겠어요. 저를 두고 다시 혼인을 하신 것도 현명한 노릇이며, 제가 바보였다고 생각해요. 차라리 당신의 그 생각을 제가 거들어 드리고 혼례에도 참여하고 신방에 대령하여 새아씨 시중드는 것을 자랑으로 여겼어야 할 것이에요. 하지만 아시다시피 여자란 철이 없습니다. 남자는 여자 같아서는 안 돼요. 저희가 어리석다고 해서 어리석음으로 대해서는 안 됩니다. 그러니 이렇게 고개 숙이오니 제발 용서해 주세요. 그때는 정말 바보 노릇을 했죠. 그러나 지금은 생각을 바로잡았습니다.

(집 안을 향해서)

자아, 아이들아 이리 나오렴. 바깥으로 나오너라. 다 같이 아버지에게 인사드려라. 그리고 안녕이라고 해요. 따라서 이 어머니처럼 지금까지의 원망을 버리고, 우리를 사랑해 주시는 아버지와 다정하게 지내자꾸나.

(아이들 등장. 교사 따른다.)

어머니 아버지는 사이좋게 됐어. 이제는 화내지 않는다. 자아, 아버지의 오른팔을 잡으렴…… 아, 감춰 놓은 장래에 일어날 불행. 생각만 해도 이 가슴, 아, 아이들아. 오래 살아서 이렇게 그 귀여운 손을 뻗쳐 줄 수 있을까. 아, 아이들아 눈물이 샘솟듯 앞을 생각하니 몸서리쳐지는구나……. 아버지와의 다툼이 이제 겨우 가라앉는 판에 이봐, 갑자기 내 눈엔 눈물이 이렇게 괴는구나.

코로스장 내 눈에도 눈물이 괴기 시작하는군요. 제발 이제 더 재앙이 없기를!

이아손 그대여, 지금 말 잘했소. 앞서의 일은 내 탓하지 않으리다. 남편이 몰래 외도를 하면 화를 내는 것은 아내로서 당연한 노릇. 하지만 이제는 그대 마음이 돌아섰어. 역시 영리한 여자가 되어 결국은 바른 생각으로 돌아오는구려. 그리고 아이들아, 너희들 뒤는 이 아비가 보살피고 있다. 하느님에게도 기원하여 충분한 방도를 취해 놓고 있다. 언젠가는 너희들 동기와 더불어 이 코린토스 나라의 으뜸가는 인물이 될 날이 올 것이다. 우선 자라야 해. 그 다음 일은 이 아비와 고마우신 하느님께서 잘 보살펴 줄 것이다. 너희들이 자라 훌륭하고 튼튼한 대장부가 되어 내 원수들을 쳐부수는 광경을 보고 싶구나.

메디아, 그대는 왜 그리 파리한 얼굴에 눈물이 가득하오? 볼이 창백한 채 내게서 외면하고 있는 거지? 내가 하는 말이 마음에 들지 않는단 말인가?

메디아 아무것도 아니에요. 이 아이들 생각을 하고 있었어요.

이아손 걱정할 것 없다니까. 아이들 걱정은 내가 해주겠어.

메디아 아무렴요. 당신 말씀을 못 믿어서가 아니에요. 여자란 약해서 툭하면 눈물이랍니다.

이아손 하지만 왜 그리도 심하게 아이들 걱정을 하느냔 말이오?

메디아 어미니까요. 아이들이 잘 자라 달라고 말씀하셨을 때, 정말 그렇게 될까 하고 저는 어쩐지 마음이 설렜어요.

그건 그렇고, 제가 말씀 올리려고 마음 먹었던 것 일부는 말씀 드렸습니다만은 이제 그 나머지를 들어 주세요. 성주님께서 저를 이곳으로부터 추방하시겠다는 뜻이고 보니……. 하긴 제가 호의를 가지지 않고 있다고 그분께서 생각하시니 여기 남아서 당신이나 성주님의 방해가 되지 않는 게 가장 좋은 길이 아닌가 하고 저 자신도 생각하고 있는 터이니……. 저는 이 속을 물러나

57

귀양 길을 떠나겠습니다. 그러나 자식들만은 당신 손으로 키울 수 있도록 크레온 성주님께 간청하여 추방을 면케 해주세요.

이아손 글쎄, 잘 될는지는 모르겠으나 어디 힘써 보도록 하겠소.

메디아 그럼 새아씨로 하여금 그 아버님께 부탁하여 처분을 면하도록 해주셔야겠어요.

이아손 음, 그렇게 하겠어. 틀림없이 성공할 것이오.

메디아 그분이 같은 여자의 몸이라면 될 겁니다. 그리고 저도 이 일을 곁에서 도와 드리도록 하겠어요. 그분에게 선물을 보내서 말이에요. 아마 틀림없이 요즘 유행하는 것보다 훨씬 아름다운 선물, 비단옷과 황금관으로 말이에요. 아이들을 보내 그것을 바치도록 하죠. 거기 누가 빨리 가서 그 물건들을 가져오너라.

(시종 가운데 한 사람, 집 안으로 퇴장)

그분의 행복은 이제 한 가지가 아니고 수백 가지로 이뤄질 것입니다. 당신 같은 훌륭한 남편을 맞이했겠다, 이런 고운 옷을 가지게 되었으니까요. 이 옷이 바로 저의 아버지의 아버지이신 헬리오스 태양신께서 자손에게 물려주신 것입니다.

(시종, 독이 묻은 비단옷과 황금관을 가지고 등장)

자, 너희들, 이 결혼 선물을 받아서 드려라. 가서 성주님의 따님, 그 다복하신 아씨에게 드리는 것이다. 이 선물 섭섭하다고는 생각지 않으실 것이다.

이아손 아니, 이건 무슨 어리석은 짓, 이런 것을 남에게 주어 버리다니. 성주님 댁에 입을 옷이 부족할 줄 아나? 황금이 모자라

58

는 줄 아나? 그것은 드릴 것 없어. 그냥 가지도록 해요. 내 아내
야, 나를 조금이라도 위해 준다면 만금보다도 내 말을 더 곧이들
을 것이오. 아무렴 틀림없지.

메디아 이건 제발 말리지 말아 주세요. 선물에는 하늘에 있는 신
들도 마음을 동한다 하지 않습니까. 백 마디 말보다도 한 줌의 황
금입니다. 그분은 지금 운수 대통, 하느님도 축수하는 처지의 젊
고 높으신 신분의 아가씨입니다. 반대로 저로 말하면, 황금이 아
니라 이 목숨과 바꾸더라도 자식들의 추방을 용서받으려는 처지
가 아니에요? 자아, 너희들 가거라. 같이 그 대궐에 가서 지금은
내 주인 아씨가 되는 너희 새어머니에게 간청을 드리는 거야. 제
발 추방시키지 말아 달라고. 그리고 이 선물을 드리는 거야. 드
릴 때 꼭 명심해 둘 것은 너희들 손으로 직접 전해 드려야 해. 자
아, 빨리 가 봐. 그리고 이 어미에게 제발 바라는 반가운 기별을
가지고 오너라.

(이아손 퇴장. 뒤를 따라 아이들 교사와 함께 퇴장)

코로스 (노래)

아기들 목숨, 아 이제는
가망이 없네, 살릴 길 없어.
지금 가는 길, 죽음의 길
가엾어라, 신부께서는 받으실걸.
그 저주의 황금, 번쩍이는 관을
금빛 머리 위에 손수 얹으실

그 죽음의 장식을.

황금색 비단옷, 그 모양 그 향기

그 빛깔에 홀려

몸에 걸치시고 머리에 쓰실까.

신혼길이 황천길

빠지실 곳은 흉측스런 함정.

가엾어라, 찾아가는 곳 죽음의 함정.

피하지 못하리니, 저 끔찍한 저주.

불쌍하도다, 신랑이여.

탓할지고 왕가와의 인연

그대 모르는 동안

아기들과 아내에게

떨어지도다, 파멸의 액운.

끔찍한 죽음의 공포

이 어인 비운이련가.

그대의 슬픔, 나도 우노라, 아기들의 어머니여.

자식을 죽여 복수의 앙갚음

백 년의 약속을 저버린 낭군 탓이련가.

딴 여자 얻어 맹세를 한 이아손

그 저버린 사랑의 원한의 복수이련가.

(교사, 두 아이와 등장)

교사 아씨, 아기들은 추방을 면하게 되었소이다. 그리고 새아씨께서는 그 선물 손수 받아 반기셨소이다. 자, 이렇게 됐으니 아기들은, 그쪽 걱정은 없어졌나이다.

아니 왜 그리 수심에 가득 차시오니까? 일은 이제 잘 되었는데도 왜 그렇게 얼굴을 저에게서 돌리시오니까? 아니 제가 드린 말씀, 어디 마음에 드시지 않는 일이라도 있사오니까?

메디아 아아, 이젠 글렀어!

교사 제가 가져온 희소식과는 도무지 어울리지 않는 말씀.

메디아 이젠 글렀어, 글렀다니까.

교사 아니 멋도 모르고 제가 흉보를 전해 드렸는가요? 희소식이라고 생각한 것은 잘못이고?

메디아 그대가 전해야 할 것은 똑바로 전했소. 그대를 탓하는 것이 아니오.

교사 그럼 그 아래로 내리깔으신 눈, 멈추지 않는 눈물은 왜?

메디아 할아범, 울음을 참을 수 없구려. 하느님과 내가, 아니 내가 정신이 어떻게 된 모양이지, 이 모든 것을 꾸며 냈으니…….

교사 걱정을 마십쇼. 아씨께서도 아기들 힘으로 추방에서 풀릴 날이 있을 것입니다.

메디아 아, 그렇게 되기 전에 이쪽에서 다른 일을…….

교사 아씨만이 자식들과 헤어지는 것도 아니요, 이 세상에 나온 이상 찾아오는 액운은 참는 길밖에는 없는 것이 인간이 아니옵니까.

메디아 잘 알고 있어요. 자 안으로 들어가요. 할아범, 여느 때처럼 아이들이나 돌보아 주시오.

(교사 퇴장. 메디아, 아이들을 향해서)

아, 아이들, 내 아기야. 너희에게는 나라도 있고 집도 있게 됐구나. 이젠 이 어미를 떨어져 오래도록 살아가야 한다. 이 어미는 다른 곳으로 귀양살이 길을 떠나게 되었다. 너희들이 잘 살아 즐거운 마음을 가지거나 너희들 혼례에 신부 뒷바라지, 신방 꾸며 주는 것, 식장에서 횃불 드는 일도 하지 못하게 되었구나. 이게 다 이 어미의 고집이 빚어 낸 일, 불쌍타 생각해 다오. 내가 너희를 길러 온 보람이 뭐지? 그 쓰라리고 힘든 일, 근심 걱정에 이 몸을 닳도록 한 일이 다 허사가 되어 버렸어. 너희들 키우느라 애쓴 것이 소용없게 되었구나. 전에는 이 불쌍한 어미가 너희에게 큰 희망도 걸어 보았지. 늘그막에 내 뒤도 보살펴 줄 것이라, 또 죽으면 너희들 손으로 나를 묻어 주리라고. 누구나 바라는 일, 하지만 이제는 그 즐거운 생각도 사라져 버렸구나. 너희를 잃고 나면 이 어미의 삶에 무슨 낙이 있으며 무슨 희망이 있겠느냐. 너희도 그 귀여운 눈으로 이 어미를 보지 못하게 될 것이다. 이제 다른 생활 속에 들어가게 되니까. 아니 왜 그렇게 이 어미를 쳐다 보느냐, 왜 그렇게 방긋이 웃어 주지? 이게 마지막 웃음인데. 아, 아, 어떡하면 좋지? 저 아이들의 빛나는 눈을 보고 있으니까, 여러분, 내 마음이 꺾이고 마는군요. 도저히 못하겠어. 지금까지의 내 계획은 버려야겠어. 내 자식이 아닌가. 같이 데리고 가면 돼. 아이들을 희생시켜 그 아비에게 고통을 주다니, 그리고 이 몸은 그 배의 고통을 받게 되다니 그 필요가 어디 있지. 안 돼. 나는 할 수 없어, 못 해요. 이 계획을 버려야겠어.

아니 내가 어떻게 된 거지? 이 원수놈들을 고스란히 내버려 두고 나 혼자만 조롱거리가 되겠다는 말인가? 할 것은 해야 돼. 아, 얼마나 약한 여자인가. 그 철석 같은 마음을 간직하지 못하다니. 자, 너희들 안으로 들어가거라. 어디 보자. 이 제사에 참석해서는 안 될 사람은 전부 비키라지. 내 손수 만든 것을 어찌 버릴 수 있을까 보냐.

아, 아, 내 마음이여. 하지만 이것만은 해선 안 돼. 용서해 줘요. 제발 아이들이 불쌍타 생각해 줘요. 아테네에 가서 같이 살면 너를 즐겁게 해줄 것이 아닌가.

아니야, 안 돼. 저 지옥의 복수의 원령에 걸어서라도 저 아이들을 원수놈의 욕을 받게 그냥 버려두다니 절대 안 될 말이지. 뭐가 어찌 되었든 이건 이미 정해졌어. 새색시는 이제 피할 길이 없을 거야. 관은 이미 머리 위에 씌어져 있고, 그 귀한 집 아기씨께서는 비단옷 속에서 틀림없이 숨이 넘어가고 있다. 하지만 이제 내가 갈 길은 험하디 험한 길. 더구나 아이들에게는 더욱 험난한 길로 보내려고 하고 있어. 아이들에게 마지막 말이라고 해주어야겠다.

(아이들을 곁으로 부른다.)

자, 너희들 이리 온. 너희들 손을 이리 다오. 내가 입을 맞춰 줄게. 이 귀여운 손, 귀여운 입. 저 서글서글한 눈하며 몸매. 잘 살아야 해. 이승이 아니라도 말이야. 이승의 행복은 너희 아버지가 빼앗아 가 버렸어. 이렇게 안고 있으니 아, 얼마나 보드라운 피부며 숨소리, 왜 이리도 향긋하지. 자, 그만 가, 가라니까. 이젠 슬픔에 짓눌려서 너희들을 더 보고 있을 수 없구나.

(아이들 집 안으로 퇴장)

얼마나 흉측한 짓을 저지르려 드는가. 난들 왜 모를까마는 아무리 곰곰이 생각해 본들 우선 앞서는 것은 이 치솟아 오르는 분노, 이 노여움이 인간에게 가장 큰 재앙을 가져오는 줄 왜 모르랴.

(메디아 퇴장)

코로스 (읊음)

전부터 자주 생각해 보았죠.
여자의 몸으로서는 넘치는 까다로운 문제를
어려운 생각을 가져 보았죠.
그러나 우리 여성들에게도
도우시는 여신이 있어
덕택에 지혜를 얻을 수 있는 법.
모두가 다라고는 하지 않죠.
비록 몇 사람 안 되지만
지혜를 지닌 여성들도 있죠.
그래서 여기 말하고자 하는 것은

아이를 갖지 못해 본 사람은
가져 보지 못함으로 해서
가진 여자보다 행복하다는 사실.
아이 없는 몸은 자식이
잘 되는지 속을 썩일는지
그런 일을 모르니까
많은 괴로움을 받지 않아도 좋죠.
그와 비할진대 집안에
귀여운 자식을 가진 부모는
이 걱정 근심에 사시사철 걱정투성이
훌륭히 키워야 할세라
뒤에 먹고 살 재산을 남겨야 할세라.
그뿐인가 이렇게 노심초사
금이야 옥이야 키운 아이가
좋게 되는지 나쁘게 되는지
세상에 그 누가 알 수 있으리오.
그리고 마지막으로 또 하나
모든 사람에게 따르는 불행.
먹고 살 재산도 넉넉해
건장한 성인으로 자라나
올바른 인간이 되었다손 치더라도
하느님의 뜻이라면

죽음의 신이 앗아 가 황천으로 데려가는 것.

세상의 가지가지 불행

그 가운데서도 자식을 죽여야 하는

이 으뜸가는 슬픔을 하느님께서 주신다면

사람이 하는 일, 무슨 덕이 되리오.

(메디아, 다시 등장)

메디아 여러분들, 오랫동안 운명의 때를 기다리고 있었던 이 심정 아시겠죠. 기별이 찾아 들어올 저쪽을 눈이 뚫어져라 지켜보고 있습니다. 아니, 저기 보세요. 이아손의 하인이 한 사람 이리로 오고 있군요. 숨을 헐떡이면서 오는 저 꼴은 필시 무슨 불상사의 소식을 전하러 오는 모양입니다.

(사자 등장)

사자 아아, 어쩌면 그렇게도 끔찍스럽고 잔인무도한 짓을 저질러 놓으셨습니까. 메디아 아씨, 자, 빨리 이곳을 피하십시오. 배를 타시든 수레를 모시든 빨리 이곳을 빠져나가셔야겠습니다. 한시도 지체 말고.

메디아 아니, 무슨 일이 벌어졌기에 이렇게 황황히 도망치라는 것이냐?

사자 돌아가셨어요. 영주댁 새아씨께서 방금 돌아가셨습니다. 그리고 크레온 영주님께서도 같이, 아씨의 독약 때문에.

메디아 듣던 중 반가운 소식이로구나. 이 기별을 전해 온 그대, 이제부터는 길이 내 은인, 내 지기로 삼아 주겠다.

사자 무슨 말씀이시오. 올바른 정신이 아니십니다. 왕가에 대한 이 망측스럽고 난폭한 행동. 그것을 듣고도 좋아하시다니, 이 무슨 정신 나간 말씀입니까, 두렵지도 않으십니까?

메디아 그대의 그 말, 이쪽에서도 왜 할 말이 없겠느냐. 하지만 서두를 것 없이 우선 이야기나 해봐라, 어떻게 돌아가셨는지 그 자초지종을. 그 죽음, 참혹하다고 이야기해 준다면 내 즐거움은 곱절이 되겠구나.

사자 아씨의 두 아기께서 아버님과 같이 신방 있는 곳으로 들어왔을 때, 저희 아랫것들은 그러지 않아도 아씨의 불행에 애태우던 차 정말 좋아했던 것입니다. 삽시간에 온 집안에는 아씨와 서방님께서 서로 화해를 하셨다는 이야기가 퍼졌습니다. 아기들 손에 입을 맞추는 자도 있고, 그 황금빛 머리칼에 입을 갖다 대는 자도 있었습니다. 저만 해도 어찌나 반갑던지 여자들 있는 안에까지 아기들을 따라갔습니다.

새아씨, 지금은 아씨 대신에 저희가 섬기고 있는 그 새아씨께서는 아기들이 눈에 들어오기 전까지만 해도 이아손 서방님께 줄곧 다정한 눈길을 모으고 계셨는데, 아기들이 들어오는 것을 보자 매우 마음이 언짢으신 듯 두 눈을 슬그머니 감고는 금세 파리해진 얼굴을 하고 외면해 버리고 말았습니다. 그러자 서방님께서는 새아씨의 화나신 기분을 달래시듯 말씀하시는 것이었습니다. '원수가 아닌 자에게 싫은 얼굴을 보이면 못써. 그 화를 거두고 다시 이쪽을 봐요. 남편이 가까이 대하는 사람을 그대도 가까이 대해 주

어야 할 것이 아니오. 자, 이 선물을 받고 아이들의 추방을 용서받
도록 아버님께 사정드리도록 해주오. 나를 위해서 제발.'

　새아씨께서는 선물로 보낸 옷을 보자 그 이상 참을 수 없으셨
던 모양이죠. 남편의 말씀을 그대로 따라 서방님과 아기들이 방
을 채 나가기도 전에, 그 비단옷을 들고는 손수 입어 보시고 황
금관을 머리 위에 얹어 번쩍이는 거울 앞에 머리 모양을 고치시
면서 생명 없는 거울 안의 당신 모습을 보고 생긋이 웃으셨답니
다. 그러고는 의자에서 일어나 방안을 이리저리 백설같이 발걸
음도 가볍게 거닐어 보기도 하셨답니다. 좋아서 못 견디시겠다
는 듯, 몇 번이고 발돋움을 하고는 뒷모양을 돌아다보시기도 하
였답니다. 그러나 바로 그 다음, 세상에도 끔찍한 일이 벌어졌습
니다. 안색이 파랗게 변하시고 사지가 흔들리면서 뒤로 비틀비
틀, 떨리는 발을 가까스로 가누어 의자 있는 쪽으로 달려가 겨우
주저앉은 것이 고작, 하마터면 그냥 방바닥에 털썩 하고 넘어질
뻔했던 것입니다. 마침 곁에 있던 노비가 이 광경을 보고 판[8]
신, 아니면 다른 신이 그분의 몸에 올랐다고 생각했음인지 금기
의 소리를 질렀습니다. 그러나 그 소리가 채 나오기도 전에 새아
씨의 입에서는 흰 거품이 일고 눈알이 뒤집히고 얼굴에는 핏기
하나 없이 되자, 노비는 금기의 외침 대신 이번에는 비명을 지르
고 말았습니다. 외마디 소리가 울리고 시녀들 중 한 사람은 아버
님 영주님께로, 다른 하나는 새서방님께로 이 참사를 알리러 뛰
어나갔습니다. 이렇게 해서 집 안은 온통 아수라장이 되어 버렸

습니다.

　발이 빠른 선수 같으면 경기장 한 바퀴를 돌아 결승점에 가까워질 정도의 시각이 흘렀을까요? 가엾게도 눈은 뜨지 못한 채 입을 다물고 계셨던 새아씨께서 무서운 신음을 지르더니 정신이 깨어났습니다. 두 겹의 고통이 그분의 몸을 괴롭히고 있었으니까요. 머리 둘레에 얹어 있던 황금관은 통째 삼켜 버리려는 듯 무섭게 흘러내리는 불길을 뿜어내고, 그 곱디고운 비단옷은 애처롭게도 새아씨의 비단 같은 살결을 마구 죄어드는 것이었습니다. 새아씨께서는 의자에서 뛰어올라 온몸이 불길투성이인 채 이리저리 뛰어다녔습니다. 머리를 흔들어 그 관을 뿌리치려고 애를 썼습니다. 그러나 황금관은 머리를 꽉 죄어 떨어지지 않고 머리를 흔들면 흔들수록 불길은 더욱 거세게 일기만 했습니다. 그러다가 이윽고 새아씨께서는 모진 운명에 꺾여 마룻바닥에 나자빠지시고, 부모님 아니고는 형용도 분간할 수 없을 지경에 이르고 말았던 것입니다. 눈이며 그 고운 얼굴은 자취조차 허물어지고 말았습니다. 머리끝에서는 피가 샘솟듯 흘러나와 불길에 뒤섞이고, 살은 보이지 않는 독약의 힘으로 흡사 송진처럼 뼈에서 흘러 뚝뚝 떨어지고 있어, 처참하기 이를 데 없는 광경. 곁에서 보고 있으면서도 두려움에 사로잡혀 감히 손을 댈 수조차 없었습니다. 섣불리 손이 닿았다가는 저희도 같은 변을 당할까 무서웠던 것입니다.

　그러나 가엾게도 그 아버님께서는 영문도 잘 모르시고 갑자기

방안에 들어섰다가 따님의 시체에 마주친 것입니다. 당장에 비명을 지르시면서 시체를 끌어안고는 입에 입을 맞추시면서 말씀하시는 것이었습니다. '이 가엾은 것아, 어느 신께서 염치없이 너를 이렇게도 참혹한 꼴로 만들었느냐? 너를 이렇게 앗아 가 이 늙은 아비를 산송장으로 만들어 놓은 것은 대체 누구냐? 아가야, 차라리 너와 함께 죽고 싶다.' 그러고는 통곡과 탄식을 멈추고 늙은 몸을 일으켜 세우시려 하는데, 월계수 잔가지에 담쟁이가 얽혀 들듯 그 비단옷이 몸에 붙어 떨어지지 않았습니다. 성주님께서는 죽을 힘을 다해 무릎을 일으켜 세우려고 들지만 시체 쪽에서 떨어지지를 않았습니다. 힘주어 떼려고 드니까 오히려 그 늙은 살이 뼈에서 떨어져 나오는 것이 아니겠습니까. 결국 기진맥진한 끝에 불행하게도 성주님께서는 그 늙은 목숨이 다 되시고 말았습니다. 그 이상 더 뻗어 나갈 수가 없게 되셨으니까요. 이렇게 하여 따님과 아버님, 그 두 분의 시체가 나란히, 애처롭다 할까, 눈물 없이는 볼 수 없는 광경이었습니다.

　아씨 일에 관해서는 아무것도 말씀드리지 않겠습니다. 벌을 피해서 가시는 길은 손수 찾으시면 될 테니까요. 우리들 인간이라는 것이 그림자같이 덧없는 것임을 어제 오늘 처음 느낀 바는 아니옵니다만, 세상에 슬기롭다, 영리하다, 이치를 잘 따진다 하는 분들이야말로 가장 많이 슬픔을 자초함을 똑똑하게 말씀드리고자 합니다. 세상에 행복하다는 인간이 어디 있기에 말입니다. 부귀가 굴러 들어오면 아마 남보다는 운이 좋다고 할 수는 있겠죠. 허나 여전히 행복하다고는 할 수 없는 것입니다.

(사자 퇴장)

코로스장 오늘 하느님께서는 이아손에게 많은 화를 내리신 것같이 생각되는군요. 그러나 이아손에게는 정당한 인과응보. 그리고 가엾은 분은 크레온의 따님. 이아손과의 결혼 때문에 황천의 나라로 덧없이 가 버리다니 얼마나 원통하고 불행한 분이신가.

메디아 여러분, 이미 결심은 되어 있어요. 아이들을 내 손으로 없애고 빨리 이곳을 떠나는 거예요. 괜스레 우물쭈물하다 내 자식의 목숨을 더 혹독한 남의 손에 없어지게 해서는 안 되겠어. 어차피 살아서 부지할 수 없는 아이들의 목숨. 그 목숨이 없어질 바에야 이 어미의 손에 걸리는 것이 그래도 낫겠지. 자, 이 마음을 강철같이 굳세게 먹어야겠다. 무엇을 주저할까 보냐. 아무리 무서워도 어차피 해야 할 일이 아닌가. 자, 이 손, 이 불쌍한 손, 칼을 잡아. 칼을 잡아서 이 쓰라린 삶의 시발점으로 다가서는 것이다. 비겁자가 되어서는 안 돼. 아이들 생각은 잊어야지. 귀여운 자식을 애지중지 길러 온 정을 잊으란 말이야. 오늘 이 짧은 하루만이라도 자식 생각은 하지 마라. 우는 것은 뒤에 해줘. 아무리 죽인다 한들 귀엽디 귀여운 내 자식……. 아아, 세상에 이렇게 불쌍한 계집이 또 있을까.

(메디아, 절규하며 집 안으로 들어간다.)

코로스 (읊음)

　아아, 대지여, 그리고 저 멀리

빛나는 태양의 신이여

보살펴 주사이다.

이 가련한 여인을 보살펴 주사이다.

제 혈육의 피로

저 살인자의 손을 적시기 전에

태양신의 후예인 그녀

그러나 두려웁나이다 그 거룩한 피

인간의 손으로 행여나 흘려질까.

거룩하신 하늘의 빛이여, 저 손을

잡아 주옵소서

막아 주옵소서.

지하의 원령이 키운

저 피에 굶주린 복수의 신을

부디 이 집에서 멀리 쫓아 주사이다.

헛되이 보람 없이 키운 아이들,

저 감청색 바위, '부딪치는 바위' 사이를

그 야속한 좁은 바닷길을 뚫고

예까지 온 것이

귀여운 자식을 헛되이 키우기 위해서인가.

아아, 불쌍한 인간

어찌하여 이 원한, 피를 부르는

잔인한 마음에 사로잡힌 몸이 되었는가.

천륜을 어긴 피 묻은 자국엔

엄하디 엄한 값을 치를지어니

하느님께서 내리실 화를

사람의 집은 받아야 하느니라.

(집 안에서 아이들의 비명 들려온다.)

첫째 아이 아아······ 아아!

코로스 들려요, 저 비명, 저 아이들의 비명.

아아, 모진 마음. 아아, 재앙의 숙명에 빠진 여인.

둘째 아이 (안에서) 살려 줘! 엄마 손에서 어떻게 피해?

첫째 아이 (안에서) 나도 몰라. 우리는 죽는다.

코로스 안으로 들어가야지. 안 돼. 저 애들을 살려 줘야겠어.

둘째 아이 (안에서) 제발 살려 줘. 하느님 도와주세요. 아, 칼이 칼이 다가와요. 우린 걸려들었어요.

코로스 (읊음)

아, 모진 사람. 당신 마음은 강철로 되었는가?

제 손으로 자기가 낳은 자식을 죽이다니

귀여운 자식을 자기 손으로 없애다니.

일찍이 하나밖에 없었다고 들었지.

제우스 신의 마나님이신 헤라

그 헤라 여신에게 집을 내쫓겼어.

곳곳을 방랑할 제 마음 돌아 버린

저 이노가 바로 그였나니.

그 자식 죽인 죄로 하여, 가엾어라

망망한 대해에 몸을 던져

스스로 없애 버린 두 아이의 뒤를 쫓았다던가.

세상에 이보다 더한 참변

또한 어디 있으리오.

불행에 찬 것은 여자의 사랑

아아 이미 얼마나 숱한 재앙을 저질렀던가.

(이아손, 하인들을 데리고 등장)

이아손 너희들, 이 집 앞에 모여 서성거리는 아낙들이여. 이 끔찍한 짓을 저지른 메디아란 년은 아직도 집 안에 있느냐, 아니면 벌써 도망쳐 버렸느냐? 왕가에 대해 저지른 중죄, 그 죄의 갚음을 면하기 위해서는 저 땅속으로 숨어 버리든가 날개가 돋쳐 하늘 높이 날아 버리는 길밖에는 없을걸. 설마하니 성주님을 해치고도 무사히 이 집에서 도망쳐 나갈 것이라고 생각지는 않겠지. 그러나 이 마음에 걸리는 것은 계집이 아니라 아이들. 계집에 대해서는 왕가의 사람들이 그 저지른 짓에 대한 응분의 벌을 주렸다. 다만 아이들만은 내가 살려 줘야 해. 어미의 천하에 무도한 행위에 대한 보복으로 왕가가 아이들을 해칠까 두려워 예까지 온 것이다.

코로스장 아아, 이아손 서방님. 당신의 불행이 얼마나 심한지도 모르고 계시는군요. 어찌 그런 말씀이 나오실까.

이아손 그럼 뭣이? 아니 내 목숨까지도 노리고 있단 말인가?

코로스 아기들은 죽었습니다. 그 어미의 손에 걸려서.

이아손 아니, 그게 정말인가? 아, 이 계집, 나를 망쳐 놓았구나.

코로스장 아기들은 이미 이 세상에 없으니 마음을 단단하게 잡수세요.

이아손 어디서 그랬지? 집 안에선가 여기선가?

코로스장 문을 열어 보세요. 참사의 현장이 보일 테니까.

이아손 거기 누구 없느냐? 냉큼 문을 열어라. 너희들, 그 빗장을 벗겨라. 어디 두 가지 참변을 이 눈으로 보자꾸나. 죽은 아이들과 그 계집. 어디 이년을 가만두지 않겠다.

(그의 하인들 문 앞으로 달려든다. 이때 메디아, 용이 끄는 수레를 타고 집 위로 나타난다. 아이들 시체를 껴안고 있다.)

메디아 왜 그렇게도 문을 두들기고 빗장을 벗기려 드는 거죠? 아이들 시체와 일을 저지른 나를 찾아내려고? 그 수고 않으시는 게 좋을 겁니다. 내게 할 말이 있으면 그냥 말해 보세요. 나를 잡으려 해도 그건 소용없는 일. 이걸 보세요. 이런 수레를 아버님의 그 아버님 되시는 태양신 헬리오스께서 적의 손에서 피하라고 제게 주셨으니까요.

이아손 이 천하에 미운 인간. 나뿐 아니라 하늘의 제신들, 그리고 이 세상 사람이란 사람들에게 모조리 천하에 없는 미움을 받아야 할 계집. 제가 낳은 자식에게 칼을 휘둘러 까딱도 하지 않고 이 몸을 자식 없는 인간으로 만든 이 괘씸한 계집. 끔찍스런 짓을 저지르고도 어찌 하늘을 우러러볼 수 있으며 땅을 굽어볼 수 있겠느냐. 죽어 없어져 버려라. 이제야 깨달았다. 제 아비를 배반하고 고향 땅을 원수로 삼은 그대를, 흉측스런 인간인 줄 미처 모르고 콜키스에서 이 그리스 땅, 내 집으로 데려왔을 때에는 미처 몰랐지만. 그렇다. 그대에게 붙어 다니는 복수의 저주를 하느님께서 내 위에 떨어뜨리신 것이다. 생각해 보아라. 그 아름다운 배, 아르고 선에 오를 때 다름 아닌 친혈육인 아우를 죽인 그대가 아니었던가. 그것이 바로 죄의 시작이었다. 그러고는 남편인 나와 결혼하여 아이를 낳고서도 침실의 쾌락을 위해 그 자식들을 죽인 그대가 아니었던가. 그러한 소행, 감히 저지를 어느 그리스의 여인이 있을까 보냐. 그 숱한 여성들을 제쳐 놓고 하필이면 그대를 아내로 맞았으니, 여자가 아닌 괴물, 시칠리아 바다에 사는 여귀 스킬라[9]보다도 사나운 천성의 계집을 아내로 맞았으니, 이 인연 어찌 모진 화근이 되지 않을 수 있었을 것인가. 하긴 부질없는 일. 내 아무리 그대를 탓할 말이 있기로서니 어디 얼굴 하나 까딱할 그대인가. 세상에 둘도 없는 뻔뻔스런 철면피, 꺼져 버려라. 자식의 피로 물든 사악한 인간아, 내게 남은 것이라곤 운명을 슬퍼하는 일뿐. 새 아내와의 즐거움도 사라졌고 내가 낳아서 기른 자식에게 살아서 말을 걸 수 있는 일도 없게 되었구나. 아아, 이젠 다 끝나 버린 내 신세.

메디아 지금 당신이 한 이야기 얼마든지 대꾸를 할 수 있어요. 내가 당신을 위해 드렸으며 당신이 내게 어떤 행동을 했는가, 제우스 신께서 만약 모르신다면, 천만의 말씀. 나에 대한 사랑은 헌신짝 버리듯 버리고 나를 조롱거리로 삼으면서 자기는 새 재미를 누려 보겠다고? 절대 안 될 말이지. 아기씨도, 이 장가를 주선한 크레온도 나를 이곳에서 쫓아내 버리고서 그냥 아무 일 없을 줄 알았던가. 좋아요, 이제부터는 마음대로, 나를 괴물이니, 시칠리아 바다의 여귀 스킬라라고 마음대로 부르세요. 나 또한 당신의 그 가슴을 실컷 쥐어짜 드렸으니까.

이아손 그렇게 말하는 그대 또한 슬픔은 느낄 터. 이내 슬픔을 면하지는 못할걸.

메디아 그래요. 내 슬픔. 이제는 당신도 비웃지 못할 테니 내게는 즐거움이에요.

이아손 아아, 아이들. 얼마나 혹독한 어미를 가졌던가.

메디아 그 아이들은 아비의 죄에 걸려 죽음을 당한 것이에요.

이아손 무슨 소리. 그 아이들을 죽인 것은 내 손이 아니야.

메디아 하지만 당신의 그 오만, 그리고 새장가.

이아손 바로 그게 미워서 아이들을 해치기로 작정했단 말이로구나.

메디아 그 고통을 아무렇게나 생각할 여자가 어디 있을까.

이아손 슬기로운 여자라면 그렇지. 하지만 그대는 악의 화신.

메디아 아이들은 이미 죽고 없어요. 얼마든지 애통해 해보세요.

이아손 그 아이들이 너에게 저주를 내릴 것이다.

메디아 이 슬픔, 누가 진짜 자아냈는지 하느님은 아실걸.

이아손 아시고말고. 천하에 무도한 네 그 마음을 어찌 모르실까.

메디아 마음대로 미워해 보시라지. 그렇게 짖어 대는 소리 이제는 듣기도 싫어.

이아손 나도 그렇다. 너를 버리는 것이 뭣이 힘들다고.

메디아 나는 어떻고. 당신 같은 인간, 버려서 시원해. 다른 청이라도 있거든 말해 보세요.

이아손 그 시체를 이리 돌려 다오. 내가 묻어서 실컷 곡이라도 해야겠다.

메디아 그건 안 돼요. 원수놈들이 무덤을 파헤쳐 아이들 시체에 욕을 보이지 않게 갑 위에 높이 솟은 헤라의 신전으로 가져가서, 거기다 내 손으로 묻어 주어야겠어요. 그리고 이 코린토스 땅에는 자식을 죽인 이 끔찍스런 죄의 더러움을 씻고자 이제부터 해마다 성스런 제사를 올리도록 할 것이에요. 이 몸은 아테네 땅으로 가서 판디온의 아드님 아이게우스의 집에서 살게 될 것이에요. 그리고 당신은 어떻게 되는지 아세요? 아르고 선의 부서진 조각에 머리를 부딪혀 악인답게 죽어 가는 거예요. 나와의 사랑의 쓰디쓴 마지막을 실컷 맛볼 테니까 어디 보세요.

이아손 바로 너야말로 저 아이들의 복수의 원령과 피에 굶주린 정의의 신 디케가 그냥 둘까 보냐. 파멸의 수렁으로 떨어져 버려라.

메디아 맹세를 지키지 못한 사기꾼. 어느 하늘의 신이 그 말에 귀를 기울일까.

이아손 저 천하에 미운 것, 자식을 죽인 계집.

메디아 당신 집으로 가서 아가씨나 묻어 주시지.

이아손 간다. 두 아이의 원통한 죽음을 슬퍼하면서.

메디아 그 슬픔 아직도 깨닫지 못할걸. 늙을 때까지 기다려야지.

이아손 아아, 귀여운 아이들.

메디아 귀여워한 건 나, 당신은 아니에요.

이아손 귀여워했다고? 왜 죽였지?

메디아 당신에게 괴로움을 주기 위해서.

이아손 아아, 불쌍한 이 몸. 아이들의 귀여운 입을 맞추고 싶구나.

메디아 이제 와서 말도 걸어 보고 싶다, 입도 맞추고 싶다고요. 전에는 내버려 두기만 하더니.

이아손 제발 아이들의 그 보드라운 살을 만지게 해주오.

메디아 안 돼요. 아무리 사정해도 소용없다니까요.

이아손 제우스 신이여, 들으셨나이까. 이 수모, 저 밉디미운 여인, 괴물, 자식을 죽인 자에게서의 이 모진 고통을 들으셨나이까. 아무리 자식을 잃어도 그 가엾은 목숨, 제가 할 일은 해야겠나이다. 하늘에 호소하여 소리 높이 외쳐야겠나이다. 하늘의 제신께서도 보살펴 주소서. 자식이 비명에 죽어도 그 시체에 손조차 대지 못하고, 장사도 지내지 못하게 된 이 가련한 신세를. 이렇게 네 손에 무참한 죽임을 당할 바에야 차라리 낳지 않았더라면 좋았을 것을.

코로스 (읊음)

　이 세상 모든 일을 살펴보시는

저 올림포스 산에 계신 제우스 대신

하늘의 제신, 인간의 생각을 넘어 이룩하시노라.

인간이 생각하듯 이루어지지 못하고

생각지 않은 것이 이루어지노니

이 사연 또한 그렇게 일어났노라.

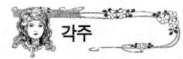
각주

1) 부딪치는 바위 | 흑해 어귀에 있는 물살이 센 곳.

2) 펠리온 | 테살리아에 있는 산. 지금도 나무가 무성함.

3) 페이레네의 성스런 우물 | 코린토스에 있는 유명한 샘.

4) 헤카테 신 | 본래는 달의 신. 따라서 아르테미스와 혼동하는 일이 많다. 천지 및 지하계를 다스리며 마술을 주관하는 여신. 그래서 메디아의 공경을 받고 있다.

5) 부딪치는 바위 사이 | 흑해 어귀에 있는 물살이 센 곳 사이를 말함.

6) 불을~때 | 황금모피를 다시 찾는 조건으로 이아손에게 과해진 어려운 문제.

7) 자기~죽는다 | 펠리아스에 대한 메디아의 복수. 다시 젊어지는 방법이라고 속여서, 펠리아스의 딸들에게 아버지를 베어 솥에 삶게 함.

8) 판 | 이러한 종류의 갑작스런 발작은 판 신의 짓에 의한 것이라고 생각되었다.

9) 스킬라 | 이탈리아 본토와 시칠리아 섬 사이에 있는 메시나 해협에 살았다는 괴물. 여섯 개의 머리를 가진 이 괴물은 근해로 항해하는 선원들을 잡아먹었다. 본래는 사람으로 여자였다고 함.

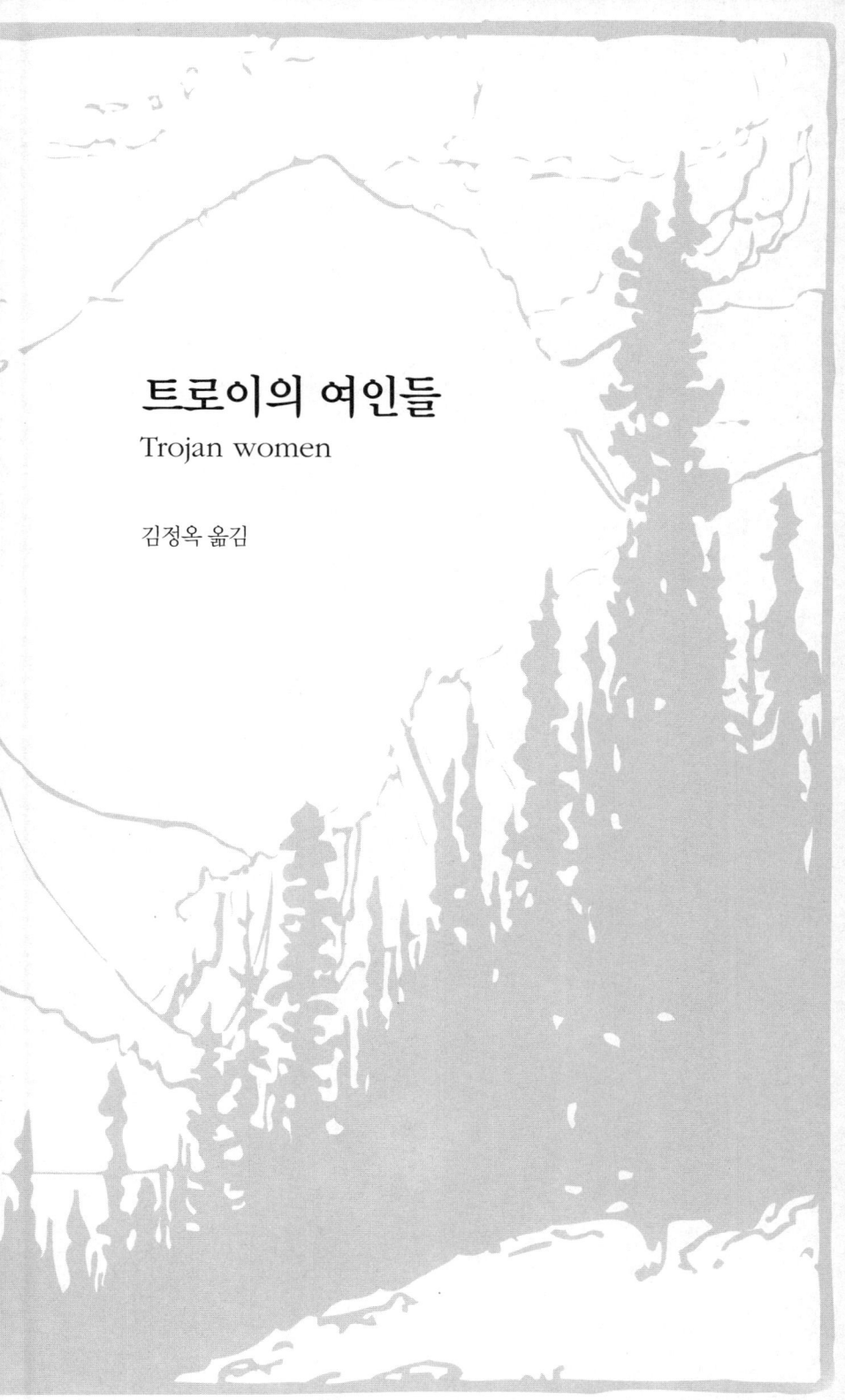

트로이의 여인들
Trojan women

김정옥 옮김

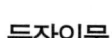

등장인물

포세이돈

아테나

헤카베　트로이의 여왕으로 고 프리아모스 왕
　　　　의 비妃

코로스　포로가 된 트로이의 여인들로 구성된

탈티비오스　그리스 군의 전령

카산드라　트로이의 공주로 헤카베의 딸

안드로마케　죽은 헥토르 왕자의 비

메넬라오스　스파르타 왕

헬레네　메넬라오스의 비였는데, 트로이의 왕자
　　　　파리스에게 유혹당해 트로이에 왔다.

아스티아낙스　헥토르와 안드로마케의 어린 아들

장소

먼동이 트기 전 트로이 성 밖의 그리스 군 진영. 트로이 함락 직후.
포로가 된 트로이의 여인들이 수용되어 있는 아가멤논의 천막 앞.
트로이의 왕비였던 헤카베가 홀로 쓰러져서 비탄에 젖어 있다.

(바다의 신 포세이돈 등장)

포세이돈　나는 바다의 신 포세이돈. 바다의 님프들이 우아하게 군무를 추는 에게 해의 깊은 바다를 떠나 여기에 왔다.

　그 옛날 아폴론과 내가 이 트로이 땅에 솜씨 좋게 높은 성벽을 둘러싼 이후 이 프리기아 인의 도시를 한결같이 사랑해 왔다. 그 도시가 지금 그리스 군에게 점령당하고 파괴되어 무참히 한 덩어리의 폐허가 되고 말았다. 파르나소스 사람으로 에페이오스라는 포키스 인이 팔라스[1]의 조언으로 목마를 만들고 여기에 무사를 가득 실어 성에 쳐들어 감으로써 트로이는 멸망했다.

　성스러운 숲은 황량하고 제신의 신전은 선혈로 물들었다. 제우스의 제단 밑에는 프리아모스가 죽어서 쓰러져 있다.

　엄청난 황금, 트로이 성에서 거둔 전리품들이 그리스 군의 배에 운반된다. 뱃머리에는 그리스 병사들이 십 년의 공성攻城 끝에 조국으로 돌아가 그들의 처자식을 다시 만날 수 있는 기쁨에 넘쳐 순풍이 불어오기를 기다리고 있다.

　나로 말하면 아르고스의 여신 헤라와 아테나가 힘을 합쳐 프리기아 인을 파멸시킨 이상 패자覇者로서 이름 높았던 트로이와 나의 제단들이 버리고 떠나가야 한다. 모든 것이 고독과 비애에 젖어 있는 도시에서 신을 모시는 예법은 사라지게 마련이며 제 신도 그걸 바랄 염치가 없다.

이제는 새로운 지배자들에게 분배되어 노예가 될 여인들의 울부짖음이 스카만드로스 강²⁾에 울려 퍼지고 있다. 어떤 여인들은 아르카디아, 어떤 여인들은 테살리아 인들에게, 또는 테세우스의 아들들에게 배당되었다. 아직도 주인이 배당되지 않은 여인들은 이 천막에 남겨져 있다. 라코니아의 틴다레오스의 딸 헬레네도 물론 포로로 간주되어 이 여인들 속에 끼어 있다.

성문 앞에 쓰러져서 수많은 육친의 죽음을 슬퍼하며, 눈물을 흘리고 있는 헤카베의 가엾은 모습을 보라. 그녀의 딸 포리크세네는 아킬레우스의 묘전에 희생되어 죽어 갔으며, 프리아모스와 그의 아들들도 이 세상을 떠나갔다. 아폴론도 그 처녀성을 범하지 않은 예언의 재능을 지닌 처녀 카산드라를, 아가멤논은 신을 두려워하지 않는 듯 무자비하게 강제로 차지하고 첩으로 삼으려 하고 있다.

지난날에는 그토록 번영하던 도시여, 그토록 찬란하던 성이여, 이제는 영원히 사라졌구나. 제우스의 딸 아테나가 그대의 파멸을 바라지 않았더라면 그대는 아직도 우뚝 솟아 있었을 것을······.

(아테나 여신 등장)

아테나 아버지 제우스 신과 가장 가까운 혈육이여, 모든 신 가운데 가장 큰 영광을 지닌 위대한 신 포세이돈이여. 지난날의 원한을 풀고 이야기하는 것을 용서하시겠습니까?

포세이돈 좋아. 아테나. 혈연 사이에 이야기를 주고받는 것은 언제나 그지없이 매혹적인 것.

아테나 관대하신 마음을 찬양합니다. 말씀드리려 한 것은 당신에게나 저에게 관계가 있는 이야기입니다.

포세이돈 그렇지만 설마 제우스나 다른 신의 전갈을 올림포스 산에서 가져온 것은 아니겠지?

아테나 아닙니다. 다름 아니라 우리들이 지금 와 있는 이 트로이에 관한 일, 가능하다면 당신의 힘을 빌리고자 온 것입니다.

포세이돈 이처럼 타 버린 폐허를 보고는 지난날의 증오도 잊어버리고 불쌍히 여기게 되었다는 건가?

아테나 먼저 저의 계획을 듣고 힘을 빌려 주실 생각이 있으신지 말씀하세요.

포세이돈 물론, 그러나 먼저 그대의 계획이 그리스 군을 위한 것인지 트로이 인을 위한 것인지 알고 싶은데.

아테나 지난날의 적, 트로이 인의 편이 되어, 그리스 군을 귀로에서 공격하여 뼈아픈 타격을 주었으면 합니다.

포세이돈 이건 또 어이 된 감정의 변화. 깊은 사랑에서 심한 증오로 이유 없이 옮길 수 있는 것인지?

아테나 그들이 나를 모욕하고 내 제단을 모독한 것을 모르십니까?

포세이돈 아이아스가 카산드라를 강제로 그대의 신전에서 끌어
낸 것은 나도 알고 있소.

아테나 그런데 그리스 인들은 그를 벌하지 않았으며, 나무라지
도 않았습니다.

포세이돈 그러나 그들이 일리온을 함락시킨 것은 그대의 도움
덕택일 텐데······.

아테나 그래서 당신의 힘을 빌려 그들을 혼쭐내 주고 싶습니다.

포세이돈 그대의 소원대로 힘을 빌려 주겠소. 그래 그대의 계
획은?

아테나 그들의 귀로가 치명적인 것이 되기를 원합니다.

포세이돈 그들이 육지에 있는 동안, 아니면 바다를 건너는 사이
를 택하는지?

아테나 일리온을 떠나 고국을 향해 바다를 건널 때를 노립니다.
제우스가 시키면 하늬바람을 불러일으키고 억수 같은 비와 우박
을 퍼부을 것이며, 제우스의 번갯불을 빌려서 그리스의 배들을
불태워 없애기로 되어 있습니다. 당신께서는 에게 해를 폭풍과
노도로 뒤엎고 에우보이아 해협을 시체로 뒤덮어 주십시오. 그
리하여 그리스 인들에게 앞으로는 내 제단을 존중할 뿐 아니라
다른 신들도 존경해야 한다는 것을 깨우쳐 주고 싶습니다.

포세이돈 원하는 대로 하겠소. 더 이상 말할 것도 없습니다. 에
게 해를 뒤엎고 미코노스 해안, 델로스의 바위, 스키로스, 렘노

스 섬, 카파레우스 곶岬을 시체의 산으로 뒤덮어 주겠소. 그러니 당신은 올림포스에 돌아가서 부친 제우스로부터 번갯불의 화살을 받아 그리스 군의 함대가 뱃길을 떠나는 것을 기다리고 있으시오.

(아테나 퇴장)

포세이돈 어리석은 인간들. 도시를 파괴하고, 신의 제단과 죽은 자의 성스러운 묘지를 어지럽히고 황폐하게 만들더니 이제는 그들 스스로가 멸망할 차례가 온 거지.

(포세이돈 퇴장)

(쓰러져 있던 헤카베, 몸을 일으켜 비탄에 젖는다.)

헤카베 (마치 자기 스스로에게 이르듯) 불운한 여자여, 일어서라. 땅에 깊숙이 수그린 머리를 들고 고개를 들라. 트로이는 이미 이 세상에 없으며, 우리도 이미 트로이의 왕족이 아니다. 운명은 변했다. 그것을 견디어 내는 수밖에. 운명이 물결치는 대로 흘러가라. 그리하여 너의 숙명의 배가 역류하지 않고 순순히 하늘의 뜻에 따르게 하라. 아! 나라를 잃고 남편과 어린것들을 잃은 가엾은 내가 비탄에 젖은들 무엇 하랴? 조상들의 영화도 오늘은 사라지고 한낱 서글픈 꿈. 무엇을 이야기하며 무엇에 대해 침묵하고 무엇을 슬퍼해야 할 것인가? 딱딱한 땅바닥에 이처럼 쓰러져서 괴로워하는 가엾은 운명이여! 이 머리, 이 관자놀이, 이 옆구리의 아픔이여! 견디다 못해 허리와 창자를 비비 꼬고 끝없는 비탄에 젖어든다. 불운한 환자에게 위안은 오직 슬픔의 울부짖음뿐.

그리스의 아름다운 항구들을 뒤로 하고 피리와 나팔의 우렁찬 소리, 그러나 나에겐 저주스러운 군가에 맞춰 성스러운 도시 트로이를 향해 보랏빛 바다를 가로질러 쏜살같이 몰려온 군함들, 그대들은 메넬라오스의 흉측한 아내, 스파르타의 치욕이라 할 수 있는 헬레네를 되찾기 위해 이집트산 밧줄을 트로이의 포구에 내렸었다. 헬레네, 너는 어린애 오십 명의 아버지인 프리아모스의 생명을 빼앗고 이 불쌍한 헤카베를 비운의 심연에 떨어뜨렸다.

아가멤논의 천막 곁에 쓰러져 머물러 있어야 하는 이 치욕! 늙은 몸으로 노예가 되어 끌려간다. 죽어 간 사람들의 명복을 빌기 위해 머리를 깎고, 트로이 전사들의 가엾은 아내들이여, 시집갈 꿈도 깨어진 가엾은 처녀들이여. 폐허가 된 트로이를 위해 슬픔을 노래하자. 마치 어미새가 새끼새들에게 노래를 가르치듯 내가 먼저 노래하지. 그 옛날 프리아모스의 왕권의 홀笏에 기대어 신의 영광을 찬양하는 춤의 율동을, 프리기아 가락에 맞춰 노래하던 그 노래와는 너무나 다른 슬픈 가락을.

(포로가 된 여인들 일부가 뒤쪽에서 등장, 코로스를 형성한다.)

제1코로스[3] 헤카베는, 무엇 때문에 그렇게 슬피 울고, 그렇게 외치고 계십니까? 어이 된 곡절입니까? 천막 안에까지 당신의 슬픈 부르짖음이 들려오고 천막 안에 갇혀 노예의 신세를 한탄하는 트로이의 여인들은 불안에 가슴을 떨었습니다.

헤카베 오 그대들이여, 그리스 인들은 벌써 뱃길을 떠날 채비를 하고 있어.

제1코로스 아, 무엇을 하려는 것일까? 벌써 우리를 고국 땅에서 멀리 떨어진 곳으로 배에 실어 끌고 갈 심산일까요?

헤카베 나도 몰라. 그러나 무엇인지 불행이 겹쳐올 것만 같아.

제1코로스 아, 트로이 여인들의 비운. 모두 집을 뛰쳐나와서 보라, 그리스 인들이 귀국할 채비를 하고 있다.

헤카베 아, 제발 미쳐 버린 카산드라를 그대들과 같이 뛰쳐나오지 않게 해주구려. 그리스 인들에게 그 꼴을 보인다면 더없는 치욕, 그리하여 나의 괴로움에 또 하나의 고통을 더하지 않도록.

아, 불운한 트로이, 그대는 패망했다. 그러니 살아서, 아니면 죽어서 그대를 버리고 떠나야 하는 우리들의 운명인들 처참하지 않으랴!

(배경에서 나머지 여인들이 등장)

제1코로스 오, 왕비님, 당신께 물어보기 위해서 떨리는 발길로 아가멤논의 천막에서 나왔습니다. 그리스 인들은 가엾은 우리를 죽이기로 결정한 것입니까? 아니면 그들의 수병들이 노 저을 채비를 벌써 한 것입니까?

헤카베 오, 그대들이여, 수심에 잠 못 이루고 두려움에 쫓겨서 나도 여기에 온 거요.

제2코로스 그리스 군의 전령은 왔었나요? 우리는 누구의 노예로 지정되었나요?

헤카베 운명은 머지않아 결정날 거요.

제2코로스 아, 아르고스 인인가, 프티오티스 인인가. 아니면 어느 섬 사람인가? 트로이 멀리 우리를 끌고 갈 사람은.

헤카베 아, 이 가엾은 늙은 몸은 노예가 되어 누구의 종이 될 것인가? 죽은 것과 다름없는 허깨비, 쓸모없는 처지. 현관을 지키는 문지기 할멈, 아니면 어린애들을 돌보는 유모가 될 것인가. 트로이에서는 왕비로서 영광을 누렸던 이 몸이!

제2코로스 아, 당신의 불운은 아무리 비탄에 젖어도 부족합니다. 우리는 이제 천을 짜기 위해 물레를 돌릴 필요도 없으며 그리운 육친을 보는 것도 마지막. 우리는 더욱더 가혹한 운명을 따라야 합니다. 그리스 인의 침실에 끌려감으로써……. 아, 저주스러운 밤, 저주스러운 운명이여……. 아니면 페이레네 우물⁴⁾, 성스러운 물을 길어 나르는 종이 될 것인가. 제발 유명한 테세우스의 나라, 풍요한 아테네에 갈 수 있기를!

그러나 증오스러운 헬레네의 나라, 에우로타스 강변 스파르타에 끌려가서 조국을 침략한 원수 메넬라오스의 종이 되지는 않기를! 올림포스 산록 페네이오스 강이 흐르는 언저리, 그곳은 비옥한 땅이라 하거늘, 테세우스의 성스러운 도시 아테네에 가지 못한다면, 그곳에 갔으면……. 아니면 시칠리아 섬의 산 가운데 최고봉 에트나 봉우리가 솟아 있는 카르타고의 맞은편, 화신火神이라는 덕망 높은 고장이라 하거늘.

아니면 이오니아 해에 연한 곳, 아름다운 크라티스 강이 흐르는 나라. 그 강물은 수많은 주민이 사는 대지를 비옥하게 만들며, 머리를 감으면 윤기가 흐른다고 하거늘.

코로스장 그리스 군의 전령이 새로운 소식을 갖고 급히 이곳으로 오고 있다. 어떤 소식일까? 우리는 이미 그리스 군의 노예가 된 몸이지만.

(오른쪽에서 전령 탈티비오스, 병사들과 같이 등장)

탈티비오스 헤카베여, 그리스 군의 전령으로서 몇 차례 트로이에 온 적이 있으므로 그대도 나를 기억하겠지만, 나는 탈티비오스, 그대들에게 전할 명령을 가지고 왔소.

헤카베 아, 여인들이여. 오래전부터 두려워하던 사태가 닥쳐 왔어.

탈티비오스 그대들의 운명은 이미 정해져 있소. 두려워하던 일이란 뻔한 일.

헤카베 오! 테살리아의 어느 도시, 아니면 프티아, 카드모스의 어느 고장에 끌려가는 겁니까?

탈티비오스 그대들은 함께 가는 것이 아니라, 각기 다른 주인에게 배당되었소.

헤카베 저마다 누구에게 배당되었을까? 우리들 가운데 운 좋은 제비를 뽑은 건 누구일까?

탈티비오스 나는 다 알고 있지만 한꺼번에 물어보지 말고, 하나하나 물어보시오.

헤카베 불쌍한 내 딸 카산드라는 누구에게 배당되었는지 말 좀 해주구려.

탈티비오스 아가멤논 왕이 선택하셨소.

헤카베 오, 그렇다면 스파르타 태생 왕비의 종이 되겠군요! 원통하여라!

탈티비오스 아니오, 대왕과 더불어 은밀히 잠자리를 같이하게 되거요.

헤카베 뭐라고요? 황금 머리칼의 아폴론이 영원한 처녀성을 허락한 카산드라에게!

탈티비오스 신이 들린 처녀, 예언녀에게 왕은 홀딱 반하신 거야.

헤카베 오, 딸이여. 지켜 온 열쇠들일랑 던져 버리고 몸을 감싸는 성스러운 옷도 벗어 던져라.

탈티비오스 왕과 잠자리를 같이한다는 것은 딸에게 그지없는 영광이 아니겠소?

헤카베 조금 전에 뺏어 간 딸은 어디 있나요?

탈티비오스 포리크세네 말인가? 아니면…….

헤카베 그렇소. 그 애는 누구에게 배당되었나요?

탈티비오스 아킬레우스의 묘에 시중들게 됐소.

헤카베 아, 묘에 시중들게 하기 위해서 딸을 낳다니! 그러나 어이 된 법, 그것은 그리스 의식인가요?

탈티비오스 그녀의 운명은 찬란한 것, 축복하시오.

헤카베 뭐라고요? 살아 있기는 하겠지?

탈티비오스 그녀는 숙명에 순종했고, 이 세상의 고뇌에서 해방

되었소.[5]

헤카베 용맹을 떨치던 헥토르의 아내 안드로마케의 운명은?

탈티비오스 아킬레우스의 아드님에게 선택을 받았소.

헤카베 그렇다면 나는, 지팡이가 없으면 제대로 걷지도 못하고 정신이 나가 있는 이 가엾은 늙은이는 누구의 종이 되었나요?

탈티비오스 이타카의 왕 오디세우스의 종으로 배당되었소.

헤카베 아! 이럴 수가! 머리를 치고 두 볼을 손톱으로 할퀴어라. 아! 가장 교활하고 구역질 나는 사내의 종이 되다니. 정의의 적, 독사와 같은 무법자. 그 날름거리는 혀로 이간질을 일삼고, 우정이 있는 곳에 불화를 싹트게 하는 자에게 시중들어야 하다니. 트로이의 여인들이여, 나의 비운을 슬퍼해 다오. 이보다 처참한 불행이 어디 있는가. 나의 운명은 끝장이 났어.

코로스장 여왕님은 어디로 끌려가는지는 아십니다. 그러나 우리는 도대체 어느 그리스 인에게 끌려갈 것인지?

탈티비오스 병사들이여, 카산드라를 급히 이곳에 데려오라. 대장에게 인도해야 하니까. 이어서 다른 장군들에게도 배당된 여인들을 데려가야 할 터…… 아니 천막 속에서 횃불이 붉게 타오름은 웬일? 설마 트로이의 여인들이 천막에 불을 지른 것은 아니겠지? 막상 고국을 떠나 아르고스에 끌려가게 되니까 몸을 불사르고 죽음을 택하겠다는 것은 아니겠지? 자유의 몸으로 태어나 이러한 참화를 당하고 보고 겪어 내기 힘드는 일.

문을 열어라, 문을 열어. 트로이의 여인들에게 유리하다면 그리스 군에겐 불리한 일. 그것도 내 실수로 간주되면 큰일.

헤카베 불을 지른 것이 아니오. 내 딸 카산드라가 광기에 정신을 잃고 달려오는 거요.

(카산드라, 아폴론의 무녀복을 입고 횃불을 휘두르면서 춤추며 나온다.)

카산드라 횃불을 높이 들어라, 식전式典은 시작됐다. 신전엔 횃불이 훤히 밝혀졌다. 오, 히메나이오스[6] 낭군님에게 복이 있기를. 또한 아르고스의 왕비와 그곳에 시집가는 나에게도 복이 있기를.

오, 히메나이오스, 어머님께선 돌아가신 아버님과 멸망한 조국을 슬퍼해서 눈물에만 젖어 계시므로 나는 스스로 혼례의 횃불을 붙이고 히메나이오스, 결혼의 신께 축복을 드린다!

횃불을 들어라. 시집가는 처녀를 위해서, 그것은 관습이니까.

아버님의 가장 행복했던 시절처럼 노래에 맞춰 군무를 추어라.

우리의 군무는 성스러운 춤. 그렇다면 아폴론이여, 월계수 우거진 성역에 그대의 무녀가 혼인하는 것을 축복해서 군무의 장단을 맞추시오.

오, 히메니이오스, 어머님께서도 춤을 추세요. 저의 발에 박자를 맞추어 발을 구르며 춤을 추세요.

그대들은 히메나이오스, 결혼신의 이름을 부르며 축복의 노래를 불러라.

아름다운 천을 걸친 프리기아의 처녀들이여, 우리의 혼사를 축복하고 나의 낭군으로 정해진 그를 노래하라.

코로스장 왕비님이여, 제발 미친 듯 춤을 추는 공주님을 붙드십시오. 그리스 군의 진지에까지 저대로 가서 춤을 출까 두렵습니다.

헤카베 불의 신이여, 그대의 횃불로 인간의 혼사를 밝힌다고 하지만, 여기서는 오직 흉측한 불, 허구한 우리의 소원을 불사르고 말았구려. 가엾은 딸이여, 그대의 혼사가 군대의 한복판, 그리스인들의 창칼 사이에서 축복될 줄이야 꿈엔들 생각했으랴. 횃불을 이리 다오. 그렇게 미쳐서 헤매면 제대로 들고 있을 수도 없는 일. 이런 불행을 당하고서야 제정신을 차릴 수도 없겠지만, 가엾게도 제정신이 아니야.

(카산드라의 횃불을 뺏어 코로스 중 한 사람에게 준다.)

　여인들이여, 이 횃불을 안으로 돌려보내고 제정신이 아닌 공주가 부르는 혼사의 노래를 눈물로 애도해 다오.

카산드라 어머님, 찬란한 제 머리에 화환을 씌워 주시고, 적의 왕비가 되는 저의 혼사를 기뻐해 주십시오. 낭군에게 데려가세요. 만약 제가 주저한다면 억지로라도 끌고 가세요. 아폴론이 정말로 신이라면 그리스의 명성 높은 왕 아가멤논은 헬레네보다도 더욱 불길한 왕비를 맞게 될 것입니다. 저는 그의 죽음의 원인이 되고 그의 일족을 멸망시켜 아버님과 형제들이 살해당한 원한을 풀겠어요. 더 이상 말하지 않겠어요. 저의 목덜미가 황천길을 동행하고 더불어 도끼로 피를 흘리고,[7] 이 혼사 때문에 아트레우스 일가를 뒤흔드는 소동, 부모를 살해하는 싸움에 관해 언급하고 싶지는 않습니다. 다만 조국 트로이는 그리스보다 더 행복한 나라였다고……. 여신께서 나에게 영감을 내리신다면 착란을 일으키고 있는 것만은 아니겠죠……. 분명히 말할 수 있습니다.

헬레네라는 단 한 여인을 에워싼 사랑 때문에 그 여인을 되찾기 위해서 수만 명의 사내들을 잃은 그리스가 아닙니까. 이른바 현인으로 알려진 그들의 대장이 동생의 처를 구하기 위해서 가정의 기쁨을 저버리고 귀여운 딸을 희생시켰습니다. 참으로 증오스러운 여인 때문에 둘도 없는 보물을 잃었다고 할까요. 그것도 겁탈을 당해 끌려 온 것이 아니라 스스로 택해서 불의를 범한 여인을 위해서 말입니다.

제 나라 제 고을의 성곽을 지키기 위한 것도 아닌데, 고향 멀리 스카만드로스 강변에 쓰러진 그리스의 병사들은 귀여운 자녀들을 다시 보지 못하고 아내의 손에 안겨서 파묻힐 희망도 없이 낯선 이방의 흙이 되어간 것입니다. 그들의 고국에선 이와 못지않게 바참한 꼴, 남편을 잃은 아내는 과부로 늙어 죽고, 늙은 부모들은 오랜 세월을 헛되이 기른 자식들의 귀환을 단념하고, 죽은 뒤에는 묘지에 참배해 줄 혈육도 없을진대, 분명 찬란한 원정의 빛난 전과라 하겠습니다. 더 이상 수치스러운 이야기는 하지 맙시다. 나의 시적인 언변이여, 흉측한 사실을 노래하느니보다는 침묵을 지켜 다오!

이에 반해서 트로이 인들은 그지없는 행운을 누릴 수 있었습니다. 조국을 위해 죽을 수 있었을 뿐 아니라 싸움터에서 쓰러진 자들은 전우들에 의해서 집으로 운반되어 후히 장례가 치러지고 조상의 땅에 묻힐 수 있었습니다. 다행히 싸움터에서 죽지 않은 자들은 처자들과 여생을 보낼 수 있는 기쁨의 혜택을 받았으니 그리스 인들이라면 바랄 수 없는 행운이 아닐까요.

어머님은 헥토르의 운명을 슬퍼하시지만, 이걸 아십시오. 헥토르가 커다란 용맹을 떨치고 죽을 수 있었던 것은 그리스 인들이 쳐들어왔기에 얻을 수 있었던 영광, 그들이 쳐들어오지 않았더라면 그의 용맹도 햇빛을 보지 못했을 것입니다. 또한 파리스도 보통 같으면 이름 없는 처녀를 아내로 삼았을 텐데 제우스의 딸을 아내로 삼지 않았습니까. 분별 있는 자는 전쟁을 피해야 합니다. 그러나 일단 싸움이 시작되면 나라를 위해 용감히 죽어야 하거늘 비겁하게 죽어감은 치욕이 아니겠습니까?

그러므로 어머님, 조국의 운명과 저의 혼사를 슬퍼하지 마십시오. 이 혼사는 어머님께나 저에게 최대의 원수인 그들이 멸망하는 원인이 될 테니까요.[8]

코로스 자신의 가족에게 겹친 재난을 가볍게 웃어넘기고 있을 것 같지 않은 이 허무한 예언을 즐기시는군요!

탈티비오스 아폴론이 네 정신을 흐리게 하지 않았더라면 개선을 앞둔 우리의 장군들에게 그토록 불길한 예언을 하지 않았을 것이다. 하기야 높으신 분으로 현명하기로 이름난 사람도 결국은 필부와 다를 게 무엇이랴. 그리스 군의 대장, 아트레우스님의 피를 이어받은 아가멤논 같은 대왕이 이런 미친 여자에게 홀리다니. 나 같은 천한 자도 잠자리를 같이하고 싶지 않은 여자가 트로이를 찬양하고 그리스를 모욕함은 가소로우나, 제정신이 아닌 자를 탓해서 무엇 하랴. 바람에 흘려보내지. 그러나 따라오시지. 우리 대장의 신부감, 배로 모실 테니. (헤카베에게) 그대는 트로이에 온 그리스 군이라면 누구나 알고 있는 오디세우스의 덕망 높은 현부인, 왕비를 모시게 될 거요.

카산드라 파렴치한 종이여! 왜 그들을 전령이라 부르는 걸까? 왕의 포고니 나라의 포고니 뇌까리고 다니지만 흉측스럽기는 마찬가지. 그대는 어머님께서 오디세우스의 궁전의 종이 된다지만, 그렇다면 어머님께서 이 땅에서 생애를 마칠 것이라고 나에게 일러 준 아폴론의 계시는 어떻게 되죠? 지나친 말은 삼가겠어요.

가엾은 오디세우스, 어떠한 괴로움이 자신을 기다리고 있는지 모르다니. 그가 겪을 고뇌에 비한다면 우리 트로이 인들의 불행은 오히려 부러운 것임을 알게 될 거요.

오랜 세월을 트로이에서 허송하고 고국에 돌아가는데, 다신 십 년의 세월이 걸릴 겁니다. 그사이 험준한 해협 바위 밑에 사는 무서운 카리브디스를 피하면 산에 사는 사람을 잡아먹는 괴물 키클로프스, 사람을 돼지로 변하게 한다는 마녀 키르케 등 허구한 재난이 기다리고 있으며, 바다에선 난파하고 백련 열매의 달콤한 맛에 취하여 태양의 성우聖牛를 먹은 보답으로 그 살덩어리에서 나는 소리로 공포에 사로잡힐 것입니다. 한마디로 살아서 지옥에 떨어지는 것이며 겨우 그 죽음의 강을 건너 집에 돌아가면 다시 무수한 재앙이 기다리고 있을 겁니다.[9]

그러나 여기서 오디세우스가 겪을 고난을 가지가지 열거해서 무얼 하겠습니까? (탈티비오스에게) 자, 빨리 데려가시오. 낭군과 더불어 지옥에서 결혼식을 올리기 위해……. 그리스 군의 총대장으로서 그토록 영광을 누렸던 자가 낮이 아닌 한밤중에 처참하게 죽어 갈 겁니다. 그리고 나는 벌거벗은 시체가 되어 낭군의 묘 곁 계곡의 물이 흐르는 언저리에 던져져서 야수들의 밥이 될 것입니다. 아폴론의 무녀였던 이 내 몸이.

아, 어느 신보다도 나에겐 소중한 아폴론의 성스러운 표지, 이 댕기와도 작별인가. 더없는 기쁨이었던 제전도 이제는 한낱 슬픈 추억. 나의 맑은 살결이 더럽혀지기 전에 내 손으로 이 머리를 잘라서 아폴론에게 가져가라고 바람에 날려 보낸다. 대장의 배는 어느 배, 어느 배에 타야 하나요? 순풍에 돛은 나부끼지만 그대들이 데려가려는 카산드라는 복수의 여신이라는 걸 잊어서는 안 돼요. 어머님 안녕! 제발 울지 마세요. 아, 그리운 조국, 지금은 지하에 잠든 형제들, 아버님, 머지않아 저는 곁으로 가겠습니다. 우리를 멸망케 한 원한의 아트레우스 일가를 파멸시키고 승리의 노래를 부르며 저승으로 가겠어요.

(카산드라, 탈티비오스 등과 같이 퇴장. 헤카베는 다시 쓰러진다.)

코로스장 헤카베님의 시녀들이여, 왕비님께서 말없이 땅에 쓰러진 것이 보이지 않는가? 일으켜 드리지 않으려는가? 늙으신 분을 부축할 줄 모르는 쓸모없는 인간들, 자 어서 일으켜 드리시오.

(코로스에서 몇 명의 여인이 나와 헤카베를 일으키려 하나, 헤카베는 거절

한다.)

헤카베 제발 이대로 놔두어라. 바라지 않는 일을 해준들 기쁠 것 없소. 이처럼 쓰러져 있음이 지난날과 지금의 괴로움을 참는 데 가장 편하니까.

오, 제신이여! 도움을 주지 않는 신의 이름을 불러서 무얼 하리요만, 그러나 불행을 당하면 제신의 이름을 부르지 않고 배기랴. 우선 지난날 번영의 나날을 회상할까. 그러면 오늘의 내 불행이 더욱 처참하게 보일 테니까요. 왕족으로 태어나 다시 왕비가 되어 뛰어난 아들딸을 얻었거늘, 속된 자랑이 아니라 실로 트로이에 비견할 자 없는 자녀들, 트로이뿐 아니라 그리스와 야만족의 나라를 더듬어도 이만한 아들딸을 가진 어머니의 자랑을 지닌 여인은 없을 것이다. 그 아들은 그리스 군의 창살에 쓰러지고 그들의 무덤 앞에 내 머리칼을 잘라 장사를 지냈다. 이윽고 그들의 아버지 프리아모스도 죽임을 당해야 했다. 그것도 그의 최후를 전해 들은 것이 아니라, 트로이가 함락된 그날, 제우스의 제단 앞에서 무참히 목이 찔려 죽는 것을 이 눈으로 본 것이다. 좋은 사윗감을 얻으려고 고이 기른 딸들은 이방인들에게 빼앗기고, 그녀들을 다시 볼 희망도 없다. 그리하여 마침내 불행의 절정, 이 늙은 몸은 노예가 되어 그리스로 끌려간다. 그들은 늙은 몸으로는 더없이 견디기 힘든 노역을 나에게 시킬 것이다. 헥토르의 어미인 내가 문간에 서서 열쇠를 지키거나 빵을 구울 것이며 왕의 침소에 편히 쉬었던 몸이 등을 드러내고 땅바닥에 누워 자야

하다니. 이미 누더기가 된 몸에 다시 누더기를 걸치고 남루한 꼴을 보여야 하나……. 단 한 여인의 불륜의 사랑 때문에 이러한 불행을 겪어야 하다니, 원통해라! 오 내 딸 카산드라여, 제신과 더불어 환희의 춤을 추었던 네가 처녀의 자랑을 버려야 하는 이 비운! 그리고 불쌍한 포리크세네, 너는 어디 있느냐? 그렇게 많은 자녀들이 있었건만 지금은 나를 부축할 단 한 명의 아들도, 한 명의 딸도 없구나.

곁의 여인들에게 나를 부축해 일으켜서 무엇 하랴? 무엇을 더 이상 바라고 일어설 수 있단 말인가? 지난날에는 트로이 성에서 품위 있는 몸가짐을 자랑했건만 지금은 한낱 비천한 종, 바위를 베개 삼아 낙엽 위에 쓰러져서 한없이 울다가 지쳐서 죽고 싶을 뿐. 참으로 사람의 운명은 이 세상을 떠날 때까지 무상하기 이를 데 없다.

(헤카베는 여인들의 부축을 받아 몇 걸음 걸어가다 다시 쓰러진다.)

코로스 (노래)

시의 여신이여. 끝없는 눈물 대신에 트로이를 위한 새로운 노래, 비수의 노래를 계시해 주오.[10) 트로이의 영광을 위해 노래를 부르리라. 어떻게 네 개의 차바퀴를 단 괴물 목마가 우리 조국을 정복했는가를.

황금 장식으로 치장을 하고 옆구리에는 전사들을 가득 숨긴 목마를 요란스럽게 성문 앞에 끌고 왔을 때, 트로인 인들은 성곽에서 일어나 모두들 외쳤다.

'아, 마침내 오랜 시련도 끝났다. 자 그리스 인들이 제우스의 딸 아테나에게 바친 성스러운 제물을 성안에 끌어들여라!' 그리하여 처녀도 늙은이도 집에서 뛰어나와 기쁨의 노래를 부르며 교활하게 만들어진 괴물에게도 달려갔다.

트로이 인들은 너 나 할 것 없이 성문에 달려가서 그리스 인들이 야생 소나무로 트로이를 파멸시키기 위해 만든 흉측한 목마를 처녀신에게 바치려고 한 것이다. 마치 검은 배를 끌 때처럼, 새끼를 목마에 휘어감고 팔라스 여신의 신전에 운반해서 그 앞뜰에 안치했다. 그곳이 조국을 멸망시킬 숙명의 장소가 될 줄이야 뉘 알았으랴.

기쁨에 넘치는 이러한 작업에 한창일 때, 저녁놀이 깃들었다. 리비아의 피리 소리가 트로이 인들의 노래에 섞여 흘러나오고 젊은이들은 박자에 맞춰 땅을 치며 기쁨의 노래를 불렀으며, 집 안에서는 꺼져 가는 횃불의 불빛이 잠든 자들을 비춰 주고 있었다. 그때 우리들은 제우스의 딸이며 숲의 여신인 아르테미스를 축복하기 위해 신전에서 춤을 추고 있었다.

갑자기 살인자가 부르짖는 소리가 도시에 울려 퍼지고 트로이 인들의 집에 스며들었다. 어린애들은 떨리는 손으로 어머니의 치마에 매달리고, 복병들은 흉측한 목마에서 뛰쳐나와 팔라스가 꾸민 계획에 따라 싸움이 시작되었다. 제단은 트로이 인들의 피로 물들고 조국 트로이가 어두운 상을 입는 동안 보호자 없는 처녀들은 승리자 그리스 인들에게 희생되었다.

(이때 헥토르의 아내 안드로마케가 아스티아낙스를 안고 수레에 실려서 등장, 그리스 병사들이 뒤따른다.)

코로스장 헤카베님, 안드로마케님이 낯선 수레를 타고 여기로 옵니다. 가슴에는 헥토르님의 아이 아스티아낙스를 안고. 가엾은 여인, 수레에 실려 어디로 가시나요? 헥토르님의 청동 장신구와 그리스 인들이 약탈한 트로이의 보물들을 신고, 그 보물들은 아킬레우스의 아들이 고국에 돌아가 트로이에서의 전리품이라고 고향의 신전에 바치려는 거겠지.

안드로마케 우리를 정복한 그리스 인들에게 끌려갑니다.

헤카베 아, 가엾어라…….[11]

안드로마케 저를 슬퍼하실 거야…….

헤카베 아, 애잔도 해라…….

안드로마케 저의 괴로움을!

헤카베 오, 제우스님.

안드로마케 참변으로 여기시겠죠.

헤카베 나의 자식들!

안드로마케 모든 것은 끝장이에요.

헤카베 우리의 행복도 트로이와 같이 사라졌어.

안드로마케 비운이여!

헤카베 자손이 끊기고…….

안드로마케 아, 슬퍼라!

헤카베 아, 애잔도 해라!

안드로마케 조국의 운명…….

헤카베 잿더미가 되었어.

안드로마케 그리운 서방님, 우리를 구해 주오.[12]

헤카베 가엾은 며느리, 그대가 부르는 내 아들은 이미 이 세상에 없어!

안드로마케 당신의 아내를 지키러 오세요.

헤카베 오, 나의 큰아들이며, 그리스 인들에겐 두려움이었던 그대, 프리아모스의 곁에 쉴 수 있도록 나를 저승으로 인도해 다오.

안드로마케 잔혹한 뉘우침! 지난날 파리스님이 잃었어야 할 생명을 구한 뒤로 제신의 미움을 사고 마침내 흉측한 여자에게 정신이 팔려 트로이를 파멸로 몰아넣었습니다.

조국의 폐허 위에 괴로움은 괴로움에 겹쳐 그칠 줄 모르고 팔라스 여신의 석상 앞에 늘어선 피묻은 시체들은 독수리 밥이 되려 하고 있습니다. 이제 트로이는 노예 쇠사슬에 묶인 것입니다.

헤카베 아, 슬픈 조국의 운명…….

안드로마케 눈물을 흘리며 고향과도 이별…….

헤카베 마침내 여기에 이르렀군.

안드로마케 이 애를 낳은 그리운 집.

헤카베 자식들이여, 그대들의 어머니는 자식들만이 아니라 조국까지 잃고 홀로 되고 말았다. 아, 슬픔이여! 재난이여! 눈물은 그칠 줄 모른다. 차라리 죽은 이들은 불행을 잊고 눈물을 멎었건만.

코로스장 불행한 자에게 울음은 부드러운 위안, 탄식하고 불행을 노래하면 마음이 가라앉는 듯!

안드로마케 어머님, 허구한 그리스 인들을 그 창으로 몰살시킨 이름 높은 헥토르의 어머니로서 이 참극을 어떻게 보십니까?

헤카베 강한 자를 뒤엎고 이름 없는 자를 치켜세우는 제신들의 조화라고 할까……

안드로마케 나는 이 아들과 같이 노획물처럼 끌려갑니다. 고귀한 신분이 오늘은 노예의 몸, 너무나 엄청난 변화가 아닙니까?

헤카베 어쩔 수 없는 숙명의 힘이라지만, 아 무서운 일, 조금 전에도 카산드라를 강제로 끌고 갔어.

안드로마케 아! 슬프다! 또 하나의 아이아스[13]가 나타난 모양. 그러나 어머님의 불행은 그것이 전부가 아닐 거예요.

헤카베 나의 불행은 끝이 없어. 마치 재난이 시새움하듯 앞을 다퉈 나에게 닥쳐오는구나.

안드로마케 어머님, 포리크세네는 아킬레우스의 무덤 앞에서 죽은 자를 위한 제물로 희생되어 살해되고 말았습니다.

헤카베 뭐라고? 가엾어라! 탈티비오스가 수수께끼처럼 알 수 없는 소리를 한 것은 그 말이었구나.

안드로마케 저는 이 눈으로 보고 왔습니다. 저는 수레에서 내려 그녀의 몸에 천을 덮어 주고 명복을 빌고 왔습니다.

헤카베 아, 내 딸이여! 무도한 희생이여. 아, 처참한 죽음을 당했구나!

안드로마케 아무리 슬퍼해도 돌아오지 않는 몸, 그러나 아무리 무참한 죽음을 당했을망정 그 죽음은 제가 겪어야 할 삶보다 훨씬 행복한 것.

헤카베 그러나 삶과 죽음은 역시 달라. 죽음이 모든 것의 끝장이라면 삶엔 여전히 희망이 있는 법.

안드로마케 어머님, 제 말을 들어 보십시오. 마음이 조금은 편해지실지도 모릅니다. 이 세상에 태어나지 않는 것과 죽는 것은 마찬가지라고 생각되어, 따라서 비참하게 생을 이어 가느니보다는 죽는 것이 낫습니다. 죽으면 괴로움이 사라지고 불행을 느끼지 못하기 때문에 영화를 누렸던 자가 불행해지면 행복했던 지난날의 추억 때문에 더욱 심한 번민을 겪어야 합니다. 저승으로 떠난 포리크세네는 태어나지 않는 것과 마찬가지고 그 불행을 전혀 느끼지 못할겁니다. 저는 행복한 환경에서 부덕婦德의 영광을 누릴 수 있었으나 행복을 놓치고 말았습니다.

헥토르의 아내로서 여인에게 필요한 모든 덕망을 지켜왔습니다. 여자란 집을 나서면 정숙하든 않든 간에 좋지 않은 평판을 받는 법. 그래서 저는 외출을 삼가고 집에만 머물러 있었으며, 여자들의 부질없는 잡담과 사치를 멀리했습니다. 오직 정직한 마음 하나를 길잡이로 별다른 허물없이 지내 왔습니다. 남편 앞에서 피로한 말을 삼가고 얼굴을 찌푸리지 않으며, 남편에게 양보해야 할 때와 반대로 물러서서는 안 될 때를 분별할 줄 알았다고 할까요.

이러한 부덕이 그리스 군에까지 알려져 제 불행의 원인이 된 것입니다. 트로이가 점령되었을 때 하필이면 아킬레우스의 아들이 저를 아내로 소원했고, 그리하여 저는 남편을 죽인 원수의 집에 노예가 된 것입니다. 만약 그리운 헥토르를 잊고 새로운 남편에게 정을 주면 고인을 배반했다고 비난받을 것이며, 그렇다고 새로운 낭군을 증오하면 종의 몸으로 주인의 미움을 살 것입니다.

하룻밤을 동침하면 싫었던 사내도 좋아진다고 흔히들 말하지만, 저는 남편이 죽은 뒤 사내를 사랑할 수 있는 여인에겐 오직 혐오를 느낄 뿐. 말과 같은 짐승도 한 외양간에서 자란 말과 떨어지면 수레를 제대로 끌지 못합니다. 말도 못하고 이치도 모르는, 인간에겐 어림도 없는, 짐승도 그러하거늘.

아, 그리운 헥토르여. 그대는 부귀나 가통에 있어, 그리고 용맹과 지혜가 딴 사람들보다 월등했으며, 나에겐 더 이상 바랄 수 없는 남편이었소. 당신은 순수하고 정숙한 나를 맞아들였고 처녀의 자랑이 당신에게 바쳐졌건만 당신은 저승으로 떠나고 이 몸은 포로가 되어 먼 그리스로 노예가 되기 위해 뱃길을 떠나려 하고 있습니다. 어머님께서 슬퍼하시는 포리크세네의 죽음보다도 이 몸의 불행이 더한 것이라고 생각되지 않으십니까? 모든 인간이 가질 수 있는 희망조차도 저에겐 없습니다. 이제부터 행복해질 수 있으리라고 스스로를 속일 수도 없습니다. 비록 그런 생각이 위안이 되는 것이라 할지라도.

코로스장 아가씨께서도 우리와 같은 불운한 처지, 비탄의 사연을 듣고 있자니, 새삼 우리 운명의 비통함이 뼈에 사무칩니다.

헤카베 나는 배 타고 바다를 건너 본 적이 없으며, 다만 그림을 보거나 이야기를 들어서 알고 있을 뿐이지만, 폭풍이 그다지 대단치 않을 때는 선원들이 어떤 이는 키를 잡고 어떤 이는 닻을 잡으며 또 다른 이는 물을 퍼내서 위기를 면하려고 날쌔게 움직이고, 바다가 뒤엎어지는 듯 거세게 풍랑이 치면 운명에 모든 것을 걸고 억센 풍랑에 몸을 맡긴다고 하거늘 마치 그와 같이 밀려닥치는 불행에 나는 말할 기력도 없다. 나를 휘감은 신들의 무서운 폭풍에 몸을 맡긴 것이다.

그러나 사랑스런 며느리여, 그대는 이제 헥토르의 운명을 생각지 말라. 그대의 눈물로 그가 되살아나는 것도 아니거늘, 새로운 주인을 귀중히 여기고 그대의 덕망으로 그의 마음을 사로잡아라.

그러는 것이 결국은 우리를 위하는 것이 되며, 그래야 트로이 최후의 희망인 나의 손자, 그대의 아들을 기를 수 있을 것이다. 그리하여 어느 날 그 자손이 일리온의 성곽을 다시 세우고 이 나라의 세를 다시 떨칠지도 모를 일.

우리가 이런 이야기를 하는 동안 그리스 군의 전령이 다시 온다. 어떤 새로운 소식을 가져오는 것일까?

(탈티비오스, 병사들과 함께 등장)

탈티비오스 프리기아에서 가장 용맹했던 헥토르의 아내여, 나를 원망치 마시오. 그리스 인들, 펠로프스 일가의 장군들이 의견을 일치해서 결정한 사실을 당신에게 알려야 한다는 것은 나에게도 마음 내키는 일이 아니오만……

안드로마케 무슨 일이오? 당신의 말투가 어쩐지 불길한 일을 예고하는 듯한데?

탈티비오스 결의에 따라 당신의 아들은……. (독백) 무어라고 말해야 좋을지.

안드로마케 설마 이 애가 나와는 다른 주인에게?

탈티비오스 그리스 인은 아무도 그 애의 주인이 되지는 않을 것이오.

안드로마케 그렇다면 트로이 인의 마지막 표지로 이곳에 두고 간단 말이오?

탈티비오스 이 흉보를 어떻게 원만히 전해 드릴 수 있을는지 모르겠소.

안드로마케 좋은 소식이라도 전해 준다면 모르지만, 그러지 않을 바엔 마음이 쓰이겠죠.

탈티비오스 당신의 아들을 죽이려 하오. 이제 엄청난 불행의 뜻을 알았을 거요.

안드로마케 아! 그것은 나의 새로운 혼사보다도 더욱 심한 불행!

탈티비오스 오디세우스가 그리스 전군 회의에서……

안드로마케 아, 이럴수가! 이 엄청난 불행을 견디어 낼 수 있을 것인가……

탈티비오스 그는 트로이 제일의 용사의 아들을 살려 두어서는 안 된다고 주장하셨습니다.

안드로마케 그의 아들들에게도 똑같이 죽음이 오기를!

탈티비오스 트로이의 높은 성벽에서 떨어뜨리기로 한 거요. 이 명령은 결국 이행되어야 하거늘, 우매한 행동은 삼가도록 하시오.

자, 그 애를 내놓고 불행을 용감히 견디어 내시오. 당신을 도울 자는 아무도 없소. 이젠 무력한 것을 깨달아야 하오. 나라는 무너지고 남편은 죽었으며 당신은 노예의 몸, 여자 혼자서 우리에게 저항할 수는 없는 일. 그러므로 헛된 싸움을 피하고, 품위를 잃고 미움을 사는 행위를 삼가며, 그리스 인들을 저주하는 일이 없도록. 만약 병사들의 비위에 거슬리는 말을 하면 이 애는 장례도 치르지 못하고 무덤에 묻히지도 못할 것이오. 당신이 입을 다물고 체념 속에 운명을 감수한다면 이 애의 유해는 장사되며 그리스 인들도 당신에게 더 친절하게 대할 것이오.

안드로마케 아, 귀여운 내 아들! 너는 이 불쌍한 어머니를 영원히 떠나 적의 손에 죽어야 한다. 아비의 고귀한 혈통이 많은 사람들에게 영광을 가져왔는데 너에겐 원한이 되었구나. 헥토르님과의 결혼이 이러한 불행을 잉태할 줄이야! 풍요한 아시아를 지배하는 왕을 삼으려 낳은 아들이 그리스 인의 제물로 죽어야 하다니! 아, 얘야! 네 불행을 너도 아는구나! 왜 그렇게 매달려서 옷을 놓지 않으려 하니, 마치 어미새의 날개에 숨는 가엾은 새끼새처럼. 아버님은 저 유명한 창을 들고 무덤에서 너를 구하기 위해 다시 나오시지는 않으신다. 육친도 없으며 아버님의 벗들, 트로이의 병사들도 없다. 머지않아 높은 곳에서 무참히 떨어져 괴로움 속에 너는 죽어 가야 한다.

아, 부드러운 살결, 향기로운 냄새, 언제까지나 이렇게 안고 있었으면! 포대기에 싸서 젖 먹여 기르고 모성의 불안과 괴로움으로 정성을 들였건만 모두가 헛되도다! 자, 마지막으로 힘껏 껴안고 입 맞춰 다오.

그리스 인으로서 야만인보다 참혹한 짓을 서슴지 않고 할 줄이야. 어이하여 당신들은 이 무고한 생명을 뺏으려 하나요?

아, 헬레네여. 네가 제우스의 딸이란 믿을 수 없는 일. 재앙의 신, 불화와 학살, 그리고 죽음의 신, 대지가 내뿜는 모든 악령의 딸로서 이 세상에 태어난 거다. 그리스 인과 트로인 인들, 그렇게 많은 사람의 불행한 씨가 된 네가 제우스의 딸이란 걸 어떻게 믿을 수 있겠는가? 제발 죽어 없어져라, 너의 아름다움 때문에 트로이의 옥토가 무참히도 황폐해지고 말았거늘!

자, 이 애를 데려가서 떨어뜨려 죽이시오, 울분이 풀리도록. 그 애 살덩이라도 포식하구려. 제신들의 소원이 우리를 멸망시키는 것이라면 이 애를 구하려는 노력은 헛된 일.

(아스티아낙스를 탈티비오스에게 넘긴다.)

자, 빨리 나를 배에 실어서 이 비참한 꼴을 감춰 주구려. 아들의 피에 물든 자와 혼사를 올려야 하는 이 내 몸을!

코로스장 비운의 트로이! 흉측한 여인의 애욕 때문에 얼마나 많은 생명이 죽어 갔는가.

탈티비오스 자, 얘야. 이제는 절망에 빠진 어머니의 품을 벗어나 조상이 세운 이 성벽의 꼭대기에 올라가자. 네가 이 세상을 마지막 떠날 장소로 정해진 그곳으로. (병사에게) 자, 데려가라. (독백) 이처럼 잔혹한 명령을 집행하기 위해선 동정심 없고 부끄러움 모르는 냉혈의 심장이 필요해.

(탈티비오스, 병사들과 퇴장)

헤카베 불우한 내 아들의 아들, 손자여. 너를 다시 우리들에게서 앗아 가다니 너무하구나. 어쩌면 좋으냐? 가엾은 너를 위해 무엇을 할 수 있겠니? 오직 이렇게 머리를 치고 가슴을 두드리며 슬퍼하는 것이 고작이다. 비운의 조국, 가엾은 아스티아낙스여, 이 이상 더한 괴로움이 있을 것인가? 우리의 파멸이 이렇거늘 더 이상 무엇이 닥쳐올 수 있단 말인가?

코로스 (노래)

꿀벌을 기르는 살라미스 섬, 그 옛날 여신 아테나가 찬란한 아테네를 숭고한 상징이자 장식으로 푸른 올리브 나뭇가지를 처음으로 세상에 내놓은 성스러운 봉우리들이 솟아 있는 연안, 물결에 씻기며 떠 있는 살라미스 섬을 다스린 텔라몬이 알크메네의 아들, 활로 용맹을 떨치던 헤라클레스와 더불어 우리들의 조국 일리온을 치기 위해서 그리스를 떠났던 옛날.

113

그때, 약속한 준마를 주지 않음에 화가 난 영웅 헤라클레스,[14] 그리스의 꽃다운 청춘을 걸고 바다를 건너 시모이스 강변에 배를 멎고 닻을 내렸다. 배에서 쏘아 대는 자신만만한 화살은 단숨에 라오메돈의 숨을 끊고, 아폴론이 깔끔히 쌓은 이 성곽도 진홍의 불길에 싸여 허물어지고, 트로이는 정복되었던 것. 이리하여 트로이는 두 번이나 침공을 받고 함락된 것이다.

커다란 황금 잔 사이로, 발길도 가볍게 라오메돈의 아들 가니메데스[15]님은 제우스의 잔에 술을 따르는 영광스러운 역할을 맡았지만, 그 보람도 없이 고국은 화염에 싸여 잿더미가 되고, 바닷가는 울부짖는 소리로 가득 찼다. 마치 어미새가 새끼새를 찾아 우는 것처럼 남편을, 자식을, 늙은 어머니를 찾아 울며 외친다. 그대의 아름다운 용모는 제우스의 왕좌 곁에 시중들어 변함없이 맑고 변함없는 젊음에 빛난다고 할지라도, 지난날에 그대가 목욕한 맑은 우물은 고갈되고 그대가 벗들과 앞을 다투어 달리던 경기장도 지금은 없다. 그리스 인들의 창칼 밑에 프리아모스의 국토는 여지없이 무너진 거다.

사랑이여, 사랑이여, 천상의 제신들의 마음을 따라 다르다노스의 궁전을 찾아왔을 때, 트로이는 제신과 연을 맺고, 그 영화는 끝이 없을 듯 느껴졌는데, 이제 와서 제우스를 비난해서 무엇하랴. 그러나 여느 때 같으면 인간에게 그다지도 부드러운 빛을

114

던져 주는 흰 날개의 '새벽'이 폐허가 된 우리의 대지와 부서진 우리의 성을 비칠 때 어떠하랴. 새벽의 여신은 티토노스[16]님을 사모해서 그를 황금의 사륜마차에 태워 가지 않았는가. 그때 우리의 조국은 얼마나 희망에 찼는가. 그런 신들의 은총도 트로이에겐 부질없었다.

(메넬라오스, 시종을 데리고 등장)

메넬라오스 오, 태양의 빛이여. 아내 헬레네를 되찾을 수 있는 오늘, 그대는 찬란도 하다! 이제껏 이 메넬아오스는 물론 그리스 군은 말할 수 없는 노고를 겪어야 했다. 내가 트로이를 공격한 것은 흔히 사람들이 생각하듯이 한 여자 때문이 아니라, 후하게 대접받은 은혜를 저버리고 아내를 꾀어 간 사내를 응징하기 위함이었다. 하늘의 도움으로 마침내 그는 그 조국과 더불어 그리스의 창칼에 굴복하고 벌을 받은 것이다. 이제 나는 지난날엔 나의 아내였지만 지금은 아내라고 부르고 싶지 않은 그 라코니아 여자를 데려가기 위해서 왔다. 이 천막 안에 포로가 된 다른 트로이의 여인들과 같이 있을 터. 어려운 싸움 끝에 그녀를 되찾은 우리 편 사람들이 죽이든 그리스로 데려가든 내 뜻에 맡긴다고 나에게 넘겼다. 그러나 나는 트로이에서 헬레네를 죽이지 않고 바다를 건너 그리스로 끌고 가서, 이 여자 때문에 일리온 성벽 밑에 쓰러진 수많은 병사의 원한을 갚기 위해 처치하기로 마음먹었다.

(시종들에게) 자, 너희들은 저 천막에 가서 무수한 피로 더럽혀진 그 여자의 머리채를 잡아 끌어 오너라. 순풍이 불어오면 그리

스로 데려갈 테니까.

(헤카베, 몸을 일으킨다.)

헤카베　이 땅에 자리 잡고 이 땅을 지탱하는 자, 당신이 누구인지 잘 알 수 없지만, 제우스여, 아니면 자연의 이치이거나 인간의 지혜이든 간에 당신에게 기도합니다. 당신은 모든 인간사를 분명 법칙에 따라, 그러나 아무도 모르는 신비로운 길을 따라 인도하시는구려.

메넬라오스　뭐라고? 이건 또 색다른 기도[17]인데.

헤카베　메넬라오스, 아내를 죽이려는 그대에게 찬사를 보내오. 그러나 그 여자를 만나지 않는 게 좋을 듯. 만나면 다시 마음을 사로잡힐까 두렵소. 그 여자의 아름다움은 사내들의 마음을 휘어잡고 나라를 망하게 하며, 집을 불사르고 마는 마력을 지녔소. 나는 그 여자의 본성을 아오. 그대도 알 것이오. 그 여자의 마력에 괴로움을 겪은 자면 누구나 아는 일.

(헬레네가 천막에서 병사들에게 끌려 나온다. 포로가 된 다른 여인들과는 달리 옷치장을 하고 화장까지 했다.)

헬레네　메넬라오스, 나의 두려움을 짐작하실 거예요. 당신의 부하들이 강제로 나를 천막에서 끌어내는군요. 당신이 나를 증오하시는 건 잘 압니다만, 그리스 군, 그리고 당신이 나의 생명에 대해서 어떠한 선고를 내리셨는지 알고 싶습니다.

메넬라오스　선고가 내려진 것은 아니다. 너 때문에 무수한 고난을 겪어야 했던 그리스 군 전체의 뜻에 따라서 직접 치욕을 겪은 내가 처치하도록 인도된 것이다.

헬레네 그렇다면 그 점, 나를 죽인다면 그것이 부당한 처사라는 것을 말할 수 있을까요?

메넬라오스 나는 그러한 논쟁을 하기 위해 여기 온 것이 아니라, 너를 죽이기 위해서 온 것이다.

헤카베 메넬라오스, 그녀의 변명을 들어 봅시다. 마지막 소원일진대 그만한 건 들어줘야죠. 그러나 그 반론은 내게 맡기시오. 트로이에서의 그녀의 죄과를 당신은 모를 테니까. 모든 것이 밝혀진다면 이 여자는 결코 죽음을 면치 못할 것입니다.

메넬라오스 시간 낭비지만 이야기할 게 있다면 해보지. 그러나 그것도, 헤카베, 그대의 청을 받아들여 허락하는 거지, 저 여자를 위해서 허락하는 것은 아니야.

헬레네 아마 당신은 나의 변명이 정당하든 않든 간에 받아들일 생각이 없으며, 나를 원수로 생각하기로 마음먹으신 모양. 그러나 당신이 나의 죄과로 생각하고 계시는 일들을 일일이 반박하고 나대로의 결백을 주장해 보겠습니다.

첫째로 불행한 전쟁의 근본 원인은 파리스를 낳은 어머니인 이 여인에게 있다고 하겠습니다. 다음은 트로이를 망하게 하고, 나를 이 지경에 처하게 한 노왕 프리아모스, 모든 것을 불태우는 횃불이 될 거라는 예언이 있었는데도 알렉산드로스[18]를 갓난아기 때 죽이지 않았기 때문입니다.

그 다음은 이렇습니다. 알렉산드로스, 즉 파리스가 세 여신의

117

미의 판정인이 되자, 팔라스는 그녀를 으뜸으로 정하면 프리기아 인을 거느리고 그리스를 정복하겠다고 꾀었으며, 헤라는 아시아와 그리스 양 대륙을 다스리는 왕을 삼겠다고 약속했으며, 아프로디테는 나의 아름다움을 칭찬한 다음, 만약 두 여신보다도 으뜸가는 아름다움을 인정받는다면 나를 그에게 주겠다고 약속하셨습니다.

그 결과 어떻게 되었는지는 이미 아시는 바. 아프로디테가 다른 두 여신을 이기고, 내가 파리스의 아내가 된 것은 그리스에게는 퍽이나 유리한 것이었습니다. 그렇게 되어서 그리스는 야만인의 침략을 받지 않았으며, 정복되지도 않았습니다. 그러나 그리스가 그러한 결과로 행운을 느낄 수 있었다면 그 반대로 나는 나의 아름다움으로 인해 팔려가서 죽을 고생을 했고, 화관을 머리에 받고 칭찬을 받아야 했을 텐데, 오히려 그로 인해 치욕적인 지탄을 받아야 했습니다. 당신은 왜 내가 당신의 궁전을 남몰래 떠났는가를 설명하는 데 충분치 않다고 말씀하시겠죠. 나를 사로잡은 악령, 그 이름을 알렉산드로스 또는 파리스, 어떻게 불러도 상관없습니다만, 그에게 편을 든 것은 온갖 힘을 지닌 여신입니다. 그러한 사내를 집에 두고 스파르타를 떠나 크레타에 간 당신은 못난 사내라고 비난을 면치 못할 것입니다.

하여튼 그러한 일이 생긴 데 대해서 저는 당신이 아니라 나 자신에게 반문합니다. 도대체 어떠한 생각으로 조국과 가정을 버리고 이방의 사내를 따라 집을 나간 것일까? 그러나 여신 아프로디테를 힐책하고 제우스를 이겨 낼 자가 누구이겠습니까. 제신에게 호령하는 제우스도 아프로디테에겐 꼼짝 못한다고 하지 않습니까. 그렇다면 나의 잘못도 마땅히 용서를 받아야 할 것입니다.

당신은 또 나에게 이러한 비난을 하실지도 모릅니다. 알렉산드로스가 저 세상으로 떠나고, 여신이 꾸민 부부의 인연도 끊어진 이상 그의 집을 떠나 곧장 그리스 군의 배에 왔어야 했다고. 나는 그렇게 하려고 노력했습니다. 성문의 문지기들과 성곽의 보초들이 증인입니다. 나는 몇 번이나 성곽에서 줄을 타고 내려오려다 저들에게 들켰으니까요. 그러자 디포보스가 다른 트로이인들의 반대를 무릅쓰고 강제로 나를 차지하고 나는 다시 남편이 있는 몸이 되었습니다.

애당초 마음에 없는 결혼, 강제로 아내가 되고, 아름다움이 영광 대신에 치욕을 나에게 가져왔거늘. 그로 인해서 다시 당신의 손에 죽는다면 너무나 억울합니다. 신들을 이겨 낼 수 있다고 생각하신다면 그것은 우매하기 이를 데 없다고 하겠습니다.

코로스장 여왕님이여, 이 여자의 능변을 물리치고 제발 아드님들과 조국의 명예를 옹호해 주십시오. 엄청난 죄를 저질렀으면서도 말은 어찌나 좋은지, 실로 두려운 일입니다.

헤카베 먼저 세 여신들을 위해서 변호하고, 이 여자의 말이 거짓임을 증명하겠습니다. 우선 헤라와 처녀신 팔라스는 농담을 하며, 단지 심심풀이로 아름다움을 겨루기 위해 이다 산에 모였을진대, 그리스를 야만인의 손에 넘긴다든가, 아테네를 프리기아 인의 지배하에 둔다는 따위의 무분별한 약속을 했을 리가 없다. 무엇 때문에 여신 헤라가 그렇게 간절히 아름다워 보이기를 원했겠는가? 또한 결혼을 싫어해서 일생 처녀로 지낼 것을 아버지 제우스 신에게 허락받은 아테나가 어떤 신을 남편으로라도 원했단 말인가. 자기의 사악한 행동을 변명하기 위해서 여신들을 우매하게 만들지 마라. 그러한 말에 현명한 사람들이 넘어갈 리 없다.

아프로디테에 관한 이야기는 더욱 가소롭다! 그녀가 나의 아들과 더불어 메넬라오스의 집에 갔다고 말하지만 하늘에 그대로 앉아서도 그대와 함께 메넬라오스의 집이나 아미클라이의 고을을 송두리째 트로이에 옮겨 올 수 있지 않았을까? 나의 아들은 드물게 보는 미남, 내 아들을 본 그대의 마음이 바로 키프리스[19]가 된 것이다. 인간은 그들의 모든 우매한 치정 행위를 아프로디테의 이름으로 돌리는데, 여신의 이름이 미친 증세를 뜻하는 '아프로시네'와 비슷한 것이 까닭이 있는 일. 그리스에서 궁핍하게 살아오던 그대는 호화로운 의상과 황금 장식으로 치장한 파리스를 보자, 금방 이성을 잃고 황금이 넘쳐흐르는 프리기아에 오기 위해서 스파르타를 서슴지 않고 버린 것이다. 메넬라오스의 집은 그대의 사치스런 성품과 욕심에 맞지 않았다. 그건 그렇고 아들이 그대를 억지로 끌고 왔다지만 스파르타 인 그 누가 그것을 알았단 말인가? 그대가 어떠한 비명을 질렀다면 혈기 왕성한 카스토르와 그 쌍둥이 형제 폴리데우케스가 아직도 승천하지 않고 거기 있었을진대 그 비명을 들었어야 하지 않겠는가? 결국 그대가 트로이에 오고 그리스 군이 뒤쫓아 옴으로써 전쟁이 시작되었는데, 메넬라오스가 전과를 올리면 아들에게 두려운 연적을 가진 자의 괴로움을 맛보게 할 양으로 메넬라오스를 칭찬하고, 트로이의 승리가 알려지면 메넬라오스를 업신여기고. 그대의 그러한 태도는 절조를 지킬 생각은 아예 없이 오직 형세가 유리한 쪽에 붙으려는 수작이 아니고 무엇인가.

또한 그대는 마치 트로이에 강제로 억류된 것처럼 성곽에서 줄을 내리고 달아나려 했다는데, 단 한 번이라도 도망치는 데 쓸 줄이라도 마련하거나 단도를 가는 것을 들킨 적이 있는가? 품위 있는 여자라면 첫 남편이 그리워서 응당 있어야 할 행동이거늘. 나는 몇 번이고 그대에게 충고했다. '며느리여, 이곳을 떠나게. 내 아들은 딴 여자와도 결혼할 수 있을 테니. 그리스 군의 배에 남몰래 갈 수 있도록 도와줄 테니 그리스와 트로이의 전쟁이 제발 끝나게 해주렴.' 그러나 그것은 그대의 마음에 내키지 않았다. 파리스의 궁전에서 마음대로 놀아나고 트로이 인들의 찬미 속에 지내고 싶었으니까. 그대의 지난 행실이 그러했거늘, 오늘은 치장을 잔뜩 하고 나타나서 지난날의 남편과 한 하늘 아래 상면을 하다니. 오 흉측한 여자! 지난날의 그토록 많은 잘못을 생각한다면 파렴치한 마음을 버리고 겸허하게 남루한 옷에 머리 깎고 두려움에 떨며 나타나야 마땅하지 않은가. 메넬라오스, 나의 결론은 이렇습니다. 그리스의 명예를 위해 마땅히 죽여야 할 여자를 죽음에 처하십시오. 그리하여 남편을 배반한 여자는 죽음으로 그 죄를 씻어야 한다는 규율을 모든 여성에게 보여 주십시오.

코로스장 메넬라오스, 조상과 가문의 명예를 더럽히지 않도록 아내를 죽음에 처하십시오. 우유부단한 행동으로 그리스 인들의 빈축을 사지 마시고 적에게는 당신이 용감한 사내임을 보여 주시오.

메넬라오스 (헤카베에게) 이 여자가 나를 저버리고 딴 사내의 침실로 간 것은 스스로의 뜻이라는 당신의 말에 동감이오. 아프로디테의 이름도 스스로의 잘못을 감싸기 위해 나왔을 뿐. (헬레네에게) 자, 그대를 처치할 자들에게 가서 그리스 군이 겪어야 했던 오랜 고통을 순간의 죽음으로 갚음이 마땅하다. 이제 더 이상 나를 욕보이게 하지는 못한다는 것을 알려 주지.

헬레네 아! 무릎에 매달려 청원하오니, 여신들 때문에 저질러진 죄를 나에게 씌워 나를 죽이지 마세요. 제발 용서해 주세요.

헤카베 이 여자 때문에 죽은 전우들을 배반하지 마십시오. 죽어 간 그들을 위해, 나의 아들들을 위해 당신에게 청원합니다.

메넬라오스 그만 하시오, 헤카베. 나는 이 여자의 청에 귀를 기울인 것이 아니라, 이 여자를 태우고 갈 배에 끌고 가라고 부하들에게 명령하고 있는 것이오.

헤카베 당신과 같은 배에 타지 않겠죠?

메넬라오스 왜? 헬레네가 더 무거워지기라도 했단 말인가?

헤카베 상대의 변덕이 어떻든 한 번 사랑에 빠진 자는 그 사랑을 버리지 못하는 법.

메넬라오스 원하는 대로 하지. 그대의 말에 일리가 있으므로 그 여자를 나와 같은 배에 태우지 않겠소. 그리스에 당도하면 흉측한 여자는 그녀에게 알맞은 흉측한 죽음에 처해질 것이고, 모든 여성에게 절개를 저버린 무서움을 줄 것이오. 쉬운 일은 아니지만 여간한 여자들도 헬레네의 처형을 보면 무서움에 정신을 차리겠지.

(메넬라오스, 부하들과 퇴장. 헤카베는 다시 쓰러져 슬픔에 젖는다.)

코로스 (노래)

그래서 일리온에 있는 당신의 신전도 향불이 피어오르고, 제물을 태우는 불꽃, 향기 짙은 몰약 연기 타오르던 당신의 제단도, 오 제우스여, 당신은 그리스 인들의 손에 넘겨주셨다. 또한 성스런 도시 페르가모스에 얼음처럼 시원한 물길이 적시고, 담쟁이가 뒤덮은 이다의 숲, 새벽 햇살이 제일 먼저 드리우고, 찬란히 빛나는 성스러운 그 봉우리 봉우리도 지금은 그들의 손에 넘어갔다.

제우스여, 이제는 제물도, 밤새 들리던 코로스의 즐거운 노랫소리도, 제신을 모시던 밤의 제단도, 황금의 신상도, 프리기아 인들이 축복하는 만월의 열두 마당[20]도 그만이다! 성스러운 하늘의 궁전, 성스러운 왕좌에 앉은 제우스여, 우리의 조국이 무너지고 불길에 휩싸여 타 버리는 동안 당신은 그러한 모든 것을 잃을 것이라 마음이 아프지 않았단 말인가.

오, 그리운 남편이여, 장사를 치르지 못하고 무덤에 묻지도 못해 당신의 넋은 허공을 헤매고 있는데, 아내인 우리들은 순풍에 닻을 올린 배에 실려 준마로 이름 높은 아르고스, 키클로프스가 지은 성곽이 드높이 솟은 그 나라에 실려간다. 자식들은 문으로 달려와서 치마를 붙들며 눈물에 젖어 외친다. '어머님, 그리스 인들은 우리를 어머님 멀리 홀로 검은 배에 실어 끌고 갑니다. 물결을 타고 노를 젓는 배에 성스러운 살라미스 섬, 아니면 두 바다에 군림하고 펠로프스의 출입을 지키는 이스트모스 고원으로 끌려가는 우리.'

메넬라오스의 배가 바다의 물결을 타고 에게 해의 한복판에 이르렀을 때, 신의 화살, 벼락이 내리옵소서. 일리온과 조국으로부터 눈물을 흘리며 노예가 되기 위해 우리가 그리스로 끌려갈진대! 처녀들이 탐내는 황금의 거울을 가지고 노는 헬레네가 라코니아 땅에 가지 못하고 집으로도 돌아가지 못하도록! 메넬라오스가 피타네[21] 성에 되돌아가지 못하고 아테네의 청동 성문을 다시 보지 못하도록, 그리스 전체의 치욕, 시모이스 강이 흐르는 온 누리 프리기아에 비운을 가져온 헬레네가 그의 아내일진대!

(탈티비오스와 병사들, 아스티아낙스의 시체와 헥토르의 유품인 방패를 가지고 등장)

코로스장 아, 웬일인가! 불행은 불행에 겹쳐 오는구나, 이 나라에. 보라! 가련한 트로이의 여인들이여, 저것은 그리스 인들이 잔혹하게도 성탑 위에서 떨어뜨려 죽인 아스티아낙스의 시체가 아니닌가.

탈티비오스 헤카베, 아킬레우스님의 아드님께서는 다 싣지 못한 나머지 전리품을 프티오티스 해변으로 실어가기 위해서 단 한 척의 배를 남기셨을 뿐입니다. 네오프톨레모스께서는 펠리아스의 아들 아카스토스[22]가 그의 할아버지 펠레우스님을 나라에서 추방하셨다는 흉보를 듣고 떠나셨습니다. 그러한 연고로 급히 떠나시게 되었고 안드로마케도 같이 가게 되었는데, 떠날 무렵 나라를 슬퍼하고 헥토르의 무덤에 마지막 사연을 보내는 그 모습은 나의 눈시울을 뜨겁게 했습니다. 안드로마케는 성곽 위에서 떨어져 생을 마친 헥토르의 아들 아스티아낙스의 장사를 지내 달라고 네오프톨레모스에게 청원하셨으며, 또한 여기에 가져온 청동의 방패, 지난날에는 이 애의 (아스티아낙스의 시체를 가리키며) 부친이 옆구리에 들고 그리스 인들을 두려움에 떨게 한 이 방패를 새로운 남편을 맞아야 하는 펠레우스의 궁전에 가져가지 말아 달라고, 그것을 그곳에서 봐야 한다면 너무나 괴로운 일이 아니겠느냐고 말하는 동시에 삼목관이나 석관 대신에 이 방패 위에 아들을 얹어 묻어 달라고 청원하신 겁니다. 그러나 네오프톨레모스의 급한 출발로 아들을 묻을 여유도 없이 안드로마케가 떠나간 오늘, 나는 이 애의 시체를 그대에게 넘기니 형편 되는대로 천을 씌우고 화관으로 덮어 주시오. 그대가 시체를 꽃으로 덮으면 우리는 거기에 흙을 덮고 한 자루의 창을 거기 묻을 작정이니, 빨리 서둘러 주시구려. 그대를 위해 한 가지 수고는 이미 덜어진 셈, 스카만드로스 강을 건너면서 시체를 물에 적시고 상처를 씻어 놓았으니까. 자, 무덤을 파러 가야지. 그대와 우리의 일이 끝나면 그만큼 빨리 조국에 돌아갈 수 있을 터.

(탈티비오스와 병사들 퇴장)

헤카베 (여인들에게) 헥토르의 둥근 방패를 거기 땅에 놓으시오. 어미인 나로서는 차마 볼 수 없는 슬픈 물건이오. 아, 그리스 인들이여, 싸움에서는 영광을 누리건만 현명하지는 못한 모양. 이 어린애의 무엇이 두려워서 이처럼 무참히 죽여야 하는 거요? 이 애가 트로이를 언젠가 다시 세울까 두려워한 거요? 그렇다면 너무나 좁은 소견. 헥토르와 같은 용맹한 자가 있고, 수만의 용감한 병사가 있었어도 우리는 싸움에 지고 트로이는 함락되었으며, 프리기아 인은 멸종하다시피한 오늘, 가냘픈 한 어린애를 두려워하다니! 이유 없는 두려움은 천하기 이를 데 없는 것.

아, 귀여운 손자야, 얼마나 가련한 운명이냐! 그대가 어른이 되어 혼인을 하고 신처럼 존경을 받는 왕위에 오른 뒤, 조국을 위해 싸워 죽었다면 행복했다고 말할 수 있을지도 모를 일. 만약에 행복이 그러한 데 있는 것이라면⋯⋯. 그대는 그러한 이 세상의 행복을 스쳐갔을 뿐, 그 아무것도 모르는 채 이 세상을 떠나고 말았구나. 집안에 그 행운이 있었건만 손을 대지도 않고 불쌍하게도 아폴론이 지은 이래 대대로 물려 온 성곽에 부딪혀 머리칼이 무참히 뜯겨 있구나. 이 머리칼은 그대의 어머니가 언제나 정성껏

쓰다듬고 볼에 비비며, 어루만지고 있었는데, 뼈가 부서진 사이에선……. 아, 이 이상은 너무나 참혹해서 입에 담기도 싫다. 아버지를 그대로 닮은 귀여운 손이 찢어져서 여기 있다. 곧잘 어른스러운 소리를 하던 이 깜찍한 입도 이제는 말이 없어졌다. 나의 이불에 들어와서 '할머님, 할머님이 돌아가시면 저의 머리칼을 함빡 잘라 드리죠. 그리고 장례의 행렬에는 친구들을 많이 데리고 와서 고별의 인사를 멋있게 말하겠어요.' 라고 말했었는데, 그대는 약속을 어기고 말았구나. 그대가 나를 조상弔喪하는 것이 아니라, 내가 나라와 아들들을 잃은, 이 늙은이가 이 가엾은 시체를 장사 지내야 하다니. 그대를 껴안고 귀여워하며, 여기까지 길러 온 수고도 지금은 헛되이 그대의 천진난만한 잠든 얼굴도 이제는 볼 수 없다. 그대의 무덤에 시인은 뭐라고 묘비명을 새길 것인가? '그 옛날 아르고스의 무사들이 두려워하여 죽인 어린애가 여기 잠들다.' 이렇게 새긴다면 그리스 인들의 수치를 들추어 내고도 남음이 있을 것이다. 그대는 조상으로부터 전해지는 모든 것을 이어받지는 못했지만 이 청동의 방패만은 그대의 것. 이 방패와 같이 묻어 주겠다.

아, 헥토르의 억센 팔을 지킨 이 방패도 둘도 없는 주인을 잃어버렸다. 손잡이에는 아들의 그리운 손자국이 남아 있다. 또한 매끄러운 방패의 둘레에는 땀자국이, 허구한 날 싸움에 지쳐 방패에 턱을 괴고 쉬던 헥토르의 이마에서 흐른 땀자국이 있다.

(코로스의 여인들에게) 자, 지금 있는 모든 것 가운데에서 이 불쌍

한 시체를 단장해 줄 수 있는 것들을 가져오시오.

(여인 몇 명 퇴장)

헤카베 슬픈 일이지만, 그대를 어여쁘게 단장해 줄 수는 도저히 없는 우리 처지. 그러나 지금의 나로서 할 수 있는 모든 것은 해 주겠다. 오늘의 행운을 변함없는 것으로 기뻐하는 자들은 어리석은 자. 사람의 팔자는 변덕쟁이. 마치 실성한 사람처럼 헤매어 옮겨 다니거늘, 언제까지나 행운을 붙들어 놓을 수 있다고 믿는다면 어리석기 이를 데 없다.

(코로스의 여인들, 천막에서 장사 지낼 물건들을 가지고 나온다.)

코로스장 보십시오. 아까 그 여인들이 전리품 속에서 시체를 장식할 수 있는 것들을 가져왔습니다.

헤카베 (여인들이 가져온 물건들로 시체를 장식하며) 아, 손자여. 그대는 죽기 전에 프리기아 인들의 오래 관습, 마차 경주와 활쏘기 시합에서 벗들을 이기고 우승해 보지도 못했구나. 또한 그대 어머니는 마땅히 그대 것이 되었어야 할 부귀를 가지고 그대의 무덤을 다스려 주지도 못한다. 그 부귀는 흉측한 헬레네가 빼앗아 갔다. 그대의 목숨을 앗아가고 그대의 집을 망하게 한 것은 그 몹쓸 여자.

코로스 아, 슬프다! 당신의 한탄은 우리의 가슴에 스며듭니다. 오, 도련님. 조국을 영광스럽게 다스려야 할 그대였건만!

헤카베 아시아 제일의 처녀를 얻어 그 혼인 잔치에서 그대를 치장했어야 할 프리기아산 비단이 그대의 시체를 덮게 될 줄이야.

그리고 무수한 승리에 빛나는 헥토르가 사랑하던 방패여, 이 화관을 받으라. 죽음을 모르는 그대, 죽음의 길에 우리 손자를 동반해 다오. 겉 다르고 속 다른 오디세우스의 무기들보다도 훨씬 그대에게 영예가 있어야 한다.

코로스 아, 쓰라린 이 눈물. 머지않아 대지가 이 귀여운 애의 몸을 덮을 것입니다. 가엾은 할머니여, 한탄하라!

헤카베 아, 아!

코로스 장례의 노래를 부르시오.

헤카베 아, 이 불행!

코로스 아, 당신의 심한 고통, 우리에게도 느껴집니다.

헤카베 자, 이렇게 상처를 붕대로 감아 주지. 무지하고 가련한 의사인 나의 손으로 그 상처가 낫는 것도 아니지만. 저 세상에 가면 그대의 부친이 나머지를 돌봐 주겠지.

코로스 두들겨라, 손을 들어 머리를 두들겨라. 힘껏 두들겨라. 아! 아!

헤카베 그대들…….

코로스장 말씀하십시오, 서슴지 마시고.

헤카베 신들은 오로지 나에게 괴로움을 주고, 모든 나라 가운데 유독 트로이를 미워하려 했던 모양. 소를 잡아 제물을 바친 것도 헛된 일이었다. 그러나 신들이 이처럼 트로이를 송두리째 망하게 하지 않았더라면 우리는 알려지지도 않고, 시의 여신들이 축복을 받지도 못했을 것이며, 우리의 불행이 후세 사람들에게 불멸의 노래를 짓게 하지도 못할 것이다. 자, 비록 보잘것없는 무덤이지만 격식대로 장례도 치렀으니 묻어 주구려. 아무리 성대히 장례식을 치렀다 한들 그것이 죽은 자에게 무슨 소용이 있으랴. 결국은 살아 남은 자들의 헛된 허영이 아닌가.

(병사들, 어린애의 시체를 가져간다.)

코로스 아, 아! 이 아드님에게 걸었던 온갖 희망이 그 죽음으로 산산이 깨어진 어머니의 슬픔은 어떠하랴. 고귀한 집에 태어나 선망의 몸이었던 아드님의 죽음이 이처럼 무참할 줄이야.

(배경에 병사들이 성을 불태우기 위해 손에 횃불을 들고 움직이는 것이 보인다.)

코로스 보세요. 일리온의 성곽 높이 손에 횃불을 들고 뛰어다니는 자들은 누구일까요? 트로이에 새로운 불행이 닥쳐오는 것이 아닐는지.

(탈티비오스, 몇 명의 대장들과 다시 등장)

탈티비오스 이 프리아모스의 도시를 불태우라는 명령을 받은 대장들이여, 횃불을 부질없이 오래 들고 있지 말고 트로이 성에 던져 송두리째 불태워 부숴 버리고 기꺼이 조국으로 돌아갈 수 있도록 하시오. 또한 그대들 트로이의 여인들은 그리스 군의 장군들이 우렁찬 나팔 소리를 신호로 불게 되면 그리스 군의 배에 가도록 하라. 마침내 이 땅을 떠나야 할 테니. (헤카베에게) 늙고 가엾은 헤카베, 당신은 오디세우스께서 보낸 이 사람들을 따르시오. 운명이 당신을 그의 노예로 만들었으니.

헤카베 아, 원통해라! 이거야말로 내 불행의 막바지. 불타오르는 조국을 등지고 떠나가야 하다니! 그러나 비록 피로에 지치고 발은 떨릴지라도 비운의 조국에 마지막 고별 인사를 드리러 가자.

오, 트로이, 지난날에는 아시아에 군림하고, 그렇게도 영화를 누리던 그대도 이제는 그 영광의 이름을 잃으려 하고 있다. 그들은 성에 불을 지르고 우리를 고국 멀리 노예로 데려가려 하고 있다. 오 신이여! 그러나 신의 이름은 불러 무엇 하랴? 벌써 오래전부터 그들은 우리의 기도에 귀를 기울이지 않았거늘. 자, 그렇다면 불길 속으로 뛰어 들어가자. 조국을 불사르는 저 불길에 타 죽는다면 영광이 아니냐.

(타오르는 불길 속으로 뛰어 들어가려 한다.)

탈티비오스 겹치는 불행에 넋을 잃었는가. 자, 붙들어라, 사정 볼 것 없다. 오디세우스님의 귀중한 전리품, 무사히 그에게 데리고 가야 한다.

(병사들, 헤카베를 붙들어 다시 데려온다.)

헤카베 아, 아, 슬프다! 프리기아 인의 선조, 우리 족속의 시조이신 크로노스의 아드님도 보셨습니까? 다르다노스의 후예로서 받아야 하는 이 치욕을.

코로스장 분명 보고 계실 겁니다. 그토록 영화를 누리던 도시도 허물어지고, 트로이는 한 줌의 흙이 되고 말았습니다.

헤카베 오, 오! 일리온이 붉게 타오른다. 성도 도시도 높푸른 성곽도 불길에 싸여 타오른다.

코로스 바람에 휘날리는 연기처럼 도시는 불길에 싸여 사라져 간다. 그 찬란한 궁전이 적의 창살에 더럽혀지고 불길에 허물어 진다.

헤카베 (쓰러져 땅을 치며) 오, 아들들을 길러 주신 이 대지도!

코로스장 아, 슬프다!

헤카베 아, 아들들이여, 어미의 말을 잘 들어 다오.

코로스장 슬픈 노래로 망령들을 부르실 작정인가.

헤카베 늙어 시든 이 몸, 대지에 엎드려 두 손으로 땅을 두들긴다.

코로스장 (헤카베를 따라 땅에 엎드리며) 우리도 여왕님처럼 무릎을 꿇고 지하에 잠든 불우한 남편들을 불러 외치자.

헤카베 우리는 끌려가는 몸…….

코로스장 가슴을 메는 울부짖음!

헤카베 종의 신분이 되어 적의 궁전에…….

코로스장 그리운 땅 멀리 떨어진 곳에…….

헤카베 아 프리아모스, 벗들도, 무덤도 없이 저승으로 떠난 당신은 내 지금의 비통한 처지를 모르십니다.

코로스장 부정한 흉기에 쓰러져 슬프다. 어두운 죽음이 당신의 눈을 영원히 감게 했다.

헤카베 오, 신들의 신전도, 그리운 도시도!

코로스장 아, 슬프다!

헤카베 무참히 창살과 불길에 허물어져 간다.

코로스장 머지않아 정든 흙더미 속에 이름 없는 폐허가 되어 묻히고 말겠지.

헤카베 마치 연기처럼 하늘에 재가 올라가고 마침내는 궁전을 알아볼 수도 없을 것이다.

코로스장 이 땅의 이름조차도 머지않아 잊혀지겠죠. 모든 것이 차례로 사라져 가고⋯⋯. 그것이 가엾은 트로이의 운명이었다.

(이때 무서운 소리와 함께 불탄 성이 무너진다.)

헤카베 다들 들었는가, 저 소리를?

코로스장 저것은 트로이가 허물어지는 마지막 소리.

헤카베 트로이는 흔들려서, 송두리째 흔들려서⋯⋯.

코로스장 흔적도 없이 사라져 간다.

(나팔 소리가 들려온다.)

헤카베 아, 떨리는 발길. 부축을 받으며 가야 하는가. 노예의 나날을 보내기 위해 가야 하는가.

코로스 불행한 조국을 등지고, 그리스 군의 배를 향해 무거운 발길을 옮겨야 하는구나⋯⋯.

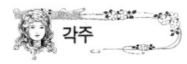 각주

1) 팔라스 | 여신 아테나의 별칭.
2) 스카만드로스 강 | 트로이를 흐르는 유명한 강.
3) 제1코로스 | 에우리피데스는 여기서 코로스를 두 패로 나눔으로써 극적 효과를 높이고 있다. 즉, 헤카베의 슬픈 외침에 천막에서 포로가 된 여인들이 나오나, 한꺼번에 나오지 않고 한 패의 여인들이 나와서 제1코로스를 형성하여 헤카베의 슬픈 사연에 답하고, 조금 후에 나머지 여인들이 나와서 제2코로스를 형성하여 헤카베의 한탄에 응함으로써 코로스의 한탄을 강조한다.
4) 페이레네 우물 | 코린토스 부근의 우물 이름.
5) 그녀는~해방되었소. | 탈티비오스는 포리크세네의 비참한 죽음을 직접 말하지 못하고 돌려서 말

한다. 그러나 헤카베가 더 추궁해서 묻지 않는 것은 약간 이상하다. 후에 헤카베는 안드로마케로부터 포리크세네의 운명을 듣는다.

6) 히메나이오스 | 결혼의 신.

7) 저의~흘리고, | 아가멤논이 미케네에 개선한 뒤, 왕비 클리타이메스트라와 간부(姦夫) 아이기스토스의 손에 죽으며, 카산드라도 그와 같이 죽는 비극적 미래에 대한 예언이다.

8) 그러므로~테니까요. | 이 대목은 여러 학자에게서 발랄한 움직임이 넘치는 구절로 격찬을 받고 있다.

9) 가엾은~겁니다. | 이것은 호메로스의 『오디세이아』에서 이야기되는 오디세우스의 귀국 모험담.

10) 시의~주오. | 파텡은 이 비극의 코로스는 트로이의 죽음의 결혼을 노래하고 있다고 말했다.

11) 아, 가엾어라……. | 헤카베와 안드로마케의 대사는 각기 독립적인 의미를 지니나, 짧게 겹치면서 연결된다.

12) 그리운~주오. | 에우리피데스의 「안드로마케」에서도 안드로마케는 불행의 절정에서 이미 세상을 떠난 남편 헥토르에게 절망적인 구원을 청한다.

13) 아이아스 | 아이아스가 트로이 함락 때 아테나 여신의 신전에 피신한 카산드라를 강제로 끌어냈다.

14) 그때, ~헤라클레스. | 헤라클레스가 그 옛날 트로이 왕 라오메돈의 위기를 구했을 때, 준마를 준다고 약속했는데, 라오메돈은 그 약속을 지키지 않았다. 화가 난 헤라클레스가 트로이를 정복했다는 전설.

15) 가니메데스 | 트로이의 왕자 가니메데스가 그 아름다운 용모 덕택에 제우스의 사랑을 받고 하늘나라에 가서 술 따르는 역할을 맡았다고 한다.

16) 티토노스 | 프리아모스의 형제였던 티토노스는 새벽의 여신 에오스의 사랑을 받아 불사(不死)의 운명을 얻었으나 영원한 젊음을 얻지 못해 늙은 채 영원히 살아야 하는 숙명을 얻었다. 이처럼 가니메데스, 티토노스 등 트로이 일가는 신들의 사랑을 받았음에도, 트로이의 최후가 비참했던 것을 한탄하는 것이 코로스가 노래하는 내용이다.

17) 색다른 기도 | 메넬라오스가 색다른 기도라고 놀랄 정도로 헤카베의 표현은 대담하다. 에우리피데스는 신의 개념을 자연의 법칙 또는 인간의 지성으로 대치하려 한 것일까? 아리스토파네스가 '신이 존재하지 않는다는 것을 인간에게 확인시키려 했다.'고 에우리피데스를 규탄한 것은 이런 대사에 연유한 것 같다고 데샬므는 말한다.

18) 알렉산드로스 | 파리스의 별명.

19) 키프리스 | 아프로디테의 별칭.

20) 열두 마당 | 제물로 바치는 보름달 모양의 과자를 가리키는 것으로 해석하는 학자도 있으나, 여기서는 축복의 춤으로 해석했다.

21) 피타네 | 피타네는 스파르타에 있던 한 성의 이름으로 추측된다.

22) 아카스토스 | 아카스토스는 테살리아의 이올코스 시의 왕 펠리아스의 아들. 아카스토스의 두 아들이 아킬레우스의 부친이며 네오프톨레모스의 조부인 펠레우스를 박해했다고 한다. 쫓긴 펠레우스는 네오프톨레모스의 귀국을 맞이하기 위하여 여행을 나서는데, 도중에 죽었다고 한다.

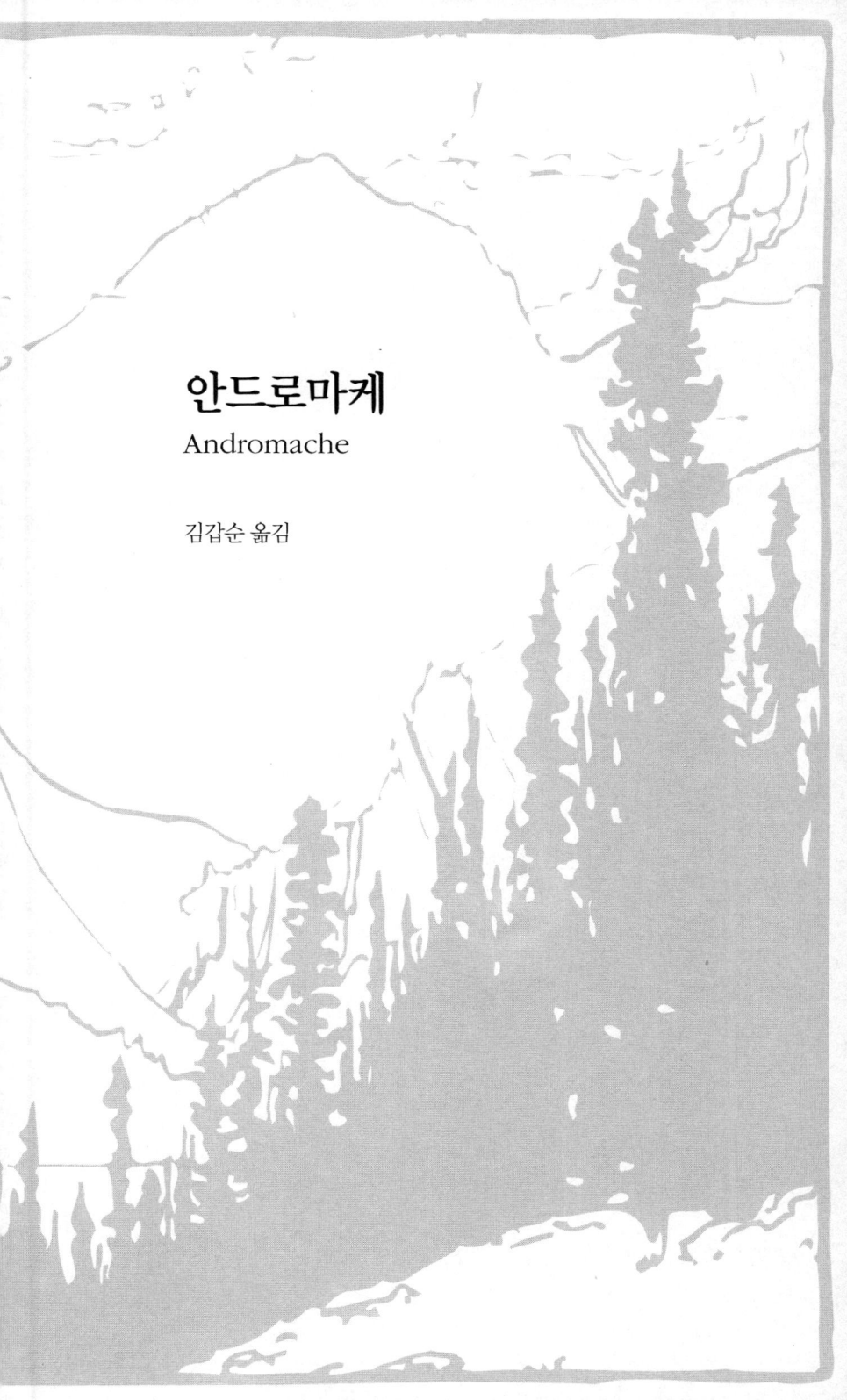

안드로마케

Andromache

김갑순 옮김

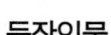

등장인물

안드로마케

몸종　　안드로마케의

코로스　프티아 여인들로 구성된

헤르미오네　메넬라오스의 딸. 네오프톨레모스의
아내

메넬라오스　스파르타의 왕

몰로소스　안드로마케와 네오프톨레모스의 아들

펠레우스　아킬레우스의 아버지

유모　헤르미오네의

오레스테스　아가멤논의 아들

테티스　여신, 펠레우스의 아내

사자들

장소

테살리아에 있는 테티스의 신전 앞. 탄원자의 옷을 입은 안드로마케가 신전 앞 제단에 매달려 있다. 아킬레우스의 궁전이 그 옆에 있다.

안드로마케 아시아의 영광, 테베여! 내 고향이여! 일찍이 나 안드로마케는 많은 재산과 값비싼 보물들을 지참금으로 하고 프리아모스의 아들 헥토르와 약혼하여 태자비가 되었던 그 시절에는 모든 여인이 부러워했건만, 지금 나는 이 세상 모든 여인들 중 가장 불행한 존재가 되어 버렸나이다! 우리 트로이가 포위당했을 때 남편 헥토르는 아킬레우스의 손에 죽고 내 어린 아기 아스티아낙스는 적들이 높은 성벽 위에서 떨어뜨려 죽이고, 나는 노예로 헬라스에 끌려와 지금의 처지로 떨어지고 말았나이다! 비록 그들은 나를 대접해 스키로스 섬의 왕자 네오프톨레모스에게 주어 트로이를 멸한 보상을 한다고는 하지만, 여기 이렇게 따로 떨어져 살게 된 내 신세! 테살리아 사람들이 부르는 소위 여신의 결혼을 축하하기 위해 세워진 테티스의 거룩한 곳이라고 하는 이곳은 세상과 뚝 떨어진 외딴곳으로 이전에는 바다의 여신 테티스가 세상과 떨어져 펠레우스와 같이 살았다고 하는 프티아와 파르살리아의 경계를 이룬 곳이랍니다. 파르살리아는 아직도 펠레우스가 다스리고 있으며 아킬레우스의 아들은 노인에게 맡겨 두고 왕위를 받지 않고 이곳에 살고 있습니다.

여기 이 집에서 나는 아킬레우스의 아들인 내 주인의 아들을 낳았나이다.

내가 당하는 이 모든 고통은 고사하고 내 아들이 안전하기만 하다면 하는 소망을 가질 뿐 어떠한 슬픔도 고통도 이겨 낼 수 있다는 자신을 갖습니다.

그러나 내 주인이 여종인 나에게 매혹당한 것을 경멸이나 하는 듯 스파르타의 헤르미오네에게 장가든 후로, 나는 그녀의 몹쓸 학대를 받아 왔습니다. 그녀는 내가 자기 남편을 홀리게 한 것 때문에 자기가 아이도 낳지 못하고 남편의 사랑도 받지 못한다고 합니다. 그뿐 아니라 그렇게 해서 내가 자기 자리를 빼앗고 자기를 강제로 내쫓으려 한다고 합니다.

제우스 신이시여, 제 이 억울한 사정을 보살펴 주시고 증명해 주소서. 저는 본의 아니게 그녀의 경쟁자가 된 것입니다. 그러나 그녀는 제가 절대로 그녀의 경쟁자가 아니라는 말을 듣지도 않거니와 저를 죽이려 하여 이제는 그의 아버지 메넬라오스까지도 합세해서 나를 해치고자 스파르타에서 와 저 집 안에 있답니다. 그래서 이렇게 이 신전에 와서 꿇어 엎드려 내 목숨을 살려 주십사 기원합니다.

이 신전은 펠레우스와 네레이드[1]의 결혼을 기념하기 위해 세워진 것입니다. 나는 그들이 나의 외아들을 죽일까 봐 마을 집에 숨겨 놓았답니다. 그 어린애 아버지 되는 자는 내 편이 아니랍니다. 따라서 어린애를 보호하려고 하지 않는답니다. 그리고 그는

139

델포이에 가 있지요. 거기서 록시아스[2]에게 보상의 제사를 드리고 있답니다. 그 보상이란 그의 아버지 아킬레우스의 죽음에 대해 그 이유를 밝히려고 아폴론 신이 퇴치했다고 하는 피톤[3]에 갔던 날 미친 짓을 한 데 대한 보상입니다.

만일 그의 기도가 이루어진다면, 지나간 날의 죄가 사해진다면 그는 이후로는 신의 축복을 받게 될 것입니다.

(안드로마케의 몸종이 등장한다.)

몸종 아씨! 저는 주저 없이 아씨라고 부르겠어요. 우리가 트로이에 있을 때 그랬으니까요. 저는 항상 당신의 친구였으며 당신을 동정하여 이 심상치 않은 소식을 전해 드립니다. 다름 아니오라 지금 메넬라오스와 그의 딸 헤르미오네가 당신을 해치려는 계획을 하고 있다 하니 어찌하옵니까?

안드로마케 아, 친절한 종이여! 그자들이 무슨 짓을 할 거란 말이냐? 또 어떤 새로운 계책으로 나를 죽이려 한다더냐?

몸종 불쌍한 아씨! 아씨의 아들을 죽이려고 한답니다. 그러잖아도 걱정이 되셔서 마을 집에 숨겨 놓으신 아기를 말입니다.

안드로마케 아, 기막혀라. 그 여자는 아기가 숨겨진 곳을 어디서 들었단 말이냐? 누가 고자질을 했단 말이냐? 아, 이제 나는 끝장이로구나! 슬프다, 내 신세여!

몸종 잘은 모르겠어요. 그런데 아기를 죽이겠다는 이야기만을 들었을 뿐이고 메넬라오스가 어린애를 데리러 갔다고 합니다.

안드로마케 아, 나의 아기! 나는 이제 파멸이로구나. 그 짐승 같

은 것들이 내 아기를 죽이고 말겠구나. 아비는 아직도 델포이에
서 우물쭈물하고 있는데.

몸종 그러게 말이에요. 서방님만 계셨다고 해도 아씨께서 이런 핍
박은 당하지 않으셨을 것인데. 서방님도 안 계신 이곳에서 지금 아
씨는 외톨이십니다.

안드로마케 펠레우스가 도착했는지 아무 소식도 없느냐?

몸종 그분이 오신다손 치더라도 너무 늦어서요.

안드로마케 그래도 나는 몇 번이나 그분을 오시라고 사람을 보냈
잖니.

몸종 아씨께서는 심부름 보낸 그 사람들이 제대로 아씨 말씀을
전했다고 생각하세요?

안드로마케 그도 그렇기는 해. 네가 좀 가 주겠니?

몸종 어딜 갔었느냐고 물으면, 집에다 제가 그렇게 오랫동안 뭘
했다고 말하게요?

안드로마케 너는 여자라 할 수 없어. 핑계는 얼마든지 있을 텐데.

몸종 헤르미오네는 얼마나 감시가 심한데요. 제가 간다면 그것
은 목숨을 내걸고 하는 거예요.

안드로마케 그것이 걱정이야? 너는 그럼 이런 곤경에 빠진 친구
를 버리는 거야.

몸종 그게 아니죠. 저를 그렇게 힐책하지 마세요. 제가 가지요.
사실 여자나 종은 아무것도 아니니까요. 어떤 일이 생기더라도
제가 다녀오겠습니다.

(몸종이 퇴장한다.)

안드로마케 다녀오너라. 그동안 나는 신께 내 비통한 이야기를 늘어놓으련다. 슬픔과 눈물이 내 기구한 운명이라고. 여자는 항상 불행을 입술과 혀끝에 간직하면서도 현재의 불행을 즐겁게 받아야 하는 것. 그러나 나에게는 눈물만이 아닌 많은 이유가 있지요. 내 나라와 성이 함락됐고 남편 헥토르는 죽어 버리니 그때부터 내 기구한 운명은 이 끝없는 노예 구렁에 떨어지고 만 것입니다. 인간이 행복하다는 말은 전혀 할 수 없으니 인간이 언제 어느 때 불행 속에 떨어지게 될지 모르는 것.

(노래하기 시작한다.)

　파리스가 일리온 성⁴⁾에 헬레네를 데리고 온 것은 신부가 아니라 저주를 불러온 것입니다.

　그녀를 되찾기 위해 헬라스로부터 수천 척의 배가 쳐들어 와서 트로이 성, 너는 창과 불에 싸여 멸망했지. 그 통에 바다의 신 테티스의 아들은 내 남편 헥토르를 끌어냈고, 그 때문에 내 슬픔은 시작되었습니다. 슬프다, 내 신세! 나는 노예 무덤으로 떨어지는 관보로 싸여 이곳에 온 것입니다. 내 조국 트로이를 떠날 때, 또 내 신방을 떠날 때 나는 얼마나 많은 눈물을 흘렸던가? 그리고 내 남편을 흙에 묻을 때 나의 슬픔은 말할 수 없었습니다. 슬프도다, 나의 기구한 신세! 왜 나는 일찍 죽어 버리지 못했던고! 이렇게 살아 있어서 헤르미오네를 섬겨야 했던고? 그의 잔인한 학대 때문에 나는 이곳 여신께 호소하려고 이렇게 엎드려 바위에서 솟아나는 샘물 같은 눈물을 흘리나이다.

(프티아 여인들로 된 코로스 등장)

코로스 (노래)

여인이여! 그리도 끈덕지게 테티스 신전에 엎드려 애통하는 그대를 보니 나는 프티아 인이지만 안타깝군요. 아시아의 딸 그대가 아킬레우스 아들의 첩으로 헤르미오네의 미움을 사고 말할 수 없는 곤경에 빠진 것을 보고 어떤 해결책이 없을까 하는 마음에서 이렇게 찾아왔다오.

그대의 처지를 알고 지금 당신이 당면하고 있는 그 불길한 일을 잘 생각해 보시오. 그대는 트로이의 포로. 그대의 연적은 그대의 여주인, 진짜 스파르타의 딸이오. 그러니 이곳 우리들 바다의 여신의 신전인 이 제물의 집을 떠나시오. 이 신전이 어찌 그대를 도울 수가 있겠소? 여주인의 잔악함 때문에 그 아름다운 모습이 이지러지도록 애절하게 통곡하는 그대를 어떻게 도울 수가 있겠느냐 말이오. 결국 권세가 이길 것이니 이렇게 헛된 수고와 애통으로 괴로워할 필요가 어디 있겠소?

어서 이 네레이드의 신전을 떠나가시오. 그대는 노예로 다른 나라에 있다는 것을 잊어서는 안 되오. 불행한 여인이여, 그대는 낯선 이역에 친구도 없이 불행한 나날을 살아가야 한다는 것을 말이오.

트로이의 여인이여. 그대가 이 집에 왔을 때, 이미 나는 그대를 진심으로 동정했다오. 그러나 아씨가 무서워서 말을 못했지만 내가 이렇게 동정의 뜻을 그대에게 보이면서도 나는 제우스의 딸이 낳은 그 여자가 알까 봐 겁이 납니다.

(헤르미오네가 왕녀의 화려한 옷을 입고 등장)

헤르미오네 머리에는 금관을 쓰고 몸에는 찬란하게 수놓은 옷을 입고 나는 이곳에 왔네. 그러나 이 호화로운 옷차림은 아킬레우스나 펠레우스에게서 받은 것이 아니라 나의 친정 아버지 메넬라오스에게서 다른 많은 지참금과 함께 받은 것이야. 이렇게 지참금이 많은 나는 떳떳하고 당당하게 말할 자유를 갖게 된 거야. (코로스에게) 그대들에게는 이런 대답을 하지만 포로로서 노예가 된 너는 나를 내쫓고, 내 남편으로 하여금 나를 미워하도록 매혹시키고, 네 간악함엔 이가 갈린다. 너 아시아의 딸, 그 꾀 많은 머리로 나의 잠자리를 빼앗고 어린애를 낳지 못하게 한 그런 고약한 너를 네레이드가 도와줄 것 같으냐? 천만에! 이 신전이 너를 도와주기는커녕 너를 죽게 할 것이다. 신이거나 사람이거나 누구나 너를 구해 주기를 원한다면 네 지나간 날의 그 오만한 행복감을 겸손히 씻어 버리고, 내 집에서 나가야 하며 지금 네가 물항아리에서 물을 뿌리는 그곳에 엎드려 사죄를 청해야 할 것이다. 여기는 헥토르도 돈 많은 프리아모스도 없어. 여기는 헬라스의 도시라는 것을 너는 알아야만 한단 말이야. 너는 지아비를 죽인 원수의 어린것을 낳을 만큼 음란한 계집이 되어 버렸어. 그것이야만스럽다는 증거야. 아비가 딸을, 어미가 제 아들을, 오라비가 누이를 간통하며, 가장 가까운 사람들끼리 서로의 피를 더럽혀도 하늘이 무서운 줄 모르는 것이 너희 야만인이 하는 짓이야. 그 따위 추악한 짓을 우리 가운데서 하지 마라. 그런 짓은 우리에겐 죄악이니까. 즉 한 남자가 두 여자를 차지한다는 것은 수치요, 한 여자만을 데리고 있다는 것이 정당한 것으로 되어 있거든.

코로스장 여자란 본래 시기심이 많기 때문에 사랑의 적에게는 예리한 미움을 보이는 법.

안드로마케 오! 슬프다! 인간이 일찍이 불공평했을 그때부터 젊음은 언제나 인간의 저주를 받아 왔습니다. 나의 호소는 아무리 정당하다 해도 들릴 리가 없습니다. 혹 내가 이 싸움에서 이긴다 해도 나는 여기서 멸망할 것입니다. 권세를 가진 사람은 자기보다 낮은 자로부터 반박당하는 것을 참지 못하는 법이니까요. 그러나 나는 아직도 내가 잘못했다고 하고 싶지 않아요. 오만한 젊은 아내여, 내가 그대의 남편을 빼앗았다는 증거를 분명히 말하시오. 라코니아[5]의 수도가 프리기아[6]에 항복이라도 했다는 말입니까? 나의 운명이 당신의 운명을 갈취했다는 건가요? 아니면 내가 자유의 여인이라는 것을 당신이 인정하는 것인가요? 내가 그렇게도 젊음에 의기양양하고, 내 모습이 건강하여 트로이를 여기에 연장시키거나 친구들이 많아서 당신의 집을 점령이라도 할 것 같다는 건가요? 내가 계획적으로 당신을 내쫓고 내 불행을 더해서 종의 지위를 키우겠다고 하는 것이란 말인가요? 또 당신이 어린애가 없다고 해서 내 아이가 이 나라를 다스린다고 생각하는 겁니까. 천만에, 헬라스는 내게 빚진 사랑을 주는 것뿐이며, 트로이에서 내가 왕녀였다는 것을 모르는 비천한 계급과 헥토르를 다 같이 사랑하기 때문이죠. 내가 매혹시켜서 당신 남편이 당신을 미워하는 것은 아니오. 그건 당신 자신이 남편의 요구를 만족시켜 주지 못하기 때문인 것이죠. 그러기 때문에 사랑은 다만 매력에서 오는 것이죠. 우리 여성이 남편의 사랑을 얻는 것은 아름다움이라기보다는 덕행이라오. 그대의 나라 라코니아가 위대한 것은 사실이고, 또 그대가 뻐길 만한지 모르지만 당신의 아버지는 갈 데가 없어서 돈을 뿌려 나라를 세웠고 아킬레우스보다 위대해진 것뿐이야.

조심해요. 여자란 남편이 아무리 무능해도 만족해야만 하는 법, 건방진 소리를 해서도 안 돼. 그대가 만일 눈과 눈사태로 유명하고 많은 후궁을 거느린다는 트라키아[7]의 왕자와 결혼을 했다고 합시다. 그 많은 후궁을 다 찔러 죽일 셈인가요? 그렇게 하면 아마 당신은 성욕 불만의 대표적인 여성으로 낙인찍혔을 것이오. 너무나 부끄러운 일이지요. 그러한 것을 정당하게 반대하건만 우리 여성은 남성보다 더 고통을 받아야 하다니! 아 그리운 헥토르님, 당신 때문에 나는 원수의 어떠한 모욕도 참아야만 합니다.

혹 지하에서 당신이 방황하실까 보아서 말입니다. 그리고 저는 항상 당신의 의붓자식을 내 품에 안고 있지요. 그것은 행여 당신을 슬프게 해드릴 것이 걱정이어서요. 이러한 생각으로 나는 현재의 내 남편과는 도덕적인 연관을 가질 뿐 당신의 시기심을 두려워할 추호의 걱정도 할 필요가 없을 것입니다. 오, 당신 어머니의 그 정열을 능가하려고 생각지 마세요. 현명한 자손들은 그러한 어머니의 버릇을 피하는 법이니까요.

코로스장 아씨! 당신의 권력이 미치는 한에서 그녀와 타협을 하십시오.

헤르미오네 마치 정당한 아내는 내가 아니고 자신인 것처럼 건방진 수작을 해.

안드로마케 지금 당신의 주장은 어쨌든 작은 칭호밖에는 얻을 수 없는 거예요.

헤르미오네 난 그런 따위 생각은 전혀 마음먹어 본 적이 없어.

안드로마케 그대가 그런 이야기나 생각을 하기에는 너무 어리니까.

헤르미오네 너도 그것에 대해서 말을 하는 것이 아니라 나에게 대항하는 행동으로 옮긴 것이야.

안드로마케 시기심의 고통을 숨길 수는 없을까요?

헤르미오네 뭐라고? 시기심은 모든 여성이 첫째로 손꼽는 것이 아니었더냐?

안드로마케 그랬죠. 하지만 그건 여자의 경험이 행복했을 때요. 그렇지 못하면 그것에 대한 이야기를 할 염치가 없죠.

헤르미오네 우리 나라에서 너의 그 야만스러운 말이 표준이 될 수는 없어.

안드로마케 아시아에서나 마찬가지로 헬라스에서도 치욕에는 비굴한 행동이 곁들이게 마련이니까.

헤르미오네 네가 아무리 꾀 많은 답변을 한다 해도 너는 어쨌든 죽어야만 해!

안드로마케 그대는 테티스의 환상이 눈을 똑바로 뜨고 그대를 바라보는 것을 아는가?

헤르미오네 아킬레우스의 죽음으로 네 나라와는 원수가 되었지.

안드로마케 아킬레우스를 죽인 것은 내가 아니라 그대의 어머니 헬레네란 말이오.

헤르미오네 이거 봐! 넌 나의 상처를 더 아프게 할 작정이야?

안드로마케 나는 귀머거리, 벙어리요.

헤르미오네 네가 여기에 온 이유를 말해 봐.

안드로마케 내가 하고 싶은 말이란 그대는 필요 이상으로 영리하다는 점이오.

헤르미오네 이 신성한 바다의 신의 영역을 떠나지 않을 테야?

안드로마케 좋아요. 내가 떠나도 나를 죽이지 않는다면 떠나지만 그렇지 않다면 절대로 움직이지 않을 테요.

헤르미오네 그것이 소원이라면 주인께서 돌아오실 것을 기다릴 필요도 없어.

안드로마케 아직은 못하겠소. 그러나 항복하죠.

헤르미오네 그대가 그렇게 간청해도 쓸데없어. 나는 네게 불을

지를 테야!

안드로마케 불을 질러 보세요. 신이 내려다 볼 거예요.

헤르미오네 지독한 상처로 몹쓸 고통을 당하게 할 테야!

안드로마케 당신의 살생으로 신전이 피로 물들 것이오. 그러면 그대의 죄악을 참관하시려고 여신이 오실 것입니다.

헤르미오네 에이, 야만스런 계집아! 염치도 없는 것 같으니. 너는 죽음에 대항할 작정이냐? 너의 그 자유분방하고 오만한 꼴을 빨리 꺾어 버려야지. 난 너를 그 자리에서 일어나게 할 수 있는 비결을 가지고 있어. 그러나 그 비결을 나타내지는 않을 테야. 곧 알게 될 거니까. 좋아, 그렇게 언제까지나 앉아 있어 봐. 남이 너를 잡아끌어서 너는 거기서 일어나지 않으면 안 되도록 하고 말 테니까. 네가 그렇게 기다리고 믿는 아킬레우스의 아들이 도착하기 전에 말이다. 네가 너의 옹호자라고 믿는 그 사람이 오기 전에 말이다.

(헤르미오네 퇴장)

안드로마케 내가 믿고 있는 옹호자? 아무렴, 그렇지. 신이 인간의 원한을 없애 주도록 되어 있건만 불꽃이나 살모사의 독보다도 더한 여성의 고통을 낫게 할 수 있는 것을 보지 못했으니 우리는 저주받은 생물들!

코로스 (노래)

일찍이 이다[8] 산 골짜기에서 세 젊은 여신이 그들의 미를 다투어 굉장한 싸움을 했을 때 이를 목자의 골짜기 외로운 움막에 살고 있는 목동에게 그 소식을 알렸을 제우스와 마이아[9]의 아들은 그 얼마나 슬펐을까?

그들이 숲의 계곡에 이르렀을 때 그들은 흐르는 계곡의 시냇물에 씻고 프리아모스의 아들 파리스를 찾았고, 원한의 말을 전하기보다는 경쟁적인 매력을 비교해 보았습니다. 키프리스[10]는 사탕발림의 속임수로 이겼습니다. 그러나 프리기아의 불운한 마을과 일리오스[11]의 성은 격파당했습니다.

그가 이다 산 기슭에 집을 짓기 전 카산드라가 월계수 옆에 서서 외치기를 '그를 치라. 아니면 그는 프리아모스의 마을에 가장 애통할 만한 저주를 가져올 것이니까.' 하면, 신은 그의 머리를 쳤어야 했습니다. 그녀는 모든 왕자와 웃어른에게 가서 어린애를 벌할 것을 간청했습니다.

아, 그들이 그 간청을 들었다면 일리온의 딸들은 종의 굴레를 맛보지 않았을 것이며, 여인이여 그대의 아들이 창을 들고 십 년 동안 트로이 밖에 돌아다니며 헤매지도 않았을 것이고, 외로운 신부나, 아들 없는 백발의 아버지들도 없었을 것입니다.
(메넬라오스와 그를 따르는 자들 등장. 그는 몰로소스의 손을 잡고 앞장섰다.)
메넬라오스 보라! 네가 내 딸 몰래 마을 집에 숨겨 둔 아이를 여기 데려왔다. 너는 여신이 너를 도와주리라고 확신하고 이 애를 숨겨 준 마을 사람들이 보호해 준다고 생각했건만 메넬라오스가 있다는 것을 생각지 못했지. 네가 정 고집을 부리고 여기 붙어서 안 떠나면 이 아이는 죽는다. 그러니까 잘 생각해서 네가 죽든지 아니면 이 아이가 죽는 것을 보아야 하는데, 그것은 네가 나와 내 딸에게 반항한 죄 때문이다. 어느 것을 택할 터인가?

안드로마케 오! 그 명성! 당신같이 쓸모없는 인간들이 그 얼마나 많이 높은 자리를 차지했던가요? 정당한 명망을 가진 사람들은 물론 나도 인정해요. 그러나 허세를 부리고 뻐기는 사람들은 어쩌다 우연히 지혜로워 보일 뿐 도저히 용납할 수 없어요. 이를테면 당신 같은 비겁자는 그리스 군대를 끌고 와서 트로이를 프리아모스로부터 정당하게 빼앗은 것인가요? 지금 당신은 유치한 당신 딸의 말만을 듣고 이런 소란을 일으켜 불쌍한 포로를 상대로 싸움을 일으키다니요. 당신이 트로이를 포로로 한 것은 쓸데없는 짓이지만 트로이는 그대의 승리로 모욕을 당한 것입니다. 외모만을 생각하는 인간들이란 겉치레를 위주로 하는 자들이기만, 내면적인 것을 중요시하는 사람들은 진정으로 힘을 속에 지니고 있는 부유한 사람들이죠.

메넬라오스여, 어디 싸워 볼까요? 내가 당신의 딸에 의해 죽는다고 합시다. 그렇게 해서 그녀의 소원을 푼다고 해요. 그러나 그녀는 살인자라는 오명을 벗어날 수 없을 것입니다. 그리고 당신이 그 살인을 방조했다고 사람들은 지적할 것이 분명합니다.

또 내가 그녀의 마수를 겨우 피했다 합시다. 그래도 당신은 내 어린애를 죽일 것인가요? 그땐 그 애의 아버지가 자기 아들이 살해 당한 것을 어떻게 생각할까요? 트로이에서는 그런 비겁한 이야기를 들어 본 일이 없어요. 분명 그 애의 아버지는 의무를 지킬 것이며, 그렇게 해서 펠레우스와 아킬레우스의 후예임을 증명할 것입니다. 그러면 당신의 딸은 남편의 집에서 쫓겨날 것이고, 그 후에 또 다른 사위를 찾게 될 때 뭐라고 할 테요? 그녀가 덕망이 높아서 못난 남편을 버렸다고 할 텐가요? 그건 거짓말이 분명하니 누가 그와 결혼을 하나요? 그렇다고 그녀가 남편 없이 친정에 붙어 있을 것 같아요? 과부로 늙을 것 같은가요? 불쌍한 처지에 빠지죠. 그땐 그녀에게는 근심의 넓은 문이 훤히 열리게 될 것입니다. 내가 지금 겪고 있는 이러한 짓을 당신의 딸은 몇 번이고 저지르겠지요. 우리는 쓸데없는 일 때문에 문제를 일으킬 필요가 없지요. 또 우리 여자들이 저주받은 존재라면 당신네 남자들과 같이 될 필요가 있을까요? 당신 딸의 말대로 내가 만약 마법을 써서 그녀를 핍박하고 어린애를 낳지 못하게 할 수만 있다면, 무엇 때문에 여기 이 제단에 이렇게 꿇어앉아서 내 아이에게 해가 없게 하기 위해 내 모든 것을 바치고, 나를 굽혀서 기도를 올릴 수가 있겠어요? 그런 마법을 써서 그녀에게 해를 입히지 뭣 때문에 이런 짓을 하겠어요? 이것이 나의 실정이지만 당신에 대해서 무서운 것은 당신이 여자 때문에 일리온 성을 망하게 한 그 근성입니다.

코로스장 그대의 여자의 몸으로 남자에게 너무 많은 말을 했소. 그대는 분별없이 최후의 화살을 쏜 것이오.

메넬라오스 여인이여, 네가 말한 것은 나의 독재적인 힘이지만 헬라스에서는 소용도 없는 헛소리에 지나지 않는다. 그러나 내 말을 잘 들어 보란 말이다. 나는 어디까지나 인간이며, 트로이 포로보다는 물론 내 딸에 대하여 대단한 관심을 가질 뿐 아니라 그녀가 아내의 권리를 박탈당한다면 적극적으로 도울 수밖에 없다. 여자가 아내의 권리를 잃어버린다는 것 이상의 저주는 없는 법. 여자가 남편의 사랑을 잃어버렸을 때는 자기의 목숨을 잃은 것이나 같다. 네오프톨레모스가 나의 노예를 조종하는 것은 당연한 일이다. 마찬가지로 나의 친구나 나도 그의 노예를 조종할 수 있는 것. 친구나 부모의 위치에 있는 사람이 참 친구요 친척이라면, 노예는 자기만 소유하는 것이 아니라 공동 소유가 될 수 있는 법이야. 그러니까 내 사위가 없는 동안 일어난 일에 대해 내가 처리를 못 한다면, 내가 어리석고 약하다는 표적을 보일 뿐, 지혜롭지 못한 사람이 되고 만다. 자, 어서 신전에서 일어나 물러가거라. 네가 죽으면 이 어린아이는 죽음을 면하게 될 것이지만, 네가 죽음을 거절한다면 나는 이 아이를 죽이겠다. 너희 둘 중 어쨌든 하나는 죽어야만 하니까 말이다.

안드로마케 아, 기구한 운명이여! 당신이 내 생명을 요구하는 것은 너무나도 잔인한 방법입니다. 내가 죽든지 안 죽든지 어쨌든 나는 불행할 터이니 말입니다. 사소한 일로 말 못할 죄를 짓겠다

153

는 이여, 내 말을 들어 보세요. 무엇 때문에 나를 죽이려는 겁니까? 이유가 뭐예요? 내가 누구를 배반했습니까? 당신의 어느 자식을 내가 죽인 일이 있던가요? 당신의 집에 불을 질렀던가요? 내가 당신 사위의 첩이 된 것은 강요당한 것입니다. 그렇게 강요당한 나를 당신이 죽이겠다고요? 내가 이렇게 된 것은 누구 때문인데요? 이렇게 내가 포로로 오게 된 것은 당신 때문이 아니에요? 아, 내 신세여! 내 슬픔이여! 불행한 내 나라의 슬픔이여! 나의 운명은 참혹하기도 한지고. 왜 나는 애를 낳아 나의 고통을 배나 더해야만 하는고! 왜 나는 과거를 슬퍼해야 하며 현재의 고통에 대해서는 눈물도 흘리지 말고 슬픔을 말하지도 말아야만 하나? 나는 헥토르가 무참히 살해당하고 수레에 매여 끌려가는 것과 일리온의 비참한 꼴을 보았네. 그리고 나는 머리털을 잡힌 채 아르고스 배에 타고 노예로 끌려와서 헥토르를 죽인 자의 첩이 되어야만 했으니 내게 기쁨이 있을 리 없었네. 나는 어디를 돌이켜 보아야 하나? 과거? 현재? 생명의 빛이 있다면 내게 남은 것이라고는 아이뿐. 그런데 이제 죽음의 사자는 그를 죽이려 하는구나. 아니 그건 안 되지. 나의 이 약한 몸이 그를 구할 수 있다면 그들은 못할 거야. 그 애가 구함을 받는다면 그에 대한 희망은 남아 있는 거야. 내가 내 아들 때문에 죽음을 거부했다면 부끄러운 일이지만, 아, 나는 이 신전을 떠나 내 생명을 그대에게 드리리다. 목을 자르든지 찌르든지, 묶든지 매달든지 무슨 짓이든지 하시오. 오, 내 아들아! 네 어미는 너의 소중한 생명을 구하기 위해

154

지하로 간다. 네가 만약 죽음을 면하거든 나를 기억해 다오. 나의 고통과 나의 죽음을. 너의 아버지에게도 말해 다오. 사랑의 포옹을 하고, 눈물을 흘리며 갔다고 말이다. 사람은 누구나 제 자식이 자기 생명. 철없이 이러한 것을 얕보거나 경멸하면 혹 슬픔은 적게 겪을지 모르지만, 그 사람은 기쁜 술잔을 들 때 심한 고통을 느끼게 될 겁니다.

코로스장 그대의 이야기는 눈물겹군요. 사람이란 누구나 다른 사람의 불행에 대해서 동정을 하는 법. 메넬라오스여, 당신 딸과 이 포로 여인을 화해시키는 것은 당신의 의무입니다. 그녀의 슬픔을 가시게 해야 합니다.

메넬라오스 여봐라! 이 여인을 잡아라. 단단히 잡아! (안드로마케를 보고) 넌 좀더 불길한 이야기를 들어야 해. 나는 너를 여신의 제단에서 떠나게 하려고 네 아이의 죽음으로 너를 유인한 것이다. 그렇게 해서 그대로 하여금 스스로 죽지 않을 수 없게 하기 위함이었다. 이게 네가 처해 있는 처지야. 그걸 알란 말이야. 이 어린애에 대해서는 내 딸이 결정할 일이다. 그 애를 죽이든지 살리든지. 그러니 너는 집으로 들어가. 가서 너의 그 건방진 태도와 오만함을 억누르고 자유의 노예 네 자신에게나 이야기를 하여라.

안드로마케 맙소사, 속았구나. 당신은 고약스럽게도 나를 기만했군요.

메넬라오스 세상에 공포하렴. 그것이 사실이니까.

안드로마케 이것이 에우로타스에 살고 있는 당신들이 영리함을

155

증명하는 것인가요?

메넬라오스 그렇다. 그러나 트로이 사람들도 그렇지. 피해를 당한 사람은 앙갚음을 하는 법이다.

안드로마케 신의 손이 짧아져서 당신을 벌하지 않으리라고 생각하는 겁니까?

메넬라오스 언제든지 내가 벌을 받아야만 하면 즐겁게 받으련다. 그러나 지금 당장 나는 너의 생명을 처리해야겠다.

안드로마케 당신은 내 날개 밑에서 빼앗아 간 이 어린 병아리도 그렇게 죽일 셈인가요?

메넬라오스 그건 내가 할 일이 아냐. 그 애는 내 딸에게 주어서 그녀가 하고 싶은 대로 하게 할 테다.

안드로마케 아! 아가야. 나는 너를 위해 애통해야만 하는구나.

메넬라오스 그 애가 산다는 희망은 거의 없다.

안드로마케 스파르타의 시민들이여, 모든 종족의 해독이 되는 자, 교활한 모사, 악독한 계획을 고안하는 자, 비뚤어진 마음씨와 사악한 방법으로 살고, 정직이란 전혀 알지도 못하는 당신 같은 고약한 자가 헬라스에서 번성하다니. 당신이 저지른 죄의 목록에서 빠진 것이 무엇일까요? 그대는 얼마나 많은 살인을 했던가요? 욕심쟁이! 입으로 이 말을 하면서 마음으로는 딴 말을 하는 그것이 당신의 정체예요. 당신은 멸망할 거예요. 내게 죽음은 당신이 생각하듯 끔찍스러운 것은 아니에요. 자랑스러운 영웅 나의 남편과 함께 멸망해 버린 트로이의 운명이 끝나던 날, 이미 나의 생명은 잃어버린 것이니까. 내 남편의 창은 당신 같은 비겁자를 무서워 떨게 했죠. 지금 당신은 그 위엄 있는 갑옷으로 나를 살해하는 자 역할을 하는군요. 어서 나를 죽여요. 그러면 나의 혀가 당신이나 당신 딸에게 아첨을 하기 위해 쓰이지 않을 테니까. 당신이 스파르타에서 중요하듯이 나도 트로이에서는 그랬습니다. 현재 내가 슬픔에 잠기고 당신도 언젠가는 이와 같은 지경에 빠질지 누가 알겠어요.

(메넬라오스와 그의 시종들, 안드로마케를 끌고 나간다.)

코로스 (노래)

서로 경쟁하는 아내들, 다른 배에서 출생한 아들들이란 갈등의 원인이 되며, 서로 미워하며 말할 수 없는 슬픔을 초래하는 것이다. 이는 절대로 찬양할 만한 것이 되지 못하는 것. 한 아내만으로 만족하고 아내의 권리를 한 여자 외에 다른 여인에게 나눠주지 않는 남편이 좋아.

한 국가도 두 개의 권력으로 갈려 있는 것보다 통일된 법률로 다스려지는 나라가 더 좋다. 두 개의 권력으로 통치되는 나라의 백성은 다만 살아가는 데 힘을 두 배 더할 뿐 아니라, 사람들은 당파를 이룰 뿐이다. 뮤즈 여신은 가끔 시구로 경쟁자들 간에 투쟁하게 하기도 한다.

폭풍이 수병을 거센 물결로 밀 때, 아무리 지혜롭다 해도 선장

157

이 배를 저어 가지 못할 것이오, 지혜가 부족한 하나의 힘보다 분열된 지혜가 더 못할 것이니라. 이 원칙은 한 가정이나 한 국가나 다 같이 진실이여, 더욱 사람들이 정당한 어떤 것을 희구한다면 분열된 이런 힘도 이익이 될 수 없느니라.

스파르타의 대원수 메넬라오스의 딸이 그 좋은 표본으로 그녀는 그녀의 경쟁자 가련한 트로이 여인과 그 아기를 죽이려고 불을 붙여 지독한 싸움을 일으킨다. 이러한 살인은 신이나 법률이나 다 같이 금하는 일. 아, 여인이여, 그대의 이러한 행동에 대한 보복이 있을 것이오.

아, 저기 집 앞에 사형 언도를 받은 두 사람이 보이네. 오호라! 불쌍한 여인이여! 가엾은 아기여. 너는 아무 죄도 없이 네 어미의 불행한 결혼 때문에 죽는구나. 그들이 너를 원망할 아무 이유도 없건만.
(안드로마케가 팔이 묶여 등장한다. 어린애는 그녀에게 매달려 들어온다. 메넬라오스와 시종들도 따라 들어온다. 둘을 죽일 목적으로 다음 대화는 응답식으로 진행된다.)
안드로마케 저승 여행을 하기 전에 나를 보아라. 내 손은 꽁꽁 묶여서 피가 흐른다.
몰로소스 엄마! 엄마! 나도 저승길로 엄마를 따라 같이 가겠어요.
안드로마케 프티아의 정치인들이여! 잔인하기도 하오.

몰로소스 아버지! 오셔서 당신이 사랑하시는 우리를 구원하소서.

안드로마케 내 사랑하는 아가야. 여기 네 어미의 품에서 쉬어라. 내가 죽어 무덤에 가더라도.

몰로소스 아, 슬퍼라! 엄마! 우리는 어떻게 되는 건가요?

메넬라오스 너희 둘이 찾아온 적국에서 지하로 가는 거지 뭐. 너희들을 죽이는 데는 두 개의 다른 근거를 갖는다. 너는 나의 선고에 의해서 죽는 것이고, 저 애는 헤르미오네, 즉 내 딸의 요구에 의해서 죽게 되는 것이다. 우리가 죽인 적의 자손을 살려 두는 것은 가장 어리석은 일이기 때문에 아이를 죽임으로써 그 집안에 다가올 위험을 제거하는 것이 되니까.

안드로마케 프리아모스의 아들 헥토르, 내 남편이시여, 당신의 그 강한 팔과 창이 있었다면 나를 구해 주었을 것을!

몰로소스 아, 슬퍼라. 누가 나를 이 죽음에서 건져 줄 수 있을까요?

안드로마케 군주께 엎드려 간청해 보아라, 아가야.

몰로소스 친절하신 주인님! 제발 살려 주세요!

안드로마케 아, 내 눈은 눈물로 젖었네! 그 눈물 내 뺨을 적시네. 마치 해 나지 않은 날 매끄러운 바위에 샘물이 흐르듯!

몰로소스 이 불행과 슬픔을 어떻게 씻어 볼 것인가?

메넬라오스 왜 내게 엎드려 구원을 청하느냐? 바위같이 단단하고 파도같이 귀가 먹은 나에게. 나의 친구는 구해 줄 수 있겠지만 너에게는 털끝만 한 동정도 없다. 트로이를 포위하고, 네 어미를 포로로 잡기까지 얼마나 많은 희생과 노력이 들었는데……. 그 대가로 너는 지옥으로 가야만 하는 거야.

코로스장 보시오, 저기 펠레우스가 옵니다. 힘없는 늙은 다리를 이끌고 서두르며 옵니다.

(펠레우스가 시종들을 데리고 등장)

펠레우스 (무대에 나타나자 외친다.) 이 무슨 일인가? 이 궁전이 왜 이리 소란한가. 묻노라! 그 이유를 말하여라. 네 무법의 음모는 무엇 때문인가? 메넬라오스, 잠깐 정지하오. 공정한 판단을 잊어서는 안 되오. (그의 시종들에게) 어서 빨리! 이 사건은 지체할 수가 없으니 내가 다시 젊어질 수 있다면, 나는 이 포로의 생명을 구할 수가 있을 것을. 마치 바람이 배를 밀듯 무슨 권리로 너의 팔을 이렇게 묶었으며, 너와 어린애를 끌어냈단 말이냐? 나와 네 주인이 멀리 간 동안 마치 어미양과 새끼양이 제물로 끌려가듯 너희는 이렇게 끌려 나왔구나.

안드로마케 노왕이시여! 당신께서 보시다시피 저들은 저와 제 아기를 죽이려고 이렇게 끌어냈답니다. 제가 말을 해야 할 필요도 없습니다. 저는 수많은 사자使者를 당신께 보냈습니다. 당신께서도 이미 풍문에 전해 들으셨겠습니다만 이 집안에서 저 사람의 딸과 저 사이에 일어난 말할 수 없는 갈등 때문에 저는 이렇게 멸망하는 것입니다. 드디어 저들은 당신의 가장 사랑하시는 여신 테티스의 신전으로부터 아무런 정당한 재판도 하지 않고 나를 쥐어뜯고 끌어냈답니다. 당신도 저의 주인도 안 계신 사이에. 그들은 제가 무능력하고 저항할 수 없는 것을 알기 때문인 것 같습니다. 저의 어린애는 아무런 잘못이 없지만 불행한 어미와 함께 죽이려고 합니다. 오, 왕이시여, 당신께 탄원하나이다. 이렇게 당신 발 아래 엎드렸나이다. 당신의 그 거룩하신 수염은 감히 만지지 못하옵니다만 저를 구해 주옵소서. 존경하옵는 왕이시여! 저를 죽이지 못하도록 하여 주시옵소서.

펠레우스 포승을 풀어 주어라. 뉘우치기 전에 어서 그녀의 묶인 팔을 끌러 주어라.

메넬라오스 멈추십시오. 당신과 나를 비교해 볼 여지도 없이 그녀에 대한 권리는 내게 더 있으니까요.

펠레우스 뭐라고? 그대는 내 집을 지배하려고 왔나? 스파르타를 다스리는 것으로 만족하지 않는다는 말인가?

메넬라오스 그녀는 나의 포로입니다. 트로이에서 내가 데려온 계집입니다.

펠레우스 나도 알고 있어. 하지만 내 손자 네오프톨레모스가 전쟁에 나갔던 보상으로 그녀를 받았어.

메넬라오스 그의 모든 것이 내 것이고 내 것은 그의 것이 아니던가요?

펠레우스 선한 목적에서는 그렇지만 악을 행하는 데는 그럴 수가 없어. 더욱이 살인을 하려는 데는 그럴 수가 없지.

메넬라오스 당신은 절대로 그녀를 내 손아귀에서 뺏어 갈 수는 없을 겁니다.

펠레우스 나의 지팡이로 그대의 머리를 쳐서 피가 나게 할 테야.

메넬라오스 어디 나를 건드려 보시죠. 한 발짝만 다가와 보시죠.

펠레우스 네가 사람 축에 드느냐? 비겁자 중의 비겁자인 네가 인간들 가운데 무슨 권리가 있느냐 말이다. 프리기아 젊은이에게 제 계집을 빼앗기고, 마치 그 계집이 덕행이 높기나 한 듯 집을 채우지도 않고, 막지도 않은 채 헤벌려 놓고 그 계집을 빼앗으려고 한 비겁한 것. 팔을 내놓고 옷자락을 펄럭이며, 제 집을 떠나 젊은이들과 어울려서 이리 뛰고 저리 뛰는 그런 스파르타 여인이 순결하진 않지. 난 그런 것들은 견딜 수 없어. 네가 여자를 순결하지 못하게 교육한다는 것에 의심할 여지가 있느냐 말이야? 헬레네는 네가 그렇게 해주기를 청했는지 모르지만 그녀는 외국의 바람둥이와 함께 너에게 이별을 고하고 떠났으니. 그런데도 너는 그녀 때문에 헬라스의 모든 영주를 이끌고 일리온에 대항하였다. 오히려 너는 그녀의 잘못을 알았으면 창 휘두르기를 거절하고, 그녀에 대한 미움을 보여 주었어야 했을 것. 너는 그녀를 빼앗아 올 것이 아니라, 오히려 돈으로 보상을 해서라도 거기 머물러 있게 하고 다시는 오지 못하도록 했어야 한다. 너는 그 대신 많은 용감한 생명을 앗아 가고, 수많은 늙은 어머니들이 자식을 잃고 슬픔에 빠지게 하고 늙은 아버지들의 흰머리를 애통해하는 처지에 빠뜨렸다. 그 슬픈 대열 중에 나도 끼여 아킬레우스를 죽인 원한의 악귀 같은 살기를 너에게서 볼 수 있었다. 그러나 홀로 너만은 상처 하나 없이 트로이에서 돌아왔다. 너의 칼도 가지고 간 그대로 칼집 속에 넣은 채로 도로 가지고 왔다. 나는 일찍이 내 사랑하는 아들에게 너 같은 인간하고 관계를 맺지 말라 하였고, 그 추악한 어미의 자식을 며느리로 데려오지도 말라고 했다. 딸이란 대개 어미의 불미스런 점을 닮아서 시집가서 어미가 한 짓을 되풀이하는 법이니까. 그러기 때문에 그대 구혼자들이여, 나의 경고를 들어라. '좋은 어머니를 택하라.' 는 말을. 그보다도 너는 형에게 프리아모스의 딸을 제물로 바쳐 부당한 모욕을 당하게 했어. 너는 그 하찮은 아내를 잃어버린 것을 그렇게 무섭게 생각한 것이다. 트로이를 함락시킨 뒤 너는 그 계집을 죽였어야 했건만…… 네게 그럴 권력이 있었는데도…… 죽이지 않고 너는 그녀의 그 음탕한 꼴을 보자마자 맥이 빠져서 잡았던 칼을 떨어뜨리고 그녀의 키스를 받아들였단 말이다. 이 비겁한 놈아. 너는 불타는 정욕을 억제하지 못하고 그 파렴치한 반역자를 껴안았단 말이다.

그런데 너는 염치도 없이 이제 주인도 없는 내 손자의 집에 와서 불쌍한 여인과 어린애를 무도하게 죽이려고 해? 그 애는 장차너와 네 딸이 회개하도록 만들 것이니 두고 보아라. 그 애의 출생이 비록 천하다 할지라도. 원래 메마른 땅에 뿌린 씨가 오히려 비옥한 땅에 심은 씨보다 더 좋은 수확을 하는 수가 있는 것같이 서자가 적자보다 훨씬 우수한 경우를 우리는 수없이 볼 수 있다. 네딸을 데려가거라. 가난하지만 정직한 배우자나 친구를 갖는 것이 부유한 악당을 배우자나 친구로 삼느니보다 더 나아. 너는 사악한 놈이야.

코로스장 하찮은 말을 지껄인 것이 대단한 투쟁을 도발한다. 그러나 지혜로운 사람은 여간해서 친구와 싸우지 않는 법.

메넬라오스 이런 늙은이를 헬라스에서는 현자라 하고 평판이 좋더란 말인가? 고명한 이의 아들이요, 나와는 사돈이 되는 당신이 한낱 오랑캐 계집을 두둔해서 체통을 잃어버리고 나에게 그런 모욕적인 언사를 쓰다니 어처구니가 없구려. 그대는 나에게 그녀를 나일 강 저편에 버리라고 권하지 않았소? 헬라스의 수많은 아들들이 쓰러진 아시아에서 데려온 여인이라고. 당신의 아들 아킬레우스도 그 전쟁에서 죽지 않았던가요? 그를 죽인 자는 이 여자의 남편인 헥토르의 형 파리스였으니 이 여자도 거기에 관련되는 것이 아니겠소? 당신은 이 여자를 당신 집에 살게 하고, 그런 천한 계집과 식사를 같이 하면서 이 여자를 길러 독사의 알을 품고 낳게 할 거요? 나는 그녀가 독이 된다는 선견을 갖고 늙은 당신과 나를 위해 이 여자를 내 손아귀로 죽이려 했던 것이오. 이런 형편에 우리가 싸워서 가문을 더럽힐 필요는 없지 않소. 내 딸이 어린애를 낳지 못하고 저 계집이 낳은 어린애가 자라면 그 야만의 어린애가 프티아를 다스려 그리스 사람들을 누르게 할 작정인가요? 내가 부정을 미워해서 어리석고 당신은 현명하다는 말인가요? 이걸 생각해 보시오. 당신의 딸이 시집가서 이런 취급을 당했다고. 그럼 당신은 가만히 앉아서 보고만 있을 테요? 절대로 그럴 수 없을 거요. 당신은 외국인이 당신을 꾸짖거나 욕하는 것을 그대로 보고 있겠느냐 말이오? 당신은 물론 이렇게 말할 테지요. 남편과 아내는 다 같은 권리를 갖기 때문에 아내가 남편에게 부당하게 당했을 때 또는 분별없이 일을 저질렀을 때는 다 같이 강하게 반항할 수 있다고. 그러나 남편 쪽이 좀더 강한 힘을 갖고 있을 때는 여자 쪽에서는 어쩔 수 없이 부모나 친구의 힘을 빌려야겠죠. 그러니 내가 내 딸을 돕는 것은 정당한 일이오. 당신은 노망이 들었소. 당신은 나의 지휘력이나 통솔력에 대한 이야기를 감추지 말고 했어야 할 텐데, 나를 비겁하다고 하니 망령이지 뭐요. 헬레네의 일은 제가 선택해서 문제를 일으킨 것이 아니라 하늘이 시킨 것이며, 그 일 때문에 헬라스가 얼마나 큰 혜택을 입었는지 아시오? 헬라스의 아들들은 전쟁을 경험해 본 일이 없었지만 트로이 전쟁의 경험에서 인간이 알아야 할 용감성과 훌륭한 일을 할 수 있었던 것이 아니오? 난 아내 헬레네를 만났을 때 죽이지 않고 감정을 억제할 수 있는 지혜를 보여 주었소. 당신도 그 형편에서는 포코스를 죽이지 못했을 거요. 나는 화가 나서 이 모든 반박을 하는 것이 아니라 좋은 의미에서 하는 것이오. 그래도 당신이 분개한다면 당신은 당신의 혀가 아플 때까지 움직일 뿐, 나는 아무런 대항 없이 신중하게 바라다보기만 하겠소.

코로스장 이제 쓸데없는 논쟁을 그만두시오. 두 사람 다 잘못을 저지를지 모르니.

펠레우스 오호라! 헬라스에서는 악한 것이 이기는구나. 한 군대가 싸움터에서 적을 이기고 승리를 거두었을 때면 흔히 실제로 피땀 흘려 직접 싸운 사람들에게 그 영광이 돌아가는 것이 아니라 대개 장군이 그 영광을 차지하게 된다. 그 장군이란 수만의 칼이나 창을 휘두른 군사들 중 하나에 지나지 않는다. 그가 한 일이란 하나의 몫밖에는 되지 않지만 그들이 받아야 할 찬양을 한 사람이 받는 것이 상례인 것. 또한 행정 장관들이란 아무것도 아니건만 저희들 관직을 대단하게 생각하고 일반 사람들을 경멸한다. 사실상 그 일을 한 사람들이 몇만 배 더 훌륭한 사람들일 수 있건만. 그대와 그대의 형제가 이러한 부류에 속하는 인간이야. 그래서 다른 많은 사람의 희생과 노력으로 지금의 자리를 잡고 앉아서 트로이 전쟁에서의 모든 영광과 장군의 자리를 과시하는 것들이야. 그러나 나는 내가 파리스보다도 더 무서운 적이라는 것을 알게 해줄 터이니 두고 보아라. 네가 아이도 낳지 못하는 딸을 데리고 보따리를 싸고 이곳을 떠나지 않는다면 말이다. 그녀를 내 장손이 그의 집에서 마구 잡아 끌어내어 머리끄덩이를 쥐어뜯어도 말 못할 것이다. 아이를 못 낳았으니 어디다 뻔뻔스럽게 말할 수 있어. 불행이 그녀로 하여금 아이를 낳지 못하게 한다고 해서 그것 때문에 우리 집안에 자손이 없어서야 되느냐 말이야. 이 악당, 어서 그녀를 데리고 가거라! 어디 누구든지 이 여인의 손을 내게서 떼어 보려면 떼어 보아라! (안드로마케에게) 일어나라. 너를 묶은 그 꼬인 끈을 이 떨리는 힘없는 손으로 끌러 주마. 이 비겁자! 너는 이 여인의 손목을 이렇게 상처 나게 했어. 어서 물러가거라. 너는 그녀가 황소나 사잔 줄 알고 후려갈긴 것 아

166

냐? 아가야. 네 어미 팔에 안기거라. 어미 팔 묶은 끈을 푸는 걸 좀 도와 다오. 나는 너를 이 프티아에서 길러 그들의 적이 되게 하리라. 네가 아무리 너의 권세와 전쟁에 대해 뻐긴다 해도 너보다 더 못한 인간은 없다는 것을 너는 분명히 알아야만 한다.

코로스장 그들의 싸움을 그칠 수가 없었습니다. 더욱이 그들의 성급한 성미 때문에 더 그랬습니다.

메넬라오스 나는 프티아에 강요당해서 오게 되었고 어떤 고약한 짓을 하려고 마음먹은 일도 없었소.

그러나 그대는 욕을 하기 위해 이렇게 뛰어든 것이 아니오. 이제 나는 내 집으로 가야겠으니 시간을 허비할 수가 없소. 지금 나도 전에는 사이가 좋았으나 요즈음 와서는 사이가 아주 나빠진 이웃 나라에 군사를 일으켜야만 하니까. 그 일을 다한 뒤에는 다시 돌아와서 내 사위하고 직접 대면해서 담판을 하겠소. 그놈이 이 여자를 벌하고 그 다음부터 내 딸이 좀 안전해지면 나도 그럴 것이지만, 그자가 화를 내면 나도 화를 낼 것이고, 어쨌든 그놈이 하는 대로 그대로 대항해서 할 테니까, 그리 알아요. 그대가 뭐라고 지껄이든지 그건 나는 상관하지 않겠어요. 그대는 그림자 같은 존재로 지껄인대야 소리만 지를 뿐이지 아무런 힘이나 권리가 없으니까 상관없어.

(메넬라오스와 그의 시종들 퇴장)

펠레우스 아가야! 내 보호 아래 안전하거라. 너 안드로마케도 이 흉악한 폭풍이 그치면 고요한 안식처로 가자.

안드로마케 할아버지! 하늘에서 당신께 상을 내리실 것입니다. 나의 아기와 불행하고 불쌍한 이 어미를 도와주신 덕택으로. 다만 가는 도중에 그들이 쫓아와서 강제로 다시 우리를 잡아갈 것이 걱정됩니다. 할아버지께서는 연로하시어 힘이 없으시고 저는 여자라 나약하고 이 어린것은 연약하니 말입니다. 그렇게 해서 다시 포로가 될까 봐 걱정이군요.

펠레우스 여자가 나약하다고 해서 그런 소리 하지 마라. 어서 네 길을 가거라. 아무도 네게 손을 대지 못할 것이니라. 그렇게 하면 오히려 제가 해를 입을 것이니라. 하늘의 은혜로 나는 많은 기사와 군사들을 다스렸다. 나는 아직 네가 걱정하는 것만큼 그렇게 늙고 쓸모없지는 않느니라. 아직 나는 꼿꼿이 서 있을 수 있다. 보기에 건장한 그런 작자는 내가 이렇게 늙었지만 아직 쳐서 물리칠 수가 있단 말이다. 용기와 용맹만 가지면 비록 늙었다 해도 풋내기 젊은이 몇쯤은 때려눕힐 수가 있단 말이다. 인간이 비겁하면 용모가 아무리 잘생겼어도 쓸데가 없는 법이니라.

(펠레우스, 안드로마케, 몰로소스 퇴장한다.)

코로스 (노래) 오, 태어나지를 않았든지 귀족의 가문에 태어나 큰 저택의 상속자가 되었다면 그런 귀족의 자손은 용사가 되기 부끄럼이 없고 뚜렷한 가계의 후손됨을 자랑한다. 죽었을 때도 그들의 좋은 것은 남아 불타는 법이다.

부당한 승리를 하는 것보다는 권력을 악용하는 사람에 대항해서 당당히 싸워 이기는 것이 좋다. 부당한 승리는 얼른 보기에 좋아 보이지만 시간이 가면 헛되어지고 한 가문에 오점을 찍는다. 결혼한 가정에서나 국가에서나 정당한 정도 이상의 권력을 악용하지 않는 것이야말로 칭찬받을 일.

아이아코스[12]의 늙은 아들이여, 그대가 라피테스족[13]과 대전했을 때나, 그 유명한 창을 써서 괴물 켄타우로스[14]와 접전한 일이라든지 아르고스 해안에서 심플레가데스를 무찌른 일이라든지, 또 그 옛날에 트로이의 유명한 도시들을 제우스의 아들이 때릴 때도 가담했던 그 용맹을 우리는 다 보아 왔소.

(헤르미오네의 유모 등장)

유모 아, 여러분! 오늘은 어째 이렇게 계속 사고가 생기는지 모르겠군요. 우리 아씨 헤르미오네는 아버지에게서 버림을 받고, 안드로마케와 그의 어린애를 죽이려고 한 엄청난 죄에 대한 양심의 가책으로 죽으려 하고 있습니다. 서방님이 돌아오셔서 아씨가 아기를 죽이려고 한 데 대한 보상으로 불명예스러운 이름을 붙여서 내쫓거나 죽일 것을 겁내서죠. 하인들은 아씨가 목매어 죽으려는 것을 말리기가 힘들고 칼을 뺏을 수가 없군요. 계획이 악했던 것을 자각하신 아씨의 고민은 그렇게도 강합니다. 나도 이제는 올가미를 뺏는 데 지쳐 버렸습니다. 누가 가서 좀 아씨의 목숨을 구해 주세요. 날마다 보고 익숙한 우리보다는 혹 낯선 사람이 권하면 들으실지도 모르니까요.

코로스장 아 저 집 안에서 하인들의 떠들썩한 소리가 참말로 들려오는군요. 그대가 말한 대로 그녀는 음흉한 죄에 대한 고통을 보여 주는군. 그녀는 하인들의 손에서 벗어나 목숨을 끊으려 뛰어 빠져나오고 있습니다.

(헤르미오네, 불안에 싸여 등장. 그녀는 손에 칼을 들었다. 유모는 그녀의 손목을 쥐고 칼을 빼앗으려고 한다.)

헤르미오네 (읊음)

  아, 슬프고도 슬프도다. 내 머리를 갈기갈기 찢고 내 뺨의 깊은 주름살을 찢으리라.

유모 아씨! 어쩌려고 이럽니까? 아씨는 얼굴에 흉터를 만들려고 그러십니까?

헤르미오네 (읊음)

  아! 아! 내 얼굴을 가리운 이 훌륭한 천으로 된 면사포를 집어 치우리라.

유모 아씨! 그 헤쳐진 가슴을 가리고 옷깃을 여미세요.

헤르미오네 (읊음)

  가릴 필요가 뭐 있어. 내 주인을 어긴 죄는 명백하고 분명해졌으니 가릴 필요가 뭐 있어.

유모 첩을 죽이려고 한 것이 그렇게 슬픕니까?

헤르미오네 (읊음)

  그래, 나는 그 당돌한 나의 계획에 대해 크게 후회하노라. 아 이제 나는 모든 남성의 저주를 받을 여자야!

유모 서방님께서는 아씨의 실수를 용서해 주실 거예요.

헤르미오네 (읊음)

　너는 왜 나를 쫓아와서 내 칼을 빼앗아 가느냐? 이리 다오. 도로 다오. 내 심장을 찌르게 말이야. 내가 목을 매려는 것을 너는 왜 막았느냐?

유모 그럼 아씨가 정신없이 죽으려는데 그대로 내버려 두랍니까?

헤르미오네 (읊음)

　아, 나의 운명이여! 어디서 친절한 분을 찾으리? 나무숲 우거진 어느 계곡과 바위산에 올라가 죽을 수 있을 것인가?

유모 왜 그렇게 스스로 저주를 하나요? 어쨌든 언제고 우리는 죽어 천당에 갈 텐데요.

헤르미오네 (읊음)

　아, 아버지! 당신은 좌초된 방주 모양 노도 없이 나를 이렇게 버리고 가십니까? 주인은 분명 나를 죽일 거예요. 내 남편의 지붕 밑은 내가 살 수 있는 집이 될 수 없습니다. 나는 어느 신께 구원을 청할 수 있을 것인가? 아니면 내 종 밑에 무릎을 꿇어야 할 것인가? 어서 빨리 이 프티아를 벗어나서 아르고스로 가야만 하겠는데.

유모 아씨! 트로이 포로에게 잘못한 것도 잘못이려니와, 지금 그 지나친 공포는 제가 보기에 더 잘못인 것 같습니다. 당신의 남편은 그까짓 일 때문에 야만 여인의 약한 호소를 듣고 당신과의 결혼을 부정할 것 같습니까? 아씨는 트로이의 포로도 아니며, 부유

171

한 나라의 지참금이 많은 용사의 따님으로 정식 결혼하신 부인이 아니십니까? 또 아씨 아버님께서는 당신을 버리시거나 이 집에서 내쫓기시도록 버려두실 것 같습니까? 절대로 그럴 리 없습니다. 어서 들어가세요. 이 궁전 앞에 계실 필요도 없습니다. 공연히 눈에 띄면 잘못했다는 말만 듣게 될 겁니다.

(유모 퇴장. 그때 오레스테스와 그의 시종들 등장한다.)

코로스장 보라! 외국에서 온 듯한 이방인이 빨리 들어옵니다.

오레스테스 여인들이여! 이 집이 아킬레우스의 아들의 궁전인가요?

코로스장 그렇습니다. 그런데 당신은 누구시죠?

오레스테스 아가멤논과 클리타이메스트라의 아들 오레스테스요. 나는 지금 도도나로 제우스의 신탁을 들으러 가는 길이오. 그러나 우선 프티아에 들러 나의 친척 스파르타의 헤르미오네를 찾아보려고 온 것이죠. 그녀는 살아 있는지요? 무사한지요? 그녀가 비록 멀리 이역에 살고 있지만 나는 아직도 그녀를 사랑하고 있습니다.

헤르미오네 아가멤논의 아들이여, 그대가 이렇게 나타난 것은 폭풍을 만난 해군에게 피난처가 될 수 있는 항구와 같은 것입니다. 이렇게 무릎을 꿇어 간청하오니 곤경에 빠진 나를 불쌍히 여기소서. 나는 신비한 한 가닥의 힘을 모아 내 팔로 당신의 무릎을 껴안겠습니다.

오레스테스 이것이 어찌 된 일이야? 내가 지금 보고 있는 여인이 이 궁의 여왕 즉, 메넬라오스의 딸인가? 아니면 내가 잘못 본 것이 아닌가?

헤르미오네 그렇습니다. 헬레네의 외딸임이 틀림없습니다.

오레스테스 오, 구원자 포이보스여. 우리들의 슬픔을 거두어 주소서. 그런데 어찌 된 일입니까? 당신을 이렇게 괴롭힌 것은 신인가요, 사람인가요?

헤르미오네 내 자신 때문인 것도 있고 내 남편 때문이기도 하고, 또 어느 신에 의한 것이기도 합니다. 그 어느 편이고 다 파괴적입니다.

오레스테스 명예에 관한 것이 아니라면 아이도 없는 당신에게 어떻게 해서 그런 불행이 일어났습니까?

헤르미오네 그것이 바로 나의 불행입니다.

오레스테스 당신의 남편이 당신을 버려두고 좋아하는 여인은 누구죠?

헤르미오네 그의 포로, 헥토르의 아내랍니다.

오레스테스 한 남자가 두 아내를 갖는다는 것은 죄악입니다.

헤르미오네 그래서 저는 그것을 항의했던 것이랍니다.

오레스테스 여인들이 흔히 하듯 당신은 그녀에 대한 경쟁심에서 어떤 계획을 꾸몄던가요?

헤르미오네 그렇습니다. 그녀와 그녀가 낳은 서자를 죽이려 했습니다.

오레스테스 그래서 그들을 죽였던가요? 그렇지 않으며 그들을 죽이지 못하고 그들은 어떤 힘에 의해 구원을 받았는가요?

헤르미오네 펠레우스가 약자의 편을 들었습니다.

오레스테스 이 살인 기도에 공범이 있었던가요?

헤르미오네 나의 아버지께서 이 일을 거들어 주시기 위해 오셨지요.

오레스테스 그러나 그 늙은이의 용기에 지고 말았단 말이죠?

헤르미오네 그런 것도 아닌데 기막히게도 아버지께서는 이렇게 나를 혼자 내버려 두고 가 버리셨습니다.

오레스테스 알겠습니다. 당신은 당신이 저지른 일 때문에 남편을 만나기가 두려운 것이군요.

헤르미오네 바로 맞았어요. 그이는 나를 죽일 권리가 있으니까요. 내가 뭐라고 변명을 하겠습니까? 우리 집안의 신 제우스를 걸고 간청하옵기는 저를 이곳에서 떨어진 먼 곳 어디든지, 혹은 우리 아버지 집에까지라도 데려다 주세요. 이 집의 벽들이 '나가라' 하는 것 같으니 살 수가 없습니다. 프티아 전국이 다 나를 미워하는 것만 같군요. 만약 내 남편이 포이보스의 신탁이 내리기 전에 집에 돌아온다면 몹쓸 죄명으로 나를 죽이든지 내가 다스리던 종의 지배를 받게 할 것입니다. 이런 말을 할 사람이 있을 겁니다. '어떻게 해서 당신은 집을 나와서 방황합니까?' 하고요. '이거 봐요! 당신은 그 흉악한 포로 때문에 고통을 받고, 종년에 지나지 않는 그 계집에게 결혼의 권리인 남편을 왜 빼앗기는 거야? 하느님 맙소사. 나 같으면 그것이 아이를 낳지 못하게 할 테

174

야.' 하고, 심술궂은 여자들이 그 짓궂은 소리를 할 때 난 정말 비참했답니다. 그러한 교활하고도 간교한 수다쟁이들과 마녀들이 이런 말을 할 때 나는 어리석은 생각을 하게 됐던 겁니다. 그럴 때 나는 남편도 염두에 없었습니다. 나는 사실 부족한 것 없이 부와 권리를 가졌으며, 아이도 낳을 수 있어요.

내가 낳는 아이는 적자가 되지만 그 여인이 낳은 아이는 어디까지나 서자이지요. 또 내게 그 아이는 언제든지 반노예고요. 아! 그러나 그 모든 사실을 이 이상 말하고 싶지는 않아요. 부인을 여럿 가진 남자들은 여자들을 그들 집에 방문하게 해서는 안 돼요. 그녀들을 허용하면 집에 화를 입힐 테니까요. 어떤 이는 자기 개인의 이익을 위해서 그들의 명예훼손을 거침없이 하고, 더러는 제 자신이 잘못된 것을 혼자 당하기 싫어서 다른 사람도 불행하게 해서 위로를 삼으려고 하는 여자들도 있습니다. 또한 많은 여자들은 부정하기 때문에 집안을 망쳐 놓습니다. 그러니까 그런 말썽 많고 집을 망하게 하는 계집들이 들어오지 못하게 하기 위해서는 문에 빗장을 질러서 닫아 놓아야만 할 것입니다.

코로스장 당신은 여성이면서 여성에 대한 억압을 하는 데 너무 지나치게 지껄여 대는군요. 그건 그런대로 용서가 되는데 어쨌든 당신의 약점을 그대로 보고만 있을 수는 없군요.

오레스테스 옛 성현의 말씀에 의하면, 양편 송사를 다 들어 봐야한다고 했습니다. 예를 들어 지금 내가 이 집안에 어떤 혼란한 사건이 일어나고 있다는 것을, 즉 당신과 헥토르의 아내였던 여자

사이에 싸움이 벌어지고 있다는 것을 짐작은 하지만, 좀 있어 봐야만 당신이 여기 머물러 있어야만 한다든지 혹은 그 포로 계집이 무서워서 이 집을 나가 버려야 하겠다든지 하는 판단을 내릴 수 있을 것 같습니다. 그런데 사실 내가 여기 오게 된 것은 당신이 사자를 보내서 당신을 데려가기 위해서 왔다는 것보다는 당신의 이야기를 자세히 듣고 싶어서였습니다. 당신은 이전에 내 사람이었으니까요. 그랬던 것을 당신 아버지의 야비한 생각 때문에 지금 당신 남편에게로 간 것 아닙니까? 사실 트로이를 침략하기 전에는 당신과 나는 약혼한 사이가 아니었던가요? 그랬던 것을 당신 아버지는 당신의 지금 남편에게 트로이를 함락시키는 것을 전제로 당신과의 결혼을 다시 약속한 것이 아니었던가요? 그래서 아킬레우스의 아들이 이곳으로 돌아왔을 때, 나는 당신의 아버지를 용서했고, 당신의 신랑 될 사람에게 당신과의 결혼을 하도록 쾌히 허락했죠. 그러나 나는 나의 고민과 불행에 대해서 말해 주었죠. 난 추방된 신세로 나를 잘 아는 친구들 중에서 아내를 맞아들일 수 있을지는 몰라도 그 밖의 사람들 중에서 신부를 구한다는 것은 대단히 어려운 일일 것이라는 말을 했습니다. 그랬더니 그는 내가 어머니를 죽였다는 사실을 들고 복수의 신들을 충동하여 나를 모욕하고 경멸했습니다. 내가 수치스러운 집안 일 때문에 고개를 들 수 없는 것은 사실이지만, 당신을 빼앗기고 내키지 않는 걸음으로 내 고향을 떠나야 했던 고통이나 슬픔은 말할 수 없이 컸던 것입니다. 이제 이렇게 불행하게 되어 고통스러운 비운의 나날을 보내게 된 당신을 받아들여 당신 아버지 집으로 데려다 드리도록 하겠습니다. 우리는 친척이기도 하니 어려운 일이 있을 때 도울 사람이란 일가밖에 더 있겠습니까.

헤르미오네 결혼 문제는 제가 결정할 문제가 아니라 아버지가 하실 일입니다. 그러나 제 남편이 돌아오기 전에 저를 어서 아버지 집으로 데려다 주세요. 또 펠레우스가 그의 손자에게서 내가 떠난다는 이야기를 듣고 빠른 걸음으로 쫓아오기 전에 말입니다.

오레스테스 그 늙은이에 대해서는 걱정하실 것 없습니다. 또한 나를 그렇게도 모욕한 아킬레우스의 아들, 당신의 남편에 대해서도 무서워하실 필요가 없습니다. 나는 이미 손을 써서 그가 죽도록 용의주도한 계교를 펼쳐 놓았으니까요. 일이 성사되기 전에는 말을 하지 않겠습니다만 내 계획대로 되면 그의 죽음을 델포이의 바위가 목격할 것입니다. 프티아 땅에 살고 있는 나의 맹우들이 그들의 서약을 지키기만 한다면 자기 어머니를 죽인[15] 바로 그 살인자는 나의 정당한 신부인 당신이 다른 누구와도 결혼하지 못하게 할 것 입니다. 그는 그가 겪은 모든 고통으로 그의 아버지의 피를 대신하여 포이보스 왕에게 요구할 수 있을 것입니다. 그렇지 않으면 비록 그가 지금 신에게 간청하지만 그의 회개가 쓸데없을 것입니다. 아폴론의 손과 나의 무고로 그는 무참히 죽을 것입니다. 그러면 그는 나의 적의를 알게 되겠죠. 신들은 자기를 미워하는 사람들의 행운을 뒤엎는 법. 그들의 교만함을 그대로 두지 않습니다.

(오레스테스와 헤르미오네 퇴장)

코로스 (노래)

오! 포이보스여! 일리온의 언덕을 아름답고 영광스러운 성탑으로 둘러싼 그대 대양大洋의 신이여! 그대의 검은 준마로 대양을 달려 그대는 자기 자신의 창조물을 창조의 주인인 전쟁의 신에게 넘겨주어 모욕을 당하게 하고 트로이를 참패하게 하는군요.

수많은 준수한 마차를 시모이스 둑에 매고 수많은 유혈의 가치 없는 경기를 하게 하여 많은 일리온의 왕자들이 죽게 하였네. 이제 트로이의 신전에는 향을 피워 제사드리는 연기가 피어오르지 않네.

아트레우스의 아들은 그 아내의 손에 죽어 없어지고, 그 아내는 그 자식들의 손에 의해 무덤에 들어가게 되었네. 신이 신탁을 통해서 내린 명령은 아가멤논의 아들이 아르고스로부터 와서 신전을 찾아온 날 쓸데없게 되었네. 그래서 그는 제 어미를 죽여 피를 흘렸네. 오, 포이보스여! 신성하신 당신께 그런 일이 있으리라는 것을 어찌 믿으리까?

그리스 인들이 모인 곳은 어디든지 비통한 음성, 어머니들은 그 자식들이 그 집을 떠나 이방인들과 짝 지었을 때 그들의 운명을 애통하네. 이 비통의 구름은 그대에게만 내린 것은 아니라오.

헬라스 인들은 재앙을 참아야 하며, 그 재앙은 프리기아의 비옥한 땅을 휩쓸어 죽음의 신이 사랑하는 핏방울을 비처럼 내렸네.

(펠레우스 황급히 등장)

펠레우스 프티아의 여인들이여, 나의 질문에 대답하라. 소문에 듣건대 메넬라오스의 딸이 이 집을 떠나서 도망을 쳤다지? 그 소문을 듣고 정말인가 알아보려고 급히 쫓아왔소. 잃어버린 친척이나 친구에 대해 찾아와야 할 의무가 있으니까.

코로스장 오, 펠레우스여. 그 소문이 맞습니다. 나쁜 사건에 대해 숨기고 밝히지 않는다면 우리에게 벌이 내릴 것이니 알려 드리죠. 우리 여왕은 이 궁을 떠나 도망쳤나이다.

펠레우스 그녀는 무엇이 겁났던가? 내게 설명해 주오.

코로스장 그녀는 남편에게 쫓겨날 것을 걱정하였습니다.

펠레우스 아이를 죽이기 위해서 돌아온다던가? 그러지는 않을 테지?

코로스장 네. 그녀는 저 포로가 무섭다 하였습니다.

펠레우스 누구하고 갔지? 아버지하고 갔나?

코로스장 아가멤논의 아들이 와서 데리고 갔습니다.

펠레우스 어디로 간다고 하던가? 그자는 그녀와 결혼한다고 하던가?

코로스장 그렇습니다. 그리고 그는 당신의 손자를 죽이겠다고 했습니다.

펠레우스 잠복했다가 죽인다던가? 아니면 대면해서 정당하게 한다던가?

코로스장 록시아스의 신전에서 델포이 인들과 합해서 죽인다고 하더이다.

펠레우스 오, 신이시여, 도우소서! 이 일은 코앞에 닥친 위험입니다. 아킬레우스의 아들, 나의 손자가 적의 무리에게 피살되기 전 그대들 중에 누구 한 사람이 어서 빨리 프티아의 신전으로 가서 지금까지 일어난 일에 대해서 고하시오.

(사자 한 사람 등장)

사자 오, 이날의 슬픔이여, 노인장, 그리고 우리 주인을 사랑하는 여러분께 나는 끔찍한 소식을 가지고 왔나이다. 아, 슬프도다!

펠레우스 오호라! 불길한 예감이 드네.

사자 펠레우스 노인이시여! 당신의 손자는 죽었습니다. 델포이 인들과 미케네[16]에서 온 낯선 젊은이에 의해 그는 무참히 죽었습니다.

코로스장 노인께서는 어떻게 하시겠습니까? 낙심하지 말고 용기를 내세요.

펠레우스 나는 이제 아무것도 아니야. 이제 죽음은 내게 찾아온 것이야. 내 음성은 막히고 나의 사지는 힘없이 늘어지고 마는구나.

사자 들어 보세요! 그자에게 원수를 갚을 마음이 있거든 용기를 내어 사건의 경위를 잘 들어 보세요.

펠레우스 아, 숙명이여! 죽음의 경계에 가까워지고 있는 이 가련한 늙은이를 이런 고통에 빠뜨리다니 너무하구나. 그러나 내 손자가 어떻게 죽었는지 말해 다오. 내 외아들의 외아들인 그 애가? 아, 이런 소식은 징그럽지만 들어야겠네.

사자 포이보스의 땅에 이르자마자 삼 일간 우리는 구경을 잘 했습니다. 그때 아가멤논의 아들이 와서 포이보스 신전 근처에 사는 사람들로 하여금 우리들에 대해 의심을 품게 하였습니다. 그래서 그들은 떼를 지어 우리들을 이상한 눈초리로 보기 시작했지요.

그 이유는 오레스테스가 이런 나쁜 소문을 한 사람 한 사람에게 귓속말로 퍼뜨렸기 때문입니다. '당신들은 저기 신전 금고가 있는 신역에 들어갔다 나왔다 하는 저 작자를 보지 못합니까? 그 금고 속에는 모든 사람이 바친 많은 금이 잔뜩 들어 있지요. 그런데 저자는 사실 이 포이보스 신전을 털려고 여기 두 번째 온 것이랍니다.' 하고요. 온 마을 사람들은 노해서 떠들었고, 행정 장관들은 의사당에 모여 머리를 맞대고 회의를 하면서 문 밖 기둥 사이사이에 경호원을 세워 놓았습니다. 이런 일을 전혀 모르는 우리는 파르나소스[17] 목장에서 기른 양을 잡아 아폴론 신전의 예언자와 증인들과 함께 제단에 올라갔습니다. 한 사람이 말하기를 '젊은 무사여, 어떤 기도를 신께 드리렵니까? 어디서 왔습니까?' 하고. 우리 주인께서는 대답하시기를 '나는 지난날의 죄과를 포이보스에게 보상받기 위해 왔습니다. 나는 일찍이 그에게 내 아버지의 피에 대한 해명을 요구했거든요.' 그랬더니 오레스테스는 헛소문을 퍼뜨리기를, 우리 주인이 거짓말을 하는 것이고 어떤 계략을 위해서 이곳에 온 것이라고요. 그러나 주인님이 신전 문 지방을 넘어 포이보스에게 타는 제물을 드리며 기도하기에 바쁜 동안 클리타이메스트라의 아들 오레스테스의 계략으로 그와 그의 일당은 무장을 하고 월계수 밑에 매복하고 있었습니다. 기도를 드리고 서 있는 아킬레우스의 아들이신 그분을, 그들은 그들의 날카로운 칼로 뒤에서 찔렀습니다. 그러나 그분은 죽을 정도의 상해를 입지 않았기 때문에 뒤로 물러서서 칼을 빼들고 기둥에 걸려 있던 방패를 재빨리 떼어 들고 제단의 계단에 용사의 준엄한 모습으로 서서 델포이의 젊은이에게 이렇게 물었습니다. '그대들은 성스러운 목적을 가지고 온 나를 무엇 때문에 죽이려 하나? 내가 죽어야 할 이유가 무엇인가?' 그러나 아무 대답도 없이 그들은 돌을 던지기 시작하였습니다. 던지는 돌에 멍들고, 돌세례를 산지사방에서 맞은 그분은 철갑 옷 뒤에 자신을 막아 내려 했지만 쓸데가 없었습니다. 창과 활이 여기저기서 마구 날아오는가 하면 끝이 두 갈래로 된 찌르는 꼬챙이와 백정의 칼이 그분의 발밑에 떨어지는 등 이루 말할 수 없었습니다. 그들의 이러한 사격술에 대항하기 위해 당신의 손자인 그분이 전쟁 춤을 추는 것을 당신이 보셨다면, 아, 기가 막힌 일이었습니다. 드디어는 그들이 그분을 포위했을 때, 그들은 그분에게 잠깐 숨 돌릴 틈을 주었습니다. 그분은 제물이 놓여 있는 제단으로 물러섰습니다. 물러섰던 그분은 마치 이전에 트로이 인들에게 했듯이 그들에게 뛰어들었습니다. 그자들은 이 날쌘 매를 보자 돌아서서 도망치기 시작했습니다. 이 혼란 속에 더러는 넘어지고 더러는 상처를 입고, 좁은 길 위에 더러는 서로 덮치고 엎어지기도 했지요. 조용해진 그 신전에는 바위로부터 다시 시끄러운 소리가 울려 퍼졌습니다. 우리 주인께서는 번쩍이는 갑옷을 입은 채 침착하게 서 있는 것이 마치 빛이 번쩍하는 것 같았습니다. 이때 신전 저 안에서 무서운 소리가 들려오고, 사람들은 멈춰 서지 않을 수 없게 되었습니다. 결국 우리 주인님은 한 델포이 젊은이의 날카로운 칼에 옆구리를 찔려 넘어지셨습니다. 그러자 모든 사람은 달려들어 한 번씩 더 찔렀고 또 돌을 던져 그의 시체는 산산조각이 났습니다. 일찍이 그렇게 준수하던 그분의 몸은 끔찍한 상처로 무참하게 상하게 되었죠. 나중에는 생명도 없고 흙으로 돌아갈 그분의 시체를 향 연기로 가득 찬 신전에서 좀 떨어진 곳에 내던져 버리고 말았습니다. 그래서 우리는 그의 흩어진 시체 조각을 모아 당신께 가져왔나이다. 그래서 그분을 위해 통곡하고, 땅을 깊이 파고 묻어 드려 그분을 대접하기 위해서지요. 다른 사람들에게 신탁을 내려 옳은 것이 어떤 것이라는 것을 세상 사람들에게 알리는 직책을 가진 그가 이렇게 아킬레우스의 아들에게 복수를 하였습니다. 악한 사람들이나 하는 과거에 사이가 좋지 못했던 것을 기억해서 말입니다. 그가 현자라고 할 수 있을까요?

(사자는 물러나고 네오프톨레모스의 시체가 관을 놓는 칠성판에 놓여 옮겨진다. 다음의 펠레우스와의 대화는 응답으로 이루어진다.)

코로스장 오호라! 지금 우리 왕자의 시체는 관에 실려 델포이로부터 집으로 옮겨지고 있습니다. 오! 슬프도다. 그의 슬픈 운명이여! 애처롭도다, 노인장의 신세여! 사자의 새끼라는 별명을 가진 아킬레우스의 아들이 이렇게 죽어 돌아오다니. 이것은 그의 불행뿐 아니라 당신의 불행이기도 합니다.

펠레우스 오, 내 슬픔이여! 이 흉하고도 슬픈 꼴을 내가 봐야 하며, 이 비통한 소식을 안고 내 집으로 돌아가야 하니 이 무슨 꼴인고! 오, 내 신세! 슬픈지고! 나는 이제 망했구나! 이제 내 집은 손이 끊기고 말았구나! 어린애도 없이. 오 내가 참고 견뎌야 할 슬픔 그것을 위해 나는 태어났던가? 이제 누가 나의 이 슬픔을 위로하여 줄 것인가? 오, 그립다. 나를 위로해 줄 입술과 뺨과 손! 그대의 운명은 시모이스 강가 일리온 성벽 밑에 죽었어야 할 운명이던가!

코로스 노인이시여, 그가 그렇게 무참히 죽었으나 명예를 잃지는 않았습니다. 그러니 당신도 기뻐하셔야겠죠.

펠레우스 오, 결혼한 자! 그대에게 슬픔이 있을진저. 너는 내 집에 독을 뿌린 자, 너는 내 나라를 망쳤다. 오, 내 손자야! 너의 결혼이 너와 내 집에 이런 화를 끼칠 줄 알았다면 헤르미오네의 저주스러운 그물을 네게 던져 주지 않았을 것을! 오, 차라리 천둥이 그녀를 죽였더라면 네가 영웅인 너의 아버지의 피를 흘린 위대한 신 포이보스에게 그런 일을 하도록 하지 않았을 것을.

코로스 슬프고 슬프도다. 장례식이 행해질 때, 나의 죽은 주인을 위해 애통하리라.

펠레우스 오호라 슬플진저. 이 나이에 장송곡을 불러 눈물을 흘려야만 하다니.

코로스 오, 하늘의 포고! 이 비통한 죽음은 신의 섭리로!

펠레우스 내 사랑하는 손자야! 너는 나를 이렇게 외롭게 혼자 두고 갔느냐! 너를 잃은 이 늙은 몸은 자식 없는 외로운 몸.

코로스 노인장! 자손들이 죽기 전에 당신이 죽었어야 했을 것을.

펠레우스 내 머리를 쥐어뜯고, 내 머리를 무참히 부딪쳐 아프게 해야 할 것인가? 포이보스와 내 자손들이 나를 망하게 했다.

코로스 불쌍한 늙은이여! 그대가 당한 그 고통과 그대가 보아 온 그 비애 그것들이 너무도 크니 이제 그대는 어찌 될 것인가?

펠레우스 자식도 없는 이 외로운 나의 슬픔 한이 없네. 나는 오직 죽을 때까지 슬픔을 마시며 살겠네.

코로스 그대가 결혼하던 날, 신이 그대를 축복한 것도 헛된 것이었군요.

펠레우스 나의 모든 희망은 날아가고 나 자신은 좌절당했네.

코로스 그대는 외로운 집에 사는 고적한 사람.

펠레우스 내게는 이제 나라도 없네. 나도 나의 왕홀王笏을 땅에 집어던지겠네. 네레우스[18]의 딸이여, 그대의 어두침침한 동굴 속에 패망한 왕인 내가 흙 속에 엎드려 있는 것을 보리라.

코로스 저것을 보라!

(하늘에 신의 형상이 배회하는 모양이 보인다.)

185

저기 움직이는 것이 무엇일까요? 어떤 신이 나타나시는 것일까요? 여인들이여! 잘 보세요. 저기 준마의 고장인 프티아의 들을 밝히는 찬란한 빛 비치는 하늘 위를 어느 신인지는 몰라도 신이 내려오고 있는 것이 보입니다.

테티스　(상공에서) 펠레우스여! 옛날 내가 당신과 결혼하여 같이 살았던 그 시절을 생각하여 나 테티스가 네레우스의 집을 찾아왔소. 충고하노니 지금 당신의 처지를 너무 슬퍼하고 애통하지 마시오. 자식 때문에 슬퍼할 필요가 없던 나 자신도 우리들의 사랑의 열매인 날쌘 헤라의 종손 아킬레우스를 잃어버리지 않았던가요? 내가 온 둘째 이유는 당신께 이야기를 해드리기 위해서입니다. 저기 놓여 있는 아킬레우스의 아들의 시체를 거두어 피톤의 아폴론 신전 제단으로 옮기고 거기에 매장하세요. 그렇게 해야 그 무덤은 그가 오레스테스의 손에 의해 무참히 죽었다는 것을 증명할 것이고 그것은 델포이에 대한 책망이 될 수 있을 것이오. 그의 포로 아내 안드로마케는 몰로소스 땅에 머무르게 하고 헬레노스의 본처로 인정하고, 그의 아기에 대해서도 아이아코스가의 단 하나밖에 남지 않은 후손으로 받아들이세요. 그로 인해 몰로소스의 왕계는 끊기지 않고 계승될 것이오. 당신과 나 사이에 이루어진 종족이 없어져 버린대서야 되겠습니까. 트로이의 계통도 마찬가지죠. 그러기에 그녀의 운명도 앞으로는 신들이 돌보아 줄 것이오. 그녀가 그런 운명에 떨어지게 된 것은 팔라스[19]의 열렬한 욕망 때문이죠. 당신도 신의 딸, 여신으로 태어난 나와 결혼했기 때문에 모든 인간이 갖는 모든 액운을 면하고 죽음도 멸망도 없는 신의 위치에 있게 될 것입니다. 이후로는 당신은 나와 함께 네레우스의 집에 신으로서 여신인 나와 함께 살게 됩니다. 거기서는 신발을 적시지 않고 아킬레우스도 만날 수 있습니다. 아킬레우스는 흑해로 둘러싸인 레우케[20] 섬에 살고 있으니까요. 그러나 지금 당장 당신께서는 이 시체를 델포이의 신이 지으신 도시로 옮겨 그를 매장한 후에는 세피아스의 동굴로 가서 살고 계세요. 내가 모시러 가겠습니다. 오십 명의 네레이데스들로 된 합창대를 데리고 가서 당신을 모시겠어요. 정해진 운명은 반드시 이루어져야 하니까요. 그것은 제우스 신이 원하는 것입니다. 그러니 이젠 그만 슬퍼하세요. 슬픔이란 하늘이 준 운명. 모든 사람은 그들의 죽음으로 빚을 갚아야 하는 법.

펠레우스 나의 존경하는 아내, 네레우스로부터 온 위대한 여신이여, 만세! 그대는 자신이나 자식에 대하여 온당하게 하였소. 당신이 부탁한 대로 이 이상 더 애통하지 않으리다. 이 시체를 매장한 후에 펠리온[21] 계곡을 찾아 가겠소. 그곳은 내가 당신을 처음 만나 당신의 그 아름다움을 사랑하던 곳이지. 이후로 생각 있는 남자라면 집안이 좋은 집 딸에게 장가를 들어야 하며, 딸은 진실하고도 선량한 남편을 얻도록 해주어야 하겠다. 남자는 여자가 아무리 많은 지참금을 가져오더라도 좋지 않은 여자에게 마음을 두어서는 안 된다. 하늘의 보호 아래 인간은 불행을 겪지 않아야 하겠네.

(테티스 퇴장)

코로스 (노래)

　하늘에 속하는 신비함을 지닌 것들이 많은가 하면 많은 사람이나 사물이 우리가 생각지도 못하는 반대의 일을 하는 때도 많다. 그래서 우리 인간의 생각으로는 성공하지 못했다는 것같이 보인다. 그러나 신은 또한 그들 불행한 이에 대해 이렇게 해결을 해주신다. 이 사건에서도 마찬가지다.

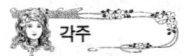 각주

1) 네레이드 | 바다의 여신.
2) 록시아스 | 아폴론의 성(姓).
3) 피톤 | 델포이의 처음 이름. 아폴론이 델포이에 오기 전부터 그곳 동굴에 살고 있던 큰 뱀의 이름에서 유래. 아폴론이 이 뱀을 처치했다.
4) 일리온 성 | 트로이를 의미함.
5) 라코니아 | 그리스 서부 펠로폰네소스 반도에 있던 고대 왕국. 수도는 스파르타.
6) 프리기아 | 소아시아의 중앙 및 서북부에 걸쳐 있던 나라. 트로이는 그 수도.
7) 트라키아 | 발칸 반도 동부에 있는 마케도니아 동북 지방의 옛 이름.
8) 이다 | 크레타 섬의 최고봉. 제우스가 탄생한 곳이라고 전해짐.
9) 마이아 | 플레이아데스의 일곱 자매 중 가장 연장자. 제우스와의 사이에 헤르메스를 낳았다.
10) 키프리스 | 사랑의 여신. 아프로디테의 별칭. 아프로디테 숭배는 키프로스 섬에서 유래했다.
11) 일리오스 | 트로이를 건설한 사람. 트로이의 옛 이름은 일리온.
12) 아이아코스 | 제우스의 아들. 아킬레우스의 조부.
13) 라피테스족 | 테살리아 산악 지방에 살고 있던 용감한 족속.
14) 켄타우로스 | 머리와 상체는 사람이고 하체와 발은 말로 된 괴물.
15) 자기 어머니를 죽인 | '자기 어머니를 죽인'이라는 것은 오레스테스 자신을 말하는 것임. 그 이후에 나오는 '그의' 역시 오레스테스를 말한 것임.
16) 미케네 | 그리스 동남부 아르골리스의 옛 도시.
17) 파르나소스 | 그리스 중앙부에 있는 산. 지금은 뮤즈라고 함. 아폴론과 뮤즈가 있었다고 전해짐.
18) 네레우스 | 바다의 신.
19) 팔라스 | 아테네의 수호 여신 아테나를 말함.
20) 레우케 | 그리스 서쪽 이오니아 제도 중 한 섬.
21) 펠리온 | 그리스 동북부 테살리아에 있는 산.

엘렉트라

Electra

여석기 옮김

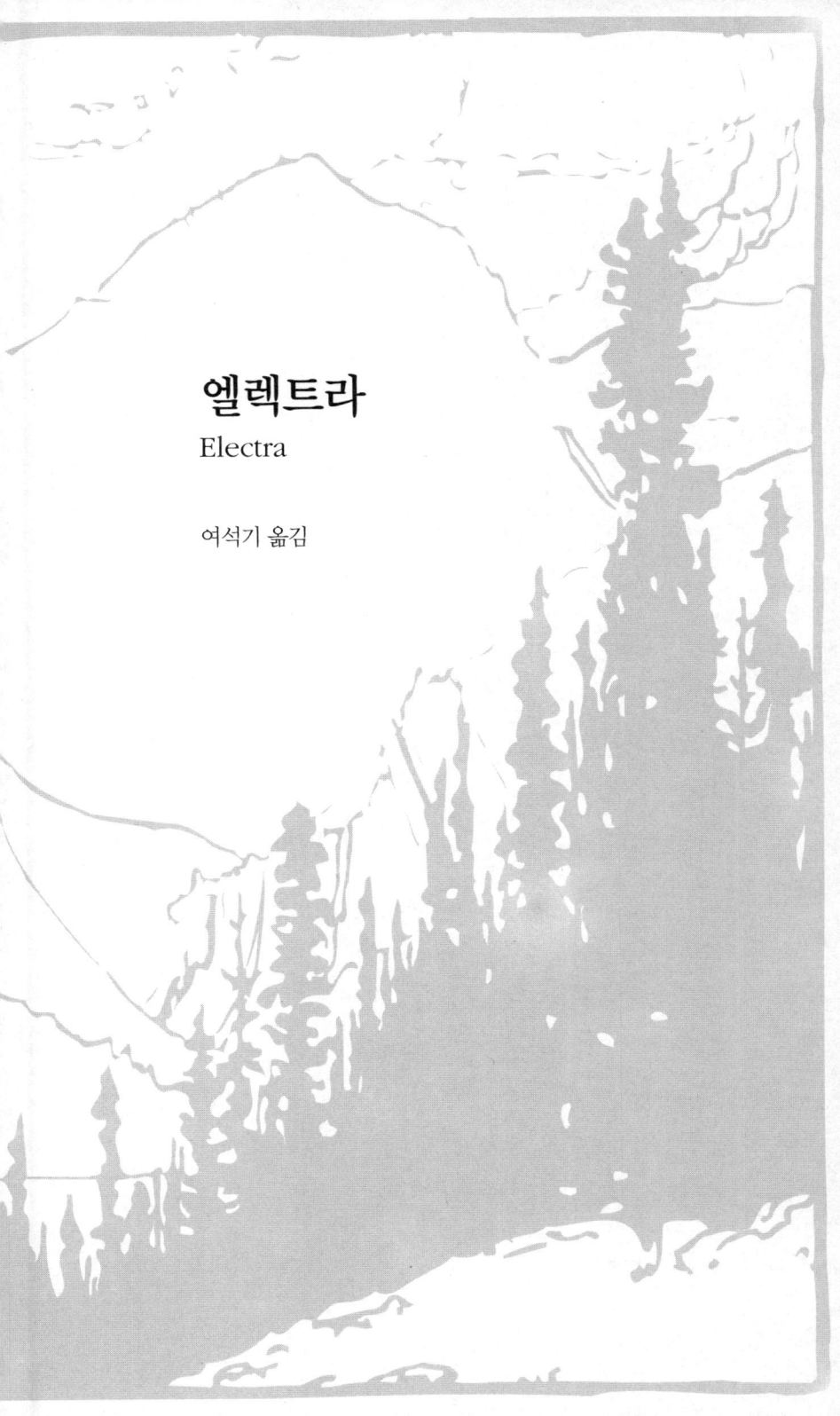

등장인물

농부	미케네 사람
엘렉트라	
오레스테스	
필라데스	
코로스	아르고스 농가의 여자들로 구성된
노인	
사자	
클리타이메스트라	
디오스크로이 형제	카스토르와 폴리데우케스 형제.
	클리타이메스트라와는 남매간

장소

무대 왼편으로 아르고스로 통하는 길이 내다보이고, 오른편으로는
스파르타로 넘어가는 고개가 바라보이는 언덕바지. 무대 중앙에
나무와 흙벽돌의 네모진 오막살이 한 채. 아직도 하늘의 별이 사라
지지 않은 이른 아침부터 시작된다. 한 농부가 서서 계곡과 바다
쪽을 내려다보고 있다.

농부 아르고스 땅, 옛날 그대로 빛나는 평지여, 이나코스의 쏟아지는 흐름이여, 여기서 아가멤논 왕께서 군사를 일으켜 수천의 배를 몰아 트로이로 건너간 적도 있었다. 그리하여 저 일리온 땅의 군주 프리아모스를 살육하고 다르다노스의 화려한 수도를 쑥밭으로 만들어 놓고서는 무사히 이 아르고스에 개선하여 이국 땅 전리품을 하느님께 바쳤을 때, 드높이 신전 가득히 쌓였지. 얼마나 멋진 노릇이었던가. 그러나 집에 돌아오시자, 다름 아닌 당신의 왕비 클리타이메스트라와 그 정부 아이기스토스가 몰래 꾸민 계략에 걸려 무참히도 죽임을 당하셨다.

그리하여 예로부터 내려온 탄탈로스의 홀은 임자를 잃어 왕은 돌아가셨고 티에스테스의 아들 아이기스토스는 네 활개를 치면서 왕 노릇뿐만 아니라 틴다레오스의 딸인 왕비를 자기 것으로 만들어 버렸다. 남은 자녀들로 말할 것 같으면, 트로이로 떠나실 때, 집에는 아들 오레스테스와 딸 엘렉트라를 남겨 놓으셨는데, 그 오레스테스는 아이기스토스 손에 하마터면 맞아 죽을 뻔한 것을 부왕의 늙은 하인이 감쪽같이 데리고 나와 포키스 땅에서 스트로피오스 손에 맡겨 양육케 하였다. 한편 엘렉트라는 꼼짝

않고 부왕의 궁전에 남아 있었는데, 성숙하게 되자 그리스 땅 곳
곳의 귀공자들이 청혼을 해 왔다. 아이기스토스는 그것이 두려
웠다. 귀족에게 출가하여, 거기서 낳은 아이가 아가멤논의 원수
를 갚을까 두려워했던 것이다. 그리하여 청혼을 일체 물리치고
엘렉트라를 집 안에 가둬 두었다. 하지만 감시해 놓아도 안심할
수 없는 일. 남몰래 귀공자의 씨를 남길세라, 그는 밤마다 근심
걱정에 싸여 차라리 죽여 버려야겠다고 계략을 세우기도 했으
나, 아무리 우악한 성미의 여인이라 한들 핏줄을 이은 어머니[1],
딸을 아이기스토스의 죽음의 손에서 구해 주었다. 남편을 죽이
는 데는 구실이라도 찾은 그녀였지만 자식을 죽이는 데는 주춤,
세상의 눈초리가 두려웠던 것이다. 이래서 아이기스토스는 다시
새로운 꾀를 생각해 내었다. 그는 아가멤논의 아들, 망명하여 숨
어 있는 그 아들을 잡아 죽이는 자에게는 상금을 내릴 것이라고
공포했다. 그리고 엘렉트라는 나에게 줄 테니 남편이 되라고 하
는 것이었다.

　나로 말하면 미케네 땅의 집안으로서, 그 점이야 조금도 수치
스러울 게 없는 떳떳한 가문 출신이다. 하지만 가산이 워낙 없으
니 가문인들 어찌 빛을 낼 수 있겠는가. 아무튼 그런 연고로 해서
이 약한 인간이 엘렉트라를 맡게 되었는데, 그만큼 그의 두려움
도 기운을 쓰지 못하게 된다는 것이었다. 만약 높은 자리의 인간
이 사위가 되었다면 그동안 잠자는 아가멤논의 살해의 피가 잠에
서 깨어나, 아이기스토스의 머리 위에 정의의 철퇴가 내려지리니

말이다. 한데 나는 그 엘렉트라를 한 번도 건드린 일이 없지. 사랑의 신 키프리스[2]께서도 잘 알고 있어. 잠자리에서 그녀를 한 번도 더럽힌 일이 없으니 아직도 숫처녀, 내 원래 고귀한 신분을 타고 나지 못한 처지에 국왕의 따님을 억지로 욕보이는 것이 아무래도 꺼림칙하단 말이다. 그리고 아무튼 친척 간의 정의로는 내 처남이라고도 할 수 있는 그 오레스테스가 아르고스에 돌아오는 날 누이가 이렇게 불행한 시집을 왔다는 것을 보았을 때, 그 슬픔이 어떻겠는가. 그 딱한 마음속, 내 가슴에도 사무친다.

'젊은 아가씨를 집에 데려다 놓고도 손 한 번 대 보지도 않다니 천하에 바보로군.' 하고 말하는 녀석도 있겠지. 아니면 도덕입네 하는 비뚤어진 자로 지혜를 재는 노인이라고 말하는 녀석도 있겠지. 하지만 그런 인간들이야말로 나 못지않은 바보 천치라는 것을 알아야 할걸.

(오막살이에서 엘렉트라 등장. 머리에 물동이를 이고 혼잣말을 한다.)

엘렉트라 이 밤, 황금빛 별의 보금자리인 칠흑의 밤이여. 그대 어둠 속을 헤매면서 나는 머리에 물동이를 이고 시냇가로 간다. 누가 시켜서 마지못해 하는 일이 아니라 이 고역을 택한 것은 나, 아이기스토스의 무도한 짓을 하늘의 제신에게 알리기 위해서다. 그리고 틴다레오스의 사나운 딸, 내 어머니란 인간은 사내의 환심을 사려고 나를 헌신짝처럼 집에서 몰아냈지. 아이기스토스와의 잠자리에서 딴 자식을 만드느라, 나와 오레스테스는 의붓자식 다루듯 해 버렸단 말이야.

농부 아니, 이 가엾은 이. 당신은 나를 위해 이런 고역까지 치르는 것이오. 고생 모르고 고이 자라 온 사람인데 내가 그렇게 말해 주어도 당신은 번번이 역정을 내고 말을 듣지 않는군.

엘렉트라 당신의 그 마음씨, 하느님 못지않게 다정한 분이라고 생각해요. 내가 불행한 꼴을 당하고 있는데도 조금도 내 마음을 상하게 하지 않은 분이니까. 사람은 고통을 당할 때 친절한 의사를 만나면 얼마나 다행인지 몰라. 당신에 대한 지금의 내 처지가 바로 그것, 당신이 시키든 말든 내 힘닿는 데까지는 일을 덜어 드리고 싶어요. 조금이라도 내가 거들어 드리는 게 당신의 부담을 가볍게 해드리는 것이니까요. 바깥 것만 해도 당신 일은 많아요. 집안을 깨끗이 치우는 것은 응당 내가 할 일입니다. 일을 마치고 집에 돌아왔을 때, 집안이 깨끗하게 치워져 있는 것을 보면 즐거운 법이지요.

농부 그래 그렇게 돕고 싶다면 가 보오. 우물은 여기서 그리 멀지 않으니까. 먼동이 트는 대로 나는 소를 들로 내보내고 밭을 갈기 시작하겠소. 게으른 인간이 아무리 입 안에서만 하느님 이름을 되뇐다 해도 일하지 않고서는 살림을 이루지 못하는 법이니까.

(두 사람 다 같이 무대 오른편으로 총총 퇴장. 산길 쪽에서 오레스테스와 필라데스가 빠른 걸음으로 눈치를 살피면서 등장, 주위에 아무도 없음을 알고 마음을 놓는다.)

오레스테스 필라데스, 자네는 누구보다도 충심으로 나를 위해 주는 사람이야. 진정한 내 친구이지. 아이기스토스 때문에 이렇게

195

모진 고생을 하는 이 오레스테스에게 내 친구 가운데 자네만이 진실하게 대해 주고 있어. 그 아이기스토스가 우리 아버님을 죽였지……. 그 녀석과 내 부정한 어머니가 같이 짜고 말이야. 나는 남몰래 신의 뜻을 받아 이 아르고스의 국경에 왔어. 내가 여기 온 줄 아무도 모르지. 내 아버님을 죽인 인간들에게 그 죽음의 보복을 해주기 위해서 말이야. 간밤에는 아버님 산소를 찾아 애도의 눈물을 쏟고, 내 머리칼을 잘라 묘전에 바치고, 양을 잡아 그 피를 의식대로 무덤 위에 뿌렸는데, 다행히 이 땅을 다스리는 압제자 무리에게는 들키지 않았네.

성안에는 발을 들여놓지 않겠어. 내가 이 국경의 땅을 찾은 것은 다 이유가 있어. 말하자면 일석이조를 노린 것이라 할 수 있지. 첫째, 누구든 내 정체를 알아내는 인간이 있다 할 때 쉽사리 다른 나라로 달아날 수 있기 때문이고, 둘째는 내 누이를 찾기 위해서야. 왜고 하니, 들리는 소문에 누이는 이미 결혼을 해서 살림살이에 익어 여기서 시집살이를 하고 있다는 것이네. 나는 그 누이를 만나고 싶어. 그래서 같이 손을 잡아 원수를 갚아야겠고, 성안의 소식도 확실한 것을 듣고 싶단 말일세.

자아, 먼동이 트기 시작해. 그 흰 얼굴을 드러내 보이고 있으니 우리도 이 발자국을 지우고 여기를 뜨기로 하세. 누구, 밭 가는 농부나 오막살이 아낙을 만나면 이 산속 어디엔가 내 누이가 살고 있는지 슬그머니 물어볼 수도 있겠지.

이크, 가만있자. 저기 하녀 비슷한 사람이 짧게 깎은 머리 위에

196

물동이를 이고 오고 있군. 물동이가 힘에 겨워 보이는데. 자아, 여기 앉아 저 여자종에게 물어보기로 하세, 필라데스, 이젠 듣게 될는지 몰라. 우리가 이 고장까지 오면서 바라고 바라던 그 소식을 말일세.

(두 사람, 오막살이 앞 제단 뒤에 몸을 감춘다. 엘렉트라, 물동이를 이고 길을 돌아오고 있다. 소리 내어 노래 부르며 반은 춤추는 듯한 걸음걸이)

엘렉트라 (읊음)

아아, 발걸음을 재촉해야지, 벌써 시간이 되었는걸.

한 걸음 한 걸음 눈물에 젖어 울음에 젖으면서

아아, 이 슬픔.

아가멤논의 아이로 태어난 나.

그러나 배어 준 몸은 클리타이메스트라,

틴다레오스의 그 지긋지긋한 딸.

아르고스의 사람들은 내 이름을 잘 불렀어

가엾은 엘렉트라라고.

이 고된 삶 슬프기도 해라

이 역겨운 삶 슬프기도 해라.

저승에 누워 계신 아버님,

당신의 아내와 아이기스토스의 손에 걸려 난도질당한

오오, 아가멤논.

자, 저 슬픔을 다시 일깨워

내게 눈물 속에 다시 젖게 해 다오.

아아, 발걸음을 재촉해야지, 벌써 시간이 되었는걸.

한 걸음 한 걸음 눈물에 젖어 울음에 젖으면서

아아, 이 슬픔.

어느 고을, 어느 지붕 아래, 아아, 내 동생!

슬픔을 안고서 너는 걷고 있느냐?

그 저주의 궁전에다 이 몸일랑 갇힌 채 버려두고

이 누일랑 슬픔 속에 잠겨 놓고.

아아, 제우스여! 오시어 이 몸을 풀어 주소서.

이 고생을 풀어 주시고 불쌍히 여기시어 구해 주옵소서.

제우스여, 저희 아버님이 원통하게 흘린 피의 복수를 위해

악한 자에게 벌을 내리시고

길 잃은 나그네를 아르고스에 정착시켜 주소서.

이 항아리를 내 머리에서

받아 거기다 내려 주세요.

아버님을 향한 밤마다의 슬픔의 노랫소리를 울리는 거예요.

아버님, 저승의 노래 죽음의 곡조를

지하에 계신 당신을 위해 목이 터져라고 노래합니다.

끝없는 나날을 두고 통곡합니다.

내 목에는 손톱을 세우고

삭발한 머릴랑 주먹으로 치면서 당신의 죽음을 통곡합니다.

아, 이 얼굴 쥐어뜯고파!

메아리는 저 백조의 노래인 양

그물에 걸려 죽어 가는 백조의

그립디 그리운 아버님을 향한 외마디 슬픔의 노래인 양

아버님, 당신을 슬퍼해

이 몸은 죽는 듯 몸부림치나이다.

이 몸이 잠긴 물은 이 세상 하직의 목욕물

처량타 못한 이 고요, 죽음의 졸음

아아, 이 슬픔!

무정하도다 그 도끼, 그 피 뿜던 상처

당신이 트로이에서 돌아오신 길이

그들의 계략의 그물 속이었다니, 아아, 무정하도다.

아내 된 사람이 당신을 받아들인 것은

승리자의 표시도 머리에 걸 화관도 아니라

쌍날의 비수, 아이기스토스의 흉악한 장난감이었나이다.

그 흉측한 정부에게 당신을 넘겨주기 위한 계략이었나이다.

(아르고스 농가의 여자들로 구성된 코로스 등장, 엘렉트라 앞에 둘러선다.)

코로스 공주님, 아가멤논의 따님이신, 엘렉트라여.

우리가 왔습니다.

당신을 만나 보러 이 시골 마당에,

여기 지나간 사람이 있습니다, 지나간 사람이.

미케네 산중에서 젖을 먹고 자란 사람이.

그이 전갈로는 지금부터 사흘째 되는 날에

아르고스 사람들의 축제가 벌어진다는 소문.

아가씨들은 헤라의 제전으로 간다는 것입니다.

엘렉트라 벗들이여, 나는 불행한 여인,

번쩍이는 의상도 화려한 금팔찌도

이 내 마음을 즐거움으로 동하게 할 수 없다오.

나는 슬픈 여인, 아가씨들과 더불어

합창의 즐거움에 젖거나

박자에 맞춰 발을 구르는 짓을 할 수 없다오.

차라리 눈물과 더불어 밤과 낮을 지새우고

슬픔과 불행 속에 마음을 적실 것이오.

이 더러운 머리칼을 보세요.

이 누더기가 되어 버린 옷을 보세요.

생각해 보아요,

이것이 공주, 아가멤논의 딸에게 합당한 것인가를,

아니 그들을 정복한 나의 아버님을

결코 잊지 않을 저 트로이의 여인에게라도 합당할 것인가를.

코로스 헤라 여신은 위대하십니다.

자아, 갑시다.

우리가 그대에게 입을 옷을,

비단 의상을 빌려 드리죠.

그리고 축젯날 번쩍일 금패물도

제발 그렇게 해주세요, 네?

마냥 하느님을 공경하지 않은 채

눈물에만 잠겨 있다 해서 원수를 갚을 수 있다고 생각하세요?

아니에요, 한숨짓는 것만으로는 안 돼

기도와 하느님에 대한 공경만이

당신에게 착실한 나날을 가르쳐 줄 것이오.

엘렉트라 하느님? 어느 한 분도

나의 의지할 곳 없는 슬픔을 들어 주지 않았어.

살해당하신 아버님을 똑똑히 보아 주지 않았어.

슬프도다, 비명에 돌아가신 아버님, 살아서 유랑의 몸이 된
동생

왕자로 태어난 고귀한 몸이 어느 낯선 이국 땅에 갇혀

심부름꾼의 천한 자리를 여기저기 얻어 다니면서

허송세월하고 있는 신세가 가엾어라.

그리고, 이 몸! 하루살이 농사꾼의 오막살이에서

기우는 해와도 같이 헛되게 보내는 신세.

어버이의 집에서 쫓겨나 길이 막힌 채

이 산간벽지로 귀양살이,

그런데 어머니는 그 피 묻은 침대에서 몸을 굴리며

남의 사내와 희롱을 하고 있다니.

코로스장 헬레네처럼……. 그리스 사람에게, 그리고 그대 집안
에 크나큰 고통을 가져온 것은 바로 그대 어머니의 동생 헬레네

탓이라오.

엘렉트라 아아, 여러분이여, 이 몸은 가슴에 벅찬 슬픔으로 터질 지경이오. 저것 봐, 웬 낯모르는 사나이가 집 가까이서 제단 곁에 웅크리고 앉아 불시에 달려들듯이 일어서고 있어요. 다들 도망쳐요. 당신들은 저쪽 길로, 나는 집 안으로 뛰어들 테니 빨리 달려서 이 도둑놈들에게 붙잡히지 않게 해요.

오레스테스 이봐 가만있어, 겁낼 것 없다니까. 우린 해치지 않아.

엘렉트라 아폴론 신이여, 살려 주세요.

　무릎을 꿇고 빕니다. 제발 목숨만은 살려 주세요.

오레스테스 아무렴, 목숨을 빼앗으려면 그대보다 훨씬 미운 녀석이 따로 있소.

엘렉트라 나가 주세요. 손대지 말아요. 내 몸에 손댈 권리가 당신에겐 없어요.

오레스테스 내가 손을 댈 권리가 있는 사람치고 그대보다 더한 사람이 없소.

엘렉트라 왜 칼을 손에 쥐고 우리집 가까이에 숨어 있죠?

오레스테스 가만히 내 말 좀 들어 보시오. 듣고 나면 내가 여기에 있을 권리가 있다는 것을 인정하게 될 거요.

엘렉트라 어차피 나는 당신 손아귀에 들어 있어. 당신이 더 힘이 세니까.

오레스테스 내가 여기 온 것은 당신 아우님의 전갈을 전하려고 왔소.

엘렉트라 고마우신 손님! 동생은 살아 있습니까? 아니면 죽은 몸입니까?

오레스테스 살아 있습니다. 우선 반가운 소식부터 전해 드리고 싶으니까요.

엘렉트라 이런 희소식을 전해 주시다니! 하느님의 축복이 당신께 있으시기를.

오레스테스 그 축복일랑 나 혼자만이 아니라 우리 둘이 나눠 갖고 싶습니다.

엘렉트라 동생은 지금 어디 있죠? 불쌍하게도 그 모진 추방객의 신세를 벗어나지 못하고서 말이에요.

오레스테스 그는 유랑하는 비참한 몸, 어느 도시의 규범에도 따르지 못하고 있습니다.

엘렉트라 말해 주세요. 하루하루의 생계를 꾸려 나가는 데도 궁한 처지가 아닌가요?

오레스테스 호구지책을 세우고 있으나 추방당한 처지, 언제나 굶주림을 면치 못하고 있죠.

엘렉트라 전갈을 갖고 오셨다고 했는데, 어떤 기별인가요?

오레스테스 당신의 생사를 알아보고자 하며, 어디 살고 계시는지, 그리고 현재의 처지는 어떤지를 알고 싶어하는 것입니다.

엘렉트라 지금 눈앞에 보고 계시는 바로 이 꼴입니다. 첫째, 메마르고 못쓰게 된 이 몸뚱어리……

오레스테스 슬픔과 고통에 시달린 까닭이오. 오직 탄식뿐이군요.

엘렉트라 그리고 이 머리, 스키티아 인 포로처럼 박박 깎였어요.

오레스테스 살아 있는 아우의 처지와 돌아가신 아버님 생각에 가슴을 쥐어짜고 계시군요.

엘렉트라 아아, 그이밖에 내게 누가 있겠어요? 내가 아끼는 사람이라곤 그이밖에 없어요.

오레스테스 제 가슴이 멥니다. 당신의 아우인들 당신 이외의 누구를 아끼겠습니까?

엘렉트라 하지만 여긴 없는걸요. 동생은 나를 위해 주죠. 하지만 여기엔 없어요.

오레스테스 왜 도시를 멀리 떠나 이런 곳에서 살고 계시죠?

엘렉트라 결혼했으니까요. 생소한 사람과 죽은 것이나 다름없는 결혼이죠.

오레스테스 아우에게는 반갑지 않은 소식이군요. 남편은 미케네 사람입니까?

엘렉트라 하지만 아버님께서 저를 결혼시키려던 사람은 아니에요.

오레스테스 말씀해 주세요. 잘 들어서 당신 아우에게 전해 드리겠습니다.

엘렉트라 이 집이 그이의 집이에요. 여기 아주 외딴곳에서 살고 있어요.

오레스테스 도랑 파는 일꾼이나 소 치는 머슴이 살기 딱 알맞은 집이구려.

204

엘렉트라 가난한 사람이에요. 하지만 예절은 있어요. 나를 점잖게 대해 준답니다.

오레스테스 '점잖게'라니? 그 말을 당신 남편께선 어떤 뜻으로 알고 있나요?

엘렉트라 잠자리에서 한 번도 내게 손을 대거나 거칠게 대하는 일이 없어요.

오레스테스 순결을 맹세했나요? 아니면 당신이 마음에 들지 않아서인가?

엘렉트라 왕족의 피를 욕보이지 않고 싶은 거예요.

오레스테스 그렇게 분수에 넘치는 결혼을 했는데도 어찌 즐겁지 않았을까?

엘렉트라 나를 치워 버린 인간이 그 자격이 있다고 생각지는 않으니까요.

오레스테스 알겠소. 언젠가는 오레스테스에게서 복수를 당할까 두려워한단 말이죠?

엘렉트라 그래요. 그걸 두려워하죠. 하지만 그이는 천성도 역시 점잖은 사람이에요.

오레스테스 아, 그래요. 당신 말씀대로 하면 아주 훌륭한 신사로군요. 우리 쪽에서도 인사를 톡톡히 해주어야겠어요.

엘렉트라 아무렴요. 지금은 없지만 동생이 집에 다시 돌아오는 날에는 말이에요.

오레스테스 당신의 어머님께서는 이 결혼에 대해서 별 반대가 없으셨겠군요?

엘렉트라 여자란 있는 정을 모두 사내에게 바치지 자식에게 쏟지는 않습니다.

오레스테스 아이기스토스의 속셈은 무엇이었을까요? 당신을 이렇게 욕보여서.

엘렉트라 이렇게 해치워 버리면 내가 낳은 자식이 소용없는 인간이 되기를 바란 거죠.

오레스테스 그래서 당신의 자손이 그자에게 원수를 갚을 수 없게 말이죠?

엘렉트라 그게 그자의 소원이었어요. 제발 그자가 이 벌을 톡톡히 받았으면 싶군요.

오레스테스 당신 어머님의 사내란 그 작자는 당신이 아직도 처녀의 몸이란 걸 알고 있습니까?

엘렉트라 아니, 모르고 있어요. 우리는 서로가 모두 남들에게 알리자 않고 결혼 생활을 하고 있죠.

오레스테스 그럼 이 아낙네들은 우리 이야기를 엿듣고 있는데 모두 우리 편입니까?

엘렉트라 걱정 없어요. 우리가 한 이야기를 속으로만 알고들 있을 거예요.

오레스테스 만약 아르고스에 돌아온다면 대체 오레스테스가 해야 할 일이 무엇이겠습니까?

엘렉트라 '만약' 이라고요? 듣기조차 싫은 말이군요. 때가 당도한지 이미 오래죠.

오레스테스 하지만 돌아온다손 치더라도, 어떻게 아버지를 죽인 자들을 죽일 수 있을까요?

엘렉트라 아버님께서 당하셨듯이 원수들도 단단히 당하게 해야 해요.

오레스테스 어머니와 사내를 다 같이 말입니까? 그렇게 대담하게 할 수 있을까?

엘렉트라 그래요, 똑같은 도끼로 말이에요. 아버님을 죽음에 이르게 한 바로 그 도끼로 어머니를 해치우는 거예요.

오레스테스 그럼 그 말씀을 전해도 좋겠죠, 당신이 얼마나 단단하게 결심하고 있는가를?

엘렉트라 네, 이야기해 줘요, 어머니의 피를 본다면 그 속에서 내가 죽어도 좋다고.

오레스테스 아아, 오레스테스가 여기 와 있어 이 말을 듣는다면 얼마나 좋았을까.

엘렉트라 하지만 난 만나도 잘 알아보지 못할 거예요.

오레스테스 아무렴요. 두 사람은 아주 어릴 때 헤어졌으니까.

엘렉트라 내 쪽으로는 딱 한 사람밖에 없어요, 얼굴을 알아볼 수 있는 이가.

오레스테스 죽을 뻔한 것을 몰래 살려 주었다는 그 사람 말씀이죠?

엘렉트라 그래요. 아주 늙은이에요. 아버님을 키워 드릴 적에도 이미 늙었을 때니까요.

오레스테스 당신 아버님께서 돌아가셨을 때 장사는 지내셨습니까?

엘렉트라 그게 장사라면 장사는 지냈죠. 바깥 땅바닥에 그냥 던져 버렸으니까요.

오레스테스 아아, 참을 수 없군. 지금 말씀하신 이야기, 남이 들어도 참을 수 없이 가슴 아프게 골수에 사무치는군요. 남은 이야기도 마저 해주십시오. 그걸 다 내 마음속에 챙겨서 아우 오레스테스에게 전하리다. 듣기에 하나도 반가울 리 없는 이야기만 듣고는 그냥 배길 수 없을 것이오. 무지몽매한 인간들이야 불쌍하다는 동정의 마음 한 점 없겠지만, 우리들 지혜 있는 인간은 그것이 많이 너무나 사리의 판단을 잘하기에 비싼 대가를 치르는 수도 있으니까요. 지혜는 고통을 불러오는 것이오.

코로스장 우리들 마음속에도 이 나그네처럼 듣고 싶은 충동이 솟구칩니다. 나는 도시에서 멀리 떨어져 살고 있어서 거기서 무슨 일이 벌어졌는지 통 알지 못합니다. 자아, 그 이야기를 꼭 들려주실까요?

엘렉트라 꼭이라고 하신다면 들려 드리죠. 아니 꼭 들려 드려야겠습니다. 나를 사랑해 주시는 여러분들이니까, 내 운명 나의 아버님의 운명이 얼마나 견디기 힘든 것이었는가를 이야기하게끔 하셨으니까, 제발 오레스테스에게 나의 모든 불행이자 그의 불행인 이 이야기를 전해 주세요. 먼저 내가 어떤 남루한 옷을 걸치고 짐승 같은 생활을 하고 있으며, 때와 먼지에 이 살갗이 더러워져 있는가를 알려 주세요. 왕궁에서 기거하던 내가 이 오막살이를 내 집으로 삼고 있는 그 광경을 알려 주세요. 옷은 내가 손수 짜 입고 베틀 앞에 매달려 천덕꾸러기처럼 일하지 않으면 입을 옷 하나 없이 벌거숭이로 지내야만 한다고, 개천에 가서 물을 길어 이고 와야 하고, 제삿날 잔치 구경도 못 가고 춤도 출 수 없고, 처녀의 몸이니 아낙네들 틈에 낄 수도 없고, 그렇다고 카스토르 생각을 하기도 안됐다고요. 그는 제신들 사이에 한몫 끼게 되기 전에는 무척 촌수가 가까웠고, 또 나를 사랑한 적도 있는 분이에요.

그런데 내 어머니는 프리기아산 양탄자를 깔고 옥좌에 앉아서 호화롭게 지내고 있어요. 아버님께서 트로이 공략 때 데려온 아시아의 여자 종들에게 이다 산의 흰 눈 같은 모직 옷을 입히고 황금 브로치를 끼게 하여 자기 옥좌의 사방에다 시립케 하고 있어요. 아직도 사방 벽과 마루에는 아버지가 흘리신 피가 검푸르게 녹슬어 붙어 있는데 아버님을 살해한 사내는 아버님의 수레를 타고 버젓이 나다니고 있어요. 아버님께서 그리스의 장군들을 지휘하던 지휘봉을 피비린내 나는 그 손이 치켜들고 위엄을 자랑하고 있답니다.

한편, 아가멤논의 무덤은 공경을 받지 못하고 있어요. 성수聖水도, 천인화天人花 도금양桃金孃의 파란 가지도 묘전에 받들어지는 일이 없고, 제물 한 가지 보기 힘든 상태 그뿐이에요. 어머니의 정부 그 잘난 사내는 취중의 발작으로 봉분 위에 뛰어올라 아버님의 묘비에다 바윗돌을 던지고는 기고만장한 끝에 이쪽을 보고 감히 이렇게 고래고래 소리치기도 한답니다. '네 아들 오레스테스는 어디 있지? 그 잘난 젊은이가 언제 와서 네 무덤을 보호해주지?' 하고요. 허공을 보고는 마구 욕지거리예요.

친절한 손님, 제발 이 이야기를 모두 해주세요. 집으로 돌아오라고 부르는 소리는 하나 둘이 아니에요. 이 손, 이 발바닥, 이 슬픔에 우는 마음과 죽음을 애탄하여 짧게 깎아 버린 머리와, 그리고 그 아이 아버지가 부릅니다. 나는 그 모든 것을 대신할 뿐이에요. 트로이를 쳐부순 아버지의 바로 그 아들이 사람 하나 단번에 죽일 수 없다면 염치없는 노릇이에요. 기운은 더 젊고 피는 더 끓어오르는데도.

코로스장 엘렉트라, 저기 보아요. 당신 남편이 오고 있군요. 들일을 마치고 이제 집으로 돌아오는 길이로군요.

(농부, 다시 등장)

농부 아니, 우리 집 문간에 서 있는 저 낯선 사람들은 누굴까? 이 시골 구석까지 일부러 찾아온 용건은 뭣일까? 내게 뭘 바라고 이렇게 찾아온 것일까? 젊은 남자와 서서 얘기를 주고받다니 어디 여편네가 할 일인가.

엘렉트라 여보, 저를 조금도 의심할 건 없어요. 곧 사실대로 전부 이야기를 해드릴 테니까요. 이분들은 오레스테스의 새로운 소식을 갖고 심부름을 온 것이에요. 손님들, 용서하세요, 이이가 방금 말한 것을.

농부 무슨 소식이지? 오레스테스는 지금도 살아 이 세상 빛을 보고 있는가?

엘렉트라 네, 그렇다는군요. 그리고 그 이야기를 믿지 않을 수가 없어요.

농부 그는 여태 자기 아버님이나 당신의 불행에 대해 잊고 있지는 않겠지?

엘렉트라 그러길 바라오. 하지만 추방된 몸인데 얼마나 힘이 될라고요.

농부 하지만 그의 계획이란 뭘까? 이분들이 그 소식이라도 갖고 왔을까?

엘렉트라 내가 겪는 불행을 직접 보고 오라고 해서 오셨대요.

농부 그럼 직접 보지 못하는 것은 당신이 이야기로 다 해드렸겠지?

엘렉트라 이제 다 아세요. 조금도 모자람이 없도록 두루 말씀드렸어요.

농부 그럼 왜 진작 문을 활짝 열어 이분들을 맞이하지 않았소? 자아, 안으로들 들어오십시오. 희소식을 갖고 온 보답으로라도 변변치 못하나마 대접해 올리겠습니다. 그 짐들을 안으로 나르고 창도 갖고 들어가도록. 자아, 사양은 마십시오. 손님들은 내게 절친한 친구 양반들이오. 비록 가난하여 무일푼이나 예의에서는 결코 가난하지 않을 것이외다.

오레스테스 정말이지 바로 이분이 거짓 결혼을 해주신 분인가요?

오레스테스에게 욕되게 하지 않겠다면서?

엘렉트라 그래요. 남이 가련한 저의 남편이라고 알고들 있는 바로 그분이에요.

오레스테스 생각해 보면 인간의 타고난 본성이란 뒤죽박죽이어서 착한 것을 찾으면서도 정작 만나면 알지 못하는 모양이지. 지금까지도 자주 보아 왔지. 훌륭한 가문의 자손이 자라 쓸모없는 인간이 되고, 반대로 비겁자 아비한테서 용감한 자식이 생겨나는 것을. 부유한 인간의 마음속에 오히려 양식이 모자라 쩔쩔매는가 하면 가난한 사람의 몸속에 고매한 정신이 깃들어 있는 수도 있다.

그렇다면 분별의 방도는 무엇이며, 어떤 척도를 써야 할 것인가? 재산으로 잰다? 그렇다면 마음의 가난을 뜻할밖에. 가난으로 잰다? 허나 가난이 지니고 있는 한 가지 것은 핍박한 처지, 어찌 할 수 없이 악을 가르쳐 주게 되지. 싸울 때의 용맹? 하지만 실전에 임하여 창이 날아드는데 어찌 전우의 용기를 증언할 만큼 견뎌 낼 수 있을까? 이런 판단의 척도란 마구 바람에 날려 버리는 것이 상책일걸.

여기 이 사람은 아르고스 사람 사이에서 큰 인물도 아니거니와 남이 보기에 가문이 두드러진 사람도 되지 못해. 기껏 대중 속의 하나에 지나지 않지만 우리는 이이를 대표적 존재로 택하겠다. 그대 속이 텅 비고 남들의 의견만을 좇아다니는 인간들. 아, 인간이 고귀한지 아닌지는 오직 친구와의 사귐, 당자의 예의범절 여부에 달려 있음을 깨닫지 못하는가? 이런 예의바른 사람이 우리의 도시건 가정이건 잘 다스릴 수 있다. 근육이나 발달했지 머리통이 텅 빈, 집안 좋은 멋쟁이란 공원의 조각상감밖에는 써먹을 데가 없지. 싸움터에서도 몸이 약한 사람보다 더 강하다고는 할 수 없다. 왜냐하면 용맹심이란 성격의 힘에서 오는 것이니까.

비록 여기 계시건 안 계시건 간에 아가멤논의 자제분이라면 응당 대접받을 만할 것이니 우리가 대리로 온 이상 폐를 끼치기로 하고 쉬어 가겠습니다. 자아, 안으로 들어갈 수밖에 없다. 비록 가난한 살림이나 정성으로 대접하겠다는 그 마음, 부잣집 손님이 되기보다 더 반갑구나. 이렇게 따뜻한 손님맞이 여간 고마운 것이 아니지만, 아우님께서 운이 좋아 그 뒤를 따라 좀더 잘 사는 집으로 안내받았던들 얼마나 더 좋았을 것인가! 아니 그는 이리로 올는지 모르지. 인간의 점이야 아예 곧이듣지 않는 게 좋지만 아폴론의 신탁을 어찌 어길 수 있을까 보냐.

(오레스테스와 필라데스, 집 안으로 들어간다.)

코로스장 엘렉트라여, 이제 어느 때보다도 우리들 마음은 기쁨에 들뜨고 훈훈해 오는 느낌이오. 아마 이제야 그대의 운명이 험난한 고비를 넘어 영광의 목표에 이르는 것 같소이다.

엘렉트라 당신은 앞뒤를 생각하지 않아요. 집안 꼴이 말이 아닌 줄 알면서 왜 손님들을 끌어들이죠? 그분들은 당신보다 태생이 나은 사람들이라는 걸 모르세요?

농부 왜냐고? 사실 그분들이 보기와 같이 의젓한 분이라면 이쪽의 대접이 적든 말든 개의치 않을 것이 아니겠소.

엘렉트라 적다고 당신이 먼저 이야기해 놓고는, 아무튼 일은 저질러 놓았으니 빨리 갔다 와요. 아버님이 사랑하시던 늙은 하인에게로. 그이는 수도를 멀리 쫓겨나 지금 아르고스 땅이 스파르타 나라와 경계를 이루는 저 타나오스 강가에서 양 떼를 치면서 살고 있을 거예요. 가서 그이에게 이런 이런 손님이 찾아왔노라고 이르고 만만찮은 손들이니 음식 거리를 갖고 와 달라고 부탁하세요. 그이도 틀림없이 반가워할 것입니다. 옛날 자기가 구해 준 아이가 무사하다는 것을 들으면 하느님께 감사를 드릴 거예요. 그리고 어차피 아버님의 옛집에서는, 그 어머니에게서는 아무런 도움도 청하지 못할 테니까요. 그뿐인가, 오레스테스가 살아 있다는 소식을 어머니가 들어 보세요. 제아무리 담대한 인간이라도 그 귀가 쓰리고 아플 거예요.

농부 그게 좋다면 가지. 가서 당신의 부탁을 그 늙은이에게 전해 주겠소. 그건 어떻든 당신은 빨리 집 안으로 들어가 우선 있는 것만이라도 채비를 하구려. 여편네란 일단 일을 당하면 상을 차릴 음식이 언제고 눈에 뜨이는 법이니까.

(엘렉트라, 집 안으로 들어간다.)

집에는 먹을 것이 통 없지만, 그러나 적어도 하루 동안은 손님의 배를 채워 드릴 수 있어.

그러나 이럴 때일수록 마음만 앞섰지 힘이 자라지 못할 때 생각나는 것은 금전의 힘이지. 손님에게 쓸 돈의 힘, 몸이 불편할 때 의사에게 치러 줄 돈의 힘, 하지만 매일의 끼니를 위해서는 큰 돈이 소용되는 것은 아니야. 그 배를 채우는 데 부자와 가난뱅이를 분간할 수야 없어.

(농부, 오른쪽으로 퇴장)

코로스 (노래)

오오, 영광의 배들이여[3],

일찍이 그 수없이 노를 저어 트로이 땅에 간 적이 있었지

바다의 신 네레우스의 딸들[4]의 춤과 노래에 맞춰서.

그때, 그 피리 소리 따라

돌고래가 짙푸른 뱃머리를 돌면서 파도 위를 뛰놀았다.

그 테티스의 아들, 발걸음도 가벼운 아킬레우스를

아가멤논과 같이 트로이의 시모이스 기슭으로

하루빨리 데려다 주기 위해.

네레우스의 딸들은 에우보이아의 갑뼈을 지나

헤파이스토스의 보루에다 벼린

황금으로 만든 육중한 이 방패와 갑옷을 가지고 가는 길이었다.

펠리온 산을 넘고 오사 산[5]의 계곡

깊디깊은 님프가 사는 망대 바위를 건너

그 젊은이[6]를 찾아다녔다.

그곳에서 기마의 명수인 늙은 그의 아버지가

젊은이를 가르치고 있었다.

215

그리스의 서광이 될,

바다에 사는 테티스의 아들 아킬레우스를

준족駿足의 주자走者로 만들기 위해.

언젠가 나는 들은 적이 있다.

아르고스 가까운 나우플리아 항구에 끌려온

어느 트로이의 포로에게서

그대 테티스 여신의 아들, 그대의 화려한 방패 이야기를.

동그란 사방에 표지와 그림이 문장으로 아로새겨져

프리기아[7] 사람들의 두려움인 그 방패를,

그 육중한 가장자리에 새겨 놓은 페르세우스의 그림,

고르곤의 몸뚱어리에 머리를 싹둑 잘라 들고

나래를 타면서 바다를 나는 광경,

그리고 제우스 신의 천사,

위대한 마이아의 아들인 저 헤르메스도 같이 있었다.

그 방패의 굽어진 한가운데

찬란하게 드높이 빛을 내는 태양이

날개 달린 말을 몰고

하늘 높이

별들의 합창대가 서고 플레이아데스, 히아데스가 있어

헥토르도 그것을 보자 길을 피해 달아났다던가?

금박으로 세공된 투구에는

노랫소리에 홀려 사로잡힌 짐승에다

발톱으로 할퀴는 스핑크스,

그리고 갑옷의 정강이 받이에는 불을 뿜는 암사자가

펠레네의 망아지를 돌아다보며 쏜살같이 질주하는 광경.

피투성이 칼날에는 말굽 소리 드높이 하늘에 뛰어오른다.

그 시꺼먼 등 너머로 먼지가 자욱하니

이렇게 씩씩한 무사의 대장 되는 사람[8]을,

틴다레오스의 딸[9]이여,

그대는 정욕과 죄악으로 죽음에 이르게 하였느니,

이 흉악한 짓으로 하여 하늘의 신들은

그대를 사자의 무리 속에 몰아넣을 것이다.

장차 어느 날엔가 무쇠 칼을 받아

그대 목에서 시뻘건 피가 돋는 광경을 나는 볼 것이다.[10]

(노인 혼자 오른편에서 등장, 숨이 차서 헐떡이는 시늉을 한다.)

노인 어디 계시옵니까, 우리 아가씨 공주님, 이 몸이 키워 드린 아가멤논의 아기께서는? 아이고 몹시 힘이 드는군. 어떻게나 올라오는 길이 가파르고 험한지 늙은 몸에 다리가 휘청거려 오르기가 힘이 드외다. 하지만 어느 분의 부르심이라고, 구부러진 허리를 펴고 무릎을 곤두세워서라도 와야 합죠.

(엘렉트라, 집 안에서 나온다.)

아, 저기 계시는군. 아가씨께서 저 문간에 나와 계셔. 이 늙은이가 왔소이다. 아가씨를 위해서 제가 키우는 양 가운데에서 갓난 새끼 한 놈을, 이것 보시오. 겨우 젖 떨어진 놈을 뽑아 왔소이다. 그리고 화관도 만들어 오고, 깨끗한 치즈도 썰어 왔습니다. 그뿐인가요, 이 오래 묵은 포도주, 디오니소스 신의 선물, 코끝에 닿는 향긋한 냄새를, 그저 조금만 더 약한 술에다 넣어 보세요, 아주 별미가 납죠. 자, 누굴 시켜 이것을 안으로 가져가 손님께 드리게 해주십쇼. 이놈은 눈물이 나와 얼굴부터 닦아야겠군요. 어디 이 누더기 옷으로라도 눈을 닦아야지.

엘렉트라 할아범, 왜 그래요? 온통 눈물에 젖어 있군요. 이미 잊은지 오래된 이 몸의 슬픔이 새삼스레 할아범에게 생각났단 말인가? 아니면 고향 땅을 쫓겨 이곳저곳을 헤매는 오레스테스의 가련한 신세 탓인가? 아니면 아버님 생각? 할아범의 두 손으로 키우고 도와 드렸는데도 아무런 보람 없이 떠나가신 아버님 때문에?

노인 헛되게 돌아가셨고말고요. 이 일만은 이놈이 참을래야 참을수 없소이다. 방금도 여기 오는 길에 그분 산소에 들렀소이다. 외롭고 처량한 무덤 앞에 엎드려 울음을 터뜨리고 오는 길이올시다. 마침 가져온 이 부대의 술이 있어 그것을 풀어 제주 삼아 봉분에 뿌리고 상석에 천도양 꽃을 헌화하였소이다. 한데, 보니까 이상하지 않겠습니까. 제단 위에 제물로 쓰인 검은 털에 칼이 들어간 목에서 흐르는 피가 아직도 따뜻한 채 묻어 있고, 또 갈색의 고수머리칼이 잘려서 성묘의 표적으로 얹혀 있는 것이 아니겠소이까. 이놈은 곰곰 생각해 보았습죠. 이상한 일도 있구나 하고. 대체 이 산소에 성묘하러 오다니 세상에 간 큰 인간도 있구나 하고 말이외다. 아르고스 사람으로 그럴 인간은 없을 테니까요. 그렇다면 이건 아마 아가씨의 아우님, 혹시나 몰래 돌아와 잠시 발을 멈추어 당신 아버님의 그 쓸쓸한 무덤을 찾아오신 것이 아니겠사옵니까? 이 머리칼을 아가씨 것과 비교해서 잘 보십쇼. 어디 빛깔이나 생김새가 꼭 닮지 않았나 보십쇼. 한 아버지 핏줄에서, 비록 갈래가 달라져도 마치 쌍둥이처럼 비슷비슷하다는 일이 많지 않습니까.

엘렉트라 할아범, 그건 할아범처럼 영리한 사람의 말 같지 않아요. 대체 내 동생이 아이기스토스 따위를 두려워해서 이 땅에 오는 데도 몰래 숨어 들어오는 쓸개 빠진 사나이라고 생각되오? 뿐만 아녜요. 두 사람의 머리칼이 꼭 닮으라는 법이 어디 있어요. 한쪽은 남자의 것이라 씨름이다 경주다 하여 짧게 깎아 올리고, 다른 쪽은 여자의 머리칼이라서 늘 빗질을 해 온 것인데. 그럴 수가 없어요. 같은 보금자리가 아니라도 같은 모양의 새가 얼마든지 있는 법이요, 같은 피를 받지 않아도 얼마든지 닮을 수 있는 거예요.

노인 그렇다면 저 발자국에 아가씨 발을 맞춰 보십쇼. 자, 해보십쇼, 딱 들어맞지 않는가.

엘렉트라 그런 터무니없는 말이 어디 있담. 이 돌투성이 땅 위에 어떻게 발자국이 난단 말이에요. 설사 난다 하더라도 두 사람의 발이 어떻게 같을 수가 있겠어. 이쪽은 여자, 저쪽은 남자인데, 아무렴 남자 발이 크겠지.

노인 그럼 모처럼 아우님께서 여기 오셨다 해도 알아볼 길이 없군요……. 아가씨께서 손수 짠 그 천, 그것으로 제가 아우님을 싸서 몰래 구해 냈습니다만 그 천의 올이나 무늬 가지고 알 수는 없을까요?

엘렉트라 오레스테스가 이 나라를 떠나 귀양길에 나섰을 때, 내가 아주 어렸다는 것을 할아범도 알고 있지 않아요. 설사 내가 손수 짰다고 하더라도 그때는 어린아이였는데, 지금도 같은 옷을 입고 있을 리가 없지 않아요. 어디 옷이 몸집과 함께 자꾸 커져 간다면 몰라도. 아마 어디 낯모르는 사람이 지나가다 산소에 들러 머리칼을 잘라 놓고 갔거나, 그렇지 않으면 이 나라 사람이 감시의 눈을 피해 몰래 들른 것이 아닐까?

노인 그 손님들은 지금 어디 있습죠? 어디 제가 가서 만나 보고 아우님에 대한 이야기를 들어 보겠소이다.

(오레스테스와 필라데스, 집 안에서 나온다.)

엘렉트라 저기 저분들이에요. 집 안에서 이리 나오고 있네요.

노인 흠, 겉보기는 귀한 집 태생이 틀림없군요. 하나 사실은 그대로 들어맞지 않을 수가 있거든. 멀쩡하게 생긴 얼굴 뒤에, 웬걸 고약한 행실이 숨어 있는 일이 허다하단 말씀이야. 아무튼…… 안녕하십니까, 손님네들?

오레스테스 안녕하세요, 할아버지? 엘렉트라, 이 골동품 할아버지는 누구의 하인이었습니까?

엘렉트라 저의 아버님을 키워 준 할아범입니다.

오레스테스 아니, 이분이 바로 당신의 아우님을 구해서 살려 준 바로 그 사람이라고요?

엘렉트라 네, 틀림없이 구해 준 바로 그 사람이에요. 지금도 그 아이가 살아 있다면 말이죠.

오레스테스 음, 그렇군. 아니 왜 내 얼굴을 그렇게 뚫어지도록 보고 있는 거죠? 마치 새로 나온 은화에 아로새긴 그림을 보듯이 말이오. 무슨 생각나는 게 있는 것 같군요.

엘렉트라 아마 당신이 오레스테스와 나이가 너무 비슷하여 쳐다보는 게 즐거운 모양이죠.

오레스테스 오레스테스가 그리워서 말이죠. 아니 이번에는 왜 내 주위를 빙빙 돌고 있을까?

엘렉트라 하긴 저렇게 하는 것을 보니 나도 이상한 생각이 드는데.

노인 아가씨! 엘렉트라 아가씨! 하느님께 기도를 드리십쇼.

엘렉트라 무엇 때문에? 내가 지금 있는 것 가지고 말이에요, 아니면 여기 없는 것을 위해서예요?

노인 지금 아가씨 손아귀에 들어 있는 사랑의 보물을 위해서입죠. 하느님께서 드러나게 해주십니다.

엘렉트라 그럼 좋아요. 하느님께 기도드리죠. 할아범, 대체 무슨 이야기를 하라는 거예요?

노인 아가씨, 자아 보십쇼. 이분은 세상에 둘도 없는 분이오.

엘렉트라 차라리 할아범을 쳐다보고 있어요. 대체 제대로 정신을 차리고 있는 거예요?

노인 아니 지금 제 눈앞에 보고 있는 분이 바로 당신의 아우님인데 정신이 제 것이 아니라굽쇼?

엘렉트라 아니 지금 것은 무슨 이야기? 그 말 도무지 믿어지지도 곧이들리지도 않는 이야기예요.

노인 보십쇼, 여기 이분이 바로 오레스테스, 아가멤논의 아드님이십니다!

엘렉트라 어떻게? 무슨 자국이 있어? 어떻게 내가 믿을 수 있담.

노인 저 눈 위의 상처입죠. 옛날 아버님 궁전에서 아가씨를 따라 새끼 사슴을 쫓아가다 발을 헛디며 상처를 입으신 바로 그 자국이옵니다.

엘렉트라 자국은 보이는군요. 하지만 믿을 수 없어.

노인 자, 언제까지 그렇게 망설이고 있을꼬. 빨리 이분의 두 팔에 안기지 않고.

엘렉트라 아니, 이제는 망설일 것 없어요! 할아범이 말한 증거를 믿으니까. 아아, 내 동생! 얼마나 기다리고 기다렸지! 이렇게 만날 줄은 정말 뜻밖이구나!

오레스테스 나도 기다렸고말고요! 이렇게 누나를 만날 때까지.

엘렉트라 정말 속으로 기약도 못했어.

오레스테스 나도 가망이 없다고 단념해 버렸어요.

엘렉트라 네가 정말 오레스테스지?

오레스테스 바로 그 오레스테스, 한 사람밖에 없는 누나 편입니다. 자, 보세요. 내가 그물을 치고 있는 그놈을 붙잡기만 하면……. 난 누나를 믿어, 믿고말고. 이래도 악이 정의를 짓밟고 이긴다고 한다면 하느님을 어찌 믿을 수가 있겠어요.

코로스 (노래)

기다리고 기다리던 밝은 아침이 드디어 찾아왔구나, 찾아왔어. 그대의 이 광명으로 이 나라 이 땅에 희망의 새 빛이 떠올랐구나. 그 희망이 바로 이분, 오랜 옛날에 선조의 궁전을 떠나, 슬프도다 가련하도다, 추방의 길을 떠돌았던 분.

자아, 이제야 하느님이 우리들을 인도하여 승리로 이끌게 하누나, 손을 높이 쳐들어라, 소리를 높이 울려라. 하느님께 기도를 올려라.

운명이, 운명이 그대와 더불어 있어, 그대의 아우 이 도시 한가운데로 진격하기를.

오레스테스 이젠 됐다. 포옹과 재회의 기쁨, 이루 다 말할 수 없으나 그것은 다시 한 번 뒤로 미루기로 합시다. 할아범, 그대는 마침 더할 나위 없이 좋은 때에 여기에 왔는데 말해 주오, 내가 어떻게 하면 저 살인자에게 벌을 주고 어머니의 간통의 죄를 씻게 해줄 수 있겠는가. 아르고스에는 누구에게나 도움을 주겠다는 사람이 있겠는지, 아니면 지금 내 운명이 이렇듯 도움도 후원도 완전히 끊겨 버렸는지. 누구에게 도움을 청하지? 밤이 좋을까, 낮이 좋을까? 어느 길목을 살펴 가야 원수놈을 만날 수 있을 것인가?

노인 도련님, 운명의 신이 이쪽을 버렸을 때, 이미 이쪽 편이란 없어졌소이다. 사람이 화와 복을 맞이해 언제나 변함없이 그것을 갈라 맡는 친구를 얻는다는 것은, 말하자면 노상에서 횡재를 한 것이나 다름없는 일. 도련님께서는 이쪽 편이라고는 모조리 잃어버린 신세, 앞으로의 희망도 도무지 가망이 없소이다. 그러니 이놈의 말씀을 들어 주십쇼. 빼앗긴 나라, 궁전 그리고 가문을 다시 찾아오시자면 만사 하느님의 축복도 있어야 하되 또한 도련님, 오직 당신의 힘에 달려 있사옵니다.

오레스테스 그 목적을 이룩하기 위해 대체 무슨 일을 해야 할 것인가?

노인 죽여야 합죠. 티에스테스의 아들 아이기스토스를 죽이고 어머님도 없애야 하옵니다.

오레스테스 그 영관榮冠을 찾아 여기까지 온 것이야. 하지만 그것을 얻는 데 어떻게 할 것인지?

노인 비록 결심은 서 있으시더라도 성안으로는 들어가지 마십쇼.

오레스테스 호위와 감시가 그렇게 엄중한가?

노인 아무렴요. 도련님이 두려워 밤에는 잠도 못 잔다고 합죠.

오레스테스 그럼 그것은 그렇게 하고, 다른 길이 없을까, 할아범?

노인 네, 있습니다. 방금 생각난 것이 있으니 말씀드리죠.

오레스테스 할아범의 생각이 도움이 되고, 내가 거기 따를 수 있기를 바라오.

노인 제가 아이기스토스를 보았소이다. 여기 오는 도중에 말씀입니다.

오레스테스 음, 반가운 소식. 어디로 가면 만날 수 있지?

노인 바로 이 근처, 말을 먹이고 있는 목장 있는 데올시다.

오레스테스 뭣을 하고 있어? 지금까지의 절망 속에서 새 빛을 찾아내는 느낌이로구나.

노인 님프 여신에게 제사를 올리려는 것으로 생각됩니다.

오레스테스 자식들의 안전을 빌기 위해서인가? 아니면 곧 태어날 자식을 위해서인가?

노인 그것은 모르겠소이다. 다만 제가 알고 있는 것은 황소를 잡을 채비를 하고 있다는 것뿐입니다.

오레스테스 데리고 온 사람은 얼마나 되지? 혼자서 종들만 데리고 왔던가?

노인 아르고스 시민은 한 사람도 없더군요. 궁중의 하인배들만 얼마간 데리고서.

오레스테스 나를 보고 알아차릴 만한 인간은 없겠군.

노인 자기 손수 부리는 하인배뿐이라 아무도 도련님을 본 적이 없을 것이외다.

오레스테스 그리고 우리 편이 이기면 쉽사리 이쪽으로 따라올 것 같은가?

노인 그게 바로 종의 근성입니다. 그러니까 도련님에게는 다행이올시다.

오레스테스 녀석에게 가까이 갈 수 있으려면 어떻게 하면 좋을 것 같은가?

노인 그자가 제물을 올릴 때 도련님께서 눈에 잘 띌 만한 장소를 지나치도록 하는 게 좋을 것입니다.

오레스테스 바로 이 길을 따라서 녀석의 전답이 있는 듯한데…….

노인 그러면 도련님이 지나가시는 것을 보고 그자는 음복상에 끼어들라고 말할 것입니다.

오레스테스 그렇게 되는 날에는 대단한 손님을 음복상에 맞아들인 것이 될걸, 하느님의 뜻이라면.

노인 다음에 일어날 일은……. 그것은 도련님께서 재주껏 하시는 수밖에 없습죠.

오레스테스 아무렴, 지당한 말. 그런데 나를 낳아 준 그 여인은…… 지금 어디 있지?

노인 아르고스에 있습니다. 음복 잔치 때는 남편과 같이 있게 되겠습죠.

오레스테스 그런데 왜 그녀는…… 내 어머니는……, 사내와 같이 오지 않았을까?

노인 사람들의 이야기가 귀에 따가웠던 것입죠. 그래서 뒤에 남았을 것이외다.

오레스테스 그렇게 되었나. 모두들 의혹의 눈초리를 돌리고 있는 것을 눈치 채고 있군그래.

노인 세상은 속이지 못하는 법, 행실이 부정한 여자는 미움을 받습니다.

오레스테스 그렇다면 어떻게 그 둘을 한꺼번에 죽인단 말이지?

(엘렉트라, 앞으로 나온다.)

엘렉트라 어머니 일은 내가 맡아서 짜도록 하겠어.

오레스테스 좋아, 그럼 행운이 첫번째 죽이는 일부터 잘 치르게
해줄 거요.

엘렉트라 우리 편에서는 오직 한 사람, 이 할아범에게도 우리 일
에 도움이 되게 청합시다.

노인 알았소이다. 한데 어머님 쪽은 어떻게 목숨을 빼앗기로 하
셨나?

엘렉트라 할아범, 곧 클리타이메스트라 있는 데로 가 줘요. 가서
이렇게 말해 줘요. 내가 아들을 낳은 후에 자리에 누워 있다고.

노인 한참 됐다고 할까요, 아니면 방금 아기를 낳으셨다고 할
까요?

엘렉트라 열흘이 지났다고 해줘요. 그동안 부정을 타지 않게 지
내 왔다고.

노인 그래 이렇게 꾸며서 어떻게 어머님의 목숨을 빼앗으려는
거죠?

엘렉트라 내가 해산을 했다는 얘기를 들으면 틀림없이 올 거예요.

노인 왜 그렇습죠? 그분이 그렇게도 아가씨를 끔찍이 생각해 준
다고 보시나?

엘렉트라 그렇죠. 그리고 내 아기의 신분이 낮다고 하면서 눈물

까지 흘릴 거예요.

노인 그럴 법도 하군요. 어디 그 계략 이야기나 마저 들려주십쇼.

엘렉트라 오게 되죠. 그럼 목숨은 없어지는 거예요. 깨끗하게 끝이 나는 거예요.

노인 알았소이다. 이 집에 와서 문 안으로 쓰윽 들어선다······.

엘렉트라 거기서 몇 발짝 더 걸어갈 필요도 없어. 곧 죽음에 이를 테니까.

노인 그렇게 되는 날에는 저는 죽어도 한이 없소이다.

엘렉트라 그러나 할아범, 우선 이 오레스테스에게 길을 가르쳐 주고······.

노인 네, 아이기스토스가 하느님께 제물을 드리는 곳 말씀입죠?

엘렉트라 그러고는 가서 어머니를 만나요. 만나서 내 전갈을 전하세요.

노인 네, 말씀을 전하겠소이다. 마치 아가씨 입에서 직접 나오는 것처럼.

엘렉트라 (오레스테스에게) 네 할 일은 준비가 됐어. 네가 먼저야. 그놈을 죽이는 거야.

오레스테스 자, 가겠어. 누가 안내를 해주지 않겠나?

노인 좋소이다. 이놈이 모시고 갑죠.

오레스테스 오오, 선조의 수호신인 제우스여, 이제 저희 원수를 쳐부수는 데 도움을 주옵소서!

엘렉트라 그리고 저희들을 가련타 여겨 주소서. 이 가련한 신세를 보살펴 주소서!

노인 당신의 핏줄을 이어받은 이 아기들을 진정 가련타 여겨 주옵소서.

엘렉트라 미케네의 제단을 다스리는 성스러운 여신 헤라여…….

오레스테스 저희들의 소원을 옳다 여기시면 저희들에게 승리를 내려 주소서!

노인 이분들에게 아버지의 원한을 푸는 정의를 허락해 주옵소서.

엘렉트라 오오, 대지여, 대지의 여왕이여, 그대에게 이 두 손을 뻗치나니…….

오레스테스 그리고 아버님, 비명에 죽음을 당하사 지하에 계시는 아버님이여…….

노인 아무쪼록 수호해 주옵소서. 이 귀하디 귀한 아기들을 수호해 주옵소서.

엘렉트라 이제야 정말 나타나소서. 모든 사자를 대군으로 거느리시고…….

오레스테스 트로이 싸움터에서 창끝으로 적을 무찌르면서 아버님과 더불어 한편이었던 그 대군을 거느리시고…….

노인 하늘을 배반한 죄악의 무리를 미워하는 모든 사람을 거느리시고…….

엘렉트라 들으시옵나이까, 어미의 사랑을 받지 못한 이 불쌍한 딸의 소원을?

노인 틀림없소이다. 아버님께서는 이 모든 말씀을 들으셨을 것이오. 자아, 출발할 시간이 되었소.

엘렉트라 (오레스테스에게) 네게 다시 한 번 똑똑히 이야기해 두겠어. '아이기스토스는 죽어야 한다.'고. 오레스테스, 만약 싸우다 네가 져서 죽는 일이 있다면 나도 죽고 말겠어. 내가 목숨을 부지하고 있다는 말을 못하게 하겠어. 이 쌍날의 비수로 이 가슴 깊숙이 찌르고 말 테니까.

나는 안으로 들어가 모든 준비를 다 해 놓겠어. 만약 네게서 희소식이 전해진다면 이 집이 온통 만세 소리를 부를 거야. 그리고 만일 네가 죽는 날에는 승리가 변해서 절망이 되어 버리겠지. 이게 내가 하고 싶은 말이야.

오레스테스 잘 알았어요.

엘렉트라 자, 사내대장부답게 하는 거야.

(코로스에게) 여보 아낙네들, 그대들 목소리로 이 승부의 외침 소리를 전해 주오. 나는 칼을 손에 들고 결과를 기다리며 여기 파수꾼 노릇을 하겠어요. 비록 지는 일이 있더라도 어찌 원수들이 이 내 몸에 조금이라도 해를 끼치는 짓을 감수할 수 있겠어요.

(오레스테스, 노인, 필라데스, 미케네 쪽으로 떠나고, 엘렉트라는 집 안으로 퇴장. 코로스는 아이기스토스의 아버지 티에스테스가 아가멤논의 아버지인 아트레우스의 황금 새끼양을 훔쳐 아르고스의 왕위를 가로채려던 고사를 노래한다.)

코로스 (노래)

아르고스 땅에 예로부터 전해 내려오는 이야기가 있네.

요술의 새끼양을 언덕 위에서

어미양 모르게 슬며시

훔쳐 낸 판[11] 신.

들짐승의 주인, 감시꾼 판

갈대 피리 소리도 감미롭게

아름다운 곡조를 들려주는 판

새끼양의 황금빛 털을 자랑하였네.

거리의 돌층계 위에서

사령이 소리 높이 외쳤네.

미케네 사람들이여, 광장으로 오라, 광장으로

오라, 모두들 달려오라고.

우리의 왕 되실 분의

서조瑞兆를 보러 모여라, 하고

아트레우스 가문의 영광을 축복하는 코로스의 춤.

뭇 제단은 황금의 날개를

좌우로 벌리고

아르고스의 돌 향로에 비친 달빛처럼

거리의 불빛이 은은한데

취연의 피리 소리

잔잔한 물결 일듯

노래의 신을 섬겨 들려오도다.

불현듯 탐욕에 이글거리는
가무歌舞의 높이 솟음은
황금의 새끼양을 탐내는 시늉,
이는 재빠른 티에스테스의 계략.
어두운 쾌락의 잠자리에서
아트레우스의 아내를 유인하여
기적의 새끼양을 몰아내
자기 집으로 끌어갔도다.
그는 광장으로 돌아와 외친다.
'아트레우스의 집에 있던
황금털의 새끼양이
내게 있노라.'

바로 그 시각, 바로 그때에
제우스 신은 바꿔 버렸도다.
별이 빛나며 가는 길을
찬란한 해를, 새벽의 희디흰 얼굴을.
그리하여 지금은 서녘 하늘의 등 너머로
해는 넘어가면서
하느님 손에 붙여진
더운 불을 뿜는다.
우기 찬 구름은 북녘으로 움직여

아프리카 암몬이 다스리는 남녘에서는

이슬도 모르게 가물이 들어

제우스의 은혜로은 달콤한 비를 빼앗겨 버렸도다.

전해 내려온 이야기인즉 바로 이렇다.

인간의 불행을 서러워하여 벌을 주기 위해

황금빛 태양이 하늘의 방향을 바꾸어

역전하였다는 것이다.

아무튼 이 두려운 이야기도

인간으로 하여금 신을 공경하라는 뜻이니

그대 지아비를 죽였으니 신을 잃은 것이요,

하느님과 훌륭한 남매의 피를 잃은 것이니라.

코로스장 자, 다들 들어 보세요, 들어 봐요. 저 고함 소리가 들리지 않아요? 아니면 내가 헛것을 들었던가? 제우스 신의 우레 같은 고함 소리? 아니, 다시 들려요. 바람 이는 소리가 무슨 기별을 안고 있는 게 틀림없어. 아가씨, 나와 보세요. 엘렉트라, 이리 나오세요.

(엘렉트라 등장)

엘렉트라 여러분, 무슨 일이에요? 우리들 승부는 지금 어떻게 되었죠?

코로스 아직 알 수 없습니다. 다만 들려오는 소리, 그것은 죽음을 당할 때의 외마디 소리뿐이오.

엘렉트라 내 귀에도 들려요. 아주 멀지만 들렸어요.

코로스 멀리서 들려오는 소리입니다. 하지만 아주 가깝게 들리는 것 같군요.

엘렉트라 그 외마디 신음 소리는 아르고스 말이었어, 아니면 우리 편 소리였을까?

코로스 알 수 없습니다. 그 고함 소리는 똑똑지 않았으니까요.

엘렉트라 나더러 죽어 버리라는 말씀이신가요? 그렇다면 무엇을 주저할 필요가 있을까.

코로스 아니 조급하게 굴지 마세요. 이 일의 결말이 뚜렷하게 될 때까지는.

엘렉트라 가망 없어요. 우리 편이 졌어. 기별을 전해 주는 사자는 어디 있어요?

코로스 곧 올 거예요. 한 나라의 왕을 죽이는 일, 그리 쉽게 되는 일이 아닙니다.

(사자 황급히 등장)

사자 미케네의 아가씨들, 영광스러운 승리요! 오레스테스가 승리했소. 나는 이 사실을 그분의 편인 여러분에게 빠짐없이 알립니다. 아가멤논을 살해한 아이기스토스는 피에 젖어 땅 위에 넘어졌소. 자, 하느님께 감사의 기도를.

엘렉트라 당신은 누구? 그 기별이 거짓이 아니라고 믿을 수 있을까?

사자 모르시겠습니까? 전에 뵈온 적이 있는 이자는 아우님의 하인이올시다.

엘렉트라 아, 고마운 하인, 미안하오. 내 근심 걱정에 눈이 흐려 그대를 알아보지 못했구려. 오라, 그러고 보니 이제는 잘 알겠어. 가져온 기별이 뭐랬지? 아버님을 돌아가시게 한 그 살인자 원수놈이 죽었다고?

사자 죽고말고요. 원하신다면 몇 번이고 말씀 올리겠습니다.

엘렉트라 아아, 하느님이여, 이 세상 모든 일을 보살피시는 정의의 여신이여. 이윽고 저희들에게 와 주셨습니까!

그런데, 어떻게 죽었지? 티에스테스의 자식 놈을 죽이기 위해 오레스테스는 어떤 방법을 썼는지 자세한 것을 들려주세요.

사자 저희들이 이 집을 나와 언덕을 내려가 마차가 왕래하는 한 길로 나왔을 때, 그 소문난 미케네의 왕을 보았습니다. 그분은 마침 목장을 거닐면서 머리에 쓸 천도양 꽃의 어리고 푸른 가지를 꺾고 있었습니다. 그분은 저희 쪽을 보더니 말을 건넸습니다. '손님들 안녕하시오. 어디 멀리서 온 분들인가? 고향이 어디시오?'라고. 오레스테스 도련님께서 그 말에 대답하셨습니다. '저희들은 테살리아 사람들인데, 마침 올림피아의 제우스 신께 제사를 올리기 위해 알페우스 골짜기로 나가는 길이올시다.'라고요. 이 말을 듣자 아이기스토스는 다시 말하시기를 '그럼 여기서 쉬어 가시오. 손님으로 청할 터이니 잔치에 끼어 주시오. 지금 막 님프에게 황소를 잡아 제물로 올리는 참이니까, 내일 아침 일어나 원기를 회복하면 길이 늦어지는 일도 없을 것이오. 자, 같이

235

사당으로 갑시다.' 이렇게 말하면서 도련님의 손목을 잡고 저희
들을 한길에서 데리고 나갔습니다. '싫다고는 말씀들 않겠지.'
하고 정원 안의 집까지 오자, 그분은 하인들에게 일렀습니다.
'게 빨리들 손님께 세숫물을 떠 올려라. 손을 씻고서 제단 앞에
재계를 올리게 말이다.' 이 말에 오레스테스 도련님께서 대꾸하
시기를 '필요 없소이다. 저희들은 깨끗한 강물에 이미 목욕재계
를 하였습니다. 그리고 이 제사에 이곳 분뿐만 아니라 저희까지
필요하시다면, 아이기스토스 왕이여, 굳이 사양을 않겠소이다.'
　이 말을 끝으로 인사의 수작은 끝이 나고, 왕의 호위병들도 들
고 있던 창을 놓고는 각기 일을 하기 시작했습니다. 희생의 피를
받은 주발을 가져오는 자, 광주리를 집어오는 자, 불을 피우고,
가마솥을 걸고, 제사에 쓸 물항아리를 놓고, 아무튼 이리저리 뛰
는데, 집안이 온통 시끄러울 지경이었습니다. 어머님의 남편이
되는 그분은 보리알을 손에 쥐고 그것을 제단 위에 뿌리면서 이
렇게 말했습니다. '바위 위에 안좌하신 님프 신들이여, 많은 황
소를 제물로 바쳐 왔고 아내인 틴다레오스의 딸도 집 안에서 자
주 같은 일을 했사옵니다. 그러니 아무쪼록 저희들을 보호해 주
옵시고 저희들의 원수는 멸망케 해주옵소서.' 라고요. 이것은 아
가씨와 오레스테스 도련님을 두고 한 말이올시다. 여기에 대해
저희 주인 도련님께서는 그 반대의 소원을, 비록 아무도 들리지
않게 숨을 죽여서였습니만, 기도드리면서 그 왕의 자리를 다시
찾으시길 원했습니다. 그러고 나자 아이기스토스는 광주리에서

가느다란 칼을 꺼내어 소의 앞머리칼을 잘라 그것을 오른편 손으로 성화 앞에 갖다 바쳤습니다. 그러고는 하인을 시켜 그 짐승을 어깨 위에 쳐들게 하여 목을 잘랐습니다.

그러고는 아우님을 돌아보면서 이렇게 말했습니다. '테살리아 사람은 자랑이 있다는데, 그것은 황소를 잡아 갈라내는 것과 말을 훈련시키는 솜씨라고 들었소. 자, 손님, 이 칼을 손에 잡아 그 테살리아 사람의 솜씨가 사실인가 어디 한번 보여 주시오.' 라고. 그 말에 오레스테스 도련님께서는 도리아식의 멋지게 벼린 칼을 잡아 어깨에 걸친 그 훌륭한 외투를 뒤로 벗어 젖히고는 필라데스에게 곁에서 돕게 하고 하인들은 멀찌감치 떨어져 있게 하셨습니다. 그러고는 그 소의 다리를 눌러 손을 한 번 뻗어 단숨에 가죽을 홀랑 벗기셨습니다. 그 가죽 벗기는 솜씨가 어떻게나 빠른지 기수가 경마장을 두 번 돌아가는 것보다도 빠를 정도였습니다. 그러고는 뱃가죽 있는 쪽을 갈라 헤쳤습니다.

그러자 아이기스토스는 예조豫兆를 살피듯 내장을 손에 건져 들여다보았습니다. 그런데 간엽肝葉이 없는 것이 아니겠습니까. 그리고 간문肝門의 맥과 쓸개가 마치 보는 사람에게 재앙을 몰고 오듯 흉조를 띠는 것이었습니다. 그분의 얼굴이 금세 어두워지고 상을 찌푸렸습니다. 도련님께서는 그 광경을 보시면서 물었습니다. '왜 그리 울적한 안색이오니까?' 하고. '손님이여, 나에게 무슨 흉계가 꾸며지고 있지 않은가 걱정이 되오. 나를 원수로 대하는 인간이 있어. 바로 아가멤논의 자식인데, 그가 우리 집을

237

노리고 있소.' 이 말에 도련님은 대답하시기를 '이 나라를 다스리는 임금, 어찌 귀양살이 간 자의 잔꾀 따위를 근심할 필요가 있사옵니까. 그것보다는 자, 이 제물의 고기 맛을 보기로 하겠사오니 누가 칼을, 이 도리아 것이 아니라 프티아의 큰 칼을 가져다 주시오. 그러면 이 가슴팍을 잘라 드리겠으니.' 도련님께서는 큰 칼을 받아 한 번에 잘랐습니다. 아이기스토스는 내장을 받아 그것을 이리저리 갈라놓으면서 들여다보았습니다.

그렇게 고개를 숙여 들여다보고 있는 것을 아우님께서는 몸을 세워 발끝으로 서시면서 그의 등뼈를 향해서 으스러져라 하고 칼을 내리쳤습니다. 척추의 뼈가 박살이 났습니다. 고개를 숙인 채 온몸이 경련을 일으키더니 그는 숨을 헐떡이면서 무어라 외마디 소리에 사지를 비틀다가 피투성이인 채 죽어 버렸습니다.

이 광경을 본 아랫것들이 쏜살같이 뛰어가 창을 잡고는 두 분을 상대로 싸우려 들었습니다. 그러나 이쪽의 두 분은 용기 백배 무기를 휘두르면서 마주 붙었습니다. 그러고는 말씀하시기를 '우리가 여기 와 한 일은 이 나라나 백성을 원수로 삼아 한 것이 아니다. 다만 아버님의 원수를 갚기 위해 했을 뿐이다. 나는 불행을 당한 오레스테스이다. 그러니 일찍이 아버님을 모셨던 너희들이 나를 죽여서 될 말이냐?' 했던 것입니다.

이 말을 듣자 그들은 창을 거두었고, 또 그 중에 전부터 궁중에 있던 어느 노인이 있어 도련님을 알아보게 되었습니다. 이래서 당장에 그들은 화관을 만들어 아우님 머리에다 씌워 드리고 일

제히 환호성을 올렸습니다. 그분은 곧 이리로 오십니다. 고르곤의 끔찍한 목이 아닌 바로 그 원수 아이기스토스의 목을 갖고서 아가씨께 보여 드리기 위해 이리로 오고 계십니다. 피는 피로 갚는다는 말마따나 빚을 받을 때는 더 처참한 꼴로 죽이고 말았던 것입니다.

코로스 (노래)

오세요, 아가씨. 발걸음도 가볍게 춤을 추며.

아기 사슴처럼 하늘 높이 솟아날 듯

즐겁게 뛰세요, 춤을 추세요.

그대의 아우는 영관을 얻었다고

승리의 월계관을.

알페우스의 숲 속 흐르는 물에

올림피아의 승리자도 못 따를 이 영광의 승리를.

자 불러요, 승리의 노래를

영광의 승자에게

우리들 춤에 발맞춰서.

엘렉트라 오오, 타오르는 빛이여,

수레바퀴도 찬란하게 빛나는 태양이여.

오오, 대지여, 그리고 칠흑의 밤이여…….

이 몸이 여태까지 눈여겨보아 왔던 것은 그대가 아니었던가.

그러나 이제야 내 눈은 맑고 밝아 자유롭게 환히 뜰 수 있구나.

내 아버님을 살해한 아이기스토스가 거꾸러진 이제야.

자아, 무엇이든지 좋아. 내가 가지고 있는, 이 집이 간직하고 있는 변변찮은 무슨 물건이든 머리에 씌울 영관榮冠이 될 만한 것을 가져와야겠어요. 내 아우에게 승리자로서의 관을 씌워 주기 위해서 말이에요.

코로스 (노래)

가지고 오세요. 머리에 얹을 승리의 표적을. 우리는 돌겠어요,

가무의 신을 즐겁게 해드리는 춤을 추면서 돌겠어요.

정의를 따라 부정을 물리치고

이제부터 이 땅에 옛 임금이

다시 다스리게 되었으니.

자아, 울리자 피리의 곡조 따라

우리들 환호의 외침을.

(오레스테스, 필라데스, 그 밖에 하인들 시체를 안고 등장)

엘렉트라 아, 훌륭한 승리였다. 오레스테스, 그대는 트로이 성벽 아래 용감히 싸워 승리를 거두셨던 훌륭한 아버님의 아들답게 승리를 거두었어. 자아, 이것을 받아 줘요. 받아서 그 머리칼에 매달아 주어요. 그대가 돌아온 것은 보잘것없는 경기의 승리자로서가 아니라 오래고도 벅찬 시련을 겪은 끝에 원수인 아이기스토스, 아버님을 죽인 그 사내를 죽이고 개선해 오는 거예요.

그리고 필라데스, 같이 잘 싸워 주었어요. 어지신 어버이의 그 아들답게. 자, 내 손의 이 영관을 받아 주세요. 이 벅찬 승부에 당신도 내 동생 못지않게 영광스럽게 싸웠으니까요. 언제나 하느

님의 행운이 깃드시기를!

오레스테스 무엇보다도 하느님을 믿어요, 엘렉트라. 이 행운을 점지해 주신 분은 누구보다도 바로 하느님이었으니까, 그 다음번으로 이 아우가 칭찬을 받아도 좋겠죠. 오직 하느님과 행운의 심부름꾼으로서, 말이 아니라 실제 행동으로써 아이기스토스를 죽인 다음 여기 온 것이니까요. 물론 그 점을 잘 아시고 계셔. 하지만 증거를 더 확실히 하기 위해 자, 시체지만 여기 가지고 왔습니다. 이것을 들짐승의 먹이로 내버리시든, 저 대기에서 생겨나는 맹수의 밥이 되게 하시든, 아니면 장대 끝에 목을 달아매든 마음대로 하실 수 있습니다. 완전히 누님의 뜻대로입니다.

엘렉트라 하고 싶은 이야기가 있는데 어쩐지 차마 입에 담기가 부끄럽구나.

오레스테스 무슨 말인데요? 뭣이든 염려할 것 없으니 마음대로 말씀하세요.

엘렉트라 죽은 자를 욕보인다는 것은 부끄러운 짓이겠지. 누군가 나를 미워할는지 몰라.

오레스테스 누님을 탓할 인간은 하나도 없으며, 또 없을 것입니다.

엘렉트라 그렇지만 이 나라에는 까다로운 사람이 많아 툭하면 흉들을 보지 않니.

오레스테스 말하고픈 것은 감출 필요가 없습니다. 이자에 대한 우리 두 사람의 증오에는 타협이라곤 털끝만치도 있을 수 없는 것이 아닙니까?

엘렉트라 그럼 좋아.

　(아이기스토스의 시체를 보고) 네게서 받은 설움과 고통, 어디서부터 서곡을 삼으며 무엇으로 종장을 매듭짓고, 또 어느 장단을 가운데 놓을지 모르겠구나. 하지만 이른 아침 자리를 뜰 때마다 한 번도 입속으로 혼자 소리 내어 중얼거리지 않은 적이 없었다. 지금까지와 같은 두려움에서 내가 풀려나오기만 하면 네 눈앞에다 대고 이야기해 주고 싶었던 것을. 이제야말로 그때가 됐지. 네 생전에 내가 이야기해 주고 싶었던 네 파멸의 자초지종을 이제 네게 해주겠다.

　너는 소중한 우리 아버님을 앗아 가 나와 내 동생을 망쳐 고아로 만들어 버렸다. 내 아버님이 네게 무슨 나쁜 짓을 했다고, 너는 추잡하게도 내 어머니를 네 것으로 삼고 그 남편을 죽였지. 트로이에서 싸움은커녕 너는 꽁무니만 뺀 주제에 그리스 전군의 총대장이던 그분을 해치다니.

　너는 어리석기 더할 나위 없게도 아버님의 잠자리를 더럽혀 놓고는 그렇게 빼앗은 내 어머니가 너와 짝을 지어 좋은 배필이 되리라고 생각했지? 알아 두어야 할걸, 남의 아내와 몰래 정을 통해 손에 넣고 결혼한 자는 첫 남편에게 부정을 저지른 계집이 자기에 대해서만은 정조를 지킬 것이라고 생각한다면 천하에 바보라고 말이다.

　네 가정 생활을 너도 알았겠지만 고통스럽기 그지없는 생활이었다. 왜냐하면 너는 네 결혼이 하느님의 축복을 받지 못한 것임을 잘 알고, 어머니도 불의의 사내를 얻었음을 잘 알고 있었으니까. 그리하여 너희들 두 사람은 죄악을 쌓아 서로 도와 가며 그 악업의 무거운 짐을 져 왔다. 계집은 사내의 죄악을, 사내는 계집의 죄악을 맡아 지고서 말이다. 너희가 아르고스의 거리를 걸어갈 때마다 들려온 소리, 그것은 '저기 왕비의 남편이 간다.' 였지 결코 '왕의 아내' 라고 하지는 않았다.

집안의 가장이 지아비가 아니고 지어미였다니 아, 그 얼마나 도리에 어긋난 노릇인가. 아르고스 나라가 다 알고 이름 짓기를, 아비의 것이 아니라 어미의 것으로 하니 그 소생인들 어찌 복을 받을 수 있을까 보냐. 자기보다 높은 가문의 아내를 맞이할 때, 남편의 이름은 들리지 않고 오직 아내의 이름만이 뭇사람의 입에 오르는 법이 아닌가.

네 그 무지막지한 짓 중에서도 가장 어리석은 것은 금전의 힘으로 권세 있는 인간이 된다고 뽐낸 데 있다. 재화란 오직 잠시 동안 밖에는 인간에게 붙어 있지 않아. 오직 확실한 것이라곤 천성의 인품뿐이지 금전은 아니다. 천성의 인품은 끝까지 언제나 몸에 붙어 있어 재앙을 이겨 내지만, 불의한 방법으로 얻은 재화란 잠시 영화를 누리게 할 뿐 이내 집에서 떠나가 버리는 것이다.

네 평생의 여자 관계에 대해서는 이야기하지 않겠다. 미혼인 처녀가 입에 담을 이야기가 아닐 테니까. 하지만 내가 아는 바에 대해 암시 정도라도 해 두어야겠다. 너는 네가 화려한 왕궁에 살고 생김새가 반반하다 해서 건방지게 놀았지? 그러나 나 같으면 계집애같이 생긴 그따위 얼굴의 남편은 싫다. 지아비란 사내대장부라야 좋아. 그래야 태어나는 아이들이야말로 싸움터에서 용맹을 부릴 수 있어. 너 같은 생김새는 춤출 때 장식밖에는 무슨 쓸모가 있을까 보냐.

자아, 뒈져 버려라. 너는 시간이 너의 변장을 벗겨 알몸뚱이로 만든 것은 모르는 체 네 죗값을 치렀다. 그러니 보라, 장애 없이 첫걸음을 디뎠다 해서 악인이 정의의 신을 이겨 냈다고 생각지는 마라. 마지막 한 발을 디뎌 인생의 최종선, 죽음의 문턱까지 이르기 전에는 말이다.

코로스 그 사람이 저지른 짓도 끔찍스러웠지만 당신들의 앙갚음 또한 끔찍하기 짝이 없구려. 정의의 신은 엄청난 힘을 갖고 있어.

엘렉트라 자아, 그만 아낙네들, 이 시체를 안으로 치워 버려요. 어디 보이지 않게 잘 감춰 어머니가 와도 그 시체를 보기 전에 해치워 버려야 하니까.

(시체, 오막살이 안으로 운반된다.)

오레스테스 잠깐, 우리 계획을 바꿔 보면 어떨까 하는데.

엘렉트라 저건 뭐야, 미케네에서 우리 편이 오고 있는 것이 아닐까?

오레스테스 우리 편이라고? 저이는 나를 낳아 준 어머니란 말이야.

엘렉트라 우리가 쳐 놓은 그물 안으로 근사하게 뛰어 들어오시는

군. 수레에다 아랫것을 거느리고 야단스레 행차하시는군그래.

오레스테스 대체, 이제 어머니를 어떻게 한다는 거지? 아무래도 죽여야 한다는 말인가?

엘렉트라 너 설마하니 어머니를 보고 기가 꺾인 것은 아니겠지?

오레스테스 하느님 맙소사! 나를 낳고 나를 길러 주신 어머니를 내 손으로 어떻게 죽인단 말인가.

엘렉트라 죽여 버리는 거야. 저 여자가 나의 아버지인 그분을 죽인 바로 그대로 말이야.

오레스테스 아, 아폴론이여, 당신께서 내리신 말씀이 이렇게도 어리석고 몰인정합니까?

엘렉트라 아폴론께서 어리석다면 세상에 어느 누가 슬기롭다고 할 수 있겠니?

오레스테스 내 어머니를 죽이라고 말씀하셨어. 그런데 자식이 어버이를 죽여서는 안 되는 거야.

엘렉트라 너는 아버님의 원수를 갚을 따름이야. 아무것도 너를 괴롭히지 않아.

오레스테스 어머니를 죽인 천하의 죄인으로서 죄를 받아야 해요. 나는 이제까지 결백한 몸이었는데 말이야.

엘렉트라 그렇다면 아버님을 소홀히 한 죄는 어떡하지? 하느님 앞에서 결백한 몸이라고 어찌 말할 수 있을까.

오레스테스 그건 알아요. 하지만 어머니를 죽인 죄는 벌받지 않는가?

엘렉트라 그렇다면 아버님의 원수를 갚지 않은 죄의 벌은 어떡하지?

오레스테스 그걸 말한 것은 하느님의 탈을 빌려 쓴 몹쓸 마귀란 말이야.

엘렉트라 마귀가 신성한 제단 위에 앉아 있었단 말인가? 나는 그렇게 믿어지지 않아.

오레스테스 나도 믿어지지 않아, 그 신령이 깨끗하다고는.

엘렉트라 지금 와서 비겁자가 되어 사내대장부 노릇을 못하겠다니 나는 용서할 수 없다. 너는 안으로 들어가. 내가 저 여자를 함정에 걸 테니까, 바로 저 여자가 자기 남편을 함정에 걸었듯이 말이다. 그것을 아이기스토스 손에 걸어서 자기의 본남편을 죽이고 말았지.

오레스테스 안으로 들어가겠어. 지금 내가 걷고 있는 곳은 죄악의 바닷가 낭떠러지란 말이야. 거기서 내가 죄악을 저지르는 것이다. 할 수 없지. 그게 하느님께서 정하신 것이라면 될 대로 되라지. 이 죽음의 승부는 쓰구나, 어쩌면 달콤하기도 하고.

(오레스테스, 필라데스와 더불어 뒤를 돌아보지도 않고 안으로 들어간다. 그가 아이기스토스의 시체를 안고 들어온 바로 그 길에서 클리타이메스트라가 수레를 타고 등장. 트로이 노예 출신 노예 수종隨從들이 뒤를 따른다.)

코로스 (노래)

　여왕이여, 아르고스 땅의 주인이여

틴다레오스의 따님이여

제우스의 영명한 아드님의 친누이

반짝이는 별과 타오르는 태양으로 빛나는

저 하늘을 집 삼아

소금 냄새로 모든 바다의 파도 소리 속에서

뭇사람이 숭앙하는 구조자

디오스크로이[12]의 친누이인 그대여,

삼가 맞이하나이다.

그대의 부귀 그대의 영화로 해서

그대를 하느님처럼 숭상하는 저희들,

하지만 때가 되었도다,

그대의 운명을 염려하여야 할 바로 그때가.

삼가 맞이하나이다, 여왕이여.

클리타이메스트라 다들 수레에서 내려라. 트로이 수종들, 너희는 내 손을 꼭 잡아 다오. 이 수레에서 내려 이제는 걸어갈 테니.

　트로이의 전리품을 하느님의 신전에 보내 버리고 난 다음, 나는 이 계집아이들, 트로이의 꽃들을 뽑았지. 내 집을 꾸미고 잃어버린 내 딸, 사랑하던 이피게네이아 대신으로 받아 놓은 것들이지. 하지만 보상치고야 어디 비할 수가 있을라고.

엘렉트라 그렇다면 이 몸이 이제는 가련한 노예 신세, 아버님의 집에서 쫓겨나 불쌍하게 살고 있는 이 딸이 그 거룩하신 손을 잡아 드려도 좋을까요?

클리타이메스트라 이 수종들이 나를 도우려고 여기 따라왔어. 네가 수고를 하지 않아도 돼.

엘렉트라 왜 안 될까, 저는 포로나 다름없는 처지. 당신께서 제 것을 송두리째 빼앗아 갔어. 집도 몸도 당신 손아귀, 이 몸조차도 옴짝달싹 못하는 이 처지가 저 아이들과 하나 다를 바 없지. 어버이를 잃고 외롭게 빛을 못 보고 사는 이 신세.

클리타이메스트라 하긴 그 외롭고 빛 못 보는 음모를 너희 아버지가 꾸몄지. 가장 사랑하고 죽여서는 안 될 육친을 말이다. 그 이야기를 해줄까. 하긴 여자란 나쁜 소문이 나면 말끝에 어딘지 가시가 돋는 법, 그게 바로 내 경우지. 조금도 자랑할 것은 아니야. 하지만 사람이란 당연히 미워할 만한 것이 있다면 진실을 먼저 알아 놓고서 미워하는 것이 당연한 노릇이지 속으로 앙심을 품어서는 못써.

내가 틴다레오스 가문의 딸로서 너희 아버지에게 시집온 것은 내가 죽임을 당하기 위해서도 아니고 내가 낳아서 기른 자식을 죽이기 위한 것도 아니다. 그런데도 너희 아버지는 어떻게 했지? 내 딸을 아킬레우스와의 결혼을 빙자해서 슬그머니 집으로 데리고 갔다. 배가 묶여서 움직이지 못하고 있는 아울리스 항구로 말이다. 그러고서는 그 아이 이피게니이아를 불타오르는 제단 위에 높이 쳐들어 마치 가냘픈 들의 풀을 베듯 그 목을 싹둑 잘랐어. 이렇게 제물로 바치는 것이 나라가 적군에게 넘어가 망하는 것을 막는 길이었다던? 집을 살리고 다른 아이들의 생명을 건지

248

는 길이라 해서 다수를 위해 계집아이 하나의 목숨을 바친 것이었다면 나도 용서할 수 있었을 것이다. 그러나 그게 아니야. 헬레네의 부정 때문에, 그런 아내를 두고도 꾀어낸 사내[13] 하나 벌주지 못하는 인간[14]을 위해, 너희 아버지는 자기 소중한 딸의 목숨을 빼앗았다. 이 짓만 해도 억울하기 이만저만이 아니지만, 그래도 내가 이렇게 거칠게까지는 나가지 않았고 남편을 죽이는 짓은 하지 않았을 것이다. 그런데도 너희 아버지는 미쳐 신들린 계집아이[15]를 데리고 오지 않았느냐? 그러고는 우리 잠자리에다 끌어넣었단 말이다. 한지붕 한방 안에 색시가 두 사람인 꼴이 되어 버렸지.

생각해 보면 여자란 유혹에는 약해. 남자에게 끌리기 쉽다. 나도 그 점은 잡아떼지 않아. 그러나 이런 바탕이 돼 있는데다 남편이란 사람이 내외의 침상을 업신여기게 된다면 아내도 남편의 흉내를 내게 마련이고, 그렇게 되면 새 사나이를 찾게 되는 법이다. 그런데도 뒤에 추잡한 소문이 돌 때는 말썽은 우리 여자들뿐이고 죄의 장본인인 남자들은 조금도 험담을 듣는 일이 없지 않느냐 말이다. 생각해 보아라. 만약 헬레네가 아니라 그 남편 메넬라오스 쪽이 몰래 집에서 유괴를 당했다고 쳐서 내 시동생인 그를 구해 내기 위해 내가 오레스테스를 죽였다고 해보아라. 너희 아버지께서 그걸 가만히 두었겠느냐? 아마 나를 죽였을 것이다. 그렇다면 내 자식을 죽여 놓고도 자기는 죽임을 당하지 않겠다면 그게 정당한 노릇이겠는가? 그래서 내가 죽였다. 그러고는 발길을 돌려 내게 막히지 않은 유일한 길, 곧바로 그의 원수 쪽으로 갔을 뿐이다. 생각해 보아라. 내가 죽여야만 했던 그 일에 너희 아버지 편의 누군들 나를 도와주었겠느냐?

자, 할 말이 있거든 해보렴. 뭣이든 거리낌 없이 따져 보아라. 너희 아버지의 죽음이 부당하다고 생각한다면 그 점을 이야기해 봐.

코로스장 당신 말씀은 정당하오. 그러나 정당하다고 해서 만사가 다 깨끗한 것은 아니옵니다. 남의 아내 노릇을 하자면 만사에 지아비의 뜻을 따르는 것이 정당한 도리요, 이 이치를 받아들이지 않는다면 그것은 이미 논할 필요조차 없다고 하겠나이다.

엘렉트라 어머니, 방금 맨 마지막에 하신 말씀 결코 잊지 마십시오. 무엇이든 하고 싶은 이야기는 마음대로 털어놓으라고 하셨죠?

클리타이메스트라 아무렴, 되풀이 다짐해도 좋아.

엘렉트라 하지만 내 이야기를 다 듣고 나서는 또 나를 괴롭히겠다는 것은 아니겠죠?

클리타이메스트라 천만에, 나는 얼마든지 네 속이 시원하도록 해주고 싶다.

엘렉트라 그럼 이야기하겠어요. 우선 내 말씀의 골자를 얘기해 드리겠어요. 나를 낳아 주신 어머니, 그 어머니의 마음씨가 올바르기를 내가 얼마나 바라고 있는지 모르실 거예요. 어머니와 헬레네 두 자매분은 마치 한줄기에서 자라난 꽃처럼 다 같이 절세의 미인이라는 세상의 칭찬을 받을 만해요. 그러나 두 분이 다 경박하고 덕이 없어. 어찌 카스토르의 남매라고 할 수 있겠어요. 헬레네가 유괴당했을 때도, 그건 스스로가 사서 파멸의 길을 걸어갔던 것이고, 어머니도 이 그리스 제일의 인물을 파멸시키고서는 뭐예요. 자식의 원수를 갚기 위해 남편을 죽였다는 구실로 얼버무리려 드는 것이 아녜요? 하긴 세상 사람들은 어머님을 나보다 모르니까 통했을는지 모르지.

어머니는 당신의 딸이 제물이 되고 어쩌고 하기 훨씬 전에 남편이 출정의 길을 떠나는 것을 마중 나간 바로 그 뒤부터 이미 청동 거울 앞에 앉아 그 갈색의 머리칼을 손질하기 시작했던 거예요. 생각해 보세요. 남편이 집을 떠나 없는 사이에 아내가 몸치장에 정신이 없다면 그건 행실이 부정한 계집이라 해서 스스로 욕을 자초하는 일이 아니고 뭐예요. 말썽거리를 만들자고 드는 것이지 그렇지 않다면 화장한 얼굴을 바깥 사람들에게 나타내 보일 무슨 명분이 있겠어요.

나는 알고 있어요. 그 숱한 그리스 여인들 가운데 어머니만이 트로이 쪽의 형세가 좋아지면 그저 즐거워 어쩔 줄을 모르고, 반대로 나빠지면 얼굴에 수심이 가득 차 있었다는 사실을. 당신에게는 아버님 아가멤논이 다시 돌아와서는 안 되었던 것이에요. 그러나 당신에게는 처신을 똑똑하게 하려면 할 수 있는 기회가 얼마든지 있었어요. 당신의 남편은 아이기스토스에 조금도 손색이 없는 훌륭한 분, 그리스 군의 총사령관으로 뽑혔던 이에요.

거기다 동생인 헬레네가 그따위 짓을 저질러 망신을 당하고 난
다음이 아니에요. 당신의 평판이 하늘 높은 줄 모르게 솟아날 수
도 있는 좋은 기회였어요. 왜냐하면 남의 악행이 좋은 사람들에
게는 좋은 본보기로 뚜렷하게 떠오르는 법이니까.

　그것은 그만 해 두고, 당신 말씀대로 하면, 아버님께서 당신 딸
을 죽였다고 했는데, 그렇다면 저나 동생이 당신께 무슨 악행을
했나요? 당신 남편을 죽이고 났을 때, 왜 선조 대대로 내려온 저
택을 우리에게 주지 않으셨죠? 자기 재산도 아닌 그것을 미끼로
사내를 침실로 끌어들였느냔 말이에요. 그리고 당신 사내는 당신
아들이 국외로 추방되었으니 그 대가로 왜 국외 추방을 당하지
않았으며, 내가 언니 이피게네이아보다 배도 더하게 옴짝달싹 못
하고 산송장 노릇을 하고 있는데, 왜 그 사내는 그 대가로 죽음을
당하지 않는 거예요? 만약 살인에 대한 판결이 죽음은 죽음으로
써 갚아야 하는 것이라면, 자식인 나와 오레스테스도 아버님의
원수를 갚기 위해 당신의 목숨을 달라고 할 수밖에 없어요. 당신
의 살인이 정당한 것이라면 우리의 경우 또한 정당한 것이에요.

클리타이메스트라　너는 어릴 때부터 언제나 아버지 쪽을 좋아했
지. 세상이란 그런가 보지. 아버지 쪽을 언제나 좋아하는 아이들
이 있는가 하면 어머니 쪽을 더 따르는 아이들도 있어. 그것을 잘
알고 있으니까 너를 용서해 주겠다. 나도 인간이다. 내가 저지른
짓이나 그런 짓을 한 나 자신에 대해 잘했다는 생각은 없어.

　그건 그렇고, 네 그 꼴이 말이 아니구나. 몸은 씻지도 않고,

옷은 어쩌면 그렇게도 남루하냐? 방금 몸을 풀고 일어난 몸이라는데.

　아, 내 계획이 이렇게 비참하게 끝장날 줄이야, 아마 내가 분을 못 참아 남편에게 지나치게 한 모양이지?

엘렉트라　이제 와서 한탄해 봤댔자 너무 늦었어요. 돌이킬 일이 어디 있단 말이에요? 아버님은 이미 돌아가셨고, 그렇게 후회를 한다면 국외로 추방당해 유랑의 몸이 된 자기 자식을 왜 불러들이지 않는 거죠?

클리타이메스트라　어쩐지 두려워서 그렇다. 지금 내가 걱정해야 할 것은 내 목숨이다. 그 아이 목숨이 아니야. 아버지가 죽었다 해서 매우 흥분하고 있다는 소문이더구나.

엘렉트라　당신의 남편, 그 사내가 우리에게 그토록 무도한 짓을 하는 것을 왜 내버려 두었죠?

클리타이메스트라　그게 그이의 천성이다. 너희들 역시 고집이 세고 어디 유순한 데가 있느냐?

엘렉트라　마음이 괴로우니까요. 하지만 이 노여움도 곧 가시게 될 거예요.

클리타이메스트라　그럼 잘 됐구나. 그렇게만 해주면 그이의 감정도 너희들에 대해 격하지 않을 것이다.

엘렉트라　거만한 인간이었어요. 지금은 우리 집에 머물고 있지만.

클리타이메스트라　그것 봐. 네가 또다시 싸움에 새로운 불을 붙이는구나.

엘렉트라 가만있겠어요. 두려우니까. 늘 그렇게 두려웠어요.

클리타이메스트라 이런 이야기는 그만 해 두자. 네가 나를 여기 부른 것은 무슨 용건이었지?

엘렉트라 제가 몸을 풀고 아들을 낳았다는 이야기는 들으셨을 줄 아는데요. 거기 알맞게 제사를 지내 주세요. 저는 잘 모르니까요. 아이를 낳고 열흘째 밤에 하는 제사가 있죠. 저는 여태껏 아이가 없었으니까 전연 모릅니다.

클리타이메스트라 그건 네 해산구완을 한 여자에게 부탁하면 될 일이 아니냐?

엘렉트라 저 혼자 애를 낳았어요. 누구도 청하지 않았어요.

클리타이메스트라 그렇게 이웃 없이 지내고 있니?

엘렉트라 누구 하나 가난한 이와 왕래를 하겠다고 나서는 이웃은 없는걸요.

클리타이메스트라 그럼 내가 해주지. 어린 것 생후 열흘째 잔치를 법도대로 해주마. 네게 축복이 있게 특별히 해주겠고, 그것이 끝나면 들판으로 가야겠다. 지금 거기서 남편이 님프에게 제사를 올리고 있는 중이니까. 이봐라, 너희들 이 수레를 몰고 가 마구간에다 넣어 두어라. 여기 제사가 끝날 무렵에 다시 여기로 오너라. 서방님께도 충분한 공을 드리게 도와 드려야 하니까.

엘렉트라 누추한 곳이지만 들어갑시다. 그리고 어머니 조심하세요. 벽에는 껌정투성이니까 그 옷에 흠이나 가지 않게 말이에요. 꼭 올려야 할 제물은 올리도록 해주세요.

(클리타이메스트라 혼자서 집 안으로 들어간다. 트로이 소녀들 수레를 끌고 퇴장)

자, 희생의 제사는 시작되었어. 칼은 날이 잘 서도록 갈아 놓았지? 황소를 죽인 바로 그 칼 말이야. 이제는 당신 차례예요. 칼을 맞아 그 사내 곁에 고꾸라지는 거예요. 생전에 곁을 떠나지 않았던 그 사내와 저승에서도 해로토록 해드리죠. 이건 당신에 대한 나의 특별 배려이니까. 대신 나에게도 아버님의 원한을 갚는 것이 되는 거예요.

(엘렉트라 집 안으로 퇴장)

코로스 (읊음)

불행은 돌고 도는 것인가.

이제 이 집에 부는 바람이 방향을 바꾸는도다.

옛날에는 욕실에서 우리 대왕께서 비참한 최후를 당하시더니

울려오는 천장의 울림 소리,

넓은 방 돌벽에 소리 높이 울려오던 그 소리.

'아, 무정한 당신, 나를 죽이려 드는구려.

십 년 세월 기나긴 날을 보내고

당신 찾아 집에 돌아온 이 몸을 어찌 죽이려 드는가.'

이제 운명은 돌고 돌아

죽인 자에게 추상 같은 죄의 추궁이 있나니

그 부정한 사람이 원수로다.

가련하도다 그 낭군.

하늘을 찌르는 키클로프스의 성벽[16]

오래고 오랜 세월 뒤의 귀국에

날카로운 칼날, 도끼 든 손의 일격

아, 가련하도다 그 남편.

어떤 고통의 심한 상처가 그녀를 충동했던가

깊은 산에서 자란 암사자가

숲 속 깊이 숨은 굴에서 튀어나와

먹이에 달려드는 것처럼 일을 저질렀더니라.

클리타이메스트라 (집 안에서 소리만) 아니, 너희들! 안 돼, 안 된다. 어미를 죽이다니, 안 돼!

코로스 (읊음)

들려요, 저 소리? 벽 속에 갇힌 저 외마디 소리.

클리타이메스트라 아, 아, 나는 죽어…….

코로스 (읊음)

가엾어라, 제 자식 손에 죽어 가시다니. 역시 하느님의 처사, 언젠가는 정의의 단죄를 받게 되는구려. 당신께선 지금 모진 수난을 당하시지만 그 모진 행동은 천륜을 거역하여 저지른 일이 있었기 때문이라오.

(오레스테스, 엘렉트라, 필라데스 등장, 집 안에서 나온다. 문이 열리면서 아이기스토스와 클리타이메스트라의 시체가 나란히 눕혀져 있는 것이 보인다.)

코로스 (읊음)

저기 나타나는 사람들, 어머니를 살육한, 핏자국도 생생한 옷을 걸치고 이쪽으로 걸어 나오고 있군요. 저 슬프디 슬픈 외마디 소리에 까딱도 않는 듯한 산 증거, 이 세상 어디에도 이 탄탈로스 가문처럼 불행하고 서로 아귀다툼을 한 일은 일찍이 없었어.

오레스테스 오오, 대지여, 인간 만사를 감시하옵는 제우스 신이여, 제발 보사이다. 이 유혈의 참변을, 이 손에 걸려 목숨을 끊긴 채 땅 위에 누워 있는 이 두 겹의 시체를, 다름 아닌 제 고통의 대가인 이 시체를.

엘렉트라 죄는 내게 있다. 나를 위해 실컷 울어 다오. 증오의 불길을 일깨워 내 어머니, 나를 낳아 준 바로 그 사람에게 대들었던 내가 아니냐.

코로스 가엾은 것은 그대의 숙명, 그 숙명으로 해서 어머니, 그대는 잊지 못할 분노를 참았어. 아이들 손에 견뎌 내지 못할 고통을 받았어. 그 아버지의 죽음에 대한 당연한 죗값을 치렀어.

오레스테스 포이보스[17]여, 그대가 불러 주신 정의의 노래는 시꺼먼 가락으로 울렸지만, 여기 이룩한 행동은 희디흰 상처를 남겨서 빛나고 있습니다. 그대가 저희들에게 허용한 휴식은 바로 살인자의 휴식이 그리스 땅을 버리고 떠나는 일입니다. 하지만 쫓겨 가는 몸이 어디 안주의 땅을 구할 수 있을까요. 어느 나라 어느 이해심 많은 사람이 이 얼굴, 제 어미를 죽인 이 나의 얼굴을 똑바로 쳐다봐 줄까요.

엘렉트라 아, 나를 위해 슬퍼해 다오. 대체 나는 어떻게 되는 것인가. 어느 놀이 속에 끼어들고, 어느 혼례의 자리에 내가 나갈 수 있을 것인가. 어느 지아비가 나를 신부로 맞아들일 것인가.

코로스 돌고 또 돌아 그대의 생각이 다시 바뀌었군요. 바람의 방향 따라 변하는 거예요. 이제 당신 생각은 제대로 돌아왔어. 그러나 아까는 그러지 못했지. 당신은 앞뒤 생각도 없이 끔찍스런 짓을 저질러 버렸다오. 동생의 생각은 당신과는 반대였는데 말이에요.

오레스테스 보셨죠, 어머니의 고통을? 죽음을 눈앞에 두고 의복이 흩어진 채 가슴팍이 드러나 있던 그 모습. 아아, 우리를 낳아 준 그 사지를 굽혀 땅에 엎드렸던 모습, 차마 보지 못하였어. 그런데 그 어머니의 머리채를 잡고 내가……

코로스 알아요, 알 수 있어요. 당신을 낳아 주신 친어머니가 울면서 호소하는 소리를 들으면서도 어찌할 수 없었던 그 모진 고통, 그것을 참고 견디지요.

엘렉트라 그러자 목이 찢어져 나갈 듯한 그 외마디 소리. 내 턱에다 손을 뻗치고서 하던 말. '얘야, 제발 살려 다오, 제발……' 내 얼굴에 매달릴 듯이 사정사정하던 그 표정. 손에 쥐었던 칼을 그만 떨어뜨렸지.

코로스 가엾은 여자, 자기 어머니를 죽여 놓고 마지막 숨이 넘어가는 그 피비린내 나는 광경을 차마 두 눈으로 볼 수 있었단 말인가.

오레스테스 나는 내 외투의 끝을 걷어 올려 두 눈을 가리고 칼을

잡았지. 그러고는 제물을 바칠 때 격식대로……, 어머니의 목에
다 칼을 꽉 찔렀어.

엘렉트라 그건 내가 시켰다. 곁에서 곧장 하라고 재촉한 것은 나
다. 나도 네 손과 같이 그 칼을 잡았다.

코로스 아, 끔찍스러운 짓, 얼마나 고통스럽고 무시무시했을까.

오레스테스 자아, 어머니의 시신을 이 외투로 감싸 주오. 저 피
를 뿜는 상처를 아물게 하여 깨끗하게 해드리오. 당신의 뱃속에
서 바로 당신을 죽인 자가 태어났습니다.

엘렉트라 자, 봐라. 이 옷으로 감싸 드리겠어. 내가 사랑하고 또
사랑할 수 없었던 이를 말이야.

코로스 이제 이 가문의 크나큰 불행이 끝나기를…….

(이때 디오스크로이 형제의 모습이 지붕 위에 나타난다.)

　아니 이것은 무슨 변괴냐? 저 지붕 위 높이 오색찬란한 그림자
가 나타나는 것은? 저것은 귀신일까, 아니면 천상의 신일까? 아
무튼 보통 인간과는 훨씬 다르다. 인간의 눈에 어쩌면 저렇게도
화려하게 번쩍이는 것일까?

디오스크로이 (카스토르가 형제를 대표해서 말한다.) 아가멤논의 아
들이여, 내 말을 듣거라. 그대에게 말을 거는 이 두 사람은 바로
그대 어머니의 형제 디오스크로이다. 나는 카스토르, 그리고 이
쪽은 동생 폴리데우케스. 풍랑이 심한 바다의 험한 뱃길을 가라
앉혀 가면서 이 아르고스 땅에 막 도착할 즈음, 바로 우리들의 누
이인 그대 어머니가 살해당하는 광경을 보았다. 여기 살해당한

이 사람은 정의의 당연한 보복을 받았다고 하겠지만, 너희들의 소행 또한 정의의 행동이라고 볼 수 없다. 그리고 포이보스, 포이보스도, 아니야, 그분은 우리의 어른, 아무 말도 않겠다. 하나 그분은 사실에 대해 잘 알고 계시지만 너희에게 내린 신명은 거짓이었다. 그러나 이제는 도리 없는 일, 그저 받을 수밖에 없구나. 다만 너희들에게는 앞으로 해 놓아야 할 일이 중요하다. 그것은 바로 운명과 제우스 신께서 너희들에게 결정해 놓으신 일이다.

필라데스에게는 엘렉트라를 아내로 주어 그 집으로 데리고 가게 한다. 그리고 너, 오레스테스는 이 아르고스 땅을 떠나거라. 제 어머니를 죽인 너에게 이 나라는 이미 발을 들여 놓을 수 없는 땅이다. 저 무서운 원령怨靈들, 짐승의 얼굴을 한 운명의 여신들[18]이 너를 몰아대어 너는 미치광이가 되어 여기저기 헤매게 될 것이다. 그러나 네가 아테네에 갈 때에는 팔라스 아테나의 거룩하신 목상을 가슴에 안고 있거라. 그러면 그 여신께서는 보기에도 끔찍한 고르곤의 목이 달린 둥근 방패를 네 머리 위에다 들어 주심으로 해서 저 원귀들의 뱀이 광란하는 두려움을 막아, 그들이 너를 건드리지 못하게 하실 것이다.

아테네에 가면 아레스의 언덕이 있다. 거기는 아레스가 자기 딸[19]이 받은 무도함에 노하여 포세이돈의 아들 할리로티오스를 죽여 버렸을 때, 그 불상사에 대해 표결하기 위하여 처음 신들이 회합을 한 곳이다. 그 후로 거기서 행해지는 표결은 성스럽고,

제신과 인간이 다 같이 믿어 마지않는 것이었다. 너도 그곳으로 가거라. 가서 살인죄에 대한 재판을 받을 각오를 해야 한다. 그러나 표는 반반으로 나눠져 너는 사형 판결을 받게 될 것이다.[20] 록시아스[21]가 어머니 살해를 종용한 탓으로 스스로 책임을 맡게 될 터이니까. 그리고 이후에는 새로운 법이 서게 될 것이다. '표가 동수인 경우, 이는 반드시 피고의 승소가 될 것임' 이라고. 그렇게 되면 저 원령의 여신들은 이 새 법에 슬픔에 잠기는 나머지 바로 그 언덕 뒤 땅속의 틈바구니 사이로 몸을 숨기게 될 것이다. 그리하여 바로 그곳이 인간들이 두려워하고 공경하는 신명의 장소가 될 것이다. 그 뒤로 너는 알페우스 강기슭, 아르카디아의 어느 도시에 살지 않으면 안 된다. 그리고 그 도시는 네 이름을 따라 불리게 될 것이다.

이상은 너에게 말한 것이다. 아이기스토스의 시체는 아르고스 사람들을 시켜 묻도록 하겠다. 그리고 너의 어머니는 메넬라오스에게 장사를 부탁하겠다. 그는 트로이 공략 이후 처음으로 방금 나우플리아에 도착하였다. 헬레네가 곁에서 장사를 도울 것이다. 그녀도 이집트를 떠나 프로테우스의 집에서 이쪽에 와 있다. 트로이에는 간 일이 없다. 다만 제우스께서 인간들 사이에 다툼과 유혈을 일으켜 그들을 죽게 하기 위하여 일리온에다 헬레네의 그림자를 보내셨을 뿐이다.

그것은 그만 해 두고, 필라데스는 처녀인 아내 엘렉트라를 데리고 아카이아 나라를 떠나 고국으로 향하도록 하여라. 그리고 명의상 그대의 매부가 되는 이 농부는 포키스 땅으로 데려가 넉넉하게 재산을 장만해 주어야 한다.

빨리 이스트모스 지협地峽으로 발을 돌려 케크로프스[22]가 사는 영광의 언덕[23]으로 가도록 하여라. 남을 죽인 자에게 정해진 고업苦業을 깨끗이 마친 다음에는 이 고난을 벗어나 다시 행복하게 살 수 있을 것이다.

코로스 제우스의 아드님이여, 그 목소리 가까이 저희들이 다가서도 좋겠나이까?

디오스크로이 상관없다. 너희들은 이 참사에 손을 더럽히지 않았으니까.

엘렉트라 틴다레오스 집안의 분이여, 제가 말씀드려도 좋을까요?

디오스크로이 너도 상관없다. 이번 살해의 책임은 모두 포이보스에게 있다고 생각하니까.

코로스 두 분께서는 신이요, 또한 여기 죽어 넘어진 분의 동기이면서 왜 원령인 저 운명의 여신들을 이 집에서 몰아내지 못하시나이까?

디오스크로이 숙명은 피치 못할 것이니 따를 수밖에 없는 노릇이다. 이번 일은 바로 그 숙명과 아폴론의 사려 없는 신명의 탓이니라.

엘렉트라 하지만 어느 아폴론이, 어느 신명이 저를 어머니를 살해한 자로 만들었나이까?

디오스크로이 너희들 공동의 행위, 너희들 공동의 운명이다. 오직 너희 가문에 내린 저주의 하나로써 너희들 두 사람은 혹독하게 당한 것이다.

오레스테스 누님, 이게 무슨 운명의 희롱입니까? 오랜 세월 끝에 겨우 만나게 되자 곧 헤어지게 되다니. 동기간의 훈훈한 애정을 빼앗기고 다시 서로 헤어지게 되는군요.

디오스크로이 네 누이에게는 남편이 있고 가정도 있다. 아르고스 땅을 떠나는 몸임을 빼놓고는 조금도 슬퍼할 이유가 없다.

엘렉트라 세상에 어느 슬픔인들 고국 땅을 떠나는 일보다 더 가슴 아린 슬픔이 있을까요?

오레스테스 하긴 나도 떠나야 합니다. 아버지의 집을 떠나야 하는 거예요. 그뿐입니까, 어머니를 살해한 죄로 이국 땅에서 재판을 받아야 하는 몸입니다.

디오스크로이 용기를 내라. 네가 가는 곳은 팔라스 아테나의 성스런 도시[24], 참으면 되느니라.

엘렉트라 자아, 사랑하는 동생, 여기 와서 가슴에다 가슴을 대고 꽉 껴안아 주어요. 나는 너를 사랑해. 하지만 어머니의 피를 보게 한 저주로 해서 두 사람은 헤어지고 고향을 쫓겨나게 되었구나.

오레스테스 자아, 이리 오세요. 이 몸을 꽉 껴안아 주세요. 그리고 방금 죽어 간 인간의 새 무덤에서처럼 실컷 울어 주세요.

디오스크로이 아, 네 그 애끊는 슬픔은 신들이 듣기에도 가슴 아프구나. 우리들 천상의 존재라 한들 어찌 지상의 인간의 그 괴로움, 그 슬픔을 모를 리 있겠느냐.

오레스테스 다시 만나 뵐 날이 없을 것입니다.

엘렉트라 너의 그 눈에 마주치는 날이 또 있겠는가.

오레스테스 그 목소리, 이제는 마지막 듣는 누님의 음성이오.

엘렉트라 내 고국이여, 안녕.

　잘 있거라 그대들. 고국의 사람들아, 잘 있어 다오.

오레스테스 내 소중한 동기여, 그만 떠나가시는 건가요?

엘렉트라 그만 가겠다. 이 눈물, 이다지도 따가울까.

오레스테스 필라데스, 잘 가게. 제발 누이 엘렉트라를 잘 보살펴 주게나.

(엘렉트라와 필라데스, 퇴장)

디오스크로이 저 두 사람은 결혼 걱정이나 하면 된다. 하지만 저기 사냥개 모습을 한 것들[25]이 와 있으니 너는 빨리 아테네로 가야 한다. 빨리 뛰어서 피해라. 저들은 주먹에 뱀을 움켜쥐고 시꺼면 면상에 무서운 고뇌의 과일을 주겠다고 네 뒤를 흉측스럽게 밟고 있다.

　우리 두 사람은 바다에 부딪혀 소금 냄새에 저린 배들을 구출하기 위해 곧 시칠리아 바다로 가야 한다. 저 대기의 크나큰 들판을 지나 우리가 구원해 주러 가는 것은 죄에 추악하게 물든 자를 위해서가 아니다. 오직 이 세상을 살아가며 올바르고 깨끗하게 지내는 자들만을 구하여, 그 고된 슬픔에서 해방시켜 줄 뿐이다. 그러니 누구 하나 악과 부정을 행하는 일이 없도록 할 것이요, 맹세를 저버린 자와 더불어 같이 배에 타는 일이 없도록 할지어다.

이것이야말로 신으로서 너희들 인간에게 명하는 일이노라.

(디오스크로이 자취를 감춘다.)

코로스 잘 가시오. 우리들 인간으로서 탈 없이 살아가는 자, 고난을 만나 패하지 않는 자야말로 그 삶을 축복받은 것이다.

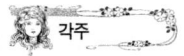각주

1) 어머니 | 아가멤논의 비(妃) 클리타이메스트라.

2) 키프리스 | 아프로디테의 별칭.

3) 영광의 배들이여 | 트로이의 정벌을 위해 나선 그리스 함대. 아르고스의 왕 아가멤논이 총사령관을 맡았다.

4) 네레우스의 딸들 | 네레이데스라 불린 바다의 님프들. 네레우스와 도리스 사이에서 태어난 오십 인의 딸들을 말한다. 그 중에는 제우스 및 포세이돈과 모두 결혼했던 테티스, 포세이돈의 아내인 암피트리테 등이 있다.

5) 오사 산 | 그리스 동북부 테살리아 지방에 있던 산.

6) 젊은이 | 아킬레우스를 말함.

7) 프리기아 | 트로이가 속해 있던 소아시아 북부 지방.

8) 무사의~사람 | 아가멤논.

9) 틴다레오스의 딸 | 클리타이메스트라.

10) 그대~것이다. | 클리타이메스트라가 아가멤논을 살해한 원한 때문에 자기 자식인 오레스테스와 엘렉트라에게 살해당하리라는 예언.

11) 판 | 목장, 양과 산양의 신.

12) 디오스크로이 | 스파르타 왕 틴다레오스와 레다의 두 아들 카스토르와 폴리데우케스. 헬레네, 클리타이메스트라와는 남매간. 일설에는 모두 제우스의 아들로서 '디오스크로이(제우스의 아들들이라는 뜻)'로 알려짐. 두 형제는 신격화되어 선원들 앞에 성(聖) 에르모의 불이 되어 나타나므로, 그들의 특별한 보호자로 여겨졌다.

13) 꾀어낸 사내 | 헬레네를 유혹해 트로이로 데려간 트로이 왕자 파리스(알렉산드로스).

14) 벌주지 못하는 인간 | 헬레네의 남편이었던 스파르타 왕 메넬라오스. 아가멤논의 동생.

15) 미쳐 신들린 계집아이 | 트로이 공주 카산드라. 아폴론 신이 영원한 처녀성을 허락했지만 아가멤논은 그녀를 첩으로 삼아 미케네로 데려왔다. 아가멤논과 함께 클리타이메스트라에게 피살당함.

16) 키클로프스의 성벽 | 이마에 눈이 하나 달린 괴물 거인들인 키클로프스들이 쌓았다고 전해진 미케네의 성벽을 말함.

17) 포이보스 | 아폴론 신.

18) 운명의 여신들 | 에리니에스. 정의와 복수의 여신들.

19) 자기 딸 | 아레스와 아글라우로스의 딸 알키페.

20) 그러나~것이다. | 아이스킬로스의 『오레스테이아』 삼부작 중 「자비로운 여신들」에 나오는 내용을 말함. 아테나 여신의 중재로 오레스테스의 모친 살해죄가 표결에 붙여졌는데, 가부동수가 되어 무죄로 판결남.

21) 록시아스 | 아폴론 신의 별칭.

22) 케크로프스 | 아티카의 초대 왕. 아테네에 아레이오스 파고스 법정의 창설.

23) 영광의 언덕 | 아테네의 아크로폴리스 언덕. 여기서 모친 살해죄를 심판받으라는 의미.

24) 아테나의 성스런 도시 | 아테네.

25) 사냥개 모습을 한 것들 | 오레스테스의 뒤를 쫓는 복수의 여신 에리니에스.

아울리스의 이피게네이아

Iphigenia in Aulis

김정옥 옮김

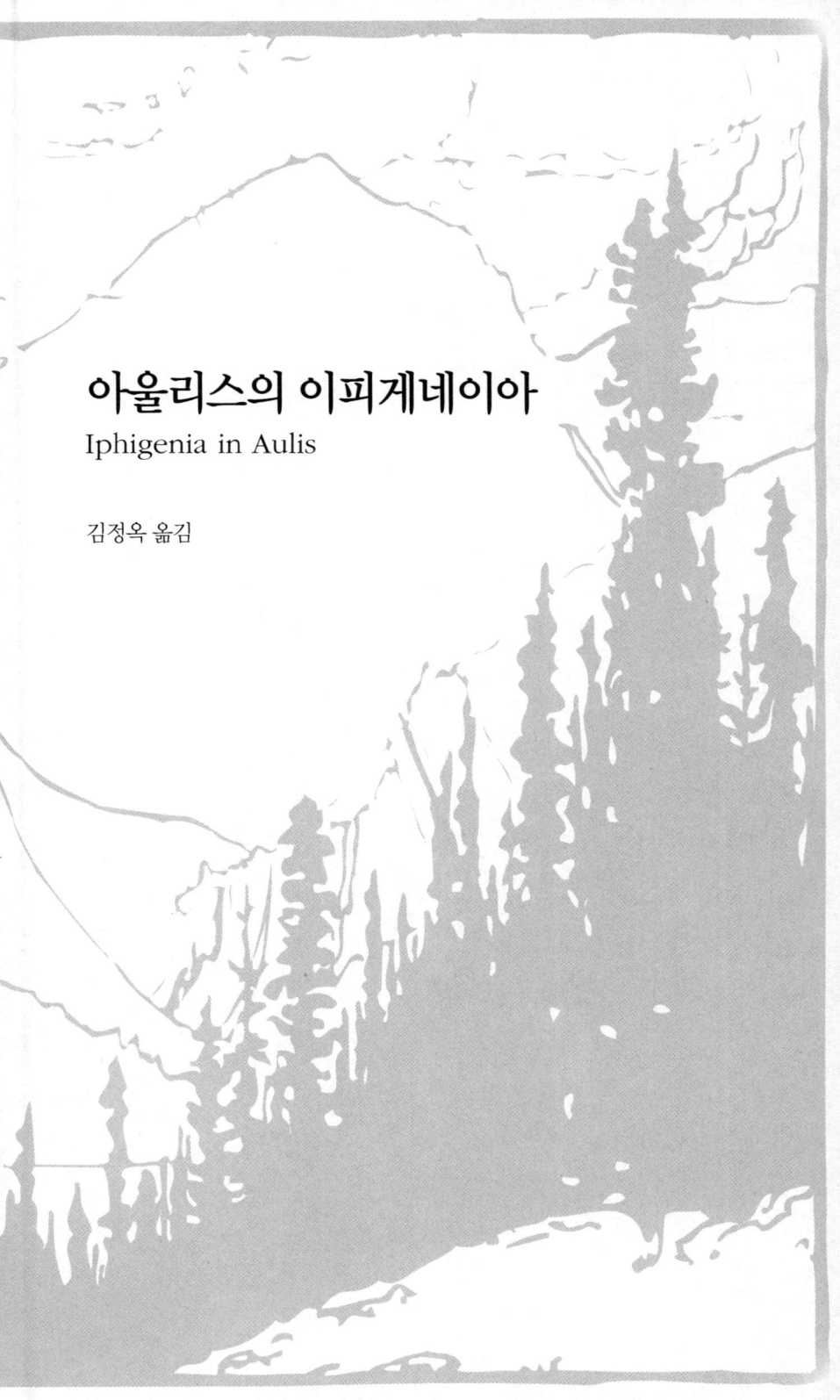

등장인물

아가멤논	그리스 군의 총사령관. 아르고스의 왕
노인	아가멤논의 시종
메넬라오스	아가멤논의 동생으로 스파르타의 왕이
	며 헬레네의 남편
클리타이메스트라	아가멤논의 아내로 아르고스의 왕비
이피게네이아	아가멤논의 딸
아킬레우스	그리스 군의 젊은 장군
코로스	해협을 중간에 두고 아울리스 맞은편
	에 있는 칼키스의 여인들로 구성된
오레스테스	아가멤논의 어린 아들
사자와 보초들	

장소

그리스 군이 주둔한 보이오티아 해안의 아울리스. 아가멤논 왕의
막사 밖.

(아가멤논, 시종 노인과 같이 등장)[1]

아가멤논 늙은이여, 이리 나오게.

노인 갑니다. 아가멤논 왕이시여. 무슨 일이라도 있으신지요?

아가멤논 빨리 나올 수 없나?

노인 곧 갑니다. 깊은 잠이 들지 않는 늙은 몸, 언제나 날쌔게 대
령할 수 있습니다.

아가멤논 저기 보이는 것은 무슨 별이지?

노인 시리우스인가 봅니다. 북두칠성 가까이 아직도 중천에 걸
려 있습니다.

아가멤논 새소리, 바다의 물결 소리도 들리지 않고, 여기 에우리
포스[2] 근처는 그지없이 조용하다.

노인 아가멤논 왕이시여, 어인 일로 벌써 일어나셔서 천막 밖에
나오셨습니까? 아울리스는 아직도 밤의 장막에 싸여 고요하고,
보초들은 아직 일어나지 않았습니다. 자, 들어가십시다.

아가멤논 늙은이여, 나는 그대가 부럽다. 이름도 없고 알려지지
도 않았으며, 일생 동안 위험한 고비를 넘기는 일 없이 평범하게

270

보내는 사람들이 부럽다. 명예를 누리는 자들이란 그다지 부러울 게 없다.

노인 그러나 거기에는 아름답고 화려한 생활이 있습니다.

아가멤논 그 아름다움과 화려함에 속임수가 있는 법. 명예를 좇는 생활은 겉으로는 즐거운 듯하지만 언제나 불행이 뒤따른다. 제신을 섬기는 데 소홀해서 괴로움을 당하는가 하면, 가지각색 민중들의 의견을 만족시켜 주지 못해 그것이 고통의 원인이 되기도 한다.

노인 귀하신 왕족의 몸, 그런 말씀을 하시다니 납득이 가지 않습니다. 부친이신 아트레우스님께서도 완전한 행복만 누리라고 주인님을 이 세상에 낳지는 않았을 것입니다. 기쁜 일도 괴로운 일도 있는 것이 인생. 싫다고 말씀하시더라도 제신의 뜻에는 변함이 없습니다. 밤새 등잔불 밑에서 지금도 가지고 계시는 그 편지를 썼다가는 지우고, 봉했다가는 다시 찢고 수첩을 땅에 던지고 한없이 눈물을 흘리시니……. 마치 실성이라도 하신 것처럼 걷잡을 수 없는 행동, 무슨 괴로움이 있으신가요? 어떤 불행을 당하신 건지? 제발 가슴에 숨긴 사연을 말씀해 주십시오. 저는 당신의 충실한 종, 옛날 틴다레오스님이 왕비님을 당신께 시집보낼 때 딸려서 보낸 종이니까요.

아가멤논 테스티오스의 딸 레다에겐 세 딸이 있었다. 포이베와 나의 아내 클리타이메스트라 그리고 헬레네. 이 막내딸에게 구혼하려고 그리스의 축복받은 가문의 젊은이들이 모여들었다. 그들은 서로 무섭게 위협하고 상대를 죽이기라도 할 기세였다. 부친인 틴다레오스는 난처해져서 누구에게 딸을 주건 그 결과 불행이 생기지 않도록 하고 싶었다.

궁리 끝에 구혼자들에게 서로 손을 대고 서약을 시키고, 소를 죽여 술을 뿌리고, 누구든 틴다레오스의 딸과 결혼을 하면 그녀를 모두가 힘을 합쳐 지켜 주고, 정당한 남편으로부터 헬레네를 꾀어 가는 자가 있다면 모두가 힘을 합쳐 군을 일으켜, 그리스 인이건 외국인이건 간에 그자의 나라를 공격해서 멸망시키자고 맹세케 한 것이다. 그리하여 모두가 서약을 한 뒤, 빈틈없는 틴다레오스는 딸에게 사랑의 여신 아프로디테의 뜻대로 구혼자들 사이에서 한 사람만을 선택시켰다. 어이없게도 선택된 사람은 메넬라오스였다. 그런데 저 세 여신의 미의 삼판자라는 프리기아 태생의 파리스가 찬란한 옷차림에 황금으로 온몸을 장식하고 이국의 호사스런 차림으로 라케다이몬³⁾에 온 것이다. 그는 헬레네와 사랑을 속삭이고, 메넬라오스가 없는 틈을 타서 헬레네를 유혹해 이다의 땅으로 달아났다. 분노에 어찌할 바 모른 메넬라오스는 미친 듯이 그리스 방방곡곡을 돌아다니며 틴다레오스의 집에서 옛날에 했던 서약을 상기시키며, 모욕당한 자기를 도울 의무가 있다고 주장했다. 그리하여 그리스 인들은 창을 들고 갑옷을 입고, 배를 정비하고, 방패를 만들고, 전차를 마련해서 여기 아울리스 항구에 모였다.

형인 내가 메넬라오스를 위해 그리스 군의 총사령관에 선출되었다. 아, 나는 무엇 때문에 그런 명예를 짊어진 것인가? 우리는 아울리스에 모여서 군대는 집결되었지만 출항을 못하고 있다. 곤경에 빠진 우리에게 예언자 칼카스는 내 딸 이피게네이아를 이 고장의 수호신인 여신 아르테미스에게 바친다면 배는 떠날 수 있으며, 프리기아 인들을 멸망시킬 수 있겠으나, 그러지 않는다면 아무것도 이루어지지 않으리라고 말하였다. 이 말을 들은 나는 탈티비오스에게 군대를 해산하는 포고를 내리라고 명령했다.

나는 결코 딸을 죽일 수 없었기 때문이다. 그러나 동생은 수많은 이유를 들며, 이 무참한 일을 받아들이라고 했다. 결국 나는 아내에게 편지를 쓰고 명성 높은 아킬레우스에게 혼인을 시킬 터이니 이피게네이아를 곧 보내라고, 딸을 프티아에 보내지 않으면 아킬레우스가 그리스의 군사와 같이 배를 타고 떠나려 하지 않는다고 써 보냄으로써 클리타이메스트라 왕비를 설득하려 한 것이다. 모든 그리스 군 가운데 이 사실을 아는 사람은 칼카스와 오디세우스와 메넬라오스뿐. 그러나 당시의 결정을 좀더 나은 방향으로 변경해 밤새 내가 붙였다 뜯었다 한 것을 그대가 본이 편지에 적은 것이다. 자, 여기 편지가 있으니 급히 아르고스로 가도록 하라. 그대는 내 처의 충실한 하인, 이 편지에 적힌 사연을 먼저 일러 주겠다.

노인 제발 말씀해 주십시오. 제 말이 편지 내용에 어긋나지 않도록 가르쳐 주십시오.

아가멤논 '레다의 딸이여, 지난 편지에 이어서 다시 이 편지를

273

보내니, 에우보이아의 해안, 물결도 잔잔한 아울리스 항구에 딸을 보내지 말도록 하시오. 우리 딸의 혼례는 내년에 올리도록 합시다.'

노인 그러나 혼사를 못하게 된 아킬레우스님은 왕비님과 당신께 화풀이를 하려고 들지 않을는지? 거기에도 적지 않은 위험이 있는 듯한데 어떻게 생각하시는지?

아가멤논 아킬레우스는 단지 이름을 빌렸을 뿐, 그는 이 결혼의 이야기나 우리가 꾸민 일을 알지 못한다. 또한 결혼으로 내 딸과 그를 맺어 주겠다는 것은 우리만이 아는 가공의 이야기야.

노인 그러나 엄청난 일을 하셨습니다. 오, 아가멤논님. 여신이 낳은 분의 신부로 맺어 준다고 따님을 불러와서는 그리스 인들을 위해 신께 제물로 바치려 하시다니.

아가멤논 아, 불행이여. 나는 이성을 잃었던 거다. 이런 불행이 또 있는가! 자 빨리 서둘러 떠나라. 늙으면 늑장을 부리기 쉬운 법.

노인 달려서 갔다 오겠습니다.

아가멤논 나무 그늘이나 우물가에 쉬다가 잠이 들지 않도록.

노인 오, 신이여! 그럴 리가!

아가멤논 특히 길이 갈리는 네거리에서는 조심해서 살펴라. 우리 가족을 태운 마차가 그대가 보지 않는 사이에 통과해서 딸이 그리스 군의 배가 있는 곳으로 달려오지 않도록.

노인 알았습니다.

아가멤논 만약 가는 길에 마차를 만나면 말고삐를 잡고 길을 돌려 키클로프스의 도읍으로 되돌려 보내라.

노인 뭐라고 말씀을 드려야 공주님과 왕비님께서 저를 믿어 주실까요?

아가멤논 가져가는 편지를 봉해 두었으니 조심하도록. 자 가거라. 벌써 새벽이 찬란한 빛으로 하늘을 물들이고 있다. 벌써 태양의 눈부신 사두마차가 엿보인다. 나의 이 외로움을 덜어 다오. 인간은 누구나 죽을 때까지 행복하기만 할 수는 없는 법. 이 세상에 태어난 자, 누구나 괴로움을 당하게 마련이다.

(칼키스의 여인들로 구성된 코로스, 오른쪽에서 등장)

코로스 (노래)

　파도가 넘실거리는 해협을 건너

　아울리스의 바닷가 물결치는 모래사장에 왔다.

　명성 높은 아레토사의

　우물물이 흘러오는 바닷가

　우리들이 사는 칼키스의 고을을 떠나

　그리스의 젊은 병사들이 탄

　병선을 보기 위해서.

　남편들 말에 의하면,

　금발의 메넬라오스와

　고귀한 태생인 아가멤논이

　양치기 파리스에게 빼앗긴

　헬레네를 되찾기 위해

수천의 병선에
병사들을 몰고 간다고.
갈대 우거진 에우로타스 강변에서
파리스가 헬레네를 꾀어 갔다.
사랑의 여신 아프로디테가 우물가에서 목욕하며
헤라와 팔라스와 아름다움을 겨룰 때
그에게 약속한 선물.

아르테미스의 성스러운 숲을 지나
급히 달려왔다,
처녀의 수줍음에 얼굴을 붉히며.
그리스 병사들의 진영,
창칼이 즐비한 진영,
수천 마리의 말을 보고 싶어서.
두 분의 아이아스가 우선 눈에 띄었다.
한 분은 오일레우스의 아들
한 분은 텔라몬의 아들로 살라미스의
영광이라는 분.
또한 프로테실라오스와
포세이돈의 손자 팔라메데스가
마주 앉아서 무슨 놀이를 즐기는 모양.
한쪽에서는 디오메데스가

원반던지기에 열을 올리고
아레스의 후예는 메리오네스는
그저 놀랄 뿐.
또한 바위에 덮인 섬나라에서 온
라에르테스의 아들과
그리스 군 가운데 가장 미남이라는 네레우스.

테티스의 아들로
케이론의 가르침을 받은
바람처럼 날쌘 영웅 아킬레우스님은
바닷가 모래 위를 갑옷을 입고
달리고 있다.
사두마차와
누가 빠른가 겨루고 있는 듯.
마차를 몰던 에우멜로스는
소리소리 지르며
채찍을 휘두르고
급히 몰아대며
황금빛 채찍을 휘두르며 달려간다.
안쪽의 말은, 멍에를 진
회색의 얼룩진 털
마차 줄을 끄는 바깥 말은

밤색 털의 얼룩말.
돌아가는 길목에선
발을 맞추어 발굽을 찬다.
아킬레우스는 갑옷을 입고 창을 든 채
차륜과 마차의 난간 곁을
달리며 뛰어올랐다.

이어서 수많은 병선을 바라보고
여자의 몸으로는 그저 넋을 잃고 감탄을 할 뿐.
우익을 담당하는 위세 좋은 오십 척의 병선은
프티아에서 온 미르미돈의 전사.
선미에는 네레이데스의 황금상
아킬레우스의 선단임을 나타내는 찬란한 표지.
그 곁엔 수효도 비슷한
아르고스의 병선들,
탈라오스와
그 장수는 메키스테우스의 아들인
카파네우스의 아들 스테넬로스.
다음은 아티카에서 온
육십 척의 병선을 거느린
테세우스의 아들.
날개가 있는 전차에 세워진 팔라스 여신은

그들의 표지
뱃사람들의 길조의 상징.

다음에 보이는 것은 보이오티아의
오십 척의 선단
그들의 표지에는 카드모스가
손에 황금의 용을 들고
선미에 찬란히 빛나고 있다.
이 선단을 지휘하는 장수는
대지의 아들들 사이에 태어난 레이토스.
또한 포키스로부터는…….

거의 같은 수효의 로크리스에서 온 선단
지휘하는 장수는
그 유명한 트로니온 도시에서 온
오일레우스의 아들.

키클로프스가 세운 도시
미케네에서는
아트레우스의 아들[4]이 백 척의 병선을
이끌고 왔다.
그의 동생 메넬라오스도

서로 사이좋게 지휘를 한다.
이국의 사내와 사랑을 하기 위해
그의 궁전에서 달아난 여자를
그리스의 이름으로 응징하려는 거다.
또한 필로스의 왕이자
게레니아 태생의 네스토르가······
[1행 빠짐]
그 선미에는 그의 영토를 흐르는
알페우스 강의 상징
황소가 새겨져 있다.

아이니아네스의 선단 열두 척도
왕 구네우스의 지휘 아래 자리 잡고
그 곁에는 엘리스에서 온 용사들로
에페이오이라고 불리는 장수들,
그들의 지휘관은 에우리토스라고 한다.
다음은 피레우스의 아들로
타포스의 왕인 메게스가 통솔하는 선단
그는 뱃사공도 피해 가는
에키나데스 섬에서 왔으며
하얀 노를 젓는다.

또한 살라미스에서 자라난

아이아스는

우익의 선단을

좌익의 선단으로

연결하려는 듯

열두 척의 날쌘 배를 거느리고 대기하고 있다고

사람들은 이렇게 이야기했고

내 눈으로 본 바도 그러했다.

만약 야만족의 선단이

이 선단과 싸운다면

그들은 다시는

제 나라로 돌아가지 못할 것.

내가 본 그리스의 선단은 그렇게 강력해 보였다.

고향에서도 들은 적이 있지만

이렇게 병사들이 모인 장관을 잊지 않으리.

(메넬라오스, 이어서 노인 오른쪽에서 급히 등장)

노인 메넬라오스님. 경우에 어긋나는 행동을 삼가십시오.[5]

메넬라오스 저리 가. 주인의 말을 너무 충실히 지키는 게 탈이야.

노인 그러한 나무람은 오히려 자랑스럽습니다.

메넬라오스 부질없는 행동은 네 불행을 가져올 뿐이다.

노인 제가 가져가는 편지를 열어 보셔서는 안 됩니다.

메넬라오스 너도 모든 그리스 인에게 불행을 가져오는 편지를 가져서는 안 돼.

노인 그 점은 딴 분과 따지시오. 이 편지를 돌려주십시오.

메넬라오스 놓지 않았다.

노인 저도 놓을 수 없습니다.

메넬라오스 이 지팡이로 머리통을 깨어 놓겠다.

노인 주인을 위해 죽는다면 뉘우침은 없습니다.

메넬라오스 이 편지를 놔. 종의 신분으로 말이 많아.

노인 오, 주인이시여, 우리를 모욕합니다. 당신의 편지를 이분이 강제로 빼앗습니다. 이치를 따르려 하지 않고 무작정 빼앗습니다.

(아가멤논, 천막에서 나온다.)

아가멤논 도대체 뭐야, 문 앞에서 떠드는 것은! 무슨 일이지?

메넬라오스 먼저 내 말을 들어 주시오. 그 사내보다는 내 말을 들어 주시는 게 도리.

아가멤논 왜 이 노인과 다투는 거지? 왜 폭력을 쓰는 거야?

메넬라오스 나를 똑바로 보세요. 그러고 나서 이야기를 시작합시다.

아가멤논 아트레우스의 아들인 내가 떨고 눈길을 들지 못할 까닭이 있나.

메넬라오스 흉측한 음모를 꾸민 이 편지가 보이오?

아가멤논 봤어. 그래 어쨌다는 거야. 그 편지를 우선 이리 줘.

메넬라오스 안 되오. 먼저 이 편지의 사연을 모든 그리스 군에게 보일 때까진.

아가멤논 그럼 편지 봉함을 뜯어서 알아서는 안 될 사연을 읽었군.

메넬라오스 안됐지만 당신이 은밀히 계획한 음모를 알았소.

아가멤논 어디서 그 편지를? 아 신이여, 이런 파렴치한 행동이.

메넬라오스 아르고스에서 따님의 일행이 언제 도착할까 기다리고 있었소.

아가멤논 내 행동을 어떤 권리로 감시하는 거지? 염치를 알라.

메넬라오스 내가 하고 싶은 대로 행동한 것뿐. 나는 당신의 종은 아니니까.

아가멤논 파렴치한 행동. 그래, 내가 내 집을 자유로이 지배할 수도 없단 말인가?

메넬라오스 마음이 끊임없이 달라지니까. 저러기를 원하는가 하면, 금방 이러기를 원하고.

아가멤논 말을 함부로 지껄이는군. 말이 많으면 화를 당하는 법.

메넬라오스 변하기 쉬운 마음은 가까운 천지에서 해를 끼치는 흉측한 것. 아무리 화가 나더라도 진실을 외면하지 말고 내 말을 들으시오. 나도 무작정 무정한 주장을 할 생각은 없소.

아시다시피 일리온에 원정 가는 그리스 군의 총사령관이 은근히 되고 싶었던 당신. 뜻을 이루기 위해 누구하고나 손을 잡고, 시민이면 누구나 문을 열고 받아들이고, 상대를 가리지 않고 아첨하며, 야심을 위해서는 고개를 숙이는 걸 서슴지 않았소. 그러더니 권력을 잡자 태도가 돌변, 지난날의 벗들을 냉대하고 문을 닫고 접촉을 피하다니……. 큰일을 치를 대장부는 아침저녁으로 태도를 바꾸지 않는 법, 남을 도울 수 있는 행운을 누릴 때 친구들에게도 충실해야 하는 거요. 이건 당신의 그릇된 점을 첫째로 느낀 거지만 그리스 군을 거느리고 아울리스에 와서는 제신의 분노를 사서 순풍이 불어오지 않자 어쩔 바를 모르고 당황했소. 그리스 병사들은 헛되이 아울리스에서 시간을 보낼 것 없이 배를 돌려보내자고 했소. 그때 당신의 서글픈 표정, 그리스 연합군을 거느리고 프리아모스에게 쳐들어갈 수도 없으며, 총사령관 자리도 그만이라는 생각에 당황한 것이오! '어떻게 하지? 이 재난을 타개할 길은 없나. 총사령관 자리를 그만두고 이 명예를 잃고 싶지 않아.' 이렇게 당신은 나에게 말했습니다.

이어서 칼카스가 딸을 여신 아르테미스에게 바친다면 선단이 순풍을 만나 떠날 수 있을 것이라고 신탁을 전했을 때, 은근히 좋아하며 기꺼이 딸을 희생물로 바치겠다고 약속했습니다. 그러고는 서슴지 않고 부인에게 사자를 보내서……, 설마 강요당해서 할 수 없이 그랬다고는 않겠지……. 아킬레우스와 결혼을 시킬 테니 딸을 보내라고 하지 않았소. 그런데 이제 와서 마음이 변해가지고 딸을 희생시키지 않기 위해 딴 편지를 보내려 하거든. 좋습니다. 그러나 저 하늘이 두렵지 않소? 결국 대개의 인간은 마찬가지죠. 처음엔 정권을 잡기 위해 물불을 가리지 않지만, 후엔 시민들에게 혐오감을 주거나 능력이 실제로 나라를 다스리는 데 미치지 못해 무참히 물러가는 겁니다.

내가 무엇보다도 괴롭게 생각하는 것은 그리스 군이 야만인들을 향해 영광의 진격을 하려는 판에 당신과 당신의 딸 때문에 가없게도 보잘것없는 야만인들의 비웃음을 면치 못한다는 사실이오. 단순한 의리로 당신을 나라의 지휘자나 대장으로 삼은 것은 아니오. 국가의 통치자에게는 무엇보다도 분별이 있어야 하는 법, 지성이 있어야 윗사람 구실을 하는 거요.

코로스 형제라 할지라도 싸움을 시작하면 험담과 욕설이 대단합니다.

아가멤논 그럼 이번에는 너에 대한 비난을 내가 해도 되겠지. 비열하게 너를 노려보지도 않고, 짤막하게, 지나치지 않은 표현으로 말하겠다. 너는 내 동생이니까. 사내는 언제나 체면을 지킬 줄 알아야 해. 우선 묻겠는데, 무엇 때문에 눈에 살기를 띠고 그렇게 역정을 내는 거지? 누가 너를 해쳤나? 무얼 원하나? 덕망 높은 아내를 원하나? 그건 나도 할 수 없어. 아내를 가졌으면서 그 품행을 바로잡아 주지 못한 건 너 자신이니까. 네 잘못 때문에 무고한 내가 벌을 받아야 하나? 아니면 내 야심이 네 마음에 안 드나? 그게 아니라 분별도 명예도 버리고 아름다운 아내를 되찾아 오고 싶은 게지. 천한 자는 야비한 쾌락을 추구하게 마련. 나로 말하면, 잘못된 결정을 고쳐 더 나은 해결을 택했다고 해서 미친 짓이라고 할 수는 없지 않느냐? 악한 여자가 달아난 것은 하늘이 도운 행운이었는데, 그걸 되찾으려는 너야말로 미치지 않았나?

사랑에 눈이 멀었던 구혼자들은 틴다레오스가 원하는 대로 서약을 했다. 그러나 이렇게 된 것은 네 주장보다도 희망의 여신이 그들의 마음을 통하게 했기 때문. 그들은 광적으로 너를 따를 터이니 같이 싸움터로 달려가려무나. 그러나 제신은 현명하시거늘 강요된 거짓 맹세를 분간하시겠지. 내 딸을 죽일 수는 없다. 악한 아내를 벌한다고 해서 네 소원이 모조리 이루어지는 것도 아니고, 나로 말하면 귀한 자식에게 정의와 법에 어긋나는 처사를 하고, 밤과 낮을 눈물로 보내야 할 게 아니냐.

쉽게 말해서 이렇게 되는 거야. 마음을 바로잡는 게 싫다면 나는 나대로 행동할 것이다.

코로스 지난날의 이야기와는 아주 달라졌군. 하지만 딸을 죽이지 않는다는 건 천만다행.

메넬라오스 아, 나를 도울 친구는 없단 말인가?

아가멤논 있지. 다만 그들을 실망시키지 않는다면.

메넬라오스 형제간인데 소용없군요?

아가멤논 너를 도리에 어긋나지 않게 대하고 싶다. 그러나 네 미친 짓을 받아들일 수는 없어.

메넬라오스 형제간에 좀더 동정을 해도 될 텐데.

아가멤논 너를 돕고 싶지만 나를 괴롭히지는 마라.

메넬라오스 그래 당신은 그리스 군의 이번 원정에 참여할 수 없다는 거군요?

아가멤논 그리스는 너와 같이 어떤 신의 장난으로 제정신이 아니야.

메넬라오스 형제를 배반하고 왕좌에 앉아서 뽐내고 있으라지. 나는 친구들에게 가서 딴 수단을 찾겠소.

(사자 등장)

사자 전 헬라스 군의 총사령관, 아가멤논님. 공주님을 모시고 왔습니다. 이피게네이아 공주님, 왕비이신 클리타이메스트라님과 왕자 오레스테스님도 같이 오셨습니다. 집을 떠나신 지 오랜 오늘, 다시 상면하시게 되니 기쁘시리라 믿습니다. 긴 여로를 급히 오셨으므로 맑은 우물가에 멈추시고 발의 피로를 풀고 계십니다. 말은 목장의 풀을 뜯도록 풀어 놓고 저는 먼저 달려와서 알려 드립니다. 소문이 퍼져 병사들은 공주님의 도착을 벌써 알고 있습니다. 모두들 공주님을 보려고 달려가고 있습니다. 빼어난 분은 누구에게나 알려지고, 모두들 보고 싶어하니까요. '혼사가 있으려나?' 라든가, '무슨 일이 있으려나?' '따님이 보고 싶어서 아가멤논님이 부르신 거야.' 이렇게들 말하고 있습니다. 또는 '아울리스의 여신 아르테미스에게 혼례의 공양을 드린다는데, 공주님의 신랑은 누구지?' 이렇게 말하는 자도 있습니다.

자, 희생으로 바치는 짐승을 넣을 바구니를 준비하시고 머리에는 관을 쓰십시오. 그리고 메넬라오스님은 축혼가를 준비시키십시오. 피리 소리와 춤추는 발돋움 소리가 이 진영에 울려 퍼지도록. 보십시오. 공주님을 위해 햇빛도 찬란합니다.

아가멤논 됐어. 들어오지. 다음 일은 운명의 손에 맡길 수밖에.

아, 뭐라고 말해야 좋으냐, 이 가련한 운명! 무엇부터 시작해야 좋을까? 운명의 절벽에서 떨어지고 말았구나! 신들은 나에게 함정을 팠고, 나에겐 그들의 간계를 알아볼 재간이 없었다. 차라리 천한 몸으로 태어났으면 좋았을 것을! 실컷 울 수도 있을 것이고 무슨 소리든 할 수 있을 텐데. 명문에 태어나면 그럴 수도 없다. 우리들의 인생을 지배하는 교만과 자존심, 우리는 민중의 노예. 눈물을 흘리는 건 수치스럽지만 그렇다고 엄청난 불행에 눈물을 흘리지 않을 수도 없다.

　자, 아내에겐 뭐라고 말해야 하나? 어떻게 대한다? 무슨 낯으로 그녀를 본다? 아, 부르지도 않았는데 오다니. 이렇게 딱한 일이…… 하지만 딸과 같이 온 것은 당연하지. 딸의 결혼을 축하하고 가장 귀여운 육친을 우리에게 맡기기 위해서. 그러나 나의 계획을 알게 되겠지. 가엾은 처녀!……. 아니 처녀라고 부를 수 있을 것인가? 저승의 신이 곧 마중 나올 텐데……. 가엾은 딸! 그녀의 탄원하는 소리가 들리는 것 같구나! '아버님, 저를 죽이시렵니까? 아버님께선 이런 결혼을 용납하고 축하하실 수 있나요? 더욱이 아버님께 귀중한 사람의?' 오레스테스도 우리들 곁에서 외치며 울 것이다. 비록 확실한 말투는 아니지만. 아직도 어린애니까. 아! 헬레네를 유혹한 프리아모스의 아들 파리스가 이러한 불행을 나에게 가져온 거다.

코로스 가엾어라. 이국의 여자일지라도 왕의 불행을 슬퍼하지 않을 수 없다.

메넬라오스 형님, 손을 잡게 해주십시오.[6]

아가멤논 자, 손을. 네가 이겼다. 나는 비참하기 이를 데 없다.

메넬라오스 형님과 저의 아버님 아트레우스, 할아버님 펠로프스 두 분에 맹세코 마음속으로부터 제가 생각한 바를 거짓 없이 말씀드리겠습니다. 형님이 눈물을 흘리는 것을 보니 저도 슬픔이 북받쳐 눈물이 나옵니다. 아까 제 말은 잊어 주십시오. 형님께 잔인한 짓은 할 수 없어요. 형님의 심정 잘 알겠습니다. 딸을 죽이지 말아 주십시오. 제 걱정은 마십시오. 형님을 슬픔에 떨어뜨리고 제가 행복해지고, 형님의 딸이 죽고 제가 빛을 본다는 것은 정당하지 않습니다.

　도대체 나는 무엇을 원하고 있는 건가? 아내를 원한다면 더 좋은 여자를 찾으면 되지 않아? 나에겐 가장 소중한 혈육을 잃고 헬레네를 되찾는다면 좋은 것과 나쁜 것을 바꾸는 게 되지 않아요? 사실을 제대로 보지도 못하고, 자식을 죽인다는 게 어떤 것이라는 것을 알지도 못한 채 철없이 지껄이고 오류를 범한 것입니다. 그러지 않아도 가련한 그 애를 생각하면 마음이 아팠는데……. 헬레네와 형님의 딸 사이에 무슨 상관이 있나요? 일으킨 군대는 해산하고 아울리스에서 떠나가면 되지요. 그러니 눈물을 멎으시고 저의 눈시울을 뜨겁게 만들지 마십시오. 형님의 딸에 대한 신탁의 실행을 요구할 권한이 저에게 있다 할지라도 단념하고 양보하겠습니다. 변덕을 부린다고 말하는 사람도 있겠지만 이성을 따른 것뿐. 혈육 간의 애정이 내 마음을 변하게 했다고 할까……. 언제나 정당하다고 생각한 길을 택한다는 건 비굴한 자에겐 할 수 없는 일이니까요.

코로스 제우스의 아들 탄탈로스에게도 어울리는 넓은 도량, 조상의 이름을 더럽히지 않는 말씀입니다.

아가멤논 고맙다, 메넬라오스. 네가 아니면 그렇게 말하기 힘들 거다. 형제간의 싸움은 사랑과 자기 집안의 이해 관계에서 생기는 법. 서로 해치는 혈육 간이라면 진저리 난다. 그러나 잔인한 운명을 피할 수 없다. 딸은 죽여야 해.

메넬라오스 뭐라고요? 누가 감히 형님께 그걸 강요합니까?

아가멤논 원정을 위해 모인 그리스의 병사들이지.

메넬라오스 이피게네이아를 아르고스에 되돌려 보내면 되죠.

아가멤논 그녀가 돌아갔다고 숨길 수는 있어도 모든 걸 숨길 수는 없어.

메넬라오스 무슨 말씀? 민중을 그렇게 두려워할 필요는 없습니다.

아가멤논 칼카스가 그리스 병사들에게 신탁을 알리면.

메넬라오스 그 전에 죽여 버리면, 어려울 게 없죠.

아가멤논 예언자란 야심이 강한 귀찮은 존재야.

메넬라오스 아무 쓸모없는 인간들.

아가멤논 하지만 나에겐 걸리는 게 있는데, 너는 거리끼지 않냐?

메넬라오스 말씀 안 하시면 어떻게 제가 압니까?

아가멤논 오디세우스가 모든 걸 알고 있어.

메넬라오스 오디세우스가 형님과 저를 해칠 까닭이 있습니까?

아가멤논 민중의 편이라고 언제나 내세우고 잔재주를 부르는 자야.

메넬라오스 그건 그래요. 야심에 불타는 무서운 화근이죠.

아가멤논 그자는 틀림없이 아르고스의 병사들을 모아 놓고 칼카스가 예언한 신탁을 말할 것이다. 내가 아르테미스께 딸을 희생으로 바칠 것을 약속했다가 이어서 그 약속을 어겼다고. 그리하여 병사들을 선동해서 너와 나를 죽이게 하고 딸을 희생시키려 들 것이다. 내가 아르고스로 달아난다 할지라도 쫓아와서 키클로프스의 성벽을 점령하고 내 왕국을 약탈할 것이다. 아, 나의 불운이여. 제신은 어이하여 나를 이런 궁지에 몰아넣는단 말인가! 메넬라오스여, 이것만이라도 조심해 다오. 병사들에게 가서 딸을 저 세상에 보낼 때까지는 클리타이메스트라가 눈치 채지 않도록 해 다오. 불행을 겪더라도 너무 심한 눈물을 흘리게 하고 싶지는 않으니까. 그리고 이국의 여인들이여, 이 일에 대해선 입을 봉해 주시오.

(아가멤논, 메넬라오스 퇴장)

코로스 (읊음)

절제와 순결을 잃지 않고
아프로디테의 쾌락을 따르는 자는 행복할지어다.
정열의 광란도
행복에 감싸이게 마련.
황금 머리털의 에로스가

두 개의 화살을 교대로 쏠 때
하나는 행운을 가져오고
하나는 인생의 파란을 가져온다.
그것만은, 아름다운 키프리스님
우리의 잠자리에서 멀리 해주시오.
순결한 사랑의 맛을 보게 해주시오.
절제 있는 쾌락을 주시고
지나친 쾌락은 멀리 해주시오.

인간의 성품은 가지각색
사는 태도도 저마다 다르지만
정직해야 꾸준한 법.
좋은 교육을 받으면
덕망도 늘어나는 법.
수치를 아는 것이 지혜의 시초
더욱 중요한 것은 제 의무를
지성의 힘으로 알게 되는 것
그럴 때 불멸의 명성을 누릴 수 있는 것이다.
미덕을 가꾸는 건 중요한 일
여인은 빗나간 애정을 피하고, 사내는 절제를 지킴으로써,
그리하여 나라를
더욱 번영으로 인도한다.

파리스여, 그대는 이다 산 목장에서

하얀 암소와 더불어 자라났다.

올림포스가 작곡한 이국의 곡조를

프리기아풍의 피리로 불며.

암소는 살찌고 젖이 불어나는

그 자리에서 세 여신의

아름다움을 심판하다가 사랑에 미쳐

그리스로 가게 되고

상아로 장식된

왕좌 앞에서 마주 앉은 헬레네의 눈동자에

사랑의 불씨를 심었을 때

그 또한 사랑의 포로가 된다.

거기에서 불화는 불화를 낳고

그리스는 창을 들고 선단을 끌고 트로이 높은 성으로 쳐들어

갔다.

(마차를 타고 클리타이메스트라와 이피게네이아 등장)

아, 거룩한 분들의 찬란한 모습

보십시오.

공주 이피게네이아와

틴다레오스의 딸 클리타이메스트라 왕비님.

거룩한 집안에 태어나고

지금은 화려한 숙명을 찾아

여기에 왔다.

영화를 모르는 중생들에게

부유하고 높은 지위의 분들은

신과 같은 존재.

자 칼키스의 처녀들

일어나자

여왕님 일행을 맞이합시다.

마차에서 내리실 때

다치시지 않도록

우리의 손을 부드럽게

받쳐 드리고 친절히 접대하여

이제 여기 도착하신

아가멤논의 따님이 겁내시지 않도록.

비록 우리는 이국의 여성들이라 할지라도

아르고스에서 오신 분들에게

걱정될 사연을

이야기하지는 않으리.

(클리타이메스트라, 마차에서 내려 코로스에게 말한다.)

클리타이메스트라 극진한 접대와 친절한 말은 틀림없이 행운의 전조라고 생각합니다. 내가 여기 데려온 딸은 복된 혼사를 치르게 되리라는 것을 믿게 합니다. 자, 딸을 위해 가져온 혼수를 마차에서 내려 조심스럽게 집으로 들여가시오. 그리고 딸이여, 마차에서 나와 연약한 그대의 발을 조심하고 땅에 내리렴. 자, 처녀들이여, 공주를 팔로 떠받치고 부축해 주시오. 쉽사리 마차에서 내릴 수 있게. 그대들 몇 사람은 말 앞에 서 있구려. 말들은 잡아 주지 않으면 쉽사리 겁을 내니까. 그리고 이 애를 받아 주시오. 아가멤논 왕의 아들 오레스테스, 아직은 갓난아기지만. 아가! 잠이 들었니? 마차에 흔들려서 졸음이 오니? 누나의 복된 결혼인데 눈을 떠라. 뛰어난 집안에 태어나 벌써 고상한 몸이지만, 이제 너는 신과 다름없는 테티스의 아들과 친척이 되는 거야. 이피게네이아, 내 곁에 앉아서 이국의 여인들에게 내가 행복한 어머니라는 걸 보여 주렴.

(아가멤논 등장)

클리타이메스트라　저기 아버님이, 여기 와서 인사를 드리렴. 그지없이 존경하는 아가멤논 왕, 당신의 명령에 순종하기 위해서 서둘러 여기 왔습니다.

이피게네이아　(아버지에게 달려가서) 어머님, 화내지 마세요. 제가 먼저 이렇게, 아버님 가슴에 매달리고 싶은걸요.

클리타이메스트라　당연하지. 너는 언제나 아버님을 가장 사랑했는걸. 내가 낳은 애들 가운데서도.

이피게네이아　아버님, 그토록 오랜 이별 끝에 뵙게 되니 기쁘기 그지없습니다.

아가멤논　나도 역시 기쁘다. 너와 같은 심정.

이피게네이아　아버님 곁에 오라고 불러 주셔서 감사합니다.

아가멤논 (난처해서) 뭐라고 말해야 좋을지, 딸이여.

이피게네이아 저를 만나서 기쁘다고 하셔 놓고 어이하여 미간에 근심이 가득하십니까!

아가멤논 국왕이나 군을 지휘하는 장수에겐 근심이 많은 법.

이피게네이아 그러나 오늘은 온 마음을 저에게 주시고 근심거릴랑 잊으십시오.

아가멤논 지금은 네 생각뿐, 딴 생각은 하지 않는다.

이피게네이아 그럼 찌푸리신 미간을 펴시고 눈에는 기쁨의 빛을 띠시기를.

아가멤논 너를 만나니 나는 이렇게 끝없이 기쁘다.

이피게네이아 그런데 눈에서는 눈물이 흐르는 어이 된 일이신지.

아가멤논 긴 이별이 우리를 다시 헤어지게 할 거다.

이피게네이아 무슨 말씀인지 잘 모르겠지만, 아버님, 알 것도 같아요.

아가멤논 분별 있는 네 말을 들으면 더욱 슬퍼지는구나.

이피게네이아 그럼 멍청한 소리를 할까요? 아버님을 기쁘게 하려면.

아가멤논 (독백) 아, 이 이상 침묵을 지킬 수 있을 것인가! 그래, 그렇다.

이피게네이아 그럼 아버님, 애들을 위해서 집을 떠나지 마십시오.

아가멤논 그렇게 하고 싶은데, 그럴 수 없어서 괴로운 거다.

이피게네이아 메넬라오스님 때문에 생긴 싸움이니 재난은 없어지라지요.

아가멤논 딴 자들을 파멸시키면 거기에서 나의 파멸도 오는 거야.

이피게네이아 아울리스 항구에 오래도 머물러 계시는군요!

아가멤논 아직도 출발을 가로막는 것이 있다.

이피게네이아 프리기아 인들은 어디 살고 있나요, 아버님?

아가멤논 그 나라에, 프리아모스의 아들 파리스가 살고 있지 않 았으면 좋았을 것을.

이피게네이아 아버님은 저를 남기시고 먼 곳으로 떠나시는군요.

아가멤논 너도 나처럼 멀리 떠나갈 것이다.

이피게네이아 아버님과 같이 떠날 수 있다면 얼마나 좋겠어요!

아가멤논 너도 아비 생각을 하며 뱃길을 떠날 것이다.

이피게네이아 어머님과 같이, 아니면 혼자서 떠나나요?

아가멤논 혼자서. 아버지 어머니와 헤어져서 떠나야 한다.

이피게네이아 딴 집에 저를 보내서 살게 한다는 건 아니시겠죠?

아가멤논 그런 걱정 마라. 처녀가 알 일이 아니니.

이피게네이아 프리기아에서 승리를 거두시고 빨리 돌아오세요.

아가멤논 그 전에 나는 여기서 희생의 공양을 드려야 한다.

이피게네이아 그럼 아버님 곁에서 저도 볼 수 있게 해주세요.

아가멤논 잘 보일 것이다. 너는 청정수 항아리 곁에 서 있을 테 니까.

이피게네이아 제단의 주위에 둘러서는 거군요. 아버님 군무의 합 창대가 되어?

아가멤논 모르는 게 낫다. 네가 부럽구나. 들어가렴, 처녀들과 같이 있도록. 자, 손을 다오, 부드러운, 그러나 씁쓸한 포옹, 얼마나 오랫동안 우리는 헤어져야 하는 거냐! 오, 이 가슴, 이 볼, 금발의 머리칼, 우리들에게 프리기아의 도시와 헬레네는 얼마나 엄청난 불행을 가져왔는가! 부질없는 말은 그만두자. 널 껴안으면 눈물이 쏟아지는구나. 천막으로 들어가렴.

(이피게네이아 퇴장)

레다의 딸이여, 아킬레우스에게 딸을 시집보낼 이 마당에 이렇게 지나치게 슬퍼한 것을 용서하시오. 딸을 시집보내는 건 경사임에 틀림없지만, 여러모로 고생해서 키운 딸을 딴 집안으로 보낼 때 아비의 심정은 더없이 슬퍼지는 거요.

클리타이메스트라 제가 그렇게 분별없을 것 같아요? 당신의 약한 마음을 나무랄 정도로. 저 역시 축혼가가 울려 퍼지는 가운데 딸을 데리고 나올 때는 당신처럼 슬퍼질 거예요. 하지만 관습과 시간의 흐름이 슬픔을 조금은 가시게 해줄 거예요. 당신이 사위로 정한 사람의 이름은 알고 있습니다만 어떤 집안의, 어떤 고장의 사람인지 자세히 가르쳐 주세요.

아가멤논 아이기나는 아소포스의 딸이었소.

클리타이메스트라 그분을 아내로 삼으신 분은 인간인가요, 신이신가요?

아가멤논 제우스 신. 그리하여 그들 사이에 아이아코스가 태어났고 그가 오이노에를 통치한 왕이었어.

클리타이메스트라 아이아코스의 아들들 가운데 누가 가문을 이어받았나요?

아가멤논 펠레우스, 그 펠레우스가 네레우스의 딸을 아내로 맞은 거요.

클리타이메스트라 바다의 신 네레우스의 승낙을 받았나요. 아니면 신의 뜻을 거역하고 아내로 맞았나요?

아가멤논 제우스 신이 허가를 하고, 네레우스가 승낙을 했소.

클리타이메스트라 그들은 어디서 결혼을 했나요? 바다의 한복판에서?

아가멤논 케이론이 사는 거룩한 펠리온 산의 정상에서.

클리타이메스트라 켄타우로스 일족이 산다고 하는?

아가멤논 거기에서 제신은 잔치를 베풀고 펠레우스의 결혼을 축하했지.

클리타이메스트라 테티스가 아킬레우스님을 길렀나요, 아니면 부친인 펠레우스가?

아가멤논 케이론이 길렀소. 천한 인간들의 풍속을 배우지 않도록.

클리타이메스트라 가르치신 분도 현명하지만, 그분을 선택한 분은 더욱 현명하시군요.

아가멤논 당신 딸의 남편 될 사람은 그런 사람이오.

클리타이메스트라 나무랄 데 없는 위인, 그래 그리스의 어느 고을에 사나요?

아가멤논 아피다노스 강변 프티아 땅에.

클리타이메스트라 그는 그곳으로 내 딸을 데려갈까요?

아가멤논 그건 딸을 얻은 자가 결정할 일.

클리타이메스트라 두 사람이 행복하기를! 그래 어느 날 혼례를 올리나요?

아가멤논 보름달이 뜨는 좋은 시기가 오면.

클리타이메스트라 혼례의 희생으로 여신에게 바치는 짐승을 죽였나요?

아가멤논 이제부터 하려고 하오. 그걸 염려하고 있는 참이오.

클리타이메스트라 그 후에 혼인 잔치를 베풀겠군요?

아가멤논 그래요. 제신에게 바쳐야 하는 희생을, 내가 바친 연후에.

클리타이메스트라 우리 여인들은 어디서 연회를 베풀까요?

아가멤논 여기, 선미船尾엔 깃발이 나부끼는 아르고스의 선박들이 즐비한 여기에서.

클리타이메스트라 그렇게 해야 한다면 할 수 없지요. 모든 일이 잘 되기를.

아가멤논 알겠소, 왕비. 당신이 해야 할 일을 잘 들으시오.

클리타이메스트라 뭘 해야 하나요? 언제나 말씀에는 순종해 왔습니다.

아가멤논 우리는 신랑이 있는 곳에서…….

클리타이메스트라 어머니로서의 권한에 속한 일을 저 없이 하실 작정인가요?

아가멤논 그리스 병사들이 보는 가운데서 딸을 결혼시키겠소.

클리타이메스트라 그럼 저는 그동안 어디 있어야 하나요?

아가멤논 아르고스에 돌아가서 다른 애들을 돌봐 주시오.

클리타이메스트라 이피게네이아를 두고 떠나라고요! 그럼 누가 혼례의 횃불을 드나요?

아가멤논 혼례의 횃불은 내가 들지.

클리타이메스트라 그건 관습에 어긋납니다. 아마 그런 걸 대수롭지 않게 생각하시는 모양이군요.

아가멤논 병사들 앞에 당신이 나타나는 건 적당치 않소.

클리타이메스트라 산고를 겪은 어머니가 딸을 시집보내는 건 당연한 일입니다.

아가멤논 집에 두고 온 딸들을 내버려 두지 않고 돌아가는 것도 당연한 일이오.

클리타이메스트라 공주들의 방은 튼튼하게 만들어졌으므로 걱정하실 것 없습니다.

아가멤논 내 말을 들어 주시오.

클리타이메스트라 아르고스의 수호신인 헤라 여신께 맹세코 안 됩니다. 집 밖의 일은 당신께서 결정하시지만 집안일은, 딸을 시집보내는 일은 제가 돌봐야 합니다.

(클리타이메스트라 퇴장)

아가멤논 아, 헛된 노력이었구나. 희망이 없어. 그 광경을 처에겐 보이고 싶지 않았는데. 여러 가지 구실을 만들어 이 세상에서 가장 귀중한 사람을 속이려 했지만 실패로 돌아갔어. 하여튼 사제인 칼카스를 찾아가 여신이 바라는 바를 알아보자. 나의 불행을 가져오고 그리스 인들에게 괴로움의 원인이 된 여신의 생각을. 현명한 인간은 정직하고 착실한 처를 얻든가, 아예 결혼하지 않든가 해야 하는 법이다.

(아가멤논 퇴장)

코로스 (노래)

　시모이스 해변

　은빛 물결이 회오리치는 곳

　그리스의 군세는 밀려가리라.

　병선과 무기를 갖추고

　일리온을 향해서.

　포이보스가 마련한

　트로이 평원을 향해

　그곳에서는 월계관을 쓴 카산드라가

　금발 머리칼을 휘날리며

　영감靈感의 신의 속삭임을 들으며 점을 친다.

　트로이 성,

　그 성벽 주위에는

　트로인 인들이 지키고 있고

　청동 방패를 든

그리스 병사들이 견고한 배를 저어
시모이스 해변에 밀려가리라.
하늘에 계신 별의 신의
여동생인 헬레네를
프리아모스로부터 찾아오려고,
아카이아[7] 군세의 창과 방패로
그리스로 되찾아 오려고.

돌로 쌓아 올린 성벽을 둘러싸고
피비린내 나는 싸움에
프리기아 인의 성을 쳐들어가면
허구한 사람들이 쓰러져 죽고
트로이는
속절없이 폐허가 되고
프리아모스의 딸들과
처첩들은 비탄에 젖을 것이다.
그러면 제우스의 딸 헬레네는
남편을 버리고 달아난 것을 뉘우칠 것이다.
아, 제발 나와 자손들에게는
이런 일이 일어나지 않기를.
영화를 누린 리디아와
프리기아의 여인들처럼

붙들려 가서 베를 짜며

서로 이렇게 말할 건가.

'누가 아름다운 머리칼을 휘어잡고

눈물 흘리는 나를 멸망한

조국에서 끌어가는가.

긴 목을 가진 백조의 딸

당신 때문.

제우스가 날개 돋친 백조가 되어

레다와 정을 통하고

당신을 낳았다고 하는데,

아니면 이건 시인들이 꾸며 낸 헛소문일까.'

아킬레우스 그리스 군의 총수는 어디 계신가? 펠레우스의 아들 아킬레우스가 찾아와서 문 앞에 있다고 전해 줄 시종은 없는가? 에우리포스에 바람이 불어오기를 모두들 초조히 기다리고 있다. 우리들 가운데 결혼하지 않은 자는 집을 비우고, 결혼한 자는 처자를 두고 이 해변에 와서 기다리고 있다. 이번 싸움에 이처럼 전의戰意가 그리스 인 가운데 높은 것은 제신이 도우신 탓, 그러나 나로서는 말할 것은 해야겠다. 딴 사람도 하고 싶은 이야기가 있으면 하라지. 즉, 나는 파르살로스에 아버님을 두고 바람이 불지 않기 때문에 미르미돈의 군세를 거느리고 에우리포스에 머물고 있다. 그들 가운데는 나를 재촉하고 이렇게 말하는 자도 있다.

'아킬레우스님, 왜 이렇게 기다리고 있어야 하나요? 일리온을 향해서 언제 떠납니까? 무슨 일을 하시려면 곧장 하시든지, 아니면 병사들을 집으로 보내 주십시오. 아트레우스가의 나리들이 주저하신다면 기다리고 있을 것 없습니다.'

(클리타이메스트라 등장)

클리타이메스트라 테티스 여신의 아드님이여, 천막 안에서 당신의 말씀을 듣고 이렇게 나왔습니다.

아킬레우스 아, 고상하신 기품! 이목이 뛰어나신 이 부인은 누구신지?

클리타이메스트라 아직 뵈온 적이 없으니까 모르시는 게 당연하죠. 그러나 정숙함을 존중할 줄 아는 당신은 훌륭합니다.

아킬레우스 도대체 누구신지요? 연약한 여인의 몸으로 어이하여 혼자 그리스 군 병사들 사이에 계시는지?

클리타이메스트라 나는 레다의 딸 클리타이메스트라, 아가멤논의 처입니다.

아킬레우스 제가 알고 싶었던 점을 몇 마디로 잘 말씀해 주셨습니다. 하지만 부인과 이렇게 말을 건네는 건 예의에 어긋나는 일.

클리타이메스트라 잠깐, 왜 피하려고 하나요? 자, 오른손을. 혼인을 맺는 복된 표시로.

아킬레우스 뭐라고요? 손을 내라고요? 해서 안 되는 짓을 하면 아가멤논님께 결례가 됩니다.

클리타이메스트라 그래서 안 될 리가 있습니까. 당신은 내 딸의 남편이 될 사람. 오, 바다의 여신 테티스의 아드님이여.

아킬레우스 어떤 혼사를 말씀하시는 건지? 그저 어리벙벙할 뿐, 아마 착각을 일으키신 게 아닐는지.

클리타이메스트라 처음 만나는 벗에게 자기 혼사를 말하는데 숨기려 하는 건 사내로서 당연하죠.

아킬레우스 부인이여, 따님을 달라고 청혼한 적이 없습니다. 또한 아가멤논님께서도 이 결혼에 대해서 말씀하신 적이 없습니다.

클리타이메스트라 그렇다면 어이 된 일? 내 말을 의아하게 생각하고 놀라시는 건 당연한 일. 나도 당신 말에 의아해하고 놀랐으니까요.

아킬레우스 서로 함께 수수께끼를 풀어 보도록 합시다. 서로의 말이 어긋나니까요.

클리타이메스트라 누군가가 나를 속였군요? 있지도 않은 결혼을 서두르다니, 아 창피해.

아킬레우스 틀림없이 누군가가 우리를 놀린 거군요. 하지만 염려 마시고 너무 마음 쓰지 마시도록.

클리타이메스트라 그럼 이만 물러갑니다. 그러한 거짓과 모욕을 당한 이제 당신을 똑바로 볼 수도 없습니다.

아킬레우스 안녕히 가십시오. 저도 천막에 들어가서 주인님을 찾아보겠습니다.

노인 (천막 안에서) 손님, 잠깐. 아킬레우스 도련님, 잠깐. 여신의 아드님, 그리고 레다의 딸이신 왕비님, 말씀드릴 게 있습니다.

아킬레우스 문 사이로 나를 부르는 자는 누구냐? 괴로움에 시달린 음성으로?

노인 노예의 몸입니다. 명예로운 이름은 아니지만 저에게 주어진 운명.

아킬레우스 누구의 종이란 말이냐? 내 종은 아닐 테지. 아가멤논님과 나는 다르니까.

노인 천막 앞에 계시는 부인의 하인입니다. 그 아버지인 틴다레오스님께서 딸려 보내셨습니다.

아킬레우스 자, 우리는 여기 있으니 할 말이 있으면 하라. 왜 나를 불렀지?

노인 문 앞에는 두 분만 계신가요?

아킬레우스 우리 두 사람뿐이다. 자, 말하라. 왕의 천막에서 나와서.

노인 (천막의 입구에 나타나서) 오, 운명의 여신이여. 나로 하여금 앞을 예견하고 제발 저분들을 구할 수 있게 해주십시오.

아킬레우스 무엇인가 위기를 예고하고 불안을 빚어내는 말투.

클리타이메스트라 나의 오른손을 잡고 맹세해야 할 게 있다면 빨리 말해요.

노인 제가 왕비님과 자녀분들에게 충성을 다하는 건 아시죠?

클리타이메스트라 네가 우린 집안에서 오랫동안 시중들어 왔다는 걸 알고 있어.

노인 저는 아가멤논 왕에게 시집온 왕비님의 혼수의 일부로서 딸려 왔습니다.

클리타이메스트라 나와 같이 아르고스에 오고, 그 후 언제나 나의 시중을 들어 왔어.

노인 그러므로 저는 왕보다도 왕비님께 더욱더 충성을 다해 왔습니다.

클리타이메스트라 도대체 무슨 이야기인지 빨리 털어놔요.

노인 공주님을…… 그 부친이신 왕께서 손수 살해하실 작정이신 모양입니다.

클리타이메스트라 뭐라고? 소름 끼치는 소리. 그런 얼빠진 소리를 하다니.

노인 가엾게도 공주님의 하얀 목덜미에 칼을…….

클리타이메스트라 이런 불행이 있으랴! 그럼 남편은 실성을 하신 건가?

노인 정신은 멀쩡하십니다. 다만 왕비님과 공주님께 가하려는 처사는 제정신이 아니십니다.

클리타이메스트라 무엇 때문에? 어떤 액운이 그를 사로잡았나?

노인 칼카스가 말하는 신탁 때문에……. 군대를 출범시킬 수 있도록 하기 위해.

클리타이메스트라 어디로? 아 불행한 어미, 아비에게 살해되어야하는 불쌍한 딸아이!

노인 다르다노스의 성을 향해서요. 메넬라오스님이 헬레네를 되찾기 위해.

클리타이메스트라 헬레네를 되찾아 오기 위해서는 이피게네이아가 불행을 당해야 하나?

노인 그렇습니다. 공주님을 아르테미스에게 희생으로 바칠 작정이십니다.

클리타이메스트라 나를 집에서 떠나오게 하는 데 결혼을 빙자한 것은 무엇 때문이지?

노인 아킬레우스님과 결혼시킨다면 기꺼이 공주님을 데려오리라고 믿은 것입니다.

클리타이메스트라 오, 딸이여, 너는 죽기 위해 여기에 왔구나. 네 어미도 마찬가지!

노인 두 분의 비운을 슬퍼합니다. 아가멤논님의 무정한 처사.

클리타이메스트라 아, 다 틀렸다. 흐르는 눈물을 어찌할 수 없구나.

노인 어린애를 잃는 어머니의 슬픔이 눈물을 흘리게 하는 건 당연합니다.

클리타이메스트라 하지만 할아범은 어디서 이걸 알았소?

노인 처음 편지와는 다른 내용의 편지를 왕비님께 가지고 가라는 분부였습니다.

클리타이메스트라 딸을 살해하기 위해 나를 재촉하는 거였나, 아니면 데리고 오지 말라는?

노인 데려오지 말라는 내용이었습니다. 그제야 이성을 되찾으신 거죠.

클리타이메스트라 그럼 그 편지를 왜 나에게 전하지 않았지?

노인 메넬라오스님이 그 편지를 빼앗아 가셨습니다. 그분은 모든 불행의 원인이십니다.

클리타이메스트라 바다의 여신에게서 태어난 펠레우스의 아드님, 들으셨어요?

아킬레우스 정말 안되셨습니다. 그러나 이러한 모욕을 당하고 저도 가만히 있을 수는 없습니다.

클리타이메스트라 당신과의 결혼을 빙자해서 그들은 딸을 죽이려는 거예요.

아킬레우스 저도 그분의 처사를 못마땅하게 생각합니다. 저도 분함을 금치 못합니다.

클리타이메스트라 한낱 인간으로서 여신의 아들이신 당신의 무릎에 매달려도 수치라고는 생각하지 않습니다. 거만하게 자존심을 지킨들 무슨 소용이 있겠습니까? 피와 살을 나눈 딸을 위해 온갖 노력을 하지 않는다면 누구를 위해 하겠습니까? 여신의 아드님이여, 이 부당한 처사를 막아 주십시오. 비록 근거 없는 이야기였다지만 당신의 아내로 지목된 처녀를 구해 주세요. 신부로서 화관을 씌우고, 당신과 결혼시키기 위해 데려온 처녀. 지금은 죽음의 제단으로 인도되려 하고 있습니다. 그 애를 구해 주지 않는다면 당신의 수치가 될 것입니다. 비록 결혼으로 맺어지지는 않았지만, 적어도 이 가엾은 처녀의 낭군님으로 불리지 않았습니까? 당신의 수염과 어머님께 걸고 애원합니다. 당신의 이름이 우리를 파멸로 인도했다면, 그 이름이 우리를 구해 줘야 합니다.

당신의 무릎에 매달리는 길밖에 피할 길 없는 이 몸, 친구도 가까운 곳에는 없습니다. 아가멤논의 잔인한 계획을 당신은 아십니다. 보시다시피 연약한 몸으로 거친 사공들 사이에 왔습니다. 그들은 악에 굶주렸지만 선을 위해 도움이 될 수도 있습니다. 당신이 우리들에게 구원의 손을 뻗친다면 우리는 구원될 것입니다. 그러지 않는다면 우리는 마지막입니다.

코로스 어머니가 된다는 건 무엇인가 엄청나게 강한 것. 모든 여인이 이같이 모성애에 사로잡히면 목숨을 걸고 모든 걸 견디어 낸다.

아킬레우스 느끼기 쉬운 제 마음. 불행할 때나 행복할 때나 절제를 잃지 않고 슬퍼하며 기뻐할 줄 압니다. 분별이 있음으로써 인생을 이성에 따라 올바르게 살아갈 수 있을 것입니다. 때로는 현명하지 않은 게 편할 때도 있겠지만, 조심성 있는 게 필요할 때도 있습니다. 경건한 케이론 밑에서 자라난 저는 솔직하고 정당해야 한다는 걸 배웠습니다. 아가멤논의 명령이 정당하면 따르고 그렇지 못하면 따르지 않겠습니다. 그리하여 트로이에서나 예서나 자유로이 행동하고 무용을 빛내겠습니다. 가장 귀중한 육친들로부터 부당한 처사를 당한 당신을 동정하고, 제 힘이 닿는 데까지는 당신을 지켜 드리겠습니다. 또한 저의 약혼자로 간주된 공주를 결코 부친에게 죽게 하지는 않겠습니다. 결코 주인님의 음모에 이 몸이 말려들어 가지는 않겠습니다. 왜냐하면 제 이름은 비록 칼을 뽑아 들지 않아도 공주를 죽이는 게 되니까요. 물론 그 살인을 저지른 책임자는 주인이시겠지만 나 때문에, 나와의 결혼을 구실로 죄 없는 공주가 처참한 죽음을 당해야 한다면 저도 그 누명을 벗어나지 못할 것입니다. 만약 제 이름이 주인 어른을 위한 살생의 구실로 쓰인다면 저는 아르고스 인 가운데 가장 보잘것없는 비겁한 자, 메넬라오스님은 그 이름을 떨치고, 저는 펠레우스의 아들이 아니라 잡신의 아들이 되고 말 것입니다.

바다의 파도 속에 사시는 저의 어머니이신 테티스 여신의 부친 네레우스의 이름을 걸고 아가멤논 왕이 공주님을 해치지 못하게 하겠습니다. 공주의 옷깃에 손길이 스쳐 가지도 못하게 하겠습니다. 그러지 않으면 야만족이 사는 변경의 땅 시필로스가 많은 용사를 낳은 땅이 되고 프티아는 그 명성을 유지하지 못할 것입니다.

예언자 칼카스는 쓸쓸한 제물과 술을 바쳐야 할 것입니다! 예언자란 도대체 뭡니까? 진실은 적고 거짓말은 많고 맞건 안 맞건 그것뿐. 아내를 얻고 싶어서 이렇게 말하는 건 아닙니다. 혼인을 청해 오는 처녀는 수없이 있습니다. 그러나 아가멤논님은 저를 모욕하셨습니다. 따님을 오게 하기 위한 것이었다 할지라도 제 이름을 빌리려면 저와 상의를 하셨어야 합니다. 클리타이메스트라님은 따님을 저와 결혼시키기 위해 데려오셨지만 일리온에 그리스의 병선이 떠나는 데 필요한 양보라면 제 이름을 이용하는 걸 굳이 싫다고 했겠습니까? 전우들 공동의 이익을 위한 것이라면 저는 거절하지 못했을 겁니다. 그러나 지금 장군들은 저를 업신여기고 좋건 나쁘건 멋대로 취급하려 하고 있습니다. 하지만 그러한 묘욕을 나에게 가하고는 온전할 수 없다는 것을 머지않아 이 칼을 보여 줄 것입니다. 나에게서 따님을 빼앗으려는 자가 있다면 프리기아에 가기 전에 이 칼에 피투성이가 될 것입니다. 염려 마십시오. 제가 거센 신이 되어 지켜 드리겠습니다. 저는 신이 아닙니다만, 당신을 위해 그렇게 하겠습니다.

코로스 펠레우스의 아드님다운 말씀. 바다의 여신인 모친에게도 어울리는 훌륭한 말씀입니다.

클리타이메스트라 아, 뭐라고 감사를 드려야 좋을지, 지나치지 않고 부족함이 없이 감사함을 표시하려면 어찌해야 할지. 훌륭한 분들은 지나친 칭찬을 하면 오히려 싫어하시는 법이니까요.

홀로 겪어야 할 괴로움인데, 당신에게 비탄스러운 사연만을 늘어놓아서 부끄럽습니다. 우리들의 재난에 당신은 아무 상관이 없는데. 그러나 타인의 불행이라 할지라도 도울 수 있다면 피해자를 돕는다는 건 아름다운 일. 그러므로 우리를 불쌍히 여기십시오. 우리들의 운명은 동정을 받고도 남습니다. 처음에 나는 당신을 사위가 될 사람으로 생각했는데 그것이 헛된 꿈이 되어 나를 실망하게 했습니다. 다음엔 내 딸의 죽음이 당신의 결혼에 흉측한 전조가 될 수도 있는 일, 조심하셔야 합니다.

그러나 처음부터 끝까지 잘 말씀해 주셨습니다. 도와주신다면 딸아이는 구원될 거예요. 딸을 오게 하여 당신의 무릎에 매달려 청원하도록 할까요? 처녀다운 행동이 아닐지 모르지만. 그러나 원하신다면 그 고상한 눈매에 수줍음을 띠고 올 것입니다. 하지만 딸이 뵙지 않더라도 똑같이 도와주신다면 집에 있게 하지요. 처녀의 몸에는 조심성이 중요하니까요. 그렇다고 때와 장소를 가리지 않고 조심성만을 내세울 수도 없는 일.

아킬레우스 저와 만나게 하기 위해 따님을 부르실 필요는 없습니다, 부인. 근거 없는 비난을 살 필요는 없으니까, 병사들은 집을 떠나 할 일이 없으니, 모이면 남에 대한 비방과 험구를 일삼습니다. 저에게 부탁을 하시건 안 하시건 매일반. 이 불행에서 부인과 따님을 보호하려는 결심은 이미 섰으니까요. 저는 결코 거짓된 이야기를 하지 않는다는 것을 알아 두십시오. 부질없이 큰소리를 치고 헛된 말을 한다면 저는 죽어 마땅합니다! 목숨을 걸고 따님을 구하겠습니다.

클리타이메스트라 불행한 자를 돕는 당신께 복이 내리기를!

아킬레우스 그럼 일이 잘 되도록 제 말을 들어 주십시오.

클리타이메스트라 뭐라고요? 물론이죠, 말씀하세요.

아킬레우스 다시 한 번 부친의 정에 호소해서 생각을 돌리시도록 하면…….

클리타이메스트라 그는 악의에 차 있고 병사들은 너무나 겁이 많습니다.

아킬레우스 이치를 따져서 이야기하면 설득할 수도 있는 일.

클리타이메스트라 희망은 없습니다. 하지만 어떻게 하면 좋은지 말씀하십시오.

아킬레우스 우선 공주를 죽이지 않도록 그에게 청원하십시오. 거절하면 저에게 오십시오. 청원이 받아들여진다면 제가 개입할 필요가 없습니다. 따님을 구할 수 있을 것이고, 저는 친한 분에게 불미한 행동을 하지 않아도 됩니다. 힘으로 결판을 내지 않고 이치로 일을 해결한다면 저는 병사들의 비난을 면할 수 있습니다. 제가 개입하지 않고 잘 해결된다면 아가멤논님과 부인께 더욱 기쁜 일이 될 것입니다.

클리타이메스트라 지당한 말씀, 당신 말대로 하겠어요. 하지만 뜻대로 되지 않는다면 어디서 다시 뵐 수 있을까요? 불쌍한 저를 구해 줄 수 있는 당신을 찾아 어디로 가야 하나요?

아킬레우스 적당한 장소에서 제가 지켜보고 있겠습니다. 그리스군의 한복판을 비탄에 젖어 헤맴으로써 가문의 명예를 더럽히는 일이 없도록 하겠습니다. 당신의 아버지 틴다레오스님이 그러한 오명의 화를 입을 수는 없습니다. 그리스 인 가운데 위인의 한 사람이신 그분이 아닙니까.

클리타이메스트라 하라는 대로 하겠습니다. 명령하신 대로 따를 뿐입니다. 제신이 계신다면 당신 같은 분에게 모든 행운이 돌아올 것입니다. 그렇지 않다면 노력의 보람이 어디 있겠습니까?

(아킬레우스와 클리타이메스트라가 각기 따로 퇴장)

클리타이메스트라 (노래)

　울려 퍼지는 결혼 찬가

　리비아의 피리 소리에 맞춰

춤의 장단을 맞추는 음악.
갈대 피리 소리 울리는
저 노래는 어떤 결혼의 찬가냐?
펠리온 산 정상에 찬란한 머리 늘어뜨린
피에리아의 시신詩神들이 제신의 주연에
황금 샌들을 신고
땅을 울리며 춤을 추고
펠레우스의 혼인 잔치에 달려갔을 때
켄타우로스 숲 속에 그들의 아름다운 노래로
아이아코스의 아들과 테티스를 축복하였다.
제우스가 그지없이 총애하는
다르다노스의 아들,
프리기아 태생의 가니메데스가
황금 잔에다 술항아리의
신주神酒를 따르면
하얗게 빛나는 모래사장에서
네레우스의 오십 명 딸들이
원을 그리며 혼인을 축복하는 춤을 추었다.

푸른 잎사귀 관을 쓰고
창을 휘두르며
켄타우로스의 즐거운 기마단은

제신의 주연에 참여하고
바코스의 술을 마시러 달려왔다.
테살리아의 처녀들은 외쳤다.
'네레우스의 딸이여
현명한 케이론이 예언한 바에 의하면
그대는 위대한 영웅을 낳을 것이다.
그는 창과 방패를 든
미르미돈들을 거느리고
명성 높은 프리아모스의 땅을 습격하고
불태워 멸망시키리라.
헤파이스토스가 손수 만든
황금 갑옷으로 몸을 싸고.'
이처럼 신들은
가문 좋은 네레우스의 딸과
펠레우스의 결혼을
축복했다.

그런데 그대 이피게네이아
그대의 머리 위에 아르고스 병사들은
아름다운 관을 씌우리라
마치 바위의 동굴에서
처음 나온 얼룩 송아지에 관을 씌우듯이.

그리하여 그들은 그대의 목을

찔러 피를 흘리게 하리.

오, 그대는 목동의 노랫소리나

풀피리 소리를 들으며

크지 않았으며

어머님 곁에서

언젠가는 이나코스의 후예의

신부로서 고이 자라 왔거늘.

그대의 미덕과 정결한 매력도

이제 그대를 지키는 데 무슨 도움이 되리.

불량배들이 세상을 지배하고

미덕은 경멸당하고

불법이 법을 몰아내고

사람들이 서로 힘을 합쳐

신의 노여움을 겁내지 않을진대.

(클이타이메스트라 등장)

클리타이메스트라 천막을 나와서 남편을 찾으러 왔지만 어디에 갔는지 보이질 않는다. 불쌍한 딸은 아버지가 죽이려 한다는 것을 알자, 눈물을 흘리며 흐느끼고 있다. 내가 그의 이야기를 하는 동안, 저기 바로 본인이 나타나는군. 자기 자식에게 차마 못할 짓을 하려는 저 야만인!

(아가멤논 등장)

아가멤논 레다의 딸이여, 천막 밖에서 마침 잘 만났소. 딸이 없는 데서 당신에게 말할 게 있소. 이건 결혼한 두 사람은 듣지 않는 게 좋으니까.

클리타이메스트라 마침 잘 만났다니 무슨 일입니까?

아가멤논 딸을 나오게 하시오. 아버지와 같이 가게. 청정수와 순화의 불길에 던져질 곡식도, 혼인이 이루어지기 전에 아르테미스의 제단에 바쳐질 송아지도 준비되었소.

클리타이메스트라 당신 말씀은 나무랄 데 없습니다만, 당신의 소행은 뭐라고 할까, 형용하기 힘들군요. 자, 이피게네이아야, 이리 오렴. 아버지가 뭘 하려는지 다 아니까요. 동생인 오레스테스를 가슴에 안고 오렴.

(이피게네이아 등장)

  자 분부대로 저 애가 왔습니다. 하지만 공주와 저로서도 말씀드릴 게 있습니다.

아가멤논 공주, 왜 울지? 왜 기쁜 표정이 사라졌지? 왜 옷깃으로 눈을 가리고 아래만 보고 있지?

클리타이메스트라 아, 이 괴로운 심정, 한꺼번에 쏟아졌으면 시원하련만, 어디서부터 말을 시작해야 좋을지 모르겠어요.

아가멤논 도대체 어이 된 일? 모두 한결같이 괴로운 표정에 당황함을 감추지 못하니?

클리타이메스트라 이제부터 묻는 말에 솔직히 대답해 주세요.

아가멤논 미리 다짐할 것 없이 물어볼 게 있으면 물어보시오.

클리타이메스트라 당신의 딸, 당신과 나의 딸을 죽이려 하시는 거죠?

아가멤논 아, 잔인한 말을 하는군! 있을 수 없는 일을 의심하다니.

클리타이메스트라 덤비지 마세요. 우선 제 질문에 대답을 하세요.

아가멤논 이성을 갖추고 질문을 한다면 나도 제대로 대답을 하지.

클리타이메스트라 딴 사실은 묻지 않겠습니다. 이야기를 빗나가게 하지 마십시오.

아가멤논 오, 얄궂은 운명이여. 어떤 악령이 나를 뒤따르는가!

클리타이메스트라 그건 저에게나 딸아이에게도 마찬가지예요. 불행한 우리 세 사람이 똑같은 하나의 악령에 붙들린 거예요.

아가멤논 뭘 슬퍼하는 거요?

클리타이메스트라 그걸 나에게 물어보시나요? 약으신 것 같으면서도 약지 못하시는군요.

아가멤논 (독백) 이제 틀렸어. 비밀이 탄로났구나.

클리타이메스트라 당신이 저에게 어떤 일을 꾸미고 계시다는 걸 들어서 다 알고 있어요. 당신의 침묵과 한숨은 시인하신 거나 다름없어요. 부질없이 숨기실 필요는 없어요.

아가멤논 나는 말이 없고, 당신은 훤히 들여다보고……. 이젠 거짓말을 해서, 불행에 겹쳐서 수치를 자초할 필요는 없겠지.

클리타이메스트라 그럼 들으세요. 분명히 말씀드릴 테니. 수수께끼 같은 말을 주고받을 필요는 없어요. 첫째로, 제가 나무라는 것은 전 남편 탄탈로스를 죽인 뒤 제가 원하지도 않는데 강제로

320

저를 차지하고, 갓난아이를 저의 가슴에서 뺏은 뒤 땅에 던져서 죽인 것입니다. 그리하여 제우스의 아들인 제 두 형제가 백마를 타고 당신을 치려고 온 것을 부친 틴다레오스가 당신의 애원을 받아들여 당신을 구하고 저를 당신의 처로 삼으셨어요. 그래서 저도 당신과 화해를 하고 그 후 아시다시피 나무랄 데 없는 아내 구실을 해 왔습니다. 정숙하고 가운을 펼치고, 돌아오시면 즐거움이 있고, 나가시면 근심이 없으시도록. 이러한 아내를 갖는다는 것은 사내로선 커다란 복, 나쁜 아내는 드물지 않으니까요. 그래 저는 세 딸 외에 이 아들을 낳았습니다. 그 중 한 딸을 가엾게도 저한테서 뺏으려 하십니다. 만약 사람들이 무엇 때문에 자식을 죽이려 하는가 물으면 무어라고 대답하실 겁니까? 제가 대신 말해야 할까요. 메넬라오스의 아내 헬레네를 되찾기 위해서라고! 추악한 여자를 되찾는 보상으로 딸의 피를 흘리게 하다니 마음이 후련하시겠어요. 가장 소중한 보배를 내주고, 더없이 증오스러운 것을 사다니.

자, 저를 집에 두시고 원정을 떠나신 뒤, 그 오랫동안 저는 어떤 기분으로 보낼까요? 딸아이가 앉아 있던 의자도 방도 텅 비어 있고, 저는 눈물을 글썽이며 혼자 앉아 있을 겁니다. 언제까지나 딸만을 생각하며 슬픔을 노래하며, '애야, 아버님께서는 스스로의 손으로 너를 죽이고 집안에 이런 슬픔을 남기고 가셨단다.' 이렇게 외칠 것입니다.

그러한 슬픔을 남기고 떠나신 뒤, 감히 집에 돌아오실 수 있을까요? 저와 남은 딸들이 당신이 돌아오실 때 어떠한 영접을 하느냐 안 하느냐는 당신에게 달려 있습니다. 저를 억지로 나쁜 아내로 만들지 마시고, 자신도 나쁜 남편이 되지 마십시오.

딸을 죽여서 희생으로 바친다면 어떠한 기도를 하실 작정이십니까? 딸을 죽이고 어떠한 행운을 바랄 수 있단 말입니까? 흉측한 개선이 될 것입니다. 떠나실 때 마지막 행동이 치욕적인 행동이었으니까요. 그리고 저는 당신을 위해 어떠한 행운을 기도드리는 것이 정당할 수 있을까요? 육친을 죽인 자를 위해 기도를 드린다면, 그것은 제신을 농락하는 것이 되지 않을까요? 아르고스에 돌아오셨을 때, 어린애들을 껴안으려 해도 그럴 수 없을 것입니다. 그 중에 한 애를 죽이신다면 어느 애가 당신을 보려 하겠습니까? 이런 모든 걸 충분히 생각하셨는지? 아니면 왕위만을 중요시하고 어디까지나 원정군을 지휘하려고 하시는지? 아르고스의 군사에게는 이렇게 말하면 되지요.

'그리스의 병사들이여, 프리기아 땅에 쳐들어가고 싶은가? 그렇다면 누구의 딸을 죽이는 게 좋은가 제비를 뽑아서 정하자.' 이렇게 되어야 정당하지, 당신만이 그리스 군을 위해 딸을 희생시킬 이유가 없습니다. 아니면 당사자인 메넬라오스가 자기 딸 헤르미오네를 어머니인 헬레네를 되찾는 대가로 죽이면 되지요. 부정한 여인이 스파르타에 돌아와서 딸과 더불어 행복하게 산다는데, 당신에게 정조를 지킨 저는 왜 딸을 빼앗겨야 하나요? 제가 말씀드리는 게 조금이라도 잘못이 있다면 말씀하세요. 만약 잘못이 없다면 제 의견을 제발 받아들이시고 딸을 죽이지 마세요. 그것이 현명한 처사입니다.

코로스 청을 받아들이십시오. 아가멤논님. 부모가 힘을 합쳐 자식을 구하는 데 반대할 사람은 아무도 없을 것입니다.

이피게네이아 제가 만약 오르페우스와 같은 시인이라면 바위를 감동시키고, 누구의 마음이나 풀리게 해서 저를 지켰을 것입니다. 아버님. 하지만 지금 제가 할 수 있는 것은 눈물을 흘리는 것뿐, 그 밖에 다른 도리가 없습니다. 탄원의 표지로 어머님이 낳아 주신 이 몸을 아버님 발밑에 내던지고 엎드립니다. 제 명이 다하기 전에 저를 죽이지 마십시오. 이 세상의 빛에 아직도 미련이 있습니다. 땅속에 묻히고 싶지는 않습니다. 아버님을 처음으로 아버님이라고 불렀던 나, 저를 처음으로 딸이라고 부르신 아버님이 아닙니까. 처음으로 아버님 무릎에 기대고 다정스레 안기면 저를 다정스레 쓰다듬어 주셨습니다. 아버님께서는 이렇게 말씀하셨습니다. '이피게네이아야, 결혼해서 남편과 더불어 행복하고 찬란하게 살고 있는 너를 보게 될는지, 내 딸인 너에게 손색없이 말이다.' 저는 아버님 목에 매달려 지금처럼 턱수염을 만지며 말했습니다. '그럼 아버님이 나이 드시면 저희 집에 모셔서 알뜰히 길러 주신 보답을 하겠어요.' 저는 아직도 생생히 기억하고 있는데 아버님은 다 잊어버리시고 저를 죽이려 하시는군요. 펠로프스의 이름에 걸고, 할아버님 아트레우스의 이름에 걸고 제발 저를 죽이지 마십시오. 저를 이 세상에 내놓으시며 고통을 겪으시고 다신 오늘 이와 같은 괴로움을 겪으시는 어머님을 위해서도. 알렉산드로스와 헬레네의 결혼이 저와 어떠한 관련이 있을까요? 왜 제가 죽어야 하죠? 아버님 저를 보십시오. 그리고 안아 주세요. 제 청원을 들어주시지 않는다면 저는 아버님 체온과 시선을 안고 저승으로 가겠어요.

동생아, 너는 아직 어리지만 이 누나를 위해 눈물을 흘리고 아버님께 애원해 다오, 이 누나를 죽이지 말라고. 비록 어리지만 불행을 느끼는 지혜는 있어요. 보세요, 말없이 애원하고 있어요. 저를 살리시고 제 생명을 불쌍히 여겨 주세요, 네. 저희 둘은 아버님께 애원합니다. 하나는 어린애고 하나는 다 큰 처녀입니다. 한마디로 제 소원을 요약하자면 저는 살고 싶습니다. 인간에게 이 세상의 빛을 보는 것보다 더 좋은 일이 어디 있겠습니까. 무한한 밤인 저 세상에 가면 그만입니다. 죽기를 원하는 자는 우매합니다! 훌륭한 죽음도 불행한 인생만 못합니다.

코로스 천박한 헬레네, 너 때문에 아트레우스 일족에 무서운 싸움이 일어났다.

아가멤논 나는 동정해야 할 것과 동정해서 안 될 것은 알고 있다. 미치지 않은 이상 나도 내 자식들이 귀엽다. 이런 일을 해야한다는 건 괴롭지만 그걸 거절한다는 것도 괴롭다. 하지 않을 수 없어. 저 무수한 병선들을 보아라.

청동 무기를 갖추고 헬라스의 모든 고장에서 모인 장군들. 그들은 일리온 성을 치려는데 예언자 칼카스가 말하기를 너를 희생으로 바치지 않으면 병선들이 떠날 수도 없으며, 저 유명한 트로이의 성곽을 무너뜨릴 수도 없다는 거야. 어떤 정열이 헬라스의 병사들을 사로잡아 헬라스 여인들을 겁탈할지 모른다고 야만족의 땅을 향해 빨리 떠나고 싶어한다. 만약 여신의 신탁을 거절하면 그들은 아르고스의 처녀들을 죽이고 너희들과 나도 죽을 것이다. 내가 메넬라오스의 노예가 된 것은 아니야. 메넬라오스를 위해 여기에 온 것도 아니야. 헬레스를 위해 싫건 좋건 너를 죽여야 하는 거다. 이건 우리들에겐 어쩔 수 없는 거야. 조국이 자유를 누리기 위해서는 너나 나나 할 수 있는 데까지는 해야 한다. 야만족들에게 헬라스의 여인들이 겁탈당할 수는 없는 거다.

(아가멤논 퇴장)

클리타이메스트라 딸아, 이국의 여인들이여. 네가 죽어야 한다니, 이런 불행이 어디에! 아버님은 너를 죽음의 신에게 맡기고 달아나신다.

이피게네이아 아, 어머님, 우리 둘에겐 똑같은

슬픈 운명이 찾아왔습니다.

저 빛도, 태양의 햇살도

이젠 나에겐 그만이다.

아, 눈이 뒤덮인 프리기아의 계곡, 이다 산

옛날 프리아모스는 갓난애 파리스를 어머니 품에서 빼앗아

거기에 버림으로써 죽음의 운명에 맡겼다.[8]

그 파리스는 프리기아에서

이다이오스로 알려져 있었을 뿐.
소들 사이에서 목동처럼 자란 알렉산드로스
맑은 물가에 살지 않았으면 좋았을 것을.
거기엔 님프의 샘이 흐르고,
목장엔 꽃이 수를 놓고
여신들이 즐겨 꺾는
히아신스와 장미꽃이 엉클어져 있었다.

어느 날 거기에 오신
여신들, 팔라스와
사랑의 마술사 키프리스,
그리고 제우스의 사자 헤르메스와 같이 오신 헤라 여신.
키프리스는 사랑의 마술을 무기로 하고
팔라스는 손에 멋있는 창을
헤라는 남편 제우스 신의 옥좌를 자랑하며
아름다움을 겨룬 끝에
나의 죽음을 예고했다.

일리온을 향한 그리스 군의 출정을 위해
나는 처녀의 몸으로 아르테미스 여신에게
희생으로 바쳐져야 한다니,
저를 이 세상에 나게 한 아버님이, 어머님, 어머님!

저를 버리고 가 버리셨습니다.

아, 가엾은 나

저 흉측한 여인, 원한의 헬레네 때문에

희생되어야 한다.

천리에 어긋난 아버님의 부당한 손에.

아울리스 항구에

청동 충각衝角을 단

트로이 원정의 배들이

모이지 않았으면 좋았을 것을.

에우리포스에 역풍을 불게 한

제우스님이 원망스럽다.

제우스는 인간 세상에

가지각색의 바람을 불게 한다.

어떤 이는 그걸 기뻐하고

어떤 이는 피할 수 없는 운명을 슬퍼한다.

배를 바다에 모는 자

돛대를 거두는 자

주저하는 자도 있다.

아, 괴로움 많고 덧없는 것

인생에는 반드시

불운이 기다리고 있다.

아!

커다란 재난, 커다란 고뇌를

틴다레오스의 딸은 그리스 인들에게 몰고 왔다.

코로스 가엾게도, 죄도 없이 엄청난 재난을 당하다니.

이피게네이아 어머님, 한 패의 병사들이 여기로 옵니다.

클리타이메스트라 딸이여, 우리 여신의 아드님, 우리를 위해 너는 여기에 온 거다.

이피게네이아 시녀들아, 나는 숨어야 하니 문을 열어 다오.

클리타이메스트라 딸아, 왜 달아나려 하니?

이피게네이아 여기서 아킬레우스님을 만나는 게 부끄럽습니다.

클리타이메스트라 그건 왜?

이피게네이아 이 혼사의 슬픈 결말이 저를 부끄럽게 합니다.

클리타이메스트라 그처럼 섬세한 감정을 표현할 수 있을 때가 아니다. 여기 있거라. 체면을 차릴 수 있을 때 수치심도 있을 수 있는 거다.

(아킬레우스 등장)

아킬레우스 가엾은 부인.

클리타이메스트라 그건 사실이에요.

아킬레우스 아르고스 병사들은 무서운 소리들을 외치고 있습니다.

클리타이메스트라 뭐라고요? 가르쳐 주십시오.

아킬레우스 따님 이야기를.

클리타이메스트라 불길한 예감이 드는군요.

아킬레우스 따님을 죽여야 한다고.

클리타이메스트라 아무도 반대하는 사람은 없나요?

아킬레우스 제 자신도 호되게 비난을 받았습니다.

클리타이메스트라 어떤 비난을?

아킬레우스 저에게 돌을 던졌습니다.

클리타이메스트라 딸을 살리자고 했다고 해서?

아킬레우스 그렇습니다.

클리타이메스트라 감히 당신을 비난한 자는 누구예요?

아킬레우스 헬라스의 병사들 모두.

클리타이메스트라 그럼 당신이 거느린 미르미돈 병사들은 가까이 있지 않았나요?

아킬레우스 그들이 제일 먼저 덤벼들었습니다.

클리타이메스트라 딸아, 이젠 다 틀렸어.

아킬레우스 그들은 저를 결혼의 노예라고 욕했습니다.

클리타이메스트라 뭐라고 대답하셨나요?

아킬레우스 약혼자를 죽이지 말아 달라고.

클리타이메스트라 정당한 말씀.

아킬레우스 부친께 허락을 받았다고.

클리타이메스트라 아르고스에서 오라고 하셨는걸요.

아킬레우스 그러나 그들이 떠드는 소리 때문에 제 말은 들리지 않았습니다.

클리타이메스트라 군중은 정말 골치 아픈 존재예요.

아킬레우스 하지만 지켜 드리겠습니다.

클리타이메스트라 그럼 혼자서 여러 사람을 상대하실 생각이십니까?

아킬레우스 저기 부하가 들고 있는 무기가 보이죠?

클리타이메스트라 당신의 용기가 보답받기를!

아킬레우스 잘될 것입니다.

클리타이메스트라 그럼 딸애는 죽지 않을까요?

아킬레우스 네, 적어도 제가 있는 한은.

클리타이메스트라 그들이 딸을 잡으러 올까요?

아킬레우스 떼를 지어 올 것입니다. 오디세우스를 선두로.

클리타이메스트라 저 시시포스의 아들 말인가요?

아킬레우스 그렇습니다.

클리타이메스트라 솔선해서, 아니면 병사들의 권유에 못 이겨서?

아킬레우스 병사들의 권유를 받아 솔선해서.

클리타이메스트라 사람을 죽이는 범죄에 몸을 맡기다니 슬픈 사명이군요.

아킬레우스 하지만 제가 막겠습니다.

클리타이메스트라 딸이 따라가지 않으면 강제로 끌고 갈까요?

아킬레우스 네, 금발의 머리를 휘어잡고.

클리타이메스트라 그럼 그때 저는 어떻게 해야 하나요?

아킬레우스 따님에게서 떨어지지 마십시오.

클리타이메스트라 그것만으로 된다면 딸은 죽지 않으련만.

아킬레우스 그러나 결국 그렇게 될 것입니다.

이피게네이아 어머님, 제발 들어 주십시오. 아버님을 비난하시
는 건 부질없는 일입니다.

할 수 없는 일을 하려고 발버둥 칠 필요는 없습니다. 이분의 호
의에는 감사를 드려야 하지만 그보다도 이분이 병사들의 비난을
받지 않도록 조심하여야 합니다. 그러지 않으면 이분은 불행을
당하고 우리에게도 도움이 되지 않습니다. 그러므로 제가 결심
한 생각을 들어 주십시오.[9]

결국 저는 죽는 게 좋습니다. 허약한 마음을 물리치고 영광의
죽음을 택하는 것입니다. 어머님께서도 저와 함께 생각해 주십
시오. 제 생각이 옳은지……. 그리스의 모든 눈이 지금 저를 노
려보고 있습니다. 병선이 떠나 프리기아 인들을 쳐서 멸망시키
는 것은 오직 저 한 사람에 걸려 있습니다. 헬레네를 꾀어 간 파
리스의 죄과를 응징하고 장래에는 이방인들이 헬라스의 여인들
에게 해를 끼치거나 행복한 여인들을 약탈하는 일이 없도록 하
여야 합니다. 제가 죽으면 그게 다 이루어지는 것입니다. 그리하
여 헬라스를 구원한 제 이름은 찬양될 것입니다. 너무 생명을 아
끼는 건 제가 택할 길이 아니며, 어머님께서 저를 이 세상에 낳으
신 것도 어머님 혼자를 위한 것이 아니라 헬라스 전체를 위해서
입니다. 수많은 병사는 부당한 일을 당한 조국을 위해 방패와 창

331

을 들고 적을 공격하려 하고 있습니다. 그리고 헬라스를 위해서는 죽음도 무릅쓰려는 그들을 저 한 사람의 생명이 방해할 수 있을까요? 거기다가 이분이 아르고스의 병사들과 싸워서 만일 죽음이라도 당하시면 어떻게 합니까. 남자 한 분의 생명은 여인 천 명의 생명보다도 귀중하다고 할 수 있습니다.

아르테미스 여신이 제 몸을 원하신다면 한낱 인간인 제가 신의 뜻을 어길 수 있을까요? 그건 불가능합니다. 제 몸을 헬라스를 위해 바칩니다. 희생으로 바치겠으니 트로이를 쳐서 멸명시켜 주십시오. 나의 희생은 영원히 기억될 것이고, 그것은 나의 자손, 나의 결혼, 나의 영광이 될 것입니다. 헬라스가 야만인들을 지배하는 일은 있더라도 야만인들이 헬라스를 지배해서는 안 됩니다. 어머님, 그들은 노예, 우리는 자유 시민입니다.

코로스 처녀여, 그대의 결심은 훌륭합니다. 운명과 신의 처사가 부당할 뿐.

아킬레우스 아가멤논의 따님, 만약 내가 당신과 결혼했다면 신은 저를 행복하게 해주셨을 겁니다. 당신을 가진 그리스에 축복이 있고, 그리스에 소속된 당신에게 축복이 있기를. 당신의 말은 조국의 이름을 더럽히지 않는 훌륭한 것입니다. 당신은 이겨 낼 수 없는 신과 다투는 것을 체념하고, 피할 수 없는 운명을 생각하고 조국을 위한 길을 택하셨습니다. 훌륭한 인품을 알게 됨에 따라 더욱 아내로 맞이하고 싶을 뿐입니다. 그러므로 당신을 구하고 이어서 당신을 아내로 맞이하겠습니다. 테티스에 맹세코 그

332

리스 병사들과 싸워서 당신을 구하지 못한다면 나에겐 절망이 있을 뿐입니다. 잘 생각해 보세요. 죽음이란 엄청나게 무서운 것입니다.

이피게네이아 이렇게 말씀드리면 조심성을 잃는 게 될지 모르지만, 틴다레오스의 딸 헬레네는 아름다운 용모 때문에 싸움과 살인을 불러일으켰습니다. 당신께서는 저 때문에 죽거나 사람을 죽이지 말아 주십시오. 그리하여 가능하다면 저로 하여금 헬라스를 구하게 하여 주십시오.

아킬레우스 훌륭한 결심! 그렇게 마음먹으셨다면 더 이상 할 말이 없습니다. 넓은 마음씨, 사실인 걸 말해서 안 될 건 없죠. 하지만 결심한 바를 뉘우칠 수도 있는 일, 그러므로 제 계획을 알아 두십시오. 저는 제단 곁에 있으면서 이 병사들을 그 근처에 배치해 놓겠습니다. 그건 당신을 죽이기 위한 것이 아니라 그러지 못하게 하기 위한 것입니다. 칼이 목으로 가까이 오는 것을 보면 제 말을 듣게 될지도 모르니까요. 충분히 생각해 보지도 않고 당신이 죽는 걸 원하지 않습니다. 이 병사들을 데리고 여신의 신전에 가서 기다리고 있겠습니다.

(아킬레우스 퇴장)

이피게네이아 어머님, 왜 말없이 눈물을 글썽이고 계십니까?

클리타이메스트라 아, 슬퍼하지 않을 수 있단 말이냐.

이피게네이아 제 용기를 꺾지 말아 주십시오. 그리고 제 청을 들어주세요.

클리타이메스트라 말해라. 네 말이면 무엇이건…….

이피게네이아 제발 머리를 자르지 마시고 검은 상복을 입지 마십시오.

클리타이메스트라 뭐라고? 네가 죽었을 때!

이피게네이아 죽은 게 아니라 구원되는 것이며, 제 영광은 영원한 것이 되고, 어머님께서도 명성을 누리시게 될 것입니다.

클리타이메스트라 그건 무슨 소리지? 네가 죽어도 슬퍼할 수도 없단 말이냐?

이피게네이아 조금도. 저에겐 무덤도 없을 테니까요.

클리타이메스트라 뭐라고! 죽은 자에겐 무덤이 있어야 하는 법인데?

이피게네이아 제우스의 딸인 아르테미스 여신의 제단이 저의 묘비가 될 것입니다.

클리타이메스트라 네 말은 어디까지나 옳은 말, 네 말에 따르겠다.

이피게네이아 헬라스를 구원하다니 저는 행복합니다.

클리타이메스트라 여동생들에게는 뭐라고 말하지?

이피게네이아 검은 상복을 입지 말라고.

클리타이메스트라 애정을 전하는 말로는?

이피게네이아 행복하라고. 오레스테스에게는 진정한 사내가 되라고.

클리타이메스트라 그 애를 보는 것도 마지막, 껴안아 주렴.

이피게네이아 귀여운 동생, 넌 힘이 닿는 대로 나를 도와주었어.

클리타이메스트라 아르고스에 돌아가면 널 위해 해줄 수 있는 게 없니?

이피게네이아 어머님께선 남편이신 아버님께 원한을 갖지 마시기를······.

클리타이메스트라 너로 해서 많은 위험한 고비를 겪게 될 것이다.

이피게네이아 헬라스를 위해 할 수 없이 저를 죽이시는 겁니다.

클리타이메스트라 비굴하게도 속임수를 써서 한 행동, 아트레우스의 아들답지도 않게.

이피게네이아 머리칼을 잡혀 끌려가기 전에 누군가 저를 데려가 주세요.

클리타이메스트라 내가 너와 같이 가지.

이피게네이아 안 됩니다, 어머님은. 그건 좋지 않습니다.

클리타이메스트라 네 옷을 꽉 붙들고서.

이피게네이아 제발 어머님은 여기 계십시오. 어머님을 위해서나 저를 위해서도 그것이 좋습니다. 아버님의 부하 중 한 사람이 저를 데려가면 됩니다. 제가 죽기로 된 아르테미스의 신전 뜰로.

클리타이메스트라 아, 딸아, 너는 가느냐!

이피게네이아 다시는 돌아오지 않을 것입니다.

클리타이메스트라 어머니를 남겨 놓고!

이피게네이아 할 수 없는 일.

클리타이메스트라 잠깐, 가지 말아 다오!

이피게네이아 울지 마세요.

(클리타이메스트라, 천막 입구로 퇴장)

처녀들이여, 나를 위해 제우스의 딸 아르테미스에게 찬가를
바쳐 주시오. 그리스의 후손들에게 결코 액운이 끼지 않도록. 보
리를 담은 바구니를 마련하고, 보리를 뿌리고 불을 붙이고, 아버
님은 제단 오른쪽으로 모시도록. 저는 헬라스의 복지와 승리를
알아 올 테니까요.

(이피게네이아 노래한다.)

프리기아 인과 일리온을 망하게 한다면,
나를 끌고 가세요.
관을 가져와서
이 머리칼 위에 씌우시오.
그리고 청정수를 가져오고
신전을 돌며 춤을 춥시다.
거룩한 신, 행복한 신 아르테미스를 위해.
신탁의 뜻이라면
꼭 그래야 한다면 저의 피를 바치리다.
그리운 어머님
어머님께는 이 눈물을 바칩니다.
제단 앞에서 울어선 안 되니까요.
처녀들이여, 나와 같이
칼키스 맞은편의 이 도시
아울리스 항구의 수호신인

아르테미스 여신을 노래합시다.

저기엔 수많은 병선이

나의 명성을 떨치게 하기 위해, 머물러 있다.

아, 조국 펠라스기아여!

나를 길러 준 미케네여!

코로스 키클로프스가 세웠다는 페르세우스의 고을 이름을 부르셨나요?

이피게네이아 헬라스의 빛이 되도록 나를 키워 준 고을 미케네, 죽어도 그 은혜는 잊을 수 없어요.

코로스 당신의 이름은 결코 잊혀지지 않을 거예요.

이피게네이아 아, 찬란한 햇빛! 제우스의 빛이여! 나는 다른 생명, 다른 운명으로 옮겨간다. 그리운 빛이여, 안녕.

(이피게네이아 끌려간다.)

코로스 (읊음)

아, 보세요.

프리기아 인의 도시 일리온을

멸망시키기 위해

저분은 가신다.

머리에 관을 쓰고

청정수로 몸을 씻고

피에 굶주린 여신의 제단에.

그대의 아름다운 목덜미는

피로 물들 것이다.

아버님이 부으실 청정수가

그대를 기다리고 있다.

그건 그리스의 병사들을

일리온으로 보내기 위한 것.

자, 제우스의 딸, 제신의 여왕

아르테미스 여왕을 찬양해서

행복을 기원합시다.

여신님, 목숨을 바치는 이 희생에

마음을 푸시고 프리기아 땅에

그리스 병사들을 보내 주십시오,

흉측한 트로이의 성곽을 향해.

그리스 인의 창에 의해서

아가멤논에게 찬란한 승리의 관을

그 머리 위에

영원한 영광을 빛나게 해주십시오.

(사자등장)

사자 틴다레오스의 따님이신 클리타이메스트라 왕비님, 천막에서 나오셔서 제 말을 들어 주십시오.

(클리타이메스트라 등장)

클리타이메스트라 그대의 소리를 듣고 이렇게 나왔습니다. 또 무슨 나쁜 소식을 가져온 것이 아닌가 하고 염려해서 몸을 떨며 어쩔 바를 모르고.

사자 반대로 공주님에 관해서 놀라운 기적이 일어났다는 것을 알리기 위해 왔습니다.

클리타이메스트라 그럼 빨리, 빨리 말해 봐요.

사자 그럼 왕비님, 처음부터 말씀드릴 테니 잘 들으십시오. 제 정신이 흐려져서 이야기의 줄거리를 잃어버리지 않는다면.

우리는 공주님을 데리고 제우스의 딸 아르테미스의 꽃 피는 뜰에 이르렀습니다. 거기엔 병사들이 모여 있었는데, 우리를 보자 모두들 모여들었습니다. 아가멤논 왕께서는 공주님이 죽기 위해 숲을 걸어오시는 걸 보자 신음 소리를 내고 얼굴을 돌리셨습니다. 그러고는 흐르는 눈물을 옷깃으로 감추셨습니다.

그러나 공주님은 아버님 곁에 발을 멈추시고 이렇게 말씀하셨습니다.

'아버님, 제가 왔습니다. 조국을 위해, 그리스 전체를 위해 이 몸을 기꺼이 바치겠습니다. 여신의 제단에 저를 인도하시고, 신탁이 그러하거늘 저를 희생시켜 주십시오. 저를 위해서도 행운의 승리를 거두시고 조국으로 돌아오십시오! 또한 저는 스스로 몸을 바치는 것이오니 그리스 사람 누구도 저에게 손을 대지 않도록 해주십시오. 두려움 없이 잠잠하게 목을 내밀 테니까요.'

이 말을 듣고 모두가 공주님의 용기와 훌륭한 몸가짐에 놀랐습니다. 탈티비오스는 그 직무에 따라 사람들 한복판에 서서 정숙하라고 말했습니다. 예언자 칼카스는 황금으로 만든 바구니에

빼든 칼을 놓고 공주님의 머리에 관을 씌웠습니다. 그때 아킬레우스님은 바구니와 청정수를 들고 여신의 제단을 달려서 돌며 말했습니다. '제우스의 따님, 수렵의 신이여, 빛나는 횃불을 들고 밤을 비추는 아르테미스 여신이여, 그리스의 병사들과 아가멤논 왕이 바치는 이 희생을 받으시오. 그것은 청순한 처녀의 목에서 흐르는 맑은 피, 우리로 하여금 무사히 바다를 건너고 트로이를 쳐부술 수 있게 하여 주십시오.'

아트레우스 일가의 형제분들을 비롯해서 모든 병사는 땅을 쳐다보고 서 있었습니다. 사제는 칼을 들고 기도를 한 뒤 어디를 찌를까 목을 응시하고 있는 찰나, 저는 고통스러움에 가슴이 메어 고개를 수그리고 있었습니다. 이때 뜻밖의 기적이 일어났습니다.

모두들 분명히 칼로 찌르는 소리를 들었는데, 그 순간 공주님의 모습은 어디론가 사라지고 말았습니다. 사제는 놀라움에 소리를 지르고, 이 뜻밖의 일에 병사들도 소리를 질렀습니다. 엄청나게 크고 아름다운 암사슴 한 마리가 쓰러져서 꿈틀거리고, 그 피가 여신의 제단을 흠뻑 적시고 있었습니다. 그때 기쁨에 넘친 칼카스가 외쳤습니다.

'여기에 모이신 그리스 군의 장군님들, 보십시오. 이야말로 여신께서 제단에 보내신 희생물입니다. 산에 사는 이 암사슴, 제단을 고귀한 마음씨를 가진 분의 피로 물들일 수 없다고 생각하시어, 처녀 대신에 여신께서 이걸 내리신 것입니다. 기꺼이 이 희생을 받으시고 우리에게 순풍을 보내시고 일리온을 멸망케 하는 것을 승인하신 것입니다. 그러므로 모든 병사는 용기를 내고 배에 달려가시오. 오늘 즉시로 우리는 아울리스의 깊은 해협을 떠나 에게 해를 건너야 합니다.'

헤파이스토스의 불길에 희생물이 완전히 타 버린 뒤 그는 병사들이 무사히 고향에 돌아갈 수 있도록 기도를 드렸습니다.

아가멤논 왕께서는 제신으로부터 이러한 행운을 받게 되고, 그리스에서 불멸의 영광을 누릴 수 있게 되었다고 이 이야기를 전하라는 분부를 내리셨습니다.

저는 곁에 있으면서 이 눈으로 본 것을 말씀드렸습니다. 틀림없이 공주님은 신의 곁에 날아가신 것입니다. 이제 괴로워하실 건 없습니다. 제발 주인 되시는 분에게 원한을 품지 마십시오. 신들의 처사는 인간들이 상상할 수 없는 것, 신들은 사랑하는 자를 구하십니다. 오늘 공주님은 죽으셨고 동시에 부활하셨습니다!

코로스 아, 기쁘다! 사자의 말에 의하면 따님은 살아 계시고 제신 곁에 계시다는 것입니다.

클리타이메스트라 오, 딸아! 어느 신이 너를 훔쳐 가셨나? 어떤 이름을 너에게 주셨어? 아아! 너 때문에 내가 비탄에 젖어 있지 않도록 이런 위안의 말을 꾸며 낸 것인지 누가 알아?[10]

사자 저기 아가멤논 왕이 오십니다. 제 이야기가 틀림없음을 말씀해 주실 겁니다.

(아가멤논 등장)

아가멤논 아내여, 딸의 운명에 대해선 축복할 수 있게 됐소. 지금 신들의 곁에 있는 게 틀림없으니까. 당신은 이 애를 데리고 집으로 돌아가시오. 원정군은 출항을 기다리고 있소. 자 그럼, 트로이에서 돌아와 다시 당신을 대할 수 있으려면 오랜 시일이 걸릴 거요. 행복을 비오.

코로스 아트레우스의 아드님, 무사히 프리기아 땅에 도착하시고, 무사히 돌아오시기를. 트로이에서 훌륭한 전리품을 가져오시기를.

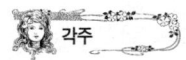 각주

1) (아가멤논, 시종 노인과 같이 등장) | 이 작품에는 프롤로그가 없다. 흔히 학자들은 원래 프롤로그가 있었는데, 분실되어 전하지 않은 것으로 생각한다.
2) 에우리포스 | 에우보이아 섬과 그리스 본토 사이의 해협. 아울리스는 이 해협의 본토 쪽에 있는 항를 말함.
3) 라케다이몬 | 스파르타를 수도로 한 지방 이름.
4) 아트레우스의 아들 | 아가멤논.
5) 경우에~삼가십시오. | 메넬라오스는 이피게네이아가 오는 것을 초조하게 기다리다 못해 아르고스로 가는 길목에 나가 기다린 것이다. 거기서 메넬라오스는 노인을 만난다.
6) 손을 잡게 해주십시오. | 이러한 갑작스런 심경 변화는 셰익스피어의 「로미오와 줄리엣」의 마지막 장면에서 볼 수 있다.
7) 아카이아 | 그리스를 말함.
8) 죽음의 운명에 맡겼다. | 프리아모스는 그를 이다 산중에 버리게 했다. 그것은 헤카베가 이 애를 낳기 전에 유럽과 아시아 전역을 불태우는 횃불을 꿈에 봤기 때문이었다고 한다.
9) 그러므로~주십시오. | 아리스토텔레스, 라신 등은 이 대목에서 이피게네이아가 변화한 것을 성격 설정이 불안정한 탓이라고 비판했다. 그러나 이피게네이아가 허약한 여성에서 영웅적인 여성으로 변화한 것은 극의 진행과 더불어 서서히 이루어지고 있으며, 고상한 집안의 딸로 태어난 이피게네이아의 이러한 심경 변화는 지극히 자연스러운 것이 아닐까?
10) 너~알아? | 클리타이메스트라의 이 말 속에 작가 에우리피데스의 불신, 인간 세계를 벗어난 신의 세계나 기적 따위를 믿지 않는 작가의 불신을 엿볼 수 있다.

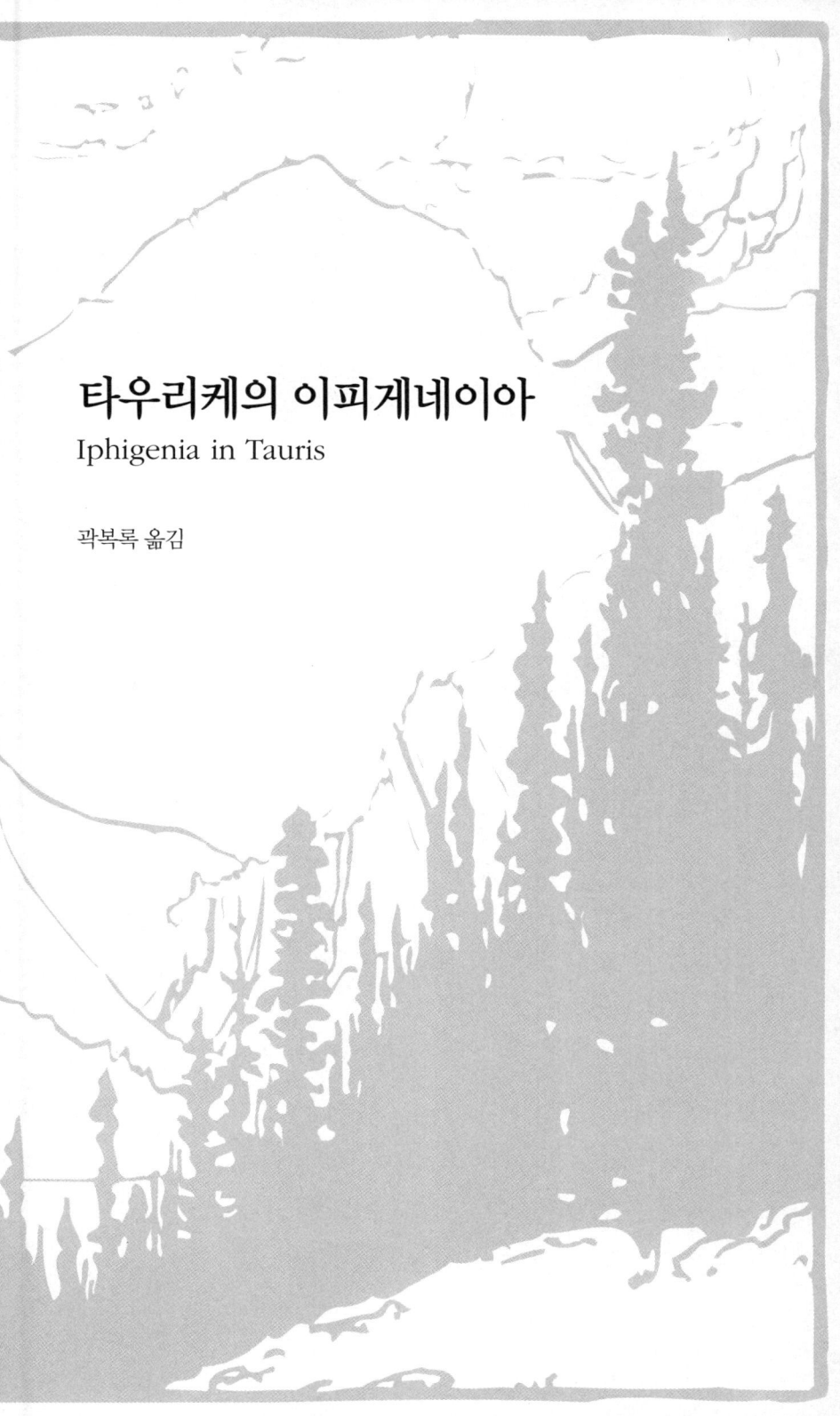

타우리케의 이피게네이아
Iphigenia in Tauris

곽복록 옮김

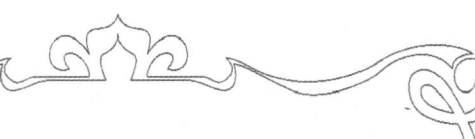

등장인물

이피게네이아	아가멤논의 딸
오레스테스	이피게네이아의 남동생
필라데스	오레스테스의 사촌
코로스	타우리케 국의 신전 시녀로 일하는 그리스 여인들
토아스	타우리케 국의 왕
사자	
목자	

팔라스 아테나 신전의 남녀 노예들
그 밖에 토아스의 종신들

장소

타우리케 국의 아르테미스 신전 앞뜰

(이피게네이아 등장한다.)

이피게네이아 탄탈로스의 아들 펠로프스는 피사에서 마차 경주
에 승리하여 오이노마오스의 딸과 결혼했다. 그들은 아들 아트
레우스를 낳고 아트레우스는 메넬라오스와 아가멤논을 낳았다.
아가멤논과 틴다레오스의 딸 사이에 출생한 자식이 여기에 있는
나 이피게네이아이다. 나의 아버님은 유명한 아울리스 항에서
에우리포스가 광포하게 우중충한 밀물 속에 물결을 소용돌이치
게 할 때, 헬레네 때문에 나를 아르테미스에게 제물로 바쳤다고
항간에서는 믿고 있다. 군병의 통수자인 아가멤논은 수천의 그
리스 전함을 그곳에 소집하여 그리스 인들에게 일리온을 정복하
는 영광을 주고 자기의 동생 메넬라오스가 만족하도록 헬레네를
간통죄로 처벌하려고 하셨다. 그런데 바람이 출정을 방해했기
때문에 그는 제사를 드리게 했는데 예언자 칼카스는 다음과 같
이 말했다. '그리스 군의 총사령관 아가멤논이여! 아르테미스가
당신의 딸 이피게네이아를 제물로 받기 전에는[1] 배 한 척도 출범
하지 못하노라. 그대는 횃불을 든 여신[2]에게 은연중 가장 아름다

운 수확을 바칠 것을 약속했는데, 이제 클리타이메스트라는 그대에게 딸을 낳아 주었노라. 그대는 딸을 제물로 바쳐야 하느니라.' 예언자의 '가장 아름다운 수확' 이란 찬사는 나를 두고 한 말이었다. 오디세우스의 간지奸智로 나는 아킬레우스와 결혼한다는 명목으로 어머니 품에서 유괴되었다. 그래서 아울리스에 다다라 가련한 나는 제단에 올려졌다. 나는 칼에 맞아 죽어야 했다. 그러나 아르테미스는 나를 데려가는 대신 그리스 인들에게 암사슴을 주고, 밝은 창공을 지나 나를 이곳 타우리케 국에 데려왔는데, 이 나라에서는 토아스란 이국인이 이민족을 다스리고 있다. 그는 날개 돋친 듯 달릴 수 있어, 그 재빠름 때문에 그 이름을 얻었다.[3] 그는 나를 이 신전의 신관으로 임명했다. 여기서 아르테미스는 제사의 의식을 즐기는데, 제사란 단지 아름다운 이름에 불과하다. 내가 모시는 여신이 두려우므로 이 이상 말하진 않겠다. 이 나라의 오랜 관습에 따라, 나는 이곳에 길을 잘못 든 모든 그리스 인을 제물로 바친다. 물론 나는 그리스 인을 봉헌하기만 한다. 희생을 행하는 것은 신전 안에 있는 무시무시한 자들의 일이다.

어젯밤에 나는 꿈을 꾸었다. 나는 하늘에 그 꿈을 이야기해 본다. 아마 하늘은 구원을 해주시겠지. 꿈속에서 나는 이 나라에서 해방되어 아르고스[4]에 가서 소꿉친구들과 어울려 자고 있었다. 그때 갑자기 대지가 요동하여 나는 밖으로 뛰어나갔는데 집 용마루가 떨어져 내리는 것을 보았고, 상량 전체가 흔들리다가 높은 곳에서 땅에 떨어지는 것을 보았다. 아버지의 집은 이제 기둥 하나만 서 있는 것 같았는데, 그 기둥은 윗부분에서 금발이 늘어져 있고, 사람처럼 말을 할 수 있었다. 이방인을 제물로 바치는 내 의무에 따라, 나는 죽이는 것처럼 울면서 그 기둥에 물을 뿌렸다.[5] 나는 이 꿈을 한 가지로 해석할 수밖에 없다. 오레스테스가 죽은 것이다. 내가 죽음의 제물로 한 것은 그였다. 왜냐하면, 한 집안의 기둥은 틀림없이 아들이기 때문이다. 이 꿈을 내 친구들에게 결부시킬 수는 없다. 내가 자취를 감추었을 때, 스트로피오스는 아이가 없었으니까.

그러니 이제 나는 죽은 동생에게 장례를 베풀어야겠다. 이 이상의 일은 내가 할 수 없으니 말이다. 왕께서 내 직책에 명하신 그리스의 여인들과 함께, 그들이 아직 오지 않는 이유가 무엇인가? 내가 살고 있는 집, 내 여신의 신전에 들어가 봐야겠군.

(이피게네이아 퇴장. 오레스테스와 필라데스가 슬금슬금 지난다.)

오레스테스 주의해! 조심해! 아무에게도 들키지 않아야 해!

필라데스 난 주의하고 있어. 사방을 둘러봐!

오레스테스 여보게 필라데스, 이곳이 우리가 아르고스에서부터 배를 타고 바다를 건너온 목적지인 그 신전이지.

필라데스 그래, 오레스테스, 그건 의심할 나위가 없어.

오레스테스 그리고 그리스 인의 피가 흐르는 제단도?

필라데스 제단의 윗면이 피로 붉게 물들어 있네.

오레스테스 저 위 처마의 문장紋章이 걸려 있는 것이 보이지?

필라데스 여기서 죽은 이방인들의 유물이군! 사방을 똑똑히 살 피도록 해!

오레스테스 포이보스여! 그대의 신탁은 나를 또다시[6] 여기서 그 물에 걸리게 하십니까? 내가 어머니를 죽여서 아버지의 죽음을 달랜 이래, 복수하고자 하는 영혼의 무리들이 끊임없이 나를 쫓 아 고향을 떠나 이역을 헤매게 했습니다. 그래서 나는 이리저리 숱하게 헤매어야 했기에, 당신에게 나아가 어떻게 하면 망상의 역정을 마치고 그리스를 종횡으로 헤매야 했던 고뇌의 역경을 끝마칠 수 있겠느냐고 물었을 때, 당신은 대답하시기를 '나의 누 이 아르테미스의 제단이 있는 타우리케 국에 가서, 하늘에서 신 정에 내려왔다고 하는 여신상을 탈취해라. 그러면 행운으로든 속임수로든 네 것으로 만들고 너의 모험을 극복하여, 너의 노획 물을 아테네 시민들에게 제시하라.' 하시고 그 이상 말씀하시지 않으셨습니다. '이 일이 너를 고뇌에서 구원해 줄 것이다.' 나는 당신의 지시에 따라 낯설고 황량한 나라인 이곳에 왔소.

(필라데스를 향하여)

역경 속에서도 가장 충실히 도와준 자네 필라데스에게 묻노 니, 어떻게 해야 한단 말인가? 자네도 알다시피 둘러싼 장벽이 높네. 우리가 저걸 사닥다리로 넘겠는가? 그 일을 들키지 않고 성공시키기란 우리에겐 어렵지. 그러지 않으면 지렛대로 저 문 의 청동 자물쇠를 깨뜨려야 할까? 우리는 그럴 수도 없네. 문을 부수고 들어가 다 잡히면 우리는 죽고 마네. 그래선 안 돼! 죽기 전에 우리가 타고 온 배를 타고 달아나세.

필라데스 도망을 가자고? 안 돼! 우리답지 못해. 또 신탁을 회피해서도 안 돼. 우리가 신전을 떠나서 우리들 배에서 멀리 떨어진 곳에 있는, 우중충한 물결이 씻어 가는 동굴에 숨는다면! 그러면 사람들이 배를 보고 왕에게 고하여 우리를 잡지는 못할 걸세.

어두운 밤이 눈을 뜰 바로 그때 용기를 다시 내어, 우리가 가진 수단을 다 짜내어, 찬란한 여신상을 신전에서 가져가야지. 트리글리프[7] 사이에 우리가 끼어 들어갈 틈이 있는지 좀 살펴보게. 용감한 사람은 위험을 무릅쓰네. 비겁한 자만은 아무 쓸모가 없는 것일세.

오레스테스 그야 물론이지. 우리가 이렇게 멀리 바다를 건너왔는데 목표를 눈앞에 두고 되돌아갈 수는 없지. 자네의 충고가 옳아. 충분히 잘 알았네. 우리가 숨을 수 있는 구석을 찾아보세. 신탁이 실패하는 것을 신들은 확실히 용납하지 않을 걸세! 착수하세! 젊은이에게 일이 어렵다는 것은 변명이 될 수야 없지.

(둘 다 퇴장. 이피게네이아와 합주술酒 단지를 든 코로스, 신전으로부터 등장)

이피게네이아 (노래)

황량한 대양에서
끊임없이 교대로 반짝이는
한 쌍의 섬[8]에 사는 자들이여
경건하게 침묵할지어다.

오오! 레토의 따님.

딕틴나 산맥의 여신이여.

그대의 저택

웅장한 기둥이 받치고 있는

신전의 황금빛 첨탑으로

우리는 처녀답고

예의 바르게

정숙하신 여신관을 보좌하러 가노라.

군마가 뛰어다니는

그리스의 탑과 성들을 우리는 떠나왔노라.

우리들의 생가가 있는 유럽

나무가 많은 정원의 나라를 떠나왔노라.

코로스 (노래)

여기 와 있나이다. 무슨 일이오니까? 무얼 하실 생각이십니까?

명성을 떨친 수천의 함대와

수많은 병졸을 거느리고

트로이 성을 향하여 진군하신

영웅의 따님이신 당신이여.

당신 고명한 아트레우스 집안의 자손이여!

무슨 일로 우리를 신전에 불러들였나이까?

이피게네이아 (노래)

그대들이여

나는 말할 수 없는 슬픔에 빠져 있노라.

그것은 리라의 반주할 수도 없는 비탄의 노래.

오, 슬프도다.

사랑하는 사람의 죽음이 주고 간 고통 속에 들리는

몸서리쳐지는 불협화음이니라.

불행이 나를 엄습하도다.

나는 동생의 생명을 위해서

눈물이라도 흘려야만 하느니라.

이것이 어젯밤 내가 꾼 꿈이니라.

어젯밤은 밝았노라.

죽었노라, 죽었노라.

나의 생가는 이젠 사라졌노라.

슬프도다, 내 종족이 사라졌노라.

아아! 아르고스의 고뇌여!

오! 운명이여!

너는 나의 하나뿐인 동생을 앗아 갔어.

사신死神에게 보냈구나.

내 동생을 위해서 나는 여기에 제주를 바치련다.

영혼에게 바치는 술을

땅 위에 뿌리련다.

산중의 암소에서 짠 우유와

바코스의 제물인 술과

황금빛 벌이 애써 모은 꿀을 뿌리련다.

꿀은 죽은 이가 즐겨하는 것이로다.

(그사이 합주 단지에 제물을 섞어 넣는 시녀 한 사람에게)

그럼 저 금잔을 나에게 줄지어다.

사신을 위해 바치는 제주를.

(그녀는 잔을 받아서 비운다.)

오, 명부冥府에 간 아가멤논의 아들이여!

나는 이것을 너에게 제물로 바치노라.

받아라! 나는 내 황금빛 머리칼[9]과 눈물을 가지고

너의 무덤에까지 갈 수가 없노라.

나는 고향에서 너무 멀리 떨어져 있다.

그곳 사람들은 내가 전쟁의 불행한 희생자로

무덤에 누워 있다고 생각하겠지.

코로스 (노래)

당신의 노래에 답하여

나는 아시아 현자들의

낯선 곡조[10]를 아뢰리다.

기쁨의 노래와는 달리

뮤즈의 애도하는 합창처럼

죽은 이에게 들리고

죽음의 신도 따라서 부를 것입니다.

아트레우스 집안을 애도하노라.

오, 슬프도다. 조상의 집에서

홀笏의 광명이 사라졌도다.

행복했던 아르고스의 왕들 중에

누구에게서부터 멸망은 비롯했는고?

슬픔에 슬픔이 겹치노라.

날개 돋친 듯

땅을 주름잡아 달리던 자는

궤도에서 벗어났노라.

성스럽게 빛나는 낮의 눈

태양이여!

그래서 황금빛 양의 가정엔

슬픔에 슬픔이 겹치고

살육에 살육이 겹치며

괴로움에 괴로움이 겹쳤구나.

그때부터 이 종족에겐

옛날에 살해된 탄탈로스의 아들들, 복수의 영혼이 들어왔노라.

너에게도 운명은 열을 낼 가치도 없는 일에

열성을 내어 자기의 소업所業을 하느니라.

이피게네이아 (노래)

어머니가 결혼한 날 밤 이래, 처음부터 불행의 신은 나에게 치명적이었다. 탄생의 여신은 처음부터 나에게 처참한 운명을 선포했다. 불쌍한 레다의 딸은 규방에서 첫아이인 나를 낳아 무분별한 아버지에게 죽음의 희생물로서 나를 길렀는데, 나는 맹세에 의하여 신에게 바쳐졌다. 군마에 맨 마차에 태워, 슬프게도 나를 네레우스의 딸이 낳은 아들의 신부라는 결혼 조건으로 아울리스 해안에 데려온 것이다. 이제 나는 삭막한 해안에 객이 되어 남편도, 자식도, 고향도, 친구도 없이 살고 있으니, 이는 결혼에 의하여 그리스 땅에서 쫓겨난 것이리라. 나는 이제 아르고스의 여신 헤라를 찬양하는 노래도 부르지 않고, 흥겹게 돌아가는 베틀에 앉아서 우아한 팔라스나 거인들의 상을 수놓지도 않느니라. 칠현금도 침묵하는 죽음을 저지르기 위해서 나는 고통에 차서 신음하며 고통에 차서 우는 이방인들의 피로 제단을 물들여야 하느니라. 그러나 나는 오늘 그 이방인들을 잊고, 아르고스에서 죽은 나의 동생을 애도하노라. 내가 떠날 때 아직도 젖먹이로 어머니의 팔에, 그리고 품에 안겨 있던 천진난만했던 아이, 아르고스의 왕자, 오레스테스를.

(소 치는 목자 등장)

코로스장 해변에서 소 치는 목동이 왔구나. 그는 틀림없이 새로운 소식을 전하겠지.

목자 아가멤논과 클리타이메스트라의 따님이시여, 저에게 방금 일어난 소식을 들으소서.

이피게네이아 무슨 일이기에 우리가 애도하는 것을 방해하는가?

목자 두 젊은이가 우리 나라에 왔습니다. 그들은 무사히 음울한 심플레가데스 사이를 통과했습니다. 아르테미스 여신에게 반가운 제물입니다. 시간을 그냥 헛되이 보내지 마시고, 깨끗한 물과 그 밖에 제사에 필요한 것을 갖추소서.

이피게네이아 그들은 어디서 왔는가? 그들의 고향이 어디라고 하던가?

목자 그들은 그리스 인들입니다. 더 자세한 것은 잘 모르겠어요.

이피게네이아 그 이방인들의 이름을 아직 듣지 못했는가?

목자 한 사람이 다른 사람을 필라데스[11]라고 불렀나이다.

이피게네이아 그리고 그와 동행자인 또 한 사람의 이름은?

목자 우리 중에 아무도 모릅니다. 우리는 정말 듣지 못했습니다.

이피게네이아 너희들은 어떻게 그들을 발견했는가? 너희들은 어떻게 그들을 잡았는가?

목자 황량한 물결 속에 파도가 거칠게 부서지는 저곳에서……

이피게네이아 너희 목자들은 해변에서 도대체 무얼 하고 있었는가?

목자 소를 씻기려고 바다에 몰아넣고 있었습니다.

이피게네이아 더 자세히 말하게. 어떻게 무슨 재주로 너희는 그들을 잡았느냐? 내가 알고자 하는 것이 바로 그것이니라. 때마침 잘들 왔군. 이미 오랫동안 여신의 제단은 그리스 인의 피로 적실 수 없었는데.

목자 우리는 초원에서 소들을 심플레가데스를 통하여 이곳에 흘러오는 바닷물 속으로 몰고 있었습니다. 이때 바위 사이에 틈이 보였는데, 이곳은 계속되는 파도에 씻겨 깊이 패인 곳으로 붉은 조개를 줍는 어부들의 대피소로도 쓰였습니다. 그런데 목동 가운데 한 사람이 그 안에 두 청년이 있는 것을 보고 발 앞부리로 조심스럽게 빠져나와, 바로 우리들이 있는 곳에 돌아와서 '자네들 보았나? 저기에 귀신들이 있네.' 하고 말했습니다. 우리들 중에 또 한 사람은 경건한 마음으로 손을 들고, 그 두 사람을 보면서 기도를 했습니다. '오! 바다의 여신 레우코테아의 아들이여! 배를 구해 주시는 주여, 바다의 주인이신 팔라이몬이시여! 우리에게 자비를 베푸소서, 해안에 앉아 계신 분들은 디오스크로이십니까? 아니면 열다섯 명의 바다 천사들로 하여금 아름답고, 자랑스런 합창을 부르게 하신 네레우스의 아들들입니까?' 한 사람은 오만하게도 못 믿겠다는 듯이 그 기도를 비웃었습니다. 그들은 난파한 사람들로서, 우리들이 이방인을 죽여 신에게 제사한다는 말을 듣고 이 풍습이 두려워서 동굴에 들어앉아 있는 것이라고 말했습니다. 그 말이 우리의 마음을 스침과 함께, 여느 때처럼 여신을 위한 희생을 잡자는 그의 지시가 마음을 설레게 했습니다. 그런데 그때, 그 이방인 중 하나가 동굴 앞에 나오더니 머리를 위아래로 흔들고 나서, 고통스럽게 큰 소리로 신음하더니 손을 움츠리고 미친 듯이 사냥꾼처럼 외쳤습니다. '필라데스! 보이지 않나? 대체 저기에 지옥의 괴물이 보이지 않나? 나를 죽이려고 사나운 독사들을 나에게 몰고 있네. 그리고 저기에 또 한 마리 괴물이 있어. 옷자락을 나풀거리며 피와 불을 내뿜고 날개를 펄럭이며 팔에 내 어머니를 안고 오며, 나를 눌러 죽이려고 돌을 들고 있네. 아이고, 나를 죽이려고 하네! 어디 피할 구멍이 있는가?' 그 남자가 지껄이는 괴물이란 아무도 보지 못했습니다. 그는 소의 울음소리와 개 짖는 소리를 복수의 여신들이 부르짖는 소리로 들었나 봅니다.

우리는 공포에 질려 몸을 웅크리고 가만히 앉아 있었습니다. 그런데 그 이방인은 복수의 영혼을 자기에게서 쫓아 버려야겠다는 환상 속에 칼을 뽑아들고 마치 사자처럼 소 떼 사이로 달려들어 소의 연한 부위를 치고, 찌르고 하여 바다의 파도가 붉게 물들 정도였습니다. 짐승이 쓰러져 죽는 것을 본 우리는 모두 싸우려고 일어서서, 조개 나팔로 이웃들을 불렀습니다. 우리 생각으로는 그 강하고 생기에 찬 젊은 이방인을 우리 몇 명의 목동들로서는 대항할 수 없었던 것입니다. 오랜 시간이 흐르고 우리의 진영은 강화되었습니다. 그러자 그 이방인의 횡포가 멈추고 그는 쓰러져서 입에 거품을 물었습니다. 그가 무방비 상태로 누워 있는 것을 보고 우리는 분노에 가득 차, 그에게 돌을 던져 멈추게 하려 했습니다. 그와 동행한 자는 그의 입에서 거품을 씻어 주며, 그 때문에 애를 쓰며, 부상의 위협을 무릅쓰고 자기 친구를 돕고자 두꺼운 외투로 가리고 방어를 했습니다. 그러자 그 청년은 의식이 들어 벌떡 일어났습니다. 그는 적의 무리가 밀려오는 것을 보고, 죽음이 이미 목전에 다다랐음을 알고 울부짖었습니다. 그러나 우리는 끊임없이 돌을 던지고 사방에서 공격해 갔습니다. 그러자 우리는 그의 외침을 들었는데, 무시무시한 소리였습니다.

'우리 죽게 됐네, 필라데스! 명예롭게 죽어 보세! 자네도 칼을 뽑고 나를 따라오게!'

적의 칼을 보고 몸이 오싹해진 우리들은 흩어져서 바위틈으로 달아났습니다. 한 사람이 도망하면 다른 한 사람이 적과 맞서고, 그들은 또 몰고, 그러면 도망하던 자가 새로 돌을 주워 가지고 그들에게 달려들었습니다. 믿기 어려운 이야기입니다만, 그 많은 사람 중에 진정으로 여신에게 제물을 잡아 올릴 정도로 강한 자가 없었습니다. 드디어 우리가 승리했습니다만 용맹에 의해서가 아니라 우리가 그들을 포위하고 돌로써 그들이 칼을 놓게 한 것입니다. 그들은 이미 지쳐서 무릎을 꿇고 말았습니다.

그래서 우리는 그들을 어전에 끌고 갔습니다. 왕께서 그들을 보시자마자 당신에게 제물로 보내라고 명하셨습니다.

여신관님이시여, 이 제물을 위해 신들에게 기도하옵소서! 이들은 이방인이옵니다. 당신이 이러한 객들을 죽일 수 있다면, 그리스 인들은 당신의 피를 위해서 참회를 하고, 아울리스에서 저지른 살육을 속죄하는 것입니다.

코로스장 그대가 본 청년은 누군지 몰라도 놀랄 만한 사람이군. 그리스에서부터 인정머리 없는 이 바다에까지 오다니.

이피게네이아 좋다. 일어나서 그 이방인들을 데려오라! 그 다음 일은 내가 알아서 할 일이로다.

(목자 퇴장)

내 가련한 마음이여, 너는 이제까지 항상 이방인에게 온유하고 연민의 정을 느껴 왔다. 그리스 인이 네게 보내질 때 너는 네 민족인 그들을 위하여 새로이 눈물을 흘렸지. 이제 나는 나를 노하게 한 어젯밤 꿈대로 나의 오레스테스도 살아 있지 않음을 믿어야겠구나. 이제 내 앞에 떨어진 너희 모두가 내 증오를 느끼게 되었구나. 너희 그리스 여인들아! 이제 나는 격언이 옳음을 느끼노라! '불행한 자는 자기의 불행에 처하여 더 불행한 사람들에게 호의를 가질 때가 없다.'는 격언이 있다. 제우스는 결코 나에게 하나의 바람결도, 심플레가데스를 통해서 헬레네를 데려다 줄 배도, 게다가 메넬라오스도 보내 주지 않았으니, 나는 그들에게 복수할 수도 없었고 그리스 인들이 나를 송아지처럼 도살장 위에 끌고 가던, 아울리스를 이곳에 재현할 수도 없었다. 바로 나의 아버지가 제주였던 그 아울리스를! 내가 그렇게도 자주 아버지의 수염과 무릎을 잡으려고 손을 내밀고, 나 자신을 부여잡고, '아버지가 가혹한 결혼식을 저에게 결정하셨군요. 당신이 나를 죽이고 있는 이때, 어머니와 아르고스 여인들이 부르는 결혼 축하의 노래로 집이 떠들썩하겠군요. 그런데 저는 아버지의 손에 죽임을 당해야 돼요. 그때 저를 꾀어서 피비린내 나는 결혼식에 데려올 마차에 태우기 위해서 저에게 신랑이라고 가르쳐 준 이름은 펠레우스의 아들 아킬레우스가 아니라 죽음의 신이었군요!' 나는 얇은 베일로 내 얼굴을 휩싸고 있었기에 그 조그만 동생을 팔에 안아 보지도 않았는데…… 이제 죽다니……. 수줍어서 누나에게 키스해 달라고 입도 내밀지 못했지. 나는 펠레우스 집안에 간다고 생각했기에 내가 곧 다시 아르고스 땅을 밟게 되리라는 확신을 가지고, 돌아올 때 키스를 많이 해주려고 했다.

불쌍한 동생아 네가 죽느냐, 오레스테스야! 너는 얼마만 한 행복을 잃느냐! 아버지가 칭찬하시던 광채를 잃지! 나는 내가 모시는 여신의 모순을 책하련다. 만약 어떤 사람이 살인을 저지르거나 출산을 돕거나 시체를 만지면, 여신은 그를 불결한 자로 취급하고 제단에서 쫓아 버린단다. 그러면서도 신 자신은 인간 제물을 기뻐하신다. 제우스의 아내 레토는 이처럼 분별없는 아이를 낳지는 않았으리라. 나는 탄탈로스가 제 자식을 신들이 즐겁게 먹도록 베푼 향연도 믿지 않노라. 나는 차라리, 타우리케 사람들은 살인을 하면서도 자기의 악행을 신성의 탓으로 돌리는 것이라 믿고 싶다. 악한 신은 없다는 것이 나의 신조이다.

(신전 안으로 들어가 버린다.)

코로스 (노래)

　예전에 나비가

　쇠파리에 쫓겨

　아르고스에서 인정 없는 바다로

　유럽의 들판에서

　아시아의 평원으로 옮아오면서 건넜던

　푸르게 반짝이는 해협이여!

　아름다운 강을 떠나

　에우로타스의 푸른 갈대를 떠나

혹은 성스러운 디르케 강을 떠나.
제우스의 딸을 공경하기 위해서
제단과 기둥으로 둘러싸인 신전을
인간의 피로 물들이는
사나운 나라인
이곳에 온 자들은
대체 누구냐?

그들은 재산을 늘리기 위하여
열심히 노력하며,
돛 폭을 부풀리는 바람을 무릅쓰고
전나무 돛대 소리의
흥겨운 엇갈림 속에
대양의 파도를 넘어왔는가?
정말 벅차오르는 희망은
세계의 불행에 직면해서도
인간에게 불만을 일으켜 속된 환상 속에
해양의 심연에 길을 잘못 들어
이방인의 도시에 가면서도
부를 얻으려고
노력하게 하는구나.
헛되이 부를

얻으려 한 자 많지만

그래도 부를 얻을

행운을 가진 자도 많으니라.

그들은 어떻게

마주 대치하고 있는

암초 사이를 항해했는가?

그들은 어떻게

영원히 파도에 씻기는

피네우스의 아들들의

암초를 지나

해안을 따라서

오십 명 네레우스의 딸들이

노래를 부르며 윤무輪舞하는

암피트리테의

거품 이는 파도를

돛을 부풀리고

선미에 흔들리는 키로

물결을 스치며

노토스의 돌풍이나

제피로스의 미풍 아래

많은 새들[12]이 에워싸고 나는

이 나라

흰 모래사장이 있는 해안[13]

인정 없는 대양의 연안

아킬레우스의 장엄한 경마장에 왔는가?

오! 우리 여주인님의 소원대로

레다의 사랑하는 딸이

트로이에서 이곳에 와

곱슬곱슬한 머리를

핏빛으로 물든 물로 씻기우고

죄에 상응하는 벌을 받아

신관神官의 손에 목이 잘려

죽임을 당했으면 좋으련만.

이 치욕적인 노예의 굴레[14]에서

나를 구하기 위하여

그 누가

그리스에서 온다는

소식을 들으면 나는 얼마나 좋으랴!

꿈에라도

내 아버지의 집과

내 고향에 갈 수만 있다면야

명랑한 잠을 즐기고

모든 사람이 누릴 수 있는

행복을 찾으련만.

(이피게네이아, 사원에서 나온다.)

이피게네이아 그 두 사람이 끌려오는구나.

손을 한데 묶여

여신의 새로운 제물이 되었구나.

모두들 조용히 해.

죽음의 운명을 맞은 그리스 인들이

이미 신전에 가까이 왔구나.

목자가 알려 준 것이

거짓이 아니었구나.

코로스장 고귀하신 신이시여.

여기서 행하는

제사가 마음에 드십니까?

드시면 기꺼이 취하소서.

우리 나라

그리스에서 통하는 습관에 의하면

이러한 제사는 잔인합니다.

(오레스테스와 필라데스, 묶인 채 끌려온다.)

이피게네이아 자! 여신을 섬기라는 것이 나에겐 으뜸가는 본분
이니라.

(간수들과 신전 시녀들에게)

이방인들의 손을 풀어 줘라. 신에게 봉헌하기로 한 이상, 묶어서는 안 되느니라. 신전에 들어가서, 지금 필요하며 관습상 필요한 것을 준비할지어다.

(잡혀 온 사람들을 유심히 보며)

아아! 어머니는 누구신가? 아버지는? 누나가 있다면 그녀는? 누나는 너희 두 젊은이를 잃어야 할 운명이군. 남동생들을 빼앗기는 것이지. 누가 그러한 운명을 가진지는 아무도 모르지! 신들이 걷는 길이란 어둡단다. 어떠한 인간도 불행의 길을 들여다볼 수 없느니라. 우연히 그 길을 알지 못하는 곳으로 접어들게 되지.

너희 불행한 이방인들은 고향이 어디냐? 여기 오는 데 많은 시간이 흘렀는데, 고향도 멀게 됐지. 영원히 지옥에 가게 되었으니!

오레스테스 왜 그런 것을 애통하시고, 우리 앞에 놓인 운명을 슬퍼하십니까? 부인께선 대체 누구이시기에? 동정으로써 죽음의 공포를 달래려고 하는 희생자를 저는 어리석다고 생각합니다. 죽음이 가까워 옴을 비탄하면서도 구원을 기대할 수 없는 자를 저는 어리석다고 봅니다. 그는 불행을 키워 가니 마땅히 바보가 되며, 그럼에도 죽는 것입니다.

운명의 힘이란 인간이 대항할 수 없는 것입니다. 우리를 위한 비가悲歌는 부르실 필요가 없습니다. 이 나라에서의 희생이란 우리가 잘 아는 바입니다.

이피게네이아 너희 중에 누가 필라데스인가? 내가 맨 먼저 알고자 하는 것이다.

오레스테스 아는 것이 좋으시다면 가르쳐 드리겠습니다. 저 사람입니다.

이피게네이아 그는 그리스 어느 도시의 시민인가?

오레스테스 부인! 그걸 알아서 뭘 하시렵니까?

이피게네이아 너희는 같은 어머니에게서 태어난 형젠가?

오레스테스 절친한 친구입니다. 부인, 우리는 형제가 아닙니다.

이피게네이아 그러면 자네 아버지는 자네에게 뭐라고 이름을 지어 줬나?

오레스테스 사람들이 나를 불운아라 부르는 게 당연지사죠.

이피게네이아 그걸 물은 건 아닌데……. 그것은 운명 탓으로 돌리도록 해.

오레스테스 이름 모르는 사람으로 죽고 싶으니 쓸데없는 대답은 않겠소.

이피게네이아 어찌 이름을 밝히지 않는가? 그대는 그렇게 거만한가?

오레스테스 당신이 제물로 바치는 것은 몸뚱이지 이름은 아닙니다.

이피게네이아 그대의 고향도 나에게 알려 주지 못하겠는가?

오레스테스 나에겐 쓸데없는 질문입니다. 그래도 나는 죽어야 하니까요.

이피게네이아 나에게 호의를 좀 베풀면 무엇이 나쁜가?

오레스테스 나는 자랑스럽게 고향이 그 유명한 아르고스라고 말하겠소.

이피게네이아 아, 신이시여, 이방인이여, 그대는 정말 그곳 태생인가?

오레스테스 언젠가 행복했던 미케네 태생이지요.

이피게네이아 추방당해 왔는가? 그렇지 않으면 그 이유는?

오레스테스 추방당한 자지요. 사실은 강제로…… 그리고 자발적이라고 할 수도 있지요.

이피게네이아 내가 알고자 하는 것을 말해 줄 수는 없겠는가?

오레스테스 내 불행에 부수적인 것이겠군요.

이피게네이아 나는 그대가 아르고스에서 왔다니 좋아서.

오레스테스 나는 그렇지 않소. 당신이 좋은 것은 당신 사정이지요.

이피게네이아 그대는 누구나 말하는 트로이의 운명을 알지?

오레스테스 난 꿈에도 보려고 하지 않았는걸요.

이피게네이아 그 도시는 적에게 완전히 소멸되었다고들 하던데.

오레스테스 그렇소. 당신이 들으신 대로입니다.

이피게네이아 헬레네는 다시 메넬라오스의 집에 머무르게 됐는가?

오레스테스 그녀가 돌아왔기 때문에 우리 중 한 사람이 불행하게 된 거죠.

이피게네이아 그녀는 지금 어디 있는가? 그녀는 아직도 나에게 사죄해야 하지.

오레스테스 그녀는 스파르타에서 전 남편과 함께 살고 있지요.

이피게네이아 나뿐만이 아니라 모든 그리스 인에게 증오를 받을 여자군.

오레스테스 나도 그녀의 결혼 때문에 희생을 당했죠.

이피게네이아 모든 사람이 말하듯이 그리스 인들은 귀환했는가?

오레스테스 당신은 한 번에 모든 것을 다 물어보려고 하시는군요.

이피게네이아 그렇지. 자네가 죽기 전에 물어서 알아야 할 테니까?

오레스테스 알고 싶으시면 상세히 물으세요. 대답해 드리지요.

이피게네이아 예언자 칼카스는 이미 트로이에서 돌아왔는가?

오레스테스 그는 죽었다고 미케네에 소문이 돕니다.

이피게네이아 오오, 여신이여! 옳게 됐군요. 그리고 라에르테스의 아들 오디세우스는?

오레스테스 집에는 없지만 살았다고 하더군요.

이피게네이아 그는 죽을 것이매, 결코 집에 가지 못하리라.

오레스테스 그를 저주하진 마세요. 그는 운명의 시련을 호되게 받고 있으니까요.

이피게네이아 그리고 네레우스의 딸 테티스의 아들인 아킬레우스는 지금 살아 있는가?

오레스테스 벌써 죽었어요. 그는 아울리스에서 결혼한 것이 허사였어요.

이피게네이아 거짓투성이군. 체험한 사람은 잘 알지.

오레스테스 그러면 당신은 누구세요? 당신이 그리스에 대해서 묻는 것은 악의가 아니군요.

이피게네이아 나도 거기 태생이지. 어린애였을 때 벌써 이역에 왔지.

오레스테스 부인께서 그곳에 대하여 알기를 원하시는 것도 당연하군요.

이피게네이아 그런데 모두들 행복하시다고 칭송하는 대장님께서는 안녕하십니까.

오레스테스 누구를 말씀하시지요? 아는 분이 한 분 계십니다마는, 그인 행복하지 못해요.

이피게네이아 아트레우스의 아들이신데 아가멤논 왕이라고?

오레스테스 전 모르겠어요. 부인, 제발 그이에 대해서는 말하지 마세요.

이피게네이아 말하지 않겠소, 신에 맹세코. 이방인이여, 나를 기쁘게 하기 위해서 말해 보오.

오레스테스 그 불쌍한 이는 죽었소. 그리고도 또 하나를 끌고 죽은 셈이죠.[15]

이피게네이아 그이가 죽다니? 어째서? 그리고 어떻게? 내가 불행한 여자군.

오레스테스 당신이 그의 운명을 비탄하시다니? 그가 당신과 인척간입니까?

이피게네이아 나는 다만 사라져 버린 그분의 행복을 슬퍼할 뿐

370

이오.

오레스테스 그의 죽음은 처참했지요. 바로 그의 처가 그를 죽였습니다.

이피게네이아 그의 희생이나 마찬가지로 그를 죽인 살인녀도 통탄할 만하군.

오레스테스 제발 그만 하시고 이 이상 나에게 묻지 마세요.

이피게네이아 한 가지만, 그 비참한 자의 아내는 아직도 살아 있소?

오레스테스 아니오. 친자식한테 죽었지요.

이피게네이아 요란한 집안이었군! 어째서 자식이 어미를 죽였지?

오레스테스 아버지를 죽였으니까 벌을 주려고 한 것입니다.

이피게네이아 아아! 괴로운 의무를 잘 이행했군!

오레스테스 그렇죠. 하지만 신들은 그 대가로 그를 불행에 빠뜨렸지요.

이피게네이아 아가멤논에겐 아직 다른 자식이 있소?

오레스테스 엘렉트라라는 딸 하나를 남겼지요.

이피게네이아 아직도 제물이 된 딸 이야기를 하는가?

오레스테스 그 여자는 죽어서 광명을 보지 못한다는 정도의 이야기지요.

이피게네이아 그 여자의 운명도! 그녀를 죽인 아버지의 운명도 가혹하군.

오레스테스 그 여자는 나쁜 계집 때문에 개죽음을 당한 거죠.

이피게네이아 그리고 죽은 아버지의 아들은 지금도 아르고스에 살고 있는가?

오레스테스 그는 물론 비참하게 산답니다. 이리저리 떠돌아다니나 발붙일 곳이 없지요.

이피게네이아 허황한 꿈이여, 사라져라! 넌 환상에 불과했군.

오레스테스 현명하다는 신들 역시 가벼운 꿈처럼 허황된 것입니다. 신들도 역시 인간과 마찬가지로 혼란이 심합니다.

영리한 인간들이 마치 예언자가 체험이나 한 것처럼, 예언자의 말을 믿고 희생당하는 것은 슬픈 일입니다.

코로스장 아아! 내 운명은 무엇인고? 나의 양친은 어떠신지. 살아 계신지? 누가 나에게 말해 주랴?

이피게네이아 들어 보게, 이방인들이여. 나는 너희에게나 나에게나 모두 이익이 될 수 있는 제안을 준비했노라. 모든 사람이 같은 일에 동의한다면 좋은 일을 가장 쉽게 달성할 수 있다.

(오레스테스에게)

내가 너의 생명을 용서해 준다면. 너는 나를 위해서 아르고스에 있는 내 가족들에게 소식을 전해 주겠느냐? 나를 가련히 여기는 포로 한 사람이 나는 살인자가 아니라, 살인을 옳은 것으로 생각하는 여신의 명령에 희생당하고 있다는 편지를 전해 주겠는가? 나는 아직껏 아르고스에 무사히 도착해 나의 소식을 내 친구에게 전해 준 사람을 보지 못했노라. 그런데 너는 명문에서 태어났고 미케네와 내가 소식을 전하고자 하는 사람들을 잘 알고 있다. 살 길을 찾게. 그대는 영예롭게 그 보상을 받을지니 쉬운 심부름을 해주고 생명을 얻으리라.

(필라데스를 가리키며)

그러나 너를 제외하고 이 사람만은 이 나라의 국법대로 신전에 제물로 바쳐질 것이니라.

오레스테스 한 가지만 제외하면 당신의 제안은 훌륭합니다. 이 국의 부인이시여! 이 사람이 죽어야 한다는 것은 저에겐 너무나 고통스럽습니다. 저는 저 불행한 배의 선장입니다. 그는 다만 내 고생의 반려자로서 같이 탔을 뿐입니다. 제가 그의 희생을 통해서 죽음 직전의 구원을 얻는다는 것은 도리가 아닌 줄 압니다. 하지만 어쩔 수 없는 일이니, 이 사람에게 편지를 주십시오. 그는 당신의 소원을 달성시키기 위해서 아르고스에 가지고 갈 것입니다. 죽으려면 나를 죽이시오. 친구를 불행 속에 끌고 와서 자기가 달아나는 것은 최대의 치욕입니다. 여기 있는 이 사람은 제 친구입니다. 나보다는 차라리 그가 태양을 바라보게 해야 합니다.

이피게네이아 그대의 마음은 용기와 충실로 충만하군! 고귀한 문벌의 후예로서 참된 친구를 사귈 만하군. 오! 내 형제자매 중에서 홀로 살아 있는 동생도 이렇게 용감했으면! 이방인들이여! 나에게도 남동생이 하나 있는데 만나 볼 수가 없다네. 자 원한다면 나는 그에게 편지를 가지고 여행을 떠나게 하겠네. 그렇지만 자네가 죽어야 하네. 자네가 친구에게 보여 준 사랑은 위대하도다.

오레스테스 누가 저를 제물로 바치고 잔인한 살육을 감행합니까?

이피게네이아 나야! 나는 여신의 신관직을 수행해야 하니까.

오레스테스 부인이시여. 당신의 직책은 누구도 부러워하지 않겠소.

이피게네이아 나에겐 고달픈 강제이지. 나는 그 직무에 복종해야 하노라.

오레스테스 여자인 당신이 몸소 칼로 남자들을 죽입니까?

이피게네이아 아니야, 봉헌하기 위해서 자네의 머리 주위에 깨끗한 물을 뿌리는 거야.

오레스테스 제가 죽는다면 누가 죽입니까?

이피게네이아 신전 안에서 남자들이 그 직책을 수행하지.

오레스테스 제가 죽는다면 가게 될 무덤은 어디입니까?

이피게네이아 넓은 바위 사이 깊은 곳에 피우는 불이지.

오레스테스 아! 누나의 손길이 나의 시체를 보살펴 주면 좋으련만.

이피게네이아 불행한 자여! 그대가 어떤 사람이라 할지라도 그대의 소원은 이룰 수 없네. 그대의 누나는 이 미개지에서 멀리 떨어진 곳에 살고 있네. 그러나 그대가 아르고스에서 왔다 하니, 내가 힘닿는 데까지는 그대에게 친절을 다하겠네. 나는 그대를 위해서 무덤에 많은 장식을 하고, 노란 기름으로 그대 육체의 많은 재를 닦고, 금빛 벌이 꽃에서 얻은 꿀을 화장장에 뿌리겠네. 그럼 나는 신전에서 편지를 가지고 오겠네. 그러나 그대는 나에게 증오를 품지는 말게. 하인들이여, 저자들을 지키게. 그러나 결박하지는 말게.

(혼잣말로)

　아마 나는 아르고스에 있는 내 사랑하는 사람 중 한 사람에게
의외의 소식을 전할 수 있겠지. 아마 나에게 가장 귀한 사람이겠
지…… 틀림없이 그에게 이 편지는 죽은 줄 알고 있는 사람이 살
아 있다는 기쁨을 주겠지.

(신전 안으로 들어간다.)

코로스 (읊음)

　나는 너를 위해서 애도하노라.

　살육의 희생으로 봉헌할 때가

　그대의 눈앞에 다가왔노라.

오레스테스　애도할 이유가 없소. 부인들께서는 안심하시오.

코로스 (읊음)

　그러나 젊은이

　우리는 경건한 두려움을 느끼며

　그대를 행운아라 칭송하네.

　그대는 다시

　고향 땅을 밟게 되었네.

필라데스　그것은 행운이 아니라 친구를 희생시키고 얻은 것입
니다.

코로스 (읊음)

　놀랄 만한 귀향일세!

슬프도다, 그대는 죽을 몸.

아! 둘 중 누가 죽게 될까?

내가 애도의 노래를 불러 줄 사람은

이 사람인지 저 사람인지

난 아직도 사려 깊게 의심하네.

오레스테스 저 부인은 누구일까? 어떻게 유창한 그리스 말로 그리스 인이 일리온에서 당한 곤란과 그들의 귀환과 점쟁이 칼카스와 아킬레우스에 대해 물을 수 있을까? 어찌 그녀는 불행한 아가멤논에게 동정을 품고, 나에게 그의 처와 아이들의 안부를 물을까? 틀림없이 그녀는 아르고스 태생이다. 그렇지 않으면 그녀는 결코 편지도 보내지 않고, 아르고스의 행복이 바로 자기의 행복인 것처럼 나에게 묻지도 않았을 게 아닌가!

필라데스 자네는 내가 하려는 말을 하는군. 그 밖에 내가 하고자 하는 말이 한 가지 더 있어. 아가멤논 왕이 겪은 일이란, 알고자 하는 사람은 다 알고 있네. 그 부인은 또 한 가지 질문을 했어.

오레스테스 무슨 질문을? 나에게 말해 봐. 그러면 자네는 더 잘 알 수 있을 거야.

필라데스 자네가 죽은 뒤 살아 남는다는 것은 나에게 치욕이야! 자네와 함께 항해를 했으니, 나도 자네와 더불어 죽어야만 한다. 아르고스에게서 골짜기가 많은 포키스 땅에서나 나를 비겁하고도 의리 없는 자라고 비난할 것이며, 민중들은 나쁘게 생각하게 마련이니……

내가 자네를 배반하고 돌아왔으며, 자네의 왕홀王笏을 빼앗고, 자네의 상속인이 될 누이[16]와 결혼하고자 자네의 집안이 멸망할 때 자네를 죽여서 제거한 것이라 믿을 것이네. 이것이 내가 두려워하고 수치스럽게 생각해야 할 소문이 될 것이네. 어떤 일이 있어도 나는 자네와 함께 죽고, 자네와 함께 목이 잘리고, 자네와 함께 불에 타고 싶네. 나는 자네의 친구로서 다만 비난을 두려워할 뿐이네.

오레스테스 그 말은 그만둬, 나는 나의 숙명을 고수하겠네. 그것 하나로 충분하지 그 이상 확대할 것 없네. 자네가 괴롭게, 그리고 비난의 대상으로 생각하는 것은 다만 나의 죽음, 나에 관한 이야기가 될 것이네. 신들이 나에게 운명으로서 지워 준 이상, 죽는 것은 나에게는 악이 아니네. 그래도 자네는 행복하네. 자네의 집안은 순수하고 걱정이 없네. 그런데 나는 신의 저주를 받고, 운명에 두들겨 맞았네. 만일 자네가 살아가서 내 누이와 결혼하고 자식을 낳는다면 내 이름이 후세에도 남고 내 생각도 결코 자손 없이 사라지진 않을 것이네. 가서 행복하게 아버지의 집에서 살게. 아르고스에 도착해서……. 자네의 손을 잡고 부탁하는 것이니 나의 무덤과 비석을 세워 주면 나의 누이가 그 위에 눈물을 흘리고 머리카락을 잘라 바칠 것이네. 아르고스에서 온 여인이 나를 제단에 죽음의 제물로 바쳐 죽였다고 말해 주게.

나의 종족과 집안이 남자 상속인이 없다고 해서 그녀를 버리진 마. 잘 살게! 나는 자네를 가장 진실한 벗으로 생각하네. 자네는 나와 함께 사냥을 하고, 나와 함께 자라고, 내 고민의 무거운 짐을 도와주었네.

예언자 포이보스가 나를 속였네. 그 후에 그는 나를 될 수 있는 한 그리스에서 멀리 꾀어 왔네. 그는 옛날의 예언을 부끄러워하네. 나는 그를 완전히 믿고 그에게만 복종을 했는데, 이제 나는 어머니를 죽인 죄로 죽임을 당하게 되었네.

필라데스 자네의 묘가 세워질 것이네, 불행한 자여. 자네의 누이를 배반하지 않겠네. 나는 죽는다 해도 살아 있을 때보다 더 확고하게 자네 편이 되겠네. 자네가 죽음에 가까워졌다고 하지만, 지금도 신탁은 아직 자네를 파멸시키진 않았네. 반대로 가장 큰 불행이 가장 큰 행복으로 변할 때도 종종 있다네!

오레스테스 말도 말게! 포이보스의 신탁은 이제 나에게 아무 소용없네. 저 여인이 벌써 신전에서 나오지 않는가?

(이피게네이아가 손에 편지를 들고 신전에서 나온다.)

이피게네이아 (하인들에게) 희생을 행하는 자들한테 가서 필요한 것을 준비하게.

이방인들이여! 여기에 잘 봉해진 편지가 있네. 또 부탁할 일이 있으니 들어 보게. 죽음에 처했을 때와 그 공포에서 벗어나 새로운 희망을 갖게 될 때 변함없는 태도를 취할 수 있는 사람은 없네. 그래서 나는 내 편지를 아르고스에 전해 줘야 할 사람이 이 나라에서 벗어나기면 하면, 내 편지에 대해선 더 이상 생각 안 할까 두려워하네.

오레스테스 어떻게 하실 작정이십니까? 무슨 생각 때문에 아직도 괴로워하십니까?

이피게네이아 아르고스에 가서 내가 지정한 친구에게 편지를 전해 줄 것을 나에게 맹세하게.

오레스테스 당신도 그와 똑같은 방법으로 약속을 해주시겠습니까?

이피게네이아 그럼 말해 보게. 무슨 약속이지? 어떻게 하라는 것이지? 뭘 단념하라는 건가?

오레스테스 그를 산 채로 이 이국에서 귀향시켜 달라는 것입니다.

이피게네이아 물론이지! 그러지 않으면 사자 노릇을 못하게 되는 거지.

오레스테스 왕께서도 이를 허락하실까요?

이피게네이아 틀림없이 그렇게 하도록 하고 내가 직접 사자를 배에 태워 보내지.

오레스테스 (필라데스에게) 그럼 맹세하게.

(이피게네이아에게)

　신성한 서약을 선창해 주십시오.

이피게네이아 '나는 여기에 있는 편지를 당신의 가족에게 전하겠습니다.'라고 말하게.

필라데스 '나는 여기에 있는 편지를 당신의 가족에게 전하겠습니다.'

이피게네이아 나는 자네가 이 음울한 암초를 무사히 통과해 가도록 하겠네.

필라데스 당신의 맹세를 증거하기 위해서 어떤 신을 부르겠소?

이피게네이아 내가 모시는 아르테미스 여신을!

필라데스 하늘의 주인이신 위대한 제우스를 부르겠소.

이피게네이아 그런데 맹세를 깨뜨리고 나를 속인다면?

필라데스 고향에 가지 못할 것을! 그런데 당신이 나를 구해 주시지 않는다면?

이피게네이아 결코 살아서 아르고스에 돌아가지 않을 것을!

필라데스 아 참, 한 가지 가능성을 잊었소!

이피게네이아 필요하다면 한 번 더 맹세하도록 하지요!

필라데스 나에게 한 가지만 허락해 주십시오. 만약에 배가 파선하여 내가 가진 것과 편지가 파도 속에 가라앉고, 나만 알몸뚱이로 살아 남는다면, 나는 이 이상 맹세를 지킬 수 없다는 것입니다.

이피게네이아 잘 알고 있네. 많은 장애가 있으면 통하는 길도 많네. 자네가 친구에게 소식을 전할 수 있도록 편지의 내용을 말해 주겠네. 그러면 틀림없지. 편지를 목적지에까지 가지고 가게 되면 편지가 말없이 사연을 전할 것이네. 만약 편지가 바다의 파도에 빠지게 되면, 당신은 살아서 그 내용을 그대로 건질 수 있을 것이네.

필라데스 나에게나 신들에게나 납득이 가는 말씀입니다. 누구에게 내가 이 편지를 전하며, 당신의 지시에 따라, 그에게 뭐라고 할지 말씀해 주십시오.

이피게네이아 아가멤논의 아들 오레스테스에게 말하게. 옛날에 아울리스에서 제물이 된 누이, 죽은 줄 알고 있는 누이가 살아서 이 글을 보낸다고.

오레스테스 그녀가 어디 있습니까? 황천에서 돌아왔습니까?

이피게네이아 여기에 있노라. 내가 하는 말을 방해하지 말게. '동생아, 나를 이국에서 아르고스로 데려가거라. 내가 죽기 전에 이 방인을 죽여야만 하는 여신의 신전에서 나를 구해 다오.' 라고 전해 주시오.

오레스테스 필라데스, 무슨 말을 내가 해야 좋을지? 우리는 지금 대체 어디에 와 있는 것일까?

이피게네이아 '오레스테스야. 그렇지 않으면 너의 집을 저주하겠노라.' 라고, 한 번 더 그 이름을 잘 듣고 외우도록 하게.

필라데스 신들이시여!

이피게네이아 그대는 어째 내 일에 신을 부르는가?

필라데스 아무것도 아닙니다. 말씀을 계속하세요. 딴 일을 좀 생각하고 있었습니다.

　　(혼잣말로) 물어봐야 믿을 수 없는 대답이겠지.

이피게네이아 계속해서 말해 주지. '아르테미스 신이 나를 구하고 나 대신 암사슴을 놓았는데, 아버지는 나를 칼로 치는 것이라 생각하고 그 사슴을 희생시켰다. 그러나 여신은 나를 이리 끌고 왔다.' 고. 그것이 내가 편지에 쓴 사연이지.

필라데스 당신이 저에게 요구한 맹세는 지키기 쉽습니다. 당신이 저에게 하신 맹세는 매우 고맙습니다. 지체 없이 저는 제가 한 맹세를 이행하겠습니다.

여보게! 오레스테스! 나는 자네의 누나가 보낸 이 편지를 자네에게 전해 주네.

오레스테스 나는 받겠네. 그러나 나는 이 편지를 읽는 것보다는 먼저 글자로 통할 수 없는 기쁨을 택하겠네.

나의 사랑하는 누나, 가벼운 의혹이 아직도 나에게 있으나, 황홀하게 당신을 품에 안고 기뻐합니다. 나에게 기적이 나타났습니다.

(이피게네이아는 뿌리친다.)

코로스장 건방진 이방인이로다. 신관을 더럽히고, 성스러운 옷깃에 손을 대다니.

오레스테스 사랑하는 누나, 똑같은 아버지 아가멤논에게 태어난 누나, 뿌리치지 마십시오. 당신은 의외로 쉽게 동생을 다시 찾았습니다.

이피게네이아 자네가 내 동생? 네가? 잡담은 그만두게. 동생은 아르고스나 나우플리아에 살고 있을 거야.

오레스테스 거기엔 살지 않습니다. 당신의 불행이 당신의 눈을 가렸나 봅니다.

이피게네이아 틴다레오스의 딸이 자네의 어머니인가?

오레스테스 예. 아버지는 펠로프스의 손자입니다.

이피게네이아 주장할 근거가 있는가? 그것을 증명할 수 있는가?

382

오레스테스 있습니다. 아버지의 가계를 물어보세요.

이피게네이아 자네가 말해 보게. 내가 듣겠네.

오레스테스 말씀드리겠습니다. 먼저 엘렉트라에 대해서 말씀드리겠습니다. 당신은 아트레우스와 티에스테스의 싸움을 압니까?

이피게네이아 물론이지. 황금 새끼양 때문이었지?

오레스테스 싸우는 모습을 당신이 좋은 천 위에 수놓았지요.

이피게네이아 오! 사랑하는 사람이여. 그대는 내 마음을 속속들이 알아맞히는군.

오레스테스 그리고 그 직물 위에 태양이 운행하는 그림을 넣었지요.

이피게네이아 그 광경도 좋은 실로 짜 넣었지.

오레스테스 어머니께서는 아울리스로 목욕물[17]을 보내셨지요.

이피게네이아 그렇지. 불행한 결혼이었기에 잊을 수 없지.

오레스테스 어머니에게 당신의 머리털을 보내지 않았습니까?

이피게네이아 내 육체를 보내는 대신 무덤에 놓을 표시로 보냈지.

오레스테스 이제 나는 증거로서 내가 본 것을 말하렵니다. 피사에서 오이노마오스를 죽이고 히포다메이아를 정복할 때 사용한 펠로프스의 옛날 창이 집에, 당신의 규방에 숨겨져 있었습니다.

이피게네이아 오! 사랑하는 이여, 정말 너는 틀림없구나. 사랑하는 동생아, 나는 우리 고향 아르고스에서 멀리 떨어진 곳에서, 너 사랑하는 동생, 오레스테스를 다시 찾았구나.

오레스테스 나는 이미 오래전에 죽었다고 생각하던 당신을 찾았습니다.

(그들은 서로 포옹한다.)

고뇌의 눈물과 기쁨의 눈물이 흘러내려 당신과 내 속눈썹을 적십니다.

이피게네이아 내가 떠날 때 너는 아직 귀여운 아이였지. 집에서 유모의 팔에 안겨 있었지. 나의 마음이여, 너도 말로 다 할 수 없이 행복했지……. 이제 내 무슨 말을 할까? 지금 막 일어난 일은 기적 이상이며, 이루 형언할 수 없는 일이다.

오레스테스 오! 우리는 앞으로 함께 행복할 수 있을까?

이피게네이아 기이한 기쁨이 나를 휩싼다. 여러 사랑하는 여인들이여, 내 동생이 내 품에서 달아나 허공에 사라지지 않을까 두렵구나. 오! 키클로프스가 지은 성벽이여, 오! 내 조국, 사랑하는 미케네여! 나는 당신께 생명과 보호를 감사드립니다. 당신의 하늘 밑에 내 동생을 성숙케 하시어 나의 구원자가 되게 하셨습니다.

오레스테스 혈통으로 보면 확실히 우리는 행운을 받았습니다. 누님, 그러나 우리의 생애는 고난으로 차 있소.

이피게네이아 내가 확실히 불행한 여자다. 아버님은 환상에 사로잡혀 내 목에 칼을 찔렀다.

오레스테스 아아, 내 눈으로 직접 보는 것 같소.

이피게네이아 사랑하는 동생, 결혼 축가도 없이 나는 결혼 사기 장인 아킬레우스의 병영에 끌려갔다. 제단에선 눈물과 비탄이 있었다. 아아! 제물의 정수淨水가 거기엔 있었다.

오레스테스 나도 아버지의 속임수에는 개탄하지 않을 수 없습니다.

이피게네이아 운명은 나에게 진실한 아버지를 거절했다. 불행은 딴 사람에게서 비롯한 것이다.

오레스테스 만약 누나가 어느 신의 기분에 따라 불쌍하게도 친동생을 죽였더라면!

이피게네이아 (읊음)

불행한 내가 얼마나 무서운 일을!

무시무시한 일을 감행하려 했지.

아! 동생아! 하마터면 큰일 날 뻔했지.

네가 내 손에 죽을 뻔했지.

끔찍한 살인을

그 결과는 어떻게 됐을까?

내 운명은 어떻게 되고?

칼이 네 피를 보기 전에

내가 대체 무슨 방책으로 너를 여기 살인의 나라에서

아르고스에 가게 할 수 있을까?

가련한 내 마음이여, 그 방도를

바로 그 방도를 너는 찾아야 한다.

배가 아니라, 혹시 육로로……

아니 발로 걸어서?

길도 오솔길도 없는

이민족의 나라를 걸어간다는 것은

죽음을 찾아 달리는 것일 뿐이다.

음울한 바위 사이의 해협을 통하는

바다로 도망가는 길이란

너무나도 멀다.

아, 불쌍한 나, 불쌍한 나여!

신이든 사람이든

예기치 않은 행운이든

그 누가 여기서 우리에게

절망의 구렁에서 길을 열어 주고

아트레우스 가문에서

유일한 생존자인 우리 두 사람을

죽음에서 구원해 줄 수 있을까?

코로스장 전설의 나라에서보다 더 큰 기적이 있다. 내가 목격자로서 말할 수 있다.

필라데스 오레스테스, 근친 간의 재회에서 포옹하는 것은 당연한 일이네. 그러나 이제 우리는 감격을 가라앉히고, 우리가 바라는 가장 좋은 것, 즉 생명을 건지고 이 이국에서 달아날 것을 궁리하지 않으면 안 되네. 영리한 인간은 시간이 주는 이익을 헛되이 보내지 않고, 때를 망각하고 기쁨에 몸을 맡기지 않는다네.

오레스테스 자네 말이 옳아. 내가 보기에도 좋은 기회를 줄 시간 이네. 사람이 용기를 내어 분투하면 당연히 신도 더 큰 도움을 주는 법이라네.

이피게네이아 아무것도 나를 억제하지 못하며 엘렉트라의 운명을 알고자 하는 내 의도를 막지는 못할 것이다. 그래야만 나는 모든 것을 환영할 것이다.

오레스테스 (필라데스를 가리키며) 엘렉트라는 저 사람과 약혼하여 행복하게 살고 있습니다.

이피게네이아 그의 고향은 어디지? 누구의 아들인가?

오레스테스 그의 아버지는 포키스의 영웅, 스트로피오스입니다.

이피게네이아 어머니가 아트레우스 집안의 딸이니 나에게 친척이 되겠군?

오레스테스 나와는 사촌이며, 유일하고 진실한 친구이지요.

이피게네이아 나의 아버지가 나를 제물로 바칠 때는 아직 태어나지 않겠지.

오레스테스 그렇죠. 스트로피오스에게는 오랫동안 아이가 없었으니까요.

이피게네이아 (필라데스에게) 내 사랑하는 동생의 남편에게 인사를 해야지!

오레스테스 그는 내 친척일 뿐만 아니라 내 생명의 은인이지.

이피게네이아 너는 어떻게 어머니에게 그런 참혹한 행동을 했니?

오레스테스 아, 말하지 맙시다. 아버지의 원수를 갚은 것이지요.

이피게네이아 무슨 이유로 어머니는 아버지를 죽였느냐?

오레스테스 어머니 이야긴 맙시다. 누나는 들어서는 안 됩니다.

이피게네이아 말 않기로 하지. 아르고스에서는 지금 너를 임금으로 생각하니?

오레스테스 아니오. 메넬라오스가 지배하고, 나는 추방당했습니다.

이피게네이아 숙부께서 우리 가정의 파멸을 악용하는 것은 아닌가?

오레스테스 그렇진 않고, 나를 추방한 것은 무서운 복수의 여신들이……

이피게네이아 그러면 광기가 나서 이 해안에 왔니?

오레스테스 내가 고통에 처한 것은 이번만이 아니었어요.

이피게네이아 그럼, 어머니 때문에 복수의 여신들이 너를 붙잡은 거구나?

오레스테스 어찌 호되게 나에게 고삐를 매던지, 내 입이 찢어져 피가 날 정도였지요.

이피게네이아 너는 어째서 이 나라에 발을 붙이게 되었지?

오레스테스 아폴론의 신탁이 그렇게 명했지요.

이피게네이아 너는 여기서 무얼 하려고 왔니? 말해 줄 수 있는 거니, 없는 거니?

오레스테스 말할 수 있죠. 내 아픈 고민은 이렇습니다. 우리가 입을 다물고 있는 어머니의 악행을 복수한 뒤부터 복수의 여신

388

들이 저를 쫓고 있습니다. 그때, 아폴론이 나를 아테네로 보냈지요. 거기서 나는 감히 이름을 부를 수도 없는 복수의 여신[18]들에게 선고를 받아야 했지요. 거기엔 제우스가 이미 아레스에게 성스러운 재판소를 지어 주었는데, 아레스의 손에는 피가 묻어 있었습니다. 제가 그곳에 갔지요. 거기에 가니, 나는 이미 신들의 증오를 받은지라 아무도 팔을 벌려 받아 주지 않았습니다. 그런데 나를 가련히 여긴 사람이 있어서, 그는 같은 집에 살면서도 딴 밥상을 차리고 나에게 음식을 주며, 나에게 발설하지 말라고 당부하여, 자기 몫의 음식을 나와 나누어 먹는 거라고 하더군요. 그래서 모두 똑같이 잔에 포도주를 따라서 갈증을 달랬지요. 나는 그 친구에게 그 이유를 묻지도 않으려 했고, 내 고민을 꾹 참으며 모르는 체했습니다. 그러나 나는 애통하게 신음하고 있었지요. '나는 어머니를 죽인 자다.' 아테네에서는 내 고통을 보고, 한 풍습이 생겨, 지금도 행해지는데, 각자가 자기의 잔을 채워 팔라스 여신을 찬양한답니다. 아레스 언덕 위 법정에 이르러, 나는 자리를 잡았는데, 그 옆엔 복수의 여신 중에 가장 나이 많은 여신이 있었습니다. 잘 알려진 사실이지만, 모친 살해를 담당하는 포이보스가 그의 증언으로 나를 살렸습니다. 아테나는 나에게 가부 동수의 표수를 발표했습니다. 그래서 나는 살인죄에 무죄를 선고받았습니다. 판결에 동의하는 복수의 여신들은 가만히 앉아서 법정 옆에 신전을 짓자고 하고 있었는데, 판결을 비난하는 다른 복수의 여신들은 나를 쉴 새 없이 쫓고 있었기에 결국 나는 또 한 번 아폴론 신전에 가서 지극히 성스러운 분께 엎드려, '나를 파멸시킨 포이보스가 나를 구원해 주지 않는다면, 나는 그 자리에서 굶어 죽겠다.'고 맹세했습니다. 그때 포이보스의 황금 삼각배三脚盃에서 신탁이 울려, 나를 이곳에 오게 했는데, 옛날 하늘에서 내려온 여신상을 가져다 아테네 시에 다시 세우라는 것입니다. 아폴론 신이 나에게 약속한 구원을 얻도록 도와주십시오. 우리가 여신상을 손에 넣게 되면 나는 광기에서 해방되고 누나를 나룻배에 실어 미케네로 데려갈 수 있소.

자, 그러면 사랑하는 믿음성 있는 누나, 우리 가문을 구하고 나를 살리세요. 우리가 하늘이 내린 여신상을 얻지 못하면 나의 운명은 끝장나고 더불어 펠로프스의 혈통도 끊어집니다.

코로스장 신들의 분노가 탄탈로스 종족에게 거세게 거품을 품고, 폭풍 속에 몰아가도다.

이피게네이아 네가 오기 전에도 이미 나는 항상 아르고스를 그리워하고, 너 사랑하는 동생을 보고 싶어했단다. 너의 소원이 또한 나의 것이로다. 나는 너를 역경에서 구하고 나를 죽인 사람에 대한 원한을 넘어 무너진 아버지의 집안을 바로잡으려 한다. 나는 내 손을 너의 피로 더럽히지 않음으로 해서 집안을 구할 수 있다. 그러나 한 가지 두려운 것은 왕께서 여신상을 모신 대리석 받침이 빈 것을 보시면, 나는 어떻게 여신과 왕을 속일 수 있겠는가? 그러면 나는 죽어야 해. 변명할 여지가 없다. 튼튼한 배가 여신상을 싣는 것과, 동시에 나를 태워 가는 두 가지 일을 한꺼번에

할 수만 있다면 거사는 잘되겠는데, 내가 여신상을 지키지 못하면 나는 죽는다. 너는 너의 의무를 수행하면 귀향할 수 있다. 내가 물론 죽음을 결코 두려워하지 않으니, 나는 너를 구할 수 있을 것이다. 자기의 집을 위해서 죽는 남자는 덜 된 남자다. 여자의 생명이란 대수로운 것이 아니다.

오레스테스 어머니를 죽인 나는 누나까지 죽게 할 수는 없어요. 어머니를 죽였으면 그만입니다. 나는 누나와 한마음이 되어, 죽거나 살거나 운명을 같이하려고 합니다. 내가 이곳에 와 있습니다만 나는 고향을 생각합니다. 아니면 당신 곁에서 죽겠습니다. 내 생각은 이렇습니다. 우리의 계획이 아르테미스 여신의 뜻에 반하는 것이면, 아폴론은 여신상을 아테네로 가져오라고 하며, 당신까지 만나게 하시지는 결코 않으셨을 것입니다. 모든 것을 종합해 보면, 나는 귀향을 자신할 수 있습니다.

이피게네이아 어떻게 우리가 죽음을 피하고 여신상을 노획할 수 있을까? 거기에 우리가 귀향하는 일의 어려움이 있지. 의지만은 있지만······.

오레스테스 왕을 죽여 버린다면?

이피게네이아 나쁜 생각이야. 이방인이 군주를 죽이다니!

오레스테스 누나와 나에게 살 길만 트인다면 감행해야지요.

이피게네이아 너의 열의는 찬양한다만······ 나는 그렇게 못하겠다.

오레스테스 그럼 누나가 나를 이곳 신전에 숨겨 두면 어때요?

이피게네이아 우리가 어둠을 방패 삼아 살아나자는 거지?

오레스테스 밤은 도둑에게 속하고, 빛은 진리에 속하는 것이지요.

이피게네이아 그 안에 있는 신전 파수꾼들이 우리를 사로잡을 것이다.

오레스테스 오, 슬프다. 죽었구나, 살아날 구멍이 없구나.

이피게네이아 나는 다른 방편이 하나 있다고 생각하는데…….

오레스테스 그럼 그게 무엇인지 알고 싶으니 알려 줘요.

이피게네이아 너의 고통을 미끼로 이용하고 싶다.

오레스테스 간교한 계획을 세우는 데는 여자가 무섭지!

이피게네이아 나는 네가 어머니를 죽인 뒤에 아르고스에서 왔다고 말하는 거야.

오레스테스 이익이 된다면 내 고통을 이야기해도 좋습니다.

이피게네이아 그러고 나서 신께선 제물로 받지 않으시겠다고 한다고…….

오레스테스 짐작은 하겠습니다만, 어떤 핑계를 대실 거예요?

이피게네이아 '그는 깨끗하지 못하다.'고 하면 경건한 자들이 놀라겠지.

오레스테스 그러면 우리들이 여신상을 훔치기가 쉬울까요?

이피게네이아 바다에 가서 너의 죄를 씻어 주겠다고 소원을 말하지.

오레스테스 항해의 목적인 여신상은 신전에 놓아둔 채?

이피게네이아 네가 여신상을 만졌으니 여신상도 씻어야 한다고 하지.

오레스테스 어디서? 여기 바다가 만을 이루고 있는 데서?

이피게네이아 저기 네 배가 밧줄을 묶고 정박해 있는 곳에.

오레스테스 누가 여신상을 안고 가야 할까? 누나가? 다른 사람이?

이피게네이아 내가, 나만이 손을 댈 자격이 있으니까.

오레스테스 그리고 필라데스는? 그는 어떻게 우리의 모험에 가담하지?

이피게네이아 그의 손도 너와 마찬가지로 피가 묻었다고 내가 말하지.

오레스테스 왕이 알게 할 거예요, 모르게 할 거예요?

이피게네이아 왕에게 알리겠어. 모르게 할 수는 없으니.

오레스테스 그럼 좋아요. 나의 빠른 배가 벌써 준비되어 있어요.

이피게네이아 다음은 네가 행운의 성과를 거둘 수 있게 하라.

오레스테스 곤란한 점이 아직도 하나 있어요. 여기에 있는 여자들이 우리의 계획을 침묵해 줘야지. 제발 그들을 감동시킬 수 있는 말을 해주세요. 여자란 동정심을 일으킬 만한 능력이 있으니까요. 그러면 모든 일이 잘될 것입니다.

이피게네이아 (코로스에게)

오! 여러분! 나의 시선은 당신들을 바라봅니다. 행복 아니면 불행, 조국과 충실한 동생과, 내가 열렬히 사랑하는 여러분을 잃는다는 내 운명이 여러분의 손에 쥐어져 있습니다. 먼저 한 말씀드릴 것은, 우리는 서로가 호의를 가지고 있으며, 여성에 관한 일에 서로 도울 수 있는 여자들이라는 것입니다. 침묵을 지키고 우리의 도망을 도와주시오. 혀를 지키는 사람은 고귀한 보배를 가진 사람입니다. 성실한 사랑으로 셋이 단합한 우리를 보고, 귀향이 아니면 죽게 될 운명을 지켜봐 주시오. 내가 살아나면 나는 당신들을 헬라스로 귀향시키겠소. 당신들도 행복하게 살아야 합니다. 그리고 나는 당신들의 권리를 걸고 빌며, 당신들의 사랑스런 뺨과 당신의 무릎에 걸고 빌며 댁에서 당신을 사랑하는 모든 사람과, 양친과 자식이 있다면 자식에게 걸고 빕니다. 그러면 말해 보시오. 당신들 가운데 찬성하는 사람은 누구요? 반대하는 사람은 누구요? 오! 말해 보시오! 당신들이 나의 청을 들어주시지 않으면 내가 죽고, 나의 불행한 동생도 함께 죽습니다.

코로스장 신관님! 용기를 내어 목적을 무난히 달성하세요. 제우스 신에 맹세코 침묵을 지키겠습니다.

이피게네이아 그대들의 권고에 감사하오. 그대들에게 행복과 축복을 빕니다.

(오레스테스와 필라데스에게) 너는 이제 신전으로 들어가야 한다. 그리고 자네에게도 곧 왕이 와서, 이방인의 희생이 집행되었는가를 물을 것이다.

오, 여신이시여! 당신은 아울리스 만에서 아버님의 손에 살해되기 전에 나를 구해 주셨나이다. 오늘도 나와 저들을 구해 주소서. 그러지 않으면 당신의 탓으로 인간들이 더 이상 아폴론의 신탁을 믿지 않을 것입니다. 자비를 베푸사 이방의 나라에서 아테

네에 오소서. 이곳에 계시는 일이 당신에겐 합당치 않소이다. 당
신은 축복받은 땅에 가실 수 있습니다.

(모두 신전 안으로 사라진다.)

코로스 (노래)

바다의 암초에서 슬픈 노래를 부르는 새

알키오네[19]여!

현인은 알고 있노라.

너는 노래 속에

영원히 죽은 애인을 애도한다고.

너와 함께

나도 슬퍼하련다.

나도 날개 없는 새가 되어 그리스 민족을 그리워하고

아르테미스를 그리워한다.

레토가 딸을 낳은

고귀한 곳.

잎이 무성한 종려수와

너울대는 월계수 둥치와

은빛으로 빛나는 감람나무의

성스러운 가지 옆에

킨토스 산록에 있는

내가 태어난 곳.

바다엔

물이 돌아 흐르며
백조의 노래가
뮤즈를 축복하는 곳을 그리워하며
나는 슬피 우노라.
우리들의 성벽이 무너지고
내가 적의 돛대와 칼 속에
배를 타고 떠나올 그때
내 뺨을 적시고
흐르던 눈물!
반짝이는 금에 팔려
나는 이방의 땅으로
오는 길을 밟았다.
그곳에서 나는
사슴을 죽이는,
여신의 처녀 신관인
아가멤논의 딸 곁에서
양이 아니라 사람을 죽이는
신전의 노예로 일하노라.
나는 끊임없이 고통에 찬 삶을
행복한 것으로 찬미한다.
어렸을 때부터 불행을 겪어 온 자는
고통에 쓰러지지 않기 때문이다.

그러나 행복이 파멸로 되는 것은
인간에게 어려운 운명이다.
그러나 신관님, 당신은
아르고스에서 온 오십 명의 사공이 젓는 배가
고향으로 모시고 가게 됩니다.

밀랍으로 만든 산맥의 신, 판 신의
피리가 사공들의 배 젓는 소리에
어울려 울릴 것입니다.
그리고 예언자 포이보스는
칠현금의 가락에 맞춰 노래하며
당신을 행복하게
화려한 아테네 인들의 땅에 모시고 갈 것입니다.
그러나 당신은 나를 남겨 두고
흥겹게 노 젓는 소리를 들으며 떠나가십니다.
바람이 불면 뱃머리의 돛줄이
돛을 선수재船首材 위로 부풀려
배는 바람 소리를 내며
빠르게 달릴 것입니다.

불타는 태양이
찬란히 달리는

빛나는 궤도를

내가 날 수만 있다면

내 어깨 위에서 움직이는

날개의 퍼덕임을

아버지의 집 위에서 멈추고,

내가 이미 어렸을 때

고귀한 사람들의 결혼식장에 가서

사랑하는 어머님 곁에서

품위를 겨루고,

머리털을 자랑하며

열심히 가슴 설레며

즐거워하는 동무들에게

발을 저으며 춤을 추던

합창단에 줄지어 섰으면!

알록달록한 면사포와

내 뺨 주위에 나풀대는

머리로 내 몸을 휩싸 봤으면.

(토아스 왕이 종신과 더불어 등장)

토아스 신전의 수호자인 그리스 여인은 어디 있는가? 그녀는 이 방인들을 이미 제물로 봉헌했는가? 그들은 성스러움 속에 빛나며 타고 있는가?

코로스장 저기 계십니다, 임금님. 그녀가 직접 모든 것을 아뢸 것입니다.

(이피게네이아가 신전에서 나온다. 그녀는 여신상을 품에 안고 있다.)

토아스 아니!

 아가멤논의 딸이여, 어찌 여신상을 받침대에서 끌어내 품에 안고 있는가?

이피게네이아 임금님. 거기 기둥 곁에 서 계십시오.

토아스 이피게네이아! 신전에 무슨 일이 일어났는가?

이피게네이아 정결하신 신께 말씀드리옵니다. 추행은, 악행은 물러갈지니라.

토아스 무엇이 잘못되었는가? 명백히 말해 보도록 하게.

이피게네이아 임금님. 여기에 데려온 제물은 부정합니다.

토아스 증명을 할 수 있는가? 추측인가?

이피게네이아 여신상이 뒤로 몸을 돌리셨나이다.

토아스 저절로 그랬는가? 지진이 일어나서 그랬는가?

이피게네이아 저절로 그러했습니다. 그러면서 여신상은 눈을 감으셨습니다.

토아스 무슨 이유인가? 이방인의 부정 때문인가?

이피게네이아 그것뿐이지요. 그들은 끔찍한 일을 저질렀답니다.

토아스 그들은 해변에서 우리 나라 사람을 죽였는가?

이피게네이아 자기 집에서 살인죄를 범했답니다.

토아스 누구에겐지 알고 싶구나.

이피게네이아 그들은 공모해서 생모를 죽였답니다.

토아스 아폴론 신이여! 이방인은 어찌할 도리가 없나이다.

이피게네이아 전 그리스가 그들을 추방한 것이랍니다.

토아스 그래서 그들 때문에 여신상을 모시고 나왔는가?

이피게네이아 살인으로 더럽혀지지 않은 깨끗한 공기로 모시고 나왔습니다.

토아스 그 이방인들의 행위에 대해 들은 바 없는가?

이피게네이아 여신상이 얼굴을 돌리실 때, 그들을 심문했나이다.

토아스 영특한 헬라스의 딸이군. 그대의 생각이 옳도다.

이피게네이아 그들은 달콤한 미끼로 제 동정을 구했습니다.

토아스 아마 기분 좋은 아르고스 소식이겠지?

이피게네이아 저의 하나밖에 없는 동생 오레스테스가 잘 있다고 합니다.

토아스 그대는 기쁜 소식을 전해 준 그들을 용서해 주려고 했겠지!

이피게네이아 제 아버님께서는 지금 살아 계시며 행복하시답니다.

토아스 그 유혹을 차 버리고 여신에게 충실하도록.

이피게네이아 저는 저를 불행에 빠뜨려 온 그리스를 증오합니다.

토아스 이제 저 이방인들을 어떻게 처리할까?

이피게네이아 우리는 경건하게 법대로 해야 합니다.

토아스 그들을 정수로 씻었는가? 이미 칼을 대었는가?

이피게네이아 우선 그들에게서 더러움을 씻으려고 합니다.

토아스 샘물에 적셔서? 그러지 않으면 바닷물에?

이피게네이아 바다는 모든 인간적인 더러움을 깨끗이 합니다.

토아스 그러고 나면, 그들의 희생을 여신께서 즐겨하시리라.

이피게네이아 그러면 소인의 의무도 더 잘 수행되리이다.

토아스 여신상을 바닷물에 너무 가까이하지는 않겠지?

이피게네이아 저희만이 해야 합니다. 왜냐하면 저희의 의무
는…….

토아스 하고 싶은 대로 하게! 금지된 일이니 나도 보지 않겠네.

이피게네이아 저는 여신상도 역시 씻어야만 하겠습니다.

토아스 모친 살해로 더럽혀졌다면야.

이피게네이아 그렇지 않다면 제단에서 내려오지 않았을 겁니다.

토아스 의무에 충실한 그대의 경건함과 주의를 보여 주도록.

이피게네이아 한 가지만 더 허락하소서.

토아스 신관의 권한이니 말해 보게.

이피게네이아 이방인들은 묶도록 하세요.

토아스 어디로 달아날 데가 있겠는가?

이피게네이아 그리스 놈들은 믿을 수가 없나이다.

토아스 자, 여봐라! 놈들을 묶어라.

이피게네이아 이방인들을 이곳에 끌어 올지니라.

토아스 명령에 따르라.

이피게네이아 첫째, 머리를 덮어 싸라.

토아스 그들이 해를 보지 못하게!

이피게네이아 하인 몇 사람을 주십시오.

토아스 (하인 몇 명에게) 자, 그들을 따라가라.

이피게네이아 도시에 사자를 보내어 명령을……

토아스 무슨 일로?

이피게네이아 모두 다 집 안에 머물러 있도록.

토아스 두 명의 살인자를 만나지 않도록 하기 위해선가?

이피게네이아 그렇습니다. 보면 부정 탑니다.

토아스 (한 하인에게) 가서 알려라.

이피게네이아 아무도 모습을 보여서는 안 되느니라.

토아스 당신은 이 도시를 위해 충실한 배려를 하는군.

이피게네이아 그리고 특히 필요한 분들도.

토아스 내 이야기를 하는군.

이피게네이아 예, 물론이지요.

토아스 온 도시가 그대를 존경하는 것도 당연하도다.

이피게네이아 당신께서는 신전 앞뜰에 머물러 명령하십시오.

토아스 무슨 명령?

이피게네이아 동시에 집에서 연기를 피우라고 하십시오.

토아스 당신이 돌아올 때 깨끗하도록 하란 말이지!

이피게네이아 그리고 이방인들이 신전에서 나가자마자……

토아스 그러면 어떻게 하지?

이피게네이아 옷깃에 얼굴을 숨기세요.

토아스 저주의 영혼이 나에게 엄습해 오지 않도록 하라는 것이지.

이피게네이아 시간이 오래 걸릴 겁니다.

토아스 그럼 얼마나 기다려야지?

이피게네이아 놀라지 마세요!

토아스 시간은 많으니, 당신의 경건한 의무를 철저히 수행하시오.

이피게네이아 부정을 씻는 일이 원하는 대로 되었으면.

토아스 나도 그렇게 빕니다.

(오레스테스와 필라데스가 묶인 채 하인들에게 끌려 신전에서 나온다.)

이피게네이아 아아! 저기 벌써 이방인들이 신전에서 나오는구나. 역시 여신의 장식품과 양들도 있구나. 살인죄는 양의 피로 씻어야지. 그리고 이방인들과 여신상을 씻는 데 필요한 것이 다 있구나. 여러 시민이여! 피로 더럽혀진 참혹한 자들을 피하시오. 신을 섬기려면 깨끗한 손을 간직해야 할 신전 간수들이여, 결혼하려고 하는 자나 임신을 한 여자들이여! 피하시오. 저 범인들의 살인죄에 부정 타지 않도록 앉아 있으세요!

제우스와 레토의 딸이신 정결한 여신이시여! 제가 그들의 죄를 씻고, 옳게 제물로 바치게 되면 당신은 깨끗이 돌아가시고, 우리는 성공하는 것입니다. 이 이상 말하진 않겠사오나, 그렇지만 전능하신 신들과 여신께는 알려 드립옵니다.

(그녀는 필라데스, 오레스테스와 간수를 데리고 바다로 간다. 토아스가 종신들을 데리고 신전에 들어온다.)

코로스 (노래)

레토의 아들은 훌륭하도다.

그녀는 아폴론을 에로스의

풍요한 계곡에서 낳았도다.
그는 금발 머리의
현금絃琴의 대가였고
활로 목표를 적중시킴을
기뻐했노라.
바다 위의 바위 많은 섬,
고귀한 탄생의 나라에서
어머니가 그를 데리고 온 곳은
풍요하게 흘러내리는
물줄기의 분수령인
파르나소스의 산정…….
거기엔 디오니소스를 찬양[20]하는
환성이 울리고,
용이 번쩍이는 등을 보이며
포도주처럼 붉게
마치 청동의 갑옷을 입듯이
종려나무의 가지 속에서
지구의 참혹한 괴물이 되어
신탁의 지하 세계를
열심히 지키는구나.
아직도 어머니의 품에서
쉴 사이 없이 날뛰는 어린아이를.

포이보스여, 당신은 그를 죽이고
신탁의 성스러운 나라를 밟았습니다.
이제 당신은 황금 삼각잔 위
진리의 성좌 위에 군림하시어
땅의 중심인
카스탈리아 샘 옆에
거하시며
성스러운 곳에서
죽어야 하는 인간들에게
신탁을 주십니다.

그러나 레토의 아들이
대지의 딸인 테미스를
신탁의 성스러운 나라에서 추방했을 때,
대지는 밤에
꿈의 모습을 나타내게 했으니
이 모습은 많은 인간에게
그들이 어두운 밤
대지 위에서 잠을 잘 때에
옛날의 운명과
차후로 일어날 일을,
마지막으로는

미래의 행로를 보여 주었노라.
그래서 대지는
자기 딸의 운명에 대한 분노 때문에
포이보스로부터
신탁을 주는 명예를 빼앗았노라.
그러나 왕[21]은
재빨리 올림포스에 달려가
어린아이의 손으로
제우스의 왕좌를 뒤흔들고
대지의 여신의 분노로부터
신탁의 전당을 해방하려 한다고 했다.
어린아이가 재빠르게
황금의 보물을 약속하는
자리를 얻고자 노리는 모습을 보고
제우스는 미소를 지었다.
제우스가 치렁치렁한 머리를 쳐들고
꿈에서 깨어나
인간에게서
진리를 보는 안목을 빼앗고
포이보스에게
명예로운 직책을 돌려주고
사람들이 들끓는 왕좌에서

미래를 보여 주는 신의 계시를 통해

죽어야 할 인간에게 위로를 주었노라.

(사자 등장)

사자 (황급히 달려오며) 신전 간수와 제단의 수호자 여러분! 우리 나라 왕 토아스님은 어디 계십니까? 꽉 닫힌 현관 입구를 열고 왕을 신전에서 나오시게 하십시오!

코로스장 내가 감히 물어보는데 무슨 일이오?

사자 아가멤논의 딸의 계략으로 두 젊은이가 달아나 버렸소. 우리 나라를 벗어났소. 게다가 여신상을 훔쳐 가지고 그리스 배로 달아났소.

코로스장 믿을 수 없는 말이군요. 당신이 찾고 계신 왕께서는 신전을 떠나가셨습니다.

사자 어디로? 사건을 들으셔야 할 텐데.

코로스장 모르겠소. 일어서서 왕을 찾으시오. 기어이 만나서 보고를 하시오.

사자 여자들의 말이란 거짓말투성이지! 당신들도 역시 음모의 공범들이오.

코로스장 당신 미쳤군요. 우리와 이방인들이 도망하는 것과 무슨 상관이 있소? 될 수 있는 한 빨리 왕에게나 가 보시오!

사자 똑똑히 알기 전에는 안 가겠소. 왕께서는 신전 앞에 계십니까, 안 계십니까?

(문을 두드린다.)

여보시오! 안에 계신 분들! 빗장을 풀고, 내가 여기에 와서 왕께 상서롭지 못한 소식을 전하려 한다고 아뢰십시오.

토아스 (신전에서 나온다.) 누가 이렇게 소란스럽게 이곳 여신의 신전에서 쿵쿵대며, 문을 두드리고 신전 안이 쩡쩡 울리게 하는고?

사자 허 참! 이 여자들이……. 나를 신전에서 쫓아내려고, 당신이 이 안에 안 계신다고 했습니다! 그런데 신전 안에 계셨군요.

토아스 그 여자들은 무슨 이익을 보겠다고 그랬는가?

사자 그들에 관해서는 다음에 말씀드리겠습니다. 중대한 일이 있습니다. 신전에 충실하던 여인, 이피게네이아가 이방인들과 더불어 그 성스러운 여신상을 가지고 이 나라를 떠났습니다. 제물을 정화한다는 것은 약은 꾀였지요.

토아스 뭐라고? 무슨 운명의 조화 때문에 그 여자가?

사자 그녀는 오레스테스를 구해 줬습니다. 정말 그랬지요. 놀라운 일이죠.

토아스 오레스테스? 탄탈로스의 딸의 아들?

사자 여기 여신의 제단에 제물로 봉헌되려던 자이지요.

토아스 오! 기적이군. 이 이상의 적합한 말이 없도다.

사자 놀라서 실성하지 마시고 제 말씀을 들어 보십시오. 제가 아뢴 말씀을 참작하셔서 어떻게 이방인들을 추적하여 잡을까를 생각하소서.

토아스 말해 보게. 자네 말이 옳네! 그들이 도망하는 목적지는 내 군사력이 미칠 만큼 가까운 곳이 아니네.

사자 우리가 오레스테스의 배가 비밀히 정박하고 있는 해안에 다다랐을 때, 아가멤논의 딸은 그녀가 행하는 관습과 불에 의한 제사와 속죄가 완전한 비밀인 것처럼, 당신이 간수로서 보낸 우리들을 멀리 떨어지라고 손짓을 하더니, 직접 이방인들의 포승을 끌고 나아갔습니다. 그것이 수상한 짓이었습니다마는 임금님 하인들은 지시를 따랐던 것입니다.

그리고 나서 실감 있게 보이도록 그녀는 큰 소리를 지르고 우리가 모르는 주문 같은 노래를 불렀는데, 정말 살인죄를 씻어 내는 것 같게 했습니다. 오랫동안 기다리고 있자니 우리는 이방인들이 풀려나와 그녀를 죽이고, 지체 없이 도망갈 것 같은 생각이 들었지요. 그러나 우리는 금지된 것을 보는 것이 두려워서 그대로 머물러 있었습니다. 마침내 우리는 금지된 일이라 할지라도 가 보자는 데 동의했습니다.

그때, 우리는 항해 장비를 잘 갖춘 배가 이미 출발을 서두르고 있는 것을 보았는데, 오십 명이 돛을 잡고 있고, 포승에서 풀린 두 청년이 배의 난간 앞에 서 있었습니다. 뱃머리는 장대로 단단히 고정돼 있었으며, 뱃전에는 닻에 선원이 매달려 있었습니다. 닻줄을 끌어당기는 선원도 있었고, 급히 서두르며 이방인들을 위한 사닥다리를 바다에 내려 주는 선원들도 있었습니다.

우리는 그 술책을 파악하고 숙고한 끝에 그리스 여인과 배의 닻줄을 잡고, 닻줄 구멍을 통해서 키를 뽑아 버리려고 했습니다. 우리는 외쳤습니다. '너희가 무슨 권한으로 우리 나라에서 여신상과 여신관을 몰래 끌어가려고 하느냐? 네가 누군데 여신관을 끌어다가 팔아먹으려고 하느냐?' 그는 대꾸했습니다. '나는 오레스테스다. 너희가 알다시피 여신관의 동생이며, 아가멤논의 아들이다. 나는 옛날에 끌려온 내 누나를 고향에 다시 데려가는 것이다.'

그래도 우리들은 그 그리스 여인을 단단히 붙잡고 강제로 전하게 끌고 오려고 했습니다. 그때 저는 뺨을 많이 맞았습니다. 그들이나 우리나 칼이 없었습니다. 우리는 맨주먹으로 윽박질렀습니다. 두 청년은 발길로 우리의 갈비와 명치를 차기까지 해서 육박전을 할 때 사지가 말을 듣지 않았습니다. 그때, 우리는 배에서 내려 달아났는데, 그들이 때린 자리에 도장 찍힌 것처럼 자국이 생겼고, 한 사람은 머리에 상처를 입고, 다른 한 사람은 얼굴에서 피를 흘렸습니다. 높은 둑에 가서 우리는 조심스럽게 싸움을 계속했습니다. 우리는 그들에게 돌을 던졌습니다. 그런데도 배 뒷전의 궁수들이 활을 쏘며 우리를 더 멀리 달아나게 했습니다. 그때 높은 파도가 배를 뭍으로 밀어 올리자 그 여인은 발이 젖을까 봐 걱정을 했습니다. 그러나 오레스테스는 그녀를 왼쪽 어깨에 둘러메고 바다로 뛰어들어, 재빠르게 사닥다리의 디딤판을 붙잡고, 누나와 옛날에 하늘에서 내려 주신 여신상을 무사히 승선시켰습니다. 그리고 배 안에서 우렁찬 외침 소리가 났습니다. '선원들이여, 그리스의 남아들이여, 노를 잡고 파도에 거품이 일게 하라! 우리가 쌀쌀한 바다에서 심플레가데스 해협을 통

해서 감히 항해하던 목표물이 우리의 노획물이 되었도다.'

선원들이 기쁜 환성을 울림과 동시에, 노를 젓기 시작했습니다. 그리고 항구를 빠져나가기 전까지, 배는 강어귀를 서둘러 항해해 갔습니다. 그러나 해협을 통과할 때는 파도에 밀려 뒤로 물러났습니다. 강한 바람이 세게 일어나 배를 뒤로 가게 했습니다. 선원들은 있는 힘을 다해 이에 저항했습니다. 그러나 파도는 배를 다시 해안에 올려놓았습니다. 그때, 아가멤논의 딸이 기도하기 시작했습니다. '레토의 딸이여, 여신관인 저를 이방에서 헬라스로 구원하시고, 여신상을 훔쳐 감을 용서하소서. 여신이시여, 당신은 당신의 동생을 사랑하고 계십니다. 저도 제 형제자매에게 똑같은 사랑이 있다는 것을 믿어 주소서.' 남자들은 이 처녀의 기도에 경건한 기도의 노래로 응하며, 정확히 박자에 맞추어, 발가벗은 어깨로 노를 저었습니다. 그러나 그 배는 점점 더 암벽에 가까워 왔습니다. 그때, 우리 가운데 여러 사람이 물속에 들어가서 어떤 사람은 올가미를 던졌습니다. 그리고 저는 바로 전하께 일어난 일을 아뢰고자 온 것입니다.

자, 어서 가십시다. 쇠사슬과 동아줄을 가지고! 바다 위에 바람이 자지 않으면, 이방인들이 달아날 가망이 없습니다.

바다의 왕 포세이돈은 트로이 편이시며, 펠로프스 자손들의 적이십니다. 포세이돈께서는 틀림없이 아가멤논의 아들과 그의 누이를 전하와 전하의 백성의 수중에 넣어 드릴 것입니다.

코로스장 아! 불쌍한 이피게네이아여! 만일 당신이 다시 왕의 수

411

중에 들어온다면 동생과 함께 죽을 것입니다.

토아스 이 나라의 모든 시민이여! 자 말고삐를 잡고 해안으로 가거라! 거기에서 좌초한 그리스의 배를 잡아라! 여신은 여러분의 편이시니 빨리 가서 신의 증오를 받는 신전 모독자들을 나에게 잡아 오라! 빠른 배를 바다에 띄워라. 우리는 그들을 바다에서 붙잡고, 말로 육지에 데려와, 험한 암벽에서 떨어뜨리거나, 기둥에 매어 찔러 죽이도록 하라. (코로스에게) 이 계획에 참가한 너희 여자들에게도, 내가 여유를 갖게 되면, 그 벌을 주리라. 그러나 이렇게 임무가 시급한 순간에는 여가가 없노라.

아테나 (나타난다.) 토아스 왕이여! 대체 어디로 추격하려는 건가. 나는 아테나다. 내 말을 들어라. 추격을 멈추고, 네 군대에게 정지를 명하라! 오레스테스는 하늘의 명을 받들어, 아폴론의 명령으로 복수의 여신들의 분노를 피해서, 누이를 아르고스에 데리고 가고, 여신상을 내 나라에 모시고 가려고 이곳에 온 것이다. 그럼으로써 그는 고뇌에서 구원을 얻을 것이다. 내가 말해 두겠는데, 네가 파도가 치는 동안에 잡아서 죽이려고 하는 오레스테스를 위해서, 나에게 호의를 가진 포세이돈은 이미 바다를 가라앉히고, 그에게 무사한 항해를 약속하고 있노라.

(먼 곳에 말한다.)

　오레스테스야! 내 명령을 들어라!

　네가 여기에 있지 않다고 해도 나의 음성을 들을 수 있을 것이다.

너의 누이와 여신상을 모시고 가거라, 그리고 네가 신께서 세운 아테네에 도착하면, 거기 아티카의 국경 카리스토스 산에 가까운 곳에 장소를 잡아라! 그곳은 성스러운 곳으로 나의 백성은 헬라스라고 부르노라. 그곳에 신전을 세우고 여신상을 모시고 타우리케 땅과 네가 복수의 여신에게 쫓겨 그리스 방방곡곡을 종횡으로 누비던 고통에 합당한 이름을 붙여라. 장차 그 신전은 아르테미스 타우리케 폴리스[22]라고 국민의 흠모를 받을지니라. 그리고 거기서 제사를 지낼 때는 너의 죽음을 면해 준 대가로서, 여신의 권리와 품위가 원하시는 바이니 남자의 목에 피가 날 때까지 칼로 상처를 내는 규칙을 세워라.

너 이피게네이아는 브라우로니아의 신성한 제단 옆에서 신전의 열쇠를 관리할지니라. 그리고 네가 죽으면 너는 그곳에 안식처를 얻게 될 것이며, 산욕產褥에서 죽은 부인이 남겨 놓은 아름다운 의복을 봉헌받을 것이니라.

너와 그리스의 여신들도 내가 이곳에서 고향에 돌아가게 하는 바 너희가 지닌 정의감을 감사하는 까닭이니라. 마치 내가 아레스 언덕에서 너에게 베푼 가부동수可否同數의 표결을 통한 구원과 같으니라. 그래서 가부동수의 표결은 무죄라는 관례로 통하리라. 자! 아가멤논의 아들아! 누이를 고향에 데려가거라! 그리고 자네 토아스도 노하지 말게!

토아스 아테나 여신이시여! 신들의 말씀에 복종하지 않는 자는 무모한 자입니다. 우리에게서 여신상을 훔쳐 갔다고 해서 오레스테스에게 노하지도 않으려니와 그의 누이에게도 노하지 않습니다. 신들의 위력에 대항하면 대체 저희에게 무슨 명예가 있겠습니까? 그들은 무사히 여신을 모시고 당신의 나라에 가서, 여신상에게 행복하게 새로운 성역을 마련해 줄 것입니다. 당신의 명령에 따라, 저는 저 여인들도 풍요한 헬라스로 보내고, 여신의 소원 그대로 제가 이미 이방인들에게 겨눈 창과 노를 저어 추격하는 일을 멈추게 하겠나이다.

아테나 좋다. 운명이라는 것은 정말 너와 우리들보다 강한 것이다. 바람아 불어라! 배에 탄 아가멤논의 아들을 아테네에 보내라. 나도 함께 가서 내 누이의 존경할 만한 상을 지키겠다.

코로스 (읊음)

행복하게 가서
구원된 삶을
즐기소서!

신과 인간의 존경을 받으시는
팔라스 아테나여
당신의 명령대로
처신하리다.
즐겁고
바랄 수도 없던 말씀이
우리의 귓전을 울립니다.

지극히 성스러우신 니케 신이시여
저를 지켜 주시고
언제나 새로이 저에게 꽃을 씌우소서.

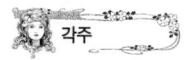
각주

1) 아르테미스가~전에는 | 점쟁이 말에 따르면 아가멤논은 사냥 가서 아르테미스 여신의 성스러운
   암사슴을 죽인 까닭에, 여신은 노여움으로 그리스 함대를 출범하지 못하게 하였고, 또 제물로 이
   피게네이아를 요구했다고 한다.
2) 햇불을 든 여신 | 햇불을 든 여신이란 수렵의 여신인 아르테미스를 말한다.
3) 그는~얻었다. | '토아스' 란 그리스 어로 음역하면 '빠르다' 는 뜻이 된다.
4) 아르고스 | 펠로폰네소스 반도의 동북부 지방에 있던 도시이자 이 도시가 있던 지역 이름. 이피게
   네이아의 고향 미케네도 이 지역에 속했음.
5) 이방인을~뿌렸다. | 신에게 제물을 바칠 때는 물을 뿌린다는 그리스 풍습이 있었다.
6) 그대의~또다시 | 아폴론은 신탁에 의하여 오레스테스로 하여금 어머니를 죽이게 한 적이 있으므
   로 이번 신탁은 두 번째의 것이다.
7) 트리글리프 | 도리아식 건축에서 세 줄로 큰 홈을 판 무늬를 말한다.
8) 한 쌍의 섬 | 심플레가데스란 이름을 가진 섬.
9) 황금빛 머리칼 | 그리스의 고대 풍습에는 죽은 사람의 무덤에 가족의 머리카락을 잘라 바치는 일이
   있었다.
10) 낯선 곡조 | 그리스 인들에게는 동양에서 전래된 만가(輓歌)가 있었다.
11) 필라데스 | 이피게네이아는 아직 필라데스가 누군지 모른다.
12) 많은 새들 | 많은 새들이 아킬레우스의 사당을 지키며 날고 있었다. 이 경마장은 트로이 전쟁
    에서 죽은 아킬레우스가 이 섬에서 영웅으로 영원한 생명을 갖고 있다고 생각하고 지은 것이다.
13) 흰~해안 | 하얀 백사장이 있는 해안이란 흑해의 다뉴브 강 어귀에 있는 섬을 가리킨다. 그곳엔
    아킬레우스의 신전과 동산이 있었다.
14) 노예의 굴레 | 이 코로스 여인들은 해적에게 납치당해 노예로 끌려온 그리스 사람들이다.
15) 그러고도~셈이죠. | 오레스테스 자신에 대한 이야기로, 아버지 아가멤논 왕을 살해한 어머니를
    죽인 뒤 자기가 복수의 여신들에게 고난당하는 것을, 자기도 죽게 되었다고 표현했다.
16) 상속인이 될 누이 | '자네의 누이' 란 엘렉트라를 가리킨다.
17) 목욕물 | 결혼 전날 오후 혹은 당일 아침에 고향에서 가져온 깨끗한 물에 신랑과 신부가 목욕하는
    풍습이 있었다.
18) 복수의 여신 | 무서워서 감히 복수의 여신들의 이름을 부르지 못한다는 말.

19) 알키오네 | 바람의 신인 아에올로스의 딸 알키오네를 새에 비유함.
20) 디오니소스를 찬양 | 델포이에는 디오니소스의 무덤이 있는데, 2년에 한 번씩 디오니소스의 소생
    을 축하하는 제전이 열렸다.
21) 왕 | 아폴론을 가리킨다.
22) 아르테미스 타우리케 폴리스 | '타우리케에 있던' 또는 '타우리케에서 온 아르테미스의 도시'를
    의미하는 말이다.

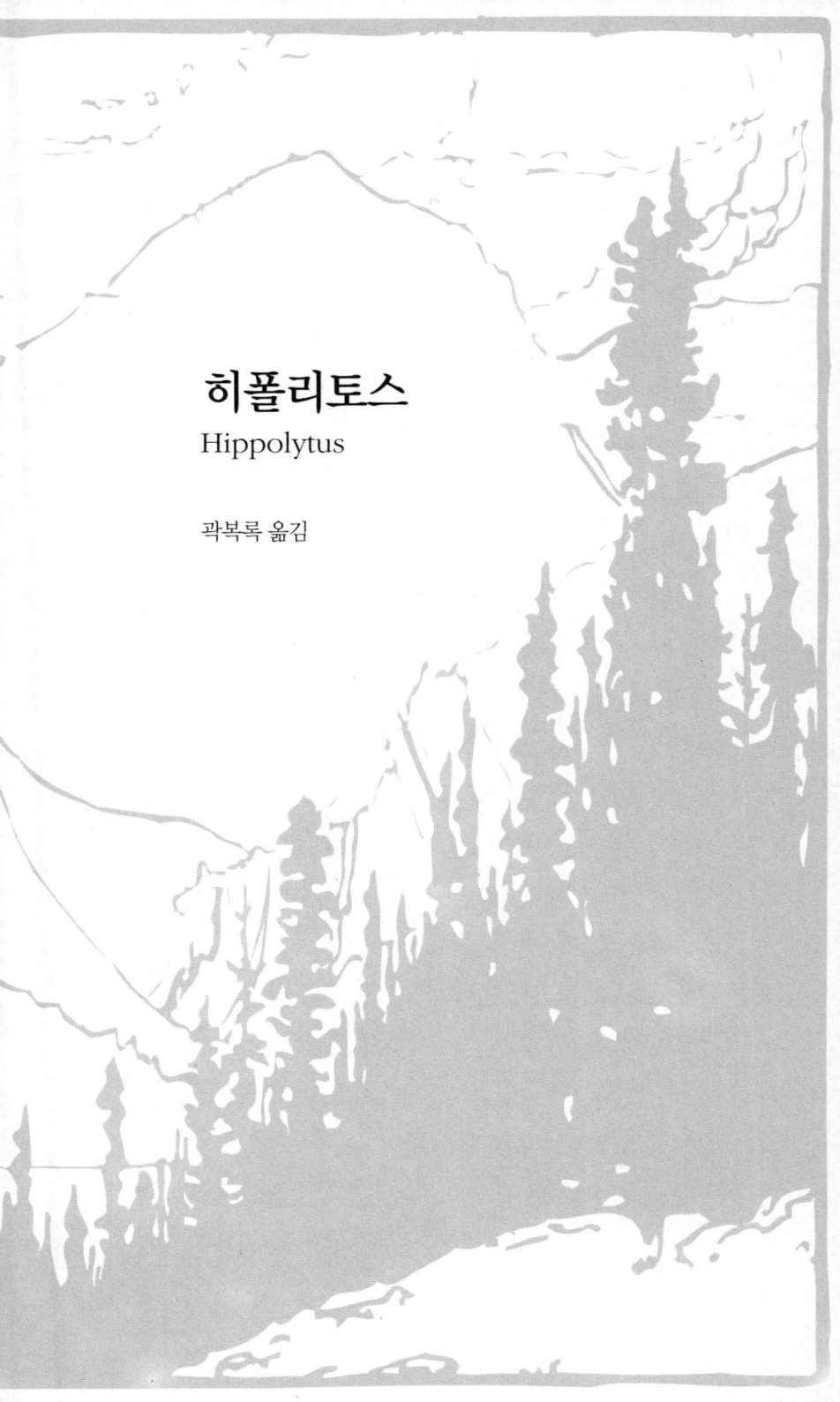

히폴리토스
Hippolytus

곽복록 옮김

등장인물

아프로디테	사랑의 여신. 키프리스라고도 부름.
히폴리토스	테세우스의 아들
시종들	
코로스	트로이젠의 여성들로 구성된
유모	
파이드라	테세우스의 부인이자 히폴리토스의 계모
테세우스	아테네와 트로이젠의 왕
전령	
아르테미스	

장소

트로이젠 궁전 앞 광장. 광장 양쪽에는 아르테미스 여신과 아프로디테 여신의 입상이 마주 보고 서 있다.

아프로디테 아프로디테라면 삼척동자라도 고개를 숙인다. 나는 온 천하에서 존경받는 키프리스이다. 흑해에서 아틀라스 산맥 끝에 이르는 곳[1]에 살며 햇빛을 받는 인간들 가운데 내 힘을 칭송하는 자를 보호하는 것은 내 의무이며, 나를 대수롭지 않게 여기는 거만한 자를 쓰러뜨리는 것은 내 권리이다. 사실 누구나 자기에게 복종하기를 바라는 것은 인간 세계에서나 신의 세계에서나 마찬가지다. 바로 지금 내 말이 거짓이 아님을 보여 주리라.

테세우스의 아들, 아마존의 후손인 히폴리토스는 현자 피테우스에게 교육을 받았다. 그러나 트로이젠 국에 사는 여러 무리 가운데 유별나게 저 혼자만 나를 가장 악한 신이라고 말한다. 그렇게 많은 신 중에서 유독 나만을.

그 사내는 사랑 따위엔 눈을 쳐들지도 않고 결혼을 업신여기고 있다. 그러면서도 그는 아폴론의 누이 동생이며 제우스의 딸인 아르테미스를 여신 가운데 가장 위대한 여신으로 숭배하고 있다. 히폴리토스는 언제나 넓은 숲에서 이 처녀 여신 아르테미스와 함께 지내며 영리한 사냥개를 데리고 사냥하며 날을 보낸다.

요사이 그는 처녀신인 여신과 깊은 관계를 맺고 있다. 나는 이 두 사람에 대해서 별로 질투하고 있지는 않다. 내가 어찌 그럴 수가 있겠는가? 그러나 지렁이도 밟으면 꿈틀한다는 격으로 히폴리토스의 모욕을 받았으니 이제 나는 오늘 중으로 벌을 주지 않을 수 없도다. 실상 나는 이날이 오기를 학수고대했는지도 모른다. 오래전부터 준비는 착착 진행되었고, 따라서 복수는 쉽다.

얼마 전 그 사나이가 피테우스 성을 떠나 판디온 땅에 와서 거룩한 신비를 제사 지내고 돌아가려 할 때, 그의 아버지의 훌륭한 아내 파이드라가 그를 보았다. 그러자 내가 계획한 대로 파이드라의 마음은 그 사나이에 대한 뜨거운 사랑을 감당할 길이 없었다.

그리하여 파이드라는 트로이젠 땅에 오기 전에 이 키프리스를 위하여 이 땅이 보이는 저 팔라스[2]의 바위 위에 신전[3]을 세우고 지금 곁에 있을 수 없는 한 사나이를 향해서 기도하고 불타는 듯한 가슴을 달래려고 하였다. 이 일이 있은 뒤 그녀는 이 사랑의 여신의 신전을 히폴리토스의 신전이라고 이름 붙였다.

그러나 파란티다[4]를 살해하여 몸을 더럽혔던 테세우스가 케크로프스 땅을 버리고 이 땅에 발을 디뎌 추방된 몸으로 그의 아내와 함께 이곳에서 지내려고 온 그때부터 불행한 파이드라는 사랑의 화살에 맞아 슬픈 침묵 속에 잠겨 있었다. 그녀 곁에서 시중 들던 하녀조차도 이 상사병을 눈치 채지는 못하였다.

나는 이 사연을 그냥 흘려버리지는 않겠다. 어서 테세우스에게 이 사실을 가르쳐 주자. 그러면 모든 것은 절로 풀리겠지. 나의 적이 된 젊은 히폴리토스는 아버지의 저주를 받아 제물로 변해서 멸망할 것이다. 바다의 신 포세이돈이 테세우스에게 세 가지 소원을 들어주겠다고 약속했으니까, 그렇게 되면 파이드라는 명예로운 여성으로 몰락하겠지. 그렇지만 몰락이란 죽음을 의미하거든. 적을 처벌해서 복수하려는 나의 의도를 저도 어떻게 할 수가 없을 테니까.

좋아! 저기 테세우스의 아들 히폴리토스가 사냥에 지친 몸을 쉬려고 이곳으로 오고 있군. 나는 저편에 가 있자. 많은 시종이 여신 아르테미스를 칭송하는 찬가를 부르며 뒤따르고 있네. 저들은 하데스의 문이 저 사나이를 위해서 열려 있는 것도 이 세상 빛을 볼 수 있는 마지막 기회라는 걸 모르고 있을 테지.

(아프로디테 여신 퇴장, 히폴리토스가 사냥에 동행한 많은 시종을 거느리고 등장)

히폴리토스 여봐라! 다들 모여서 우리의 여신이며 제우스의 딸인 아르테미스를 찬양하자.

시종들 제우스의 딸, 우리의 여신, 레토와 제우스의 딸, 뭇 처녀 가운데 가장 아리따운 그대, 아버님의 뜰인 넓고도 끝이 없는 하늘, 제우스의 황금 궁전에 사시는 아르테미스여. 올림포스에 사시는 처녀 가운데 가장 아름다운 그대에게 인사를!

(아르테미스 신상 앞에서)

히폴리토스 오! 나를 다스리는 그대, 이 아름다운 꽃다발을 그대에게 바치나이다. 양 치는 목동들이 아직 한 번도 양 떼에게 풀 먹이지 아니한, 또 낫이 한 번도 닿은 일이 없는 처녀 들판에서 따 모은 꽃들입니다. 단지 꿀벌들만이 봄이 되면 그곳을 날아다니며 순결의 여신 아도니스가 맑고 차디찬 초록의 물로 목을 축이게 한 꽃들입니다. 무엇이든지 배움으로 익히지 아니하고 다만 소박한 자연으로 온갖 지혜를 터득한 그러한 사람만이 그 녹색의 들판에서 꽃을 따 모을 수가 있습니다. 본래 흉악한 자는 허락을 받을 수조차 없사옵니다.

자! 받아 주십시오, 나의 사랑, 당신의 금빛 머리카락을 위해 엮은 이 꽃다발을. 살아 있는 인간 가운데 오직 나 혼자만이 당신과 같이 지내며 당신과 이야기하고 당신의 말을 들을 수 있는 영광을 지니고 있지 않습니까? 그러면서도 당신의 모습은 감히 볼 수가 없습니다. 내 생애의 시작과 끝이 모두 그대와 함께라면, 그렇게 될 수만 있다면…….

시종장 임금님! 제가 이렇게 말씀드리는 것을 용서하여 주십시오. 실은 신들은 모두 주인님이라고 불러야 된답니다. 헤헤…… 제 의견에 잠깐 귀를 기울여 주십시오.

히폴리토스 좋아! 그렇게 하게나. 어서 말해 봐!

시종장 네, 네. 말씀드리죠. 저어, 인간에게 씌워진 멍에는 어떠한 것일까요?

히폴리토스 나는 몰라. 내가 알 바도 아니고. 그런데 여봐! 왜 내게 그걸 묻지?

시종장 거만하고 다른 사람을 사랑하지 않으면 미움을 받는답니다.

히폴리토스 아암. 거만한 인간이란 도대체 무어란 말인가?

시종장 반대로 겸손한 사람들에게 어떤 우아한 점은 없을까요?

히폴리토스 확실히 있긴 있지. 그래서 고통이 필요 없는 선이 생기는 거지.

시종장 신의 세계에서도 마찬가지라 생각하십니까?

히폴리토스 그렇다. 우리 인간은 신의 율법을 쓰고 있는 거니까.

시종장 그렇다면 왜 어떤 여신에게는 예의를 갖추지 않는지…….

히폴리토스 어느 여신을 말하는 거냐? 도무지 종잡을 수가 없구나. 이랬다저랬다 하니.

시종장 궁전 문 앞에 계신 아프로디테 여신 말입니다.

히폴리토스 오! 난 멀리서 인사를 드릴 뿐이지.

시종장 하지만 아프로디테 여신은 명성이 높습니다.

히폴리토스 신이나 인간이나 제각기 자기가 좋아하는 것을 선택하게 마련이지.

시종장 당신께서 행복하게 되시길.

(몸을 돌리면서)

히폴리토스 난 밤을 존경해야 하는 신은 싫단 말이야.

시종장 오, 도련님. 제발, 신들에게는 예의를 갖추셔야 합니다.

(몸을 돌리면서)

히폴리토스 자아, 가거라. 궁전으로 들어가 식사 준비를 해라. 사냥 후에는 성찬이라. 말에 빗질도 해주어라. 모두 배불리 먹고 말에 수레를 채워 길들이는 준비도 잊지 마라.

(시종장에게)

키프리스에게는 충분할 만큼 안녕이라고 전해라.

(히폴리토스, 시종들과 같이 퇴장)

시종장 하인이기 때문에, 종이라서 우리는 젊은 주인어른의 흉내는 내지 못하지. 키프리스 여신, 당신의 석상 앞에 비옵니다. 오! 거룩한 키프리스 여신, 그러나 경솔한 말을 함부로 입 밖에 내는 방자한 젊은이를 관대히 용서해 주십시오. 그런 말일랑 아예 못 들은 체하십시오. 신은 인간보다 훨씬 현명하셔야 합니다.

(시종장 퇴장, 트로이젠의 여인들로 구성된 코로스 입장)

코로스 오케아노스의 물 흘러내려, 샘솟아 오르는 이름 높은 바위 있도다. 우리 가운데 한 사람 그 흐르는 물에 보랏빛 옷을 씻어 햇볕 비치는 기슭에 말리었도다. 우리의 왕비님, 마님, 병색이 완연하시고 여위어 궁궐 안에서 두문불출하시어 엷은 베일로 황금빛 머리카락 가리운 채 고뇌의 침상에 누워 계시다고 한 시녀가 나에게 말해 주었다오. 그이는 사흘 전부터 데메테르의 선물을 신성한 신 같은 입술로 피하고 음식을 드시지 않으시며 몸을 정하게 하시고 남몰래 슬픔에 젖어 그 불행한 생애의 마지막을 기다리고 계신다고 들었도다. 오! 젊은 그대여, 그대는 판 신인가 헤카테 신인가, 숭배하는 코리반테스인가 아니면 산에 사는 신들의 모신母神인지. 그대의 마음을 어지럽히는 어떤 신들의 희롱을 받는도다. 어쩌면 그대는 저 사냥의 여신에게 저지른 죄 때

425

문에 괴로워하는가? 그대는 사냥의 여신에게 성스런 공양을 바치지 않았도다. 그이는 바다를 건너 해안을 넘어 바다 내음 풍기는 들판의 소용돌이 가운데 이르고 있구나.

어느 부인이 그대 몰래 그대의 궁궐 안에 누워 그대 신혼의 잠자리를 빼앗아 트로이젠의 왕, 그대의 남편을 홀림인가?

크레타 섬에서 온 선원이 나그네에게 후한 이 항구에 올라 왕비에게 아뢴 사연이 왕비를 자리에 눕게 하였는가?

여성들은 출산의 괴로움에 미칠 듯 불안하고 불행한 생각에 사로잡히는 법, 우리 또한 이런 증상을 경험했음이라. 이럴 때마다 우매한 우리는 거룩한 아르테미스 여신에게 도움을 구했나니 아르테미스 여신은 따가운 화살을 쏘아 출산을 지배하였다. 우리 언제나 우러러 받들면 아르테미스 여신은 신들과 함께 우리를 찾아오는구나.

지금 늙은 유모가 왕비를 궁궐에서 문으로 모시고 오는구나. 먹구름이 양 눈썹에 걸리었도다. 우리는 무엇이 왕비의 아름다움을 시들게 했는지 알고자 한다.

(파이드라 등장. 하녀들이 시중드는 침상에 누워 궁궐 밖으로 나오고 있다. 유모가 파이드라의 침상 옆을 따른다.)

유모 아! 인간에게 가장 불행한 것은 병이니, 어찌해야만 좋을는지, 또 어떻게 해드리면 되는 것인지…….

자! 여기에 그렇게도 바라시던 신선한 공기와 눈부신 태양이 있어요. 이제 당신의 고뇌도 궁궐 밖에 나와 버렸으면 좋겠군요.

당신께서는 언제나 여기에 나오려고 하시면서 곧 또 대궐 안으로 들어가려고 하시겠죠. 바라시는 것이 항상 흔들리고 있어요. 당신은 도무지 즐거운 생각을 하지 않으세요. 당신에게 있는 것은 당신을 못살게 굴고, 당신은 가망 없는 것을 바라고 계세요. 괴로워하는 사람을 돌보기보다는 병들어 있는 편이 낫습니다. 병자란 단지 괴로워할 뿐, 그를 간호하는 사람은 그 때문에 괴로워하고 지치는 거예요. 인간의 생활이란 괴로움으로 가득 차 있습니다. 뿐인가요? 그 불행은 떠날 때가 없어요. 가령 산다는 것보다 즐거운 게 있다 하더라도 어두움이 그것을 휩싸고 우리 눈앞에서 감춰 버려요. 땅 위의 존재들이란 찬란한 것처럼 보이게 마련이죠. 우리는 우리가 누리는 삶 이외의 삶, 가령 지하에서 일어나고 있는 것에 대해선 전혀 알 도리가 없죠. 더욱이 우리는 말들이라는 존재에 묶여서 말의 노예가 되고 말죠.

파이드라 내 몸을 좀, 내 머리를 받쳐서 일으켜 줘. 이봐! 내 손발의 관절은 없어졌나 봐. 손에 핏기가 하나도 없구나. 이 손을 좀 잡아 줘. 그리고 머리에 쓰고 있는 관은 너무 무거워. 그걸 벗겨 줘. 그래서 어깨 위로 머리카락을 내려뜨려 줘.

유모 기운 차리세요, 아씨. 그렇게 언짢다고 몸을 움직이지 마시라니까요. 아씨, 안정과 거룩할 정도의 체념이 견디기에 편하실 거예요. 사람에게 괴로움이란 필연적인 것일까?

파이드라 슬프구나. 맑은 샘에서 솟아오르는 차디차고 깨끗한 약수를 왜 마음껏 마실 수 없단 말인가? 왜 양말을 벗어 버린 하얀 발로 마음껏 풀을 밟으며, 풀섶에 누워 포플러 그늘을 이불 삼아 쉴 수 없을까?

유모 아씨! 무슨 그런 말씀을! 이렇게 여러 사람을 듣는 데서 그런 소릴 하시는 게 아녜요.

파이드라 나를 산에 데려다 줘. 피에 굶주린 개가 점박이 사슴을 쫓아 달리는 소나무 숲으로 가. 그래, 나는 고함 소리로 그 개를 성나게 하고 싶어.

유모 아씨, 아씨, 왜 자꾸 그런 생각을 하세요. 왜 사냥 이야길 하시는 거죠? 이곳 궁궐 곁에는 산속의 물보다 훨씬 깨끗한 샘물이 있어요. 아씨께선 이곳에서 목을 축이실 수도 있습니다.

파이드라 말이 달리는 경기장을 지배하는 그대 림나의 주 아르테미스여, 어째서 나는 그대의 들판에서 베네티아의 말을 길들일 수가 없을까요?

유모 왜 또 까닭을 알 도리가 없는 말만 하실까? 아까는 산으로 가서 사냥을 하시겠다더니, 이제는 기슭의 모래 위에서 말을 길들일 생각을 하고 계시다니 당신 마음을 산란하게 하는 그 무엇을 알기 위해서는 아주 용한 점쟁이가 되어야겠습니다.

파이드라 나는 얼마나 불행한 사람일까? 나는 무엇을 해야 좋은가? 내 마음은 어디로 헤매고 있는 걸까? 나는 정신을 잃어버렸어. 틀림없이 마귀의 그물에 걸려들었나 봐. 아! 불쌍한 나. 유모, 눈에서 눈물이 흘러, 내 얼굴 좀 가려 줘, 왜 이런 말을 했을까? 이렇게 정신이 들고 보면 나는 또 고통에 엄습당하고 마는구나.

미칠 것만 같은 이 심정, 괴로움을 다 잊고 죽어 버릴 수만 있다면……

유모 자, 눈을 덮어 드릴게요. 이렇게 살 바에야 차라리 죽는 게 낫지 않을까? 그 순간이 빨리 와 버리면 편할 것을. 내 삶에도 파란곡절이 많았지. 인간에게 서로 마음 깊숙한 곳까지 스며들지 못하는 어중간한 정은 곧 깨부수는 게 낫지요. 쉽사리 굳어 버리는 애정이 오히려 마음 편하게 느껴질 거예요. 그렇지만 내가 이분을 위해서 괴로워하듯 마음이 두 갈래로 갈라져 어쩔 줄 모를 때에는 도저히 견딜 수 없는 고통이 되고 말지요. 삶을 갈망하는 나머지 선행보다는 악행을 저지르기 쉽고 또 그것이 건강을 해친다는 말은 정말이에요. 이래서 저는 '지나치라'는 말을 시인하지 않고 '지나치지 마라.'는 말을 더 받아들입니다. 현인들도 내 의견에 반대할 순 없을 거예요.

코로스장 할머니, 파이드라의 충실한 유모.

파이드라가 겪고 있는 이 고통을 나는 차마 볼 수가 없군요. 그러나 우리는 그 병 이름조차 모른답니다. 혹시 당신께서는 알고 계시는지요?

유모 나도 모르겠어요. 내가 드린 질문엔 왕비님은 통 입도 떼시지 않는다오. 저분은 아무 말도 안 하시려고 해요.

코로스장 당신 역시 왕비님의 불행의 원인을 모르시는군요.

유모 그렇다오.

코로스장 왕비님께서는 무척 쇠약해지셨으리라 생각되는데.

유모 맞았어요. 어째 그렇게 되지 않겠습니까? 벌써 사흘이 되는군요. 아무것도 드시지 않은 지가.

코러스장 그것은 병에 시달려서인지 아니면 죽을 결심 때문인지.

유모 음식을 드시지 않는 것은 돌아가실 결심 때문인 것 같아요.

코로스장 그 사실이 그분 남편의 마음에 드셨다니, 참으로 놀라운 일입니다.

유모 남편에게조차 고통을 숨기고 계신걸요. 병이 아닌 것처럼 보이려고 하시는걸.

코로스장 그렇지만 그 모습을 보고 아무것도 모를 리가 있겠어요?

유모 당신도 알다시피 그분은 지금 궁궐을 비우시고 나라 밖에 나가 계신답니다.

코로스장 그렇지만 당신은 왜 병명조차 파악하지 못하십니까? 왜 그 원인이 무엇인지 모르십니까?

유모 말도 마시오. 나도 할 수 있는 짓은 다 해보았지만 얻은 것은 하나도 없었소. 그렇지만 그냥 방관하진 않겠어요. 그리고 당신은 제가 마님께 어떻게 말씀드리는지 그곳에 서서 잘 보아 주세요.

(유모, 무표정하게 누워 있는 파이드라에게 가까이 다가가며)

　자! 우리 아씨, 아까는 제가 너무했나 봅니다. 아씨, 여느 때같이 부드러운 생각을 해보세요. 가슴에 묻힌 슬픔을 쫓아 버려요. 쓸쓸한 생각일랑 아예 그만두세요. 이제부터는 당신께서 귀를 기울이실 만한 이야기를 해드리죠. 만약 아씨께서 무엇을 숨기고 있는 불행 때문이라면 병간호하는 저를 도와줄 부인네들이 있습니다. 무엇이든지 누구에게든지 하실 말씀이 계시면 서슴지 말고 말씀해 주세요.

그런데 왜 입을 다물고 계시죠? 당신의 침묵은 싫어요. 제 말이 틀렸다면 아무 말씀 마시고, 그렇지 않다면 제 올바른 이성에 따르셔야 해요. 자, 제발 말 좀 하세요. 절 좀 보세요.

(코로스를 향해서)

아! 나는 불쌍한 몸. 여러 부인들, 우리는 아무 필요도 없는 노력을 지금까지 계속했군요. 뜻을 이루지 못한 것은 전과 조금도 다르지 않군요. 방금 아씨께서는 내 말로 한결 부드러워졌지만 지금은 듣지를 않는구나.

(유모, 파이드라의 침상에 꿇어앉는다.)

알아들으셨죠? 당신이 이토록 무자비하시다니, 예전엔 미처 몰랐습니다. 아씨, 당신이 돌아가신다면 아드님들은 이제 아버님 집에서 있을 곳이 없어질 테고, 그 아드님들은 틀림없는 당신의 자식들입니다. 당신은 그들을 배반하는 경우는 생각지 않으십니까? 당신이 돌아가시면 그들을 배반하는 셈이 된다는 것을 잘 알아 두세요. 아마존의 여왕을 증인으로 내세웁니다. 이 여왕은 아마존을 위해 정당한 아들인 양 주인처럼 뽐내고 있는 히폴리토스라는 사생아[5]를 낳았습니다.

파이드라 아!

유모 제가 말씀드린 것이 당신의 마음을 슬프게 했습니까?

파이드라 유모, 나를 못살게 구는 건 당신이야. 제발 이제부턴 그 남자에 대해서는 한마디도 입 밖에 내지 않겠다고 신들을 걸고 맹세해 줘, 응? 아무 말도 말아요.

유모 알겠습니다. 그런 말씀은 하실 줄 아시면서 왜 아드님은 돌보려고도 않으시고 당신의 목숨은 건지려고도 않으시죠?

파이드라 무슨 말이야. 애들은 귀엽고말고. 난 다른 괴로움에 시달리고 있어.

유모 아씨, 아씨 손에 흐르고 있는 피는 맑은 피겠죠.

파이드라 물론 피는 깨끗해. 그런데 그런데 마음은 더러워져 있어, 아!

유모 그것은 어떤 원수 때문인가요?

파이드라 누구인가 나를 망하게 하고 있어. 그렇지만 나에게도 그 사람에게도 죄는 없어.

유모 테세우스님이 당신에게 무슨 몹쓸 짓이라도 했나요?

파이드라 아니, 뭐라고. 그분이 나에게 이러는 것은 아니야.

유모 그러면 당신을 죽음으로 인도하는 악마는 누구예요?

파이드라 나만, 단지 나만이 죄 많은 사람이 되고파. 유모는 걱정할 것 없어.

유모 당신은 그렇게 말씀하실 수 있지만 당신의 멸망은 곧 저의 죽음이에요. 그때는 이미 끝장이 나는 거니까요.

(자기 무릎에 엎드리는 유모에 놀라면서)

파이드라 무얼 해? 왜 나를 우악스런 손으로 붙잡는 거지?

유모 당신의 무릎, 절대 놓지 않겠어요.

파이드라 아, 불행한 사람, 만약 네가 나의 불행을 안다면 불행은 너에게도 덮칠 텐데……

유모 제가 당신을 잃어버리는 것보다 거 큰 불행이 뭐겠어요?

파이드라 나는 죽을 거야. 그러나 나는 죽음이 가져다줄 영광 때문에 죽는 거야.

유모 제가 이렇게 매달려서 빌어도 당신이 숨기시는 그 비밀은 말씀 안 하실 작정입니까?

파이드라 그건 안 돼. 나만 희생되면 그만인 것을 크게 번지게 만들고 싶지는 않아.

유모 당신의 명예를 걸고 말씀해 주십시오. 간청입니다.

파이드라 제발 좀 나를 붙잡지 마. 아유 갑갑해. 내 손을 놓아.

유모 안 돼요. 제가 바라는 것을 말씀하실 때까지 일 년이고 이년이고 물러서지 않겠습니다.

파이드라 네 말대로 할 테니까, 좀 편하게 해줘. 너의 의도를 모르는 내가 아니야. 난 다 알고 있단 말이야.

유모 저는 이제 아무 말도 않겠어요. 자, 아씨께서 말씀하시는 겁니다.

파이드라 아, 어머니. 사랑이 어쩌면 그런 불행을 초래할 수 있을까?

유모 아씨께선 당신 어머님의 소[6]에 대한 정열을 말씀하시려는

433

건가요? 왜 그런 얘길 하세요? 아씨.

파이드라 불쌍한 언니[7], 디오니소스 신의 아내.

유모 무얼 이다지도 괴로워하십니까? 설마 부모님에게 못난 자식이라는 인상은 받고 싶지 않으시겠죠?

파이드라 그래, 나는 그들의 세 번째 자식으로 이다지도 고통 속에서 죽어야만 한단 말인가?

유모 전 정신이 없군요. 도대체 무얼 말씀하시려는 건지.

파이드라 우리의 불행은 거기에서 온 거지. 최근 일은 아니지만.

유모 내가 듣고 싶어하던 일이 무엇인지조차도 모르겠는걸.

파이드라 이다지도 슬플까? 왜 네 입으로 나에게 말해 주지 않니?

유모 전 점쟁이가 아니죠. 제가 어떻게 아씨 마음을 알겠어요?

파이드라 대체 사랑이란 뭘까?

유모 아씨, 그건 가장 즐겁고도 가장 쓰라린 것이랍니다.

파이드라 그런데 나에겐 즐거움보다는 오히려 쓰라림만이 절실한 것 같아.

유모 아씨, 뭐라고 말씀하셨죠? 분명 누군가를 사랑하고……?

파이드라 넌 아마존의 여왕의 아들이 누구인지 알고 있지?

유모 히폴리토스를 말씀하시는 거예요?

파이드라 그렇게 말한 것은 너이고 나는 너에게서 아무것도 듣지 않았어.

유모 무슨 말씀을, 아아 피곤해. 도저히 견딜 수가 없군. 가증스런 햇볕 때문에 몸을 내던져 버리고 싶구나. 죽으면 살아서보다

오히려 편하게 되겠지. 나도 이젠 마지막, 아주 현명한 사람들도 자기들이 모르는 사이에 저주스런 정욕에 홀리게 된다.

키프리스는 단순한 여신만이 아닙니다. 이 세상에 더 큰 분이 있다면 그이는 아씨나 제가 감히 맞설 수 없고 이 가문을 멸망시키려는 키프리스 여신입니다.

코로스 (읊음)

그대는 들었도다.

아, 왕비는 아무도 듣지 못한 슬픈 불행을 밝혀 놓았도다.

아, 벗이여.

그대의 생각이 엇갈리는 혼돈이 오기 전에

나는 죽는 것이 나으리라.

불쌍한 나, 인간 위에 덮인 이 고통…….

그대는 이제 마지막이어라.

그대의 불행은 이미 알려졌도다.

죽기 전 며칠은 그대에게 무엇을 남겨 놓을까?

또 어떤 불행이 궁궐을 휩싸리라.

그래서 키프리스의 사자가 찾아오는…….

아, 불쌍한 크레타의 딸이여.

파이드라 트로이젠의 부인 여러분, 펠로프스의 나라 입구에 살고 있는 여러분. 나는 다른 이유에서 인간의 목숨을 갉아먹는 것이 도대체 무엇인지 긴긴 밤을 두고 여러 번 스스로에게 물어보았도다. 인간이 나쁜 일을 저지르게 하는 것은 본디 인간 정신이 가진 원래의 성질이 아니고 다른 어떤 것 때문일 거라 생각했다.

그러나 여기 믿지 않으면 안 될 것이 있으니 우리는 선악의 판단은 올바르게 가름할 수 있지만, 그렇다고 반드시 좋은 일만 행하지는 못해. 어떤 사람은 마음이 약해서, 또 어떤 사람은 덕성보다 쾌락이 좋아서, 또한 사람이 사는 곳엔 쾌락이 많은 법이고, 긴 이야기라든가 빈둥거리는 일이라든가, 귀에 솔깃한 악행이나 수치심도 있는 법.

수치심[8)에는 두 가지가 있어. 하나는 조금도 비난의 대상이 되지 않지만 다른 하나는 가정마다 재앙의 대상이 된답니다. 만약 이 둘을 잘 구별할 수 있었다면 똑같은 이름은 생기지 않았을 텐데.

나는 오래전부터 이런 신념 속에 살아왔기에 다른 견해로 개종시킬 어떠한 반대되는 사상도 효과를 내지 못했지. 좌우간 내가 지나온 길을 말하지.

사랑이 나에게 상처를 주었고, 그때 나는 명예를 더럽히지 않고 그 사랑을 견디려고도 했지. 처음에는 입을 다물고 불행을 숨겼다. 그 이유는 사람들이 생각하는 것을 비난하고 흉볼 수는 있지만 자기 자신에게 많은 불행을 가져오는 혓바닥을 믿을 수는 없었으니까. 그래서 나는 이 미칠 듯이 솟아오르는 정열을 용기로써 억제하려 했고, 지혜로써 길들이려고 결심하기도 했지. 그러나 이런 방법으로 키프리스를 정복할 수는 없다는 것을 알게 되자 내가 할 일은 단지 죽는 길밖에 없다는 생각이 들었지. 아무도 나의 결심을 비난할 자는 없을 거야. 나의 행위가 아름다운 것이라면 사람들에게 드러낼 수도 있으련만. 만일 그것이 수치스런 것이라면 많은 증인은 가질 것이 못 되고 내가 달게 받으려던 고통이 불명예스럽고 어떤 여성이라도 그것에 지면 모든 사람의 증오의 표적이 된다는 것도 알고 있었어. 간통이라는 이름으로 처음 그 오명을 뒤집어쓴 여성은 가련하게도 사라져 버렸어. 여성에게 그런 불행한 표본을 처음으로 준 남성은 훌륭한 가문 출신이었어. 그것이 아무리 수치스러운 일이라 할지라도 좋은 집안 사람들이 선행이라 여겼으면 얼마 아니 되어 몽매한 군중이 따르게 마련이니까. 말만은 번지르르하게 점잔을 빼면서도 몰래 부끄러운 일을 저지르는 여자가 난 싫어.

아, 키프리스 여신님. 그런 여자들이 어찌 남편을 똑바로 볼 수가 있을까요? 그리고 그들이 살고 있는 세대가 자기들을 적어도 한 번쯤은 비난의 대상에 올리는 것을 두려워하지 않을까요?

나는 죽게 하는 것은 바로 그거, 내 남편이나 아이들의 명예를 더럽히고 싶지 않다는 마음, 오직 그것뿐이에요. 그러니까 그들이 자유를 자랑스럽게 여기고 떳떳하게 이름 높은 아테네에 살며, 어머니인 나를 자랑스럽게 생각하는 것으로 만족하고 있는 거예요. 인간을 비굴하게 만드는 것은 아주 티끌만 한 일이라도, 부모 가운데 어느 한쪽이라도 수치스런 일을 행하였다는 것을 알게 되면 불행의 노예가 되고 마는 법이니까.

목숨과 마찬가지로 거룩한 오직 하나의 선은 올바름과 미덕을

437

간직하고 있는 마음이라고들 한다.

　때가 오면 악한 자들의 가면을 벗겨 거울 위에 그 그림자를 마치 젊은 처녀의 그림자처럼 비출 테지. 나는 결코 이런 낙오한 대열에 서고 싶지 않아.

코로스장　언제나 정숙한 행동은 아름다운 것인가? 그러기에 왕비님은 사람들에게서 그토록 존경을 받고 있지요.

유모　아씨, 방금 아씨가 당하고 있는 고통이 저를 어리둥절하게 만들어 버렸어요. 그렇지만 제가 공연히 무서워했다는 것을 알겠습니다. 당신께서는 전대미문의 일이나 우리 인간의 상식으론 상상하기조차 어려운 일을 당하고 있는 것은 아닙니다. 어느 여신의 분노가 당신 위에 덮여 있는 것입니다. 당신은 사랑을 하고 있습니다. 그것이 무슨 이상한 일이란 말입니까? 그런데 당신은 그 사랑 때문에 목숨을 끊으려고 합니다. 사랑하고 있거나 사랑을 했다고 해서 사람들이 목숨을 잃어야만 한다면 이 얼마나 불행한 일이겠습니까?

　키프리스가 무서운 힘으로 습격해 올 때, 어느 누구도 그것을 막을 수는 없습니다. 키프리스는 자기를 따르는 자는 부드럽게 감싸줍니다. 그러나 키프리스를 경멸하고 욕하는 자는 가차 없이 꺾어 굴복시킵니다. 키프리스는 하늘을 날고 넘실거리는 바다의 품속에서 살고 있습니다. 모든 사물은 그녀의 은혜를 받아 태어납니다. 키프리스는 사랑의 씨를 뿌리고 그것을 불러일으킵니다. 우리들 땅 위에 살고 있는 것들은 모두 거기에서 나왔답니다. 옛 자취가 엿보이는 향수를 동경하고 있고, 몸소 항상 문학 세계에 살고 있는 사람들은 옛날 제우스 신이 세멜레를 얼마나 사랑했으며 찬란한 별빛 같은 에로스가 사랑했던 케팔로스를 신들 가운데 두려고 어떻게 강탈해 왔는가를 알고 있을 것입니다. 지금 이들 둘은 함께 하늘에서 살며 다른 신들과 같이 있답니다. 그것은 그들이 정복한 사랑의 불길에 몸을 맡긴 것이라고 생각됩니다. 그런데 당신은 그걸 거역하겠다는 말입니까?

그러니까 당신의 아버님이 어떤 예외적인 상태에서 당신을 낳을 수밖에 없었고, 또 당신이 공통의 율법을 받아들이지 않는 까닭에 주인으로서 다른 신을 당신에게 주지 않을 수밖에 없었던 것입니다. 현명한 남편들이 자기 부인이 사랑의 병에 걸린 것을 보고도 못 본 체하였고, 그 얼마나 많은 아버지가 자기 아들이 불륜의 사랑에 빠진 것을 덮어 주려 하였는지 아씨도 알고 계시지 않습니까?

나쁜 것을 감춘다는 사실은 결코 나쁜 일만은 아닙니다. 집의 기둥과 대들보, 문설주가 모두 직선만은 아니지 않습니까? 따라서 인간이란 너무 엄격하게만 살려고 하면 안 된답니다.

아씨, 아씨께서 당하신 운명을 박차고 나갈 수 있다고 생각하세요? 만약 당신 마음 가운데 선이 악을 이기고 있다면 당신은 한낱 인간에 지나지 않으니까 더욱 그것을 기뻐해야 하겠어요.

아씨……

아씨의 슬픈 생각은 버리세요. 사랑을 비난하지 마세요. 신은 사랑하려는 용기를 가진 사람을 북돋아 줄 것입니다. 이 사랑이 당신에게 타격이 되지 않고 이 불행을 행복한 결과가 되도록 하세요.

자! 여기 당신을 달래 줄 주문이 있습니다. 아씨는 상사병의 치료약을 찾으실 수 있을 거예요. 우리 여자가 궁리를 할 수 없을 경우에는 남자들이 뒤에 사건을 해결하는 수도 있답니다.

코로스장 파이드라여! 이 여자가 말하는 사실을 명심하십시오. 저는 항상 당신 편입니다. 그러나 '좋은 약은 입에 쓰다.'고도 했듯이 제 찬사는 당신이 듣기엔 너무 쓰고, 듣고 있노라면 더 슬픈 것일 겁니다.

파이드라 가장 잘 다스려지는 도시나 가정을 파멸시키는 것이 바로 그거예요. 다름 아닌 아주 아름다운 말이라니까. 우리 귀를 즐겁게 하도록 오직 그런 목적으로 말해야 한다면 오히려 듣지 않는 편이 낫겠지.

유모 어쩌면 말씀이 이렇듯 대담하실까? 아씨에겐 훌륭한 말이 필요 없습니다. 지금은 당신이 이름을 밝힐 남자가 필요해요. 저는 아씨께서 하신 고백을 빨리 그분에게 말씀드려야만 해요.

아씨의 목숨이 사랑의 애태움에 위협을 받고 있지 않다면, 또 아씨께서 욕망과 정욕을 만족시키기 위해서 영원히 이성을 가지고 계셨다면 저는 이렇게까지 이끌어 나오지는 않았을 거예요. 무엇보다도 아씨의 운명 때문에 저는 어떤 비난이라도 개의치 않고 행동하겠어요.

파이드라 무서운 끔찍한 말.

그런 구역질 나는 말은 듣기 싫어.

유모 물론 그러실 테죠. 그러나 아씨에게는 미사여구를 늘어놓는 것보다 몇백 배 낫답니다. 그리고 만약 아씨를 구원할 수 있다면 그것은 아씨에게 돌아서서 명예롭다는 어리석은 생각보다는 현명한 일입니다.

파이드라 절대로 이 이상 말하지 말아 줘. 나도 모르는 사이에 벌써 사랑에 빠져 있었다. 네가 이 부끄러운 사실을 아름다운 말로 장식한다면 나는 결국 지옥으로 끌려가서 죽게 될 거야. 아유, 생각만 해도……

유모 과거에 가장 좋았던 일은 그 정열에 빠지지 않았던 일이었지요. 그렇지만 지금 최선의 방도는 이렇게 된 이상 제 말을 듣는 일이지요.

사랑에 몸을 맡기십시오. 전 사랑을 낚는 묘약도 구할 수가 있답니다. 갑자기 생각나는군요. 이 묘약은 아씨의 명예를 더럽히지도 않고, 물론 아씨가 겁을 내지 않으셔야 하지만 아씨를 치료할 수 있을 것입니다. 그러자면 우선 아씨가 못 잊어 가슴 태우는 분의 표적이나 옷 조각이 필요합니다.

파이드라 그 신기한 약은 몸에 뿌리는 향유인가, 아니면 마시는 약?

유모 그건 몰라요.

파이드라 공연히 무서워지는군. 어쩐지 네가 나 때문에 신경이 날카로워지나 봐.

유모 아씨는 뭐든 두렵기만 하시군요. 무엇이 무서우세요?

파이드라 네가 테세우스의 아들에게 이 애타는 심정을 알려 주었으면 좋으련만…….

유모 무엇이든 제게 시키세요.

　아! 바다의 여신 키프리스, 당신만 믿습니다. 내 자세한 계획에 대해서는 대궐 안에 있는 동무들에게 일러두기만 하면 충분할 거예요.

(유모, 키프리스에게 기도를 올린 다음 대궐로 들어간다. 파이드라는 침상에 누운 채로 있다.)

코로스 (노래)

　에로스여! 에로스여!

　그대의 찬란히 빛나는 눈동자는 무엇인가 호소하는 듯하고

　그대의 주위를 부드럽게 하도다.

　에로스여, 그대는 우리의 적이 되지 말지어다.

　또 그대의 분노를 우리에게 향하지 말지어다.

　불화살이나 별 화살이라도

　제우스의 아들 에로스[9]가 던진

　아프로디테의 화살보다는 무섭지 않으리.

　실로 쓸데없이 알페우스의 해안에서

　또 델포이의 포이보스 신전에서

그리스는 수많은 소[10]를 제물로 죽였나니.

우리가 인간의 주권자인 에로스를 숭배하지 않는다면,

에로스는 아프로디테의 두 성스런 자리의 열쇠를 가졌으니

제단 위로 오를 때 우리 인간에게 파멸과 몰락을 가져오리라.

오이칼리아에서는 아직 고삐를 모르며 깨끗한 암말,

아직 혼례의 자리도 모르는 젊은 말을,

키프리스는 지옥의 박쥐처럼 털을 뽑게 하여 피를 토하고

죽음의 비명이 울리는 가운데

알크메네의 아들 혼례식을 위한 축가로 바쳤노라.

오, 테베의 거룩한 벽이여, 디르케의 샘이여.

그대들은 키프리스의 억누를 길 없는 분노를

우리에게 말할 수 있으리라.

키프리스는 두 번 태어난

제우스의 아들 바코스의 어미를 번갯불로 태워

돌아올 길 없는 황천으로 향하게 하였다.

키프리스는 온갖 생물에 숨결을 불어넣고

어느 곳이나 벌[11]처럼 날아다님이어라.

(문 옆에 서서 귀를 기울이면서)

파이드라 여인들은 입을 다물지어다.

아, 나는 이제 마지막이구나.

코로스장 파이드라여, 당신의 궁궐에서 무슨 무서운 비극이 일

어나고 있나요?

파이드라 조용히, 안에서 무슨 소리가 들리는구나.

코로스장 그렇게 하지요. 저는 당신 때문에 견딜 수 없이 불안합니다.

파이드라 아! 불쌍한 나, 난 얼마나 불쌍한 사람인가.

코로스 (읊음)

저기, 저기 들리는 소리는 무슨 소리입니까? 아씨 갑자기 당신의 마음을 괴롭히는 것이 무엇입니까?

파이드라 너희들도 문 앞에 가까이 와서 대궐 안에서 소리치는 저 아우성을 들어 봐.

코로스 (읊음)

네, 고함 소리는 들립니다만 분명치 않은데요. 당신께서는 문 옆에 계시니 더 잘 알아들을 수 있습니다.

파이드라 그 사람은 유모를 붙들고 악평을 하고 다니는 수다쟁이라고 말하고 있어. 그 주인의 잠자리를 더럽혔다고 책망하고 있는 거야.

코로스 (읊음)

배신당한 건 당신입니다. 당신은 사랑하던 사람에게 배반당했어요. 어떻게 말씀드려야 좋을지. 이젠 모든 것이 드러났으니 마지막이에요.

파이드라 아, 아.

코로스 (읊음)

444

사랑하는 사람에게 배반당했어.

파이드라 유모는 나의 불행을 함부로 지껄여 나를 망치고 말았
구나.

코로스장 자, 이제 어떻게 하시겠어요? 이미 엎지른 물은 주워
담을 수가 없군요.

파이드라 지금 생각할 수 있는 건 한 가지 내가 죽는다는 것뿐이
야. 아무리 해봐야 구제될 길은 단지 그 길뿐이야.

(히폴리토스, 안에서 급히 뛰어나온다.)

히폴리토스 이런 끔찍한 말을 들어야 하나!

(유모, 그의 뒤를 따른다.)

유모 입을 다물어요. 도련님이 다 듣겠어요.

히폴리토스 남이 듣든 말든 무슨 상관이야! 아아, 어쩌면 이럴
수가…….

유모 제발…… 당신의 팔에 매달려서 이렇게 빕니다.

히폴리토스 손을 놓아, 내 옷에 닿지 않도록 해.

유모 제발 저를 죽여 주세요, 네? 제발.

히폴리토스 도대체 왜 그렇게 수선을 피우지?

유모 도련님, 세상이 알면 안 되는 일이라니까요.

히폴리토스 정직한 일은 알려서 상을 주는 법.

유모 오, 도련님, 맹세를 깨뜨려서는 안 됩니다.

히폴리토스 너한테 맹세한 건 내 마음이 아니라 나의 혓바닥이
란 말이야.

유모 도련님, 그게 무슨 말씀이세요?

　이제 사랑하는 사람도 필요 없다는 말씀이죠?

히폴리토스 난 그런 무리를 저주한다. 부정한 자는 내 벗이 될 수 없어.

유모 용서하세요, 도련님. 과오를 범하는 건 인간이기 때문이 아니겠어요?

히폴리토스 아, 제우스여, 그대는 어찌하여 태양 아래 여자라는, 위선을 일삼는 종족을 태어나게 했는가? 그 이유가 종족의 번식에 있다면 여자보다는 다른 어떤 것이 있었을걸.

　인간은 그대의 신전에 금이나 쇠나 동을 바치고 대신 각자 지불한 노력의 대가를 받는다. 그러면 아무런 구속도 받지 않고 자유롭게 우리네 마음대로 살 수 있을 텐데. 지금 이러한 재앙과 같은 여자를 집에 들여놓자마자 재산을 모두 날려 버린다. 확실히 여성이 저주스럽다는 것은 딸을 낳아 길러 낸 아버지가 출가 때가 되면 쓰일 지참금을 마련하려 쩔쩔매는 것을 보아도 알 수 있다.

　그런데 이와는 반대로 자기 집에 재앙의 씨를 받아들인 자는 이 우상을 아름답게 장식해서 즐거워한다. 따라서 불행하게도 그가 소유한 재산은 없어지고 만다. 유명한 집안과 인연을 맺어 불행한 결혼을 기뻐한다든지, 혹은 아무리 보잘것없는 집안이라도 그 여자만은 훌륭한 경우, 착한 일을 하기 때문에 그 불행을 잊어버리곤 한다. 따라서 가장 최선의 일은 별 쓸모없는 단순한 여자를 갖는 것이다.

영리한 여잔 죽도록 싫단 말이야. 지금 우리집에는 필요 이상으로 현명한 여자는 발도 들여놓지 못하게 하고 있지. 그런 여자들은 키프리스가 썩어 빠지게 만든 영리한 무리야. 바보처럼 생긴 여자는 지혜가 좀 모자라기 때문에 불행에서 벗어날 수 있지. 아내라는 것은 말수가 적고 자기 추억을 지껄이지 않을 정도로 버릇을 길러 놓아야 해.

많은 계집애가 차츰 건방져 가고 있어.

(유모에게)

이렇게 해서 가련한 너는 나에게 와서 내 아버지의 잠자리를 더럽히자고 말하고 있는 거야. 네 소행을 생각하면 죽여도 한이 없지만 나의 자비가 너의 목숨을 붙여 두는 거야. 만약 네가 신들에게 드린 맹세를 저버려 나를 뺏는다면 나는 어쩔 수 없이 모든 사실을 아버지에게 말씀드려야 한다. 사실상 나는 이 나라에 테세우스가 없는 한 되도록이면 빨리 이 대궐에서 떠나야 될 것 같다. 허나 나는 아버지와 함께 돌아올 것이다. 그리고 무슨 염치로 네 상전과 네가 우리를 영접하는지 똑바로 볼 테다. 그때는 이미 파렴치한 사건의 증인이 되겠지. 너희들에게 저주가 있길. 여자란 요망스러운 것, 언제나 나쁜 것이다. 그들에게 영리해지도록 가르쳐 주어라. 내가 그들을 욕한 데 대해서는 눈감아 다오.

(히폴리토스 퇴장)

코로스 (읊음)

불쌍한지고, 여자의 운명이란 이토록 파란만장해야만 하는 것일까? 제 꾀에 제가 넘어갔을 때처럼 어떻게 할 도리가 없는 경우에는? 우린 죄를 받아 마땅해.

파이드라 (읊음)

그렇지만 아! 대지여, 나는 이 수치스러움을 어떻게 모면할 수 있겠습니까? 어느 신이, 아니 어떤 인간이 나를 구원해 줄까? 쉴 새 없이 밀려드는 괴로움 때문에 나는 여자들 가운데 가장 불행한 여자로다.

코로스장 아! 불쌍해라. 이제 끝장이 났구나. 유모의 계획은 어긋나 버렸도다. 아, 왕비님, 모든 것이 점점 나빠지고만 있어요.

(유모 등장)

파이드라 원! 이 가증스러운 도깨비, 너는 나를 위해 무얼 했니? 차라리 아버지의 힘을 빌려 너를 죽여 버리는 편이 속 시원하겠구나. 나는 네 계획을 예언하지 않았던가. 입 다물고 있어 달라고 너에게 얼마나 애원을 했던가. 너의 입은, 그 몹쓸 것은 가만히 다물고 있을 수가 없었어. 그 때문에 나는 더럽혀진 명예를 안고 죽지 않으면 안 되게 되었어. 자 이렇게 되었으니, 또 달리 생각할 필요가 있어? 저 사람은 지금 분노에 불타고 있으니 아버지 앞에서 나를 흉보겠지. 또 나의 불행을 늙은 피테우스에게도 말할 거야. 그래 온 나라에 소문을 내겠지. 그것 때문에 나는 얼굴을 들 수도 없겠지. 에잇! 몹쓸 것. 뜻하지 않고 별 감정 없이 이

윗 사람에게 떳떳지 못한 일을 하려는 자도 모두 죽어 버려!

유모 제 잘못을 꾸짖어 주시는 왕비님! 죄어드는 아픔이 당신의 정신을 흐리게 했군요. 그러나 저의 말씀을 들어 주세요. 저는 당신을 길러 드렸고 당신께 마음 바치고 있습니다. 당신의 아픔은 곧 저의 아픔이기에 그 아픔을 치료하려고 온갖 노력을 다 해 보았습니다만 바라던 대로 되는 일은 없었습니다. 뜻대로 되었다면 지금쯤은 왕비님께서 저를 칭찬하시기에 여념이 없을 것이옵니다. 세상 사람들은 동기, 과정보다도 결과에 급급해 일의 선악을 판단하는 법입니다.

파이드라 그만큼 나를 괴롭혔으면 그만이지, 또 이번엔 나와 말씨름이라도 할 모양이구나. 귀찮아. 모두 내 눈앞에서 사라져 버려.

유모 길게 말하지 않겠습니다. 충분히 그리고 조심스럽게 일 처리를 못한 죄 때문이죠. 그렇지만 아직 당신을 구해 드릴 기운은 남아 있습니다.

파이드라 닥쳐! 요 못된 것. 불행만을 던져 주고는 무슨 큰소리야. 멀리 가 버려. 네 일이나 생각하렴.

(유모 퇴장)

　트로이젠의 규수들, 그대들이 들은 모든 것을 나의 기도와 함께 침묵 속에 묻어 주오.

코로스장 고귀하신 아르테미스 여신께 맹세코 당신의 불행을 결코 퍼뜨리지 않겠습니다.

파이드라 정말 고맙다. 나는 아이들의 일생을 욕되지 않게 하고 나에게 엄습한 운명에서 벗어나려면 길은 하나라는 것도 알게 되었어. 결코 고귀한 크레타 가문을 더럽히지 않겠어. 씻을 수 없는 과거를 가슴에 접어 두고 내 목숨을 건지려 테세우스에게 비굴하게 나타내지는 않을 거야.

코로스장 안 됩니다. 그렇지만 당신이 그토록 큰 불행을 견디어야만 하나요?

파이드라 아, 어째서 나는……. 난 결심한 사실을 말했을 뿐이야.

코로스장 진정하십시오, 왕비님.

파이드라 좋은 생각이 있으면 말해 줘. 내가 죽는다면 나를 멸망시키려 한 키프리스가 춤을 추겠지. 나는 잔혹한 사랑의 제물이 될 거야. 그러나 내 죽음은 다른 사람들에게도 불길한 거야. 키프리스가 나의 불행으로 말미암아 겸손해지면 그만이야.

(파이드라 퇴장)

코로스 (읊음)

어머나! 내가 있는 곳이 어디지? 험한 산을 타고 깊은 동굴로 들어가는 것일까? 어떤 신 덕택에 하늘을 나는 새 떼에 섞여 빠른 날개 위에 실려가는 것일까? 그래 아드리아 바다의 물 위에 혹은 에리다노스의 물 위에 뛰어오르려 하고 있도다. 아버지가 쉬고 있는 빨간 파도 위에 불행한 헬리오스의 딸이 형제인 파에톤을 슬퍼하며 구슬 같은 눈물을 흘리도다.

노래하는 헤스페리스의 금빛 해안을 향해 날아가고 싶구나.

그곳에는 바다의 신 아틀라스가 지탱하고 있는 하늘 끝을 경계로 선원의 길을 막고 있도다. 신찬神饌의 원천이 그곳으로 흘러들고, 또 성스런 유모인 대지가 그 번영의 보물 창고를 지니고 있도다.

오, 흰 날개 달린 크레타의 배여. 그대는 우짖는 바다의 파도를 헤치며 우리 여왕을 그 행복한 보금자리에서 불행한 혼례의 불길한 환희를 향해 실어 갔도다. 이 두 기슭에서 혹은 크레타 섬에서 온 불길을 알리는 새[12]에 의해 선원들은 이름 높은 아테네 쪽으로 흘러가서 이지러진 닻을 무니키아 항구에 내리고 육지에 올랐어라.

그런 까닭에 아프로디테는 그녀에게 죄 많은 사랑을 불어넣어 그 마음에 상처를 입혔노라. 이 무서운 고통에 괴로워하며 그녀는 혼례를 치른 방의 벽에 불길한 띠를 달아 그것으로 하얀 목을 감고자 하나니, 여신의 무서운 분노에 지고, 때문에 정직한 명성을 택하노니, 그 마음 가운데에 스스로를 그렇듯 괴롭힌 사랑을 쫓아 버리려는 것이리라.

(유모, 궁전 안에서 큰 소리로 울부짖는다.)

유모 아! 사람 살려. 여러분 사람 살려. 대궐 밖에 있는 여러분, 테세우스의 아내인 나의 아씨가 목을 매었어.

코로스장 슬프다, 이제 끝장이구나. 왕비님은 이제 돌아가셨다. 목을 매셨구나!

유모 빨리, 칼을 가져와요. 목을 매신 매듭을 끊어 주세요.

코로스장 어떻게 하면 좋아요. 대궐로 들어가 왕비님을 구해야 할 텐데!

코로스 뭐라고요? 젊은 시종들이 거기 있을 거예요. 여러 가지 일에 손을 댄다는 건 위험하기 짝이 없죠.

유모 대궐의 파수꾼들이여, 우리 여왕님의 수족을 바로 해서 뉘어 주세요.

코로스장 내 귀를 믿을 수만 있다면 왕비님은 돌아가셨습니다. 벌써 생명이 없는 옥체를 옆으로 누이고 기도드리고 있도다.

(테세우스, 부하들을 데리고 엽관葉冠을 머리에 쓰고 등장)

테세우스 여봐라! 이 대궐 안에서 무슨 통곡 소리가 들리는 것 같도다. 대체 무슨 일이 일어나기라도 했단 말이냐. 신탁[13]을 받고 온 나를 맞으러 가족들이 마중은커녕 반기지도 않는구나. 늙은 피테우스에게 무슨 일이 일어났는가? 비록 늙었을망정 그가 이 궁궐을 버린다면 우리에게는 큰 슬픔이 아닐 수 없도다.

코로스장 테세우스 전하, 당신을 슬프게 하는 일은 노인에게 일어난 것이 아니오라…….

테세우스 아니, 그럼 누구란 말이냐?

코로스장 나이가 젊은 분이옵니다.

테세우스 슬프다. 애들 누구가 죽었는가?

코로스장 도련님들은 살아 계십니다만, 도련님의 어머니께서 가장 슬픈 운명 때문에 돌아갔습니다.

테세우스 뭐라고! 내 아내가 죽다니!

코로스장 왕비님 자신이 목을 매셨습니다.

테세우스 괴로움에 못 이겨서인가? 그렇지 않으면 무슨 일로?

코로스장 그 이상은 전혀 알 수 없습니다. 테세우스님, 저도 방금 이곳에 와서 당신의 불행을 슬퍼하고 있습니다.

테세우스 슬프구나. 엽관이 왜 내 머리 위에 놓여 있는가. 어찌하여 신탁을 받고 돌아온 나에게 이런 불행이 기다리고 있는가.

　여봐라, 빗장을 빼어 이 문을 열어라. 내 눈으로 아내의 모습을 보겠다. 아내가 죽었다면 나도 끝장이다.

(대궐 문이 열리고 울고 있는 시녀들에 둘러싸인 시체가 보인다.)

코로스 (읊음)

　아, 불행한 분이여! 어쩌면 이다지 불행한 일이 있을 수 있을까? 당신은 괴로움에 못 이겨 목숨을 끊으셨고, 또 그 때문에 집안은 엉망진창이 되었습니다. 애달프고 격렬한 죽음, 기구했던 운명. 당신은 스스로를 죽였습니다. 아, 가엾은 일이로다. 누가 당신을 죽도록 했습니까?

테세우스 (읊음)

　여태까지 수없는 불행을 겪어 왔지만 이번 일은 견디기 어렵구나. 운명, 어떤 악신이 나를 뜻하지 않은 오욕에 빠뜨려 버렸구나. 아! 불행한 내 눈에 보이는 것은 모두 불행하게만 보이는구나. 이러한 재앙의 물결을 헤쳐 나갈 수도 없을 것이다. 오, 나의 아내여! 너의 불행한 운명을 무어라고 이름해야 하는가? 마치 손아귀에서 달아나 버린 새처럼 너는 나에게서 빠져나가 갑자기 어디론가 사라져 버렸다. 아, 벗어날 길 없는 참혹함이여. 이번에는 과거 속에서 원천을 찾아야 한다. 신들은 내 선조 가운데 한 분의 잘못 때문에 나를 못 견디게 굴고 있구나.

코로스장 임금님, 이러한 불행을 겪는 것은 당신 혼자만이 아닙니다. 당신 이전의 많은 사람이 사랑하는 아내를 잃었습니다.

테세우스 (읊음)

나 역시 아무것도 생각지 않고 죽고 싶구나. 그리고 땅속에서, 그래 땅속 깊은 곳에서, 지옥의 밤의 어두움 속에서 살고 싶다. 나는 그리운 아내를 잃었도다. 나는 당신을 잃어버렸도다. 당신이 잃어버린 것은 당신 자신이라기보다 차라리 나다. 여보, 어떤 비운이 당신의 마음을 울렸는지 말해 주오. 무슨 일이 있었는지 가르쳐 주오. 나의 대궐에 이 수많은 시종이 있어도 나에게 그걸 알려 줄 사람은 하나도 없단 말이냐. 나의 대궐에서 이런 불상사가 일어나다니! 나는 견딜 수가 없고, 말로 다 표현할 수가 없다. 나도 이제 마지막이다. 대궐은 공허해지고 아이들은 고아가 되어 버렸다. 그대는 나를 버린 거야. 가장 정다운 사람, 여성들 가운데 가장 뛰어났던 사람, 밤하늘 별이 빛내 주던 그대는 나를 버렸도다.

코로스 (읊음)

아, 불행한 그대여. 얼마나 큰 괴로움이 이 궁궐에 떨어져 내린 것일까? 그 뒤에 따라올 불행을 생각하면 몸서리가 납니다.

테세우스 정다웠던 이 손에 매달린 이 편지[14]는 무얼까? 어쩌면

454

새로운 불행을 말하는 것이 아닐까? 불행한 아내는 우리의 결혼과 아이들에 대해서 임종시의 기원을 적어 둔 것일까?

여보! 마음을 놓아요. 당신이 없는 지금, 어떤 다른 여자도 테세우스의 집에는 들어오지 못할 테니까. 그건 그렇고, 아내의 금반지를 살펴보자. 이 봉인을 찢고 편지판에 무어라 적혀 있는지 보자.

(그는 편지를 읽는다.)

코로스 (읊음)

아, 여기에 신이 보낸 불행이 아직 남아 있다. 이런 사건이 일어난 다음, 나는 어떻게 목숨을 부지해 갈까? 내가 모시는 어른의 집안은 황폐하여 사라져 버린 거나 마찬가지다. 아, 하느님. 하실 수 있으시다면 이 대궐만은 남겨 두십시오. 제 소원입니다.

테세우스 이 어찌 된 일이냐? 나는 말할 수도 없고 견딜 수도 없구나.

코로스장 또 무슨 일이십니까? 제가 들어도 되는 사연입니까? 말씀해 주십시오.

테세우스 (읊음)

이 편지판은 가증스런 일에 대해 절규하고 있어. 나를 짓누르는 불행을 어디로 피신시켜야 좋단 말인가? 이젠 파멸이로다. 여기 적혀 있는 사연은……. 이제 마지막이다.

코로스장 당신의 말씀은 말로 표현할 수 없는 새로운 불행을 짐작케 해줍니다.

455

테세우스 아니, 나는 내 입으로 말하겠다. 그런 가증스런 비난을 참을 방법은 결코 없을 테니까.

아! 불행한 도시여! 히폴리토스는 제우스의 신성한 눈을 피해서 완력으로 내 침실을 더럽혔다. 오, 포세이돈이여, 나의 아버지! 당신이 일찍이 이루게 해주시겠다던 세 가지 소원 중에 하나로 제 아들 놈을 죽여 주십시오. 그리하여 제 첫째 소원이 이루어지게 해주십시오. 당신의 약속이 어김없다면 그놈이 오늘을 넘기지 못하게 하옵소서.

코로스장 아! 임금님. 제발 그런 저주를 거두십시오. 당신이 나중에 후회하실 일은 애초에 시작하지 마십시오.

테세우스 안 돼! 더욱이 나는 그놈을 이 나라에서 쫓아 버릴 생각을 하고 있다. 이 두 운명 가운데 그놈은 어느 하나를 받을 거야. 포세이돈 신은 나의 저주를 듣고 그놈을 죽여 하데스의 집으로 보낼 것이다. 그는 이 나라에서 쫓겨나 남의 땅을 헤매며 비참한 생애를 보내게 될 것이다.

코로스장 저기, 때를 맞추어 오듯 당신의 아들 히폴리토스가 오는군요. 임금님! 당신의 그 불행한 분노를 진정시켜 주십시오. 그리고 집안에 대해서 무엇이 상책인가를 깊이 고려해 주십시오.

(히폴리토스 시종들을 데리고 등장)

히폴리토스 아버님, 저는 아버님의 고함 소리를 듣고 급히 달려왔습니다. 그렇지만 탄식하시는 내력을 모릅니다. 저는 아버님께 그것을 듣고 싶습니다.

아니…… 저런. 돌아가신 분은 누굽니까! 이 얼마나 놀라운 일입니까! 저는 바로 조금 전에 나갔습니다. 바로 조금 전에 왕비님은 햇빛을 보실 수가 있었는데, 무슨 일이 일어났을까? 왜 돌아가셨습니까? 아버님, 아버님은 왜 입을 다물고 계십니까? 무엇이든, 그것이 설사 나쁜 소식이라 할지라도 알고 싶어하는 것은 사람만이 할 수 있는 일이 아닐까요? 그렇지만 아버님, 아버님은 아무 말씀도 않으시는군요. 불행한 경우, 침묵이란 아무 약도 되지 못합니다, 아버님.

테세우스 아, 여러 가지 일에 잘못만 저지르는 인간들, 너희들은 어찌하여 여러 가지 술책만을 부리려고 하는가? 너희들이, 지혜가 무엇인지 모르는 무리에게 지혜를 가르치는 방법조차도 찾아내지 못한 주제에 발명, 발견에 무슨 아랑곳한단 말인가?

히폴리토스 현자가 아닌 사람을 현명하게 만들려는 사람은 아마 남보다 나은 분일 것입니다. 그렇지만 아버님, 지금은 그런 사소한 토론에 시간을 뺏길 때가 아닙니다. 고통 때문에 아버님 말씀에 조리를 세우시지 못할까 걱정이 됩니다.

테세우스 아! 어떤 확실한 징표가 사람으로 하여금 다른 사람의 마음을 읽게 하여 참다운 친구와 거짓 친구를 구별 짓게 하지 않으면 안 되겠어. 인간이란 진지한 목소리와 그렇지 않은 다른 목소리, 두 개의 목소리를 가져야 한다. 그리고 진지한 목소리가 거짓 목소리를 정복하지 않으면 안 되지. 우리가 속아 넘어가서는 안 돼.

히폴리토스 아버님, 친구들 가운데 누가 제 흉이라도 말씀드렸나요? 아무런 잘못도 없는 녀석을 고의로 나쁘게 만든 건 아닐까요? 아닌 밤중에 홍두깨 격입니다. 아버님의 말씀은 제가 무슨 잘못이라도 저질렀다고 꾸중하시는 듯하군요.

테세우스 아! 인간의 정신, 그것이 과로하면 어떻게 될까? 이 정신의 대담성과 철면피는 본질적으로 어떻게 다른 것일까? 만약 시간이 흐름에 따라 그것이 늘어 간다면, 또 다음 해가 지난해보다 잘못된 것이라면 신들은 불가불 악한과 죄인을 가둘 땅이 더 필요해지겠지.

내 몸에서 난 이 가련한 놈을 보라. 이놈은 나의 침실을 더럽혔어. 그리고 그것 때문에 사람이 죽어 갔지. 네놈은 살인자야! 네놈과 이야기를 나누는 나를 네가 더럽히고 있는 것으로도 살인을 충분히 증명할 수 있어. 그래도 이 아비를 똑바로 쳐다볼 수 있니? 그래서 네놈은 초인이라 생각하고 신들과 함께 살고 있지. 그러면서도 온갖 악덕과는 무관하다고 자처하고 있지?

네놈의 허장성세는 어리석은 짓을 해서라도 억지로 꾸며 보겠다고 기를 쓰고 있지만 나는 꿈쩍도 않는다. 지금 실컷 뽐내 두어라. 채식[15]을 지상의 최고로 삼고 으쓱대려면 그렇게 하려무나. 오르페우스를 섬긴다는 걸 자랑하고 그가 쓴 변변치 못한 책들을 칭송하고 싶거든 그렇게 해라.

네놈은 현행범으로 여기 있는 거야. 네게 분명히 말하겠다.

파이드라는 죽었다. 그런데도 내가 너를 살려 둘 성싶으냐! 이

어리석은 녀석아. 그게 바로 너를 파멸로 이끄는 거야. 어떤 맹세가, 어떤 말이, 어떤 편지보다 미더워 네놈을 옳다 하겠니? 파이드라가 너를 미워하고 있었다고 말할 테냐? 사생아가 정당한 자식에게는 미운 법이라고 할 테냐? 파이드라는 우리들에게 참으로 귀중한 행복을 잃게 한 거야. 그것이 네놈을 미워한 결과라면 그녀는 인생을 맛봐서는 안 되는 것이었어. 아마 너는 여자 편에서는 태어나기 전부터 귀가 있는 것이지만 남자 편에서는 없다고 말하고 싶겠지. 나는 젊은 놈들을 알고 있어. 그 녀석들은 키프리스가 그들의 젊은 마음을 흔들어 놓기만 하는 날엔 여자들보다 더 믿기가 곤란하던걸. 남자라는 명분은 변명하기엔 십상이지. 어쨌든 이 죽음이 증인이 되어 있는 한 네놈은 추방당해야 한다. 어서 이 나라에서 꺼져 버려! 그래서 신이 세우신 아테네나 우리 나라의 경계 가까이에는 얼씬도 하지 마라. 만약 이 모욕을 복수하지 않는다면 이 해협의 도둑인 시니스를 내 손으로 죽이지 않았다고 하여 아무나 멋대로 콧대를 세워 나를 못 견디게 굴걸. 어디 그뿐인가? 도둑 스키론의 뼈로 만들어진 해안의 바위는 내가 나쁜 놈에 대해서 무섭게 하지 못한다고 비웃을 테니까.

코로스장 인간이 행복하다고 어떻게 말할 수가 있습니까? 최고로 존경을 받던 사람들이 죽었답니다.

히폴리토스 아버님, 아버님의 분노가 저를 공포에 떨게 하는군요. 그렇지만 아버님의 훌륭하신 말씀이 오늘은 조금도 옳지 못하군요. 저는 군중들 앞에서는 표현을 잘 못하지만 친구들이나 아주 소수의 청중 앞이라면 더 잘 이야기할 수 있습니다. 그 소수의 청중들은 군중 앞에서 이야기하는 재능 있는 현자들이 경멸하고 있는 사람들이기 때문입니다. 저는 그대로 아버지 말씀을 듣고 있을 수는 없습니다. 먼저 아버님께서 저를 괴롭혔고, 저를 향해 숨 돌릴 틈도 없이 말씀하신 처음 이야기에 답변하겠습니다. 이 하늘과 땅을 보십시오. 가령 아버님이 그렇지 않다 하시더라도 이곳에 저보다 순결한 사람은 없습니다. 어쨌든 저는 신들을 존경하며 덕망 있는 친구들이 있습니다. 그리고 그 친구들의 천한 행동은 용납되지 않습니다. 아버님, 그 친구들이 멀리에 있든 가까이에 있든 저에 대한 태도는 변함이 없습니다.

그렇지만 제가 관여하지 않은 전혀 모르는 죄가 있다면 지금 아버님이 설득했다고 생각하고 계시는 죄인이 바로 저입니다. 즉, 오늘 이날까지 저는 아무런 잘못도 저지르지 않았습니다. 사랑이라는 것은 듣기로만 알고 있을 뿐이고 그림으로 본 것 이외에는 알지 못합니다. 그리고 그런 면에 별 관심이 없습니다. 제가 이렇게 말한다고 하여 납득하시지 않을 아버님이란 것도 알고 있습니다. 그렇지만 아버님! 제가 어떻게 그런 악행을 저지르겠습니까? 그 여자의 아름다움이 모든 여자보다 그렇게도 뛰어납니까? 제가 아버님의 침대에서 아버님의 대리 노릇을 하면서, 이 대궐의 주인을 꿈꾸었단 말씀입니까? 만일 그렇다면 저는 미쳤을 게고 이성을 잃은 행동일 것입니다.

한 나라를 다스리는 것을 현자는 즐거워한다고 생각하십니까?

아무리 최고의 권력자라 할지라도 그들의 마음을 부패시키는 요인 없이는 결코 그런 일은 있을 수 없을 것입니다. 저는 올림픽 경기에 나서지 않은 이상 첫째 자리를 바라진 않습니다. 이 땅 위에 사는 이상 둘째 자리에 만족하고 있으며, 언제나 좋은 벗들과 함께 행복하게 살기만을 원하고 있습니다. 그래야만 사람 대열에 낄 수 있지 않습니까? 그리고 위험 없이 살아감은 오히려 다스림이 주는 기쁨보다는 더 큰 기쁨을 누릴 여유가 생기는 법이니까요.

오직 한 가지 점에 대해선 아직 대답하지 않고 있습니다. 그 밖의 모든 것은 대답했습니다. 제가 살아 있는 파이드라 앞에서 변호를 할 수만 있다면 아버님의 정확한 판단을 기대해도 좋으련만, 어쨌든 맹세의 수호신인 제우스와 대지를 증인으로 삼아서 말씀드리지만 저는 결코 아버지의 아내에 대해서 손을 댄 적이 없습니다. 단지 마음속에서라도 말입니다. 제가 정말 그런 악한 놈이라면 이름도 없이 조국도 없이 누구의 보호도 없이 불명예스럽게 추방되어 유랑자로 죽겠습니다.

글쎄요, 공포가 그분을 자살로 이끌었는지 알 수 없군요. 이것이 제가 말할 수 있는 전부입니다. 그분은 지혜를 갖지 못하였지만 지혜로워 보였고, 저는 결백합니다만 사람들은 저를 죄인 취급하는군요.

코로스장 당신은 충분히 변명하였습니다. 당신의 맹세는 신뢰감을 줄 것입니다.

테세우스 나를 그렇게 모욕해 놓고 부드럽고 조리 있는 것같이 들리는 말로 내 마음을 속이려 든다면 요술쟁이나 사기꾼이 아니냐?

히폴리토스 그렇다면 어찌 된 셈입니까? 정말 아버지가 제 아들이고, 제가 당신의 아버지라면, 그리고 아버지가 제 처에게 손을 대려고 하신다면 제가 아버지에게 가하려는 벌은 추방이 아니라 죽음이겠죠.

테세우스 네 결정이 옳다. 그렇지만 네놈이 자기를 위해 만든 율법 탓으로, 그런 식으로 죽진 않을 게다. 정말이지 불쌍한 놈은 즉사해야지. 그러나 네놈은 이 땅에서 쫓겨나서 여기저기 헤매다 낯선 땅에서 가련한 일생을 마쳐야 마땅하지. 그것이 불경죄를 저지른 데 대한 벌이다.

히폴리토스 아, 그게 무슨 말씀입니까? 아버지. 시간이 밝혀 줄 진리도 생각하셔야죠. 추방이면 문제가 다 해결되는 겁니까?

테세우스 그래, 가능하다면 대해나 아틀라스 바다의 경계를 넘어, 저 건너편으로 쫓아 버리고 싶다. 네놈 꼴도 보기 싫어.

히폴리토스 저의 맹세도 믿지 않으시고, 증거도 없이, 점술가에게 물어보지도 않으시고, 정당한 판결도 없이 이렇게 쫓아내려 하십니까, 아버지?

테세우스 여기 적혀 있는 글발은 새점을 쳐서 끌어내는 그런 따위 하곤 달라. 네놈의 죄를 확정 짓기로는 이것만으로도 충분해. 머리 위로 나는 새 따위로 점치는 걸 난 경멸해.

히폴리토스 아! 신이여! 내가 우러러 받드는 당신들 때문에 죽으려 하는 이때 왜 말을 못할까? 설득하지 않으면 안 될 사람을 설득할 수 있는 재주를 나는 가지지 못하였기 때문에 말을 해도 소용이 없다. 또 내가 한 맹세를 함부로 깨뜨릴 수는 없으니까.

테세우스 네놈의 엉터리 수작이라면 지긋지긋하다.

자, 빨리 이 나라에서 떠나라!

히폴리토스 아, 억울하다. 어디로 가면 좋단 말인가?

테세우스 여자를 부패시키는 자나, 죄인을 즐겨 받아들이는 놈의 집을 찾아서 떠나라.

히폴리토스 고통이 마음 쓰리게 하고, 눈물이 흘러서 눈을 뜰 수가 없구나. 곁도는 온갖 것이 나를 비난하고 있고, 아버지는 그것을 믿고 계시다.

테세우스 네가 아비의 처를 모욕했을 대, 네가 한 짓을 탄식하고 또 반성했어야만 할 일이 아니냐?

히폴리토스 오! 대궐의 변이여! 왜 입을 다물고 있느냐?

테세우스 네놈은 아무 말도 하지 않는 증인의 도움을 청하고 있다. 너에게 죄가 있음을 확실하게 하고 있는 것이란 말이야.

히폴리토스 나는 내 자신을 과연 똑바로 쳐다볼 수가 없는가?

테세우스 네놈은 아비에 대해선 존경하지도 않고 네놈 자신만 높이 받들고 있어.

히폴리토스 불쌍한 어머님, 불길한 탄생이로다. 다시는 사생아가 어느 곳에서도, 누구에게서도 태어나지 말길!

테세우스 여봐라! 이놈을 즉시 이곳에서 끌어내라! 너희는 벌써 이놈이 추방되리라는 것을 듣고 있었을 텐데!

히폴리토스 너희들 가운데 나에게 손대는 자가 있으면 불행이 있을 것이다. 만약 그것이 아버님 뜻이라면, 아버지 손으로 직접 저를 쫓아내십시오.

테세우스 네가 나에게 복종하지 않겠다면 하는 수 없지. 네놈에 대해선 조금도 연민의 정을 느낄 수 없단 말이야.

(테세우스 퇴장)

히폴리토스 나처럼 불행한 사람이 어느 하늘 아래 또 있을까? 나는 진실을 알고 있다. 그러나 말했어야 좋을지 모르겠다.

아! 레토의 딸이여! 그대는 나와 가장 친분이 있는 여신입니다. 나는 당신과 함께 살아왔고 사냥을 했습니다. 그러나 지금 나는 이름 높은 아테네를 떠나야만 합니다. 잘 있거라, 에렉테우스의 도시와 땅이여. 오, 젊음이 묻힌 트로이젠이여. 젊은이를 씩씩한 대장부로 만들어 준 것도 너였지. 너를 보는 것도 말을 건네는 것도 이것이 모두 마지막이다.

고향의 벗들이여, 나를 전송해 다오. 나에게 작별을 고해 다오. 아버지가 어떻게 생각하시든 나는 결백했다는 것을 너희들만이라도 알아줘.

(히폴리토스, 부하들과 퇴장)

코로스 (노래)

우리가 생각건대 우리에 대하여 신들이 마음을 쓰심은 우리의 불행이 줄어들게 하기 위한 신의 노력이다. 그러나 이것에 설득이 되면 인간의 운명과 행위는 이를 보고 믿지 않을 수 없도다. 인간에게 그 삶은 변화무쌍하도다.

신들의 의지가 우리의 기도를 받아들여 행복한 삶과 슬픔 없는 나날을 주시옵기를, 너무 빛나지 않고 너무 어둡지도 않은 명예를 지니게 하기를! 또 우리로 하여금 행복한 일생을 마치게 하소서! 그러나 아테네의 빛나는 별이 아버지의 분노에 따라 추방됨을 보매 우리 마음 편치 못하도다. 오! 조국의 바닷가 모래여. 오! 그가 짐승을 쫓아 존귀한 아르테미스의 벗으로서 재빠른 개와 함께 달리던 산의 수목이여.

그대는 이제 잘 달리는 림나의 들판에서 지휘하고 베네티아를 달리지 않으리. 이제는 부친의 궁전에서 일찍이 잠시도 그친 적이 없는 그대 현금弦琴의 울림을 듣지 못하리. 또 깊은 숲, 레토의 딸이 쉬던 집은 푸른 꽃으로 둘러싸이지 않으리. 그대의 추방으로 말미암아 그대에게 마음을 바치던 처녀들도 이젠 싸움을 하지 않으리.

우리는 그대의 불행 때문에 일생을 눈물로 보내리니, 오 불쌍한 어머니! 그대가 이 훌륭한 분에게 세상 빛을 보게 하였어도 아무런 소용이 없게 되었노라.

아! 이제는 우리도 신을 원망하옵니다.

혼례를 다스리던 카리스[16]여, 왜 그대들은 이 아무런 죄 없는

465

불쌍한 자들을 그의 나라에서, 그의 집에서 멀리 떨어져 나가게 하는가?

코로스장 저기 히폴리토스의 전령이 나타났도다.

　우울한 모습으로 성급히 대궐로 달리는구나.

(전령 등장)

전령 여러분! 나는 어디로 가면 이 나라의 임금이신 테세우스님을 만나 뵐 수 있을까요?

코로스장 저기 임금님이 대궐에서 나오십니다.

(테세우스 등장)

전령 테세우스님, 저는 슬픈 소식을 갖고 왔습니다. 당신에게나 아테네에 사는 시민에게나 또 트로이젠 나라로 봐서도 슬픈 소식입니다.

테세우스 무슨 예기치 않은 일이 생겼느냐? 말해 보아라. 서로 이웃에 있는 두 도시에 또 다른 불행이 일어났느냐?

전령 간단히 말씀드리자면, 히폴리토스 도련님은 이제 살아 계시지 않습니다. 그렇지 않다 하더라도, 아직 빛을 보고 계신다 해도 잠깐뿐입니다.

테세우스 누구 때문에? 아비의 처를 범한 것처럼 그가 범한 그 어떤 자의 아내 때문인가?

전령 그분은 바퀴 아래서, 당신께서 아버지이신 바다의 신에게 드린 기도와 저주 때문에 돌아가셨습니다.

테세우스 오! 신이여, 포세이돈이여, 제 아버지시여. 제 저주를 받아 주셨습니까? 그런데 어떻게 해서 죽어 갔는지 말하라.

전령 바다 물결이 몰아치는 기슭에서 저희는 울고 있었지요. 히폴리토스는 이젠 절대로 이 땅을 볼 수 없을 것이고 당신께서 그를 가혹한 추방형에 처했다는 것을 저희는 듣고 있었습니다. 뒤미처 히폴리토스가 기슭에 도착했지요. 그의 슬픔도 저희와 같았습니다. 뒤에는 많은 그의 친구들이 따르고 있었습니다. 시간이 지나 그의 탄식이 가라앉았을 때 그가 제게 이렇게 말하더군요. '무슨 까닭에 그렇게 나를 슬프게 하는가? 난 아버지의 명령을 따르지 않으면 안 돼. 이 군마를 나의 수레에 매어라. 이 도시는 이젠 나에겐 없는 것과 같다.'

이 말씀에 저희들은 서둘러 저희의 안장 얹은 말을 드렸지요. 그분은 앞에 놓인 반원에서 말을 풀어 주면서 고삐를 잡았습니다. 그리고 수레의 쇠사슬에 발을 끼우고 신을 향해 두 팔을 벌려 '오, 제우스여! 만약 나에게 죄가 있다면 죽여 주십시오. 그렇지만 내가 죽고 난 다음에 아버지께서 얼마나 부당하게 나를 취급했는가를 알게 해주십시오.' 라고 말했습니다. 그와 동시에 그는 채찍으로 곧 말을 몰았습니다. 저희 시종들은 모두 마차 뒤 고삐에서 멀지 않은 곳에 모여서 주인을 따라 아르고스와 에피다우로스[17]의 곧은 길을 갔습니다.

그런데 국경을 넘어서 불모의 땅에 들어서자마자 바로 우리 앞에 살로니카 만의 입구가 다가서더군요. 갑자기 그곳에서 제우스의 천둥 소리 같은 땅울림이 무서운 빛과 함께 들려왔습니다. 말은 머리와 귀를 곤두세웠습니다. 공포가 저희를 사로잡았습니다. 바닷가로 눈을 돌리자 하늘까지 닿은 듯 물결이 치솟고 있었습니다. 그것은 스키로니아 해안의 풍경을 저희 눈앞에서 빼앗아 갔어요. 이스트모스 지협과 아스클레피오스 바위를 삼키고 커지면서 무서운 소리를 내고, 바다의 신음 소리로 밀려난 거품의 파도를 멀리 내던졌습니다. 그 파도는 히폴리토스가 타고 있던 마차에 부딪혀 부서졌습니다. 그리고 순식간에 그 파도는 암소를 토해 냈습니다. 그것은 괴상한 짐승으로 그 으르렁대는 소리는 주위의 모든 땅을 울렸습니다. 저희는 이 무서운 광경을 더 이상 바라볼 수가 없었어요. 군마의 주인은 그 무서운 공포를 누르는데 아주 익숙해져 있었습니다. 그는 고삐를 바로잡아 마치 키를 가지고 배를 돌리는 선원 모양 자기 쪽으로 말을 끌어안고 몸을 뒤로 굽혔습니다. 그렇지만 말은 이를 물며 성이 나서 기수의 손도 고삐도 마차도 잊어버리고, 그가 고삐를 잡아 말을 평탄한 모래사장으로 끌어가면 소가 그들 앞에 나타나 말의 화를 돋우어 뒤로 물러나게 했습니다. 말들이 발작을 일으켜 바위를 향해 돌진해 가니 그 괴물은 소리 없이 다가와서 마침내 마차를 들이받아 거꾸러뜨리고, 바위에 부딪쳐 바퀴의 테 하나하나를 부수어 버렸습니다. 그때부터 모든 것이 뒤죽박죽이 되어 버렸습니다. 바퀴의 살과 대가 날아갔습니다. 그러나 이 불쌍한 분은 고삐에 휘감겨 풀 수 없는 매듭에서 몸을 빼낼 수가 없어서 바위 가운데로 끌려 들어갔습니다. 그의 몸은 바위에 부딪혀 만신창이가 되었습니다. 그는 슬픈 비명으로 소리쳤습니다. '멈춰 줘!
아, 살려 줘. 아, 무서운 아버지의 저주다. 아무라도 나를 도와서
이 고통에서 벗어나게 해줘.'라고 외쳤습니다. 저희는 도우러 달
려가고 싶었지만 그는 기절하고 말았지요. 마침내 고삐가 끊어
져 매듭에서 빠져 그는 떨어졌습니다. 곧 말과 괴상한 짐승은 산
뒤 어디로인가 사라져 버렸습니다.

　　아! 주인님, 저는 단지 노예에 지나지 않습니다. 그러나 당신
아드님에게 죄가 있다고는 생각할 수 없습니다. 저는 그의 무죄
를 믿습니다. 그러지 않을 도리가 없으니까요.

코로스장 운명과 불가능에서 빠져나감은 어려운 일이로다.

테세우스 그렇게 괴로워해야 했던 인간에 대한 증오 때문에 나
는 그 얘기를 즐겨 들었다. 그러나 지금은 신들에 대한 존경심에
서, 그가 내 아들이었다는 점에서 애도의 뜻을 표하련다.

전령 어떻게 하면 좋을까요? 이곳에 도련님을 모셔 와야 할지?
그러면 당신께서 어떻게 생각하실지. 한 가지 부탁드리고 싶은 것
은, 당신이 불행했던 아드님에 대해 끝까지 너무 참혹하게 대하
지 않도록 하셨으면 합니다.

테세우스 그를 데리고 오너라. 내 눈으로 확인하고 싶다. 신들이
내리신 벌로 그를 부끄럽게 만들어 주고 싶다.

(전령 퇴장)

코로스 (노래)
　　신과 인간의 완고한 마음을 인도하시는 키프리스여!

에로스는 금빛 날개를 타고

쾌락을 충동질한 마음을 어지럽히는구나.

태양 빛이 빛나는 땅 위의 샘물을 길어 내고

또 인간의 마음을 설레게 하노라.

오! 키프리스여, 그대는 만물에 최고의 힘을 미치도다.

(아르테미스 등장)

아르테미스 (읊음)

아이게우스의 거룩한 아들아, 내 말을 들어라. 나는 레토의 딸 아르테미스다. 불쌍한 테세우스여, 왜 그토록 잔인하게 아들을 죽이고 기뻐하고 있느냐? 너는 네 아내의 거짓 고발을 믿고 불확실한 증거를 잡아 너무도 끔찍한 불행을 초래했다. 어째서 낯을 붉히며 땅속으로 숨지 않느냐. 이제부터 너는 행복한 사람 속에 낄 수가 없어졌다. 어쨌든 테세우스, 어쩌면 너는 후회하려는 기색도 없느냐? 나는 네 아들의 무죄를 알려 주려고 이곳에 왔다. 그리고 네 아내의 무서움과 그의 관대한 싸움을 알게 하려는 거다. 네 아내는 처녀를 숭상하는 우리들에게는 몹시 가증스런 신의 바늘에 찔려 네 아들에 대한 사랑에 빠져 버렸다. 이성으로 키프리스를 정복할 셈이었는데, 맹세로 인해서 그녀의 불행을 네 아들에게 털어놓은 유모의 행동 때문에 그녀는 뜻하지 않게 죽어 간 거다. 히폴리토스는 결코 그녀의 말에 넘어가지 않았어. 그렇지만 네가 귀찮아했기에 그는 쏟아진 말을 부인하지 않았던 거다. 그만큼 경건했지. 그런데 파이드라는 배신당하지 않을까 염려해서 엉터리 거짓 고발을 했고 그래서 너는 네 아들을 죽인 거야. 파이드라는 완전히 너를 설득시킨 거다.

테세우스 아!

아르테미스 이 말은 네 마음을 갈기갈기 찢어 놓겠지. 그러나 테세우스여, 잠자코 있어라. 이야기를 더 계속하면 너는 더 슬퍼지리라. 너의 아버지로부터 세 가지 소원이 성취되리라는 말을 들은 것이 있었지. 참혹한 일이지만 너는 그 맹세 중 하나를 네 아들에게 안겨 주었다. 그것을 너의 어떤 적에게로 향하게 할 수 있었을 것을. 네 아버지는 바다의 지배자로 너에 대한 호의에서 너에게 해주지 않으면 안 될 일을 한 것뿐이야. 왜냐하면 그게 약속이니까. 그런데 너는 내 눈에도 비치는 것처럼 그의 눈에도 역시 죄인처럼 보였어.

증거도 없이 조사도 하지 않고 조급하게 자기 자식을 향해 저주를 퍼부어 그를 죽게 했으니까.

테세우스 아! 여신님, 견딜 수가 없습니다. 죽게 해주십시오.

아르테미스 너는 무서운 과오를 범했어. 그렇지만 아직 용서를 받을 수는 있어. 키프리스는 분노를 참지 못하고 있었으니까 이런 일이 생기기를 바라고 있었던 거다. 그것이 신들의 율법이니까 아무도 다른 신의 소원에 반대할 수는 없어. 그래서 언제나 우리들은 서로 양보하지. 만약 내가 제우스를 두려워하지 않았다면 나는 이렇게 인간들 가운데서 가장 좋아하는 네 아들 히폴리토스를 죽게 하지는 않았을 거다. 그렇지만 네 죄는 먼저 아무것도 몰랐다는 데 변명이 될 것이고 네 아내가 죽었다는 사실이 너를 설득시킬 수 있는 구두口頭의 증거를 가지게 되어 버렸어. 그러니까 이런 불행이 너에게 덮쳐 오는 거야. 나도 진심으로 슬프게 여기지만.

코로스 (읊음)

아! 저기에 불쌍한 그분이……. 젊은 육체와 금발 머리에 저 무슨 상처를 입고 계신가? 신들이 보내신 이중의 슬픔이 어쩌면 이 대궐에 떨어졌단 말이냐?

(히폴리토스 들것에 누워 등장)

히폴리토스 (읊음) 아, 아버지의 그릇된 판단 때문에 나는 죽어 간다. 무서운 고통이 전신을 휩싸고 있다. 아, 불길한 수레여, 내 손으로 기른 말이여. 네가 나를 파멸로 이끌어 죽이는구나.

시종들아, 제발 나의 이 상처를 좀 보살펴 줘. 곁에 있는 사람은 누구냐? 나를 조용히 들어 올려 줘.

아버지의 잘못으로 죽어 가는 불쌍한 자를 데리고 똑바른 발걸음으로 걸어가라. 제우스여! 저는 현명하고 결백한 사람이었습니다. 그러했던 내가 참혹한 죽음으로 하데스가 있는 곳으로, 나의 일생은 파멸의 구렁텅이로 빠져 들어간다. 도덕이 가르치는 일체의 의무를 다했건만.

아, 또 고통이 나를 엄습하는구나! 불쌍한 히폴리토스. 아! 나를 죽여 다오. 날카로운 칼을 나에게 다오.

아버지의 불길한 저주, 조상[18] 때부터 내려오던 죄가 폭발하여

472

결국 나까지도 몰락했도다. 하필이면 아무 죄도 없는 내가 이 죽임을 당해야 하는가?

빨리 검은 운명이 나를 하데스가 사는 암흑에서 잠들게 하라.

아르테미스 불쌍한지고! 어쩌면 저런 치명적인 고통에 시달리게 되었는가? 네 고귀한 마음이 너를 죽게 내버려 두어야만 하다니.

히폴리토스 오! 그대 아르테미스여. 고통 속에 숨 쉬고 있습니다만 당신을 알아볼 기력은 있습니다. 그래서 마음이 한결 가벼워집니다.

아르테미스 너와 가장 친했던 여신이 여기 있다.

히폴리토스 아! 저의 여신이여. 제가 겪고 있는 이 불행을 아십니까?

아르테미스 모를 리가 있겠는가? 눈물을 흘린다는 것은 나에겐 금지되어 있어.

히폴리토스 그대의 사냥꾼은 이제는 없습니다.

아르테미스 아, 네가 죽어 가고 있구나.

히폴리토스 그대 제단의 파수꾼이었던 히폴리토스.

아르테미스 저 못된 키프리스 때문에…….

히폴리토스 저는 이제 알겠습니다.

아르테미스 그 여신은 네가 경멸하자 마음의 상처를 받았던 거다. 그리고 키프리스는 너의 결벽을 싫어했지.

히폴리토스 그 혼자서 셋이나 파멸시켰다니…….

아르테미스 그래, 너희들 모두. 너도, 아버지도, 그 아내도.

히폴리토스 아버님의 불행까지도 알겠구나.

아르테미스 네 아버지는 여신의 술책에 넘어간 거야.

히폴리토스 아, 아버님.

테세우스 나도 이젠, 히폴리토스야! 난 이제 살아갈 즐거움마저 없어졌단다. 너 대신 내가 죽었음 좋으련만.

히폴리토스 포세이돈의 선물은 너무 혹독합니다.

테세우스 아, 왜 내 입으로 그걸 바랐을까?

히폴리토스 무슨 말씀을. 아마 그런 일이 없었다면 저는 아버님 손에 죽었을 것입니다. 그만큼 분노가 아버님의 눈을 멀게 한 것입니다.

테세우스 신들이 나의 이성을 잃게 하셨다.

히폴리토스 이 신들을 저주할 허락은 어째서 없을까?

아르테미스 잠자코 있어라. 비록 네가 어두운 땅속에 있더라도 키프리스 여신은 벌을 받지 않을 수 없으리라. 나는 피할 길 없는 화살로 그 여신의 가장 친한 사랑하는 자[19]에게 복수를 하겠다. 히폴리토스여! 네가 괴로워하는 고통의 대가로 트로이젠에서 가장 큰 명예를 너에게 주겠다. 즉, 처녀들은 결혼 전에 너의 명예를 위해 머리카락을 자를 것이다. 그리함으로써 너에게 슬픔과 눈물, 그리고 노래를 바칠 것이다. 파이드라가 너에게 품었던 사랑은 영원히 잊혀지지 않을 것이다.

자, 늙은 아이게우스의 아들이여, 너는 아들을 가슴에 안아라. 어쩔 수 없이 행한 짓이라 할지라도 네가 그를 죽였으니까. 신들이 바랐을 때 인간이 잘못된다는 것은 당연한 일이다. 히폴리토스여, 아버지를 미워하지 마라. 너는 운명 때문에 죽는 것이다.

자, 안녕히, 죽은 사람이나 죽어 가는 사람을 보는 것은 나에겐 금지되어 있어. 너에게 운명의 최후가 다가오고 있다.

(아르테미스 퇴장)

히폴리토스 행복의 여신 아르테미스여, 안녕.

저는 아버지와 화해하겠습니다. 당신 뜻대로, 아, 어둠이 덮여 오는구나. 아버지! 저를 안아 주십시오.

테세우스 히폴리토스, 히폴리토스야.

히폴리토스 나는 죽는다. 벌써 지옥의 문이 보인다.

테세우스 벌써 가는가!

히폴리토스 저는 이 살인을 용서했습니다.

테세우스 무슨 말이냐? 너는 나로 인해 흐르게 된 피의 책임을 풀어 준 것이냐?

히폴리토스 이겨 낼 수 없는 화살을 가진 아르테미스에 맹세코.

테세우스 히폴리토스! 어쩌면 너는 이 나쁜 아비에 대해서 그렇게 관대할 수 있단 말이냐?

히폴리토스 자, 그러면 안녕히, 아버님 안녕히.

테세우스 오, 착한 마음을 가진 아들이여, 너와 같은 적자嫡子를 얻게끔 신들에게 빌어 다오.

히폴리토스! 나를 버리지 마라! 힘을 내라!

히폴리토스 저는 이제 힘이 없습니다. 아버님 빨리 얼굴을 덮어 주십시오.

(히폴리토스, 죽는다.)

테세우스 아티카의 이름 높은 땅 아테네여, 그대는 그보다 더할 길 없는 훌륭한 인재를 잃었습니다. 나처럼 불쌍한 사람!

오, 키프리스여! 나는 그대가 나에게 불러일으킨 불행을 영원히 잊지 않겠습니다.

영원히!

코로스 (노래)

모든 백성에게 덮치는 이 고통은 온갖 예상을 뒤엎고 닥쳐오는가. 많은 눈물을 흘릴지어다. 위인의 죽음에 드리는 탄식은 날을 더해 가리라.

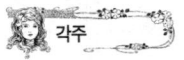

각주

은 인간으로 하여금 수치스런 행동을 못하게 막는 것이고, 집에 재앙을 가져오는 수치심은 자기 자신의 이성이나 책임감보다는 가끔 더 강하게 나타나는 이웃 사람들의 평판이나 소문을 말한다.

9) 제우스의 아들 에로스 | 에로스를 제우스의 아들이라 부른 것은 실제와 다르다.

10) 소 | 사 년에 한 번씩 올림픽 경기가 시작될 때마다 소를 제물로 바쳤다.

11) 벌 | 꽃에서 꽃으로 날아다니는 벌처럼 아프로디테는 날아다니면서 사람의 마음을 뒤흔든다.

12) 불길을 알리는 새 | 나는 새의 동작 여하가 앞으로 어떤 일을 행하는 데 큰 역할을 하였다.

13) 신탁 | 테세우스가 무슨 일로 신탁을 받고 돌아오는지 시인은 우리에게 말하지 않고 있다.

14) 편지 | 처음에 사람들은 편지를 목판 위에 썼고 후에는 파피루스 위에 썼다.

15) 채식 | 오르페우스 숭배자들은 육식 대신 채식을 신조로 삼았다. 히폴리토스도 채식주의자였다.

16) 혼례를 다스리던 카리스 | 미의 세 여신을 일컬음. 즉, 기쁨의 여신, 빛의 여신, 희극 및 목가의 여신.

17) 에피다우로스 | 히폴리토스는 트로이젠에서 살로니카 해안을 끼고 서북 방향인 에피다우로스로 간다.

18) 조상 | 히폴리토스는 이런 비운을 당하자, 이것은 자기 조상이 지은 죄 때문이라고 생각한다.

19) 여신의~자 | 아르테미스가, 혹은 아프로디테가 사랑한 아도니스를 말하는 것인지 확실치 않다.

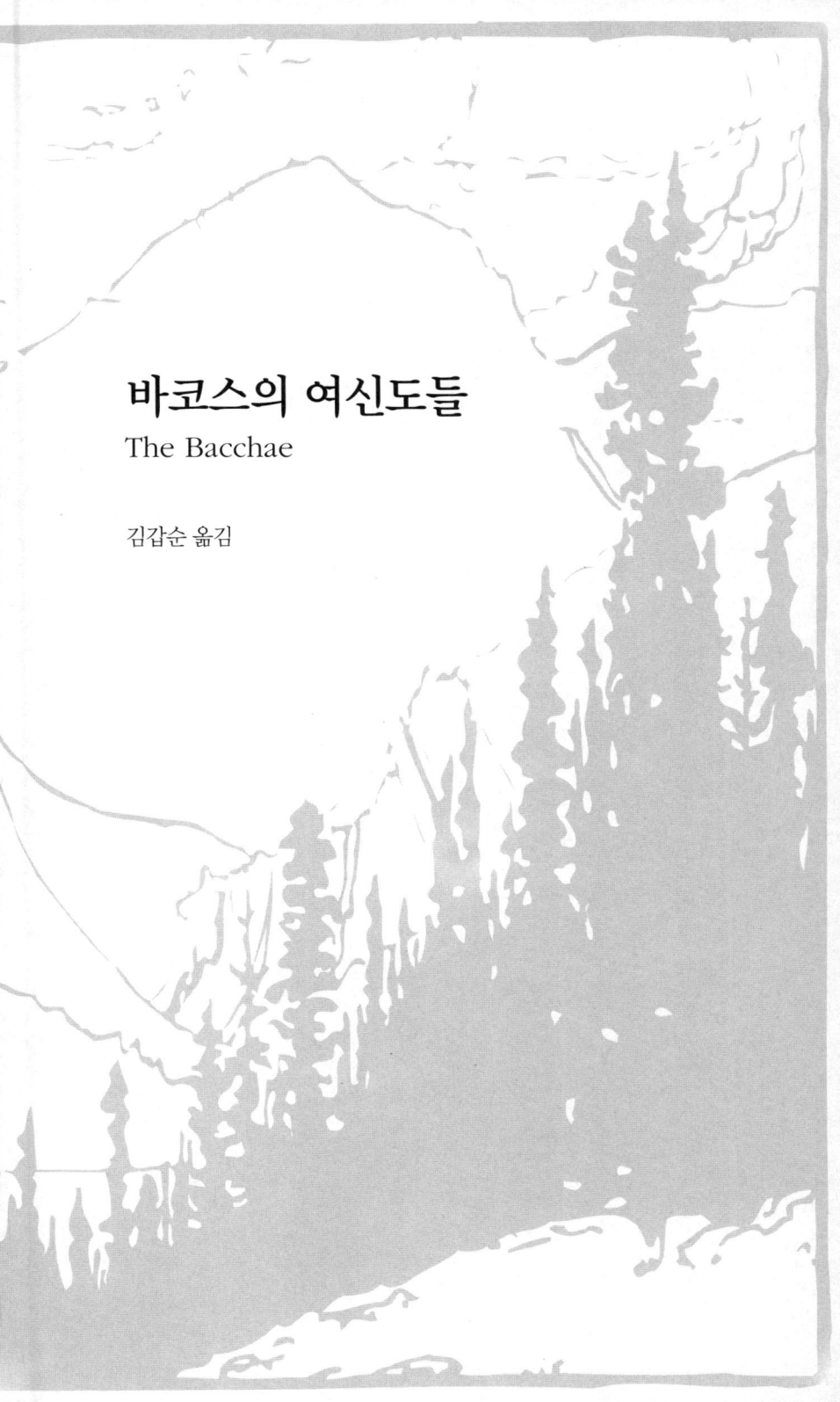

바코스의 여신도들
The Bacchae

김갑순 옮김

등장인물

디오니소스	바코스로도 불린다.
코로스	바코스 신도들
테이레시아스	테베의 유명한 눈먼 예언자
카드모스	테베의 선대 왕
펜테우스	테베 왕
병정	
사자	
아가베	카드모스의 여인, 펜테우스의 어머니

장소

테베의 펜테우스 왕의 궁전과 성이 뒤에 있다. 한편에는 포도 덩굴로 둘러싸인 세멜레의 무덤이 보인다. 그 언저리 바위에서 때때로 연기와 수증기가 오르고 있다. 디오니소스 신이 홀로 나타난다.

디오니소스 제우스 신의 아들 나 디오니소스는 이 테베에 왔노라. 나를 낳아 준 어머니는 카드모스의 딸 세멜레였다. 하늘의 황홀한 번갯불이 세멜레로 하여금 잉태하게 하였고 나를 나게 했다. 그녀는 여기서 죽었더라. 이제 나는 인간의 형상을 하고 다시 이곳 디르케¹⁾의 샘을 거닐고 이스메노스 강가 원한 많은 내 어머니의 무덤을 보살피노라.

저기 보이는 그녀의 무덤은 벼락 맞은 그 상처와 숨막히는 그의 침실로, 아직도 불꽃이 일고 있구나. 세멜레에 대한 헤라²⁾의 증오가 사라지지 않는 것과 같이 나는 불멸의 힘으로 내 어머니의 원수를 갚기 위해 여기 왔노라.

아, 카드모스는 이 무덤을 어지간히 정성들여 가꾸었구나. 좀 떨어진 이곳에 신성하게 지켜져 있구나. 나는 여기에 나의 푸르고 무성한 포도 덩굴을 덮어 엉키게 하리라.

나는 황금의 리디아³⁾와 프리기아⁴⁾의 들을 지나 멀리 페르시아의 햇빛이 뜨겁게 비치는 사막과 박트리아⁵⁾ 성벽 메데⁶⁾들이 바람을 억제하며 오르내리던 곳과 이집트 지역과 아시아의 모든 곳을 지나 여기에 왔노라. 그 지역은 바다로 둘러싸여 그리스 인들과 이방인들이 평화롭게 섞여 살고 있는 도시들이 있는 곳이다.

나의 신성한 노래와 잔치가 가는 곳마다 이루어지며, 신의 표시가 되는 나를 인간들에게 보여 줘야지.

모든 헬레네의 마을 중 처음으로 테베의 백성이 깨우치기 위해 여기 섰노라. 포도 덩굴로 감긴 나의 지팡이를 쥐게 하고, 그 어깨[7]에는 새끼 사슴 가죽을 걸치게 하리라. 세멜레의 자매들은 내가 태어난 것을 비웃고 디오니소스가 신의 힘으로 태어났음을 부인하였다. 그들은 또한 나의 어머니가 죄를 지었다고 하였다. 이는 모두가 늙은 카드모스의 흉계로, 세멜레에게 제우스와 관계를 맺었다는 무서운 죄를 덮어씌웠다. 그것 때문에 하늘에서 불이 내려와 나의 어머니를 불태워 버렸다.

그래서 나는 나의 지팡이를 휘둘러 그녀들의 집으로 삼도록 하리라. 그녀들은 미친 듯 날뛰리라. 아, 나는 그들의 목에 나를 예배하는 의식에 입는 갑옷을 던져 주리라. 그러면 나의 마력으로 테베의 모든 여인 족속들은 집에서 다 쫓겨나리라. 노왕의 딸들은 혼란한 군중 사이에 끼여 지붕 없는 바위들과 푸른 소나무 사이 산등성이에서 살게 하리라. 이렇게 해서 이 테베가 아픔과 쓰라림을 맛보게 하고 또 그것을 기억하게 하리라. 그래서 드디어는 나를 찾아 갈망하고, 그러면 내가 제우스 신과 세멜레 사이에서 탄생한 진짜 신이라는 것을 믿게 하리라. 그렇게 함으로써 내 어머니의 체면을 다시 살리리라.

카드모스는 왕위를 그 딸의 아들 펜테우스에게 물려주었으며,

그자는 나와 전쟁을 시작하여 감히 신인 나와 마주 선 것이다. 그자는 당연히 해야 할 술 바치는 일을 하지 않고 나를 배척하고, 사람들은 기도를 올려도 내 이름을 불러 간청하지 않는다. 이제 나는 내 힘을 그자와 그의 종자들 머리에 심어 주리라. 나의 신됨과 신으로서의 권력을 분명히 보여 준 뒤에는 발길을 다음 고장으로 옮길 것이다. 그러나 이 테베 시가 반항해서 내 시녀들에게 대항하여 싸우려 든다면, 그땐 미치광이 같은 군대를 내 뒤에 따르게 하여 돌진하리라. 나는 이제 지팡이로 나의 신성을 가리고 영원성이 없는 인간의 모양으로 걸어가리라.

　오, 트몰로스 산[8]의 정기가 이 넓은 세상을 뒤덮을 것이며, 나의 선택된 리디아 여인들은 나와 함께 방랑하며 가리라. 옛날 옛적, 모든 신의 어머니 레아 신[9]과 내가 일찍이 알았던 소리의 부딪침을 다시 찾아 산의 북소리를 울리리라. 시녀들이여, 노래 불러 모든 테베 사람을 펜테우스 궁전으로 모이게 하라. 나는 나의 새로운 신도들을 찾아 그들로 하여금 키타이론 소나무 언덕에서 춤추게 하리라.

(디오니소스가 퇴장할 때, 왼편에서 여인 무리 열다섯 명이 가만히 들어온다. 아침 해가 그들의 흰옷과 포도 덩굴로 감긴 머리를 비추어 준다. 그들은 흰옷 위에 어린 사슴 가죽을 걸치었고, 더러는 북을, 더러는 피리를, 또 그 밖의 악기들을 손에 들었다. 또 그들은 포도 덩굴을 감은 지팡이를 쥐었다. 그들은 가만가만히 들어와 장소가 비어 있음을 알고 자리를 잡고 예배

의 노래를 시작한다.)

코로스 (노래)

　생명수를 마신 이들

　복 있을진저.

　악이 침범치 못하며

　신께 가까이 할 수 있으리.

　그 죄는 없어지리.

　키벨레 여신[10]이 임한 곳

　그 언덕에 경배하면

　그 머리에 포도 덩굴 얹고 우리 신을 찬양해.

　해 뜨는 곳 아시아로부터

　영광을 돌리러 여기 왔네.

　우리들은

　모든 힘 다해 주를 경배했네.

　신비로운 이여, 복되소서.

　누가 머뭇거리나! 우리를 염탐하러 왔나?

　그런 자는 집에 가 있으라.

　도전하는 모든 자 가만있으라.

　디오니소스께 노래 부르겠네.

　그 옛날부터 부른 노래, 그 지팡이 높이 들어

바코스 경배자들이여
아내와 딸들이여, 오라.
기쁨을 가져오라.
신에게서 태어나
프리기아의 산으로부터
마을과 거리로 내려와
오, 브로미오스[11]의 집으로 오네.

일찍이 바코스는 천둥 속에
테베의 왕녀에게 잉태되어
대단한 고통 뒤에
기약 없이 태어났네.

오호라, 이 비밀의 얘기
금고리로 걸어
헤라의 질투로부터 보호받고
때가 되어 뿔이 난 신이 됐네.
뱀 감긴 지팡이 들고
시녀들도 뱀으로 헝클어진 머리 맸다네.

복 있을진저 테베여
검은 머리 세멜레의 고향.

세멜레의 포도 덩굴로 장식해
꽃 가득히 피거라
포도와 잎사귀 풍성하거라.
참나무와 소나무 지팡이
높이 쳐들고
우리들 옷과 같이
순결하고 깨끗한 흰옷 위에
사슴 가죽 떨치라.

오, 이 오만한 지팡이로
깨끗해지거라.
다 함께 춤추고 기도하세.
그의 마력의 기운으로
태어난 여인들이 그의 시종 되어
영원한 삶의 터전 산언덕에 오르리.

복 있을진저 이 땅.
신을 보호하기 위해
무서운 싸움이 일어났던 이곳
우리들의 잔치로 깨우리.
북소리와 노래로
또 예리하고 달콤한 피리 소리로

그대는 배부르리로다.
그러나 북소리는 버려두고
레아 여신에게 가야 하네.
우리들의 거룩한 노래는
사티로스 신[12]들의 미친 듯한 노래와
뒤섞여 춤추며 즐기겠네.
이것은 영원한 디오니소스 신을 찬양함일세.

즐겁고 즐겁도다
이 거룩한 사슴 가죽 만질 땐 내 마음 취하네.

모든 것 잊어버리네.
붉은빛 샘물 염소의 피에
영광이 있으라.
프리기아의, 또 리디아의
산언덕으로, 산언덕으로
우리 이끌려 가네.

우유의 골짜기
포도주의 샘
시리아의 향유 흐르는 그 샘물 통해
신은 지팡이 흔들며

우리 인도하시네.
횃불을 높고 높게 비치네.
잠자는 이 깨어 일어나라
그의 노래 들으며 뛰어라.
그의 머리털 하늘에 닿고
잔치에서 들리는 소리
바코넬[13], 바코넬, 오라! 오라!

이곳에 오라 트몰로스 산의 신이여
북소리 내며 오라.
그 즐거운 노래가
용기를 돋우어 즐거움 더해
바코넬이여, 오라.
피리 소리 퍼지고
프리기아의 고함 소리 더불어
미친 듯한 여인들
흰옷 입은 여인들과 함께
음악 소리 광란의 신비 들으며
산으로 언덕으로 향하세.
그곳에 거룩한 감격 있겠네.
강가를 달릴 때
말처럼 빠르고 쾌활한 발걸음으로

바코넬의 샘터에 달려가라.

(테이레시아스 등장한다. 그는 늙고 눈이 멀었다. 지팡이에 기대어 힘없이 걸어온다. 포도 덩굴과 새끼 사슴 가죽을 걸쳤다.)

테이레시아스 여보시오, 대문에 누가 있소? 바다를 건너 이 테베에 나라를 세운 카드모스, 아게노르의 아들을 이리 오게 하시오. 테이레시아스가 그를 찾는다고 하시오. 내가 여기 온 이유와 일찍이 우리 사이에 한 약속을 그가 알 것이니. 우리는 새로운 신의 지팡이를 갖고 새끼 사슴 가죽을 입을 것을 약속했으니까.

(카드모스가 성으로부터 등장한다. 그는 테이레시아스보다도 더 늙었다. 그와 똑같은 복장을 하고 있다.)

카드모스 진실한 친구여, 지혜로운 당신의 말투와 음성을 나는 알아차렸지요. 자, 이렇게 나는 준비가 다 되었습니다. 그 새로운 차림으로, 그 신은 내 딸의 죽은 영혼으로부터 솟아났다고들 하였지요? 정말 우리는 힘을 다해 그를 높여야 하겠죠. 그럼 나는 어디에 서며, 어디서 춤을 추며, 백발이 되어 숙여진 이 머리를 어떻게 흔들어야 하나요? 친구여, 내 늙은 발걸음을 인도하시지요. 나는 힘이 아주 없지는 않으니까요.

(예배의 첫번 움직임에서 그의 몸가짐은 이상하게도 힘 있어 보이며 의기양양해진다.)

나의 팔은 이 지팡이로 무엇이든지 때려 넘길 수 있을 것 같고, 나의 쇠약한 기운은 신기하게 사라지고 힘이 나는군요.

테이레시아스 나도 마찬가집니다. 나도 이렇게 몸이 가볍고 힘이 나는군요. 그래서 춤도 출 수 있고 노래도 쉽게 할 수 있군요.

카드모스 자, 빨리 마차를 달려 우리는 산으로 가십시다.

테이레시아스 아니오. 말을 달리는 것은 신을 불신하는 것입니다.

카드모스 아, 그렇군요. 나의 이 늙은 팔로 당신을 저 산으로 인도하겠습니다.

테이레시아스 신이 우리를 인도해 주실 것이니 걱정하시지 않아도 될 것입니다.

카드모스 온 테베 시민 가운데 우리만 춤을 추는 것입니까?

테이레시아스 그렇답니다. 테베의 눈이 멀고 당신과 나만이 볼 수 있으니까요.

카드모스 기다리기가 지루하군요. 내 손을 좀 잡아 주시죠.

테이레시아스 여기 제 손을 잡으시지요. 이렇게 손잡고 가십시다.

카드모스 흙으로 된 인간을 신은 경멸하지 않으실까요?

테이레시아스 우리들의 얕은 지혜가 높은 하늘의 신비와 신성함을 논할 수 있을는지요? 천만에요, 그대나 나 같은 인간은 못합니다. 우리네 조상들이 오래오래 물려준 그 지혜는 아무도 어떠한 수고로도 뒤집을 수 없는 대단히 훌륭한 것이랍니다. 오, 사람들은 내가 나이도 생각지 않고 이 백발을 포도 덩굴로 장식하고 춤춘다고 욕하겠지요. 그러나 그게 무슨 상관입니까? 신은 어떤 사람이 춤을 춰야 한다는 말을 하신 일이 없거든요. 늙은이라고 해서 춤을 못 춘다는 법은 없으니까요. 다만 신은 모든 인간이 그를 예배하고 존경하기를 원하실 뿐, 그를 경배하는 이에 대한 차별을 하지 않으십니다.

카드모스 (산을 향해 돌아보고) 테이레시아스! 그대는 빛을 보지 못하니 내가 대신 보아 드리리다. 여기 펜테우스가 급히 오는군요. 그는 에키온의 아들로, 내가 자진해서 왕위를 물려준 사람이지요. 그는 무엇에 놀란 것 같군요. 우리 물러서서 그가 하는 말을 들어 보십시다.

(두 사람은 뒤로 물러서서 반쯤 보이게 숨는다. 이때 화가 단단히 난 펜테우스가 등장한다. 그 뒤에는 호위병이 따른다. 그는 그 병정에게 명령한다.)

펜테우스 내가 잠시 이곳을 비웠다가 돌아오는 길에 듣자니, 이상한 소문이 떠돌고 있구나. 우리의 아내들과 누이들이 집을 빠져나가 저 그늘진 언덕 숲 속으로 모여들어 그 새로 나온 신 디오니소스라나 뭐라나 하는 자를 경배하기 위한 광란의 잔치에 참례하러들 갔다는구나. 거기엔 크고 깊은 술독이 한가운데에 있다고 한다. 처녀고 유부녀고 가릴 것 없이 신을 경배하기보다는 사랑을 하려고 제각기 은밀한 곳을 찾아 몰래 나가고 있다는 것이다. 바코스의 불꽃이 그들을 뒤덮고 있다고 한다. 아니 그들은 아프로디테[14]를 경배하고 있는 것일 게다. 어쨌든 나는 발견하는 대로 신하들로 하여금 그들에게 쇠고랑을 채우고 지하 동굴로 떨어뜨렸다. 나머지 여인들도 찾아서 산으로 가야지. 그들 중에는 나를 낳아 준 어머니 아가베와 이노[15], 악타이온[16]의 어머니 아우토노에[17]도 있다고 하는데, 모두 쇠사슬로 묶여 이 미친 짓을 다시는 못 하도록 해야지.

또 소문에 따르면, 한 이상한 사람이 이상한 매력과 마력을 가지고 리디아의 바다로부터 왔다고 하는데, 그의 머리는 온통 금빛으로 빛나고 향기로우며, 뺨은 포도주처럼 붉고, 눈은 아프로디테의 음탕한 눈과 같이 빤짝인다고 한다. 그자는 낮과 생동하는 밤에 그 여인들 중에 돌아다니며 매혹적인 입술로 그들을 도취하게 한다나. 내 이제 그자를 단번에 잡아서 이 예리한 칼로 그놈의 목을 잘라 다시는 그자의 지팡이나 악기와 음악이 힘을 못쓰게 하고, 여인들을 유혹할 수 없도록 해야지. 그놈은 자칭 디오니소스라고 하면서 뻐기는데, 그의 어미가 거짓말을 하고, 그벌로 죽었듯이 그자도 똑같은 거짓말을 하고 다닌단 말이야. 뭐제우스에 의해 인간인 제 어미가 천둥 번개 속에 잉태를 하고 거기서 난 제 자신도 신이라고? 이게 무슨 뚱딴지 같은 수작이냐말이야. 그 수상한 자의 수작이 건방지지 않으냐 말이야. 그자는 교수대가 그리워 그러는 것 아냐? 아, 저게 뭐야! 이것 또 이상한 일일세. 저건 예언자 테이레시아스가 새끼 사슴 가죽을 몸에 걸치고 있는 게 아냐? 그리고 그 옆엔 나의 외조부. 아, 맙소사. 바코스의 지팡이를 쥐고! 아니 내 눈이 잘못된 것이겠지. 그 흰머리가 그렇게 휘날리다니. 그 덩굴 관을 벗어 버리세요. 내 어머니의 아버지인 당신이 이런 꼴을 하시다니! 떨면서 쥐고 계신 그 지팡이를 버리세요.

테이레시아스, 당신이 이따위 짓을 하도록 한 게로군요. 당신은 다른 신을 만들고 다른 제단을 만들어 새로운 새가 나는 것을 보고 불의 징조를 예언해서 돈을 더 벌 셈이지?

그러나 그대의 그 은빛 머리털이 아깝거든 빨리 손을 떼시오. 아니면 그대도 쇠사슬에 매인 그 미친 여인들과 함께 한자리에 있게 될 것이오. 포도에서 짜낸 그 샘이 여인들의 잔치를 휩쓴 것은 절대로 좋은 짓이 못 되는데, 그대가 조종해서 새로운 신을 만들어 냈다면 그것은 벌을 받을 만한 일이니까.

코로스장 (다음 말은 펜테우스가 듣지 못한다.)

사악한 왕이여! 그대는 신을 두려워하지 않는가? 카드모스와 용감했던 그대의 부친 에키온도 잊어버리고 집안을 망신시키려는가?

테이레시아스 지혜롭고 옳은 말을 할 때는, 그 말이 쉽게 나오는 법. 그러나 그대의 말은 너무 빠르고 반짝하며, 어떤 깊은 뜻을 품은 듯하지만 속이 빈 말이야. 오, 이 새로운 신은 그대가 그렇게 멸시하지만, 언젠가는 이 나라에서 제일 위대한 신이 될지도 모르는 일이오. 젊은 왕이시여, 인간의 세계에서 가장 중요한 두 신이 있소. 그 하나는 데메테르[18]라고 하는 땅의 여신으로, 그대가 무엇이라고 불러도 좋소. 그 여신은 건조한 곡식으로 인간을 채워 줄 것이오.

또 다른 한 신은 앞에 말한 여신의 일을 완전하게 하기 위해서 세멜레로부터 출생하게 된 힘이오. 그 새로운 신은 포도에서 흘러나오는 수분으로 된 액체인 술을 발견했소. 그것으로 그는 사람들의 슬픔을 희미하게 해준다오. 또한 술은 고통과 공포의 경험을 냉정한 망각 속에 가라앉게 해주지요.

인간의 쓰라린 가슴을 망각해 버린다는 것 이상 좋은 일이 있을까요? 우리가 축복을 받기 위해서는 신인 그가 모든 신 앞에 희생이 되어, 그 피로 우리가 복되게 되는 것입니다. 당신은 그의 탄생에 대한 꾸며진 세상의 이야기로 그를 모욕할 것인가요? 여기 참 이야기가 있다오. 모든 거짓된 이야기를 집어치우고 이 이야기를 들어 보시오. 제우스는 그 어린애를 그 죽음의 번개로부터 올림포스까지 높이 끌어올려 구했고 길렀답니다. 그러나 질투심 많은 제우스의 아내 헤라는 그를 없애 버리려 했습니다. 그래서 제우스는 여기에 대항하는 계교를 꾸몄습니다. 제우스는 대기로부터 일부를 빌려서 디오니소스의 모양을 만들어 화가 난 헤라에게 인질로 맡겼던 것입니다. 이 이야기는 세월이 감에 따라 변해서 제우스 신이 어린애를 옆구리에 끼고 길렀다고 인간들 사이에 전해진 것이랍니다. 그래서 그는 부끄럽지 않았답니다.

그는 예언자이기도 했습니다. 예언이란 모든 흥분을 좋아하고, 그 중에도 기도의 흥분을 제일 좋아하니까요. 우리네 인간의 마음속에는 신이 계시며, 앞에 올 일에 대해 말할 수도 있답니다. 그는 아레스 신[19]의 영역에 있기도 합니다. 인간들이 철갑 옷을 입고 전쟁을 할 때, 이상한 기운과 두려움 속에 칼과 칼이 마주치는 것이 미친 것 같을 때, 이 신이 그들을 그렇게 병신으로 만드는 것입니다. 그대는 또한 델포이[20]의 견고한 왕좌 너머로 디오니소스가 신비한 지팡이를 쥐고 어둠 속에 불꽃 튀기며 쌍둥이 산봉우리를 뛰어넘는 것을 볼 수 있을 것이며, 그리스에서의 위용을 볼 수 있을 것입니다. 펜테우스 왕이여, 내 말을 듣고 잘 생각하시오.

당신의 그 보잘것없는 권리가 절대적이라고 생각지 마시오. 또한 그런 생각이 지혜로운 것이라고도 알지 마시오. 이 신을 우러러보고 테베에 모시도록 하시오. 희생의 제물을 바치고 제사의 술잔을 기울이고 머리에 화관을 얹으시오. 그대는 여인들 때문에 겁이 납니까? 잘 생각해 보시오. 디오니소스가 어떻게 여인들로 하여금 억지로 취하게 했겠습니까? 그 여인들 자신 안에 그러한 도취가 간직되어 있는 것이죠. 광적인 잔치에서는 어느 누구의 깨끗한 마음도 더러워지는 것이 절대로 아닙니다.

절대로 아니라는 저의 말을 믿으십시오. 그대도 즐거움을 지니고 있습니다. 테베 사람들이 펜테우스 왕의 이름을 열광적으로 높이 찬양해 성문이 떠들썩할 때, 어찌 왕의 가슴이 기쁨에 차 있지 않으리까?

당신이 이 카드모스님을 경멸하지만, 이분과 나는 디오니소스의 왕관을 머리에 쓰고 그 신이 추는 춤을 따라 추렵니다. 우리 머리가 백발인 것은 사실이지요. 그래도 좋으니까 우리는 쫓아가겠습니다. 나는 당신을 위해서 신에 대항하지는 않겠다는 것을 분명히 말해 둡니다. 미친 것은 당신입니다. 그 광증이란 아주 고약한 저주에 의해 온 것이며, 고칠 수도 없을 것입니다.

코로스 늙은 예언자여, 그대의 말은 태양의 신 포이보스[21]의 말처럼 귀중하고도 지혜로워 우리들의 위대한 브로미오스를 경배하기에 적합합니다.

카드모스 펜테우스, 테이레시아스가 인도하는 길은 옳은 길이니라. 우리와 같이 있거라. 외롭게 되지 말고. 너의 그 가벼운 생각은 너무 빨리 속단하여 뜻도 없는 미친 소리다. 가령 디오니소스가 신이 아니라 해도 네 입으로 그는 신이시라고 거짓말이라도 해야만 한다.

(펜테우스 앞으로 가까이 가며) 지금도 네 눈에는 피가 보이지 않느냐? 이미 오래전에 죽은 악타이온의 피를 생각해 보란 말이야. 그는 아르테미스[22]보다 제가 더 사냥을 잘한다고 뽐내다가 제가 기른 붉은 사냥개에게 갈갈이 찢겨 죽지 않았느냐 말이다. 어서 깨닫고 나로 하여금 디오니소스 신전을 장식하도록 하여 다오. 그리고 너도 우리와 함께 기도하자. 그렇게 해서 신을 경배하도록 하자.

(펜테우스의 머리에 화관 씌우는 시늉을 한다.)

펜테우스 내 머리에 손을 대지 마세요. 당신이나 의식에 참례하러 가세요. 그 더러운 전염병을 내게 옮기지 마세요. (테이레시아스에게 돌아서서) 이런 미친 짓을 하게 하고 선동한 자는 응분의 벌을 받을 것이다. 호위병들이여, 테이레시아스가 사는, 산새들이 방황하는 산 밑에 있는 바윗돌, 테이레시아스의 거처로 가라. 가서, 그 집을 황소와 갈퀴로 부숴 버리고, 그의 일당도 공중에 집어던져라. 흥! 그대에게 복수하는 가장 적절한 방법일 거야.

나머지 반은 시중으로 가서 계집애처럼 생긴 낯선 사람을 잡아 오너라. 그자가 바로 테베의 여인네들을 유혹해서 미치게 한 장본인이니까. 끝까지 쫓아가서 잡아 오도록 하라. 잡아 묶어서 이리로 끌고 오라. 그자는 신의 이름을 사칭해서 이 펜테우스를 괴롭힌 죄로 심판을 받고 돌로 맞아서 피 흘리며 통곡하리라.

(호위병들은 두 패로 나뉘어 나간다. 펜테우스는 성으로 들어간다.)

테이레시아스 고집이 세기도 하지. 그대는 그대가 어떤 씨를 뿌려 어떤 결과를 초래할지 알지 못하는도다. 소경이었으며 이제는 가장 미친 자로다. 카드모스여, 가십시다. 가서 이 핍박자를 위해 기도나 하십시다. 또한 이 가련한 테베 시를 위해서 기도드립시다. 가서 정의의 신이 노하시지 않도록 말입니다. 담쟁이 덩굴 지팡이를 들고 나는 그대를, 그대는 나를 서로서로 길을 인도하여 가십시다. 길에 넘어지면 다칠 것이니까요. 저주가 올 것이지만 바코스, 즉 신비하신 아버지 제우스의 아들인 그 새로운 신에게 예배를 드려야지요. 오, 슬픔의 펜테우스! 그는 카드모스 집안을 영광스럽게 할 줄 압니까? 천만에요. 나의 점괘에 의하면 그자의 가슴은 어둡기가 맹인과 같고, 그의 말은 맹목적이고 미친 것 같습니다.

(두 노인은 산을 향해 퇴장)

코로스 (노래)

하늘 위의 성스러운 이여
순결하신 신이시여.

당신의 황금 날개를 펴사

지하와 중생들을 굽어보시고

이 노한 왕의 소리

당신을 경멸하는

그 소리를 들으시나이까?

인간의 몸에서 나신 이

인간들에게 기쁨을 주시며

한없는 즐거움 주시는

최초의 하늘의 군주 디오니소스!

그의 왕국은

춤과 기도 속에 있네.

음악과 웃음 속에

근심과 걱정을 없애 주네.

지난날도 지금도 우리를 기쁘게 하시네.

하늘 높이 잔치 속에

피같이 붉은 포도주 속에

그는 빛나네.

인간들의 향연 속에 살며시 다가오면

모든 미움 다 사라지고

모든 고통 다 없어지네.

입술을 함부로 놀리거나
지혜로운 체 신을 모독하고
신의 법도를 무시하는 이들의 말로에는
멸망이 있을 뿐.
조용한 삶과
단순하고도 진실된 생을 사는
이들에겐 폭풍도 지진도 없으리.
그들의 집은 멸망치 않고 안정되리.
그것은 인간이 보지 못하는
멀고 높은 곳에
인간들의 생활과 모든 행동을
보고 또 비판하는
거룩한 신 계신 까닭일세.
세상 사람이 지혜롭다고
생각하는 것은
오히려 제 자신에게 해를 가져오니
인생은 지극히 어리석은 것.
그들이 중요히 여기는 것은
모두 헛된 것일세.
그들의 미친 생각은
허탈한 것만을 가져올 것일세.

우리 집은 어디뇨?
아프로디테가 거처하는
키프로스 섬²³⁾으로 나는 가리.
그곳은 사랑이 깃들고
세상의 헛된 것이 멀어지는 곳.
파포스²⁴⁾
그곳은 비 오지 않는 웃음의 도시.
나일 저 멀리
비옥하고 기름진 땅들이 있는
바다로 향한 해안
내가 살 곳은 그곳일까?

아, 그러나 가장 좋은 곳은
올림포스 산봉우리에 연해 있는
높고 조용한 계곡,
그곳은 노래의 신 뮤즈도
살고 있는 가장 좋은 곳.
그곳이야말로 은혜와 소망이 깃든 곳.
그대 마음 가다듬는 평화와
그대 영혼 불꽃으로 인도하리.

디오니소스는 하늘의 신

능력으로 태어나신 이.
그러나 그는 또한
지상에 기쁨과 즐거움 가져오며
이 세상 그지없이 사랑하시네.
특별히 평화와 번식을 가져오는
그들을 사랑하시네.
위대하신 신을 불평하지 않고
재산이 없다고 경멸하지 않고
그는 모든 사람에게 포도주 주시네.
그러면 그들에겐 슬픔 없고
청결해지리.
그가 준 기쁨을 차 버리는
이들에게만은
그의 저주의 불길이 덮치리.

햇빛과 어둠을 사랑하라.
암흑과 밝음을 즐기라.
그대들의 눈을
지혜로운 체하는
인간의 오만을 찬양하는
그런 사람들로부터 돌리라.
인간의 단순하고 하찮은

그런 일들이 오히려

　　진실되게 보이네.

(코로스가 퇴장하자 호위병 일부가 돌아온다. 그들은 디오니소스를 결박하여 끌고 들어온다. 이때 펜테우스가 성에서 나온다. 지휘병이 그들 앞으로 나온다.)

병정　저희가 할 일은 끝났습니다. 왕이시여, 당신께서 명령하신 대로 이렇게 잡아 왔나이다. 우린 아주 신속하게 쫓아갔으니까요. 그런데 그렇게 난폭하던 이자가 아주 양순하게 달아날 생각도 없이 순순히 두 손을 내밀어 묶을 수가 있었습니다. 그 새빨간 뺨이 해쓱해지거나 변함이 없이 말입니다. 우리가 가니까, 이자는 기다리고 있었습니다. 이자는 웃으면서 아무런 반항 없이 끌려오겠다고 해서, 포박하는 데 힘이 안 들었습니다. 그래서 저는 오히려 부끄러운 생각이 들었습니다. '이방인이여, 이렇게 그대를 포박하는 것뿐이오.'라고 말했죠. 그런데 감옥에 가뒀던 그 여인들은 어쩐 일인지 모두 뛰쳐나와 춤을 추면서 브로미오스를 찬양하면서 산으로 도망쳤습니다. 사람들이 그러는데, 그녀들의 힘은 충천해서 발과 손에 채워진 쇠사슬이 풀어지고, 감옥의 자물쇠도 아무도 건드리지 않았건만 저절로 열렸다고 합니다. 이 사람이 들어온 뒤에 참 이상한 일들이 저절로 많이 생겨났습니다. 전하께서는 조심하셔야 할 것 같습니다.

펜테우스　너 미쳤구나. 결박이나 풀어 주어라. 아무리 제가 빠르다 해도 나에게서 도망칠 수는 없을 테니.

(호위병이 그의 포승진 팔을 풀어 준다. 펜테우스는 한참 아무 말도 없이 디오니소스를 들여다보다가 조롱하는 투로 말한다. 디오니소스는 떨지도 않고 아주 순하게 그의 말을 듣고만 있다.)

　이방인 각하! 계집들이 반할 만도 한 몸이군그래. 이곳에 온 것도 그 때문이겠지? 너의 빰까지 늘어진 곱슬곱슬한 머리를 보니 씨름꾼은 아닌 모양인데……. 그리고 그 흰 살결! 햇빛이라고는 전혀 보지도 못한 것 같은 창백하고 붉은 빰을 해 가지고 계집들을 유혹하는 데 힘깨나 들었겠는데…….

(디오니소스는 침묵을 지킨다.)

　각하, 말해 보시지! 우선 네 이름과 국적을 말해 봐.

디오니소스　뭐 야단스럽게 할 것 없이 대답해 드리죠. 당신은 꽃이 찬란하게 핀 트몰로스 산에 대한 이야기를 들으셨겠죠?

펜테우스　듣고말고. 그곳은 사르디스[25]를 둘러싼 산이지.

디오니소스　내가 바로 거기서 온 사람이오. 리디아는 나의 고향이오.

펜테우스　그러면 이 그리스에 퍼뜨리고 있는 새로운 신의 이야기는 어디서부터 가져온 거지?

디오니소스　제우스의 아들 디오니소스가 내게 알려 준 것이오.

펜테우스　(험상궂게) 새로운 신을 만들어 낼 만한 제우스가 있느냐 말이다.

디오니소스　아니 그게 아니라, 여기 당신의 나라 테베의 세멜레를 아내로 맞은 제우스 말입니다.

펜테우스 그래, 그자가 어떻게 그대에게 모습을 드러냈단 말인가? 대낮엔가 아니면 한밤중엔가?

디오니소스 그분은 아주 확실하게 서 있었고, 나의 가슴속을 뚫어지라고 보시더니, 내 손에 그의 비법을 쥐어 주시더군요.

펜테우스 그 비법은 어떠한 것인데?

디오니소스 그 모양은 다른 사람에게는 보이지도 않았고 알 수도 없을 것이오. 다만 그를 따르는 사람들 외에는.

펜테우스 그래서 그 사람들에게는 어떤 이득을 주지?

디오니소스 가치로 측정할 수 없을 만큼의 이익을 가져오죠. 그러나 그대가 들을 수 있는 것은 아니오.

펜테우스 교활한 놈 같으니. 내가 묻는 말에는 대답이 되지 않는 말만 한단 말이야.

디오니소스 그 신의 신비함은 죄 많은 사람에게는 증오밖에는 될 수 없으니까.

펜테우스 그대는 그 신을 눈으로 보았다고? 어떤 모양을 하고 있지?

디오니소스 그 신이 원하시는 대로의 모양이지요. 내가 그의 모양을 정하는 것은 아니니까요.

펜테우스 또 딴전을 피우는군그래. 쓸데없는 농담이나 할 뿐, 내가 묻는 말에는 대답을 안 하는군.

디오니소스 지혜로운 말이 눈먼 사람에게는 아무것도 아닌 것처럼 보이는 법이니까.

펜테우스 그래서 너는 너의 신을 새로 전파하기 위하여 이 테베에 처음으로 왔단 말이지?

디오니소스 아뇨, 바르바로이[26]들은 이미 그의 신무神舞를 추지 않는 사람이 없답니다.

펜테우스 저속하고도 몽매한 것들이지, 우리 그리스 사람을 제외하고는.

디오니소스 이 신을 경배하는 일에서는 당신네들보다는 훨씬 더 고상하고 예민하다오. 비록 전혀 다른 종족들이지만.

펜테우스 그 예배하는 시간이 밤이냐, 낮이냐?

디오니소스 대개 밤에 하죠. 어둠이란 신비롭고 엄숙하니까요.

펜테우스 흥! 여인들과 같이 예배를 한다지? 그건 너무 흉측하고 위험한 일이야.

디오니소스 낮에도 마찬가지요. 신성하지 못한 것을 좇는 사람에게는 낮도 흉측하고 위험하오.

펜테우스 닥쳐! 이제 너를 처벌하는 일은 결정적이다. 너의 그 허무맹랑한 거짓말은 이 테베 시를 부패하게 하니까 말이다.

디오니소스 그것은 내가 아니라 당신이오. 그대의 그 몽매함과 신을 모독하는 것 때문에 말이오.

펜테우스 디오니소스를 전파하는 네놈은 염치도 없거니와 어지간히 거짓말도 잘하는구나.

디오니소스 내가 받아야 할 벌이 무엇이며, 당신은 나를 어쩌자는 것인지 말해 보시오.

506

펜테우스 첫째로 거기 늘어진 네 머리카락을 자르겠다.

(병정을 디오니소스에게 가도록 지시한다.)

디오니소스 나는 이 머리로 나의 신께 맹세했소. 이 머리카락은 신성하오.

(병정들 머리카락을 자른다.)

펜테우스 다음은 그 지팡이를 이리 다오.

디오니소스 그대의 손을 들어서 가져가시오. 이것은 디오니소스의 지팡이니까.

(펜테우스, 지팡이를 뺏는다.)

펜테우스 마지막으로 너는 여기서 투옥돼야 해.

디오니소스 내가 말만 하면 나의 주신께서는 나를 풀어 놓아 주실 것이오.

펜테우스 그렇게 해보라지. 그의 숭배자들 틈에서 너의 목소리가 들릴 것 같아?

디오니소스 지금 이 순간도 그는 여기에 계시며, 나의 이 모든 고통을 바라보고 계시다오.

펜테우스 무슨 수작이야! 어디 누가 있단 말이야? 내 눈에는 전혀 보이지 않는데.

디오니소스 내가 있는 바로 이곳에. 그대의 불결함 때문에 그대의 눈이 어두워져 보이지 않을 뿐이오.

펜테우스 개 같은 놈이 나를 놀리는구나. 나와 이 테베 시를 모욕하는 이놈을 포박하라!

507

(병정들, 그를 포박한다.)

디오니소스 멈추시오! 나를 포박하지 마시오. 나는 분명히 보고 있는 것을 그대는 정신이 돌아서 보지 못하는 것이오.

펜테우스 나는 특권을 가진 사람이야. 더욱더 묶으라고 명할 테다.

(병정들, 명령을 듣는다.)

디오니소스 그대는 그대의 행동이 어떤 결과를 가져올지 모르고 있소. 또 그대가 하는 일이 무엇인지, 그대가 누구인지조차 모르고 있소.

펜테우스 (조롱하는 말투로) 아가멤논의 아들이야. 아버지는 에키온, 내 이름은 펜테우스라고 하지.

디오니소스 그렇지, 그 이름은 멸망하리라는 숙명을 갖고 있지.

펜테우스 데리고 나가서 마구간에다 매어 놓아라. 그래서 말구유에 누워 자게 하라. 그 어두운 곳에서 살며 어둠을 노려보게 하라. 너를 둘러싸고 새 신을 숭배한다는 계집들은 다 나의 노예가 된다. 그 여자들을 해외에 팔아 버릴지도 몰라. 그 여자들이 쓸데없이 북을 두드리고 새벽에 노래하는 일을 버리고, 여성의 도리를 다해서 일을 한다면 몰라도.

디오니소스 가겠소. 난 이런 일 때문에 고통을 받지는 않소. 그러나 그대는 이 신을 거부했기 때문에 그 복수를 벌을 받을 것이오. 그대가 나를 이렇게 포박해서 감옥에 집어넣는 것은 즉 이 새 신을 핍박한 것이니까.

(디오니소스는 지팡이도 없이, 또 머리카락도 잘린 채 단단히 묶여 호위병

들에 의해 끌려 나간다. 펜테우스는 자기 궁전으로 들어간다.)

코로스 (노래)

아켈로오스[27]의 방황하는 딸

디르케여

일찍이 제우스 신의 아들이

그대의 순결한 물속에

목욕하지 않았던가.

제우스가 그 아들을

영원한 불로부터 끌어올렸을 때

그는 자신에게 말했다.

'이제 너는 제 이의 문을 통해

남성으로 신비 속에 들어가네. 보라, 브로미오스!

내 몸은 찢어져 이중으로 된 문의 신비 속에

너를 신으로 봉하노라.'

또 그는 말하기를

'여기 너의 고장에 나타나거라.'

당신을 향해 우리는 기도하며 떨고 있나이다.

디르케여, 왜 그대는 나를 피하나?

왜 내게서 떠나며

왜 나를 부인하나?

나는 디오니소스에 맹세하며

포도나무 가지의 포도를 두고 맹세하네.
아직도 그대는 한밤에
디오니소스를 찾아 경배해야 하며
그를 사랑해야 하네.

용의 정기를 타고
인간 에키온에게서 출생한
펜테우스는 어둠 속에 무섭게 성났네.
그는 마치 붉은 괴물같이
신에 대항하고
천둥에 반항하는가?
그는 나를 디오니소스의 대가로 포박하네
디오니소스의 신부를.
나의 예배자 나의 친구는 버림받고
어둠 속에 묻혀 있네.

우리는 죽음과 대결하여
디오니소스, 당신 앞에 이렇게
죽어 가나이다.
당신을 경배하고 당신에게 탄원하는
우리를 버리시나이까?
여기 올림포스 옆에

당신의 황금 지팡이 높이 들어
이 오만한 폭군을 내려치소서.

오, 당신은 어디 계시나이까?
우리를 이렇게 내버려 두시나이까?
무서운 들짐승들 모여 사는
니사²⁸⁾ 수풀이나 코리키아²⁹⁾의 동굴에서나
엄격한 올림포스가 서 있는 곳에
당신의 포도나무 지팡이를 휘두르렵니까?
아니면 느릅나무, 참나무 밑
오르페우스가 하프를 타서
모든 초목 깨어나고
그의 노랫소리에 모든 짐승 깨어나
모이던 그 골짜기에 가야 합니까?
피에리아³⁰⁾ 복된 땅이여
디오니소스 그대를 사랑하네.
춤추며 네 고장에 그가 오시리.
기쁨과 신비 싣고 오시리.
그의 명령을 따르는
광신의 여인들과 더불어
성스런 악시오스³¹⁾의 빠른
물살을 건너가리.

끝없는 푸름과

그 밖의 좋은 선물 준

리디아를 넘고

이야기 샘의 근원을 건너고

영광된 말의 고장을 지나

인간이 아직 보지 못한

용감하고 아름다운 강 건너

디오니소스 두루 다니네.

디오니소스 (궁전 안에서 들려온다.)

이오[32], 이오.

여인들이여, 깨어 일어나

나의 외침을 들어라.

나의 선택된 신자들이여, 들어라.

코로스 누구죠? 누군데 그 말소리가 이렇게도 울립니까?

코로스장 우리를 부르는 그 음성! 음성!

디오니소스 즐거워하라. 제우스와 세멜레의 아들, 내가 왔노라.

코로스 오, 주님! 주님! 당신이시군요!

코로스장 그 거룩한 음성, 우리와 함께 계셔 주소서.

디오니소스 사슬에 묶인 지진의 영들이여! 내 말을 들어라. 깨어 나라.

(갑자기 성의 기둥이 지진으로 흔들린다.)

코로스 아, 이것이 무엇이냐? 펜테우스의 궁전이 무너지려나보다.

코로스장 우리들의 신이 궁전 안에 계십니다. 여러분은 그를 섬기고 사랑합니다.

코로스 우리 모두 그를 사모합니다.

디오니소스 가리운 번개의 눈을 벗기고, 불이여, 일어나 이 궁전을 습격하라.

(세멜레의 무덤에서 불꽃이 튀어나온다.)

코로스 아, 보라. 세멜레의 무덤에서 거룩한 불길이 솟아오르는 것을 보는가? 오호라, 그 불길은 신의 찬란한 화살같이 죽은 것에서 하늘로 솟아오르네.

코로스장 모두 땅에 꿇어 엎드려라. 신께서 이 집을 멸하려고 오셨습니다. 떨고 있는 여인들이여, 땅에 엎드려라. 우리들이 존경하는 신의 아들, 디오니소스가 오셨습니다.

(여인들 모두 땅에 엎드린다. 디오니소스가 궁전에서 등장한다. 결박당했던 몸은 풀려 있다.)

디오니소스 아침 언덕의 여인들이여! 왜 이렇게 모두 놀라 엎드렸는가? 그대들은 알았던가? 전능하신 신의 손이 펜테우스의 궁전을 흔들었음을! 일어나라. 그 두려움을 떨쳐 버리고 안도의 눈을 들어 보라.

코로스장 어둠 속에 비친 것이 당신이었나요? 오, 거룩하신 이를 대신하신 성직자여, 당신의 얼굴이었나요? 외로움 속에 깊이 묻혔다가 이제 당신을 맞이하는 기쁨에, 이 가슴은 뛰고 있습니다.

디오니소스 내가 잡혀 감옥에 갔을 때, 그대들은 그렇게도 쉽게 낙심하였던가? 펜테우스가 나를 가둔다고 내가 감옥을 뛰쳐나오지 못할 것 같았단 말인가?

코로스장 당신이 떠나시면 우리는 어떻게 되겠어요? 그러니 슬퍼할밖에요. 그런데 당신께서는 어떻게 그 죄 많은 인간에게서 빠져나오셨습니까? 그 함정에서 누가 당신을 풀어 주었습니까?

디오니소스 나는 고통도 느끼지 않았고 위험도 느끼지 않았소. 나를 자유롭게 한 것은 내 자신의 손이지.

코로스장 당신의 팔은 묶이지 않았나요?

디오니소스 천만에. 그자는 내가 수갑을 찼다고 생각했을 뿐이지, 내 팔은 묶이지도 않았고 아무도 건드리지 않았소. 다만 나는 그자를 놀려 준 것뿐이고 그자는 헛수고를 했을 뿐이오. 그자가 나를 묶어 놓았다고 생각한 그곳에는 소 한 마리가 묶여 있었고, 그 소는 땀을 뻘뻘 흘리며 입술을 깨물고 화를 내고 있었소. 나는 조용히 그 짐승을 바라보고 있노라니까 갑자기 신의 음성이 들리더니 궁전이 흔들리면서, 디오니소스 신이 나타나셨소. 그때 그의 모친 세멜레의 무덤은 불꽃으로 뒤덮이고, 이것을 본 펜테우스는 자기 궁전이 탈까 봐 그 불을 끄기에 전력을 다했지만, 이리저리 쫓아다니느라 지치기만 했을 뿐 허사였소. 그러나 그자는 갑자기 내가 어디로 도망칠 것을 걱정해서 불 끄던 것을 버려두고, 칼을 뽑아 들고 나를 쫓아 궁 안으로 들어갔소. 그런데 신의 조화인지, 내 짐작에 말이오, 그자가 내 모습을 보았는지 잡았는지, 칼을 들어 허공을 쳤소. 그는 나를 제 칼로 벴다고 생각했겠지. 신은 또다시 그자를 골탕 먹이기 시작했소. 디오니소스는 그 높은 궁전을 뒤집어엎어 버렸소. 그런 중에도 그자는 나를 묶어 내가 괴로워하고 있다고 생각하고 있었소. 그러나 그는 손에 힘이 다 빠져 칼을 놓쳐 버리고 말았소. 이제 그는 지치고 맥이 풀려 늘어져 누웠지요. 인간인 주제에 신과 겨루어 싸우려 했으니 그럴밖에 없지. 이때 나는 치솟아 그곳을 떠나 이리로 여러분을 만나러 온 것이오. 그런데 안에서 발소리가 나는군. 그자가 걸어 나오는 소리요. 어떻게 일어났겠느냐고요? 또 뭐라고 말하겠느냐고요? 그자가 아무리 화가 나서 날뛰어도 나는 부드럽게 대할 테야. 상냥하고 차분한 것은 현자가 가져야 할 태도이니까.

(화가 나서 헐레벌떡거리면서 펜테우스가 등장한다.)

펜테우스 이건 너무해! 이 빌어먹을 놈이, 감옥을 탈출해 버렸단 말이야. 그렇게 단단히 묶어 놓았건만. 응? 그놈이 여기 있는 것 아냐! 네놈이 어떻게 해서 여기 내 문 앞에 있단 말이냐?

(펜테우스는 디오니소스를 향해서 맹렬하게 달려든다.)

디오니소스 참으시죠! 그렇게 화를 낼 것이 아니라 진정을 하시죠.

펜테우스 네가 여기 어떻게 왔느냐 말이야? 네가 갇혀 있던 감옥을 어떻게 깨뜨리고 나왔느냐 말이야? 말해 봐!

디오니소스 내가 말했건만 그대는 못 들은 체했죠? 즉 나를 풀어 놓아 주실 분이 있을 것이라는 이야기를 하지 않았느냐 말이오.

펜테우스 누가 그런 짓을 한단 말이야? 네 말은 도무지 허무맹랑하구나.

디오니소스 포도나무를 처음 창조하신 이.

펜테우스 나는 그자와 그의 포도나무를 경멸한다.

디오니소스 디오니소스를 위해서는 좋지. 당신의 경멸은 그분에게는 영광이 될 테니까요.

펜테우스 (호위병에게) 너 빨리 가서, 모든 성문을 굳게 닫아라.

디오니소스 신이 그까짓 담쯤 못 뛰어넘을 것 같소?

펜테우스 네가 꾀가 많은 것 같지만, 네 꾀가 꼭 필요할 때는 그 꾀로 너를 구하지는 못할걸.

디오니소스 나의 지혜는 가장 필요로 하는 곳과 때에 적당하게 쓰이지요. 하지만 잠깐만 기다려 보십시다. 이제 산에서 당신에게 전할 소식을 가지고 사자 한 사람이 올 테니까요. 나는 도망가지 않고 당신의 명령이 내리기를 기다릴 테니까요.

(이때 산에서 왔다는 사자가 급히 등장한다.)

사자 이 테베 땅의 주인이신 대 펜테우스 왕이시여. 저는 키타이론 높은 산에서 왔나이다. 그곳은 얼음과 눈이 사철 없어지지 않는 곳입니다.

펜테우스 그대가 온 중요한 이유는 무엇이지?

사자 왕이시여, 저는 그곳에서 흰옷 입은 미친 여인들을 보았습니다. 그 여인들의 사지는 활처럼 굽어 휘청거렸습니다. 그래서 여인들은 테베 시를 떠났고 놀랄 만한 이상한 일들을 하고 있다는 것을 왕께 고하러 왔습니다. 그러나 우선 왕께서 저의 보고를 즐겁게 받아들이셔야만 모든 이야기를 상세히 전해 드리겠습니다. 또 특별한 것만 하라시면 그렇게 하고요. 왕이시여, 전하의 그 급하신 성미와 날카로운 진노를 저는 대단히 무서워하니까요.

펜테우스 네 이야기가 어두운 것이라면 그 여자들을 그렇게 미치게 한 장본인이 벌을 받아야만 되겠지. 이야기를 전해 준 너야 무슨 상관이 있겠느냐.

사자 아직 한줄기 햇빛이 비칠까 말까 한 이른 새벽, 추운 공기 속에 제가 소 떼를 몰아 산언덕을 올라갈 무렵이었습니다. 그때 저는 세 패로 갈린 여신도들을 보았습니다. 한 패는 아우토노에가 지휘하고, 또 하나는 전하의 이모 되시는 이노가, 그리고 다른 하나는 전하의 모친 아가베가 지휘하셨습니다. 여인들은 나무 밑에 마치 야수들이 제멋대로 숲 속에 누워 있듯이 누워 있었습니다. 어떤 이는 소나무 밑에 늘어져 누웠고, 또 어떤 이는 참나무 잎사귀가 수북이 쌓인 위에 마치 침대인 양 폭신히 머리를 틀어박고 잠들어 있었습니다. 그러나 여인들은 모두 다 순결하고 냉정했습니다. 전하께서 말씀하시듯 술잔에 파묻혀서 정신없이 취해 가지고 쓸쓸한 숲 속에서 미친 듯 사랑을 찾아 헤매지는 않았습니다. 그때 모후 아가베께서 그들 대열에서 갑자기 일어나시어, 이렇게 외치셨습니다. '바코스 신도들이여, 어서들 일어나시오. 뿔이 돋친 소 떼가 오는 소리가 들려오니 어서 속히 깨어 일어나시오.' 라고 말입니다. 그러니까 잠자던 무리들은 모두들 깊은 잠에서 깨어 일어났는데, 그들 중에는 젊은 여인, 나이 먹은 여인, 또 미혼녀가 모두 섞여 있었습니다. 우선 여인들은 모두 머리를 어깨 위에 풀어 늘어뜨리고 새끼 사슴 가죽 망토의 흐트러졌던 매무시를 고쳐 입었습니다. 그러고는 뺨을 핥고 있는 뱀으로 목을 휘감았습니다. 더러는 산양이나 늑대 새끼에게 사랑스러운 듯 웃으면서 젖을 먹이기도 했습니다. 어린애들을 집에 두고 온 여인들은 젖이 불었기 때문이었습니다. 그리고 그녀들은 담쟁이덩굴을 이마에 둘러 장식하고 더러는 떡갈나무 가지나 브리오니 꽃으로 장식하기도 했습니다. 또 그녀들 중 한 여인은 지팡이를 들어 바윗돌을 쳐서 맑은 물이 나오게 하기도 하였습니다. 또 한 여인은 그의 바코스 지팡이로 땅을 치니까, 신께서 주시는 붉은 포도주가 솟아 나왔습니다. 어떤 이는 우유가 먹고 싶으면 잔디를 손가락으로 살짝 눌러 우유가 쏟아져 나오게도 하였습니다. 담쟁이덩굴로 장식된 지팡이 끝에서는 단꿀이 방울방울 떨어졌습니다. 오, 왕이시여. 왕께서도 거기 저와 같이 계시어 이 모든 것을 보셨다면, 당신께서 그렇게 욕하고 경멸하는 그 신을 사랑하게 되셨을 것입니다. 어쨌든 우리들 소 먹이는 사람들과 양치기들은 이 광경을 보고 모두들 신기하게 생각했고, 서로 침을 튀기며 떠들어 대기도 하였습니다. 거리로 쏘다니기나 하고 땅이나 언덕에서 일하지 않는, 그러나 말은 잘하는 한 사람이 있었는데, 그 사람이 말하기를 '당신들은 모후 아가베를 이 불법의 여신도들로부터 떠나시게 해서 왕께 감사하단 말을 듣지 않으렵니까?' 라고요. 그래서 모두 아주 좋은 생각이라고 여기고 우리는 나뭇잎이 무성하게 우거진 밑에 몸을 숨기고 가만히 있었습니다. 그녀들은 한동안 진심에서 우러나오는 기도와 예배를 드렸습니다. 모두 소리를 합해서 '이아코스[33], 브로미오스 신[34]이시여, 신 중의 신이 탄생하셨네.' 라고 중얼거렸습니다. 그러니까 산도 모두 엎드리고 모든 짐승도 꿇어 엎드려 영광을 돌렸습니다. 이렇게 모든 것은 완전히 신성한 분위기 속에 말려들었습니다.

그때, 저는 기회를 얻게 되었습니다. 모후께서 춤을 추면서 저의 옆을 지나시게 되었지 뭡니까. 그래서 저는 재치 있게 모후 마마를 붙잡았지요. 그랬더니 고개를 돌려서 저를 물끄러미 보시면서 '오, 내 사냥개로군. 지금 남자들이 우리를 쫓아오는데, 빨리 날 따라오너라. 바코스의 지팡이를 무기로 우리 신을 위해 따라오너라.' 우리는 모두 그녀들이 우리를 해칠까 무서워서 도망쳤지요. 그런데 그녀들은 무기도 없으면서 맨손으로, 풀을 뜯고 있던 우리의 가축에게 덤벼 오지 않겠습니까.

한 여인은 팔로 젖소를 껴안았습니다. 또 다른 여인은 송아지를 산 채로 갈갈이 찢고 뜯어서 갈빗대는 이리저리 날고, 살덩이는 나뭇가지에 걸쳐 있고, 붉은 비가 푸른 소나무 숲 빽빽한 속에 내리고 있었습니다. 평소에 대단히 사납다는 황소까지도 그들 연약한 여인들의 손에 힘없이 땅에 쓰러지고 말았습니다. 전하의 눈이 깜빡하시는 순간같이 빠른 시간에 그 가죽이 벗어지고

519

뼈와 살이 산산이 흩어질 지경에 이르렀습니다. 그런 뒤에 그녀들은 날쌔게 새처럼 옥수수 밭으로 몰려갔습니다. 이 평야는 아소포스[35] 제방과 나란히 놓여 있는 들로 테베에 풍성한 수확을 가져다주는 곳이지요. 그녀들은 숲 우거진 키타이론 산기슭에 있는 히시아이[36], 에리트라이[37]를 다니면서 마치 적병이 닥쳐오는 것같이 이 지역을 황폐화시켰습니다. 그녀들은 집집마다 다니며 어린애들을 빼앗아다가 어깨 위에 높이 치켜들고 흔들어도 떨어지지 않고, 아연이나 청동도 부서지는데, 이리 치고 저리 쳐도 다치지 않고, 불이 붙어도 타지 않았습니다. 여인들에게 약탈당한 촌민들은 화가 나서 창과 칼을 들고 나서서 반항했습니다. 왕이시여, 참으로 처참한 광경이었습니다. 촌민들이 예리한 무기로 그녀들을 찔러도 까딱없고, 여인들은 꽃으로 장식된 그 부드러운 지팡이를 함부로 휘둘러 촌민들을 상하게 했습니다. 지팡이를 든 그 흰 손은 신속히 돌격하기도 하고, 또 진정도 시켜, 비틀거리면서 도망쳐 버렸습니다. 아무래도 어떤 신의 힘이 작용한 것 같았습니다. 드디어 그녀들은 지나간 새벽에 신이 그녀들을 흥분시킨 그 산 중턱으로 다시 돌아갔습니다. 그렇게 해서 싸움의 흔적은 없어졌습니다. 그리고 목에 건 뱀은 그녀들의 뺨과 머리와 가슴에 흐르는 붉은 물방울을 핥고 있었습니다. 왕이시여, 저는 감히 왕께 간언하나이다. 이 새로운 신이 어떠한 것이든 받아들이옵소서. 그래야 테베에 영광이 있게 될 것입니다. 그 신의 위대함은 대단히 잘 알려져 있고 전해지고 있습니다. 그

까닭은 그분이 인간들에게 고통을 잊어버리게 하는 포도를 주었기 때문이라고 합니다. 간청하옵기는, 그 신을 살려 주소서. 그가 죽으면 이 세상에는 사랑이 없어져 버릴 것이고, 인간에게는 다시는 즐거움이란 찾아볼 수 없을 테니까요.

코로스장 나도 왕 앞에 진실을 말하는 것이 두렵지만, 그래도 나는 사실을 말해야겠네. 디오니소스는 신이오. 그보다 더 높고 진실된 신은 없소.

펜테우스 이렇게 해서 마치 불이 번지는 것처럼 바코스 신도들의 광기가 우리에게까지 퍼져 오는군그래. 이것은 나라의 수치야, 서두르지 않으면 안 되겠다. 사령! 속히 엘렉트라의 문으로 가서 거기 있는 모든 군사를 모으고 창을 준비하고, 활 쏘는 사람이나 기사들을 불러, 내가 바코스 신도들과 전쟁을 할 테니 원군援軍하라고 하시오. 이 이상 더 그녀들이 끼치는 괴로움을 견딜 수는 없어.

디오니소스 왕이여! 그대는 왜 내 말을 듣지 않는가요? 내 정중한 간언을 그렇게 가볍게 받아넘기느냐 말이오. 그러나 그러한 그대의 모욕에도 불구하고 나는 그대에게 경고합니다. 그대는 창을 들어 신에게 반항하지 마시오. 그 대신 평화를 택하시오. 그의 진노를 두려워하시오. 신의 선발된 신도들이 산 언덕에서 즐기는 것을 학대하면 신은 더 참지 않으실 것입니다.

펜테우스 잠자코 있어. 어디 수갑을 한 번 더 풀어 볼 셈인가? 그러면 나는 그대의 팔을 또다시 잡아맬걸.

디오니소스 그대는 그에게 고개를 숙이고 희생하는 것이 아픈 데를 차서 더 아프게 하느니보다 나을걸. 디오니소스는 신이시고 그대는 인간이거든.

펜테우스 내 그렇게 하지. 그렇게 하고말고. 그 계집들을 희생시켜 피가 흐르도록 해서 그자의 이름이 키타이론 산에 울리도록 해주지.

디오니소스 그대는 도망갈 테지. 그러나 청동으로 테두리를 한 그대의 방패가 바코스의 지팡이 앞에 여지없이 무색해지는 꼴을 보게 될 것이오.

펜테우스 이 이상 이놈하고 상대를 할 수 없다. 대체 네가 누구인데 우리를 이렇게 모욕하는 것이냐? 어디 네가 아직도 그렇게 종알댈 수 있나 한번 내 솜씨를 보려는가!

디오니소스 잠깐만! 아직도 이 오해가 풀릴 길은 있을 테니까.

(펜테우스는 그의 군대를 맞으러 성문으로 가기 시작한다.)

펜테우스 내가 내 노예에게 복종을 해야만 한다는 말인가?

디오니소스 내가 창이나 칼 없이 그녀들을 이곳에 오도록 하지요.

펜테우스 뭐라고! 이건 어떤 계략이 있는 모양이구나.

디오니소스 뭘 무서워하죠? 당신을 구하기 위한 계략밖에는 없소.

펜테우스 이 산언덕에서 영원히 춤을 추기 위한 계략을 쓰고 있는 것 아냐!

디오니소스 그렇소, 그것이 나의 술책이오. 그러나 그것은 신과 함께 한 것이오.

펜테우스 (그에게 돌리면서) 야, 내게 방패와 창을 가져오너라. 그리고 너는 입 닥쳐!

디오니소스 (한참 물끄러미 보다가 이젠 포기한 듯이) 그래? 맘대로 해보시오! (그는 다시 펜테우스를 질시한다. 군기 정비원이 갑옷을 가져온다. 디오니소스는 명령조로 말한다.) 그대는 바코스 신도들이 산에서 기도하는 것을 바라볼 테지?

펜테우스 (이후로 펜테우스는 디오니소스가 그에게 말을 하게 하는 대로 하고, 자기의 힘을 전혀 쓸 수 없게 된다.) 물론 그렇지. 테베의 모든 돈을 다 사용해서라도.

디오니소스 아주 빨리 그런 결심을 하는데!

펜테우스 (당황해서) 그녀들이 술에 취해서 도망치는 것은 괴로워서 볼 수 없어.

디오니소스 그러면 그대는 그대를 괴롭히는 꼴을 대단히 보고 싶은 모양이지?

펜테우스 그래 솔숲에 매복하여 그들을 지켜보련다.

디오니소스 숨어 있을 순 없을걸. 곧 발견될 것이니까.

펜테우스 말 잘했다. 공개적으로 하는 것이 오히려 좋을지 몰라.

디오니소스 어디 나를 따라와 볼래요? 모험을 해보시죠.

펜테우스 해보고말고. 자, 인도하여라. 지체할 것 없지 않니.

디오니소스 우선 고운 베로 만든 길고 아름다운 내리닫이 옷을 몸에 걸쳐야 하오.

펜테우스 뭐라고? 내가 여자란 말이야? 남자가 아니란 말이야?

디오니소스 죽고 싶소? 신비스러운 여자들 틈에 남자가 나타나면 그냥 놔둘 것 같소?

펜테우스 그럼 좋소. 그대는 오랜 경험이 있는 것 같군그래.

디오니소스 그것은 다 디오니소스의 지시를 받은 탓이지요.

펜테우스 다음 계획은 무엇이지?

디오니소스 우선 안으로 들어가시죠. 그러면 멋지게 옷을 입혀드리지요.

펜테우스 어떤 차림으로? 여자의 차림인가? 그건 싫어.

디오니소스 당신의 결심은 그렇게도 변하는가? 신기한 광경을 그렇게도 보고 싶다더니.

펜테우스 잠깐만! 도대체 내게 무슨 옷차림을 해주려는 거야?

디오니소스 우선 당신의 어깨까지 내려오는 머리카락을 달고.

펜테우스 그 다음은?

디오니소스 아까 말한 발까지 내려오는 내리닫이를 입히고 머리에는 리본을 매주고요.

펜테우스 그 다음은? 그 다음 계속해서 뭘 할 텐가?

디오니소스 얼룩 무늬 어린 사슴 가죽을 걸치게 하고 지팡이를 쥐어 주지요.

펜테우스 (괴로워 어쩔 줄 몰라한다.) 그만. 내리닫이를 입거나 리본을 맬 수는 없어.

디오니소스 그럼 칼을 빼어 바코스에게 대항해서 피를 흘리고 싶단 말이오?

펜테우스 (주저하면서) 그건 안 되지. 그러나 어쨌든 어디든지 가서 좀 보아야만 하겠어.

디오니소스 그게 훨씬 낫지. 노함으로 대항해서 보복을 당하느니보다는.

펜테우스 그 장소는 어디지? 아무도 보지 않게 날 데리고 갈 수는 없을까?

디오니소스 이제부터 그대의 길은 외롭고 험할 것이오. 나는 그대의 길잡이가 되고.

펜테우스 아무래도 좋아. 바코스의 신도들이 나를 습격해서 승리하지만 않는다면. 궁전 안으로 들어가세. 거기서 우리의 일에 대해 최선의 방법을 의논하지.

디오니소스 그렇게 하십시다. 왕이시여! 나는 당신의 명령대로 하오리다. 어떤 일이든지 하겠습니다.

펜테우스 (잠깐 다시 주저하면서 기다리다가) 가지. 중무장을 한 기병을 물러나게 하고 전진할까? 그리고 그대의 계획대로 할까? 난 아직도 모르겠어!

(펜테우스는 안으로 퇴장한다.)

디오니소스 (코로스를 향해서) 여인들이여, 사자가 덫에 걸렸소. 그자는 바코스 신도들을 찾아 나섰소. 그자는 그들을 찾지만 죽을 것이오. 그래야 그 죄에 대한 복수가 될 테니까. 오, 디오니소스! 이제 너의 시절이 온 것이고 너의 성공은 멀지 않네. 우리에게 원수를 갚도록 해주소서. 오, 주여! 그자를 미치게 하여 주소서. 제

정신을 가지고는 여자의 옷차림을 할 수는 없을 테니 말입니다.
복수가 이루어질 때까지 그의 정신을 혼돈시켜야 합니다. 또한
그자가 테베의 거리를 다닐 때 모든 사람의 조롱을 받게 하소서.
그렇게도 오만하여 온 테베가 떨던 그자가 여자 옷차림으로 다
니면 그 얼마나 우습겠느냐 말입니다. 가서 그 복수의 옷을 그자
에게 입혀야지. 그렇게 해서 신의 친아들이 역시 참된 신이라는
것을 알게 하고, 그 신이 얼마나 무섭고 동시에 그를 따르는 이에
게는 무한히 부드럽다는 것을 보여 주어야지.

(디오니소스도 펜테우스를 따라서 성안으로 퇴장한다.)

코로스 (노래)

> 별들 어렴풋이 어둠 속에 비칠 때
> 오래오래
> 그들 춤추려나?
> 내 목을 이슬로 축이고
> 내 머리에 훈풍 지나고
> 들판에 내 말이 빛나려나?
> 날쌘 사슴들 초원으로 달려가
> 아름다운 초원에 홀로 있네.
> 사냥꾼을 겁낼 것 없네.
> 덫이나 억압을 벗어나
> 멀리 몰이꾼의 소리
> 들려올 뿐 두려울 것 없네.

그들 사냥꾼들은

여기저기 강가나 산기슭으로

쫓아다니지만 헛수고뿐일세.

사슴은 사람들의 위협에서 떠나

자연에서 생긴 것.

그것은 힘 있는 것일세.

이보다 더 좋은 것 어디 있나.

인간의 어떠한 노력도

신의 축복도

이보다 더 아름답고 좋을까?

두려움에서 해방되어

한가로이 숨 쉬고 휴식하고

걱정도 근심도 없이

그늘진 푸른 초원에

조용히 살 수 있네.

이보다 더 좋은 것 어디 있나.

인간의 어떠한 노력도

신의 축복도

이보다 더 아름답고 좋을까?

두려움에서 해방되어

한가로이 숨 쉬고 휴식하고

미움 모르는 그곳에

사랑은 영원히 대접받으리.

오, 신이시여!

당신의 움직임 더디고 조용하나

힘 있고 패하지 않네.

그러나 당신은 무모하여

당신을 예배하지 않는 무리를 벌하시네.

오만한 인간은

신의 뜻을 어겨 경배하지 않는 자를

신은 넓고 오묘한 방법과

간접적인 방식으로

마치 사냥꾼이 짐승을 따라가듯

인간을 쫓아가 일하시네.

신의 법칙이 아닌 것을 좇고

마음과 정력을 기울이는 것은

모두 허사일세.

신을 믿는 것은 풍부한 것

그러나 이를 알기는 어려운 것

신의 법칙은 불변하는 것

영원히 존재하는 것.

미움 모르는 그곳에

사랑은 영원히 대접받으리.

코로스장 소용돌이치는 바다의

풍랑에서 피해

안식처 찾은 자 복 있네.

인생은 모습은

이상하게 새겨진 것.

누구나 다

금력과 권력에 대해서는

그의 형제 이상으로 생각하니까.

금력 속에 인간은

백만 가지 희망이 효모같이

용솟음치고

그것들은 그들의 의지를

이겨 넘기고

아니, 오히려 의지를 잃어버리고

그 모든 희망, 죽어 버리네.

그러나 세월이 지남에 따라

삶이 즉 행복이라는 것을

찾는 그 사람은

즉 하늘을 찾는 사람일세.

(디오니소스, 다시 성에서 등장한다.)

디오니소스 아아! 보기를 열망하는 자는 보지 못하리라. 그 마음은 이루어질 수 없는 것을 갈망하기 때문이오. 펜테우스여! 이제 여인의 차림으로 디오니소스의 성자 마이나드스처럼 예배자들과 그대의 어머니의 행동을 정탐하기 위해 어서 떠나시오.

(펜테우스, 바코스 신도들과 같은 옷차림을 하고 등장한다. 어떤 마력에 의한 광적인 흥분 상태에 있다.)

펜테우스 그렇죠. 내 눈은 아주 빛난답니다. 저 하늘에서 비치는 해도 두 개, 일곱 겹 문의 테베도 두 개. 내 앞에 걷고 있는 저것도 황소인가? 너의 머리에는 뿔이 있으니, 너는 뭐냐? 인간이냐, 짐승이냐? 확실히 너에게 황소가 얹혔으니.

디오니소스 노기에 찼던 신은 아주 부드럽게 우리와 함께 계시네. 신은 그대가 보아야 할 것을 보게 하여 주시기 위해 그대의 눈을 뜨게 하셨네.

펜테우스 이봐! 이노의 모양을 하고 내가 서 있는 것 아냐? 아니면 나를 낳아 주신 이의 모양으로?

디오니소스 이렇게 당신을 바라보니 뭐 영락없이 그녀들, 이노나 아가베 자신이 서 계신 것 같군요. 그런데 왜 머리카락이 내가 놓아둔 대로 있지 않고 넓게 벌려져 있나요?

펜테우스 내가 춤추느라고 머리를 흔들어서 그렇게 되었군요.

디오니소스 (잘 어루만지며) 이제 곧 매어 드리지. 당신을 돌보아 드리는 것이 나의 의무니까요. 머리를 쳐들고 꼿꼿이 서 계시죠.

펜테우스 그대의 손에 맡기니 자 마음대로 장식해 주시오.

디오니소스 그대의 허리띠도 끌러졌고 내리닫이도 늘어졌군요.

펜테우스 그럴 거요. 바른편이 늘어졌을 거요. 그러나 아마 뒤쪽은 가지런할 거요.

디오니소스 (그를 돌보아 주면서) 그대는 그녀들의 광기가 진실인 것을 안다면 나에게 감사와 사랑을 주겠는가?

펜테우스 (그의 말은 듣지 않고) 이 지팡이를 이렇게 바른손에 들어야 그녀들과 같겠지?

디오니소스 바른손으로 지팡이를 쥐고 높이 쳐들고 바른편 발을 맞춰 하면 되죠. 그대의 마음이 변한 것은 천만다행이오.

펜테우스 (좀더 거칠게) 이건 어떤 힘일까! 키타이론 산기슭에서 일어난 이 일들을 그대는 어떻게 생각하지? 나의 이 팔로 그녀들을 몽땅 들 수가 있을까요?

디오니소스 물론 원하면 할 수는 있지요. 그러나 그대의 영혼이 너무 병들었기 때문에 그대로 있지 않으면 안 됩니다.

펜테우스 쇠뭉치를 가져야 할까요? 맨손으로야 부숴 버릴 수가 없을 것 아니오?

디오니소스 님프의 신전이나 갈색 바위는 부수지 말도록 하시죠. 판 신이 피리를 부는 데니까요.

펜테우스 잘 말해 주었소. 여자들에게 폭력을 써서는 안 되니까. 소나무 뒤에 숨어 있도록 하지.

디오니소스 숨어 있을 수 있는 곳에 숨어서 정탐을 잘한 뒤에 그들을 잡으시오.

펜테우스 (웃으면서) 그녀들은 지금 그곳에 누워 있을 거야. 마치 산새들이 나뭇잎 사이에서 사랑을 속삭이되 날개는 치지 않듯이.

디오니소스 그럴 거요. 당신은 그런 꼴을 볼 것입니다. 그러면 그들이 당신을 올가미에 걸기 전에 그대가 그들을 잡아야죠.

펜테우스 테베의 마을들을 지나서 가야지. 나는 그들의 왕이거든. 이런 계획을 실행에 옮길 수 있는 단 한 사람이거든.

디오니소스 아무렴. 그대는 홀로 전 시민의 짐을 져야 하기 때문에 그대의 대한 심판이 기다리고 있지요. 자 나와 함께 그대가 매혹당할 곳으로 가십시다. 그대는 그곳까지 상처를 입지 않고 갈 테지만 집으로 돌아올 때는 다른 사람이 데려다 줄 것이오.

펜테우스 우리 어머니일 거야.

디오니소스 모두들 보는 데서.

펜테우스 자, 출발합시다.

디오니소스 번쩍 쳐들려서 돌아올 것입니다.

펜테우스 아주 오만하게 말이지?

디오니소스 그대 어머니의 손이 그대를 데려오는 데 큰 역할을 할 것이오.

펜테우스 천만에 나는 그렇게까지 섬세한 보호를 받을 필요는 없어.

디오니소스 그렇게까지 섬세한 보호라고?

펜테우스 어찌 됐든 나는 할 일을 하는 것이니까.

(펜테우스 퇴장)

디오니소스 아, 너는 이제 무덤을 향해 걸어가는 것이다. 무덤에 떨어지려고 말이다. 그렇게 해서 너의 이름은 빛나고 뚜렷해지리라. 너의 팔을 펴고 아가베와 그 밖의 카드모스의 딸들이 있는 곳을 향해 가라. 이 오만한 왕을 나의 신도들이 맞이하리라. 그는 혹독한 시련을 당할 것이다. 그러면 나는 이기리라. 아무도 상하지 않고 승리를 거둘 것이다. 이날이 다 지나기 전에 이 일은 이루어지리라.

(펜테우스가 나가자, 뒤를 따라 디오니소스도 퇴장한다.)

코로스 (노래)

눈멀고 성난 사냥개
산길 달리네
신의 딸들 모인 곳 향해
광란의 유령 달리네.
신을 숭배하는 이들
정탐하려고 여장女裝한
사악한 그자에게
노한 눈을 돌려라 돌려라.

바위 뒤에 숨어
정탐하고 있는 그자를
찾아낼 사람은 누군가?
그의 어머니인가?
그녀는 소리쳐 말하기를
'보라! 저기 누가
우리 뒤를 밟는구나.

산에서 바코스를 예배하는
우리를 쫓는 것은 누구일까?
일찍이 어느 여자도
이렇듯 변모하는 아이를
낳아 본 일이 없는
이것은 사람이 아니라 짐승이구나.
사자 모양을 하고
추물인 어미에게서 길러진
실패한 자식이구나.'
정의의 칼을 들어
신의 진노와 정의를 위해
여지없이 불의를 쳐 버리겠네.
불법의 폭군, 신을 모독하는
흙의 아들 에키온의 자식
그자의 목에서 피가 나고
그자의 심장에서 피가 샘솟게 하겠네.

그자는 신의 뜻을 어기고
횡포하게 이 거룩한 곳으로
행진하여 들어왔네.
정복할 수 없는 신성한 것을
정복하려고 인간의 헛된 용기와

맹목의 꾀를 함부로 부리네.

인간은 다만 신께 복종해야만
고통 없는 생활과
평화로운 삶을
이루어 나갈 수 있네.
항상 지식을 사랑해
밤낮으로 숭배를 게을리하지 않고
신의 속박에 반항하지 않고
인간의 힘에 의지하지 않는
그런 이들에게 복 있을진저.
정의가 아닌 법은
부숴 버려 청결하고 깨끗하게 하고
하늘 높이 신을 찬양하는 노래 부르세.
정의의 칼을 들어
신의 진노와 정의를 위해
불의를 여지없이 쳐 버리겠네.
불법의 폭군, 신을 모독하는
흙의 아들 에키온의 자식
그자의 목에서 피가 나고
그자의 심장에서 피가 샘솟게 하겠네.

네 모양이 어떻든

네 이름이 무엇이든

산속의 황소여, 백 개의 머리를 가진 뱀

타는 불속의 사자여, 오라! 오라!

오, 신이시여! 신비하신 이여!

저희는 당신을 숭배하는 여인들!

야수에게 쫓기고 있나이다.

우리를 쫓고 있는

그 짐승들을

당신의 힘으로 쳐 버리소서.

들에서 당신을 예배하는 우리에게

접근해 오는 그자를 조롱하고 죽여 주소서.

(이때 사자가 황급히 등장. 그는 무서움에 떨면서 창백한 얼굴로 등장한다.)

사자 일찍이 축복받았던 헤라의 집에 화 있을진저. 아레스의 피 비린내 나는 초원에 화의 불씨를 낳은 시도니아[38]의 왕에게 화 있을진저. 아, 노예까지도 그의 처참한 꼴에 우네.

코로스장 산으로부터의 소식인가? 말해 보시오. 어떤 일이 있었는지?

사자 에키온의 아들, 우리의 왕 펜테우스가 죽었습니다.

코로스장 신 만세로다. 신은 능력을 보이셨도다.

사자 무엇이라고요? 우리 왕의 참변을 듣고 오히려 즐거워하는 모양이군요.

코로스장 우리의 기쁨은 말할 수 없이 크오. 우리는 이국의 여인들이거든요. 이제부터 우리는 핍박을 받을 염려가 없거든요.

사자 이 테베가 그대들의 경멸과 버림을 받아야 한다고 생각하나요?

[여기는 몇 자가 빠져 있다.]

코로스장 우리가 복종하는 디오니소스 신 외에는 누구도 우리를 어떻게 할 수 없습니다. 그분만이 가장 높고, 우리가 사랑하고 복종하는 분입니다.

사자 그대들을 용서할 수 있을지 모르지만 이건 너무합니다. 여인들이여, 사람이 죽었다는데 그렇게 좋아하다니요.

코로스장 산의 소식이나 들려주시오. 죄까지도 아파하는 불의와 죄 덩어리 펜테우스의 죽음에 대해 이야기해 보시죠.

사자 우리는 아소포스 샘을 지나 테베의 목자들이 살고 있는 산에 올라갔습니다. 펜테우스 왕과 시종인 우리와, 우리를 인도한 이방인 모두 키타이론 산 바위에 가게 되었습니다. 우리가 푸른 골짜기에 왔을 때, 거기 보이는 광경에 우리는 입을 딱 벌리고 멈추지 않을 수 없었습니다. 그곳은 가파른 산기슭에 있는 좁은 골짜기로 나무가 빽빽하게 그늘을 짓고 있는 곳이었습니다. 거기에서 마이나드스 처녀들[39]이 흥겹게 마시며 즐기고들 있었습니다. 더러는 담쟁이덩굴로 고리를 만들어 지팡이와 머리를 장식하고, 지팡이를 높이 치켜 던지면서 노는가 하면, 다른 여인들은 마치 망아지가 자유를 얻은 것처럼 기쁨의 절정에서 노래를 주고받았습니다. 그러나 우리 왕은 이 굉장한 대열을 보지 못하고 '여보시오 이방인, 여기서 미친 여인들이 잔치를 한다고 하는 그 산이 보이지 않는군요. 소나무 위나 뚝 위에 올라가야 자세히 볼 수 있을지!' 하고 외쳤습니다. 이때 기이한 일이 생겼답니다. 우리를 인도하던 이방인이 갑자기 소나무 꼭대기 하늘의 면류관을 만지니까 점점 땅까지 내려왔습니다. 소나무는 휘어서 마치 활등처럼, 아니 꾸부러진 바퀴처럼 되더군요.

이렇게 들에서 자란 억센 소나무가 쉽게 그의 앞에 절했습니다. 그의 힘은 보통 인간의 힘이 아닌 듯했습니다. 그는 펜테우스를 그 나뭇가지 중간에 앉혀 놓고는 조심스럽게 손에 쥐었던 나무를 제자리로 돌려 다시 꼿꼿이 서게 했습니다. 그러니까 펜테우스가 그 미친 여인들을 보기 전에 여인들이 그를 먼저 발견했습니다. 왕의 모습을 보자마자 우리와 같이 있던 이방인이 갑자기 없어지고 그와 동시에 하늘에서 소리가 들려왔습니다. 확실히 그 이방인의 음성이었습니다.

'여인들이여, 여기 나와 그대들을 모욕하고 나의 거룩한 빛을 흐리게 한 그자를 데려왔으니 보라. 이제 그대들은 복수할 수 있네.'

이렇게 그가 말하니, 하늘과 땅 사이에 높은 불기둥이 솟아올랐습니다. 온 세상은 고요하고 골짜기에 있는 나뭇잎사귀 하나

까딱하지 않았습니다. 또 이 고요한 순간에 산중의 짐승까지도 조용히 무슨 말소리가 들려올 것을 기다리는 듯했습니다만 아무 말도 들려오지는 않았습니다. 그 후 다시 목소리가 들려오니까 이제는 그의 음성임을 확인하고 그의 명령에 따라 그녀들이 원수를 찾기 위해 산비둘기처럼 날쌔게 솟구쳐 뛰어 올라가는데 그 미친 듯한 모양이 대단했습니다. 아가베가 앞장서고 그 뒤를 그의 동생들과 또 다른 여인들이 따르고 있는데, 그들은 모두 미친 듯 성난 바위를 통해 올라가 무성한 소나무 사이에 앉아 있는 펜테우스를 드디어 발견했습니다. 가파른 산을 올라, 더러는 돌을 집어들고 더러는 지팡이를 창으로 삼아 무서운 기세로 쫓아 올라갔습니다.

그러나 어쩐 일인지 아무도 그를 때리지는 못했습니다. 그들의 분노는 머리끝까지 올랐지만 그는 우리 안에 갇힌 짐승처럼 나무에 붙어 있었습니다. 이렇게 그들의 공격이 성공을 못하고 있을 때 아가베는 소리치기를 '여인들이여, 이 나무줄기를 단단히 쥐고 있으라. 신을 두려워하지 않는, 저기 올라앉은 살쾡이를 잡아 내립시다.' 하니까, 번쩍번쩍 빛나는 수없는 팔들이 소나무를 쥐었습니다. 소나무는 금세 땅에서 뽑히고 그 꼭대기에 매달려 있던 펜테우스는 소리를 지르며 떨어져 버렸습니다. 그는 정신이 들자 두려움에 떨기 시작했습니다. 제물을 다루기 위한 제일의 신관 자격으로 그의 어머니가 그에게 뛰어들었습니다. 그의 머리에 쓴 것을 벗겨서 찢어 내던졌습니다. 그는 어머니가 자기를 알아보기를 원하고 죽이지 않을 것을 바랐습니다. 그는 어머니의 뺨을 비비면서 애원했습니다.

'어머니, 저예요. 당신의 아들 펜테우스예요. 당신과 흙의 아들 에키온 사이에 출생한 펜테우스란 말입니다. 저의 죄로 인해서 당신이 아들을 죽이는 끔찍한 일을 하시지 않도록 하세요.' 하고 매달려 간원했습니다. 그러나 그녀는 입에 거품을 물고 눈은 초점을 잃고 튀는 불꽃같이 뛰어들었습니다. 그녀는 이미 디오니소스의 힘을 입었기 때문에 가만히 있을 수 없었습니다. 그녀는 왕의 왼팔을 두 손으로 꼭 쥐고 발로는 옆구리를 눌렀습니다. 반대편에서는 이노가 똑같이 하는데, 신의 힘이 아니고는 사람의 힘으로는 할 수 없는 일이었습니다. 그의 살은 갈갈이 찢어지고 아우토노에와 그 외의 미친 여인들이 다 같이 왕에게 덤벼들었습니다. 그곳의 공기는 죽어 가는 사람의 신음 소리와 승리의 즐거움에서 외치는 소리로 가득 차 있었습니다. 한 여인은 팔을 다른 여인은 신을 신은 발을 쥐고 있었고, 맨살이 드러난 허리는 뼈가 드러났는데 피투성이가 된 살덩이를 그녀들은 이리 던지고 저리 던지고 했습니다. 그의 몸은 멀리 내던져졌습니다. 산산조각이 난 그의 몸은 벼랑에 혹은 험산 속에 던져져 찾을 수도 없게 되었습니다. 그의 머리를 어머니 아가베가 베었고, 그녀는 그의 머리를 마치 사자의 머리를 꿰듯 지팡이 끝에 꿰어 쳐들고 그곳을 떠났습니다. 나머지 여인들은 예배의 춤을 추는 들판에 남겨 두고, 지금 그녀는 동료이며, 이 피의 제물을 얻는 데 협조

자이며, 승리를 거두게 한 신 디오니소스를 끝없이 찬양하면서 오고 있습니다.

　이제 나는 그 참혹한 꼴을 더 못 보겠으니 물러가야겠습니다. 신의 섭리를 따라야 하고 신의 의지 외에는 인간이 가질 수 있는 보배가 없습니다. 그렇습니다. 지혜는 진실이며, 그것만이 속세의 인간들이 의지할 수 있는 것이라고 생각합니다.

(사자, 성안으로 퇴장한다.)

코로스 (노래)

(춤을 추면서)

　신을 찬양하라
　용의 씨 펜테우스가
　패망한 것을 축하하세.

　그는 여인 복장을 하고
　담쟁이덩굴 지팡이를 쥐고
　패망한 폭군일세.
　그는 담쟁이덩굴로 옷 입었고
　황소는 그에게 죽음을 가져왔네.
　카드모스의 자식들,
　바코스 신도들은
　슬픔과 눈물 속에 승리를 거두었고
　어미의 손으로

제가 낳은 자식을 죽임으로써

신의 영광은 얻어졌네.

코로스장 저기 아가베가 오는군.

그녀의 눈은 충혈되어 있네.

다 같이 디오니소스를 찬양하세.

(아가베가 미쳐서 아들 펜테우스의 머리를 손에 들고 자못 기쁜 듯이 산에서 등장한다. 코로스 처녀들은 무서워 떨며 이 모습을 보고 있다. 코로스장도 역시 무서워한다. 그러나 신의 업적을 찬양하는 표시를 하려 한다.)

아가베 해 뜨는 아침의 땅의 여러분!

코로스장 왜 우리를 부르나요? 찬양합니다.

아가베 여기 나는 새로 벤 나뭇가지에서 이 가시나무를 가져왔네. 바코스 신도들이여, 이 노획물을 축복하시오.

코로스장 환영합니다!

아가베 (아주 조용하고 평화스럽게) 이것은 숲 속에서 덫도 없이 잡았소. 난 무서움도 없이 덤벼 이 사자를 잡았지.

코로스장 어느 숲에서 가져왔나요?

아가베 키타이론에서!

코로스장 키타이론이라고?

아가베 산이 이것을 찔러 죽였지요.

코로스장 누가 먼저 그것에게 덤볐나요?

아가베 내가, 내가 했지요. 나를 임명했으니까요.

코로스장 그 다음엔 누가 했죠?

542

아가베 딸들이.

코로스장 딸들이?

아가베 카드모스의 딸들이 그것을 잡았죠. 그러나 아주 빠르게 이 사자를 죽인 것은 나지요. 그래서 나는 칭찬을 받았지요. 이 날은 복되고 복된 날이오.

(코로스장이 말을 하려고 하지만 못한다. 아가베는 그 머리를 어루만지면서 부드럽게 말하기 시작한다.)

아가베 이 짐승 앞에 모이시오.

코로스장 짐승이라고! 아, 참혹해라.

아가베 이 사자의 머리가 이렇게 어깨로 늘어져 있는 것이 얼마나 싱싱해 보입니까?

코로스장 그 머리는 과연 짐승의 머리와 흡사하군요.

아가베 (좀더 흥분해서 머리를 쳐들면서) 순결하신 신, 지혜의 신 디오니소스는 그의 신도들을 깨워 이 사자에게 덤비게 했습니다.

코로스장 (무서움에 걱정하면서) 신이여, 당신은 광신적인 무리 가운데에서 좋은 것을 얻었군요.

아가베 나를 칭찬하는 것인가요?

코로스장 칭찬하고말고요.

아가베 이 땅이 다 나를 칭찬할 것이오.

코로스장 당신의 아들 펜테우스도?

아가베 물론 그 애도 내가 사자를 노획한 것을 축복해 줄 것입니다.

코로스장 당신이 얻은 노획물은 참 이상한 것이군요?

아가베 이것을 얻게 된 경우도 이상하죠.

코로스장 당신은 기쁜가요?

아가베 말할 수 없이 기뻐요. 이 땅에 아침 해가 뜰 때처럼 기뻐요. 내 손으로 이런 일을 했다는 것은 참으로 칭찬할 만하죠.

코로스장 아, 불행한 이여! 당신이 얻어 온 이것을 이 땅의 모든 사람에게 보이시지요.

아가베 이 아성牙城에 살고 있는 여러분들이여, 낡은 성 테베의 주인들이여 오라! 와서 우리가 노획한 사자를 보라! 우리의 힘으로 잡아 죽인 이 제물을! 우리들 카드모스의 딸들은 테살리아의 창이나 덫을 사용하지 않고 이 연약한 흰 손만으로 잡았습니다. 아무 쓸모도 없는 무기로 장비된 군대의 힘을 자랑하지 마시오. 이 성난 짐승을 잡아 그 사지를 찢은 이 손은 이렇게 맨손입니다. 아버지! 가서 내 아버지를 모셔 오시오. 그리고 펜테우스는 어디 있죠? 내 아들 펜테우스는 성벽에 사다리를 놓고 이 사자 머리를 달아매 줄 거야. 내가 영광스럽게 죽인 이 짐승의 머리를.

(그녀는 군중을 지나 성을 향해 머리를 보이면서 들어가면서 어디다 달아맬까 하고 장소를 살펴본다. 산에서 카드모스가 등장한다. 그 뒤로 펜테우스의 시체를 들것에 들고 시종들이 따라 들어온다.)

카드모스 시종들이여, 무거운 짐을 들고 들어오라. 나를 따라 이 집 앞에 그의 시체를 가져오라. 침침한 키타이론 산 골짜기에서 겨우 찾아온 시체는 사지가 갈기갈기 찢어져 나가 숲 속 여기저기에 흩어져 있었다. 사람들의 말에 따르면 내 딸의 짓이라고 한다. 내가 마침 늙은 테이레시아스와 함께 이 성에 돌아왔을 때였다. 그 소리를 듣고 나는 살해된 손자를 찾아 급히 산으로 다시 달려갔다. 나는 거기에서 악타이온의 어미 아우토노에와 이노가 미친 듯 날뛰며 소나무 사이를 헤매는 것을 보았다. 아가베는 거기 없었어. 소문에 의하면 그녀는 미친 발걸음을 이곳으로 향해 왔다고 하던데. 아, 참말이었군. 저기, 아 처참한 저 광경이 보이니.

아가베 (성에 돌아오면서 아버지를 본다.) 아버지, 이 자랑스러운 일을 보세요. 아버지의 딸들은 인간이 일찍이 보지 못한 용감한 일을 하였답니다. 모두 다 용감한 중에도 저는 더욱더 뛰어났지요. 고귀하신 신을 위해 베틀에서 섬세히 움직이던 저의 연약한 손을 높이 들어 이 땅의 고약한 야수를 죽였답니다. 그 귀한 노획물을 여기 이렇게 들고 있지요. 이제 이것을 높이 치켜올려 꽂아 놓고 제가 이런 큰일을 했다는 것을 모든 사람에게 보이겠어요. 아버지께서도 기뻐하시고 잔치라도 해주세요. 이런 저의 용감한 행동에 아버지께서도 자랑스러우시겠죠? 그리고 행복하시죠?

카드모스 아, 이 기막힌 슬픔. 너를 차마 바라볼 수 없구나. 아, 그 피에 물든 손. 아, 그 가엾은 자매들. 너는 그 아름다운 제물을 신의 제단 앞에 놓고 나보고 시민들과 함께 잔치를 베풀라고 하느냐?

나는 울어야 한다. 너의 가장 사랑하는 이, 또한 나의 사랑하는 손자를 위해 울어야만 하겠다. 아, 우리 모두 파멸이다. 비록 브로미오스가 옳은 일을 했다손 치더라도 우리 일가는 멸망이다.

아가베 사람은 나이를 먹으면 이상해지는 모양이지? 심술궂고 찌푸린 얼굴을 하니. 내 아들이 사냥을 가서 야수를 사냥했다면 나는 기뻐하겠거늘, 아니 그 애는 신의 의지를 어겨 반항하려고만 한다니까. 아버지! 그 애를 잘 타일러 주셔야 해요. 누가 그 애를 이리로 데려올 수 없을까? 그 애를 바라보고, 또 내가 잡아온 이 제물을 보여 주게.

카드모스 아, 네가 저지른 일이 어떤 것이라는 것을 네 자신이 알 수만 있다면! 그 고통이 얼마나 크랴. 차라리 지금 상태 그대로 머물러 있을 수만 있다면 행복하진 못할지라도 자신의 불행은 모를 것인데…….

아가베 어째서 아버지는 저를 칭찬하고 축복해 주시지 않고 오히려 꾸짖으십니까?

카드모스 (약간 주저하다가) 네 눈을 들어 저 푸른 하늘을 쳐다보아라.

아가베 그렇게 하죠. 그런데 왜 저에게 하늘을 바라보라고 하시죠?

카드모스 네 눈에는 하늘이 변하였느냐 아니면 그대로 있느냐?

아가베 이전보다 더 빛나는군요. 좀더 하늘이 밝게 보이는군요.

카드모스 광란에 도취해 있는 것을 아직도 너는 느끼느냐?

아가베 (당황해서) 무슨 말씀을 하시는지 모르겠는데요. 그러나 이제 정신은 좀 맑아지는 것 같아요. 어떻게 해서인지는 모릅니

546

다만 약간의 변화가 있는 것 같은데요.

카드모스 변했다면 너는 내 물음에 대답할 수 있겠느냐?

아가베 저는 기억할 수가 없어요. 그러나 대답은 할 수 있을 것 같아요.

카드모스 내 집에서 누가 너를 아내로 맞았지?

아가베 에키온이지요. 사람들이 흙의 아들이라고 하는 사람이죠.

카드모스 에키온의 집에서 네가 낳은 아들은 누구지?

아가베 저의 사랑이며 그 자신의 아버지의 아들인 펜테우스지요.

카드모스 지금 네가 팔에 안고 있는 그 머리는 누구의 머리지?

아가베 (떨기 시작한다. 그러나 그가 안고 있는 것은 보지 않고) 사자의 머리요. 사냥할 때 사람들이 모두 그렇게 말하던걸요.

카드모스 그것을 보아라. 알아내는 게 그리 어려운 일은 아니니까.

아가베 악! 이게 뭐야? 내가 들고 있는 이것이 무엇일까?

카드모스 자세히 보란 말이다. 그러면 모두 알게 될 것이다.

아가베 아, 이 괴로움! 오, 슬픈지고.

카드모스 그것이 너의 눈에는 사자의 머리냐?

아가베 아뇨? 이 머리는…… 오, 신이여…… 이건, 펜테우스의 머리…….

카드모스 네가 그 애를 알아보기 전에 피를 흘렸느니라. 그렇다. 그것은 그 애의 머리다.

아가베 누가 죽였어요? 내가 어떻게 해서 들고 있게 되었을까?

카드모스 오, 참혹한 사실! 네가 이렇게 집으로 돌아온 것은.

아가베 아버지 제게 말씀해 주세요. 저는 아버지밖에 매달릴 사람이 없어요.

카드모스 네가 그랬지. 너와 너의 자매들이 그를 죽였어.

아가베 어디서 그랬어요? 그 애의 집인가요? 어디서요?

카드모스 개들이 악타이온을 찢던 바로 그곳에서.

아가베 그 애는 왜 키타이론에 갔던가요? 무엇 때문에요?

카드모스 신을 모독하고 너의 광증을 없애 준다고 갔다.

아가베 그런데 우리는 어떻게 그곳으로 가게 되었나요?

카드모스 미쳐서 그랬지. 신은 이 땅의 모든 사람을 다 그렇게 미치게 했다.

아가베 아, 이제 알았어요! 그것은 디오니소스예요.

카드모스 (열을 띠며) 너는 디오니소스 신께 죄를 지었어. 그의 존재를 부정했으니까.

아가베 (그에게 돌아서면서) 제 사랑하는 아들의 시체를 보여 주세요.

카드모스 (그녀를 들것 있는 데로 인도한다.) 딸아! 여기 있다. 이 시체를 거두는 데 얼마나 힘이 들었는지 모른다.

아가베 손발은 제대로 잘 붙어 있는지요?

　(대답이 없자 들것에 덮여 있는 홑이불을 들고 본다.) 아아, 내가 죄를 지었으면 벌은 내가 받아야만 할 텐데요……. 그 애가 그 속에 끼어든 것은 어쩐 일이지요?

카드모스 그 애는 너를 닮아서 신을 거부했단 말이다. 그것 때문에 저 자신이나 어미인 네게 파멸을 가져온 것은 물론, 나와 내 가계를 멸망하게 하였단 말이다. 내게는 아들이 없다. 아, 비운의 여인이여! 한 남자로서 그 애는 우리들의 오직 하나의 희망이었건만 이렇게 참혹하고 끔찍하게 살해되고 말았다. (시체 앞에 꿇어앉는다.) 너는 내 딸의 아들, 나의 왕위를 이어받은 이 성의 주인! 모든 백성이 너의 이름만 들어도 떨고, 네가 있는 곳에서는 아무도 나를 욕보이지 못하였다. 후환이 두려워서 말이다. 그러나 지금 이게 무슨 꼴이냐. 내 집에서 쫓겨 나가야만 되니 말이다. 테베를 세우고 여기에 나의 위력을 심어, 누구도 나를 무시하지 못하였건만. 아, 그러나 너는 내가 가장 사랑하는 손자! 너는 이렇게 죽었어도 내게는 가장 귀하고도 사랑스러운 손자. 아, 이제부터는 너의 손이 내 수염을 어루만지지도 못할 것이고, 나를 '할아버지'라고 부르지도 못할 테지. '누가 할아버지를 모욕했습니까? 누가 할아버지를 해쳤습니까? 그놈을 꼭 벌하겠습니다.' 하는 말도 못 듣겠구나. 아아 슬프다. 네 어미도, 또 그 어미의 자매들도 다 비통해하는구나. 신을 두려워하지 않고 반항하는 자는 모두 여기 이 죽음을 보라!

코로스장 오, 노인! 나도 당신과 함께 비통해하나이다. 펜테우스는 신에게 반항한 데 대한 충분한 보상을 받은 것이지만 노인의 일이 딱하군요.

아가베 아버지! 아버지께서는 저에게 변화가 온 것을 보시지 못하십니다······.

[이 대목은 본장이 찢어져 없어졌다. 아가베가 코로스와 주고받는 대화와 디오니소스가 구름 속에 나타나 테베 사람들에 대한 일반적인 심판과 카드모스의 딸들에 대한 적당한 보상, 그리고 신의 권리를 테베에 설치할 것 등을 말하였으리라는 추측만 할 수 있을 뿐이다.]

디오니소스 세월이 너희에게 무엇을 가져다주며, 해가 거듭하는 동안 얼마나 많은 슬픔과 기이함을 가져다주는가를 너희는 알지어다. 네가 늙기까지 너와 나란히 생을 같이한 네 아내, 전쟁의 신 아레스의 딸 하르모니아⁴⁰⁾와 함께 이상하게도 너희는 뱀으로 변할 것이니라. 또한 제우스 신이 말씀하시기를 너희는 암소가 끄는 수레를 타고 동쪽의 미개한 나라들로 다니며 주인이 될 것이라고 하셨다. 너희들이 다스리는 많은 도시가 또한 멸망할 것이니라. 너희가 지휘하는 수많은 군대는 아폴론 신전을 약탈할 것이지만 돌아오는 길에 벌을 받아 멸망할 것이니라. 그러나 너의 아내 하르모니아만은 그 벌을 피해 축복받은 땅에 무사히 돌아와 살게 되리라. 이것이 나 디오니소스가 너에게 내리는 예언이니라.

아가베 디오니소스여, 저의 말을 들어 주소서. 저희는 죄인이로소이다.

디오니소스 이미 늦었느니라. 여유를 주었을 때 너는 나를 모른

550

다고 하였느니라.

아가베 그렇습니다. 그러나 당신의 복수의 손은 너무도 맵고 강합니다.

디오니소스 너는 신인 나를 조롱했다. 그것이 네가 받아야 할 벌이니라.

아가베 신께서도 인간이 할 때와 같이 해야 하나요?

디오니소스 이는 나의 부친 제우스 신이 일찍부터 정하신 대로다.

아가베 (그녀는 거의 멸시하는 태도로 돌아서 카드모스를 향하면서) 아버지, 예언은 끝났습니다. 이제 가야겠죠?

디오니소스 좇지 않으면 안 되는 일이거늘 무엇을 더 기다리려 했던가?

카드모스 딸아! 우리는 이제 죽음과 같은 길을 가야만 한다. 너의 자매들과 나는 다 같이 이 슬픔의 고통을 겪어야만 하느니라. 멀리 야만인들 사이에서 이 늙은 몸을 이끌고 이리저리 헤매야만 한다. 또한 신의 죽음과 같은 예언에 따라 성난 수많은 군대를 이끌고 아폴론의 신전을 쳐부숴야 한다. 나의 아내 하르모니아도 함께 무서운 뱀의 모습으로 용 수레를 타고 그리스의 제단을 습격해야만 한다. 그러나 우리들의 슬픔과 고통은 끊이지 않고 아케론에까지 계속될 것이며, 드디어 거기서 안식을 얻으리라.

아가베 아버지! 저는 아버지와 멀리 떨어져 있으면서 방황해야만 합니다.

카드모스 딸아! 너는 왜 내게 매달리려 하느냐? 마치 죽어 가는 늙은 백조에게 젖을 달라는 어린 백조처럼.

아가베 저는 어디로 가야 합니까? 집이 없는 몸이니.

카드모스 내가 알 수 있느냐? 나는 너를 도울 수가 없는걸.

아가베 잘 있거라. 고향 땅! 오랜 전통의 이 성! 이제 나는 추방되어 정든 너를 떠나 불행한 앞날을 향해 가노라.

카드모스 불행을 향해 떠나거라. 악타이온의 아비가 떠났듯이.

아가베 아버지! 아! 당신을 위해 저는 눈물을 흘립니다.

카드모스 아니 내가 너를 위해 눈물을 흘린다. 너와 너의 자매들의 불행이 나를 슬프게 한다.

아가베 디오니소스가 우리 집안에 퍼부은 복수의 저주는 너무도 무섭군요.

카드모스 너와 네 아들이 테베에서 신을 거부했기 때문에 받는 벌이 아니냐.

아가베 저를 제 자매들이 있는 곳으로 데려다 주세요. 그들과 함께 눈물을 흘리겠나이다. 저희는 핏빛 키타이론 산이 보이지 않는 곳에서 함께 방황하겠습니다. 또한 신의 지팡이도 다시는 보지 않겠나이다. 노래도 부르지 않겠나이다. 다른 많은 사람이 바코스를 숭배하는 바코스 신도들이 될지라도 나는 꿈에도 그를 숭배하지 않겠나이다.

(아가베는 시녀들과 함께 반대 방향으로 퇴장. 디오니소스가 구름 속으로 서서히 사라진다.)

코로스 (노래)

552

여러 가지 소망과 두려움을 초월한

신비로운 많은 일을 신은 행하네.

인간이 바라던 것 이루어지지 않고

누구도 예상치 못한 일

신은 행하네.

여기 그 결과를 우리는 볼 수 있네.

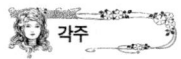 각주

1) 디르케 | 테베의 왕 리코스의 두 번째 아내. 전처 안티오페를 학대한 까닭에 그녀의 아들에 의해 머리채를 쇠뿔에 결박당하여 끌려다니다 죽었다고 한다.
2) 헤라 | 여자를 대표하는 신이며, 제우스 신의 아내.
3) 황금의 리디아 | 리디아는 소아시아 남부의 옛 왕국.
4) 프리기아 | 소아시아 중앙 및 서북부에 걸쳐 있던 나라.
5) 박트리아 | 소아시아 동부에 있던 나라.
6) 성벽 메데 | 카스피 해 남부 메디아의 주민.
7) 어깨 | 세멜레의 무덤.
8) 트몰로스 산 | 소아시아의 서남부에 있는 산.
9) 레아 신 | 땅의 여신. 제우스 신의 어머니로 알려졌음.
10) 키벨레 여신 | 소아시아 지방의 여신. 여러 신들의 어머니로서 레아와 동격.
11) 브로미오스 | 바코스의 또 다른 이름으로 '떠들썩하다'는 뜻.
12) 사티로스 신 | 디오니소스 주연에서 님프들을 따라다니던 들판의 요정들. 호색적이고 장난이 심하기로 유명했다.
13) 바코넬 | 바코스의 광신자들.
14) 아프로디테 | 사랑의 여신.
15) 이노 | 카드모스의 딸.
16) 악타이온 | 아르테미스가 목욕하는 것을 보았다고 해서 벌로 사슴이 된 사냥꾼.
17) 아우토노에 | 카드모스의 또 다른 딸.
18) 데메테르 | 농사, 결혼, 사회 질서의 여신.
19) 아레스 신 | 제우스와 헤라 사이에 태어난 전쟁의 신.
20) 델포이 | 아폴론의 신전이 있는 곳.
21) 포이보스 | 아폴론.

22) 아르테미스 | 제우스의 딸이며 아폴론의 자매. 여러 님프들과 사냥을 다녔다고 하는 좀 거친 여신.

23) 키프로스 섬 | 지중해 동부의 섬. 현재의 사이프러스 섬.

24) 파포스 | 아프로디테의 신전이 있던 키프로스 섬 서남부의 도시.

25) 사르디스 | 고대 리디아의 수도.

26) 바르바로이 | 일반적으로 그리스 인들이 이방인들 또는 야만인들을 일컫던 말. 고대 이집트 서쪽에서 대서양 연안에 살던 야만족을 한정해서 그리스 인들이 일컫은 명칭이기도 하다.

27) 아켈로오스 | 그리스 북서부에 있는 같은 이름의 강의 신. 대양의 신 오케아노스와 테티스의 아들.

28) 니사 | 디오니소스의 전설적인 훈련 장소. 이런 이름을 가진 곳이 몇 곳 있었다.

29) 코리키아 | 님프와 판 신이 있던 동굴.

30) 피에리아 | 마케도니아의 연안 지역, 오르페우스와 뮤즈의 출생지라고 전해짐.

31) 악시오스 | 트라키아에 있는 강.

32) 이오 | 아르고스 강의 신 이나코스의 딸. 제우스의 사랑을 받았으므로 헤라의 미움을 받아 흰 암소로 변했음.

33) 이아코스 | 제우스의 아들. 부분적으로는 디오니소스와 동일시 됨.

34) 브로미오스 신 | 디오니소스의 또 다른 이름.

35) 아소포스 | 강의 이름.

36) 히시아이 | 키타이론 근처의 마을.

37) 에리트라이 | 키타이론 근처에 있던 도시. 세멜레가 살았던 곳이라고 전해진다.

38) 시도니아 | 페니키아의 고대 항구 도시.

39) 마이나드스 처녀들 | 바코스의 광란의 여신도들. '미친 여자들' 이라는 뜻이다.

40) 하르모니아 | 아레스와 아프로디테의 딸, 카드모스의 아내.

✿. 에우리피데스의 근대성

일반적으로 고대 작가의 전기 자료는 아주 드문 것이 통례이기 때문에 에우리피데스의 경우도 현존하는 그의 작품 정도에 비해서는 생애가 잘 알려지지는 않았다. 그에 관해서는 작품이 전해진 고사본 가운데 전기라 할 만한 문헌들이 들어 있거나 그 밖에 스이다스의 사전 가운데 에우리피데스의 항목 등 서너 개를 헤아릴 수 있지만 우리에게 알려진 것은 극히 일부분에 지나지 않으며, 그것조차도 진위를 가릴 수 없는 뜬소문 같은 이야기가 섞여 있어 특히 뒤에 나온 그의 전기들은 신빙성이 문제가 되는 부분이 적지 않다. 그 점을 전제로 하고 그의 생애를 대략 추려 본다면 아래와 같다.

첫째, 그가 태어난 해가 기원전 484년과 480년이라는 두 가지 설이 있는데, 후자가 예로부터 널리 믿어져 왔으나 살라미스 해전이 일어난 해가 기원전 480년이고 그가 살라미스 섬 출생이란 점을 결부시키려는 전기 작가의 의도가 노골적이어서 지금은 오히려 484년 설이 유력하다. 그리고 그가 두 번 결혼했다는 사실은 대체로 받아들여지고 있으나 아내의 부정으로 파혼했다는 이야기는 다분히 조작된 듯한 인상을 준다. 아들이 셋 있었는데, 3남(아버지와 동명)이 뒤를 이어 그가 죽은 뒤 「바코스의 여신도들」과 「아울리스의 이피게네이아」를 상연하여 우등상을 탔다고 한다.

그가 죽은 해를 기원전 406년 초로 보는 데에는 의견이 일치하니까 그는 70여 세의 고령까지 살았는데, 그동안 공직에 취임하였다는 기록은 남아 있지 않으며 말년에(아마 70세가 넘어서) 그리스 북방 마케도니아 아르케라오스 왕의 초청을 받아 그곳에 정착하게 되었다는 사실만이 확실하다. 그가 고국을 떠나 멀리 북방 벽지에서 객사와 같은 죽음을 한 데는 일종의 적막감마저 드는데, 개에 물려 죽었다든가 바코스의 신도들 손에 걸렸다든가 하는 이야기는 신빙성이 희박하다.

에우리피데스의 외면 생활에 관해서 대강 살펴봤는데, 그의 인품이라든가 성격 등에 관해서도 거의 알 길이 없다. 다만 몇 가지 전해지는 이야기에서 일치되는 부분으로 그가 매우 까다롭고 웃는 일이 드문 비사교적인 인물이었다는 점, 거의 은둔자 같은 생활을 하고 있었다는 점, 그리고 여성에 대한 혐오심이 강했다는 점 등을 들 수 있다. 전기에 따르면 그는 살라미스 섬의 동굴을 서재로 하여 속세를 떠나 온종일 바다를 바라보면서 지냈다고 하는데, 아무튼 그가 아테네의 번거로운 시민 생활을 기피한 것만은 사실인 것 같다.

다음으로 중요한 것은 그의 교우 관계인데, 전기에 따르면 그는 아낙사고라스, 프로타고라스의 교설에 귀를 기울였고 소크라테스와 친교를 맺었다고 한다. 에우리피데스가 이오니아의 자연철학과 소피스트의 이론에 깊이 영향을 받고 있었다는 점은 그의 작품을 통해서도 뚜렷하게 알 수 있는 만큼 그들과의 교우 관계는 충분히 납득할 수 있으며 이것이 나아가 그의 정신적 발전에 중요한 기여를 했을 것이라는 점도 짐작이 된다. 당시로 말하자면 이들이 진보적 사상가로서 모두 대표되는 존재였으니 에우리피데스의 작가로서의 입장, 특히 그의 작품 일부에서 지적당하는 소피스트적 논리 전개, 합리주의적 사고 등에 중대한 영향을 주었음이 틀림없다. 다만 그 점을 지나치게 과장하여 (아이스킬로스나 소포클레스의 대비에서) 그를 두고 공허한 논리나 논할 줄 아는 경박하고 독선적인 궤변가라고 보는 견해는 타당치 않다. 근대학자들은 그를 합리주의자라 보고 있으며, 또 한편에서는 이상주의자라고 하는 견해는 다 같이 오히려 에우리피데스의 성격 내부의 일종의 복잡성에서 오는 것이 아닐까. 사실 이 점에 그리스 3대 비극 시인 가운데 가장 근대적이라고 불리는 연유緣由가 있다고 보아야 할 것 같다. 그만큼 그는 인습적 보수파의 공격목표의 하나가 되기도 했다. 동료 극작가인 아리스토파네스의 작품을 통한 공격과 야유는 특히 심하다.

   에우리피데스가 아테네 극단에 데뷔한 것은 기원전 455년, 「펠리아스의 딸들」을 포함한 사부작을 상연하여 3등을 했다는 사실은 대체로 의문의 여지가 없다. 그 후 약 반세기 동안 극작가로서 활약하는데, 전기에 따르면 그가 쓴 극의 총수는 92편이라고 하며 모두 22회 상연되었다고 한다. 대개 1회에 4편을 상연하니까 이 숫자는 맞지 않은 것 같으나 진작眞作이 아닌 것까지 포함했다고 보면 그는 88편의 작품을 썼다는 계산이 나오는데 확실성 여부는 차치하고, 그 가운데 19편(1편은 진작이 아니라는 것이 통설)이 현존하고 있으니 다른 작가에 비해 보존 전승 상태가 훨씬 나은 편이다. 생전에는 우승이 4회뿐이라는 인기 없는 작가였지만, 사후에 인기를 얻어 그의 많은 구절이 다른 어느 극작가보다도 명구 또는 격언집에 많이 수록되었다.

일반적으로 그의 비극을 말할 때 지적하는 점은 아이스킬로스에서 시작하여 소포클레스에 이르러 원숙 완성된 그리스 비극이 그에 이르러서는 일종의 퇴폐 현상을 일으켰다는 것인데, 아무튼 그가 쓰기 시작하였을 때 그리스 비극은 외적인 형식(배우와 코로스의 수, 의상, 배경, 거기에 따르는 드라마의 형식)에 관한 한 이미 완성되었다고 볼 수밖에 없으며, 그 점에서는 에우리피데스의 공헌을 기다려야 할 아무런 필요도 없었다. 그런 뜻에서 에우리피데스에서 문제되어야 할 것은 일반적 통설로서 비극의 인물을 제신과 영웅의 수준에서 일상적인 평범인까지 떨어뜨렸다는 비판인데, 이러한 비극의 정통성에 대한 반역은 당연히 지적되어야 할 것이다. 이 점에서 그가 두 사람의 선배 작가에 비해 사실적이라는 평도 듣지만 이 근대성은 어쨌든 에우리피데스의 작품의 특징임이 틀림없고, 그것으로 인해 그의 비극이 충분한 고양高揚을 가지지 못한다는 결점도 없지 않다. 그렇지만 인간성 및 그 속에 숨어 있는 악의 정체에 대한 깊은 통찰은 우리로 하여금 그를 위대한 극작가라 하는 데 조금의 주저도 허락하지 않는다.

여석기

🍓 작품 해설

「메디아」

「메디아」는 기원전 431년 봄 대디오니시아 제전 때 상연되었다. 최초의 상연 때는 불행하게도 경연에서 최하위인 3등상에 머물렀는데, 이 작품은 현존하는 에우리피데스의 것 중 가장 널리 알려지고 작품으로서도 백미白眉에 속하는 한 편임에 거의 이의가 없다. 그의 작품 계열에서는 초기의 것에 속한다.

「메디아」의 소재가 된 신화는 당시 널리 알려진 이야기의 하나로서 이 극은 유명한 아르고 선船 원정遠征의 후일담이라고 할 수 있다. 그 이야기를 대강 추려 보면 아래와 같다.

메디아는 원래 변방의 왕녀이자 마법술사였다. 그녀는 그리스에서 멀리 떨어진 흑해 동쪽 끝에 있는 콜키스 땅 출신인데, 그녀의 아버지 아이에테스 왕(그도 마법사였다.)이 황금양모피를 간직하고 있었다. 이곳에 이아손이 아르고 선대船隊를 이끌고 황금양모피를 찾으러 원정 온다.(그리스 인이 동쪽 흑해 연안에 최초로 원정한 것) 메디아는 첫눈에 이아손과 사랑에 빠져 그녀의 힘으로 이아손은 아이에테스 왕이 걸어 놓은 함정을 모면할 수 있었고, 그렇게 해서 황금양모피를 손에 넣는다. 이아손과 더불어 자기 나라에서 도망쳐 나오면서, 메디아는 쉽사리 도주하기 위해 스스로 자신의 아우를 살해한다. 시체를 토막 내 바다 위에 버려 놓는 바람에 뒤를 쫓은 아버지의 배들은 그 시체의 토막을 모으느라 시간이 걸려 도망이 쉬워졌다.

그곳에서 도망쳐 나와 메디아와 이아손은 이아손의 왕국인 이올코스에 정착한다. 그러나 이아손의 삼촌인 펠리아스는 그를 속여 그의 권리를 빼앗아 버린다. 술법에 능한 메디아는 여기서도 이아손을 위해서 한 가지 계책을 꾸민다. 펠리아스의 딸들을 속여 아버지를 회춘시킨다는 명목 아래 딸들로 하여금 아버지를 죽이게 한다. 이렇게 복수를 하였으나 이아손은 지위를 회복하지 못하고 다시 귀양을 떠나 코린토스에 도착한다. 이렇게 맺어진 이아손과 메디아의 앞길에 무엇이 기다리고 있는가, 여기서부터 이 극이 시작된다.

이 극에 다뤄진 이야기는 에우리피데스 이전에도 있었던 듯한데, 다만 한 가지 메디아가 자기 자식을 죽이는 대목은 에우리피데스의 창작으로 생각된다고 한다. 그렇다면 남편의 배반에 대해 자식을 죽여서라도 복수를 하고야 말겠다는 여주인공의 강렬한 성격은 에우리피데스 자신의 것이라고 보아야 할 것이며, 이 극이 갖는 특색, 인간 집념에 대한 집요한 추구도 바로 이 점을 빼놓고 논할 수는 없다.

대체로 사건과 성격이 단순하면서도 강렬한 것이 그리스 비극의 가장 큰 특징인데, 직선적이면서도 강렬한 악센트를 줌으로써 비극의 깊이가 보장되는 것이 또한 그리스 비극의 독자성이다. 그런 관계로 인물들, 특히 여주인공들의 성격은 처음 읽는 독자가 당황할 정도로 강렬하게 부각되어 나타난다. 안티고네, 엘렉트라, 파이드라도 모두 그렇다. 그리고 메디아는 그 가운데서도 윤곽이 특히 선명하다. 이 작품이 매력을 갖는 점도 거의 전적으로 메디아의 그 대담하고 선명한 행동에 있다고 해도 과언이 아니다.

사용한 텍스트는 시카고대학 출판부판 영역본 『그리스 비극전집』 제3권(1959년) 중, 렉스 워너(Rex Warner)의 영역이다. 원문은 총 1419행, 여기서는 코로스의 일부를 빼놓고 전부 산문으로 옮겼다.

여석기

「트로이의 여인들」

「트로이의 여인들」은 기원전 415년 봄 아테네에서 처음 상연되었으며 「알렉산드로스」, 「팔라메데스」와 더불어 삼부작을 이루며 사티로스 극은 「시시포스」였다. 삼부작이 한결같이 트로이 전설에서 소재를 취하고 있으며 어느 정도 유기적 연관성이 있었던 것으로 추측되는데 「알렉산드로스」, 「팔라메데스」 두 작품은 부분적으로밖에 전하지 않으며 사티로스 극 「시시포스」는 거의 전하지 않는다.

삼부작 중 첫째 작품 「알렉산드로스」는 「트로이의 여인들」에서도 자주 언급되는 알렉산드로스, 즉 파리스가 주인공이며 트로이 전쟁의 원인이 된 이 트로이 왕자의 숙명적인 생애가 그려져 있고, 두 번째 작품인 「팔라메데스」는 트로이 전쟁 중 그리스 군의 한 장군인 팔라메데스가 오디세우스와의 대립으로 비명에 죽는다는 이야기를 다루고 있다. 「트로이의 여인들」은 삼부작의 마지막에 해당하며, 트로이가 그리스 군에게 함락된 직후 트로이의 왕비 헤카베를 중심으로 한 그녀의 육친들의 비참한 운명과 정복된 나라의 여인들이 당해야 하는 치욕을 감동적으로 부조浮彫한다.

극이 시작되면 바다의 신 포세이돈이 등장하여 프롤로그序를 말하고, 다시 여신 아테나가 등장, 대화 형식으로 진행되는데, 여기에서 극이 시작되기 전 일어난 몇몇 사건들이 이야기되고 동시에 정복자 그리스 군의 귀로에 어떤 재난을 닥치게 할 것인가가 합의된다. 프롤로그가 끝나면 땅에 쓰러져 운명을 한탄하는 헤카베와 코로스의 여인들 사이의 대화로서 극의 원 줄거리에 들어선다. 그녀들은 이미 겪어야 했던 불행을 슬퍼하고 다시 앞으로 닥쳐올 불행을 두려워한다. 노예가 된 그녀들은 어디로 끌려갈 것인가? 그리스 군 총사령관 아가멤논의 전령인 탈티비오스가 등장, 그녀들의 운명이 정해졌음을 알린다. 카산드라는 아가멤논과 잠자리를 같이해야 하며, 포리크세네는 아킬레우스의 묘에 시중들어야 하며 안드로마케는 네오프톨레모스를 따라야 하며, 헤카베 자신은 가장 증오했던 오디세우스의 종이 된다는 것이다. 이때 신들려 제정신이 아닌 왕녀 카산드라가 횃불을 들고 춤을 추며 등장한다. 절망적인 분위기 속에서 오히려 쾌활하게 그리스 인의 내일을 저주하는 그녀는 이 작품에 처절한 맛을 풍기게 한다. 이어서 며느리 안드로마케와의 대면은 비극적이면서도 서정적인 맛을 풍기는데 포리크세네가 제물로서 피살되었으며, 손자 아스티아낙스의 죽음이 결정된 것을 알게 됨으로써 헤카베의 비운은 더욱 심해질 뿐이다. 안드로마케가 떠난 뒤 메넬라오스와 헬레네가 등장, 헬레네의 죄과를 두고 논쟁이 벌어지는데, 메넬라오스의 태도는 어쩐지 아리송해서 이 부정한 여자에게 걸었던 하나의 기대마저 희미해진다. 다소 희화화된 스파르타 왕 메넬라오스에게서 에우리피데스의 스파르타에 대한 적의를 볼 수 있는 것이 아닐까……. 결국 헤카베는 성곽에서 떨어져 무참히 죽은 손자 아스티아낙스를 장사 지내고 트로이를 태우는 불길에 몸을 던지려 하나 그러지도 못하고 어둡고 절망적인 미래를 향해서 그리스 군에게 끌려간다.

　오늘날까지 전하는 그리스 비극 삼십여 편 가운데 이처럼 절망적이며 철두철미 어두운 작품은 없다고 해도 과언이 아니며, 아리스토텔레스가 '가장 비극적'이라고 말한 에우리피데스의 참된 면목이 드러난 작품이라고 하겠다. 그러나 이 작품이 처절하

고 절망적인 비극이면서도 거기에 서정적인 아름다움을 지니고
있는 것도 사실이다. 그것은 일종의 절망 뒤에 오는 평화, 인간
이 불행의 막바지에서 체험할 수 있는 비극적인 승화라고 할
까……. 또한 처절한 이야기 속에 깃들어 있는 작가의 평화에 대
한 강렬한 희구가 느껴지기 때문일지도 모르며, 절망의 미학의
결정으로서의 비극 세계를 엿봄으로써 우리는 시적인 감동을 느
끼게 된다.

　형식면에서 볼 때 이 작품은 지극히 단순하다.

　이른바 극적인 발단과 갈등, 그리고 종말에 이르는 짜임새를
가지지 않고 감동적인 장면의 나열과 같은 인상이 없지 않다. 그
러나 그것이 산만한 나열에 그치지 않고 극적인 통일성을 얻게
되는 것은 전 막을 통해 시종 무대를 떠나지 않는 헤카베의 존재
때문이라고 할 수 있다. 모든 불행이 헤카베에게 집중되고 통일
되며, 극의 진행도 소포클레스의 「오이디푸스 왕」과 같은 복잡
구성과는 지극히 대조적인 단순 구성으로 이루어지고 있다.

김정옥

「안드로마케」

이 작품은 전형적인 에우리피데스의 특징을 지닌 것이지만 그의
작품이라는 설과 아니라는 설이 있다. 하슈(Harsh) 박사는 이 극
이 에우리피데스의 정치적인 희곡의 하나라고 말한다.

　이 극은 통일성이 없다고 평론가들은 지적한다. 처음 부분에

서는 주로 안드로마케와 그의 아들에 대해 이야기가 엮어지고 있어서 그들의 기구한 운명과 처지가 위기를 보여 주는데, 후반에서는 펠레우스가 중심인물이 된다. 중간에는 헤르미오네와 그의 이전의 약혼자인 오레스테스와의 장면이 잠깐 소개되기도 한다. 도무지 이야기가 설득력을 갖고 있지 못하다. 인물들도 어떤 통일성을 갖고 있지 않기 때문에 박력이 부족하다. 사실 이 극에서 중심인물이 되어야 할 사람은 나타나지 않는 인물인 네오프톨레모스이다. 그를 중심인물로 삼고 그의 기구한 운명에 대한 것으로 플롯을 삼았다면 훨씬 더 박력 있는 작품이 될 수 있었으리라고 짐작된다. 프랑스의 17세기 작가 라신(Racine)은 이 작품을 재생시킬 때 네오프톨레모스를 주인공으로 삼았기 때문에 훨씬 훌륭한 작품이 되었다.

하슈 박사가 이 극을 정치적이라고 한 것은 메넬라오스와 스파르타 인에 대한 공격을 의미하는 것으로, 이 때문에 작자는 작품 자체의 통일성까지도 무시했던 것 같다.

이 극은 에우리피데스의 다른 몇몇 극(예를 들면 「타우리케의 이피게네이아」)의 경우같이 'tragi-comedy'에 속한다고 할 수 있다. 또한 에우리피데스의 창작인 'deux et machina(신을 태운 수레)'를 마지막 장면에서 사용할 수 있도록 여신 테티스를 나타나게 해서 극을 매듭짓는다.

이 극의 상연 일자는 분명하지는 않지만 펠로폰네소스 전쟁(기원전 431~404년에 있었던 스파르타와 아테네의 전쟁) 중이었을 것이라는 추측만 있을 뿐이다.

김갑순

「엘렉트라」

「엘렉트라」의 공연 연도는 기원전 413년이라는 것이 정설이다. 그렇다면 이 작품은 에우리피데스의 중기작으로서 트로이 전쟁을 소재로 한 일군의 작품들인 「트로이의 여인들」, 「타우리케의 이피게네이아」, 「헬레네」 등과 전후해서 씌어졌고, 또 그 작품들과 공통된 여러 가지 특징을 갖추고 있다.

그러나 우리가 이 작품에 대해서 흥미를 갖는 것은 같은 소재를 그리스 3대 비극 작가가 다 같이 다루었다는 점에서 본 그 대비에 있다. 일반적으로 그리스 비극은 널리 알려진 신화, 전설 등에서 그 소재를 얻어 왔다 함은 새삼스레 지적할 필요도 없겠지만 특히 엘렉트라 이야기는 선배 아이스킬로스가 「제주祭酒를 바치는 여인들」에서, 소포클레스가 「엘렉트라」에서 이미 다룬 것이어서 이 세 작가의 특성을 잘 비교할 수 있다.

앞의 두 작품이 모두 걸작에 속한다는 사실을 두고 후배인 에우리피데스가 어떤 새로운 길을 열 수 있겠는가 하는 질문에 이 작품은 여러 가지 해답을 제시한다. 그건 요컨대 보다 현실적이고 합리적인 여성으로서의 여주인공의 처리라고 말할 수 있겠는데, 극이 시작되는 대목에서 엘렉트라가 가난한 농부의 아내로 초라하게 보이는 것부터 앞의 작품들과는 판이한 설정을 해놓고

566

있다. 살해당한 아버지에 대한 애착, 그것에 비례해서 어머니에 대한 지나칠 정도로 강렬한 증오와 질투, 현재의 자기 처지에서 비롯되는 씻지 못할 굴욕감, 이 모든 것이 생생하고 인간적으로 나타나 앞의 두 작품에 비할 때 오히려 그녀의 비극성을 축소시킬 정도로 현실화·합리화되어 있다.

이 극의 특색은 잘 짜인 구성에 있다. 이야기가 무리 없이 논리적이고 신속하게 진행된다. 그 점은 앞의 두 작품보다 진일보했다고 할 수 있으나 여주인공을 비롯한 인물 처리가 비극성을 강조하는데 약한 느낌을 주고 문체에 시극으로서의 장엄성을 결여하고 있는 점은 아이스킬로스나 소포클레스에 미치지 못한다는 것이 통설이다. 이러한 지적은 비단 이 작품만 아니라 에우리피데스에 대한 일반적 평가에도 통하는 것이지만 그만큼 「엘렉트라」는 그의 작품 중에서 대표작이라 할 수 있을 것이다. 이 번역의 대본은 시카고대학 출판부판 『그리스 비극 전집』 제4권(1960년) 중 에밀리 타웬센드 버메울(Emily Towensend Vermeule) 여사의 영역 텍스트를 썼다.

여석기

「아울리스의 이피게네이아」

파리스의 꾐에 그리스를 등지고 트로이로 간 아내 헬레네를 되찾기 위해 형인 아가멤논 왕을 총수로 그리스에서 대군을 모집한 메넬라오스는 지금 아울리스의 항구에 군세를 모으고 트로이를 향해 떠나려 하고 있다. 그러나 역풍이 계속되는 바람에 떠나지 못하자 예언자 칼카스에 문의한 즉, 이건 이 고장의 수호신인 아르테미스 여신의 노여움을 샀기 때문에 그 노여움을 풀기 위해서는 아가멤논의 큰딸 이피게네이아를 여신에게 희생으로 바쳐야 한다고 말한다. 왕은 메넬라오스의 성화와 오디세우스의 강요에 결심을 하고 편지를 보내 딸을 오게 한다. 물론 사실은 숨기고 젊은 영웅 아킬레우스와의 결혼을 위한 것이라고 한다.

극이 시작되면 아가멤논과 시종 노인과의 대화로 관객은 이러한 사실을 알게 되며, 아가멤논은 여기서 다시 편지를 써 이피게네이아를 보내지 말라고 노인에게 일러서 급히 고향으로 보낸다. 만약 가는 길에 딸 일행을 만나면 사유를 말해서 되돌려 보내라고 한다.

그러나 노인은 가는 길에 메넬라오스를 만나 편지를 빼앗기고 되돌아 온다. 여기서 아가멤논과 메넬라오스 형제는 격렬하게 대립한다. 이러한 대립은 딸 이피게네이아와 클리타이메스트라 왕비가 이때 도착함으로써 더욱 극적이 된다. 아가멤논은 고뇌에 휘말리고 메넬라오스도 형의 괴로워하는 모습에 조카딸의 희생을 원치 않는다고 태도를 바꾼다. 그러나 아가멤논은 이피게네이아가 여기에 도착한 이상 칼카스의 신탁을 내세운 요구와 오디세우스의 간계를 막아 낼 수는 없다고 판단한다.

한편 마음 설레며 축제 기분으로 어머니와 같이 도착한 이피게네이아는 사실을 알게 되자 비찬에 젖고 클리타이메스트라는 분노에 떤다. 이피게네이아가 부왕에게 육친의 정에 호소하며 애원하는 장면과 클리타이메스트라가 분노에 싸여 남편을 비난하는 장면은 그리스 비극 가운데서도 가장 감동적인 장면의 하나라고 생각된다.

아킬레우스 또한 사실을 알게 되자 의분을 느끼고 공주를 결코 죽음의 제단으로 올려 보내지 않겠다고 맹세한다. 그러나 사정이 부득이함을 깨달은 공주는 스스로 조국을 위해 몸을 바치겠다고 결심하고 비탄에 젖은 어머니를 오히려 위안하고 아킬레우스의 호의를 사양한다.

이피게네이아가 죽음을 향해 걸어가는 마지막 장면은 절망적이면서 서정적인 맛이 있다. 그러나 여기서 관객들은 사자의 말에 의해서 이피게네이아가 반드시 죽은 것이 아니라는 것을 알게 된다. 이피게네이아가 쓰러져 있어야 할 자리에 암사슴 한 마리가 쓰러져 있었던 것이다.

이 작품은 시인의 말년 작품으로 추측되며, 그가 죽은 뒤에 조카인 같은 이름의 시인 에우리피데스가 상연해 우승을 차지했다고 한다. 미완성인 작품을 그가 완성했다는 설도 없지 않다. 주인공들의 성격이나 심경이 자주 변하는 것이 흔히 비판의 대상이 되기도 하지만 오히려 지지하는 평자도 적지 않다.

이와 같은 소재를 다룬 후세의 작품 가운데에는 17세기 프랑스의 작가 로트의 「이피제니」, 그리고 라신의 「이피제니」 등이 대표적이다.

김정옥

「타우리케의 이피게네이아」

기원전 412년에 씌어진 에우리피데스의 「타우리케의 이피게네이아」가 주제로 삼고 있는 것은, 다른 그리스 비극에서와 마찬가지로 일목요연하다. 그리스의 비극은 언제나 신에 대한 인간의 거역과 도전에서 시작된다. 작품 「타우리케의 이피게네이아」에서는 감히 신에 대항하려 했기 때문에 신의 노여움을 샀던 탄탈로스가의 비극이 어떻게 아가멤논의 딸 이피게네이아에 의해 구원을 받는가 하는 것이다. 인간으로서 인간의 유한성을 망각·거부하고 신의 자리에까지 올라가 이 세상을 이해하고 사랑하려 했던 프로메테우스나 파우스트의 비극 역시 탄탈로스가의 비극과 일맥상통한다. 그렇지만 그러한 비극의 해결 방법에서는 각각 그 시대에 따라 판이하다. 예를 들어 괴테의 「파우스트」가 영원히 여성적인 것에 의해 구원을 받게 되는 것과는 달리, 에우리피데스의 「이피게네이아」는 마지막 위기의 순간에 팔라스 아테나 여신의 도움으로 고향인 그리스로 돌아갈 수 있게 된다. 즉 괴테의 「파우스트」는 인본주의식 구원을 얻게 되고 에우리피데스의 「이피게네이아」는 그리스식 신관神觀에 의해서 구원을 얻게 되는 것이다. 그렇게 보면 그리스의 비극은 다분히 교시적이며 종교적이라고 할 수 있는데, 그것은 그리스 비극이 신을 위한 제전에서 시작된 국가적 행사였음을 기억하면 충분히 이해할 수 있다. 신에 대한 찬가로서 시작된 그리스 비극에서 주인공의 구원은 신의 거대한 힘의 한 조각 자비에서 얻는다는 것은 당연한 일이다.

순풍을 타고 트로이로 쳐들어가기 위해 아버지 아가멤논 왕에 의해 제단에서의 희생을 요구받은 이피게네이아는 오이디푸스와 마찬가지로 운명적으로 저주받은 고난의 인간이다. 조상들의 저주를 물려받긴 했지만 그녀 자신은 너무나도 순결하다. 이렇게 순수한 여주인공이 이국 땅에서 고향 그리스를 그리워하며 고통을 당하고 있기 때문에 그만큼 마지막 장면에서의 여신에 의한 구원은 더 감동적이다. 소위 격렬한 카타르시스의 효과를 얻을 수 있다.

에우리피데스가 어디서 이피게네이아의 희생에 대한 전설을 찾아냈는지는 확실치 않다. 그는 앞서의 작품 전개에서와 마찬가지로 이피게네이아가 제단에서 희생되는 장면에서 다시 그 시대를 반영하고 있다. 즉 제관이 이피게네이아의 목을 치려는 순간 이피게네이아는 구원을 받고 제단에는 피 묻은 새끼 사슴이 있었다는, 어떻게 보면 극히 사소한 것 같기도 하고 한 사건 속에서 에우리피데스는 당시 그리스 사회에서 인간을 제물로 바치는 풍습에 조용히 항의하고 있다.

이 극이 가장 고조되는 곳은 이피게네이아가 오레스테스에게 자기의 운명과 기원을 이야기해 주는 장면으로서, 거기서 우리는 극적인 위기감을 느낀다. 솔직한 이피게네이아의 기원(고향 그

571

리스로 돌아가고 싶다는)을 통해 에우리피데스는 '자유'를 향한 의지를 보여 준다.

이 점이 바로 「타우리케의 이피게네이아」가 그의 「헬레네」와 비슷하면서도 크게 구별되는 점이다. 에우리피데스는 「헬레네」에서는 관능에 대해서, 또 「엘렉트라」에서는 이성의 힘에 대해서, 그리고 「타우리케의 이피게네이아」에서는 자유와 구원에 대해서 이야기하고 있는 것이다. 이러한 점에서 우리는 에우리피데스를 그 이전의 다른 작가들보다도 좀더 인간적이며 진보적인 작가라고 이야기한다.

이피게네이아 전설에서 에우리피데스가 또 한 가지 덧붙인 것이 있다. 그는 클리타이메스트라가 아가멤논을 살해하는 장면에서 그녀의 정부 아이기스토스도 한몫 거든 것처럼 설정한다.

그렇게 함으로써 오레스테스의 어머니 살해를 좀더 어색하지 않게 했다. (호메로스의 작품에서는 정부와의 사랑과는 관련 없이 청년 이십 명의 도움으로 클리타이메스트라가 남편을 죽인다.) 그 뒤 많은 작가가 다시 이피게네이아를 다루는데, 대개 아이기스토스와의 불륜의 사랑을 은폐하려는 간계와 딸을 제단에서 죽인 남편에 대한 증오가 클리타이메스트라가 남편을 살해한 두 가지 동기를 이루고 있다.

이 「이피게네이아」 주제는 그 뒤 「엘렉트라」, 「오이디푸스」 등과 함께 많은 작가에 의해 작품화되었으며, 극 주제도 시대와 함께 많이 변모하여 1948년에는 「아메리카의 이피게네이아」라는 제목으로까지 나오게 되었다.

곽복록

「히폴리토스」

「히폴리토스」를 포함한 세 작품이 기원전 428년에 초연되자 에우리피데스는 연극의 제전에서 1등상을 받았다. 그 중 특히 「히폴리토스」는 많은 사람에 의해 에우리피데스의 최고작으로 일컬어지고, 관객에게 주는 감명 역시 언제나 강렬하다. 그리스 비극의 전형은 물론 신과 인간의 대립이다. 여기에서는 언제나 인간이 패배하고 신의 저주를 받는다. 그러나 이런 한 면과는 달리 그리스 비극에서는 때때로 에로스의 문제가 등장하기도 한다. 그리스 비극에서 전자의 예는 「오이디푸스」, 「이피게네이아」 등을 들 수 있으며, 후자로는 「메디아」, 「히폴리토스」, 「안티고네」 등이 있다. 특히 에우리피데스는 그 에로스를 객관적인 힘이 아닌 주관적인 열정으로 그리고 있다. 작품 「히폴리토스」의 사건은 막이 오르자 아프로디테를 통해서 대개 다 이야기된다. 히폴리토스는 순수하며 또 자기의 순수함을 알고서 거기에 대해 어느 정도 자만하고 있는 젊은이로서 그려져 있다. 그는 자기의 순결 속에서 거의 자기애에 빠진 것같이 보이기도 한다. 에우리피데스는 히폴리토스의 대사 속에 가장 아름다운 시를 쓰고 있다.

　반면 파이드라의 모습은 히폴리토스에 대한 불륜의 사랑 속에서 좀더 복잡하고 열정적으로 그려져 있다. 파이드라는 우리가 메디아에게서 볼 수 있는 것과 같은 강렬한 갈등과 사랑 속에서 죽음으로밖에는 그녀를 진정시킬 수 없는 강한 성격을 가지고 있다. 처음에 그녀는 혼자서 죽음을 택하려 했지만 히폴리토스를 그 죽음의 길에 동반하기 위해 계교를 꾸미고 죽는다. 그러나 강직한 테세우스 왕은 파이드라의 저의를 알지 못한 채 자기 아들 히폴리토스를 책망하고 추방한다. 즉 파이드라가 감성과 열정의 여인인 것과는 달리 그는 이성과 신념의 사람이다. 그로서는 복잡 미묘한 인간 감정을 잘 이해할 수 없다. 여기서 우리는 파이드라와 테세우스 왕이 내적으로 조화될 수 없었던 부부였음을 알 수 있다. 파이드라의 비극은 좀더 큰 안목에서 볼 때 그런 요소에서 싹튼 것이라고도 할 수 있다.

이 극은 어떻게 보면 단순한 연애 사건의 이야기처럼 보이기도 한다. 그러나 여기서 에우리피데스가 말하고자 하는 바는 작품 「이피게네이아」와 그 근본 저류에서는 서로 너무나도 유사한 합일점을 갖고 있다. 즉 이 작품 속에서 유모가 여러 번 충고하고 있고, 또 막이 오르자 아프로디테가 서막에서 명확하게 이야기하고 있듯이 에로스의 신인 아프로디테의 위력이 얼마나 강한 것인가를 보여 주고 있다. 히폴리토스도 파이드라도 아프로디테 여신에 거역했기 때문에 결국은 이와 같은 비극적인 종말을 맞게 되고 만 것이다. 그것은 결국 조상 탄탈로스가 제우스 신에 거역하고 도전했기 때문에 대대로 저주를 받아야 했던 「이피게네이아」의 비극과 다를 바 없다. 그러나 이 작품 「히폴리토스」에서는 인간의 걷잡을 수 없는 감정이 비극 조성의 큰 요소가 된다는 점에서 좀더 근대적이라고 할 수 있다. 적어도 히폴리토스와 파이드라는 오이디푸스나 이피게네이아처럼 순결하거나 무죄하지는 않다.

히폴리토스와 파이드라의 비극은 인간 감정의 가장 격렬한 사랑과 증오, 저주와 죽음을 배경으로 하고 있어 그만큼 극적인 효과도 크기 때문에 그 후 많은 극작가들의 소재로서 즐겨 등장하고 있다. 17명의 극작가가 이 소재를 다루었으며, 그 중에서도 라신의 「파이드라」는 가장 아름답고 감동적으로 그려져 있다. 글루크를 비롯해서 12명의 작곡가에 의해 오페라로도 작곡되었다. 그리하여 이 소재는 마치 그리스 비극을 대표하고 있는 것처럼 오늘날의 우리가 느낄 정도로 시대와 함께 점점 더 큰 감동력을 가지고 우리에게 전해져 오고 있다.

곽복록

「바코스의 여신도들」

이 작품의 연대는 기원전 405년경이라고 되어 있다. 작가 에우리피데스가 죽은 해는 기원전 407년 또는 406년이라고 하면, 기원전 405년이 작품 연대로 되어 있는 것으로 보아 죽은 지 일 년 뒤에 공연된 것이라고 할 수 있다. 대체로 이 작품은 에우리피데스가 아테네를 떠나 마케도니아의 아르케라오스 왕에게 가서 쓴 것이라고 추측되고 있다.

P.W. 하슈 박사는 그의 저서 『A Handbook of Classica』에서 이 작품을 총평하기를 "「바코스의 여신도들」은 그리스 극의 정통이라든지 극적 효과에 있어 탁월한 작품이다. 모든 그리스 비극의 대표작이라고도 할 수 있다. 그 극적 구조에서 「오이디푸스 왕」에 조금도 떨어지지 않고 이야기의 발전도 그 속도나 필연성에 있어 「오이디푸스 왕」과 같은 정도의 것이라고 할 수 있다. 그 플롯도 「오이디푸스 왕」은 비극적인 발견(tragic discovery)에서 오는 것이지만 「바코스의 여신도들」은 비극적인 결정(tragic decision)에서 오는 것이다. 제3의 에피소드, 즉 펜테우스와 디오니소스의 황홀한 논쟁과 제1사자의 웅변의 아주 훌륭한 극의 장면이지만 그보다도 제2사자의 웅변과 아가베가 아들의 머리를 산사자山獅子의 머리라고 생각하고 들고 들어오는 장면은 그 어느 극의 어느 장면보다 우수한 장면이다."라고 하여 이 작품의 우수성을 지적했다. 즉 하슈 박사가 지적한 것 중 「오이디푸스 왕」은 발견에 의한 비극이지만 이 극은 결정(decision)에 의한 비극이라고 한 것을 한 번 더 강조하고 다시 생각해 보고 싶다. 사실 비극이란 아리스토텔레스에 의하면 "주인공의 성격적인 결함에서 오는 것"이라고 한다면 이 극이야말로 그 표준에 적당한 것이라고 하겠다. 몇 번의 경고가 있었음에도 펜테우스는 곧이곧대로인 외고집 성격을 조금도 굽히지 않았기 때문에 결국 비극이 초래되고야 만다. 그런 의미에서 그리스 비극의 대표작으로 넉넉히 추천될 수 있는 작품인 것 같다.

또한 머레이(Murray)는 그의 번역 서문에서 다음과 같이 말한다. "「바코스의 여신도들」에서 에우리피데스는 직접 종교적인 문제에 그의 주의를 기울이고 있다. 그가 마케도니아에서 디오니소스를 광적으로 숭배하는 것을 눈으로 직접 목격했으리라는 것이 일반적인 생각인데, 그가 거기에서 본 종교는 열광적이고 취기적醉氣的인 것이며 풍요한 예배이며 예배자들이 제사에 참여함으로써 죄가 사해져 신비하게도 신과 하나가 된다고 하는 생각이다."

원래 그리스의 종교관이나 신관은 서구의 기독교를 바탕으로 한 그것과는 판이한 것이므로 사랑의 신이라는 개념으로는 이해하기 어려운 점도 없지 않다. 여기서 종교적이라는 것은 신이 자기가 하고자 하고 자기를 섬기지 않는 자에 대해서는 권능으로 벌할 수 있다고 하는 점을 작가가 종교와 신의 문제로 다룬 것이고, 사실상 작가의 신관이나 종교관이라고 할 수는 없을 것 같다. 다시 머레이의 논평에 의하면 "어떻게 생각하면 작자는 종교를 인간의 가장 중요하고도 가치 있는 문제로 생각한 것같이 보이지만, 한편 다시 살펴보면 신은 저주와 혐오에 찬 존재라고 생각한 것 같다. 그는 종교에 대한 최상의 중요성을 인정함과 동시에 그것을 넘어서는 상황을 이야기한다. 지나친 것이란 가장 무서운 일이라는 것을 주장한 것이라고 보겠다." 머레이는 계속해서 결론짓기를 "어쨌든 이 작품이 예술적인 점에서 최고봉을 장식한다는 많은 평론가의 논평은 옳았다."고 말한다.

이 작품의 또 하나의 우수성은 인물 묘사로, 펜테우스는 너무나 뚜렷하고도 강한 성격의 소유자로서 비극을 초래한다. 디오니소스가 그의 마지막 대사에서 말하듯이 제우스 신이 이미 정한 대로 된 것이기도 하지만 그것을 초월해서 인간의 어리석은 외고집의 결과를 강조하고 있는 데에 이 극의 비극성은 이루어지고 있다. 극평론가들은 주인공에 대해 두 가지 견해를 보이고 있다. 디오니소스가 중심인물 즉, 주인공이라는 견해와 펜테우스와 아가베가 중심이라는 견해 두 가지이다. 후자가 유력하다고 보고 싶은데 그것은 갈등의 동기라든지 결과가 펜테우스를 중심으로 하기 때문이라는 주장을 하는 까닭에 그 견해가 오히려 타당하다고 할 수 있지 않은가 싶다.

에우리피데스는 다른 여러 작품에서와 마찬가지로 종교를 중심적으로 다루면서 인간의 강력한 의지와 인간의 신에 대한 투쟁에서 빚어지는 비극을 여기에서도 보여 주었고, 신의 절대적인 권력을 인정하기보다는 오히려 인간의 어리석음의 말로를 제시했다는 것이 다른 작가들과 다르고 현대인의 구미에 맞는다고 할 수 있다. 아가베는 마지막 대사에서 끝까지 그 저주의 지팡이나 광증에 휩싸인 키타이론 산을 영원히 다시 쳐다보지 않겠다고 하는 말을 남기고 저주의 길을 떠난다. 이것은 역시 그의 디오니소스 거부에 대한 계속적인 생각을 주장한 것이라 보고 싶다.

김갑순

등장 인명·신명·지명·용어 해설

| ㄱ |

가니메데스 Ganymedes 트로이 왕국을 건설한 트로스의 아들. 대단한 미남이었으므로 제우스는 이 청년을 하늘로 데려와 여러 신에게 술을 따르는 시종으로 삼았다고 한다.

___114, 316

고르곤 Gorgons 포르키스와 케토 사이에서 태어난 세 딸로 바다에 사는 추악한 얼굴의 괴물들. 그 중에서도 메두사가 신화에서 가장 유명하다. 이들 세 자매는 머리털 대신에 그 머리는 뱀으로 되어 있었다. 그리고 날개가 달려 있었고 사나운 발톱과 거대한 이를 가지고 있었다. 또 메두사의 머리를 본 사람은 누구나 돌로 변해 버렸다. ___216, 260

| ㄴ |

나우플리아 Nauplia 아르고스 시 가까이 있는 아르골리스의 연안에 있는 항구 도시. ___216, 261, 382

네레우스 Nereus 바다의 신. 폰토스(바다)와 가이아(대지)의 아들. 바다의 요정 네레이데스(Nereids)의 아버지.

___185~187, 215, 277, 299, 312, 316, 317, 355, 357, 363, 369

네스토르 Nestor 필로스의 왕이며 넬레우스의 아들, 안틸로코스의 아버지. 트로이 전쟁에서 가장 연로하고 가장 지혜로웠던 그리스의 지배자였다. __280

네오프톨레모스 Neoptolemus 아킬레우스의 아들로 '젊은 용사'라는 뜻이기도 하다. 트로이 목마 속에 들어간 용사 중 하나였다.

__125, 137, 138, 161

노토스 Notus 남풍의 신. 일반적으로 온화하고 따뜻한 것을 가리키는 의인신疑人神. __363

| ㄷ |

다르다노스 Dardanus 트로이 사람들의 신화적인 조상이다. 그래서 다르다노스 사람들은 트로이 사람들과 동일시되었다.

__114, 131, 192, 308, 316

데메테르 Demeter 대지의 어머니신. 대지의 생산력의 여신. 남동생인 제우스와 결혼하여 페르세포네를 낳음.

__425, 494

델로스 Delos 에게 해에 있는 작은 섬. 이곳은 아폴론과 아르테미스의 출생지로 알려졌다. 기원전 6세기 초 아테네를 맹주로 하는 델로스 동맹(대 페르시아 해상 동맹)의 본거지였다.

__87

델포이 Delphoi 포키스 지방에 있는 도시로서 아폴론과 모녀 가메스(Games)의 신탁을 받는 유명한 신전이 있던 곳이다. 기원전 6세기 초 제1차 신성전쟁神聖戰爭으로 델포이의 중립과 독립이 보장되어,

4년마다 제전적인 피티아(Pythia) 경기 대회가 시작되었다.

__ 46, 140, 141, 177, 182, 183, 186, 187

도도나 Dodona 제우스 신의 신탁소가 있던 그리스 북서부 에페이로스 지방의 성역. 이 성역에는 떡갈나무가 있었는데, 신관들은 나뭇잎 스치는 소리나 나무 근처에서 솟아나는 샘물의 소리를 듣고 신탁을 해석했다. __ 172

디르케 Dirce 테베 왕인 리코스의 아내. 테베에는 이 왕비의 이름을 딴 샘이 있었다. __ 443, 482, 509

디오니소스 Dionysus 제우스와 세멜레의 아들로 술과 도취·해방의 신. 아테네 연극의 수호신. 후기 그리스 세계(헬레니즘 시대)에서는 최대의 신으로 숭배되었다. __ 218, 434

디오메데스 Diomedes 티데우스의 아들. 트로이 전쟁 때 그리스의 영웅. __ 276

디오스크로이 Dioscri 레다와 틴다레오스의 두 아들 카스토르와 폴리데우케스이다. 다른 전설에 따르면 레다와 제우스의 아들이라고도 한다. 이 두 아들은 헬레네, 클리타이메스트라와는 남매간이 되는 셈이다. 카스토르는 말을 잘 다루는 기술로 유명했고, 폴리데우케스는 권투 기술로 유명했다. 둘은 선원들의 수호자로 숭배되었다. __ 247, 259, 357

| ㄹ |

라에르테스 Laertes 오디세우스의 아버지. __ 277, 369

라오메돈 Laomedon 트로이 왕이자 프리아모스의 아버지. 아폴론과 포세이돈은 트로이의 성벽을 쌓았다. 그러나 라오메돈은 이들에게 약속한 보상 지불을 거절했다. 그래서 포세이돈은 이 도시를 괴롭힐 목적으로 바다 괴물을 보냈고, 이 괴물은 트로이 사람들에게 처녀를 제물로 바치도록 강요했다. 헤라클레스가 이 바다 괴물을 죽였으나 라오메돈은 보상 지불을 여전히 거절했다. 그래서 헤라클레스는 트로이 원정 길에 오르게 되었다. 이 원정에서 라오메돈을 죽이고 그의 딸 헤시오네를 텔라몬에게 주었다.

__114

라케다이몬 Lacedaemon 스파르타와 라코니아를 가리키는 스파르타 국가의 정식 명칭. 제우스와 님프 타이게테의 아들로 라코니아에 살던 라케다이몬 인의 신화상의 조상 라케다이몬에서 유래했다.

__272

라코니아 Laconia 펠로폰네소스 반도 남동쪽에 있는 지역. 수도는 스파르타. __85, 115, 124, 145

레다 Leda 스파르타 왕인 틴다레오스와 결혼해 디오스크로이 형제와 클리타이메스트라, 헬레네의 어머니가 되었다. 다른 전설에 따르면, 제우스가 백조의 모습을 하고 레다와 정을 통해 디오스크로이 형제와 헬레네를 낳았다고 한다.

__271, 273, 298, 304~306, 319, 354, 364

레아 Rhea 크로노스의 아내이며 데메테르, 헤라, 하데스, 포세이돈, 그리고 제우스의 어머니. 후에 그녀는 키벨레와 동일시되었다.

__484, 488

레우코테아 Leucothea 바다의 여신. 이노 참조.

__357

레이토스 Leitus 트로이 전쟁 때 보이오티아 군의 사령관.
__ 279

레토 Leto 아폴론과 아르테미스의 어머니. 그래서 달의 어머니, 헤카테의 어머니라고도 불린다.
__ 351, 361, 395, 422, 464, 465, 470

렘노스 Lemnos 에게 해에 있는 화산섬. 신화에 따르면, 렘노스 섬의 여인들은 아프로디테 숭배를 게을리했으므로 남편들에게 버림받았고, 버림받은 여인들은 자기들의 남편을 모두 죽였다고 한다.
__ 87

로크리스 Locris 포키스와 도리아 지방에 의해 동서로 분단되어 동쪽은 로크리스 오폰티아(Locris Opuntia), 서쪽은 로크리스 오조리스로 불린 지방. __ 279

록시아스 Loxias 아폴론의 별칭. __ 140, 180, 261

리디아 Lydia 소아시아 서부에 있던 왕국. 아테네의 노예 대부분이 리디아 출신이었다. __ 303, 482, 488, 493, 504, 512

리비아 Libya 고대에 이집트를 제외한 아프리카의 북부 지방을 일컫던 명칭. __ 103, 315

림나 Limna 펠로폰네소스 반도 동남부에 있던 트로이젠의 해변 성읍.
__ 428, 465

| ㅁ |

마이나드스 Maenads 디오니소스에 미친 숭배자들에게 붙여진 명칭.
__ 530, 537

마이아 Maia 헤르메스 신의 어머니. 이 말 자체에 '어머니' 또는 '유
모'라는 뜻이 있다. __150, 216

메리오네스 Meriones 트로이 전쟁 때 그리스 용사 중의 하나로 크레
타 섬 사람. __277

미르미돈 Myrmidons 아킬레우스가 영도하던 병사들.
__183, 278, 304, 317, 329

미케네 Mycenae 아르골리스의 고대 도시. 아르골리스는 아가멤논의
왕국. __180, 193, 204, 229, 234, 235, 244, 279, 337, 368,
369, 373, 384, 390

미코노스 Myconus 에게 해에 있는 섬. __87

| ㅂ |

보이오티아 Boeotia 그리스의 비옥한 지역. 펠로폰네소스 전쟁 때 스
파르타와 동맹을 맺었다. 아테네가 속한 아티카의 북서쪽에 있었다.
__279

브로미오스 Bromius 디오니소스의 별칭.
__486, 497, 503, 509, 519, 546

| ㅅ |

사르디스 Sardis 고대 소아시아 중서부 리디아의 수도. 굉장히 부유
한 도시로 유명했다. __504

사티로스 Satyrs 온갖 음탕한 특성을 지닌 가공적인 종족. 디오니소

스의 시종을 맡았을 뿐만 아니라 인간성의 동물적 요소를 상징했다. 그리스 시대의 접시 같은 데에는 이들이 성기를 흥분시켜 선녀의 등 뒤에서 덮치는 그림을 흔히 볼 수 있다.

__488

살라미스 Salamis 아티카와 메가라 해안에서 멀리 떨어진 곳에 있는 섬. 기원전 480년 페르시아의 해군이 치명적인 패배를 당한 곳.

__113, 124, 276, 281

살로니카 만 Salonic Gulf 아티카와 아르골리스 사이에 있는 에게 해의 만灣. __467

세멜레 Semele 카드모스의 딸. 제우스와의 사이에서 디오니소스를 낳았다. __439, 482, 483, 486, 494, 512~514

스카만드로스 Scamander 트로이가 속한 프리기아 지방의 강.

__97, 126

스키로니아 Scironia 아티카와 메가리스 사이에 있는 해안 암석군. 여기서 테세우스가 도둑 스키론을 죽였다. __468

스키로스 Scyros 에우보이아 동쪽 에게 해에 위치한 섬.

__87, 138

스테넬로스 Sthenelus 카파네우스의 아들이며 디오메데스의 친구.

__278

스트로피오스 Strophios 포키스의 왕. 필라데스의 아버지.

__192, 348, 387

스파르타 Sparta 라코니아의 수도이며 펠로폰네소스 동맹의 본고장이다. 군국주의 정치 체제로 유명했다.

__89, 91, 93, 118, 120, 139, 143, 156~158, 161, 172, 214,

322, 369

스핑크스 Sphinx 테베 사람들에게 수수께끼를 물어 풀지 못하면 모조리 죽여 버린 괴물. 오이디푸스가 그 수수께끼를 완전히 풀자 자살했다. __217

시니스 Sinis 테세우스에게 살해된 도둑. __459

시리우스 Sirius '불타오르는' 또는 '눈이 부신' 이란 뜻으로 큰개자리에서 으뜸가는 별. 밤하늘에서 가장 밝게 빛나는 −1.5등급의 별이다. __270

시모이스 Simois 트로이의 강.

__114, 124, 178, 184, 215, 302, 303

시시포스 Sisyphus 아이올로스의 아들이며 코린토스의 왕이고 그곳 궁전의 창건자. 지은 죄 때문에 그는 지옥에서 심한 형벌을 받았다. 어떤 전설에는 그가 오디세우스의 아버지라고 되어 있다.

__330

시필로스 Sipylus 소아시아 서북부 프리기아에 있는 산.

__312

심플레가데스 Symplegades 신화에서는 흑해 인구에 있는 두 육지를 말한다. 아르고 선은 이 두 육지 사이를 처음으로 항해한 그리스 배이다. __356, 360, 411

| ㅇ |

아게노르 Agenor 포세이돈의 아들, 페니키아의 왕. 카드모스의 아버지이다. __490

아레스 Ares 그리스의 전쟁신. 후에 로마 신화의 마르스 신과 동일시되었다. 제우스와 헤라 사이에서 태어난 외아들.

___ 260, 277, 389, 550

아르고 선 Argo 배의 이름. 이 배를 타고 이아손과 그의 동료들(아르고나우테스)이 황금양모피를 찾아오려고 콜키스 지방으로 항해해 나아갔었다. ___ 18, 76, 78

아르고스 Argos 펠로폰네소스 반도의 동남부에 있던 도시. 이 도시가 있는 지역을 말하기도 한다. 이 지역은 아카이아 또는 미케네 문명의 중심지 중의 하나였다. 그리스의 신화 역사에서 중요한 역할을 했고, 후기에 아르고스는 스파르타와 아테네의 전쟁터가 되었다.

___ 84, 94, 127, 154, 169, 171, 178, 191, 194, 196, 198, 199, 214, 216, 219, 226, 230, 231, 243, 246, 259, 260, 263, 273, 278, 283, 290, 294, 301, 308, 317, 322, 325, 329, 332, 335, 347, 348, 352, 354, 355, 360, 368, 372~374, 376~378, 380, 382, 383, 385, 390, 392, 397, 400, 467

아르테미스 Artemis 제우스와 레토의 딸. 아폴론의 쌍둥이 여동생. 델로스 섬에서 태어났다. 수렵의 처녀 여신이며 달과도 동일시되었다. 암컷 물의 보호자이며, 특히 젊은 여성들의 보호신이었다. 또한 자녀 생산을 관할한다고 생각되었다. 타우리케(Taurice)에서는 사람을 희생 제물로 여신에게 바쳤는데, 그리스 사람들은 이 여신을 아르테미스라 불렀다. 브라우론 참조.

___ 24, 103, 273, 276, 284, 287, 291, 309, 319, 326, 334~336, 338~340, 345, 346, 349, 355, 380, 381, 391, 395, 420, 422,

426, 449, 465, 470, 473, 475, 497

아마존 Amazons 호전적인 여인 종족이다. 이 여인들은 남성과의 접촉 없이 살아 나갔다고 한다. 신화에 의하면, 카우카시아(Caucasia, 현재의 중앙아시아 코카서스 지방) 지역에서는 이 여인들이 중앙아시아의 다른 지역들을 침범했다고 전해진다. 테세우스가 통치하던 시기에는 아티카를 공격했고, 트로이 전쟁 때에는 뒤늦게 참전해서 별 전공을 세우지 못했다. 이 여인들은 헤라클레스의 공격 목표 중 하나였다. __420, 431, 434

아소포스 Asopus 그리스 중부 보이오티아에 있는 강 이름. 이 강의 신 이름이기도 하다. __298, 520

아스티아낙스 Astyanax 트로이의 왕자 헥토르와 안드로마케의 아들. 트로이 전쟁에서 그리스 군이 승리한 뒤 네오프톨레모스가 그를 성벽에 던져 죽였다. __138

아우토노에 Autonoe 카드모스의 딸. 아가베의 여동생. 악타이온의 어머니. __492, 517, 540, 545

아울리스 Aulis 보이오티아의 항구. 이 항구에서 그리스 군이 트로이 원정을 위해 이피게네이아를 제물로 바치고 출항했다. __248, 270, 272, 274, 275, 284, 287, 289, 297, 327, 336, 346, 347, 355, 359, 369, 383

아이기나 Aegina 아소포스 강의 신인 아소포스의 딸이며, 아이아코스의 아내. __298

아이아스 Aias 트로이 전쟁에 참전했던 그리스 두 영웅의 이름. 한 사람은 텔라몬의 아들이었는데, 키가 크고 힘이 세고 피곤을 모르며 견실하고 완벽한 군인이었다. 다른 하나는 오일레우스(Oileus)의

아들이었는데, 키가 작고 약삭빨랐다. 특히 그는 자기와 동명이인
과의 접촉에서 교묘하게 행동하였다.

__ 87, 276, 281

아이아코스 Aeacus 펠레우스, 텔라몬, 프사마테(Psamathe)의 아버지.
그는 정의로움으로 유명했다. 그리하여 그는 저승에서도 재판관이
되었다.

__ 169, 299, 316

아카스토스 Acastus 알케스티스의 형이자 이올코스의 왕인 펠리아
스의 아들이었다. 펠리아스를 죽일 음모를 꾸민 이아손과 메디아
를 추방했다. 또한 펠리아스는 아카스토스의 처와 사랑에 빠진 펠
레우스를 추방하였다.

__ 125

아카이아 Achaea 호메로스는 아카이아를 헬라스(Hellas)와 동일시했
다. 그래서 아카이아 인(Achaeans), 아르기우에, 다난스(Danans)는
후에 헬라스로 불렸다. __ 261, 303

아킬레우스 Achilles 펠레우스와 테티스(Thetis)의 아들. 트로이 전쟁
전에 그리스의 무사 중에서도 가장 이름 높았던 네오프톨레모스의
아버지이다. 후에 파리스가 쏜 화살에 죽었다.

__ 93, 104, 106, 108, 125, 137, 138, 143, 144, 148, 152, 162,
172, 176, 177, 180, 186, 187, 215, 216, 273, 274, 277, 278,
284, 298, 299, 309, 328, 340, 347, 364, 369, 376, 384

아테나 Athena 팔라스라고도 불리는데, 제우스의 딸로서 처녀 여신
이었다. 아테나는 특히 아테네의 여자 수호신이었다. 보통 전쟁의
여신으로 알려져 있지만, 평화, 예술, 지혜의 수호신으로도 되어 있

다. 그녀를 가리키는 폴리아스(Polias)라는 명칭은 '도시를 수호하는 자'란 뜻이다. __84, 113, 120

아트레우스 Atreus 아가멤논과 메넬라오스의 아버지. 아이스킬로스의 『오레스테이아(Oresteia)』삼부작은 이 아트레우스가의 비극을 그린 것이다. __96, 98, 100, 178, 231, 271, 279, 282, 289, 305, 324, 335, 340, 342, 346, 370, 383

아틀라스 Atlas 어깨에다 하늘을 메고 있어야 하는 형벌을 받은 티탄 신족의 한 사람. 이름에는 '운반하는 것' 또는 '참는 것'이라는 뜻이 있다. 아프리카 북서부에 있는 산맥 이름이기도 하다.

__451

아폴론 Apollo 흔히 포이보스(Phoebus)로 불리기도 한다. 비극에서 그는 보통 치유와 예언의 신, 음악의 신으로 불린다. 아폴론과 연관된 가장 두드러진 신화는 포세이돈과 함께 트로이의 성벽을 쌓은 것, 트로이 전쟁에서 트로이를 끝까지 지지한 것, 카산드라에 대한 놀라운 예언 등이 있다.

__45, 84, 85, 93, 95, 96, 98, 100, 114, 140, 202, 245, 262, 388, 390, 391, 394, 400, 420

아프로디테 Aphrodite 사랑의 여신. 이 여신의 제의祭儀는 주로 키프로스(Cyprus) 섬에서 행해졌다. 그래서 그녀는 키프리스라 불렸다. 이 여신을 숭배한 다른 곳으로는 키테라(Cythera)와 파포스(Paphos)가 있다. __39, 54, 118, 120, 122, 272, 276, 291, 419, 424, 442, 443, 451, 492, 501

아피다노스 Apidanus 테살리아에 있는 강.

__299

악타이온 Actaeon 카드모스의 손자였다. 그는 아르테미스와 그녀의 님프들이 목욕하는 것을 훔쳐보았는데 이것을 안 여신은 크게 노하여 그를 사슴으로 변하게 하였다. 마침내 그는 전에 자기가 기르던 사냥개에게 물려 죽었다고 전해진다.

__ 492, 497, 545, 548

알렉산드로스 Alexander 파리스의 다른 이름.

__ 117, 324, 326

알크메네 Alcmena 암피트리온의 아내. 제우스와의 사이에서 영웅 헤라클레스를 낳았다. __ 113, 443

알페우스 Alpheus 펠로폰네소스에 있는 강. 아르카디아와 엘리스를 거쳐 흘러가는데, 엘리스는 올림피아 가까이에 있었다.

__ 261, 280, 442

암피트리테 Amphitrite 네레우스의 딸, 포세이돈의 아내. 바다의 여신이며 트리톤의 어머니이다.

__ 363

에렉테우스 Erechtheus 전설적인 아테네의 왕. 일반적으로 판디온과 제욱시페의 아들이라고 일컬어진다. 아테나 여신이 그를 키워 신전에 두었는데 그는 반신半神이 되어 제물을 받았다.

__ 53, 464

에로스 Eros 사랑의 신. 그리스 어로 에로스는 성애性愛를 의미한다. 로마 인들은 아모르(사랑) 또는 쿠피드(욕망)라고 불렀다.

__ 54, 291, 439, 442, 443, 470

에리다노스 Eridanus 이탈리아에 있는 강. 현재의 이탈리아 북부 포 (Po) 강으로 추측됨. __ 450

에우로타스 Eurotas 라코니아 지방의 강. 이 강 언덕 위에 스파르타
가 자리 잡고 있었다. __91, 155, 276, 362

에우리토스 Eurytus 에페이아의 추장. __280

에우리포스 Euripus 에우보이아 섬과 보이오티아 지방 사이의 좁고
긴 수로. __270, 304, 327, 346

에우멜로스 Eumelus 아드메토스와 알케스티스의 아들. 아버지의 뒤
를 이어 테살리아 지방 페라이의 왕이 되었다. 트로이 전쟁에는 11척
의 함대를 거느리고 참가했다. __277

에우보이아 Euboea 아테네 동북방의 보이오티아 해변과 아티카 북
동쪽에 있는 길고도 협소한 섬. __87, 215, 274

에키온 Echion 테베의 '씨 뿌려 나온 남자들(스파르토이)' 중의 한 사
람. 그의 이름은 '용의 아들'이라는 뜻이다. 카드모스의 딸 아가베
와 결혼하여 카드모스의 후계자인 펜테우스의 아버지가 되었다.
__492, 494, 508, 510, 534~536, 547

에트나 Etna 시칠리아의 북동부에 있는 화산. 티탄 신족인 엔켈라도
스가 이 화산 밑에 묻혔다고 하는데, 제우스가 묻었다고 전해진다.
__91

에페이오스 Epeios 트로이 전쟁 때 아테나 여신의 도움을 받아 트로
이 목마를 만든 사람. __84

에피다우로스 Epidaurus 살로니카 만에 인접한 아르골리스 북동 해
안의 고대 도시. 현재까지 거의 완전한 형태로 남아 있는 헬레니즘
시대의 원형극장 유적이 유명하다.
__467

오디세우스 Odysseus 이타카의 왕. 호메로스의 『일리아드』에 등장하

는 주요 인물이며 『오디세이아』의 주인공. 페넬로페의 남편이며, 텔레마코스의 아버지. 트로이 전쟁에 참전했다가 승전을 거둔 후 포세이돈의 미움을 사 10년간의 방랑 끝에 고향으로 돌아왔다. 기이한 기술과 기계奇計로 유명했으며 교활한 인물로 묘사되었다.
___94, 99, 110, 129, 130, 273, 290, 330, 347

오르페우스 Orpheus 그리스 로마 신화 중 최고의 시인. 그의 아내 에우리디케의 죽음에 얽힌 전설은 유럽의 음악과 문예에 풍부한 소재를 제공해 주었다. 그는 아폴론의 아들 또는 제자(일설에는 트라키아 왕 오이아그로스의 아들이라고 함)로서 어머니는 뮤즈인 칼리오페였다. 그는 영혼의 불멸을 주장하는 비교祕敎인 오르페우스 교의 창시자로 간주되며 이 비교는 후세의 시인이나 철학자들에게 큰 영향을 주었다. ___40, 323, 458, 511

오이노마오스 Oenomaus 엘리스에 있는 피사의 왕. 펠로프스와 전차 경기를 하다 죽음을 당했다.
___346, 383

오이노에 Oenoe 펠로폰네소스 반도 중부에 있던 도시.
___298

오케아노스 Oceanus 가이아와 우라노스의 아들로 티탄 신족의 하나. 호메로스는 그를 모든 신의 아버지라 불렀다. 그는 지구 주위를 원을 그리면서 도는 신화상의 강인 대양大洋을 지배했다. 그는 테티스와 결혼해 3,000명의 오케아니스를 포함해 강, 호수, 바다의 모든 신과 요정을 낳았다.
___425

올림포스 Olympus 마케도니아와 테살리아 사이에 위치하고 있는 산. 그리스 로마 신화에서 이 산은 신들의 집으로 알려져 있다.
__80, 88, 422, 501, 510

올림피아 Olympia 펠로폰네소스 반도 서북부에 있는 엘리스의 한 지역. 여기서 올림픽 경기가 4년마다 한 번씩 개최되었다. 모든 도시 국가의 시민들은 이 경기에 참가하였다. 그리고 제우스의 유명한 신전이 이곳에 세워졌다.
__235, 239

이나코스 Inachus 오케아노스와 테티스(Thetys)의 아들이자 이오의 아버지이다. 그는 아르고스의 제1대 왕이었다. 그리고 여기에 있던 강에다 자기의 이름을 붙여 불렀다.
__192, 318

이노 Ino 카드모스와 하르모니아의 딸. 이노는 아타마스와 불륜의 관계를 가졌다. 헤라는 그를 미친 사람으로 취급했고, 마침내 그는 이노의 자녀 중 하나에게 죽임을 당하고 말았다. 이노는 다시 다른 사나이를 취했으나 나중에는 스스로 자신을 바다에 던져 버리고 만다. 그리하여 두 사람은 바다의 신으로 변했다. 이노는 레우코테아(Leucothea) 또는 레우코토에가 되었고, 그 아들은 멜리케르테스(Melicertes), 팔라이몬이 되었다.
__74, 492, 517, 530, 540, 545

이다 Ida 트로이가 속한 프리기아 지방에 있는 산. 파리스가 세 여신 헤라, 아테나, 아프로디테의 아름다움을 판정했던 곳.
__119, 123, 149, 150, 209, 264, 272, 293, 325

이스메노스 Ismenus 테베 가까이 있는 강 이름. 이 강 옆에 아폴론의 신전이 있었다. __482

이스트모스 Isthmus 그리스 동부와 연결된 펠로폰네소스 반도의 협소한 지방(지협)에 해당한다. 이스트모스에 있는 주요 도시는 코린토스였다. 시칠리아와 이탈리아 서쪽으로, 소아시아 동쪽으로 배를 보낼 수 있는 곳으로는 그리스 역사 초기에 코린토스가 가장 으뜸으로 꼽혔고, 상업 중심지로 알려져 있었다.

__124, 262, 468

이아코스 Iacchus 제우스와 데메테르의 아들. 부분적으로는 디오니소스와 동일시되었다.

__519

이타카 Ithaca 이오니아 해에 있는 섬. 오디세우스의 고향.

__94

일리온 Ilion 트로이의 별칭. __87, 109, 115, 123, 130, 131, 150, 162, 184, 192, 261, 283, 302, 324, 326, 336, 338, 340, 346

ㅣㅋㅣ

카드모스 Cadmus 고대 그리스 도시 국가 중의 하나인 테베를 세웠다는 전설적인 창시자. 그래서 테베 사람들은 카드메이안스 (Cadmeans) 즉, '카드모스의 사람들'이라고도 불렸다.

__92, 279

카르타고 Carthago 아프리카 북쪽 연안에 위치한 아주 부요했던 도시. 원래는 페니키아의 식민지였다. 선동 정치가였던 히페르볼로스는 기원전 425년, 또는 이 연대보다 좀 앞선 시기에 카르타고 원정을 계획한 일이 있었다. 그리고 알키비아데스는 시칠리아를 정복하자마자 곧 이 도시를 공격할 꿈을 꾸기도 했다. 후에 세 차례에 걸친 포이니 전쟁 끝에 기원전 146년 로마에 멸망당했다. __91

카리브디스 Charybdis 하루에 세 번씩 바닷물을 들이켜고 세 번 매일 같이 그 물을 토하며, 네 번째 다시 들이켜는 괴물이다. 스킬라와는 반대이다. __99

카스토르 Castor 디오스크로이 참조. __120, 209, 251, 259

카파네우스 Capaneus 테베를 공격한 아르기우에의 일곱 장군 중의 한 사람이다. 제우스는 카파네우스가 테베의 성벽을 기어 올라올 때, 번개로 그를 쓰러뜨렸다. __278

카파레우스 Caphareus 에우보이아 섬의 남서단에 툭 튀어나온 바위. __88

칼카스 Calchas 트로이 전쟁 당시 그리스 군의 예언자. 아울리스 항구에서 출항을 기다리던 그리스 함대가 바람이 불지 않아 출항할 수 없게 되었을 때, 그는 아르테미스 여신의 분노를 진정시키기 위해 아가멤논의 딸 이피게네이아를 미케네에서 데려다 희생 제물로 바쳐야 한다고 주장해서 관철시켰다.
__273, 284, 290, 302, 308, 312, 324, 339, 340, 346, 369, 376

칼키스 Chalcis 에우리포스를 향해 있는 에우보이아 섬의 도시. 칼키스로부터 세 손가락 모양을 한 칼키디케 반도에 이르는 사이에 많은 식민지가 생겨났다. __275, 294, 336

케이론 Cheiron 크로노스의 필리라(Philyra)의 아들로서 켄타우로스 족 중에서 가장 현명한 사람이었다. 그는 신들과 영웅들을 가르친 교사로, 아킬레우스도 가르쳤다. 헤라클레스가 쏜 독 묻은 화살에 맞아 죽었다.

___ 277, 299, 311, 317

케크로프스 Cecrops 아티카의 초대 왕으로 알려진 전설적인 인물이다. 그 후로부터 아테네의 최후 피난처를 케크로피아(Cecropia)라고 불렀다. ___ 262

케피소스 Cephisus 아티카에 있는 강. 이 강의 신을 케피소스라고도 하였다. ___ 53

켄타우로스 Centaurs 일종의 신화적인 인종이다. 반은 사람이고 반은 말의 모습을 하고 있었다. 테살리아의 펠리온 산에 살면서 고기를 먹고 난폭했으며 호색적인 성질을 가지고 있었다.

___ 169, 299, 316

코리반테스 Corybantes 키벨레 여신의 남자 시종들을 가리킨다. 그들은 주신제의 춤을 추면서 그 여신을 숭배하였다. 그들 사제들은 정신 광란증을 치유할 수 있는 존재로 상정되었다.

___ 425

코린토스 Corinthos 아티카와 펠로폰네소스 반도를 잇는 이스트모스 지협에 있던 고대 도시. 그리스의 남부 육상 교통의 요지인 동시에 이오니아 해와 에게 해를 잇는 해상 교통의 요지였다. 매춘부가 많은 도시로도 유명했다. ___ 17, 21, 26, 34, 48, 57, 78

콜키스 Colchis 흑해의 가장 먼 동쪽에 위치하고 있는 지역. 메디아의 고향이다. ___ 17, 76

크라티스 Crathis 이탈리아 남부의 강. 이 강물은 사람의 머리털과 양모를 금빛으로 만들었다고 한다.

___ 91

크레타 Creta 에게 해의 남쪽에 있는 가장 큰 섬. 기원전 5세기에 도덕이 문란한 곳으로 유명했던 곳이다. 그러나 영웅 시대에는 크게 존경을 받던 곳이었다. __118, 426, 451

크로노스 Cronus 헤라, 포세이돈, 제우스의 아버지. 그러나 그의 자리는 결국 제우스가 박탈했다.
__131

키르케 Circe 태양신 헬리오스의 딸로서 바다의 여신이다. 그녀는 이탈리아 서해안의 아이아이에 섬에 살았으며, 매우 고도의 마술을 가지고 있었다고 한다. 오디세우스가 이 섬에 상륙하였을 때, 그녀는 그를 유혹하여 1년간 그와 살았다고 한다.
__99

키벨레 Cybele 레아와 동일시되는 아시아의 여신이다. 이 여신의 예배는 아주 거칠고 먹고 마시며 뛰노는 것이 특징이다. 이러한 점에서 디오니소스 축제와 밀접한 연관성을 가지고 있었다.
__485

키클로프스 Cyclops 한쪽 눈만 가진 거인. 복수형은 키클로페스 (Cyclopes). 미케네의 성벽을 쌓았다.
__99, 124, 256, 275, 279, 291, 337

키타이론 Cithaeron 보이오티아를 메가리스와 아티카로부터 분리해 놓은 산. __484, 516, 520, 522, 531, 537, 542, 544, 548

키프로스 Cyprus 소아시아 남부 킬리키아 남쪽 지중해에 있는 큰 섬으로 현재의 사이프러스 섬이다. 아프로디테 숭배의 중심지였다.
__501

키프리스 Cypris 아프로디테 여신의 별칭. 키프로스 섬에서는 아프로디테 여신이 중요하게 숭배되었다.

__ 44, 120, 150, 194, 292, 326, 420, 421, 425, 435, 436~438, 442, 443, 447, 450, 459, 469, 471, 473, 476

킨토스 Cynthus 델로스 섬에 있는 산. 아폴론과 아르테미스의 출생 지로 알려졌다. __395

| ㅌ |

탄탈로스 Tantalos 탄탈로스 일족의 조상. 펠로프스의 아버지. 제우스와 티탄 신족인 플루토('부자'라는 의미) 사이에서 태어난 아들이라고 한다. 리디아, 아르고스, 코린토스의 왕으로 굉장한 부자였다. 그는 자기에게 위탁된 비밀을 누설했기 때문에 신들을 분노하게 하여 타르타로스(지옥)에서 영겁의 벌을 받게 되었다. 그는 목까지 물에 잠기고 머리 위에는 과일 나무가 있는데도 항상 목이 마르고 굶주려 있어야만 했다. 물을 마시려고 해도 물에 다가갈 수 없고, 과일을 따려 해도 그것이 멀어지기만 할 뿐이었다. 또 큰 돌이 그의 머리 위에 실로 매달려 있기 때문에 항상 두려움에 떨어야만 했다. 그의 후손인 아가멤논을 비롯한 아트레우스 일가에게 내려진 저주는 그가 신들에게 지은 죄 때문이었다고 전해진다.

__ 192, 290, 320, 346, 354

탈티비오스 Taltybius 트로이 전쟁 때 아가멤논의 전령.

__273, 339

테미스 Themis 법, 관습, 정의를 주관하는 여신.

__24, 25, 405

테살리아 Thessalia 그리스 중북부, 핀도스 산맥과 에게 해로 둘러싸인 넓은 지방. 말 사육에 적합하여 고대부터 말과 기병騎兵으로 유명했다. 신화·전설의 중심 무대였다.

__85, 92, 137, 235, 317

테티스 Thetis 바다의 신 네레우스의 딸로 바다의 여신. 제우스와 포세이돈 등 신들의 청혼을 받았으나 결국 인간인 펠레우스와의 결혼하여 트로이 전쟁의 영웅 아킬레우스를 낳았다. 펠레우스와의 결혼식 때 모든 신이 초대되었으나, 모두가 꺼려하는 불화의 여신 에리스만이 제외되었다. 그 때문에 노한 에리스는 축하 연회석상에 황금사과를 던졌고, 이 사과를 서로 가지려는 여신들의 싸움이 트로이 전쟁의 원인이 되었다.

__138, 142, 148, 160, 215, 216, 277, 295, 299, 305, 312, 332, 369

텔라몬 Telamon 아이기나 섬의 왕 아이아코스와 엔데이스의 아들. 펠레우스와 형제이며 아이아스의 아버지. 아르고 선 원정대와 함께 칼리돈의 멧돼지 사냥에 참가했고, 헤라클레스의 트로이 공격을 돕기도 했다. __113, 276

트라키아 Thrace, Thracia 그리스 북쪽에 있던 지방. 신화에서는 예언적 음유 시인으로 유명하며, 역사적으로는 호전적인 국민성과 혹독하게 추운 기후 등으로 유명했다.

__146

트로이젠 Troezen 펠로폰네소스 반도 동부의 아르골리스 동남쪽에 있던 도시. 아테네 왕 테세우스가 왕위를 겸했었다.

__46, 419, 425, 435, 449, 464, 466, 474

티에스테스 Thyestes 펠로프스와 히포다메이아의 아들. 미케네의 왕
위를 둘러싼 형제 아트레우스와의 싸움은 자손의 대에까지 계속되
는 아트레우스가의 비극을 낳았다.

 __ 192, 232, 235, 383

티토노스 Tithonus 새벽의 여신 에오스(Eos)와 결혼한 신화적인 인물.
에오스는 제우스에게 그의 영원한 삶을 요구했지만, 영원한 젊음
까지 요구하지는 않았다. 그래서 불쌍한 그는 점점 늙어 갔고, 결국
은 죽음을 피하지 못했다. __ 115

틴다레오스 Tyndareus 스파르타의 왕. 레다의 남편이며 카스토르,
폴리데우케스, 헬레네, 클리타이메스트라의 전설 또는 실제의 아
버지. __ 85, 194, 197, 217, 236, 247, 272, 286, 293, 307, 315,
321, 328, 333, 338, 346, 382

| ㅍ |

파르나소스 Parnassus 델포이 가까이 있는 산. 이곳은 아폴론과 뮤
즈 여신들의 거주지로 알려졌다.

 __ 84, 181

파르살로스 Pharsalus 테살리아의 한 성읍.

 __ 304

파리스 Paris 헤카베와 프리아모스의 아들. 알렉산드로스로도 불림.
그는 메넬라오스의 처 헬레네를 빼앗았다. 아프로디테는 파리스에
게 만일 그가 헤라와 아테나와의 아름다움을 겨루는 내기에서 자
신에게 미의 판정을 내려 준다면 헬레네를 주겠다고 약속했다. 이

때문에 트로이 전쟁이 초래되었다.

__98, 105, 117, 118, 120, 121, 142, 150, 164, 166, 272, 276, 288, 293, 297, 325

파포스 Paphos 키프로스 섬의 서쪽 해안에 있던 도시. 아프로디테를 숭배하는 중심지로 유명하였다.

__501

판 Pan 원래는 아르카디아 사람들의 양과 목동의 신. 급작스런 공포는 그 때문에 일어난다고 여겨졌다.

__231, 397, 425

판디온 Pandion 아테네의 왕이며, 아이게우스의 아버지.

__45, 78, 421

팔라메데스 Palamedes 나우플리오스와 클리메네의 아들. 트로이 전쟁 중 오디세우스의 모함 때문에 살해당했다.

__276

팔라스 Palllas 아테나 여신을 일컫는다.

__103, 105, 118, 119, 186, 276, 278, 326, 355, 389

팔라이몬 Palaemon 바다의 신. 이노 참조.

__357

페네이오스 Peneios 테살리아의 주요한 강.

__91

페르세우스 Perseus 신화적 영웅. 제우스와 다나에의 아들. 그는 괴물 메두사를 처치했다.

__216, 337

펠라스기아 Pelasgia 때때로 그리스 사람들은 펠라스기아(Pelasgia)라고 불렸다. 그 이유는 아르기우에 왕이 아닌 아르고스의 신화적인 왕 펠라스고스가 그리스의 초기 주민들의 조상이라는 전설 때문이었다. __337

펠레네 Pellene 스파르타와 동맹 관계에 있는 아카이아의 한 도시. 중요한 시계가 이곳에서 만들어졌다. __217

펠레우스 Peleus 아이아코스의 아들, 프티아의 왕이었다. 테티스의 남편이며, 아킬레우스의 아버지였다.

__125, 299, 304, 310, 312, 313, 316, 317, 360, 361

펠로프스 Pelops 그는 프리기아에서 추방당한 후 그리스 인이 되었다. 그는 오이노마우스의 딸 히포다메이아와 결혼하였다. 그리고 아트레우스 가문의 조상이 되었다. 펠로폰네소스(Pelophonnesus)는 '펠로프스의 섬'이라는 뜻으로 그리스 서남부 펠로폰네소스 반도 전 지역을 일컫는 명칭이 되었다.

__47, 110, 124, 289, 323, 346, 382, 390, 435

펠리아스 Pelias 이올코스(Iolcus)의 왕. 알케스티스와 아카스토스의 아버지였다. 그는 이아손에게 황금양모피에 관한 질문을 제기하였다. 이아손을 돌려보내면서, 메디아는 속임수로 펠리아스의 딸들을 속여 아버지를 죽이게 했다. 즉 딸들이 아버지를 죽여 버림으로써 펠리아스의 젊음을 회복할 수 있었다.

__18, 38, 49, 125

포세이돈 Poseidon 바다의 신이며 지진을 일으키는 신. 또한 제우스의 형제요, 키클로프스의 아버지였다. 말馬의 신으로서 히피오스라는 이름으로 알려지기도 했다.

__260, 276, 422, 456, 466, 474

포이베 Phoebe '밝다' 는 뜻. 틴다레오스와 레다 사이에서 태어난 딸. __271

포키스 Phocis 그리스 북쪽에 있던 지방. 여기에서 델포이 신탁이 주어졌다. __84, 192, 262, 279, 376, 387

폴리데우케스 Polydeuces 디오스크로이 형제 중의 하나. 폴록스(Pollux)라고도 함. __120, 259

프로테실라오스 Protesilaus 테살리아 지방의 필라카이의 왕으로 이피클로스의 아들. 트로이 전쟁에서 처음으로 희생된 그리스 인이었다. __276

프로테우스 Proteus 이집트의 전설적인 왕.
__261

프리기아 Phrygia 소아시아의 서북부에 위치한 나라. 트로이를 일컫는 이름이기도 함.
__89, 110, 120, 124, 145, 162, 179, 216, 272, 297, 303, 313, 316, 322, 325, 342, 482, 486, 488

프리아모스 Priamos 트로이 전쟁 당시의 트로이 왕. 아킬레우스의 아들인 네오프톨레모스에게 살해당했다.
__84, 89, 101, 105, 114, 117, 132, 138, 144, 150, 151, 159, 163, 192, 284, 288, 297, 303, 317, 325

프티아 Phthia 아킬레우스의 영토이며 테살리아의 동남부에 있던 지방. __92, 138, 158, 164, 167, 171, 172, 174, 177, 179, 180, 186, 238, 273, 278, 299, 312

플레이아데스 Pleiades 티탄 신족인 아틀라스와 오케아노스의 딸 플레이오네 사이에서 태어난 일곱 명의 딸. 그들은 자매인 히아데스의 죽음을 슬퍼하며 모두 자살했기 때문에 제우스는 그들을 일곱 개의 별로 바꾸어 하늘에 배치했다고 한다. 플레이아데스라는 이름은 그리스 어로 '출항한다' 에서 유래한 것이다. 이 성좌는 고대 그리스 인들이 항해하는 여름에만 볼 수 있었기 때문에 그런 이름이 붙었다. __216

피네우스 Phineus 트라키아에 있는 사르미데소스의 왕. 그는 자기 아들을 장님으로 만들어 버렸다. 그것은 자식들을 미워하던 의붓어머니의 거짓 고발 때문이었다. 신들은 그를 눈멀게 만들어 하르피아이를 보내 괴롭혔다. 그런데 그는 아르고나우테스의 두 용사에 의해 이 괴물에게서 구출되었다.

__363

피사 Pisa 펠로폰네소스 반도의 엘리스에 있던 도시.

__346, 383

피에리아 Pieria 마케도니아의 동남해안의 한 지방. 옛날 뮤즈 여신들이 자주 나타났다는 곳.

__316, 511

피테우스 Pittheus 트로이젠의 왕. 펠로프스의 아들이자 아이트라 (Aethra)의 아버지이며 테세우스의 할아버지.

__46, 421, 448, 452

필로스 Pylos 펠로폰네소스 연안의 세 도시. 네스토르의 고향이 그 중 어디였는가 하는 점은 분명하지 않다. 하나는 나바리노(Navarino) 만에 접해 있었는데, 기원전 425년 클레온의 영도 아래 아테네 인들이 스파르타에 승리를 거둔 곳이다.

__280

하데스 Hades 저승의 신. 사자死者의 나라(하데스의 나라)의 지배자인 동시에 지하의 부富를 인간에게 가져다준다고 해서 플루톤(부자)이라고도 하였다. 그는 크로노스와 레아의 아들로서 제우스, 포세이돈과는 형제간이다. 그들은 부신父神 크로노스와 그 일족을 정복한 후 제우스는 하늘, 포세이돈은 바다, 하데스는 저승의 지배권을 획득하였다. 하데스는 제우스의 딸 페르세포네를 아내로 삼았다. 그가 지배하는 사자의 나라는 지하에 있다고 생각되었으며, 그 국경에는 스틱스 또는 아케론이라는 강이 있어 나룻배 사공 카론이 사자를 건네주었다.

__ 456, 473

하르모니아 Harmonia 아레스와 아프로디테의 딸로 테베 왕 카드모스의 아내. 카드모스와의 결혼 축하연에 올림포스의 신들이 모두 참석했다. 카드모스는 아내에게 훌륭한 결혼 의상과 헤파이스토스 신이 만든 아름다운 목걸이를 선물했다. 그러나 이 선물들은 후에 자식들에게 저주가 내리는 원인이 되었다.

__ 53, 550, 551

할리로티오스 Halirrothius 포세이돈과 님프인 에우리테의 아들. 아테네의 아크로폴리스 근처에서 아레스와 아글라우로스의 딸 알키페를 범하려다 아레스에게 살해당했다. 포세이돈은 아레스를 아테네 법정에 고발했다. 이것이 '아레스의 언덕'을 의미하는 아레이오스 파고스 법정의 기원으로 아레스는 무죄 선고를 받았다.

__ 260

헤라 Hera 제우스의 여동생이자 아내이다. 아르고스와 연결되어 있는 여신. 헤라는 제우스가 사랑하는 모든 여인을 질투하고 적대하는 존재로 그려져 있다. 뿐만 아니라 제우스가 불의로 낳은 모든 자녀에 대해서도 질투하는 여신으로 묘사되었다.

__73, 78, 84, 118, 119, 186, 200, 229, 276, 301, 326, 355, 482, 486, 536

헤르메스 Hermes 제우스와 마이아의 아들. 여러 속성을 가진 신이다. 올림피아 신들의 신령인 그는 또한 죽은 영혼의 안내자이다. 속임수와 도둑질은 그의 숨은 재간이었다. 행복을 가져오는 자로서 그는 에리우니안(Eriunian)이라고도 불렸다.

__51, 216, 326

헤카테 Hecate 일종의 혼합된 신성神性을 말하는데, 달의 여신, 대지의 여신, 지하의 여신 세 여신이 한 몸이 된 여신으로 천상, 지상, 바닷속에서 힘을 발휘하며, 부와 행운을 가져다준다고 생각되었다. 달의 여신으로는 흔히 아르테미스와 동일시되고, 지하의 여신으로는 정령精靈·주법呪法의 여신이 되어 페르세포네와 동일시되었다. 조각에서는 등을 맞댄 세 몸을 가진 모습으로 표현되었다.

__425

헤파이스토스 Hephaestus 모든 화산과 결부되어 있는 불과 대장장이의 신. 모스킬로스 화산이 있는 에게 해 북부의 렘노스 섬이 헤파이스토스 신 숭배의 발상지이다. 에트나 화산이 있는 시칠리아 섬 등에서도 숭배되었다.

__215, 317, 341

헥토르 Hector 프리아모스와 헤카베의 아들. 트로이 전쟁 때 트로이 측의 지도적 영웅이었다. 친구 파트로클로스를 잃은 데 분노한 아킬레우스의 공격을 받고 죽었다.

__94, 98, 101, 104, 106~108, 110, 111, 125~127, 138, 142, 144, 146, 154, 159, 164, 173, 175, 216

헬레노스 Helenus 프리아모스와 헤카베의 아들. 그의 예언적 능력은 유명했다. __186

헬레스폰토스 Hellespontos 에게 해와 마르마라 해를 잇는 다다넬즈 해협의 옛 명칭. '헬레의 바다' 라는 뜻.

__26

히아데스 Hyades 이 이름에는 '비를 내리게 하는 여자' 라는 뜻이 있다. 오케아노스와 테티스 사이에서 태어난 다섯 명의 딸. 니사 산에서 어린 디오니소스를 양육시킨 공으로 하늘에 올라가 황소자리의 머리 부분에 있는 별들이 되었다.

__216